御製

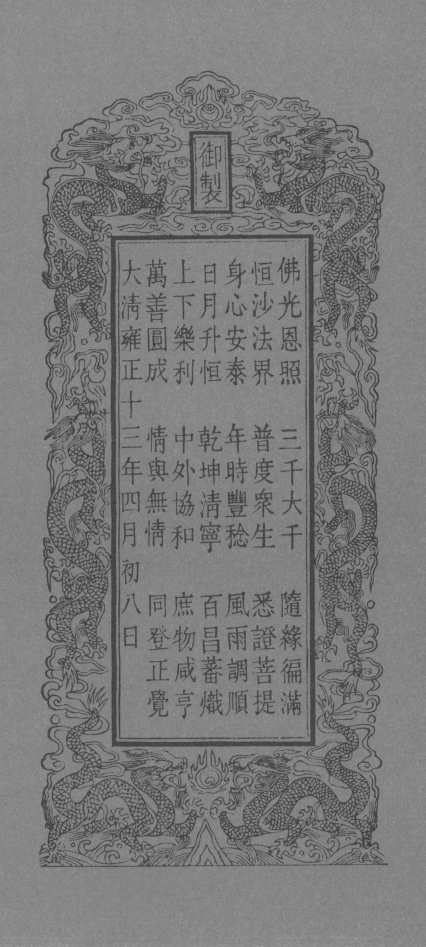

佛光恩照　三千大千　隨緣徧滿
恒沙法界　普度衆生　悉證菩提
身心安泰　年時豐稔　風雨調順
日月升恒　乾坤清寧　百昌蕃熾
上下樂利　中外協和　庶物咸亨
萬善圓成　情與無情　同登正覺
大清雍正十三年四月初八日

第一二册　大乘經　般若部（一二）

大般若波羅蜜多經

唐三藏法師玄奘奉詔譯

清刻龍藏佛說法變相圖

大般若波羅蜜多經卷第五百六

唐三藏法師玄奘奉　詔譯

第三分地獄品第十之二

爾時具壽善現復白佛言世尊甚深般若波羅蜜多即是摩訶波羅蜜多佛告善現汝緣何意作如是說甚深般若波羅蜜多即是摩訶波羅蜜多善現荅言世尊以深般若波羅蜜多於色不作大不作小於受想行識亦不作大不作小如是乃至於佛無上正等菩提不作大不作小於諸如来應正等覺亦不作大不作小於色不作集不作散於受想行識亦不作集不作散如是乃至於佛無上正等菩提不作集不作散於諸如来應正等覺亦不作集不作散於色不作有量不作無量於受想行識亦不作有量不作無量如是乃至

於佛無上正等菩提不作有量不作無量於
諸如来應正等覺亦不作有量不作無量於
色不作廣不作狹於受想行識亦不作廣不
作狹如是乃至於佛無上正等菩提不作廣
不作狹於諸如来應正等覺亦不作廣不作
狹於色不作有力不作無力於受想行識亦
不作有力不作無力如是乃至於佛無上正
等菩提不作有力不作無力於諸如来應正
等覺亦不作有力不作無力我緣此意故作
是說甚深般若波羅蜜多即是摩訶波羅蜜
多世尊若新學大乘菩薩摩訶薩依止般若
乃至布施波羅蜜多起如是想甚深般若波
羅蜜多於色不作大不作小不作集不作散
不作有量不作無量不作廣不作狹不作有
力不作無力如是乃至於諸如来應正等覺

不作大不作小不作集不作散不作有量不
作無量不作廣不作狹不作有力不作無力
是菩薩摩訶薩由起此想非行般若波羅蜜
多世尊若新學大乘菩薩摩訶薩依止般若
乃至布施波羅蜜多起如是想甚深般若波
羅蜜多於色作大作小作集作散作有量作
無量作廣作狹作有力作無力如是乃至於
諸如来應正等覺作大作小作集作散作有
量作無量作廣作狹作有力作無力是菩薩
摩訶薩由起此想非行般若波羅蜜多世尊
若新學大乘菩薩摩訶薩不依般若乃至布
施波羅蜜多起如是想甚深般若波羅蜜多
於色不作大不作小不作集不作散不作有
量不作無量不作廣不作狹不作有力不作
無力如是乃至於諸如来應正等覺不作大

不作小不作集不作散不作有量不作無量不作廣不作狹不作有力不作無力是菩薩摩訶薩由起此想非行般若波羅蜜多世尊若新學大乘菩薩摩訶薩不依般若乃至布施波羅蜜多起如是想甚深般若波羅蜜多於色作大作小作集作散作有量作無量作廣作狹作有力作無力如是乃至於諸如來應正等覺作大作小作集作散作有量作無量作廣作狹作有力作無力是菩薩摩訶薩由起此想非行般若波羅蜜多何以故世尊若菩薩摩訶薩起如是想甚深般若波羅蜜多於色若作大小不作大小若作集散不作集散若作有量無量不作有量無量若作廣狹不作廣狹若作有力無力不作有力無力如是乃至於諸如来應正等覺若作大小不作大小若作集散不作集散若作有量無量不作有量無量若作廣狹不作廣狹若作有力無力不作有力無力如是一切皆非般若波羅蜜多等流果故世尊若菩薩摩訶薩起如是想甚深般若波羅蜜多於色乃至於諸如來應正等覺若作大小不作大小若作集散不作集散若作有量無量不作有量無量若作廣狹不作廣狹若作有力無力不作有力無力是菩薩摩訶薩名大有所得非行般若波羅蜜多何以故非有所得想能證無上正等菩提故所以者何有情無生故無自性故無所有故空故無相故無願故遠離故寂靜故不可得故不可思議故無壞滅故無覺知故力不成就故當知般若波羅蜜多亦無生廣說乃至力不成就色乃至一切如来應

正等覺無生故無自性故無所有故空故無相故無願故遠離故寂靜故不可得故不可思議故無壞滅故無覺知故力不成就故當知般若波羅蜜多亦無生廣說乃至力不成就我緣此意故作是說甚深般若波羅蜜多即是摩訶波羅蜜多爾時舍利子白佛言世尊若菩薩摩訶薩於深般若波羅蜜多能信解者從何處沒來生此間發趣無上正等菩提爲經久如曾親近供養幾所諸佛修行布施乃至般若波羅蜜多已經幾時云何信解如是般若波羅蜜多甚深義趣佛告舍利子若菩薩摩訶薩於深般若波羅蜜多能信解者從十方界所事諸佛法會中沒來生此間發趣無上正等菩提已經無量無數無邊百千俱胝那庾多劫已曾親近供養無量無數無邊不可思議不可稱量佛薄伽梵從初發心常修布施乃至般若波羅蜜多已經無量無數無邊百千俱胝那庾多劫若菩薩摩訶薩於深般若波羅蜜多若見若聞便作是念我今見佛聞佛所說是菩薩摩訶薩以無相無二無所得爲方便能正信解如是般若波羅蜜多甚深義趣具壽善現便白佛言甚深般若波羅蜜多爲有能聞能見者不佛告善現甚深般若波羅蜜多實無能聞及能見者何以故甚深般若波羅蜜多實非所聞所見法故善現當知色無聞無見諸法鈍故受想行識亦無聞無見諸法鈍故廣說乃至諸佛無上正等菩提無聞無見諸法鈍故一切如來應正等覺亦無聞無見諸法鈍故具壽善現復白佛言諸菩薩摩訶薩已於無上正等

菩提積行久如能勤修學甚深般若波羅蜜多佛告善現於此事中應分別說善現當知有菩薩摩訶薩從初發心即能修學甚深般若波羅蜜多亦能修學靜慮精進安忍淨戒布施波羅蜜多是菩薩摩訶薩有方便善巧故不謗諸法不見諸法有增有減常不遠離布施淨戒安忍精進靜慮般若波羅蜜多相應正行常不遠離諸佛菩薩從一佛國至一佛國欲以種種上妙供具供養恭敬尊重讚歎諸佛菩薩隨意能辦亦能於彼種諸善根令速圓滿隨受身處不墮母腹胞胎中生心常不與煩惱雜住亦曾不起二乘之心常不遠離殊勝神通遊諸佛國成熟有情嚴淨佛土是菩薩摩訶薩能勤修學甚深般若波羅蜜多有菩薩乘諸善男子善女人等雖曾得見若百若千或無量佛於彼諸佛及弟子所亦多修行布施淨戒安忍精進靜慮般若而有所得爲方便故不能修學甚深般若波羅蜜多乃至布施波羅蜜多善現當知是善男子善女人等聞說如是甚深般若波羅蜜多心生輕慢便從座起捨衆而去彼既輕慢甚深般若波羅蜜多亦輕慢佛既捨如是甚深般若波羅蜜多亦捨諸佛今此衆中亦有彼類聞我宣說甚深般若波羅蜜多心不恭敬捨衆而去所以者何是善男子善女人等先世聞說甚深般若波羅蜜多已曾捨去由宿習力今聞我說還復捨去是善男子善女人等於深般若波羅蜜多身語及心皆不和合由斯造作增長愚癡惡慧罪業彼由造作增長愚癡惡慧罪業聞深般若波羅蜜多即便

毀謗障礙棄捨彼既毀謗障礙棄捨甚深般若波羅蜜多即爲毀謗障礙棄捨三世諸佛一切智智彼由毀謗障礙棄捨三世諸佛一切智智即便造作增長能感匱正法業彼由造作增長能感匱正法業墮大地獄經多百歲乃至經多百千俱胝那庾多歲受諸楚毒猛利大苦彼罪重故於此世界從一大地獄至一大地獄乃至火劫水劫風劫未起已來受諸楚毒猛利大苦若此世界火劫水劫風劫起時彼匱法業猶未盡故死已轉生他方世界與此同類大地獄中經多百歲乃至經多百千俱胝那庾多歲受諸楚毒猛利大苦彼罪重故於他世界從一大地獄至一大地獄乃至火劫水劫風劫未起已來受諸楚毒猛利大苦若他世界火劫水劫風劫起時彼匱法業猶未盡故死已轉生餘方世界與此同類大地獄中經多百歲乃至經多百千俱胝那庾多歲受諸楚毒猛利大苦彼罪重故於餘世界從一大地獄至一大地獄乃至火劫水劫風劫未起已來受諸楚毒猛利大苦如是展轉遍歷十方諸餘世界大地獄中受諸楚毒猛利大苦若彼諸餘十方世界火劫水劫風劫起時彼匱法業猶未盡故死已還生此堪忍界大地獄中從一大地獄至一大地獄乃至火劫水劫風劫未起已來受諸楚毒猛利大苦若此世界火劫水劫風劫起時彼匱法業猶未盡故死已復生他餘世界徧歷十方大地獄中受諸楚毒猛利大苦如是輪迴經無數劫彼匱法罪業勢稍微從地獄出墮傍生趣經多百歲乃至經多百千俱胝

那庾多歲受旁生身備遭殘害恐迫等苦罪未盡故於此世界從一險惡處至一險惡處乃至火劫水劫風劫未起已來備遭殘害恐迫等苦若此世界三災壞時彼匱法業餘勢未盡死已轉生他方世界與此同類旁生趣中經多百歲乃至經多百千俱胝那庾多歲備遭殘害恐迫等苦罪未盡故於他世界從一險惡處至一險惡處乃至火劫水劫風劫未起已來備遭殘害恐迫等苦若他世界三灾壞時彼匱法業餘勢未盡死已轉生餘方世界與此同類旁生趣中經多百歲乃至經多百千俱胝那庾多歲備遭殘害恐迫等苦罪未盡故於餘世界從一險惡處至一險惡處乃至火劫水劫風劫未起已來備遭殘害恐迫等苦如是展轉遍歷十方諸餘世界受旁生身備遭殘害恐迫等苦若彼諸餘十方世界三灾壞時彼匱法業餘勢未盡死已還生此堪忍界旁生趣中從一險惡處至一險惡處乃至火劫水劫風劫未起已來備遭殘害恐迫等苦若此世界三灾壞時彼匱法業餘勢未盡死已復生他餘世界遍歷十方旁生趣中廣受衆苦如是循環經無數劫彼匱法罪業勢漸薄免旁生趣墮鬼界中經多百歲乃至經多百千俱胝那庾多歲備受飢羸燋渴等苦罪未盡故於此世界從一餓鬼國至一餓鬼國乃至火劫水劫風劫未起已來備受飢羸燋渴等苦若此世界三灾壞時彼匱法業餘勢未盡死已轉生他方世界與此同類餓鬼趣中經多百歲乃至經多百千俱胝那庾多歲備受飢羸燋渴等苦罪未盡故

於他世界從一餓鬼國至一餓鬼國乃至火刧水刧風刧未起已來備受飢羸燋渴等苦若他世界三災壞時彼匱法業餘勢未盡死已轉生餘方世界與此同類餓鬼趣中經多百歲乃至經多百千俱胝那庾多歲備受飢羸燋渴等苦罪未盡故於餘世界從一餓鬼國至一餓鬼國乃至火刧水刧風刧未起已來備受饑羸燋渴等苦如是展轉遍歷十方諸餘世界於鬼界中備受飢羸燋渴等苦若彼諸餘十方世界三災壞時彼匱法業餘勢未盡死已還生此堪忍界餓鬼趣中從一餓鬼國至一餓鬼國乃至火刧水刧風刧未起已來備受飢羸燋渴等苦若此世界三災壞時彼匱法業餘勢未盡死已復生他餘世界遍歷十方餓鬼趣中廣受衆苦如是周流經無數刧彼匱法業餘勢將盡出餓鬼界來生人中雖得爲人而居下賤謂或生在生盲聾家或旃茶羅家或補羯娑家或屠膾家或漁獵家或工匠家或樂人家或邪見家或餘猥雜惡律儀家或所受身無眼無耳無鼻無舌無手無足盲瞎聾瘂癰疽疥癩風狂癲癇癃殘背僂矬陋攣躄諸根缺減黧黮窮顇頑嚚無識諸有所爲人皆輕誚或所生處不聞佛名法名僧名菩薩名獨覺名或復生於幽暗世界恒無晝夜不覩光明居處險陋穢惡毒刺所以者何彼匱法業造作增長極深重故受如是等不可愛樂圓滿苦果品類衆多難可具說若欲具說窮刧不盡爾時舍利子白佛言世尊彼所造作增長能感匱正法業與五無間業可說相似不佛告舍利子感匱法

業最極麤重不可以比五無間業謂彼聞說甚深般若波羅蜜多即便拒逆誹謗毀呰言如是語非佛所說非法非律非大師教我等於此不應信學是謗法人自謗般若波羅蜜多亦教他謗自壞其身亦令他壞自飲毒藥亦令他飲自失生天解脫樂果亦令他失自持其身趣地獄火亦令他趣自不信解甚深般若波羅蜜多亦教他人令不信解自沉苦海亦令他溺舍利子我於如是甚深般若波羅蜜多尚不欲令謗正法者聞其名字況爲彼說舍利子謗正法者我尚不聽住菩薩乘善男子等聞其名字況當眼見豈許共住何以故舍利子諸有誹謗甚深般若波羅蜜多當知彼名壞正法者墮黑暗類如穢蝸螺自汙汙他如臭爛糞若有信用壞法者言亦受如前所說大苦舍利子諸有破壞甚深般若波羅蜜多當知彼類即是地獄傍生餓鬼決定當受極重猛利無邊大苦是故智者不應毀謗甚深般若波羅蜜多時舍利子復白佛言如来何緣但說如是壞正法者墮大地獄傍生鬼界長時受苦而不說彼形貌身量佛告舍利子止不應說壞正法者當来所受惡趣形量所以者何我若具說彼趣形量彼聞驚怖當吐熱血便致命終或近死苦心頓憂惱如中毒箭身漸枯顇如被截苗恐彼聞說謗正法者當受如是大醜苦身徒自驚惶喪失身命我愍彼故不爲汝說舍利子言唯願佛說彼惡形量明誡未来令知謗法當獲大苦不造斯罪佛告舍利子我先所說足爲明誡謂未来世善男子等聞我所說壞正法業

造作增長極圓滿者墮大地獄旁生鬼界一一趣中長時受苦足自覩持不謗正法時舍利子即白佛言唯然世尊唯然善逝當來自類善男子等聞佛先說壞正法業感長時苦足爲明誡寧捨身命終不謗法勿我未來當受斯苦爾時善現便白佛言若有聰明善男子等聞佛所說謗正法人於當來世久受重苦應善護持身語意業勿於正法誹謗毀壞墮三惡趣長劫受苦於久遠時不見諸佛不聞正法不值遇僧不得生於有佛國土雖生人趣下賤貧窮醜陋頑愚支體不具諸有所說人不信受具壽善現復白佛言造作增長感匱法業豈不由習惡語業耶佛告善現如是如是實由慣習惡語業故造作增長感匱法業於我正法毘奈耶中當有愚癡諸出家者彼雖稱我以爲大師而於我說甚深般若波羅蜜多誹謗毀壞善現當知若有謗毀甚深般若波羅蜜多則爲謗毀諸佛無上正等菩提若有謗毀諸佛無上正等菩提則爲謗毀三世諸佛一切智智若有謗毀三世諸佛一切智智則爲謗毀佛法僧寶若有謗毀佛法僧寶則當謗毀世間正見若當謗毀世間正見則當謗毀布施等六波羅蜜多廣說乃至一切相智彼由謗毀諸功德聚則便攝受無量無數無邊罪業由彼攝受無量無數無邊罪業則便攝受一切地獄旁生鬼界及人趣中無量無數無邊大苦爾時善現復白佛言彼愚癡人幾因緣故謗毀如是甚深般若波羅蜜多佛告善現由四因緣何等爲四一者爲諸邪魔所扇惑故二者於甚深法不信

解故三者不勤精進耽着五蘊諸惡知識所攝受故四者多懷瞋恚樂行惡法喜自高舉輕蔑他故彼愚癡人由具如是四因緣故謗毀如是甚深般若波羅蜜多由此當來受諸大苦尒時具壽善現復白佛言世尊諸愚癡人不勤精進爲惡知識之所攝受未種善根具諸惡行於佛所說甚深般若波羅蜜多實難信解佛告善現如是如是如汝所說具壽善現復白佛言如是般若波羅蜜多云何甚深難信難解佛告善現色乃至識非縛非脫何以故以色乃至識無所有性爲色等自性故如是乃至一切智道相智一切相智非縛非脫何以故以一切智道相智一切相智無所有性爲一切智等自性故復次善現色乃至識前後中際非縛非脫何以故以色乃至識前後中際無所有性爲色等前後中際自性故如是乃至一切智道相智一切相智前後中際非縛非脫何以故以一切智道相智一切相智前後中際無所有性爲一切智等前後中際自性故具壽善現復白佛言不勤精進未種善根具不善根惡友所攝懈怠增上隨魔力行精進微劣失念惡慧補特伽羅於佛所說甚深般若波羅蜜多實難信解佛告善現如是如是如汝所說所以者何善現色清淨即果清淨果清淨即色清淨何以故是色清淨與果清淨無二無二分無別無斷故如是乃至諸佛無上正等菩提清淨即果清淨果清淨即諸佛無上正等菩提清淨何以故是諸佛無上正等菩提清淨與果清淨無二無二分無別無斷故復次善現色清淨

即般若波羅蜜多清淨般若波羅蜜多清淨即色清淨何以故是色清淨與般若波羅蜜多清淨無二無二分無別無斷故如是乃至一切相智清淨即般若波羅蜜多清淨般若波羅蜜多清淨即一切相智清淨何以故是一切相智清淨與般若波羅蜜多清淨無二無二分無別無斷故復次善現色清淨即一切智智清淨一切智智清淨即色清淨何以故是色清淨與一切智智清淨無二無二分無別無斷故如是乃至一切相智清淨即一切智智清淨一切智智清淨即一切相智清淨何以故是一切相智清淨與一切智智清淨無二無二分無別無斷故復次善現不二清淨即色清淨色清淨即不二清淨何以故是不二清淨與色清淨無二無二分無別無斷故如是乃至不二清淨即一切相智清淨一切相智清淨即不二清淨何以故是不二清淨與一切相智清淨無二無二分無別無斷故復次善現我乃至見者清淨即色清淨色清淨即我乃至見者清淨何以故是我乃至見者清淨與色清淨無二無二分無別無斷故如是乃至我乃至見者清淨即一切相智清淨一切相智清淨即我乃至見者清淨何以故是我乃至見者清淨與一切相智清淨無二無二分無別無斷故復次善現貪瞋癡清淨即色清淨色清淨即貪瞋癡清淨何以故是貪瞋癡清淨與色清淨無二無二分無別無斷故如是乃至貪瞋癡清淨即一切相智清淨一切相智清淨即貪瞋癡清淨何以故是貪瞋癡清淨與一切相智清淨無二

無二分無別無斷故復次善現色清淨故受清淨受清淨故色清淨何以故是色清淨與受清淨無二無二分無別無斷故如是受清淨故想清淨想清淨故受清淨展轉乃至道相智清淨故一切相智清淨一切相智清淨故道相智清淨何以故是道相智清淨與一切相智清淨無二無二分無別無斷故復次善現般若波羅蜜多清淨故色清淨色清淨故一切智智清淨何以故若般若波羅蜜多清淨若色清淨若一切智智清淨無二無二分無別無斷故如是乃至般若波羅蜜多清淨故一切相智清淨一切相智清淨故一切智智清淨何以故若般若波羅蜜多清淨若一切相智清淨若一切智智清淨無二無二分無別無斷故廣說乃至一切相智清淨故

色清淨色清淨故一切智智清淨何以故若一切相智清淨若色清淨若一切智智清淨無二無二分無別無斷故如是乃至一切相智清淨故道相智清淨道相智清淨故一切智智清淨何以故若一切相智清淨若道相智清淨若一切智智清淨無二無二分無別無斷故復次善現一切智智清淨故色清淨色清淨故般若波羅蜜多清淨何以故若一切智智清淨若色清淨若般若波羅蜜多清淨無二無二分無別無斷故如是乃至一切智智清淨故一切相智清淨一切相智清淨故般若波羅蜜多清淨何以故若一切智智清淨若一切相智清淨若般若波羅蜜多清淨無二無二分無別無斷故廣說乃至一切智智清淨故色清淨色清淨故一切相智清

淨何以故若一切智智清淨若色清淨若一切相智清淨無二無二分無別無斷故如是乃至一切智智清淨故道相智清淨道相智清淨故一切相智清淨何以故若一切智智清淨若道相智清淨若一切相智清淨無二無二分無別無斷故復次善現有爲清淨故無爲清淨無爲清淨故有爲清淨何以故若有爲清淨若無爲清淨無二無二分無別無斷故復次善現過去清淨故未來現在清淨未來清淨故過去現在清淨現在清淨故過去未來清淨何以故若過去清淨若未来清淨若現在清淨無二無二分無別無斷故

第三分歎淨品第十一之一

爾時舍利子白佛言世尊如是清淨最爲甚深佛言如是畢竟淨故舍利子言何等法畢竟淨故説是清淨最爲甚深佛告舍利子色畢竟淨故説是清淨最爲甚深受想行識畢竟淨故説是清淨最爲甚深如是乃至一切智畢竟淨故説是清淨最爲甚深道相智一切相智畢竟淨故説是清淨最爲甚深時舍利子復白佛言如是清淨甚爲明了佛言如是畢竟淨故舍利子言何等法畢竟淨故説是清淨甚爲明了佛告舍利子般若波羅蜜多畢竟淨故説是清淨甚爲明了乃至布施波羅蜜多畢竟淨故説是清淨甚爲明了如是乃至一切智畢竟淨故説是清淨甚爲明了道相智一切相智畢竟淨故説是清淨甚爲明了時舍利子復白佛言如是清淨不轉不續佛言如是畢竟淨故舍利子言何等法畢竟淨故説是清淨不轉不續佛告舍利子

色不轉不續畢竟淨故說是清淨不轉不續如是乃至一切相智不轉不續畢竟淨故說是清淨不轉不續時舍利子復白佛言如是清淨本無雜染佛言如是畢竟淨故舍利子言何等法畢竟淨故說是清淨本無雜染佛告舍利子色畢竟淨故說是清淨本無雜染如是乃至一切相智畢竟淨故說是清淨本無雜染時舍利子復白佛言如是清淨本性光潔佛言如是畢竟淨故舍利子言何等法畢竟淨故說是清淨本性光潔佛告舍利子色畢竟淨故說是清淨本性光潔如是乃至一切相智畢竟淨故說是清淨本性光潔時舍利子復白佛言如是清淨無得無現觀佛言如是畢竟淨故舍利子言何等法畢竟淨故說是清淨無得無現觀佛告舍利子色本性空畢竟淨故說是清淨無得無現觀如是乃至一切相智本性空畢竟淨故說是清淨無得無現觀時舍利子復白佛言如是清淨無生無出現佛言如是畢竟淨故舍利子言何等法畢竟淨故說是清淨無生無出現佛告舍利子色無生無顯畢竟淨故說是清淨無生無出現如是乃至一切相智無生無顯畢竟淨故說是清淨無生無出現時舍利子復白佛言如是清淨不生欲界不生色界不生無色界佛言如是畢竟淨故舍利子言云何如是清淨不生欲界不生色界不生無色界佛告舍利子三界自性不可得故說是清淨不生欲界不生色界不生無色界時舍利子復白佛言如是清淨本性無知佛言如是畢竟淨故舍利子言云何如是清淨本性無

知佛告舍利子以一切法本性鈍故如是清淨本性無知舍利子言何等法本性無知故說是清淨本性無知佛告舍利子色本性無知自相空故說是清淨本性無知如是乃至一切相智本性無知自相空故說是清淨本性無知時舍利子復白佛言以一切法本性淨故說是清淨佛言如是以一切法畢竟淨故舍利子言云何一切法本性淨故說是清淨佛告舍利子以一切法不可得故本性清淨說是清淨時舍利子復白佛言如是般若波羅蜜多於一切智智無益無損佛言如是畢竟淨故舍利子言云何般若波羅蜜多於一切智智無益無損佛告舍利子法界常住故如是般若波羅蜜多於一切智智無益無損時舍利子復白佛言如是般若波羅蜜多本性清淨於一切法無所攝受佛言如是以一切法畢竟淨故舍利子言云何般若波羅蜜多本性清淨於一切法無所攝受佛告舍利子法界湛然無動搖故如是般若波羅蜜多本性清淨於一切法無所攝受具壽善現亦白佛言我清淨故色受想行識乃至無忘失法恒住捨性清淨佛言如是畢竟淨故世尊何緣而說我清淨故色受想行識乃至無忘失法恒住捨性清淨是畢竟淨善現我無所有故受想行識乃至無忘失法恒住捨性亦無所有是畢竟淨具壽善現復白佛言我清淨故預流一來不還阿羅漢果獨覺菩提一切菩薩摩訶薩行諸佛無上正等菩提清淨佛言如是畢竟淨故世尊何緣而說我清淨故預流果乃至諸佛無上正等菩提清淨

是畢竟淨善現我自相空故預流果乃至諸佛無上正等菩提亦自相空是畢竟淨具壽善現復白佛言我清淨故一切智道相智一切相智清淨佛言如是畢竟淨故世尊何緣而說我清淨故一切智道相智一切相智清淨是畢竟淨善現我無相無得無念無知故一切智道相智一切相智亦無相無得無念無知是畢竟淨具壽善現復白佛言二清淨故無得無現觀佛言如是畢竟淨故世尊何緣而說二清淨故無得無現觀是畢竟淨善現顛倒所起染淨無故無得無現觀是畢竟淨具壽善現復白佛言我無邊故色受想行識乃至一切智道相智一切相智亦無邊佛言如是畢竟淨故世尊何緣而說我無邊故色受想行識乃至一切智道相智一切相智亦無邊是畢竟淨善現以畢竟空無際空故是畢竟淨具壽善現復白佛言若菩薩摩訶薩能如是覺是爲般若波羅蜜多佛言如是畢竟淨故世尊何緣而說若菩薩摩訶薩能如是覺是爲般若波羅蜜多即畢竟淨善現由此能成道相智故具壽善現復白佛言若菩薩摩訶薩行深般若波羅蜜多時不得彼岸不得此岸不得中流是爲菩薩摩訶薩甚深般若波羅蜜多佛言如是畢竟淨故世尊何緣而說若菩薩摩訶薩行深般若波羅蜜多時不得彼岸不得此岸不得中流是爲菩薩摩訶薩甚深般若波羅蜜多即畢竟淨善現以三世法性平等故

大般若波羅蜜多經卷第五百六

音釋

狹轄夾切隘也　鈍杜困切不利也　匱求位切乏也竭也　循環循音旬環音還循環謂旋繞往來不絕也　羸倫為切瘦也　猥雜猥鄔賄切鄙也雜昨答切參錯也　癰疽癰於容切疽千余切　癲癇癲多年切癇何間切癲癇謂癲狂癇病也　癃良中切疲病也　背僂僂音呂背僂謂脊背俯傴也　攣躄攣闕員切手拘攣也躄必益切足不能行也　黧黮黧音黎黑色也黮徒感切亦黑也　頑嚚頑魚鰥切心不則德義之經曰頑嚚魚巾切口不道忠信之言曰嚚　輕誚誚才笑切以辭相責也　毀呰毀虎委切謗也呰音紫譏毀也　蝸螺蝸公蛙切螺盧戈切蝸螺一名蝸蟲以有兩角故名蝸牛即負殼蜒蚰也　兢持兢居卿切通作矜矜持自彷貌又兢巨興切堅彊也

大般若波羅蜜多經卷第五百七

唐三藏法師玄奘奉　詔譯

第三分歎淨品第十一之二

爾時具壽善現復白佛言世尊安住大乘諸善男子善女人等若無方便善巧於深般若波羅蜜多起般若波羅蜜多想是善男子善女人等以有所得爲方便故棄捨遠離甚深般若波羅蜜多佛告善現善哉善哉如是如是如汝所說彼善男子善女人等著名著相是故於此甚深般若波羅蜜多棄捨遠離具壽善現復白佛言世尊云何彼善男子善女人等著名著相佛告善現彼善男子善女人等於深般若波羅蜜多取名取相取名相已躭著般若波羅蜜多而生憍慢不能證得實相般若是故彼類於深般若波羅蜜多棄捨遠離復次善現安住大乘諸善男子善女人等若有方便善巧於深般若波羅蜜多不起般若波羅蜜多想以無所得爲方便故於深般若波羅蜜多不取名相不起躭著不生憍慢便能證得實相般若當知此類於深般若波羅蜜多能不棄捨亦不遠離具壽善現即白佛言甚奇世尊善爲菩薩摩訶薩衆於深般若波羅蜜多開示分別著不著相時舍利子問善現言云何菩薩摩訶薩於深般若波羅蜜多所起執著不執著相善現答言安住大乘諸善男子善女人等若無方便善巧行深般若波羅蜜多時於色謂空起空想著於受想行識謂空起空想著如是乃至於一切智謂空起空想著於道相智一切相智謂空起空想著復次舍利子安住大乘諸善男子

善女人等若無方便善巧行深般若波羅蜜多時於色謂色起色想著廣說乃至於一切相智謂一切相智起一切相智想著於過去法謂過去法起過去法想著於未來法謂未來法起未來法想著於現在法謂現在法起現在法想著復次舍利子若菩薩摩訶薩以有所得而爲方便從初發心於布施波羅蜜多乃至一切相智起行想著舍利子諸菩薩摩訶薩行深般若波羅蜜多時若無方便善巧以有所得而爲方便起如是等種種想著名爲著相復次舍利子先所問言云何菩薩摩訶薩於深般若波羅蜜多不著相者若菩薩摩訶薩行深般若波羅蜜多時有方便善巧故於色不起空不空想於受想行識不起空不空想廣說乃至於一切智不起空不空想於道相智一切相智不起空不空想於過去法不起空不空想於未來現在法不起空不空想復次舍利子若菩薩摩訶薩行深般若波羅蜜多時有方便善巧故不作是念我能行施此所行施如是行施我能持戒此所持戒如是持戒我能修忍此所修忍如是修忍我能精進此是精進如是精進我能修定此所修定如是修定我能修慧此所修慧如是修慧我能植福此所植福如是植福我能入菩薩正性離生我能嚴淨佛土我能成熟有情我能證得一切智智舍利子是菩薩摩訶薩行深般若波羅蜜多時有方便善巧故無如是等一切分別由通達內空乃至無性自性空故舍利子是名菩薩摩訶薩於深般若波羅蜜多不執著相時天帝釋問善現言

安住大乘諸善男子善女人等行深般若波羅蜜多時云何知彼所起著相善現荅言安住大乘諸善男子善女人等行深般若波羅蜜多時若無方便善巧有所得爲方便起自心想起布施想廣說乃至起一切智智想起諸佛想起於佛所種善根想起以如是所種善根合集稱量與諸有情平等共有迴向無上正等覺想憍尸迦由此應知安住大乘諸善男子善女人等行深般若波羅蜜多時所起著想憍尸迦是善男子善女人等由著相故不能修行無著般若波羅蜜多迴向無上正等菩提何以故憍尸迦非色本性可能迴向廣說乃至非一切相智本性可能迴向故

復次憍尸迦若菩薩摩訶薩欲於無上正等菩提示現勸導讚勵慶喜他有情者應觀諸法平等實性隨此作意示現勸導讚勵慶喜他諸有情謂作是言善男子等行布施時不應分別我能行施廣說乃至行一切相智時不應分別我能行一切相智修佛無上正等菩提時不應分別我能修諸佛無上正等菩提憍尸迦諸菩薩摩訶薩欲於無上正等菩提示現勸導讚勵慶喜他有情者應作如是示現勸導讚勵慶喜他諸有情若能如是於自無損亦不損他如諸如來所應許可示現勸導讚勵慶喜諸有情故憍尸迦安住大乘善男子等若能如是示現勸導讚勵慶喜趣菩薩乘諸有情者便能遠離一切執著尒時世尊讚善現曰善哉善哉汝今善能爲諸菩薩說執著相復有此餘微細執著當爲汝說汝應諦聽極善思惟善現白言唯然願說我

等樂聞佛告善現安住大乘善男子等欲趣無上正等菩提若於如來應正等覺取相憶念皆是執著若於三世諸佛世尊從初發心乃至法住所有善根取相憶念隨喜迴向無上菩提皆是執著若於如來諸弟子等所修善法取相憶念隨喜迴向無上菩提皆是執著所以者何於諸如來及弟子等功德善根不應取相憶念分別諸取相者皆虛妄故尒時善現便白佛言如是般若波羅蜜多最爲甚深佛言如是以一切法本性離故善現復言如是般若波羅蜜多皆應禮敬佛言如是功德多故然此般若波羅蜜多無造無作無能證者善現復言一切法性不可證覺佛言如是以一切法一性非二善現當知諸法一性即是無性諸法無性即是一性如是諸法一性無性是本實性此本實性無造無作若菩薩摩訶薩能如實知一性無性無造無作即能遠離一切執著善現復言如是般若波羅蜜多難可覺了佛言如是以深般若波羅蜜多無能見聞覺知者故善現復言如是般若波羅蜜多不可思議佛言如是以深般若波羅蜜多不可以心取離心相故不可以色取離色相故廣說乃至不可以一切相智取離一切相智相故不可以一切法取離一切法相故善現復言如是般若波羅蜜多無所造作佛言如是以諸作者不可得故善現當知色不可得故作者不可得受想行識不可得故作者不可得廣說乃至一切相智不可得故作者不可得一切法不可得故作者不可得由諸作者及色等法不可得故甚深般

若波羅蜜多無造無作尒時善現復白佛言云何菩薩摩訶薩應行般若波羅蜜多佛告善現若菩薩摩訶薩不行於色是行般若波羅蜜多不行受想行識是行般若波羅蜜多廣說乃至不行一切智是行般若波羅蜜多不行道相智一切相智是行般若波羅蜜多復次善現若菩薩摩訶薩不行色若常若無常若樂若苦若我若無我若淨若不淨若遠離若不遠離若寂靜若不寂靜是行般若波羅蜜多廣說乃至不行一切相智若常若無常若樂若苦若我若無我若淨若不淨若遠離若不遠離若寂靜若不寂靜是行般若波羅蜜多何以故以色乃至一切相智尚無所有況有常無常乃至寂靜不寂靜復次善現若菩薩摩訶薩不行色圓滿是行般若波羅蜜多不行色不圓滿是行般若波羅蜜多廣說乃至不行一切相智圓滿是行般若波羅蜜多不行一切相智不圓滿是行般若波羅蜜多何以故若色圓滿及不圓滿俱不名色亦不如是行是行般若波羅蜜多廣說乃至若一切相智圓滿及不圓滿俱不名一切相智亦不如是行是行般若波羅蜜多具壽善現便白佛言甚奇如來應正等覺善爲菩薩宣說種種著不著相佛告善現如是如是一切如來應正等覺善爲菩薩宣說種種著不著相令學般若波羅蜜多速至究竟復次善現諸菩薩摩訶薩行深般若波羅蜜多時若不行色著不著相是行般若波羅蜜多不行受想行識著不著相是行般若波羅蜜多廣說乃至若不行一切菩薩摩訶薩行著不著

相是行般若波羅蜜多不行諸佛無上正等菩提著不著相是行般若波羅蜜多爾時善現即白佛言甚奇世尊甚深法性極爲希有若說不說俱無增減佛告善現如是如是甚深法性極爲希有若說不說俱無增減譬如虛空假使諸佛盡其壽量或讚或毀而彼虛空無增無減甚深法性亦復如是若說不說俱無增減又如幻士於讚毀時無喜無憂不增不減甚深法性亦復如是若說不說如本無異具壽善現復白佛言諸菩薩摩訶薩行深般若波羅蜜多甚爲難事謂深般若波羅蜜多若修不修無增無減無憂無喜無向無背而勤修學甚深般若波羅蜜多乃至無上正等菩提常無退轉所以者何諸菩薩摩訶薩修行般若波羅蜜多如修虛空都無所有如虛空中無色可了亦無受想行識可了廣說乃至無一切菩薩摩訶薩行可了亦無諸佛無上正等菩提可了所修般若波羅蜜多亦復如是謂此般若波羅蜜多甚深法中無色可得廣說乃至無諸佛無上正等菩提可得此中雖無諸法可得而諸菩薩能勤精進修學般若波羅蜜多乃至無上正等菩提常無退轉是故我說諸菩薩摩訶薩行深般若波羅蜜多甚爲難事爾時具壽善現復白佛言世尊諸菩薩摩訶薩能被如是大功德鎧我等有情皆應敬禮世尊若菩薩摩訶薩爲諸有情成熟解脫被功德鎧勤精進者如爲虛空成熟解脫被功德鎧發勤精進若菩薩摩訶薩爲一切法被功德鎧勤精進者如爲虛空被功德鎧發勤精進若菩薩摩訶薩爲

拔有情出生死苦被功德鎧勤精進者如爲舉空置高勝處被功德鎧發勤精進世尊諸菩薩摩訶薩得大精進波羅蜜多爲如虛空諸有情類獲大利樂發趣無上正等菩提世尊諸菩薩摩訶薩得不思議無等神力爲如虛空諸法性海被功德鎧發趣無上正等菩提世尊諸菩薩摩訶薩最極勇健爲如虛空諸佛無上正等菩提被功德鎧發勤精進世尊諸菩薩摩訶薩爲如虛空諸有情類勤修苦行欲證無上正等菩提甚爲希有所以者何假使三千大千世界滿中如来應正等覺如竹麻葦甘蔗等林住世一劫或一劫餘爲諸有情常說正法各度無量無數有情令入涅槃究竟安樂而有情界不增不減所以者何以諸有情皆無所有性遠離故世尊假使十方一切世界滿中如来應正等覺如竹麻葦甘蔗等林住世一劫或一劫餘爲諸有情常說正法各度無量無數有情令入涅槃究竟安樂而有情界不增不減所以者何以諸有情皆無所有性遠離故世尊由此因緣我作是說諸菩薩摩訶薩爲如虛空諸有情類勤修苦行欲證無上正等菩提甚爲希有爾時衆中有一苾芻竊作是念我應敬禮甚深般若波羅蜜多此中雖無諸法生滅而有戒蘊定蘊慧蘊解脫蘊解脫知見蘊施設可得亦有預流一来不還阿羅漢果獨覺菩提一切菩薩摩訶薩行諸佛無上正等菩提施設可得亦有佛寶法寶僧寶轉妙法輪度有情衆施設可得佛知其念便告彼言如是如是如汝所念甚深般若波羅蜜多微妙難測其

中雖無諸法可得而亦非無時天帝釋問善現言若菩薩摩訶薩欲學般若波羅蜜多當如何學善現荅言當如虛空精勤修學時天帝釋便白佛言若善男子善女人等於深般若波羅蜜多至心聽聞受持讀誦精勤修學如理思惟書寫解說廣令流布我當云何爲作守護具壽善現告帝釋言汝見有法可守護不天帝釋言不也大德我不見法是可守護善現告言若善男子善女人等如佛所說住深般若波羅蜜多即爲守護若善男子善女人等住深般若波羅蜜多常不遠離當知一切人非人等伺求其便欲爲損害終不能得憍尸迦若欲守護住深般若波羅蜜多諸菩薩者不異有人發勤精進守護虛空若欲守護行深般若波羅蜜多諸菩薩者唐設劬勞都無所益憍尸迦於意云何有能守護幻夢響像光影陽焰及尋香城變化事不天帝釋言不也大德善現言憍尸迦若欲守護行深般若波羅蜜多諸菩薩者亦復如是唐設劬勞都無所益憍尸迦於意云何有能守護如來及佛所化事不天帝釋言不也大德善現言憍尸迦若欲守護行深般若波羅蜜多諸菩薩者亦復如是唐設劬勞都無所益憍尸迦於意云何有能守護真如法界廣說乃至虛空界不思議界不天帝釋言不也大德善現言憍尸迦若欲守護行深般若波羅蜜多諸菩薩者亦復如是唐設劬勞都無所益時天帝釋問善現言云何菩薩摩訶薩行深般若波羅蜜多時雖達諸法如幻如夢如響如像如光影如陽焰如尋香城如變化事而

是菩薩摩訶薩不執是幻廣說乃至是變化事不執由幻廣說乃至由變化事不執屬幻廣說乃至屬變化事不執依幻廣說乃至依變化事善現荅言若菩薩摩訶薩行深般若波羅蜜多時不執是色廣說乃至一切相智不執由色廣說乃至一切相智不執屬色廣說乃至一切相智不執依色廣說乃至一切相智是菩薩摩訶薩行深般若波羅蜜多時雖達諸法如幻乃至如變化事而能不執是幻乃至是變化事亦復不執由幻乃至由變化事亦復不執屬幻乃至屬變化事亦復不執依幻乃至依變化事乃至不執是相由相屬相依相尒時世尊威神力故令此三千大千世界一切四大王衆天乃至色究竟天皆持天上栴檀香末遥散世尊来詣佛所頂禮雙足却住一面時諸天等佛神力故於十方面各見千佛宣說般若波羅蜜多義品名字皆同於此請說般若波羅蜜多苾芻衆首皆名善現問難般若波羅蜜多諸天衆首皆名帝釋尒時世尊告善現曰慈氏菩薩當證無上正等覺時亦於此處宣說般若波羅蜜多此賢劫中當来諸佛亦於此處宣說般若波羅蜜多具壽善現即白佛言慈氏菩薩當證無上正等覺時當以何法諸行相狀宣說般若波羅蜜多佛告善現慈氏菩薩當證無上正等覺時當以色受想行識非常非無常非樂非苦非我非無我非淨非不淨非遠離非不遠離非寂靜非不寂靜非縛非脫非有非空非過去非未來非現在宣說般若波羅蜜多廣說乃至當以一切智道相智一切相智

非常非無常非樂非苦非我非無我非淨非不淨非遠離非不遠離非寂靜非不寂靜非縛非脫非有非空非過去非未來非現在宣說般若波羅蜜多具壽善現復白佛言慈氏菩薩當得無上正等覺時證何等法說何等法佛告善現慈氏菩薩當得無上正等覺時證色畢竟淨說色畢竟淨廣說乃至證一切相智畢竟淨說一切相智畢竟淨具壽善現復白佛言甚深般若波羅蜜多云何清淨佛告善現色清淨故甚深般若波羅蜜多清淨廣說乃至一切相智清淨故甚深般若波羅蜜多清淨具壽善現即白佛言云何色清淨故甚深般若波羅蜜多清淨廣說乃至云何一切相智清淨故甚深般若波羅蜜多清淨佛告善現色無生無滅無染無淨故清淨色清淨故甚深般若波羅蜜多清淨廣說乃至一切相智無生無滅無染無淨故清淨一切相智清淨故甚深般若波羅蜜多清淨復次善現虛空清淨故甚深般若波羅蜜多清淨具壽善現即白佛言云何虛空清淨故甚深般若波羅蜜多清淨佛告善現虛空無生無滅無染無淨故清淨虛空清淨故甚深般若波羅蜜多清淨復次善現色無染汙故甚深般若波羅蜜多清淨廣說乃至一切相智無染汙故甚深般若波羅蜜多清淨世尊云何色無染汙故甚深般若波羅蜜多清淨廣說乃至一切相智無染汙故甚深般若波羅蜜多清淨善現色不可取故無染汙色無染汙故甚深般若波羅蜜多清淨廣說乃至一切相智不可取故無染汙一切相智無染汙故

甚深般若波羅蜜多清淨復次善現虛空無染汙故甚深般若波羅蜜多清淨世尊云何虛空無染汙故甚深般若波羅蜜多清淨善現虛空不可取故無染汙虛空無染汙故甚深般若波羅蜜多清淨復次善現虛空唯假說故甚深般若波羅蜜多清淨世尊云何虛空唯假說故甚深般若波羅蜜多清淨善現如因虛空二響聲現唯有假說唯假說故甚深般若波羅蜜多清淨復次善現虛空不可說故甚深般若波羅蜜多清淨世尊云何虛空不可說故甚深般若波羅蜜多清淨善現虛空無可說事故不可說不可說故甚深般若波羅蜜多清淨復次善現虛空不可得故甚深般若波羅蜜多清淨世尊云何虛空不可得故甚深般若波羅蜜多清淨善現虛空無可得事故不可得不可得故甚深般若波羅蜜多清淨復次善現一切法無生無滅無染無淨故甚深般若波羅蜜多清淨世尊云何一切法無生無滅無染無淨故甚深般若波羅蜜多清淨善現以一切法畢竟淨故無生無滅無染無淨無生滅染淨故甚深般若波羅蜜多清淨

第三分讚德品第十二

爾時具壽善現白佛言世尊若善男子善女人等能於般若波羅蜜多甚深經典至心聽聞受持讀誦精勤修學如理思惟書寫解說廣令流布是善男子善女人等諸根無病支體具足身不衰耄亦不橫死常為無量百千天神恭敬圍繞隨逐守護是善男子善女人等於黑白月各第八日第十四日第十五日

讀誦宣說甚深般若波羅蜜多是時四大王衆天乃至色究竟天皆来集會此法師所聽受般若波羅蜜多甚深法義是善男子善女人等由此因緣便獲無量無數無邊不可思議希有功德佛告善現如是如是如汝所說所以者何甚深般若波羅蜜多是大寶藏由深般若波羅蜜多大寶藏故無量無數無邊有情解脱地獄旁生鬼趣及人天中貧病等苦亦能施與無量無數無邊有情刹帝利大族乃至居士大族富貴安樂亦能施與無量無數無邊有情四大王衆天乃至非想非非想處天富貴安樂亦能施與無量無數無邊有情預流一來不還阿羅漢果獨覺菩提無上菩提自在安樂何以故甚深般若波羅蜜多大寶藏中廣說開示十善業道四靜慮四無量四無色定如是乃至一切相智無量無數無邊有情於中修學得生刹帝利大族乃至居士大族或生四大王衆天乃至非想非非想處天或得預流果乃至獨覺菩提或入菩薩正性離生修諸菩薩摩訶薩地證得無上正等菩提由此因緣甚深般若波羅蜜多名大寶藏世出世間功德珍寶無不依此而出現故善現當知甚深般若波羅蜜多大寶藏中不說少法有生有滅有染有淨有取有捨所以者何此中無法可生可滅可染可淨可取可捨善現當知甚深般若波羅蜜多大寶藏中不說有法是善是非善是有漏是無漏是有罪是無罪是雜染是清淨是世間是出世間是有爲是無爲由此因緣甚深般若波羅蜜多名無所得大法寶藏善現當知甚

深般若波羅蜜多大寶藏中不說少法是能染汙及能清淨何以故此中無法可染淨故由此因緣甚深般若波羅蜜多名無染淨大法寶藏復次善現若菩薩摩訶薩行深般若波羅蜜多時無如是想如是分別如是有得如是戲論我能修行甚深般若波羅蜜多是菩薩摩訶薩如實修行甚深般若波羅蜜多亦能親近承事諸佛從一佛土趣一佛土供養恭敬尊重讚歎諸佛世尊遊諸佛國善取其相成熟有情嚴淨佛土修諸菩薩摩訶薩行速證無上正等菩提復次善現甚深般若波羅蜜多於一切法不向不背不引不遣不取不捨不生不滅不垢不淨不增不減甚深般若波羅蜜多非過去非未來非現在不超欲界不住欲界不超色界不住色界不超無色界不住無色界於布施波羅蜜多不與不捨廣說乃至於一切相智不與不捨於預流果不與不捨廣說乃至於佛無上正等菩提不與不捨不與諸聖法不捨異生法不與諸佛法不捨二乘法不與無爲界不捨有爲界所以者何如來出世若不出世如是諸法常無變易安住法界一切如來現覺現觀既自現覺自現觀已爲諸有情宣說開示分別顯了令同悟入離諸妄想分別顛倒爾時無量百千天子住虛空中歡喜踊躍各持天上嗢鉢羅花鉢特摩花拘某陀花奔茶利花微妙香花及諸香末而散佛上互相慶慰同聲唱言我等今者於贍部洲見佛第二轉妙法輪此中無量百千天子聞說般若波羅蜜多皆同證得無生法忍尒時世尊告善現曰如是

法輪非第一轉亦非第二所以者何甚深般若波羅蜜多於一切法不爲轉故不爲還故出現世間但以無性自性空故具壽善現白言世尊以何無性自性空故甚深般若波羅蜜多於一切法不爲轉故不爲還故出現世間佛告善現以深般若波羅蜜多乃至布施波羅蜜多甚深般若乃至布施波羅蜜多自性空故廣說乃至以一切智道相智一切相智一切智道相智一切相智自性空故以預流果預流果自性空故廣說乃至以諸佛無上正等菩提諸佛無上正等菩提自性空故善現當知以如是等諸法無性自性空故甚深般若波羅蜜多於一切法不爲轉故不爲還故出現世間具壽善現復白佛言甚深般若波羅蜜多是大波羅蜜多達一切法自性空故雖達諸法自性皆空而諸菩薩摩訶薩依此般若波羅蜜多證得無上正等菩提轉妙法輪度有情衆雖證菩提而無所證證不證法不可得故雖轉法輪而無所轉轉還法不可得故雖度有情而無所度見不見法不可得故世尊於此大般若波羅蜜多中轉法輪事都不可得以一切法永不生故能轉所轉不可得故所以者何非空無相無願法中可有能轉及能還法轉還性法不可得故世尊於深般若波羅蜜多若能如是宣說開示分別顯了令易悟入是名善淨宣說般若波羅蜜多此中都無說者受者所說受法既無說者受者及法諸能證者亦不可得無證者故亦無有能得涅槃者甚深般若波羅蜜多善說法中亦無福田施受施物皆性空故

福田無故福性亦空表示名言皆不可得是故名大波羅蜜多尒時具壽善現復白佛言世尊甚深般若波羅蜜多是無邊波羅蜜多如是善現如太虛空無邊際故世尊甚深般若波羅蜜多是平等波羅蜜多如是善現以一切法性平等故世尊甚深般若波羅蜜多是遠離波羅蜜多如是善現畢竟空故世尊甚深般若波羅蜜多是難屈伏波羅蜜多如是善現以一切法不可得故世尊甚深般若波羅蜜多是無足跡波羅蜜多如是善現以一切法無名體故世尊甚深般若波羅蜜多是虛空波羅蜜多如是善現入息出息不可得故世尊甚深般若波羅蜜多是不可說波羅蜜多如是善現此中無尋亦無伺故世尊甚深般若波羅蜜多是無名波羅蜜多如是善現受想行等不可得故世尊甚深般若波羅蜜多是無轉波羅蜜多如是善現以一切法無去来故世尊甚深般若波羅蜜多是不可引波羅蜜多如是善現以一切法不可取故世尊甚深般若波羅蜜多是盡波羅蜜多如是善現以一切法畢竟盡故世尊甚深般若波羅蜜多是無生滅波羅蜜多如是善現以一切法無滅生故世尊甚深般若波羅蜜多是無作波羅蜜多如是善現以諸作者不可得故世尊甚深般若波羅蜜多是無知波羅蜜多如是善現以諸知者不可得故世尊甚深般若波羅蜜多是無移動波羅蜜多如是善現以死生者不可得故世尊甚深般若波羅蜜多是無調伏波羅蜜多如是善現以一切法可調伏性不可得故世尊甚深般若

波羅蜜多是如夢如響如像如幻如光影如陽燄如尋香城如變化事波羅蜜多如是善現以一切法如夢所見廣說乃至如變化事不可得故世尊甚深般若波羅蜜多是無染淨波羅蜜多如是善現以染淨因不可得故世尊甚深般若波羅蜜多是無塗染波羅蜜多如是善現彼所依法不可得故世尊甚深般若波羅蜜多是無戲論波羅蜜多如是善現諸戲論事永滅除故世尊甚深般若波羅蜜多是無慢執波羅蜜多如是善現破壞一切慢執事故世尊甚深般若波羅蜜多是無動轉波羅蜜多如是善現住法界故世尊甚深般若波羅蜜多是離染著波羅蜜多如是善現覺一切法非虛妄故世尊甚深般若波羅蜜多是無等起波羅蜜多如是善現於一切法無分別故世尊甚深般若波羅蜜多是寂靜波羅蜜多如是善現於諸法相無所得故世尊甚深般若波羅蜜多是無貪瞋癡波羅蜜多如是善現除滅一切三毒事故世尊甚深般若波羅蜜多是無煩惱波羅蜜多如是善現離分別故世尊甚深般若波羅蜜多是離有情波羅蜜多如是善現達諸有情無所有故世尊甚深般若波羅蜜多是無斷壞波羅蜜多如是善現此能等起一切法故世尊甚深般若波羅蜜多是無二邊波羅蜜多如是善現離二邊故世尊甚深般若波羅蜜多是無雜壞波羅蜜多如是善現以一切法不壞雜故世尊甚深般若波羅蜜多是無取著波羅蜜多如是善現超過聲聞獨覺地故世尊甚深般若波羅蜜多是無分別波羅蜜

多如是善現一切分別不可得故世尊甚深般若波羅蜜多是無分限波羅蜜多如是善現諸法分限不可得故世尊甚深般若波羅蜜多是如虛空波羅蜜多如是善現於一切法無滯礙故世尊甚深般若波羅蜜多是無常苦無我波羅蜜多如是善現於一切法滅壞逼迫無執著故世尊甚深般若波羅蜜多是空無相無願波羅蜜多如是善現達一切法都無所有遠離諸相不可願故世尊甚深般若波羅蜜多是內空乃至無性自性空波羅蜜多如是善現知所空法不可得故世尊甚深般若波羅蜜多是四念住乃至十八佛不共法波羅蜜多如是善現知身受心法皆不可得廣說乃至趣諸聲聞獨覺法故世尊甚深般若波羅蜜多是如來波羅蜜多如是善現能如實說一切法故世尊甚深般若波羅蜜多是自然波羅蜜多如是善現於一切法自在轉故世尊甚深般若波羅蜜多是正等覺波羅蜜多如是善現於一切法能正等覺一切相故

大般若波羅蜜多經卷第五百七

音釋

讚勵（讚則肝切稱美也勵音例勉勵也）鎧（可亥切甲也）葦（羽鬼切初生名葭稍大爲蘆長成乃名爲葦）衰耄（耄音帽人年五十曰衰八十曰耄）嗢鉢羅（梵語也此云青蓮花嗢烏骨切）

大般若波羅蜜多經卷第五百八

唐三藏法師玄奘奉　詔譯

第三分陀羅尼品第十三之一

時天帝釋竊作是念若善男子善女人等得聞如是甚深般若波羅蜜多法門名字當知過去已曾親近無量如來應正等覺發弘誓願種諸善根多善知識之所攝受況能書寫受持讀誦如理思惟爲他演說或能隨力如教修行當知是人已於過去無量佛所親近承事供養恭敬植衆德本曾聞般若波羅蜜多聞已受持思惟讀誦爲他演說如教修行或於此經能問能荅由先福力令辦是事若善男子善女人等已曾供養無量如來應正等覺功德純淨聞深般若波羅蜜多其心不驚不恐不怖聞已信樂如說修行當知是人曾於過去無量百千俱胝佛所發弘誓願修行布施乃至般若波羅蜜多故於今生能成是事時舍利子亦白佛言若善男子善女人等聞此般若波羅蜜多甚深義趣其心不驚不恐不怖聞已書寫受持讀誦如理思惟爲他演說廣令流布如教修行當知是人如不退位諸大菩薩所以者何如是般若波羅蜜多義趣甚深極難信解若於先世不久修行布施等六波羅蜜多豈暫得聞即能信解世尊若善男子善女人等聞說般若波羅蜜多甚深義趣毀呰誹謗當知是人先世於此甚深般若波羅蜜多亦曾毀謗何以故如是愚人聞說般若波羅蜜多甚深義趣由宿習力不信不樂心不清淨所以者何如是愚人於過去世未曾親近諸佛菩薩及餘賢聖未曾

請問云何應行布施等六波羅蜜多廣說乃至云何應學十八佛不共法故今聞說甚深般若波羅蜜多毀呰誹謗不信不樂心不清淨尒時天帝釋謂舍利子言如是般若波羅蜜多義趣甚深極難信解諸有未久信樂修行布施等六波羅蜜多廣說乃至十八佛不共法及餘無量無邊佛法聞此般若波羅蜜多甚深義趣不能信解或生毀謗未爲希有大德我今敬禮甚深般若波羅蜜多我若敬禮甚深般若波羅蜜多即爲敬禮一切智智尒時佛告天帝釋言如是如是如汝所說敬禮般若波羅蜜多即爲敬禮一切智智何以故憍尸迦諸佛所得一切智智及餘無量無邊功德皆依般若波羅蜜多而成辦故憍尸迦若菩薩摩訶薩欲住如來一切智智當住般若波羅蜜多欲起諸佛一切智道相智一切相智當學般若波羅蜜多欲斷煩惱習氣相續證得無上正等菩提轉妙法輪度有情衆當學般若波羅蜜多憍尸迦若善男子善女人等欲得預流一來不還阿羅漢果獨覺菩提當學般若波羅蜜多憍尸迦若菩薩摩訶薩欲善安立聲聞種性補特伽羅住聲聞乘獨覺種性補特伽羅住獨覺乘菩薩種性補特伽羅住無上乘當學般若波羅蜜多憍尸迦若菩薩摩訶薩欲伏衆魔摧諸外道黒暗朋黨當學般若波羅蜜多憍尸迦若菩薩摩訶薩欲總攝受諸苾芻衆令善調伏當學般若波羅蜜多尒時天帝釋白佛言世尊諸菩薩摩訶薩行深般若波羅蜜多時云何住色云何住受想行識云何習色云何習受想

行識廣說乃至云何住十八佛不共法云何習十八佛不共法爾時佛告天帝釋言善哉善哉汝於今者承佛神力能問如來如是深義汝應諦聽當爲汝說憍尸迦諸菩薩摩訶薩行深般若波羅蜜多時若於色不住不習是爲住習色若於受想行識不住不習是爲住習受想行識廣說乃至若於十八佛不共法不住不習是爲住習十八佛不共法何以故憍尸迦諸菩薩摩訶薩行深般若波羅蜜多時於色不得可住可習於受想行識不得可住可習廣說乃至於十八佛不共法不得可住可習故復次憍尸迦諸菩薩摩訶薩行深般若波羅蜜多時若於色非住非不住非習非不習是爲住習色若於受想行識非住非不住非習非不習是爲住習受想行識廣說乃至若於十八佛不共法非住非不住非習非不習是爲住習十八佛不共法何以故憍尸迦諸菩薩摩訶薩行深般若波羅蜜多時觀色乃至十八佛不共法前後中際不可得故爾時舍利子白佛言世尊如是般若波羅蜜多最爲甚深佛言如是色真如甚深故般若波羅蜜多最爲甚深乃至十八佛不共法真如甚深故般若波羅蜜多最爲甚深世尊如是般若波羅蜜多難可測量佛言如是色真如難測量故般若波羅蜜多難可測量乃至十八佛不共法真如難測量故般若波羅蜜多難可測量世尊如是般若波羅蜜多最爲無量佛言如是色眞如無量故般若波羅蜜多亦無量乃至十八佛不共法真如無量故般若波羅蜜多亦無量復次舍利子諸

菩薩摩訶薩行深般若波羅蜜多時若行色甚深性非行般若波羅蜜多乃至若行十八佛不共法甚深性非行般若波羅蜜多何以故舍利子色甚深性即非色乃至十八佛不共法甚深性即非十八佛不共法故復次舍利子諸菩薩摩訶薩行深般若波羅蜜多時若行色難測量性非行般若波羅蜜多乃至若行十八佛不共法難測量性非行般若波羅蜜多何以故舍利子色難測量性即非色乃至十八佛不共法難測量性即非十八佛不共法故復次舍利子諸菩薩摩訶薩行深般若波羅蜜多時若行色無量性非行般若波羅蜜多乃至若行十八佛不共法無量性非行般若波羅蜜多何以故舍利子色無量性即非色乃至十八佛不共法無量性即非十八佛不共法故時舍利子復白佛言如是般若波羅蜜多既最甚深難測無量則難信解不應輙在新學大乘菩薩前說所以者何忽彼聞此甚深般若波羅蜜多其心驚惶恐怖疑惑或生毀謗不能信解但應在彼不退轉位菩薩前說所以者何彼聞如是甚深般若波羅蜜多心不驚惶恐怖疑惑不生毀謗深心信解爾時天帝釋問舍利子言若有輙在新學大乘菩薩前說甚深般若波羅蜜多有何等過舍利子言若有輙在新學大乘菩薩前說甚深般若波羅蜜多彼聞驚惶恐怖疑惑不能信解或生毀謗由斯造作增長能感墮惡趣業没三惡趣久受大苦難證無上正等菩提是故不應在彼前說甚深般若波羅蜜多時天帝釋復問具壽舍利子言頗有

菩薩未受無上大菩提記聞深般若波羅蜜多心不驚惶恐怖疑惑不生毀謗深信解不舍利子言有憍尸迦是菩薩摩訶薩不久當受大菩提記憍尸迦若菩薩摩訶薩聞深般若波羅蜜多心不驚惶恐怖疑惑不生毀謗深心信解當知是菩薩摩訶薩已受無上大菩提記設未受者不過一佛或二佛所定當得受大菩提記爾時佛告舍利子言如是如是如汝所說舍利子若菩薩摩訶薩久學大乘久發大願久行六種波羅蜜多及餘無量無邊佛法供養多佛事多善友聞深般若波羅蜜多心不驚惶恐怖疑惑深心信解受持讀誦如理思惟爲他演說或復書寫如說修行爾時舍利子白佛言世尊我今樂說少分譬喻唯願世尊哀愍聽許佛告舍利子隨汝意說舍利子言如住大乘諸善男子善女人等夢中修行般若靜慮精進安忍淨戒布施波羅蜜多乃至安坐妙菩提座當知是人尚近無上正等菩提況有菩薩爲求無上正等菩提覺時修行般若靜慮精進安忍淨戒布施波羅蜜多而不疾證所求無上正等菩提世尊是菩薩摩訶薩不久當坐妙菩提座證得無上正等菩提轉妙法輪度有情衆世尊若善男子善女人等得聞如是甚深般若波羅蜜多受持讀誦精勤修學如理思惟當知是人久學大乘善根成熟多供養佛事多善友殖衆德本能成是事世尊若善男子善女人等得聞如是甚深般若波羅蜜多信解受持讀誦修習爲他演說如理思惟當知是人或已得受大菩提記或近當受大菩提記世

尊是善男子善女人等如住不退位菩薩摩訶薩速證無上正等菩提由此得聞甚深般若波羅蜜多能深信解受持讀誦如理思惟依教修行爲他演説世尊譬如有人遊涉曠野經過嶮道百踰繕那或二或三或四五百見諸城邑王都前相謂放牧人園林田等見諸相已便作是念城邑王都去此非遠作是念已身意泰然不畏惡獸惡賊飢渴世尊諸菩薩摩訶薩亦復如是若得聞此甚深般若波羅蜜多受持讀誦如理思惟深生信解應知不久當得受記或已受得疾證無上正等菩提是菩薩摩訶薩無墮聲聞獨覺地畏所以者何是菩薩摩訶薩已得見聞供養恭敬尊重讚歎甚深般若波羅蜜多無上菩提之前相故爾時佛告舍利子言如是如是如汝所説汝承佛力當復説之時舍利子復白佛言譬如有人欲觀大海漸次往趣經歷多時不見山林便作是念今覩此相大海非遠所以者何近大海岸地必漸下無諸山林彼人爾時雖未見海而見近相歡喜踊躍我速定當得見大海滿本所願豈不快哉世尊諸菩薩摩訶薩亦復如是若得聞此甚深般若波羅蜜多受持讀誦如理思惟深生信解是菩薩摩訶薩雖未得佛現前授記汝於來世經尒所劫當得無上正等菩提而應自知受記非遠所以者何是菩薩摩訶薩已得見聞恭敬供養受持讀誦如理思惟甚深般若波羅蜜多無上菩提之前相故世尊譬如春時花果樹等故葉已墮枝條滋潤衆人見之咸作是念新花果葉當出非久所以者何此諸樹

等新花果葉先相現故贍部洲人男女大小覩此相已歡喜踊躍皆作是念我等不久當得見此花果茂盛世尊諸菩薩摩訶薩亦復如是若得聞此甚深般若波羅蜜多受持讀誦如理思惟深生信解當知宿世善根成熟多供養佛事多善友不久當受大菩提記世尊是菩薩摩訶薩應作是念我先定有勝善根力能引無上正等菩提故今見聞供養恭敬甚深般若波羅蜜多受持讀誦深生信解如理思惟隨力修習世尊今此會中有諸天子見過去佛說此法者歡喜踊躍咸共議言昔諸菩薩聞說般若波羅蜜多便得受記今諸菩薩既聞般若波羅蜜多不久定當受菩提記世尊譬如女人懷孕漸久其身轉重動止不安飲食睡眠悉皆減少不喜多語猒常所作受苦痛故衆事頓息有異母人見是相已即知此女不久産生世尊諸菩薩摩訶薩亦復如是宿殖善根多供養佛久事善友善根熟故今聞般若波羅蜜多受持讀誦如理思惟深生信解隨力修學世尊是菩薩摩訶薩由此因緣當知不久得受無上大菩提記爾時佛讚舍利子言善哉善哉汝能善說菩薩譬喻當知皆是佛威神力令汝引發如是辯才爾時善現便白佛言甚奇如來應正等覺善能付囑諸菩薩摩訶薩善能攝受諸菩薩摩訶薩佛告善現如是如是如汝所說所以者何諸菩薩摩訶薩求趣無上正等菩提爲多有情得利樂故憐愍饒益諸天人故是諸菩薩摩訶薩衆精勤修學菩薩道時爲欲饒益無量百千諸有情故以四攝事而攝受

之一者布施二者愛語三者利行四者同事是菩薩摩訶薩自正安住十善業道亦安立他令勤修學十善業道自行四靜慮四無量四無色定亦勸他行四靜慮四無量四無色定自行布施乃至般若波羅蜜多亦勸他行布施乃至般若波羅蜜多是菩薩摩訶薩依止般若波羅蜜多方便善巧雖教有情證預流果乃至證得獨覺菩提而自不證是菩薩摩訶薩自勤精進修菩薩行亦勸他修諸菩薩行自住菩薩不退轉地亦勸他住不退轉地自勤精進嚴淨佛土成熟有情亦復勸他嚴淨佛土成熟有情自勤發起菩薩神通亦勸他起菩薩神通自勤嚴淨陀羅尼門三摩地門亦復勸他令勤嚴淨陀羅尼門三摩地門自能證得圓滿辯才亦令他得圓滿辯才自能攝受圓滿色身具諸相好亦復勸他令能攝受圓滿色身具諸相好自能攝受圓滿童真行亦勸他攝受圓滿童真行自修行四念住廣說乃至一切相智亦復勸他修行四念住廣說乃至一切相智自斷煩惱習氣相續亦復勸他斷諸煩惱習氣相續自證無上正等菩提轉妙法輪度有情衆亦復勸他證得無上正等菩提轉妙法輪度有情衆爾時善現復白佛言希有世尊甚奇善逝諸菩薩摩訶薩成就如是大功德聚爲欲利樂一切有情行深般若波羅蜜多求證無上正等菩提欲盡未來度有情衆世尊云何菩薩摩訶薩行深般若波羅蜜多疾得圓滿佛告善現若菩薩摩訶薩行深般若波羅蜜多時不見色若增若減不見受想行識若增若減廣說

乃至不見一切智若增若減不見道相智一切相智若增若減是菩薩摩訶薩行深般若波羅蜜多疾得圓滿復次善現若菩薩摩訶薩行深般若波羅蜜多時不見是法是非法不見是過去是未來是現在不見是善是不善是無記不見是有爲是無爲不見是欲界是色界是無色界不見是布施波羅蜜多乃至是般若波羅蜜多廣說乃至不見是一切智道相智一切相智是菩薩摩訶薩行深般若波羅蜜多疾得圓滿所以者何以一切法無性相故無作用故不可轉故虚妄誑詐性不堅實不自在故無覺受故離我乃至離見者故具壽善現復白佛言如來所說不可思議佛告善現如是如是如來所說不可思議善現當知色不可思議故如來所說不可思議受想行識不可思議故如來所說不可思議廣說乃至一切智不可思議故如來所說不可思議道相智一切相智不可思議故如來所說不可思議若菩薩摩訶薩行深般若波羅蜜多時雖如實知色不可思議而不起不可思議想雖如實知受想行識不可思議而不起不可思議想廣說乃至雖如實知一切相智不可思議而不起不可思議想是菩薩摩訶薩行深般若波羅蜜多疾得圓滿復次善現若菩薩摩訶薩行深般若波羅蜜多時於色乃至一切相智不起若可思議若不可思議想是菩薩摩訶薩行深般若波羅蜜多疾得圓滿爾時善現復白佛言如是般若波羅蜜多義趣甚深誰能信解佛告善現若菩薩摩訶薩久修六種波羅蜜多久植善根多供養佛事多善友是菩薩摩訶薩於深般若波羅

蜜多能生信解具壽善現復白佛言云何應知是菩薩摩訶薩久修六種波羅蜜多久植善根多供養佛事多善友佛告善現若菩薩摩訶薩行深般若波羅蜜多時於色不起分別無異分別於受想行識不起分別無異分別於色相不起分別無異分別於受想行識相不起分別無異分別於色性不起分別無異分別於受想行識性不起分別無異分別廣說乃至於一切智不起分別無異分別於道相智一切相智不起分別無異分別於一切智相不起分別無異分別於道相智一切相智相不起分別無異分別於一切智性不起分別無異分別於道相智一切相智性不起分別無異分別所以者何以色乃至一切相智皆不可思議故善現齊此應知是菩薩摩訶薩久修六種波羅蜜多久植善根多供養佛事多善友爾時善現復白佛言如是般若波羅蜜多最爲甚深佛言如是色甚深故般若波羅蜜多甚深受想行識甚深故般若波羅蜜多甚深廣說乃至一切智甚深故般若波羅蜜多甚深道相智一切相智甚深故般若波羅蜜多甚深具壽善現復白佛言如是般若波羅蜜多是大寶聚佛言如是能與有情功德寶故如是般若波羅蜜多大珍寶聚能與有情十善業道四靜慮四無量四無色定五神通寶能與有情布施等六波羅蜜多廣說乃至一切相智寶能與有情預流果乃至獨覺菩提寶能與有情一切菩薩摩訶薩行諸佛無上正等菩提轉法輪寶是故般若波羅蜜多名大寶聚具壽善現復白佛言

甚深般若波羅蜜多是清淨聚佛言如是是一切法清淨聚故善現當知色清淨故甚深般若波羅蜜多是清淨聚廣說乃至一切相智清淨故甚深般若波羅蜜多是清淨聚尒時善現復白佛言希有世尊甚奇善逝如是般若波羅蜜多以最甚深多諸留難而今廣說留難不生佛告善現如是如是甚深般若波羅蜜多多諸留難佛神力故令雖廣說留難不生是故大乘諸善男子善女人等於此般若波羅蜜多甚深經典若欲書寫受持讀誦修習思惟爲他演說應疾書寫乃至演說所以者何甚深般若波羅蜜多多諸留難勿令書寫乃至演說留難事起不得究竟善現當知是善男子善女人等若欲一月或二或三乃至一歲書寫如是甚深般若波羅蜜多能究竟者應勤精進繫念書寫經爾所時令得究竟若欲一月或二或三乃至一歲受持讀誦修習思惟爲他演說如是般若波羅蜜多甚深經典能究竟者應勤精進繫念受持乃至演說經爾所時令得究竟何以故甚深般若波羅蜜多大寶神珠多留難故爾時善現復白佛言希有世尊甚奇善逝甚深般若波羅蜜多大寶神珠多諸留難而有書寫受持讀誦修習思惟爲他說者惡魔於彼不作留難令不書寫乃至演說佛告善現惡魔於此甚深般若波羅蜜多雖欲留難令不書寫乃至演說而彼無力可能留難令彼菩薩所作不成時舍利子即白佛言是誰神力令彼惡魔不能留難彼諸菩薩書寫等事佛告舍利子是佛神力令彼惡魔不能留難彼諸菩

薩書寫等事又舍利子亦是十方一切世界諸佛神力令彼惡魔不能留難彼諸菩薩書寫等事又舍利子一切如来應正等覺皆共護念行深般若波羅蜜多諸菩薩故令彼惡魔不能留難住菩薩乘善男子等令不書寫乃至演説甚深般若波羅蜜多何以故舍利子諸佛世尊皆共護念行深般若波羅蜜多諸菩薩衆所作善業令彼惡魔不能留難又舍利子若諸菩薩能於般若波羅蜜多甚深經典書寫受持讀誦修習思惟演説法爾應爲十方世界一切如来應正等覺現説法者之所護念若蒙諸佛所護念者法爾惡魔不能留難又舍利子若有淨信善男子等能於般若波羅蜜多甚深經典書寫受持讀誦修習思惟演説應作是念我今書寫乃至演説甚深般若波羅蜜多皆是十方一切世界諸佛世尊現説法者神力護念時舍利子復白佛言若善男子善女人等能於般若波羅蜜多甚深經典書寫受持讀誦修習思惟演説皆是十方諸佛神力慈悲護念令彼所作殊勝善業諸惡魔軍不能留難爾時佛告舍利子言如是如是如汝所説若善男子善女人等能於般若波羅蜜多甚深經典書寫受持讀誦修習思惟演説當知皆是諸佛世尊神力護念時舍利子復白佛言若善男子善女人等能於般若波羅蜜多甚深經典書寫受持讀誦修習思惟演説十方世界一切如来現説法者皆共識知由此因縁歡喜護念若善男子善女人等能於般若波羅蜜多甚深經典書寫受持讀誦修習思惟演説恒爲十

方一切世界諸佛世尊現說法者佛眼觀見由此因緣慈悲護念所作善事無不皆成爾時佛告舍利子言如是如是如汝所說若善男子善女人等書寫受持讀誦修習思惟演說甚深般若波羅蜜多恒爲十方一切世界諸佛世尊現說法者佛眼觀見識知護念令諸惡魔不能嬈惱所作善業皆疾成辦又舍利子住菩薩乘諸善男子善女人等若能於此甚深般若波羅蜜多書寫受持讀誦修習思惟演說當知已近一切智智諸惡魔怨不能留難又舍利子安住大乘諸善男子善女人等若能書寫甚深般若波羅蜜多種種莊嚴受持讀誦當知於此甚深般若波羅蜜多深生信解能以種種上妙花鬘乃至燈明供養恭敬甚深般若波羅蜜多是善男子善女人等常爲如來佛眼觀見識知護念由此因緣定當獲得大財大利大果大報又舍利子住菩薩乘諸善男子善女人等若能書寫受持讀誦供養恭敬甚深般若波羅蜜多由此善根乃至獲得不退轉地常不遠離諸佛菩薩恒聞正法不墮惡趣生天人中安隱快樂是善男子善女人等由此善根乃至無上正等菩提常不遠離布施淨戒安忍精進靜慮般若波羅蜜多廣說乃至一切相智及餘無量無邊佛法由此速證無上菩提由此因緣諸善男子善女人等欲得無上正等菩提於此般若波羅蜜多甚深經典應勤書寫受持讀誦修習思惟爲他演說恭敬供養無得暫捨爾時舍利子白佛言世尊如是般若波羅蜜多甚深經典佛涅槃後何方興盛佛告舍

利子如是般若波羅蜜多甚深經典我涅槃
後至東方漸當興盛彼方多有安住大乘
諸苾芻苾芻尼鄔波索迦鄔波斯迦能於如
是甚深般若波羅蜜多深心信樂書寫受持
讀誦修習思惟演說復以種種上妙花鬘乃
至燈明供養恭敬甚深般若波羅蜜多由此
善根不墮惡趣或生天上或生人中富貴受
樂由斯勢力增益六種波羅蜜多令速圓滿
因此復能供養恭敬尊重讚歎諸佛世尊後
隨所應依三乘法漸次修習而趣出離又舍
利子如是般若波羅蜜多甚深經典我涅槃
後從東南方轉至南方漸當興盛彼方多有
安住大乘諸苾芻苾芻尼鄔波索迦鄔波斯
迦能於如是甚深般若波羅蜜多深心信樂
書寫受持讀誦修習思惟演說復以種種上

妙花鬘乃至燈明供養恭敬甚深般若波羅
蜜多由此善根不墮惡趣或生天上或生人
中富貴受樂由斯勢力增益六種波羅蜜多
令速圓滿因此復能供養恭敬尊重讚歎諸
佛世尊後隨所應依三乘法漸次修習而趣
出離又舍利子如是般若波羅蜜多甚深經
典我涅槃後復從南方至西南方漸當興盛
彼方多有安住大乘諸苾芻苾芻尼鄔波索
迦鄔波斯迦能於如是甚深般若波羅蜜多
深心信樂書寫受持讀誦修習思惟演說復
以種種上妙花鬘乃至燈明供養恭敬甚深
般若波羅蜜多由此善根不墮惡趣或生天
上或生人中富貴受樂由斯勢力增益六種
波羅蜜多令速圓滿因此復能供養恭敬尊
重讚歎諸佛世尊後隨所應依三乘法漸次

修習而趣出離又舍利子如是般若波羅蜜多甚深經典我涅槃後從西南方至西北方漸當興盛彼方多有安住大乘諸苾芻苾芻尼鄔波索迦鄔波斯迦能於如是甚深般若波羅蜜多深心信樂書寫受持讀誦修習思惟演說復以種種上妙花鬘乃至燈明供養恭敬甚深般若波羅蜜多由此善根不墮惡趣或生天上或生人中富貴受樂由斯勢力增益六種波羅蜜多令速圓滿因此復能供養恭敬尊重讚歎諸佛世尊後隨所應依三乘法漸次修習而趣出離又舍利子如是般若波羅蜜多甚深經典我涅槃後從西北方轉至北方漸當興盛彼方多有安住大乘諸苾芻苾芻尼鄔波索迦鄔波斯迦能於如是甚深般若波羅蜜多深心信樂書寫受持讀誦修習思惟演說復以種種上妙花鬘乃至燈明供養恭敬甚深般若波羅蜜多由此善根不墮惡趣或生天上或生人中富貴受樂由斯勢力增益六種波羅蜜多令速圓滿因此復能供養恭敬尊重讚歎諸佛世尊後隨所應依三乘法漸次修習而趣出離又舍利子如是般若波羅蜜多甚深經典我涅槃後復從北方至東北方漸當興成彼方多有安住大乘諸苾芻苾芻尼鄔波索迦鄔波斯迦能於如是甚深般若波羅蜜多深心信樂書寫受持讀誦修習思惟演說復以種種上妙花鬘乃至燈明供養恭敬甚深般若波羅蜜多由此善根不墮惡趣或生天上或生人中富貴受樂由斯勢力增益六種波羅蜜多令速圓滿因此復能供養恭敬尊重讚歎諸佛

世尊後隨所應依三乘法漸次修習而趣出離又舍利子我涅槃已後時後分後五百歲甚深般若波羅蜜多於東北方大作佛事何以故舍利子一切如来應正等覺所尊重法即是般若波羅蜜多甚深經典如是般若波羅蜜多甚深經典一切如來應正等覺共所護念舍利子非佛所得法毘柰耶無上正法有滅没相諸佛所得法毘柰耶無上正法即是般若波羅蜜多甚深經典舍利子彼東北方安住大乘諸善男子善女人等有能於此甚深般若波羅蜜多深心信樂書寫受持讀誦修習思惟演說我常護念令無損惱舍利子彼東北方安住大乘諸善男子善女人等有能書寫如是般若波羅蜜多甚深經典復以種種上妙花鬘乃至燈明供養恭敬我定說彼由此善根不墮惡趣生天人中常受富樂由斯勢力增益六種波羅蜜多令速圓滿因此復能供養恭敬尊重讚歎諸佛世尊後隨所應依三乘法漸次修學得般涅槃何以故舍利子我以佛眼觀見證知稱譽讚歎是善男子善女人等所獲福聚東西南北四維上下一切如來應正等覺亦以佛眼觀見證知稱譽讚歎是善男子善女人等所獲福聚

時舍利子復白佛言甚深般若波羅蜜多佛涅槃已後時後分後五百歲於東北方廣流布耶佛告舍利子如是如是甚深般若波羅蜜多我涅槃已後時後分後五百歲於東北方當廣流布又舍利子我涅槃已後時後分後五百歲彼東北方安住大乘諸善男子善女人等若得聞此甚深般若波羅蜜多深心

信樂書寫受持讀誦修習思惟演說當知彼
類久發無上正等覺心久修菩薩摩訶薩行
多供養佛事多善友久多修習身戒心慧所
種善根皆已成熟由斯福力得聞如是甚深
般若波羅蜜多深心信樂復能書寫受持讀
誦精勤修學如理思惟廣爲有情宣說開示

大般若波羅蜜多經卷第五百八

大般若波羅蜜多經卷第五百九

唐三藏法師玄奘奉　詔譯

第三分陀羅尼品第十三之二

爾時舍利子白佛言世尊佛涅槃已後時後分後五百歲法欲滅時於東北方當有幾許安住大乘善男子等得聞般若波羅蜜多深心信樂復能書寫受持讀誦修習思惟爲他演說佛告舍利子我涅槃已後時後分後五百歲法欲滅時於東北方雖有無量安住大乘善男子等而少得聞甚深般若波羅蜜多深心信樂復能書寫受持讀誦修習思惟爲他演說又舍利子彼住大乘善男子等聞深般若波羅蜜多其心不驚不恐不怖深生信樂書寫受持讀誦修習思惟演說甚爲希有何以故舍利子彼住大乘善男子等已曾親近供養恭敬尊重讚歎無量如来及諸菩薩請問般若波羅蜜多甚深義趣又舍利子彼住大乘善男子等不久定當圓滿布施乃至般若波羅蜜多乃至不久定當圓滿一切相智及餘無量無邊佛法又舍利子彼住大乘善男子等一切如来所護念故無量善友所攝受故殊勝善根所任持故爲欲饒益多衆生故求趣無上正等菩提何以故舍利子我常爲彼安住大乘善男子等說一切智相應之法過去如来亦常爲彼說一切智相應之法由此因緣彼善男子善女人等後生復能求趣無上正等菩提亦能爲他如應說法令趣無上正等菩提又舍利子彼住大乘善男子等身心安定諸惡魔王及彼眷屬尚不能壞求趣無上正等覺心何況其餘樂行惡者

毀謗般若波羅蜜多能阻其心令不精進求趣無上正等菩提又舍利子安住大乘善男子等聞我說此甚深般若波羅蜜多心得廣大妙法喜樂亦能安立無量有情於勝善法令趣無上正等菩提又舍利子安住大乘善男子等今於我前發弘誓願我當安立無量百千諸有情類令發無上正等覺心修諸菩薩摩訶薩行示現勸導讚勵慶喜令於無上正等菩提乃至得受不退轉記我於彼願深生隨喜何以故舍利子我觀如是安住大乘善男子等所發弘願心語相應彼於當来定能安立無量百千諸有情類令發無上正等覺心修諸菩薩摩訶薩行示現勸導讚勵慶喜令於無上正等菩提乃至得受不退轉記是善男子善女人等亦於過去無量佛前發弘誓願我當安立無量百千諸有情類令發無上正等覺心修諸菩薩摩訶薩行示現勸導讚勵慶喜令於無上正等菩提乃至得受不退轉記過去如来應正等覺亦於彼願深生隨喜何以故舍利子過去諸佛亦觀如是安住大乘善男子等所發弘願心語相應彼於當来定能安立無量百千諸有情類令發無上正等覺心修諸菩薩摩訶薩行示現勸導讚勵慶喜令於無上正等菩提乃至得受不退轉記又舍利子此住大乘善男子等信解廣大能依妙色聲香味觸修廣大施修此施已復能種植廣大善根因此善根復能攝受廣大果報攝受如是廣大果報唯爲饒益一切有情於諸有情能捨一切内外所有迴向如是所種善根願生他方諸佛國土現有

如來應正等覺宣說如是甚深般若波羅蜜多無上法處彼聞如是甚深般若波羅蜜多無上法已復能安立彼佛土中無量百千諸有情類令發無上正等覺心修諸菩薩摩訶薩行亦現勸導讚勵慶喜令於無上正等菩提得不退轉時舍利子復白佛言希有世尊甚奇善逝佛於過去未來現在所有諸法無不證知於一切法真如法界廣說乃至不思議界無不證知於諸法教義趣差別無不證知於諸有情心行差別無不證知於過去佛菩薩聲聞及佛土等無不證知於未來佛菩薩聲聞及佛土等無不證知於現在佛菩薩聲聞及佛土等無不證知於十方界一切如來應正等覺及所說法菩薩聲聞佛土等事無不證知世尊若菩薩摩訶薩能於六種波羅蜜多勇猛精進常求不息彼於六種波羅蜜多爲有得時不得時不佛告舍利子彼菩薩摩訶薩常於六種波羅蜜多勇猛精進欣求不息一切時得無不得時何以故舍利子彼菩薩摩訶薩常於六種波羅蜜多勇猛精進欣求不息諸佛菩薩常護念故舍利子言世尊彼菩薩摩訶薩若不得六波羅蜜多相應經時如何可說彼得此六波羅蜜多佛告舍利子若菩薩摩訶薩常於此六波羅蜜多勇猛信求不顧身命有時不得此相應經無有是處何以故舍利子彼菩薩摩訶薩爲求無上正等菩提示現勸導讚勵慶喜諸有情類令於此六波羅蜜多相應經典受持讀誦思惟修學由此善根隨所生處常得此六波羅蜜多相應契經受持讀誦勇猛精進如教

修行成熟有情嚴淨佛土未證無上正等菩提於其中間常無暫廢

第三分魔事品第十四

爾時善現便白佛言佛已讚說爲證無上正等菩提勇猛正勤修行布施乃至般若波羅蜜多成熟有情嚴淨佛土菩薩功德云何應知彼諸菩薩發趣無上正等菩提修諸行時留難魔事佛告善現若菩薩摩訶薩樂說法要辯久乃生當知是爲菩薩魔事具壽善現即白佛言何緣菩薩樂說法要辯久乃生說爲魔事佛告善現是菩薩摩訶薩行深般若波羅蜜多時由此因緣所修般若乃至布施波羅蜜多難得圓滿故說彼爲菩薩魔事復次善現若菩薩摩訶薩樂說法要辯乃卒生當知是爲菩薩魔事具壽善現即白佛言何縁菩薩樂說法要辯乃卒生說爲魔事佛告善現是菩薩摩訶薩修行布施乃至般若波羅蜜多樂說法要辯才卒起廢所修行故是魔事復次善現書寫般若波羅蜜多甚深經時頻申欠呿無縁戲笑互相輕陵身心躁擾文句倒錯迷惑義理不得滋味横事卒起書寫不終當知是爲菩薩魔事復次善現受持讀誦思惟修習說聽般若波羅蜜多甚深經時頻申欠呿無縁戲笑互相輕陵身心躁擾文句倒錯迷惑義理不得滋味横事卒起所作不成當知是爲菩薩魔事具壽善現即白佛言何因縁故有菩薩乘善男子等聞說般若波羅蜜多忽作是念我於此經不得滋味何用勤苦聽此經爲作是念已即便捨去受持讀誦思惟修習書寫演說亦復如是佛告

善現是菩薩乘善男子等於過去世未久修行布施等六波羅蜜多故於此經不得滋味心不愛樂即便棄捨復次善現住菩薩乘善男子等聞說般若波羅蜜多若作是念我等於此不得受記何用聽為心不清淨便從座起猒捨而去無顧戀心當知是為菩薩魔事具壽善現即白佛言何緣於此甚深經中不授彼記而令彼類無顧戀心猒捨而去佛告善現菩薩未入正性離生不應授彼大菩提記若授彼記增彼憍逸有損無益故不為記復次善現住菩薩乘善男子等聞說般若波羅蜜多若作是念此中不說我等名字何用聽為心不清淨便從座起猒捨而去無顧戀心當知是為菩薩魔事具壽善現即白佛言何緣於此甚深經中不記說彼菩薩名字佛告善現菩薩未受大菩提記法爾不應記說名字復次善現住菩薩乘善男子等聞說般若波羅蜜多若作是念此中不說我等生處城邑聚落何用聽為心不清淨便從座起猒捨而去無顧戀心當知是為菩薩魔事具壽善現即白佛言何緣於此甚深經中不記說彼菩薩生處城邑聚落佛告善現若未記彼菩薩名字不應說其生處差別復次善現若菩薩乘善男子等聞說般若波羅蜜多甚深經時心不清淨而捨去者隨彼所起不清淨心猒捨此經舉步多少便減爾許劫數功德獲爾許劫障菩提罪受彼罪已更爾許時發勤精進求趣無上正等菩提修諸菩薩難行苦行方可復本是故菩薩若欲速證無上菩提不應猒捨甚深般若波羅蜜多復次善現

住菩薩乘善男子等棄捨般若波羅蜜多甚深經典求學餘經當知是爲菩薩魔事何以故是菩薩乘善男子等棄捨一切智智根本甚深般若波羅蜜多而攀枝葉諸餘經典終不能得佛菩提故具壽善現即白佛言何等餘經猶如枝葉不能引發一切智智佛告善現若說二乘相應之法謂四念住廣說乃至八聖道支三解脱門四諦智等善男子等於中修學但得預流一來不還阿羅漢果獨覺菩提不得無上正等菩提是名餘經猶如枝葉不能引發一切智智甚深般若波羅蜜多定能引發一切智智有大勢用猶如樹根是菩薩乘善男子等棄捨般若波羅蜜多求學餘經定不能得一切智智何以故甚深般若波羅蜜多能生菩薩摩訶薩衆世出世間一切功德諸餘經典無斯用故若菩薩摩訶薩修學般若波羅蜜多即爲修學一切菩薩摩訶薩衆世出世間功德珍寶復次善現如有餓狗棄其主食反從僕隸而求覓之於當來世有住大乘善男子等棄捨一切佛法根本甚深般若波羅蜜多求學二乘相應經典其狀亦爾當知是爲菩薩魔事復次善現譬如有人欲求香象得此象已捨而求跡於意云何彼人黠不善現荅言彼人非黠佛告善現於當來世有住大乘善男子等棄捨一切佛法根本甚深般若波羅蜜多求學二乘相應經典其狀亦爾當知是爲菩薩魔事復次善現譬如有人欲見大海既至海岸反觀牛跡作是念言大海中水其量深廣豈及此耶於意云何彼人黠不善現荅言彼人非黠佛告

善現於當來世有住大乘善男子等棄捨一切佛法根本甚深般若波羅蜜多求學二乘相應經典其狀亦爾當知是爲菩薩魔事復次善現如有巧匠或彼弟子欲造大殿如天帝釋殊勝殿量見彼殿已而反規模日月宫殿於意云何如是巧匠或彼弟子能造大殿量如帝釋殊勝殿不善現荅言不也世尊佛告善現於意云何彼人黠不善現荅言彼人非黠是愚癡類佛告善現於當來世有住大乘善男子等欲趣無上正等菩提棄深般若波羅蜜多求學二乘相應經典其狀亦爾彼必不得無上菩提當知是爲菩薩魔事復次善現譬如有人欲見輪王見已不識捨至餘處見小國王觀其形相作如是念轉輪聖王形相威德與此何異於意云何彼人黠不善現荅言彼人非黠佛告善現於當來世有住大乘善男子等亦復如是欲趣無上正等菩提棄深般若波羅蜜多求學二乘相應經典言此經典與彼何異何用彼爲彼由此縁定不能得所求無上正等菩提當知是爲菩薩魔事復次善現如有飢人得百味美食棄而求噉六十日穀飯於意云何彼人黠不善現荅言彼人非黠佛告善現於當來世有住大乘善男子等棄深般若波羅蜜多求學二乘相應經典於中欲覓一切智智徒設劬勞終不能得於意云何彼人黠不善現荅言彼人非黠佛告善現如是如是當知是爲菩薩魔事復次善現如有貧人得無價寶棄而翻取迦遮末尼於意云何彼人黠不善現荅言彼人非黠佛告善現於當來世有住大乘善男

子等棄深般若波羅蜜多求學二乘相應經典於中欲覔一切智智徒設劬勞終不能得於意云何彼人黠不善現荅言彼人非黠佛告善現如是如是當知是爲菩薩魔事復次善現安住大乘善男子等書大般若波羅蜜多甚深經時衆辯卒起樂說種種差别法門令所書經不得究竟當知是爲菩薩魔事何謂衆辯謂樂說色聲香味觸樂說六種波羅蜜多樂說欲界色無色界樂說受持讀誦功德樂說看病修餘福業樂說念住乃至道支樂說一切靜慮解脱等持等至樂說內空乃至無上正等菩提當知皆是菩薩魔事何以故甚深般若波羅蜜多樂說法相都不可得無尋伺故難思議故無思慮故無生滅故無染淨故無定亂故離名言故不可說故不可得故所以者何甚深般若波羅蜜多中如前所說法皆無所有都不可得安住大乘善男子等書大般若波羅蜜多甚深經時如是諸法擾亂其心令不究竟是故說爲菩薩魔事時具壽善現白佛言世尊甚深般若波羅蜜多可書寫不佛告善現不可書寫所以者何於此般若波羅蜜多甚深經中般若等六波羅蜜多皆無自性都不可得廣說乃至一切相智亦無自性都不可得善現當知諸法自性皆無所有都不可得即是無性如是無性即深般若波羅蜜多非無性法能書無性是故我說甚深般若波羅蜜多不可書寫善現當知安住大乘善男子等若於般若波羅蜜多起無性想當知是爲菩薩魔事復次善現若住大乘善男子等書寫般若波羅蜜多甚

深經時作如是念我以文字書寫般若波羅蜜多彼依文字執著般若波羅蜜多當知是爲菩薩魔事何以故於此般若波羅蜜多甚深經中一切般若乃至布施波羅蜜多皆無文字色乃至識亦無文字廣說乃至一切相智亦無文字是故不應執有文字能書般若波羅蜜多善現當知若住大乘善男子等作如是執於此般若波羅蜜多甚深經中一切般若乃至布施波羅蜜多皆無文字色乃至識亦無文字廣說乃至一切相智亦無文字當知是爲菩薩魔事復次善現安住大乘善男子等書寫受持讀誦修習思惟演說此大般若波羅蜜多甚深經時若念國土若念城邑若念王都若念方處若念親教若念軌範若念同學若念知友若念父母若念妻子若念兄弟若念姊妹若念親戚若念朋侶若念國王若念大臣若念盜賊若念猛獸若念惡人若念惡鬼若念衆集若念遊戲若念報怨若念報恩若念諸餘所作事業當知皆是菩薩魔事魔以此事擾惱菩薩令所作事不成辦故復次善現安住大乘善男子等書寫受持讀誦修習思惟演說此大般若波羅蜜多甚深經時得大名利供養恭敬所謂衣服飲食卧具病緣醫藥及餘資財彼著此事廢所作業當知是爲菩薩魔事復次善現安住大乘善男子等書寫受持讀誦修習思惟演說此大般若波羅蜜多甚深經時有諸惡魔執持種種世俗書論或復二乘相應經典詐現親友授與菩薩此中廣說世俗勝事或復廣說諸蘊處界諦實緣起三十七種菩提分法

三解脫門四靜慮等言是經典義味深奧應勤修學捨所習經此住大乘善男子等方便善巧不應受著惡魔所授世俗書論或復二乘相應經典所以者何世俗書論二乘經典不能引發一切智智非趣無上正等菩提無倒方便乃於無上正等菩提極爲障礙善現當知我此般若波羅蜜多甚深經中廣說菩薩摩訶薩道善巧方便若於此中精勤修學疾證無上正等菩提若住大乘善男子等無方便善巧故棄深般若波羅蜜多受學惡魔世俗書論二乘經典當知是爲菩薩魔事復次善現能聽法者樂聽樂聞書寫受持讀誦修習甚深般若波羅蜜多能說法者著樂懈怠不欲爲說亦不施與甚深般若波羅蜜多當知是爲菩薩魔事復次善現能說法者心不著樂亦不懈怠樂說樂施甚深般若波羅蜜多方便勸勵書寫受持讀誦修習能聽法者懈怠著樂不欲聽受乃至修習當知是爲菩薩魔事復次善現能聽法者樂聽樂聞書寫受持讀誦修習甚深般若波羅蜜多能說法者欲往他方不獲教授當知是爲菩薩魔事復次善現能說法者樂說樂施甚深般若波羅蜜多方便勸勵書寫受持讀誦修習能聽法者欲往他方不獲聽受當知是爲菩薩魔事復次善現能說法者具大惡欲愛重名利衣服飲食卧具醫藥及餘資財供養恭敬心無厭足能聽法者少欲喜足修遠離行勇猛正勤具念定慧厭怖利養恭敬名譽兩不和合不獲教授聽受書持讀誦修習甚深般若波羅蜜多當知是爲菩薩魔事復次善現

能說法者少欲喜足修遠離行勇猛正勤具念定慧猒怖利養恭敬名譽能聽法者具大惡欲愛重名利衣服飲食臥具醫藥及餘資財供養恭敬心無猒足兩不和合不獲教授聽受書持讀誦修習甚深般若波羅蜜多當知是爲菩薩魔事復次善現能說法者受行十二杜多功德謂住阿練若處乃至但畜三衣能聽法者不受行十二杜多功德兩不和合不獲教授聽受書持讀誦修習甚深般若波羅蜜多當知是爲菩薩魔事復次善現能聽法者受行十二杜多功德能說法者不受行十二杜多功德兩不和合不獲教授聽受書持讀誦修習甚深般若波羅蜜多當知是爲菩薩魔事復次善現能說法者有信有戒樂爲他說甚深般若波羅蜜多方便勸勵書寫受持讀誦修習能聽法者無信無戒不樂聽受兩不和合不獲教授聽受書持讀誦修習甚深般若波羅蜜多當知是爲菩薩魔事復次善現能聽法者有信有戒樂聽樂聞書寫受持讀誦修習甚深般若波羅蜜多能說法者無信無戒不欲教授兩不和合不獲說聽書寫受持讀誦修習甚深般若波羅蜜多當知是爲菩薩魔事復次善現能說法者心無慳悋一切能捨能聽法者心有慳悋不能捨施兩不和合不獲教授聽受書持讀誦修習甚深般若波羅蜜多當知是爲菩薩魔事復次善現能聽法者心無慳悋一切能捨能說法者心有慳悋不能捨施兩不和合不獲教授聽受書持讀誦修習甚深般若波羅蜜多當知是爲菩薩魔事復次善現能聽法者

欲求供養能說法者衣服飲食卧具醫藥及餘資財能說法者不樂受用兩不和合不獲教授聽受書持讀誦修習甚深般若波羅蜜多當知是爲菩薩魔事復次善現能說法者欲求供給能聽法者衣服飲食卧具醫藥及餘資具能聽法者不樂受用兩不和合不獲教授聽受書持讀誦修習甚深般若波羅蜜多當知是爲菩薩魔事復次善現能說法者成就開智不樂廣說能聽法者成就演智不樂略說兩不和合不獲教授聽受書持讀誦修習甚深般若波羅蜜多當知是爲菩薩魔事復次善現能聽法者成就開智不樂廣說能說法者成就演智不樂略說兩不和合不獲教授聽受書持讀誦修習甚深般若波羅蜜多當知是爲菩薩魔事復次善現能說法者專樂廣知十二分教次第法義所謂契經乃至論議能聽法者不樂廣知十二分教次第法義兩不和合不獲教授聽受書持讀誦修習甚深般若波羅蜜多當知是爲菩薩魔事復次善現能聽法者專樂廣知十二分教次第法義能說法者不樂廣知十二分教次第法義兩不和合不獲教授聽受書持讀誦修習甚深般若波羅蜜多當知是爲菩薩魔事復次善現能說法者成就六種波羅蜜多又於六種波羅蜜多有方便善巧能聽法者無如是德兩不和合不獲教授聽受書持讀誦修習甚深般若波羅蜜多當知是爲菩薩魔事復次善現能聽法者成就六種波羅蜜多又於六種波羅蜜多有方便善巧能說法者無如是德兩不和合不獲教授聽受書持

讀誦修習甚深般若波羅蜜多當知是爲菩薩魔事復次善現能說法者已得陀羅尼能聽法者未得陀羅尼兩不和合不獲教授聽受書持讀誦修習甚深般若波羅蜜多當知是爲菩薩魔事復次善現能聽法者已得陀羅尼能說法者未得陀羅尼兩不和合不獲教授聽受書持讀誦修習甚深般若波羅蜜多當知是爲菩薩魔事復次善現能說法者欲令恭敬書寫受持讀誦修習甚深般若波羅蜜多能聽法者不隨其意兩不和合不獲教授聽受書持讀誦修習甚深般若波羅蜜多當知是爲菩薩魔事復次善現能聽法者欲得恭敬書寫受持讀誦修習甚深般若波羅蜜多能說法者不隨其意兩不和合不獲教授聽受書持讀誦修習甚深般若波羅蜜

多當知是爲菩薩魔事復次善現能說法者已離慳悋已離五蓋能聽法者未離慳悋未離五蓋兩不和合不獲教授聽受書持讀誦修習甚深般若波羅蜜多當知是爲菩薩魔事復次善現能聽法者已離慳悋已離五蓋能說法者未離慳悋未離五蓋兩不和合不獲教授聽受書持讀誦修習甚深般若波羅蜜多當知是爲菩薩魔事復次善現有住大乘善男子等書寫受持讀誦修習思惟演說此大般若波羅蜜多甚深經時若有人來說三惡趣種種苦事因復告言汝於此身應勤精進速盡苦際而般涅槃何用稽留生死大海受百千種難忍苦事求趣無上正等菩提彼由此言於所書寫受持讀誦修習思惟演說般若波羅蜜多甚深經事不得究竟當知

是爲菩薩魔事復次善現有住大乘善男子等書寫受持讀誦修習思惟演說此大般若波羅蜜多甚深經時若有人來讚說人趣種種勝事讚說四大王衆天乃至非想非非想處天諸勝妙事因而告曰雖於欲界受諸欲樂於色界中受静慮樂於無色界受等至樂而彼皆是無常苦空無我不淨變壞之法謝法離法盡法滅法汝於此身何不精進取預流果或一來果或不還果或阿羅漢果或獨覺菩提入般涅槃畢竟安樂何用久處生死輪迴無事爲他受諸勤苦求趣無上正等菩提彼由此言於所書寫受持讀誦修習思惟演說般若波羅蜜多甚深經事不得究竟當知是爲菩薩魔事復次善現能說法者一身無繫專修已事不憂他業能聽法者好領徒衆樂營他事不憂自業兩不和合不獲教授聽受書持讀誦修習甚深般若波羅蜜多當知是爲菩薩魔事復次善現能聽法者一身無繫專修已事不憂他業能說法者好領徒衆樂營他事不憂自業兩不和合不獲教授聽受書持讀誦修習甚深般若波羅蜜多當知是爲菩薩魔事復次善現能說法者不樂喧雜能聽法者樂處喧雜兩不和合不獲教授聽受書持讀誦修習甚深般若波羅蜜多當知是爲菩薩魔事復次善現能聽法者不樂喧雜能說法者樂處喧雜兩不和合不獲教授聽受書持讀誦修習甚深般若波羅蜜多當知是爲菩薩魔事復次善現能說法者欲令聽者於我所爲悉皆隨助能聽法者不隨其欲兩不和合不獲教授聽受書持讀誦

修習甚深般若波羅蜜多當知是爲菩薩魔事復次善現能聽法者於說法者諸有所爲悉樂隨助能說法者不隨其欲兩不和合不獲教授聽受書持讀誦修習甚深般若波羅蜜多當知是爲菩薩魔事復次善現能說法者爲名利故欲爲他說復欲令彼書寫受持讀誦修習甚深般若波羅蜜多能聽法者知其所爲不欲從受兩不和合不獲教授聽受書持讀誦修習甚深般若波羅蜜多當知是爲菩薩魔事復次善現能聽法者爲名利故欲請他說復欲方便書寫受持讀誦修習甚深般若波羅蜜多能說法者知其所爲而不隨請兩不和合不獲教授聽受書持讀誦修習甚深般若波羅蜜多當知是爲菩薩魔事復次善現能說法者欲往他方危身命處能聽法者恐失身命不欲隨往兩不和合不獲教授聽受書持讀誦修習甚深般若波羅蜜多當知是爲菩薩魔事復次善現能聽法者欲往他方危身命處能說法者恐失身命不欲共往兩不和合不獲教授聽受書持讀誦修習甚深般若波羅蜜多當知是爲菩薩魔事復次善現能說法者欲往他方多賊疾疫飢渴國土能聽法者慮彼艱辛不肯隨往兩不和合不獲教授聽受書持讀誦修習甚深般若波羅蜜多當知是爲菩薩魔事復次善現能聽法者欲往他方多賊疾疫飢渴國土能說法者慮彼艱辛不肯共往兩不和合不獲教授聽受書持讀誦修習甚深般若波羅蜜多當知是爲菩薩魔事復次善現能說法者欲往他方安隱豐樂無難之處能聽法者

欲隨其去能說法者方便試言汝雖爲利欲隨我往而汝至彼豈必遂心宜善審思勿後憂悔時聽法者聞已念言是彼不欲令我去相設固隨往豈必聞法由此因緣不隨其去兩不和合不獲教授聽受書持讀誦修習甚深般若波羅蜜多當知是爲菩薩魔事復次善現能說法者欲往他方所經道路曠野險阻多諸賊難及旃荼羅惡獸獵師毒蛇等怖能聽法者欲隨其去能說法者方便試言汝今何故無事隨我欲經如是諸險難處宜善審思勿後憂悔能聽法者聞已念言彼應不欲令我隨往設固隨往豈必聞法由此因緣不隨其去兩不和合不獲教授聽受書持讀誦修習甚深般若波羅蜜多當知是爲菩薩魔事復次善現能說法者多有施主數相追隨聽法者來請說般若波羅蜜多或請書寫受持讀誦如說修行彼多緣礙無暇教授能聽法者起嫌恨心後雖教授而不聽受兩不和合不獲教授聽受書持讀誦修習甚深般若波羅蜜多當知是爲菩薩魔事復次善現有諸惡魔作苾芻像至菩薩所方便破壞令於般若波羅蜜多甚深經典不得書寫受持讀誦修習思惟爲他演說具壽善現即白佛言云何惡魔作苾芻像至菩薩所方便破壞令於般若波羅蜜多甚深經典不得書寫乃至演說佛告善現有諸惡魔作苾芻像至菩薩所方便破壞令其毀猒甚深般若波羅蜜多謂作是言汝所習誦無相經典非眞般若波羅蜜多我所習誦有相經典是眞般若波羅蜜多作是語時有諸菩薩未得受記便於

般若波羅蜜多心生疑惑由疑惑故便於般若波羅蜜多而生毀猒由毀猒故遂不書寫受持讀誦修習思惟爲他演說甚深般若波羅蜜多當知是爲菩薩魔事復次善現有諸惡魔作苾芻像至菩薩所語菩薩言若諸菩薩行深般若波羅蜜多唯證實際得預流果乃至或得獨覺菩提終不能證無上佛果何緣於此唐設劬勞菩薩旣聞便不書寫受持讀誦修習思惟爲他演說甚深般若波羅蜜多當知是爲菩薩魔事復次善現甚深般若波羅蜜多書寫等時多諸魔事菩薩應覺而遠離之具壽善現即白佛言何等名爲諸惡魔事令菩薩覺而遠離之佛告善現甚深般若波羅蜜多書寫等時多有相似般若靜慮精進安忍淨戒布施波羅蜜多諸惡魔事多有相似內空外空內外空空空大空勝義空有爲空無爲空畢竟空無際空無散空本性空相空一切法空無性空無性自性空諸惡魔事多有相似真如法界廣說乃至不思議界諸惡魔事菩薩應覺而遠離之復次善現甚深般若波羅蜜多書寫等時多有魔事而作留難謂有惡魔作苾芻像至菩薩所宣說二乘相應之法謂菩薩言此是如來真實所說學此法者速證無上正等菩提復有惡魔作苾芻像至菩薩所宣說二乘四念住等謂菩薩言且依此法精勤修學取預流果廣說乃至獨覺菩提遠離一切生老病死何用無上正等菩提是爲般若波羅蜜多諸惡魔事菩薩應覺當遠離之復次善現有諸惡魔作佛形像身真金色常光一尋三十二相八十

隨好圓滿莊嚴至菩薩所菩薩見之深生愛著由斯退減一切智智不獲聽聞書寫受持讀誦修習思惟演說甚深般若波羅蜜多當知是爲菩薩魔事復次善現有諸惡魔作苾芻像威儀庠序形貌端嚴至菩薩所菩薩見之深生愛著由斯退減一切智智不獲聽聞書寫受持讀誦修習思惟演說甚深般若波羅蜜多當知是爲菩薩魔事復次善現有諸惡魔化作佛像苾芻圍繞宣說法要至菩薩所菩薩見之深生愛著便作是念願我未來亦當如是由斯退減一切智智不獲聽聞書寫受持讀誦修習思惟演說甚深般若波羅蜜多當知是爲菩薩魔事復次善現有諸惡魔作菩薩像若百若千乃至無量或行布施波羅蜜多或行淨戒乃至般若波羅蜜多菩薩見之深生愛著由斯退減一切智智不獲聽聞書寫受持讀誦修習思惟演說甚深般若波羅蜜多當知是爲菩薩魔事何以故善現此大般若波羅蜜多甚深教中色無所有受想行識亦無所有廣說乃至一切菩薩摩訶薩行無所有諸佛無上正等菩提亦無所有若於是處色無所有廣說乃至諸佛無上正等菩提亦無所有則於是處一切如來應正等覺及諸菩薩摩訶薩衆獨覺聲聞諸異生類亦無所有何以故以一切法自性空故復次善現安住大乘善男子等聽聞書寫受持讀誦修習思惟爲他演說此大般若波羅蜜多甚深經時多有留難違害事起令薄福人事不成就如贍部洲有諸珍寶謂吠瑠璃乃至金等多有盜賊違害留難諸薄福人求

不能得甚深般若波羅蜜多無價神珠亦復如是諸薄福者聽聞等時多有惡魔爲作留難具壽善現即白佛言如是世尊如是善逝甚深般若波羅蜜多如贍部洲吠瑠璃等種種珍寶多有留難諸薄福人求不能得安住大乘善男子等少福德故聽聞等時多諸留難雖有樂欲而不能成所以者何有愚癡者爲魔所使安住大乘善男子等聽聞書寫受持讀誦修習思惟爲他演說此大般若波羅蜜多甚深經時爲作留難世尊彼愚癡者覺慧微昧不能思議廣大佛法自於般若波羅蜜多不能書寫受持讀誦修習思惟聽聞演說復樂障他書寫等事佛告善現如是如是如汝所說有愚癡人爲魔所使未種善根福慧薄劣未於佛所發弘誓願未爲善友之所攝受自於般若波羅蜜多不能聽聞乃至演說新學大乘善男子等聽聞書寫乃至演說此大般若波羅蜜多甚深經時爲作留難於當來世有善男子善女人等福慧薄劣善根微少於諸如來廣大功德心不欣樂自於般若波羅蜜多不能聽聞乃至演說復樂障他聽聞等事當知此輩獲無量罪復次善現有住大乘善男子等聽聞書寫受持讀誦修習思惟爲他演說此大般若波羅蜜多甚深經時多有魔事爲作留難令聽聞等皆不能成由此不能圓滿般若乃至布施波羅蜜多廣說乃至不能圓滿一切相智有住大乘善男子等聽聞書寫受持讀誦修習思惟爲他演說此大般若波羅蜜多甚深經時若無魔事復能圓滿般若靜慮精進安忍淨戒布施波

羅蜜多乃至圓滿一切相智當知皆是如來神力慈悲護念亦是十方一切世界現在如來及不退轉諸菩薩衆神力加護令惡魔軍不能障礙聽聞等事令不得成亦是彼人自善根力

大般若波羅蜜多經卷第五百九

音釋

欠呿 欠丘劒切 呿丘加切 欠呿謂氣壅滯欠呿而解也 躁擾 躁則到切 躁擾不安靜也 擾而沼切 煩也亂也 黠 胡戞切 黠慧也 杜多 梵語也 亦云頭陀 此云修治 謂修治淨行也

大般若波羅蜜多經卷第五百一十

唐三藏法師玄奘奉　詔譯

第三分現世間品第十五

復次善現如有女人生育諸子或五或十二十三十四十五十若百若千其母得病諸子各別勤求醫療作是念言云何我母當得病愈長壽安樂身無衆苦心離憂愁諸子爾時競設方便求安樂具覆護母身勿爲蚉虻蠆風熱饑渴等觸之所侵惱又以種種上妙樂具恭敬供養而說是言我母慈悲生育我等誨示種種世間事業我等豈得不報母恩善現如來應正等覺亦復如是常以佛眼種種方便觀察護念甚深般若波羅蜜多所以者何甚深般若波羅蜜多能生我等一切佛法能示世間諸法實相十方世界一切如來現說法者亦以佛眼常觀護念甚深般若波羅蜜多所以者何甚深般若波羅蜜多能生如來一切功德能示世間諸法實相由此因緣我等諸佛常以佛眼觀察護念甚深般若波羅蜜多爲報彼恩不應暫捨何以故一切如來應正等覺所有靜慮乃至布施波羅蜜多廣說乃至一切相智皆由如是甚深般若波羅蜜多而得生故所有預流一來不還阿羅漢果獨覺菩提亦由如是甚深般若波羅蜜多而得生故所有菩薩摩訶薩行諸佛無上正等菩提皆由如是甚深般若波羅蜜多而得生故一切預流乃至諸佛皆由如是甚深般若波羅蜜多而得有故一切如來應正等覺已正當得無上菩提皆由如是甚深般若波羅蜜多由此因緣甚深般若波羅蜜多

於諸如來有大恩德是故諸佛常以佛眼種種方便觀察護念善現當知若善男子善女人等有能聽聞書寫受持讀誦修習思惟演說甚深般若波羅蜜多一切如來應正等覺常以佛眼觀察護念令其身心常得安樂所修善業皆無留難善現當知若善男子善女人等能於般若波羅蜜多聽聞書寫受持讀誦修習思惟爲他演說十方世界一切如來應正等覺皆共護念令於無上正等菩提得不退轉具壽善現便白佛言如世尊說甚深般若波羅蜜多能生諸佛能示世間諸法實相世尊云何甚深般若波羅蜜多能生諸佛能示世間諸法實相云何諸佛從般若生云何如來說世間相佛告善現甚深般若波羅蜜多能生諸佛所有十力廣說乃至一切相智此等無量無邊功德皆從般若波羅蜜多而得生長由得如是諸佛法故說名爲佛甚深般若波羅蜜多能生如是諸佛功德由此故說甚深般若波羅蜜多能生諸佛亦說諸佛從彼而生善現當知甚深般若波羅蜜多能示世間諸法實相者謂能示世間五蘊實相一切如來應正等覺亦說世間五蘊實相具壽善現復白佛言云何如來應正等覺甚深般若波羅蜜多說示世間五蘊實相佛告善現一切如來應正等覺甚深般若波羅蜜多俱不說示色等五蘊有成有壞有生有滅有染有淨有增有減有入有出有過去有未來有現在有善有不善有無記有欲界繫有色界繫有無色界繫所以者何非空無相無願之法有成有壞有生有滅等非無造作無

生無滅無性之法有成有壞有生滅等一切如來應正等覺甚深般若波羅蜜多如是說示五蘊實相此五蘊相即是世間是故世間亦無成壞生滅等相復次善現一切如來應正等覺皆依般若波羅蜜多能普證知無量無數無邊有情心行差別然此般若波羅蜜多甚深義中都無有情及無有情施設可得都無諸色亦無諸色施設可得都無受想行識亦無受想行識施設可得廣說乃至都無一切智道相智一切相智亦無一切智道相智一切相智施設可得一切如來應正等覺甚深般若波羅蜜多如是說示世間之相復次善現甚深般若波羅蜜多不示現色廣說乃至一切相智所以者何此大般若波羅蜜多甚深義中甚深般若波羅蜜多尚無所有都不可得況有諸色廣說乃至一切相智可得示現復次善現一切有情施設言說若有色若無色若有想若無想若非有想非無想若此世界若餘十方一切世界是諸有情若略心若散心一切如來應正等覺依深般若波羅蜜多皆如實知世尊云何如來應正等覺依深般若波羅蜜多如實知彼諸有情類略心散心善現一切如來應正等覺依深般若波羅蜜多由法性故如實知彼諸有情類略心散心世尊云何如來應正等覺依深般若波羅蜜多由法性故如實知彼諸有情類略心散心善現一切如來應正等覺依深般若波羅蜜多如實知法性中法性尚無所有都不可得況有有情略心散心而可得者如是如來應正等覺依深般若波羅蜜多由法

性故如實知彼諸有情類略心散心復次善現一切如來應正等覺依深般若波羅蜜多由盡故離染故滅故斷故寂靜故遠離故如實知彼諸有情類略心散心世尊云何如來應正等覺依深般若波羅蜜多由盡故離染故滅故斷故寂靜故遠離故如實知彼諸有情類略心散心善現一切如來應正等覺依深般若波羅蜜多如實知盡離染滅斷寂靜遠離中盡等性尚無所有都不可得況有有情略心散心而可得者如是如來應正等覺依深般若波羅蜜多由盡離染滅斷寂靜遠離故如實知彼諸有情類略心散心復次善現一切如來應正等覺依深般若波羅蜜多如實知彼諸有情類有貪心離貪心有嗔心離嗔心有癡心離癡心世尊云何如來應正等覺依深般若波羅蜜多如實知彼諸有情類有貪心離貪心有嗔心離嗔心有癡心離癡心善現一切如來應正等覺依深般若波羅蜜多如實知彼諸有情類有貪嗔癡心如實性非有貪嗔癡心非離貪嗔癡心所以者何如實性中心心所法尚無所有都不可得況有有貪嗔癡心離貪嗔癡心而可得者一切如來應正等覺依深般若波羅蜜多如實知彼諸有情類離貪嗔癡心如實性非離貪嗔癡心非有貪嗔癡心所以者何如實性中心心所法尚無所有都不可得況有離貪嗔癡心有貪嗔癡心而可得者如是如來應正等覺依深般若波羅蜜多如實知彼諸有情類有貪心離貪心有嗔心離嗔心有癡心離癡心復次善現一切如來應正等覺依深般

若波羅蜜多如實知彼諸有情類有貪嗔癡心非有貪嗔癡心非離貪嗔癡心何以故如是二心不和合故一切如來應正等覺依深般若波羅蜜多如實知彼諸有情類離貪嗔癡心非離貪嗔癡心非有貪嗔癡心何以故如是二心不和合故如是如來應正等覺依深般若波羅蜜多如實知彼諸有情類有貪心離貪心有嗔心離嗔心有癡心離癡心復次善現一切如來應正等覺依深般若波羅蜜多如實知彼諸有情類所有廣心世尊云何如來應正等覺依深般若波羅蜜多如實知彼諸有情類所有廣心善現一切如來應正等覺依深般若波羅蜜多如實知彼諸有情類所有廣心非廣非狹非增非減非去非來所以者何心之自性畢竟離故都無所有竟不可得誰廣誰狹誰增誰減誰去誰來如是如來應正等覺依深般若波羅蜜多如實知彼諸有情類所有廣心復次善現一切如來應正等覺依深般若波羅蜜多如實知彼諸有情類所有大心世尊云何如來應正等覺依深般若波羅蜜多如實知彼諸有情類所有大心善現一切如來應正等覺依深般若波羅蜜多如實知彼諸有情類所有大心非大非小非去非來非生非滅非住非異非染非淨所以者何心之自性畢竟離故都無所有竟不可得誰大誰小誰去誰來誰生誰滅誰住誰異誰染誰淨如是如來應正等覺依深般若波羅蜜多如實知彼諸有情類所有大心復次善現一切如來應正等覺依深般若波羅蜜多如實知彼諸有情類所有無

量心世尊云何如來應正等覺依深般若波羅蜜多如實知彼諸有情類所有無量心善現一切如來應正等覺依深般若波羅蜜多如實知彼諸有情類所有無量心非有量非無量非住非不住非去非不去所以者何心之自性畢竟離故無漏無依如何可說有量無量有住不住有去不去如是如來應正等覺依深般若波羅蜜多如實知彼諸有情類所有無量心復次善現一切如來應正等覺依深般若波羅蜜多如實知彼諸有情類所有無見無對心世尊云何如來應正等覺依深般若波羅蜜多如實知彼諸有情類所有無見無對心善現一切如來應正等覺依深般若波羅蜜多如實知彼諸有情類所有無見無對心皆無心相所以者何以一切心自

相空故如是如來應正等覺依深般若波羅蜜多如實知彼諸有情類所有無見無對心復次善現一切如來應正等覺依深般若波羅蜜多如實知彼諸有情類所有無色不可見心世尊云何如來應正等覺依深般若波羅蜜多如實知彼諸有情類所有無色不可見心善現一切如來應正等覺依深般若波羅蜜多如實知彼諸有情類所有無色不可見心諸佛五眼皆不能見所以者何以一切心自性空故如是如來應正等覺依深般若波羅蜜多如實知彼諸有情類所有無色不可見心復次善現一切如來應正等覺依深般若波羅蜜多如實知彼諸有情類心心所法若出若沒若屈若伸世尊云何如來應正等覺依深般若波羅蜜多如實知彼諸有情

類心心所法若出若没若屈若伸善現一切如來應正等覺依深般若波羅蜜多如實知彼諸有情類出没屈伸心心所法皆依色受想行識生如是如來應正等覺依深般若波羅蜜多如實知彼諸有情類心心所法若出若没若屈若伸謂諸如來應正等覺依深般若波羅蜜多如實知彼諸有情類出没屈伸心心所法依色乃至識執我及世間或常或無常或亦常亦無常或非常非無常此是諦實餘皆愚妄依色乃至識執我及世間或有邊或無邊或亦有邊亦無邊或非有邊非無邊此是諦實餘皆愚妄依色乃至識執如來死後或有或非有或亦有亦非有或非有非非有此是諦實餘皆愚妄依色乃至識執命者或即身或異身此是諦實餘皆愚妄如是如來應正等覺依深般若波羅蜜多如實知彼諸有情類心心所法若出若没若屈若伸復次善現一切如來應正等覺依深般若波羅蜜多如實知色受想行識世尊云何如來應正等覺依深般若波羅蜜多如實知色受想行識善現一切如來應正等覺依深般若波羅蜜多如實知色受想行識皆如眞如無變異無分別無相狀無警覺無戲論無所得如是如來應正等覺依深般若波羅蜜多如實知色受想行識亦如實知諸有情類出没屈伸心心所法皆如眞如無變異無分別無相狀無警覺無戲論無所得善現當知諸有情類出没屈伸心心所法眞如即五蘊眞如五蘊眞如即十二處眞如十二處眞如即十八界眞如十八界眞如即一切法眞如一切

法眞如即六波羅蜜多眞如六波羅蜜多眞如即三十七菩提分法眞如三十七菩提分法眞如即十六空眞如十六空眞如即八解脫眞如八解脫眞如即九次第定眞如九次第定眞如即三解脫門眞如三解脫門眞如即如來十力眞如如來十力眞如即四無所畏眞如四無所畏眞如即四無礙解眞如四無礙解眞如即大慈大悲大喜大捨眞如大慈大悲大喜大捨眞如即十八佛不共法眞如十八佛不共法眞如即一切智眞如一切智眞如即道相智眞如道相智眞如即一切相智眞如一切相智眞如即善不善無記法眞如善不善無記法眞如即世間出世間法眞如世間出世間法眞如即有漏無漏法眞如有漏無漏法眞如即有罪無罪法眞如有罪無罪法眞如即雜染清淨法眞如雜染清淨法眞如即有爲無爲法眞如有爲無爲法眞如即三世眞如三世眞如即三界眞如三界眞如即預流一來不還阿羅漢果眞如預流一來不還阿羅漢果眞如即獨覺菩提眞如獨覺菩提眞如即一切菩薩摩訶薩行眞如一切菩薩摩訶薩行眞如即諸佛無上正等菩提眞如諸佛無上正等菩提眞如即一切如來應正等覺眞如一切如來應正等覺眞如即一切有情眞如善現當知若一切如來應正等覺眞如若一切有情眞如若一切法眞如皆不相離不相離故無盡無二不可分別善現當知一切如來應正等覺依深般若波羅蜜多證一切法眞如究竟乃得無上正等菩提由此故說甚深般若波羅蜜多能

生諸佛是諸佛母能示諸佛世間實相善現當知如是如來應正等覺依深般若波羅蜜多能如實覺諸法眞如不虚妄性不變異性由如實覺眞如相故說名如來應正等覺具壽善現即白佛言甚深般若波羅蜜多所證諸法眞如實相極爲甚深難見難覺一切如來應正等覺皆用諸法眞如實相顯示分別諸佛無上正等菩提如是眞如甚深甚妙誰能信解唯有不退位菩薩摩訶薩及具正見漏盡阿羅漢聞佛說此甚深眞如能生信解如來爲彼依自所證眞如之相顯示分別佛告善現如是如是如汝所說所以者何眞如無盡是故甚深唯有如來現等正覺無盡眞如世尊佛由誰證無盡眞如善現佛由眞如能證如是無盡眞如世尊如來證誰無盡眞如善現證一切法無盡眞如世尊諸法眞如何故無盡善現以一切法皆無盡故一切如來應正等覺證得一切法無盡眞如故獲得無上正等菩提爲諸有情顯示分別一切法眞如相由此故名如實說者爾時三千大千世界所有欲界色界天子各以種種天妙花香遥散世尊而爲供養來詣佛所頂禮佛足却住一面俱白佛言如來所說甚深般若波羅蜜多以何爲相爾時佛告諸天子言天子當知甚深般若波羅蜜多以空無相無願爲相甚深般若波羅蜜多以無造作無生無滅無染無淨無性無相非斷非常非一非異無來無去虛空爲相甚深般若波羅蜜多有如是等無量諸相天子當知如是諸相一切如來應正等覺依世俗說不依勝義天子當知

甚深般若波羅蜜多如是諸相世間天人阿素洛等皆不能壞何以故世間天人阿素洛等亦是相故天子當知諸相不能破壞諸相諸相不能了知諸相諸相不能破壞無相諸相不能了知無相無相不能破壞諸相無相不能了知諸相無相不能破壞無相無相不能了知無相何以故若相若無相若相無相皆無所有能破能知所破所知破者知者皆不可得故天子當知如是諸相非色所作非受想行識所作廣說乃至非一切智所作非道相智一切相智所作天子當知如是諸相非天所作非非天所作非人所作非非人所作非有漏非無漏非世間非出世間非有爲非無爲無所繫屬不可宣說天子當知甚深般若波羅蜜多遠離衆相不應問言甚深般若波羅蜜多以何爲相汝諸天子於意云何設有問言虛空何相如是發問爲正問不諸天子曰不也世尊何以故虛空無體無相無爲不應問故佛告天子甚深般若波羅蜜多亦復如是不應爲問然諸法相有佛無佛法界法爾佛於此相如實覺知故名如來應正等覺時諸天子復白佛言如來所覺如是諸相極爲甚深難見難覺如來現覺如是相故於一切法無礙智轉一切如來應正等覺住如是相分別開示甚深般若波羅蜜多爲諸有情集諸法相方便開示令於般若波羅蜜多得無礙智希有世尊甚深般若波羅蜜多是諸如來應正等覺常所行處一切如來應正等覺行是處故證得無上正等菩提爲諸有情分別開示一切法相所謂分別開示色

相分別開示受想行識相廣說乃至分別開示一切智相分別開示道相智一切相智相

爾時佛告諸天子言如是如是如汝所說天子當知一切法相如來如實覺爲無相所謂變礙是色相領納是受相取像是想相造作是行相了別是識相如來如實覺爲無相苦惱聚是蘊相生長門是處相多毒害是界相如來如實覺爲無相能惠捨是布施相無熱惱是淨戒相不忿恚是安忍相不可伏是精進相無散亂是靜慮相無執著是般若相如來如實覺爲無相無所有是內空等相不顛倒是眞如等相不虛妄是四聖諦相如來如實覺爲無相無擾惱是四靜慮相無限礙是四無量相無喧雜是四無色定相如來如實覺爲無相無繫縛是八解脫相不散亂是九次第定相能出離是三十七菩提分法相如來如實覺爲無相能遠離是空解脫門相無取著是無相解脫門相猒衆苦是無願解脫門相如來如實覺爲無相攝淨位是三乘十地相趣大覺是菩薩十地相如來如實覺爲無相能觀照是五眼相無滯礙是六神通相如來如實覺爲無相難屈伏是如來十力相無怯懼是四無所畏相無斷絕是四無礙解相與利樂是大慈相拔衰苦是大悲相慶善事是大喜相棄喧雜是大捨相不可奪是十八佛不共法相如來如實覺爲無相能嚴飾是相好相能憶念是無忘失法相無所執是恒住捨性相如來如實覺爲無相遍攝持是一切陀羅尼門相遍攝受是一切三摩地門相如來如實覺爲無相善受教是聲聞乘果

相自開悟是獨覺菩提相趣大果是菩薩摩訶薩行相具大用是諸佛無上正等菩提相如來如實覺爲無相現正等覺是一切智相極善通達是道相智相現等別覺是一切相智相如來如實覺爲無相天子當知一切如來應正等覺於如是等一切法相皆能如實覺爲無相由此因緣我說諸佛得無礙智無與等者爾時佛告具壽善現甚深般若波羅蜜多是諸佛母能示世間諸法實相是故如來應正等覺依法而住供養恭敬尊重讚歎攝受護持所依住法此法即是甚深般若波羅蜜多一切如來應正等覺無不依上甚深般若波羅蜜多供養恭敬尊重讚歎攝受護持所以者何甚深般若波羅蜜多能生諸佛能與諸佛作所依處能示世間諸法實相善

現當知一切如來應正等覺是知恩者能報恩者若有問言誰是知恩能報恩者應正答言佛是知恩能報恩者何以故一切世間知恩報恩無過佛故具壽善現即白佛言云何如來應正等覺知恩報恩佛告善現一切如來應正等覺乘如是乘行如是道來至無上正等菩提得菩提已於一切時供養恭敬尊重讚歎攝受護持是乘是道曾無暫廢此乘此道當知即是甚深般若波羅蜜多是名如來應正等覺知恩報恩復次善現一切如來應正等覺無不皆依甚深般若波羅蜜多於諸有相及無相法皆現等覺無實作用以能作者無所有故一切如來應正等覺無不皆依甚深般若波羅蜜多於諸有相及無相法皆現等覺無所成辦以諸形質不可得故善

現當知以諸如來應正等覺知依如是甚深般若波羅蜜多能現等覺相無相法皆無作用無所成辦於一切時供養恭敬尊重讚歎攝受護持曾無間斷故名眞實知恩報恩復次善現一切如來應正等覺無不皆依甚深般若波羅蜜多於一切法無作無成無生智轉復能知此無轉因緣是故應知甚深般若波羅蜜多能生如來應正等覺亦能如實示世間相具壽善現便白佛言如來常說一切法性無生無起無知無見如何可說甚深般若波羅蜜多能生諸佛是諸佛母亦能如實示世間相佛告善現如是如是如汝所說一切法性無生無起無知無見依世俗說甚深般若波羅蜜多能生諸佛是諸佛母亦能如實示世間相具壽善現復白佛言云何諸法無生無起無知無見佛告善現以一切法空無所有皆不自在虛誑不堅故一切法無生無起無知無見復次善現一切法性無所依止無所繫屬由此因緣無生無起無知無見善現當知甚深般若波羅蜜多雖能生佛示世間相而無所生亦無所示善現當知甚深般若波羅蜜多不見色故名示色相不見受想行識故名示受想行識相廣說乃至不見一切智故名示一切智相不見道相智一切相智故名示道相智一切相智相善現當知由如是義甚深般若波羅蜜多能示世間諸法實相能生諸佛名諸佛母具壽善現復白佛言云何如是甚深般若波羅蜜多不見色故名示色相不見受想行識故名示受想行識相廣說乃至不見一切智故名示一切智

相不見道相智一切相智故名示道相智一切相智相佛告善現甚深般若波羅蜜多由不緣色而生於識是爲不見色故名示色相廣說乃至由不緣一切相智而生於識是爲不見一切相智故名示一切相智相善現當知由如是義甚深般若波羅蜜多能示世間諸法實相能生諸佛名諸佛母復次善現甚深般若波羅蜜多能爲諸佛顯世間空故名佛母能示諸佛世間實相具壽善現即白佛言云何般若波羅蜜多能爲諸佛顯世間空佛告善現甚深般若波羅蜜多能爲諸佛顯五蘊世間空顯十二處世間空顯十八界世間空顯六觸世間空顯六受世間空顯六界世間空顯四緣世間空顯十二支緣起世間空顯我見爲根本六十二見世間空顯十善業道世間空顯四靜慮四無量四無色定世間空顯六波羅蜜多世間空顯内空乃至無性自性空世間空顯苦集滅道世間空顯三十七菩提分法世間空顯八解脫八勝處九次第定十遍處世間空顯空無相無願解脫門世間空顯三乘十地世間空顯菩薩十地世間空顯一切陀羅尼門三摩地門世間空顯五眼六神通世間空顯如來十力四無所畏四無礙解十八佛不共法世間空顯大慈大悲大喜大捨世間空顯三十二大士相八十隨好世間空顯無忘失法恒住捨性世間空顯預流果乃至獨覺菩提世間空顯一切菩薩摩訶薩行諸佛無上正等菩提世間空顯一切智道相智一切相智世間空如是善現甚深般若波羅蜜多能爲諸佛顯世間空

故名佛母能示諸佛世間實相復次善現佛因般若波羅蜜多能爲世間顯色世間空乃至顯一切相智世間空令諸世間受世間空想世間空思世間空識世間空如是善現甚深般若波羅蜜多能爲諸佛顯世間空故名佛母能示諸佛世間實相復次善現甚深般若波羅蜜多能示諸佛世間空相云何示諸佛世間空相謂令如來應正等覺見色世間空乃至見一切相智世間空如是善現甚深般若波羅蜜多能示諸佛世間空相復次善現甚深般若波羅蜜多能示諸佛世間不可思議相云何示諸佛世間不可思議相謂示如來應正等覺色世間不可思議相乃至一切相智世間不可思議相如是善現甚深般若波羅蜜多能示諸佛世間不可思議相復次善現甚深般若波羅蜜多能示諸佛世間遠離相云何能示諸佛世間遠離相謂示如來應正等覺色世間遠離相乃至一切相智世間遠離相如是善現甚深般若波羅蜜多能示諸佛世間遠離相復次善現甚深般若波羅蜜多能示諸佛世間寂靜相云何能示諸佛世間寂靜相謂示如來應正等覺色世間寂靜相乃至一切相智世間寂靜相如是善現甚深般若波羅蜜多能示諸佛世間寂靜相復次善現甚深般若波羅蜜多能示諸佛世間畢竟空相云何能示諸佛世間畢竟空相謂示如來應正等覺色世間畢竟空相乃至一切相智世間畢竟空相如是善現甚深般若波羅蜜多能示諸佛世間畢竟空相復次善現甚深般若波羅蜜多能示諸佛世

間無性空相云何能示諸佛世間無性空相謂示如來應正等覺色世間無性空相乃至一切相智世間無性空相如是善現甚深般若波羅蜜多能示諸佛世間無性空相復次善現甚深般若波羅蜜多能示諸佛世間自性空相云何能示諸佛世間自性空相謂示如來應正等覺色世間自性空相乃至一切相智世間自性空相如是善現甚深般若波羅蜜多能示諸佛世間自性空相復次善現甚深般若波羅蜜多能示諸佛世間無性自性空相云何能示諸佛世間無性自性空相謂示如來應正等覺色世間無性自性空相乃至一切相智世間無性自性空相如是善現甚深般若波羅蜜多能示諸佛世間無性自性空相復次善現甚深般若波羅蜜多能示諸佛世間純空相云何能示諸佛世間純空相謂示如來應正等覺色世間純空相乃至一切相智世間純空相如是善現甚深般若波羅蜜多能示諸佛世間純空相善現當知由如是義甚深般若波羅蜜多能示諸佛世間實相復次善現甚深般若波羅蜜多能示諸佛世間相者謂令不起此世間想他世間想所以者何以實無法可起此世他世想故

大般若波羅蜜多經卷第五百一十

大般若波羅蜜多經卷第五百一十一

唐三藏法師玄奘奉詔譯

第三分不思議等品第十六

爾時具壽善現復白佛言世尊甚深般若波羅蜜多爲大事故出現世間爲不可思議事故出現世間爲不可稱量事故出現世間爲無數量事故出現世間爲無等等事故出現世間佛告善現如是如是如汝所說善現云何甚深般若波羅蜜多爲大事故出現世間謂諸如來應正等覺皆以拔濟一切有情無時暫捨而爲大事甚深般若波羅蜜多爲此事故出現世間善現云何甚深般若波羅蜜多爲不可思議事故出現世間謂諸如來應正等覺所有佛性如來性自然覺性一切智性皆不可思議甚深般若波羅蜜多爲此事故出現世間善現云何甚深般若波羅蜜多爲不可稱量事故出現世間謂諸如來應正等覺所有佛性如來性自然覺性一切智性無有情類能稱量者甚深般若波羅蜜多爲此事故出現世間善現云何甚深般若波羅蜜多爲無數量事故出現世間謂諸如來應正等覺所有佛性如來性自然覺性一切智性無有如實知數量者甚深般若波羅蜜多爲此事故出現世間善現云何甚深般若波羅蜜多爲無等等事故出現世間謂諸如來應正等覺所有佛性如來性自然覺性一切智性無與等者況有能過甚深般若波羅蜜多爲此事故出現世間具壽善現復白佛言爲但如來應正等覺所有佛性如來性自然覺性一切智性不可思議不可稱量無數量

無等等爲更有餘法耶佛告善現非但如來應正等覺所有佛性如來性自然覺性一切智性不可思議不可稱量無數量無等等亦有餘法不可思議不可稱量無數量無等等謂色受想行識廣說乃至一切相智亦不可思議不可稱量無數量無等等如是等一切法亦不可思議不可稱量無數量無等等於一切法眞實性中心及心所皆不可得所以者何色乃至識不可施設故不可思議不可稱量無數量無等等廣說乃至一切相智不可施設故不可思議不可稱量無數量無等等具壽善現即白佛言復何因緣色乃至識廣說乃至一切相智皆不可施設故不可思議不可稱量無數量無等等佛告善現色乃至識廣說乃至一切相智無自性故不可施設故不可施設故不可思議不可稱量無數量無等等具壽善現復白佛言何因緣故色乃至識廣說乃至一切相智皆無自性佛告善現色乃至識廣說乃至一切相智思議稱量數量平等不平等性不可得故具壽善現復白佛言何因緣故色乃至識廣說乃至一切相智思議稱量數量平等不平等性皆不可得佛告善現色乃至識廣說乃至一切相智自性不可思議不可稱量無數量無等等自性空故復次善現色乃至識廣說乃至一切相智皆不可得故不可思議不可稱量無數量無等等具壽善現即白佛言復何因緣色乃至識廣說乃至一切相智皆不可得故不可思議不可稱量無數量無等等佛告善現色乃至識廣說乃至一切相智皆無限量

故不可得不可得故不可思議不可稱量無數量無等等具壽善現即白佛言復何因緣色乃至識廣說乃至一切相智皆無限量故不可得佛告善現色乃至識廣說乃至一切相智皆不可思議不可稱量無數量無等等故無限量無限量故皆不可得復次善現於意云何色乃至識廣說乃至一切相智不可思議不可稱量無數量無等等中色乃至識廣說乃至一切相智爲可得不善現答言不也世尊佛告善現如是如是由此因緣一切法皆不可思議不可稱量無數量無等等善現當知以一切法皆不可思議不可稱量無數量無等等故一切如來應正等覺所有佛法如來法自然覺法一切智法亦不可思議不可稱量無數量無等等善現當知一切如來應正等覺所有佛法如來法自然覺法一切智法皆不可思議思議滅故不可稱量稱量滅故無數量數量滅故無等等等等滅故由此因緣一切法亦不可思議不可稱量無數量無等等善現當知一切如來應正等覺所有佛法如來法自然覺法一切智法皆不可思議過思議故不可稱量過稱量故無數量過數量故無等等過等等故由此因緣一切法亦不可思議不可稱量無數量無等等善現當知不可思議者但有不可思議增語不可稱量者但有不可稱量增語無數量者但有無數量增語無等等者但有無等等增語由此因緣一切如來應正等覺所有佛法如來法自然覺法一切智法皆不可思議不可稱量無數量無等等善現當知不可思議

者如虛空不可思議故廣説乃至無等等者如虛空無等等故由此因緣一切如來應正等覺所有佛法如來法自然覺法一切智法皆不可思議不可稱量無數量無等等善現當知一切如來應正等覺所有佛法如來法自然覺法一切智法聲聞獨覺世間天人阿素洛等皆悉不能思議稱量數量等等由此因緣故説如來應正等覺所有佛法如來法自然覺法一切智法皆不可思議不可稱量無數量無等等佛説如是不可思議不可稱量無數量無等等品時衆中有五百苾芻不受諸漏心得解脱復有二千苾芻尼亦不受諸漏心得解脱復有六萬鄔波索迦於諸法中遠塵離垢生淨法眼復有三萬鄔波斯迦亦於諸法中遠塵離垢生淨法眼復有二千菩薩摩訶薩得無生法忍於賢劫中受記作佛

第三分譬喻品第十七

爾時具壽善現復白佛言世尊甚深般若波羅蜜多爲大事故出現世間爲不可思議事故出現世間爲不可稱量事故出現世間爲無數量事故出現世間爲無等等事故出現世間佛告善現如是如是所以者何甚深般若波羅蜜多能成辦六波羅蜜多能成辦内空乃至無性自性空能成辦眞如乃至不思議界能成辦苦集滅道聖諦能成辦四靜慮四無量四無色定能成辦四念住乃至八聖道支能成辦八解脱八勝處九次第定十遍處能成辦空無相無願解脱門能成辦淨觀地乃至如來地能成辦極喜地乃至法雲地

能成辦一切陀羅尼門三摩地門能成辦五眼六神通能成辦如來十力乃至十八佛不共法能成辦大慈大悲大喜大捨能成辦三十二相八十隨好能成辦無忘失法恒住捨性能成辦預流果乃至獨覺菩提能成辦一切菩薩摩訶薩行諸佛無上正等菩提能成辦一切智道相智一切相智善現當知如刹帝利灌頂大王威德自在降伏一切以諸國事付囑大臣端拱無爲安隱快樂如來亦爾爲大法王威德自在降伏一切以聲聞法若獨覺法若菩薩法若如來法悉皆付囑甚深般若波羅蜜多以深般若波羅蜜多普能成辦一切事業是故善現甚深般若波羅蜜多爲大事故出現世間廣說乃至爲無等等事故出現世間所以者何甚深般若波羅蜜多於色無取無執故出現世間能成辦事於受想行識無取無執故出現世間能成辦事廣說乃至於一切智無取無執故出現世間能成辦事於道相智一切相智無取無執故出現世間能成辦事於預流果無取無執故出現世間能成辦事乃至於佛無上正等菩提無取無執故出現世間能成辦事具壽善現即白佛言云何如是甚深般若波羅蜜多於色乃至於佛無上正等菩提皆無取無執故出現世間能成辦事佛告善現於意云何汝頗見色乃至頗見諸佛無上正等菩提可取可執不善現答言不也世尊不也善逝佛告善現善哉善哉我亦不見色乃至不見諸佛無上正等菩提可取可執由不見故不取由不取故不執由是因緣甚深般若波羅蜜多

於色乃至於佛無上正等菩提無取無執善現當知我亦不見一切如來應正等覺所有佛性如來性自然覺性一切智性可取可執由不見故不取由不取故不執甚深般若波羅蜜多亦復如是都不見有一切如來應正等覺所有佛性如來性自然覺性一切智性可執可取由此因緣無執無取是故善現諸菩薩摩訶薩行深般若波羅蜜多時不應於色受想行識廣說乃至一切如來應正等覺所有佛性如來性自然覺性一切智性若取若執爾時欲界色界天子俱白佛言如是般若波羅蜜多最爲甚深難見難覺不可尋思超尋思境寂靜微妙審諦沉密極聰慧者乃能了知若諸有情能深信解如是般若波羅蜜多當知彼曾供養過去多百千佛於諸佛所發弘誓願多種善根多事善友已爲無量善友攝受乃能信解如是般若波羅蜜多若有得聞如是般若波羅蜜多深生信解當知彼類是大菩薩定得無上正等菩提假使三千大千世界諸有情類一切皆成隨信行隨法行第八預流一來不還阿羅漢獨覺彼所成就若智若斷不如有人一日於此甚深般若波羅蜜多忍樂思惟稱量觀察是人於此甚深般若波羅蜜多所成就忍勝彼智斷無量無邊所以者何隨信行等若智若斷皆是已得無生法忍諸菩薩摩訶薩忍少分故爾時佛告諸天子言善哉善哉如汝所說天子當知若善男子善女人等能於般若波羅蜜多暫時聽聞聞已信解書寫受持讀誦修習思惟演說是善男子善女人等速出生死疾

證涅槃勝求聲聞獨覺乘者遠離般若波羅蜜多學餘經典若經一劫若一劫餘所以者何於此般若波羅蜜多甚深經中廣說一切微妙勝法諸隨信行隨法行等皆應於此精勤修學隨所願求皆速究竟所作事業一切如來應正等覺皆依此學已正當證無上菩提時諸天子俱發聲言如是般若波羅蜜多是大波羅蜜多是不可思議波羅蜜多是不可稱量波羅蜜多是無數量波羅蜜多是無等等波羅蜜多諸隨信行乃至獨覺皆於此中精勤修學速證涅槃一切菩薩摩訶薩衆皆於此中精勤修學速證無上正等菩提雖諸聲聞獨覺菩薩皆依此學各至究竟而深般若波羅蜜多無增無減時諸天子說是語已歡喜踊躍頂禮佛足右遶三帀辭佛還宮去會未遠俱時不現隨所屬界各住本宮爾時具壽善現復白佛言世尊若菩薩摩訶薩聞說般若波羅蜜多深生信解從何處沒來生此間佛告善現若菩薩摩訶薩聞說般若波羅蜜多深生信解不沉不沒不迷不悶無惑無疑無取無執歡喜聽受恭敬供養常隨法師請問義趣若行若立若坐若卧無時暫捨如新生犢不離其母乃至未得甚深般若波羅蜜多所有義趣究竟通利能爲他說終不遠離如是般若波羅蜜多甚深經典及說法師善現當知是菩薩摩訶薩從人中沒來生此間所以者何是菩薩摩訶薩先世已聞甚深般若波羅蜜多聞已受持讀誦修習思惟演說書寫莊嚴供養恭敬尊重讚歎由此善根離八無暇從人趣沒還生人中暫聞此

經深生信解具壽善現復白佛言頗有菩薩摩訶薩成就如是殊勝功德供養承事他方佛已從彼處没來生此間聞說如是甚深般若波羅蜜多深生信解書寫受持讀誦修習思惟演說供養恭敬無懈倦不佛告善現有諸菩薩摩訶薩成就如是殊勝功德供養承事他方佛已從彼處没來生此間聞說如是甚深般若波羅蜜多深生信解書寫受持讀誦修習思惟演說供養恭敬無懈倦心所以者何是菩薩摩訶薩先從他方無量佛所聞說般若波羅蜜多深生信解書寫受持讀誦修習思惟演說供養恭敬無懈倦心乘是善根從彼處没來生此間聞說此經深生信解復次善現有菩薩摩訶薩從覩史多天衆同分没來生人中彼亦成就如是功德所以者何是菩薩摩訶薩先世已於覩史多天慈氏菩薩摩訶薩所請問般若波羅蜜多甚深義趣乘是善根從彼處没來生人中聞說般若波羅蜜多深生信解書寫受持讀誦修習思惟演說供養恭敬無懈倦心復次善現有住大乘善男子等雖於前世得聞般若乃至布施波羅蜜多或聞内空乃至無性自性空或聞眞如乃至不思議界或聞苦集滅道聖諦或聞四靜慮四無量四無色定或聞四念住乃至八聖道支或聞八解脱八勝處九次第定十遍處或聞空無相無願解脱門或聞淨觀地乃至如來地或聞極喜地乃至法雲地或聞一切陀羅尼門三摩地門或聞五眼六神通或聞如來十力乃至十八佛不共法或聞大慈大悲大喜大捨或聞三十二相八十

隨好或聞無忌失法恒住捨性或聞一切菩薩摩訶薩行諸佛無上正等菩提或聞一切智道相智一切相智而不請問甚深義趣令生人中聞說如是甚深般若波羅蜜多其心迷悶猶豫怯弱或生異解難可開悟復次善現有住大乘善男子等雖於前世得聞般若波羅蜜多亦曾請問甚深義趣或經一日乃至十日而不如說精進修行今生人中聞說如是甚深般若波羅蜜多設經一日乃至十日其心堅固無能壞者若離所聞甚深般若波羅蜜多尋便退失心生猶豫所以者何此住大乘善男子等由於前世得聞般若波羅蜜多雖亦請問甚深義趣而不如說精進修行故於今生若遇善友殷勤勸勵便樂聽受甚深般若波羅蜜多若無善友殷勤勸勵便於此經不樂聽受彼於般若波羅蜜多或時樂聞或時不樂或時堅固或時退失其心輕動進退非恒如堵羅綿隨風飄轉當知如是安住大乘善男子等發趣大乘經時未久未多親近眞善知識未多供養諸佛世尊未曾受持讀誦書寫思惟演說甚深般若波羅蜜多未曾精勤修學般若乃至布施波羅蜜多廣說乃至一切相智當知如是安住大乘善男子等新趣大乘於大乘法成就少分信敬愛樂未能書寫受持讀誦修習思惟爲他演說甚深般若波羅蜜多復次善現安住大乘善男子等若不書寫受持讀誦修習思惟爲他演說甚深般若波羅蜜多若不能以甚深般若乃至布施波羅蜜多廣說乃至一切相智攝受有情是住大乘善男子等不爲般若

乃至布施波羅蜜多廣說乃至一切相智之所守護是住大乘善男子等不能隨順修行般若乃至布施波羅蜜多廣說乃至一切相智由此因緣墮聲聞地或獨覺地所以者何此住大乘善男子等於深般若波羅蜜多不能書寫受持讀誦修習思惟爲他演說亦不能以甚深般若波羅蜜多廣說乃至一切相智攝受有情不能隨順修行般若波羅蜜多廣說乃至一切相智不爲般若波羅蜜多廣說乃至一切相智之所守護由此因緣墮聲聞地或獨覺地善現當知如汎大海所乘船破其中諸人若不取木器物浮囊板片死屍爲依附者定知溺死不至彼岸若能取木器物浮囊板片死屍爲所依附當知是類終不沒死得至安隱大海彼岸無損無害受諸快樂如是善現安住大乘善男子等雖於大乘成就少分信敬愛樂若不書寫受持讀誦思惟修習爲他演說甚深般若波羅蜜多廣說乃至一切相智相應經典爲所依附當知如是安住大乘善男子等中道衰敗不證無上正等菩提退入聲聞或獨覺地若住大乘善男子等有於大乘成就圓滿信敬愛樂復能書寫受持讀誦思惟修習爲他演說甚深般若波羅蜜多廣說乃至一切相智相應經典爲所依附當知如是安住大乘善男子等終不中道退入聲聞或獨覺地定證無上正等菩提復次善現如人欲度險惡曠野若不攝受資糧器具則不能至安樂國土於其中道遭苦失命如是善現安住大乘善男子等設於無上正等菩提有信有忍有清淨心有勝

意樂有欲有勝解有捨有精進若不攝受甚深般若波羅蜜多廣說乃至一切相智當知如是安住大乘善男子等中道衰敗不證無上正等菩提退入聲聞或獨覺地善現當知如人欲度險惡曠野若能攝受資糧器具決定能至安樂國土終不中道遭苦失命如是善現若住大乘善男子等已於無上正等菩提有信有忍有清淨心有勝意樂有欲有勝解有捨有精進復能攝受甚深般若波羅蜜多廣說乃至一切相智當知如是安住大乘善男子等終不中道衰耗退敗超聲聞地及獨覺地成就有情嚴淨佛土速證無上正等菩提復次善現如有男子或諸女人執持坏瓶詣河取水若池若井若泉若渠當知此瓶不久爛壞何以故是瓶未熟不堪盛水終歸

地故如是善現有住大乘善男子等設於無上正等菩提有信有忍有清淨心有勝意樂有欲有勝解有捨有精進若不攝受甚深般若波羅蜜多方便善巧廣說乃至一切相智當知如是安住大乘善男子等中道衰敗不證無上正等菩提退入聲聞或獨覺地善現當知如有男子或諸女人持燒熟瓶詣河取水若池若井若泉若渠當知此瓶終不爛壞何以故是瓶善熟堪任盛水極堅牢故如是善現有住大乘善男子等若於無上正等菩提有信有忍有清淨心有勝意樂有欲有勝解有捨有精進復能攝受甚深般若波羅蜜多方便善巧廣說乃至一切相智當知如是安住大乘善男子等常爲諸佛及諸菩薩攝受護念終不中道衰耗退敗超諸聲聞及獨

覺地成熟有情嚴淨佛土速證無上正等菩提復次善現如有商人無善巧智船在海岸未固修營即持財物安置其上牽入水中速便進發當知是船中道壞沒人船財物各散異處如是商人無善巧智喪失身命及大財寶如是善現有住大乘善男子等設於無上正等菩提有信有忍有清淨心有勝意樂有欲有勝解有捨有精進若不攝受甚深般若波羅蜜多方便善巧廣說乃至一切相智當知如是安住大乘善男子等中道衰敗喪失身命及大財寶喪身命者謂墮聲聞或獨覺地失財寶者謂失無上正等菩提善現當知如有商人有善巧智先在海岸固修船已方牽入水知無穿穴後持財物置上而去當知是船必不壞沒人物安隱達所至處如是善現有住大乘善男子等若於無上正等菩提有信有忍有清淨心有勝意樂有欲有勝解有捨有精進復能攝受甚深般若波羅蜜多方便善巧廣說乃至一切相智當知如是安住大乘善男子等常爲諸佛及諸菩薩攝受護念終不中道衰耗退敗超諸聲聞獨覺等地成熟有情嚴淨佛土速證無上正等菩提

復次善現譬如有人年百二十老耄衰朽又加衆病所謂風病熱病痰病或三雜病於意云何是老病人頗從床座能自起不善現答言不也世尊佛告善現是人設有扶令起立亦無力行一俱盧舍二俱盧舍三俱盧舍所以者何極老病故如是善現有住大乘善男子等設於無上正等菩提有信有忍有清淨心有勝意樂有欲有勝解有捨有精進若不

攝受甚深般若波羅蜜多方便善巧廣說乃至一切相智當知如是安住大乘善男子等中道衰敗不證無上正等菩提退入聲聞或獨覺地何以故以不攝受甚深般若波羅蜜多方便善巧廣說乃至一切相智諸佛菩薩不護念故善現當知譬如有人年百二十老耄衰朽又加衆病謂風熱痰或三雜病是老病人欲從床座起往他處而自不能有二健人各扶一腋徐策令起而告之言勿有所難隨意欲往我等兩人終不相棄必達所趣安隱無損如是善現有住大乘善男子等若於無上正等菩提有信有忍有清淨心有勝意樂有欲有勝解有捨有精進復能攝受甚深般若波羅蜜多方便善巧廣說乃至一切相智當知如是安住大乘善男子等終不中道衰耗退敗超諸聲聞獨覺等地成熟有情嚴淨佛土速證無上正等菩提何以故以能攝受甚深般若波羅蜜多方便善巧廣說乃至一切相智諸佛菩薩共護念故爾時善現便白佛言云何大乘善男子等由不攝受甚深般若波羅蜜多方便善巧廣說乃至一切相智退墮聲聞或獨覺地不證無上正等菩提佛告善現善哉善哉能問如來如是要義汝今諦聽當爲汝說有住大乘善男子等從初發心執我我所修行布施乃至般若波羅蜜多此住大乘善男子等修布施時作如是念我能行施我施此物彼受我施修淨戒時作如是念我能持戒我持此戒我具是戒修安忍時作如是念我能修忍我於彼忍我具是忍修精進時作如是念我能精進我爲此精

進我具是精進修靜慮時作如是念我能修定我爲此修定我具是定修般若時作如是念我能修慧我爲此修慧我具是慧復次善現此住大乘善男子等修布施時執有此布施執由是布施執布施爲我所修淨戒時執有此淨戒執由是淨戒執淨戒爲我所修安忍時執有此安忍執由是安忍執安忍爲我所修精進時執有此精進執由是精進執精進爲我所修靜慮時執有此靜慮執由是靜慮執靜慮爲我所修般若時執有此般若執由是般若執般若爲我所此住大乘善男子等我我所執恒隨逐故所修布施乃至般若波羅蜜多增長生死不能解脱生等衆苦所以者何以布施等六波羅蜜多中無此分別可起是執何以故遠離此彼岸是布施等六波羅蜜多相故善現當知此住大乘善男子等不知此岸彼岸相故不能攝受布施淨戒安忍精進靜慮般若波羅蜜多廣說乃至一切相智由是因緣此住大乘善男子等退墮聲聞或獨覺地不證無上正等菩提具壽善現復白佛言云何大乘善男子等無方便善巧故雖行六種波羅蜜多而墮聲聞或獨覺地不證無上正等菩提佛告善現有住大乘善男子等從初發心無方便善巧故修布施時作如是念我能行施我具布施此是布施修淨戒時作如是念我能持戒我具淨戒此是淨戒修安忍時作如是念我能修忍我具安忍此是安忍修精進時作如是念我能精進我具精進此是精進修靜慮時作如是念我能修定我具靜慮此是靜慮修般若時作

如是念我能修慧我具般若此是般若復次善現此住大乘善男子等修布施時執有此布施執由是布施執布施爲我所而生憍逸修淨戒時執有此淨戒執由是淨戒執淨戒爲我所而生憍逸修安忍時執有此安忍執由是安忍執安忍爲我所而生憍逸修精進時執有此精進執由是精進執精進爲我所而生憍逸修靜慮時執有此靜慮執由是靜慮執靜慮爲我所而生憍逸修般若時執有此般若執由是般若執般若爲我所而生憍逸此住大乘善男子等我我所執恒隨逐故所修布施乃至般若波羅蜜多增長生死不能解脫生等衆苦所以者何以布施等六波羅蜜多中無如是分別亦不如彼所分別何以故非至此彼岸是布施等六波羅蜜多相故善現當知此住大乘善男子等不知此岸彼岸相故不能攝受布施淨戒安忍精進靜慮般若波羅蜜多廣說乃至一切相智由是因緣此住大乘善男子等退墮聲聞或獨覺地不證無上正等菩提如是善現安住大乘善男子等由不攝受甚深般若波羅蜜多及餘功德亦不攝受方便善巧雖行六種波羅蜜多而墮聲聞或獨覺地不證無上正等菩提具壽善現復白佛言云何大乘善男子等由能攝受甚深般若波羅蜜多方便善巧廣說乃至一切相智不墮聲聞及獨覺地速證無上正等菩提佛告善現有住大乘善男子等從初發心離我我所執修行布施乃至般若波羅蜜多此住大乘善男子等修布施時不作是念我能行施我施此物彼受我施修

淨戒時不作是念我能持戒我持此戒我具是戒修安忍時不作是念我能修忍我於彼忍我具是忍修精進時不作是念我能精進我爲此精進我具是精進修靜慮時不作是念我能修定我爲此修定我具是定修般若時不作是念我能修慧我爲此修慧我具是慧復次善現此住大乘善男子等修布施時不執有此布施不執由是布施不執布施爲我所修淨戒時不執有此淨戒不執由是淨戒不執淨戒爲我所修安忍時不執有此安忍不執由是安忍不執安忍爲我所修精進時不執有此精進不執由是精進不執精進爲我所修靜慮時不執有此靜慮不執由是靜慮不執靜慮爲我所修般若時不執有此般若不執由是般若不執般若爲我所此住

大乘善男子等我我所執不隨逐故所修布施乃至般若波羅蜜多損減生死速能解脱生等衆苦所以者何以布施等六波羅蜜多中無此分别可起是執何以故遠離此彼岸是布施等六波羅蜜多相故善現當知此住大乘善男子等善知此岸彼岸相故便能攝受布施等六波羅蜜多廣説乃至一切相智由是因緣此住大乘善男子等不墮聲聞及獨覺地速證無上正等菩提具壽善現復白佛言云何大乘善男子等有方便善巧故修行六種波羅蜜多不墮聲聞及獨覺地疾證無上正等菩提佛告善現有住大乘善男子等從初發心有方便善巧故修布施時不作是念我能行施我具布施此是布施修淨戒時不作是念我能持戒我具淨戒此是淨戒

修安忍時不作是念我能修忍我具安忍此是安忍修精進時不作是念我能精進我具精進此是精進修靜慮時不作是念我能修定我具靜慮此是靜慮修般若時不作是念我能修慧我具般若此是般若復次善現此住大乘善男子等修布施時不執有此布施不執由是布施不執布施爲我所不生憍逸修淨戒時不執有此淨戒不執由是淨戒不執淨戒爲我所不生憍逸修安忍時不執有此安忍不執由是安忍不執安忍爲我所不生憍逸修精進時不執有此精進不執由是精進不執精進爲我所不生憍逸修靜慮時不執有此靜慮不執由是靜慮不執靜慮爲我所不生憍逸修般若時不執有此般若不執由是般若不執般若爲我所不生憍逸此住大乘善男子等我我所執不隨逐故所修布施乃至般若波羅蜜多損減生死速能解脫生等衆苦所以者何以布施等六波羅蜜多中無如是分別亦不如彼所分別何以故非至此彼岸是布施等六波羅蜜多相故善現當知此住大乘善男子等善知此岸彼岸相故便能攝受布施等六波羅蜜多廣說乃至一切相智由是因緣此住大乘善男子等不隨聲聞及獨覺地速證無上正等菩提如是善現安住大乘善男子等以能攝受甚深般若波羅蜜多及餘功德亦能攝受方便善巧修行六種波羅蜜多不墮聲聞及獨覺地速證無上正等菩提

大般若波羅蜜多經卷第五百一十一

音釋

苾芻 苾薄密切芻楚俱切草名含五義一體性柔輭二引蔓旁布三馨香遠聞四能療疼痛五不背日光以比丘之德似之故名比丘為苾芻　**犢** 音讀牛子也　**堵羅綿** 堵羅梵語也亦云兜羅此云細香花樹名也綿從樹生因而立稱　**資糧** 糧音良穀食也　**衰耗** 耗虛到切滅也敗也　**坏瓶** 不鋪杯切土器未燒者　**老耄** 耄音帽人年八十曰耄　**腋** 音亦左右肘脇之間曰腋　**策** 音冊扶持也

大般若波羅蜜多經卷第五百一十二

唐三藏法師玄奘奉　詔譯

第三分善友品第十八

爾時具壽善現復白佛言世尊新學大乘諸菩薩摩訶薩云何應學般若靜慮精進安忍淨戒布施波羅蜜多佛告善現新學大乘諸菩薩摩訶薩欲學般若乃至布施波羅蜜多應先親近承事供養能善宣說分別般若乃至布施波羅蜜多真淨善友謂說般若波羅蜜多甚深經時教誡教授新學大乘諸菩薩言來善男子汝應勤修布施淨戒安忍精進靜慮般若波羅蜜多汝勤修時應以無所得而為方便與一切有情平等共有回向無上正等菩提汝勿以色蘊乃至識蘊而取無上正等菩提亦勿以眼處乃至意處而取無上正等菩提亦勿以色處乃至法處而取無上正等菩提亦勿以眼界乃至意界而取無上正等菩提亦勿以色界乃至法界而取無上正等菩提亦勿以眼識界乃至意識界而取無上正等菩提亦勿以眼觸乃至意觸而取無上正等菩提亦勿以眼觸為緣所生諸受乃至意觸為緣所生諸受而取無上正等菩提亦勿以地界乃至識界而取無上正等菩提亦勿以因緣乃至增上緣而取無上正等菩提亦勿以無明乃至老死而取無上正等菩提亦勿以布施波羅蜜多乃至般若波羅蜜多而取無上正等菩提亦勿以內空乃至無性自性空而取無上正等菩提亦勿以真如乃至不思議界而取無上正等菩提亦勿以苦集滅道聖諦而取無上正等菩提亦勿

以四念住乃至八聖道支而取無上正等菩提亦勿以四靜慮四無量四無色定而取無上正等菩提亦勿以八解脱八勝處九次第定十遍處而取無上正等菩提亦勿以空無相無願解脱門而取無上正等菩提亦勿以淨觀地乃至如來地而取無上正等菩提亦勿以極喜地乃至法雲地而取無上正等菩提亦勿以一切陀羅尼門三摩地門而取無上正等菩提亦勿以五眼六神通而取無上正等菩提亦勿以如來十力乃至十八佛不共法而取無上正等菩提亦勿以三十二相八十隨好而取無上正等菩提亦勿以無忘失法恒住捨性而取無上正等菩提亦勿以預流果乃至獨覺菩提而取無上正等菩提亦勿以一切菩薩摩訶薩行諸佛無上正等菩提而取無上正等菩提亦勿以一切智道相智一切相智而取無上正等菩提何以故善男子若不取色便得無上正等菩提乃至不取一切相智便得無上正等菩提汝善男子行深般若波羅蜜多時勿貪著色受想行識廣説乃至一切相智所以者何以色乃至一切相智非可貪著何以故善男子以一切法自性空故爾時善現復白佛言諸菩薩摩訶薩能爲難事於一切法自相空中希求無上正等菩提欲證無上正等菩提佛告善現如是如是諸菩薩摩訶薩能爲難事於一切法自相空中希求無上正等菩提欲證無上正等菩提善現當知諸菩薩摩訶薩雖知諸法皆如幻事廣説乃至如尋香城自相皆空而爲世間得義利故發趣無上正等菩提爲

令世間得利益故發趣無上正等菩提爲令世間得安樂故發趣無上正等菩提爲欲拔濟諸世間故發趣無上正等菩提爲與世間作歸依故發趣無上正等菩提爲與世間作舍宅故發趣無上正等菩提欲示世間究竟道故發趣無上正等菩提爲與世間作洲渚故發趣無上正等菩提爲與世間作日月故發趣無上正等菩提爲與世間作燈燭故發趣無上正等菩提爲與世間作導師故發趣無上正等菩提爲與世間作將帥故發趣無上正等菩提爲與世間作所趣故發趣無上正等菩提云何菩薩摩訶薩爲令世間得義利故發趣無上正等菩提善現菩薩摩訶薩爲欲解脫一切有情諸苦惱事修行布施乃至般若發趣無上正等菩提是爲菩薩摩訶薩爲令世間得義利故發趣無上正等菩提云何菩薩摩訶薩爲令世間得利益故發趣無上正等菩提善現菩薩摩訶薩爲拔五趣怖畏有情置於涅槃無畏彼岸發趣無上正等菩提是爲菩薩摩訶薩爲令世間得利益故發趣無上正等菩提云何菩薩摩訶薩爲令世間得安樂故發趣無上正等菩提善現菩薩摩訶薩爲拔憂苦愁惱有情置於涅槃安隱彼岸發趣無上正等菩提是爲菩薩摩訶薩爲令世間得安樂故發趣無上正等菩提云何菩薩摩訶薩爲欲拔濟諸世間故發趣無上正等菩提善現菩薩摩訶薩見諸有情墮三惡趣爲欲拔濟令修善業漸依三乘而趣出離發趣無上正等菩提是爲菩薩摩訶薩爲欲拔濟諸世間故發趣無上正等菩

提云何菩薩摩訶薩爲與世間作歸依故發趣無上正等菩提善現菩薩摩訶薩爲令一切生老病死愁歎憂苦所逼有情速得解脫生等衆苦住無餘依般涅槃界發趣無上正等菩提是爲菩薩摩訶薩爲與世間作歸依故發趣無上正等菩提云何菩薩摩訶薩爲與世間作舍宅故發趣無上正等菩提善現菩薩摩訶薩欲爲有情說一切法皆不和合發趣無上正等菩提是爲菩薩摩訶薩爲與世間作舍宅故發趣無上正等菩提具壽善現白佛言世尊云何一切法皆不和合佛告善現諸色不和合即色不相屬若色不相屬即色無生若色無生即色無滅若色無滅即色不和合受想行識廣說乃至一切相智亦復如是諸菩薩摩訶薩欲爲有情說一切法皆有如是不和合相發趣無上正等菩提云何菩薩摩訶薩欲示世間究竟道故發趣無上正等菩提善現菩薩摩訶薩發趣無上正等菩提欲爲有情說如是法謂色彼岸即非色受想行識彼岸即非受想行識廣說乃至一切智彼岸即非一切智道相智一切相智彼岸即非道相智一切相智善現當知如色等彼岸相一切法亦爾具壽善現便白佛言若一切法皆如色等彼岸相者云何菩薩摩訶薩於一切法應現等覺所以者何非色彼岸中有如是分別謂此是色此是受想行識廣說乃至一切相智非受想行識廣說乃至一切相智彼岸中有如是分別謂此是色此是受想行識廣說乃至一切相智佛告善現如是如是非色彼岸中有如是分別謂此是

色廣說乃至一切相智如是乃至非一切相智彼岸中有如是分别謂此是色廣說乃至一切相智以一切法本性空故善現當知諸菩薩摩訶薩甚爲難事謂雖觀一切法皆寂滅相甚深微妙而心不沉没作是念言我於此法現等覺已證得無上正等菩提爲諸有情宣說開示如是寂滅深妙之法是爲菩薩摩訶薩欲示世間究竟道故發趣無上正等菩提云何菩薩摩訶薩爲與世間作洲渚故發趣無上正等菩提善現譬如大小海河池中高地可居周回水斷說爲洲渚如是善現色乃至識前後際斷廣說乃至一切相智前後際斷由此前際後際斷故一切法斷此一切法前後際斷即是寂滅微妙如實謂空無所得道斷愛盡無餘離染永滅究竟涅槃善現菩薩摩訶薩求證無上正等菩提欲爲有情宣說開示如是諸法前後際斷甚深寂滅微妙如實是爲菩薩摩訶薩爲與世間作洲渚故發趣無上正等菩提云何菩薩摩訶薩爲與世間作日月故發趣無上正等菩提善現菩薩摩訶薩爲破長夜無明卵㲉所覆有情重黑闇故爲療有情無知瞖目令明朗故爲與一切愚冥有情作照明故發趣無上正等菩提是爲菩薩摩訶薩爲與世間作日月故發趣無上正等菩提云何菩薩摩訶薩爲與世間作燈燭故發趣無上正等菩提善現菩薩摩訶薩欲爲有情宣說六種波羅蜜多及四攝事相應經典眞實義趣方便教導令勤修學除滅種種無明黑闇發趣無上正等菩提是爲菩薩摩訶薩爲與世間作燈燭故

發趣無上正等菩提云何菩薩摩訶薩爲與世間作導師故發趣無上正等菩提善現菩薩摩訶薩欲令趣向邪道有情離行四種不應行處爲說一道令歸正故爲雜染者得清淨故爲愁惱者得歡悅故爲憂苦者得喜樂故爲非理者得如理故爲流轉者得還滅故發趣無上正等菩提是爲菩薩摩訶薩爲與世間作導師故發趣無上正等菩提云何菩薩摩訶薩爲與世間作將帥故發趣無上正等菩提善現菩薩摩訶薩希求無上正等菩提欲爲有情宣說開示色無生無滅無染無淨受想行識無生無滅無染無淨廣說乃至一切智無生無滅無染無淨道相智一切相智無生無滅無染無淨是爲菩薩摩訶薩爲與世間作將帥故發趣無上正等菩提云何菩薩摩訶薩爲與世間作所趣故發趣無上正等菩提善現菩薩摩訶薩希求無上正等菩提欲爲有情宣說開示色以虛空爲所趣受想行識以虛空爲所趣廣說乃至一切智以虛空爲所趣道相智一切相智以虛空爲所趣以一切法皆如虛空無所有故欲爲有情宣說開示色非趣非不趣何以故以色性空空中無趣無不趣故受想行識非趣非不趣何以故以受想行識性空空中無趣無不趣故廣說乃至一切智非趣非不趣何以故以一切智性空空中無趣無不趣故道相智一切相智非趣非不趣何以故以道相智一切相智性空空中無趣無不趣故是爲菩薩摩訶薩爲與世間作所趣故發趣無上正等菩提所以者何善現一切法皆以空無相無

願爲趣諸菩薩摩訶薩於如是趣不可超越何以故空無相無願中趣與非趣不可得故善現一切法皆以無起無作爲趣諸菩薩摩訶薩於如是趣不可超越何以故無起無作中趣與非趣不可得故善現一切法皆以無生無滅爲趣諸菩薩摩訶薩於如是趣不可超越何以故無生無滅中趣與非趣不可得故善現一切法皆以無染無淨爲趣諸菩薩摩訶薩於如是趣不可超越何以故無染無淨中趣與非趣不可得故善現一切法皆以無所有爲趣諸菩薩摩訶薩於如是趣不可超越何以故無所有中趣與非趣不可得故善現一切法皆以如夢乃至如尋香城爲趣諸菩薩摩訶薩於如是趣不可超越何以故如夢乃至尋香城中趣與非趣不可得故善現一切法皆以無量無邊爲趣諸菩薩摩訶薩於如是趣不可超越何以故無量無邊中趣與非趣不可得故善現一切法皆以不與不取爲趣諸菩薩摩訶薩於如是趣不可超越何以故不與不取中趣與非趣不可得故善現一切法皆以不舉不下爲趣諸菩薩摩訶薩於如是趣不可超越何以故不舉不下中趣與非趣不可得故善現一切法皆以無去無來爲趣諸菩薩摩訶薩於如是趣不可超越何以故無去無來中趣與非趣不可得故善現一切法皆以無增無減爲趣諸菩薩摩訶薩於如是趣不可超越何以故無增無減中趣與非趣不可得故善現一切法皆以無入無出爲趣諸菩薩摩訶薩於如是趣不可超越何以故無入無出中趣與非趣不可

得故善現一切法皆以無集無散爲趣諸菩薩摩訶薩於如是趣不可超越何以故無集無散中趣與非趣不可得故善現一切法皆以無合無離爲趣諸菩薩摩訶薩於如是趣不可超越何以故無合無離中趣與非趣不可得故善現一切法皆以我乃至見者爲趣諸菩薩摩訶薩於如是趣不可超越何以故我乃至見者尚畢竟無所有況於其中有趣非趣可得善現一切法皆以無我乃至無見者爲趣諸菩薩摩訶薩於如是趣不可超越何以故無我乃至無見者尚畢竟無所有況於其中有趣非趣可得善現一切法皆以常樂我淨爲趣諸菩薩摩訶薩於如是趣不可超越何以故常樂我淨尚畢竟無所有況於其中有趣非趣可得善現一切法皆以無常苦無我不淨爲趣諸菩薩摩訶薩於如是趣不可超越何以故無常苦無我不淨尚畢竟無所有況於其中有趣非趣可得善現一切法皆以貪瞋癡事爲趣諸菩薩摩訶薩於如是趣不可超越何以故貪瞋癡事尚畢竟無所有況於其中有趣非趣可得善現一切法皆以見所作事爲趣諸菩薩摩訶薩於如是趣不可超越何以故見所作事尚畢竟無所有況於其中有趣非趣可得善現一切法皆以真如乃至不思議界爲趣諸菩薩摩訶薩於如是趣不可超越何以故真如乃至不思議界尚畢竟無所有況於其中有趣非趣可得善現一切法皆以無動爲趣諸菩薩摩訶薩於如是趣不可超越何以故無動性尚畢竟無所有況於其中有趣非趣可得善現一

切法皆以五蘊爲趣諸菩薩摩訶薩於如是趣不可超越何以故色乃至識尚畢竟無所有況於其中有趣非趣可得善現一切法皆以六内處爲趣諸菩薩摩訶薩於如是趣不可超越何以故眼處乃至意處尚畢竟無所有況於其中有趣非趣可得善現一切法皆以六外處爲趣諸菩薩摩訶薩於如是趣不可超越何以故色處乃至法處尚畢竟無所有況於其中有趣非趣可得善現一切法皆以六内界爲趣諸菩薩摩訶薩於如是趣不可超越何以故眼界乃至意界尚畢竟無所有況於其中有趣非趣可得善現一切法皆以六外界爲趣諸菩薩摩訶薩於如是趣不可超越何以故色界乃至法界尚畢竟無所有況於其中有趣非趣可得善現一切法皆以六識界爲趣諸菩薩摩訶薩於如是趣不可超越何以故眼識界乃至意識界尚畢竟無所有況於其中有趣非趣可得善現一切法皆以六觸爲趣諸菩薩摩訶薩於如是趣不可超越何以故眼觸乃至意觸尚畢竟無所有況於其中有趣非趣可得善現一切法皆以六受爲趣諸菩薩摩訶薩於如是趣不可超越何以故眼觸爲緣所生諸受乃至意觸爲緣所生諸受尚畢竟無所有況於其中有趣非趣可得善現一切法皆以六界爲趣諸菩薩摩訶薩於如是趣不可超越何以故地界乃至識界尚畢竟無所有況於其中有趣非趣可得善現一切法皆以四緣爲趣諸菩薩摩訶薩於如是趣不可超越何以故因緣乃至增上緣尚畢竟無所有況於其中有

趣非趣可得善現一切法皆以十二支緣起爲趣諸菩薩摩訶薩於如是趣不可超越何以故無明乃至老死尚畢竟無所有況於其中有趣非趣可得善現一切法皆以六波羅蜜多爲趣諸菩薩摩訶薩於如是趣不可超越何以故布施波羅蜜多乃至般若波羅蜜多尚畢竟無所有況於其中有趣非趣可得善現一切法皆以十六空爲趣諸菩薩摩訶薩於如是趣不可超越何以故内空乃至無性自性空尚畢竟無所有況於其中有趣非趣可得善現一切法皆以四聖諦爲趣諸菩薩摩訶薩於如是趣不可超越何以故苦集滅道聖諦尚畢竟無所有況於其中有趣非趣可得善現一切法皆以三十七菩提分法爲趣諸菩薩摩訶薩於如是趣不可超越何以故四念住乃至八聖道支尚畢竟無所有況於其中有趣非趣可得善現一切法皆以四靜慮四無量四無色定爲趣諸菩薩摩訶薩於如是趣不可超越何以故四靜慮四無量四無色定尚畢竟無所有況於其中有趣非趣可得善現一切法皆以八解脫八勝處九次第定十遍處爲趣諸菩薩摩訶薩於如是趣不可超越何以故八解脫八勝處九次第定十遍處尚畢竟無所有況於其中有趣非趣可得善現一切法皆以三解脫門爲趣諸菩薩摩訶薩於如是趣不可超越何以故空無相無願解脫門尚畢竟無所有況於其中有趣非趣可得善現一切法皆以三乘十地爲趣諸菩薩摩訶薩於如是趣不可超越何以故淨觀地乃至如來地尚畢竟無所有

況於其中有趣非趣可得善現一切法皆以菩薩十地爲趣諸菩薩摩訶薩於如是趣不可超越何以故極喜地乃至法雲地尚畢竟無所有況於其中有趣非趣可得善現一切法皆以陀羅尼門三摩地門爲趣諸菩薩摩訶薩於如是趣不可超越何以故陀羅尼門三摩地門尚畢竟無所有況於其中有趣非趣可得善現一切法皆以五眼六神通爲趣諸菩薩摩訶薩於如是趣不可超越何以故五眼六神通尚畢竟無所有況於其中有趣非趣可得善現一切法皆以如來十力四無所畏四無礙解十八佛不共法爲趣諸菩薩摩訶薩於如是趣不可超越何以故如來十力乃至十八佛不共法尚畢竟無所有況於其中有趣非趣可得善現一切法皆以大慈大悲大喜大捨爲趣諸菩薩摩訶薩於如是趣不可超越何以故大慈大悲大喜大捨尚畢竟無所有況於其中有趣非趣可得善現一切法皆以三十二相八十隨好爲趣諸菩薩摩訶薩於如是趣不可超越何以故三十二相八十隨好尚畢竟無所有況於其中有趣非趣可得善現一切法皆以無忘失法恒住捨性爲趣諸菩薩摩訶薩於如是趣不可超越何以故無忘失法恒住捨性尚畢竟無所有況於其中有趣非趣可得善現一切法皆以一切智道相智一切相智爲趣諸菩薩摩訶薩於如是趣不可超越何以故一切智道相智一切相智尚畢竟無所有況於其中有趣非趣可得善現一切法皆以預流果乃至獨覺菩提爲趣諸菩薩摩訶薩於如是趣

不可超越何以故預流果乃至獨覺菩提尚畢竟無所有况於其中有趣非趣可得善現一切法皆以一切菩薩摩訶薩行諸佛無上正等菩提爲趣諸菩薩摩訶薩於如是趣不可超越何以故一切菩薩摩訶薩行諸佛無上正等菩提尚畢竟無所有况於其中有趣非趣可得善現一切法皆以預流乃至如來爲趣諸菩薩摩訶薩於如是趣不可超越何以故預流乃至如來尚畢竟無所有况於其中有趣非趣可得如是善現諸菩薩摩訶薩爲與世間作所趣故發趣無上正等菩提爾時善現復白佛言誰能於此甚深般若波羅蜜多深生信解佛告善現若菩薩摩訶薩久於無上正等菩提發意趣求精勤修行已曾供養無量諸佛於諸佛所發弘誓願所種善根皆已淳熟無量善友攝受護念乃能於此甚深般若波羅蜜多深生信解具壽善現復白佛言是菩薩摩訶薩何性何相何狀何貌能深信解如是般若波羅蜜多佛告善現是菩薩摩訶薩以調伏貪嗔癡性爲性以遠離貪嗔癡相爲相以遠離貪嗔癡狀爲狀以遠離貪嗔癡貌爲貌復次善現是菩薩摩訶薩以調伏貪嗔癡及無貪嗔癡性爲性以遠離貪嗔癡及無貪嗔癡相爲相以遠離貪嗔癡及無貪嗔癡狀爲狀以遠離貪嗔癡及無貪嗔癡貌爲貌善現當知若菩薩摩訶薩成就如是性相狀貌乃能於此甚深般若波羅蜜多深生信解具壽善現復白佛言若菩薩摩訶薩能於如是甚深般若波羅蜜多深信解者是菩薩摩訶薩當何所趣佛告善現是菩

薩摩訶薩當趣一切智智具壽善現復白佛言若菩薩摩訶薩趣一切智智者是菩薩摩訶薩能與一切有情爲所歸趣佛告善現如是如是若菩薩摩訶薩能於如是甚深般若波羅蜜多深生信解則能趣向一切智智若能趣向一切智智是則能與一切有情爲所歸趣具壽善現復白佛言是菩薩摩訶薩能爲難事謂著如是堅固甲胄我當度脫一切有情皆令證得究竟涅槃雖於有情作如是事而都不見有情施設佛告善現如是如是如汝所說復次善現是菩薩摩訶薩所著甲胄不屬色乃至識何以故色乃至識皆畢竟無所有非菩薩非甲胄故說彼甲胄不屬色乃至識如是乃至是菩薩摩訶薩所著甲胄不屬一切智道相智一切相智何以故一切智道相智一切相智皆畢竟無所有非菩薩非甲胄故說彼甲胄不屬一切智道相智一切相智是菩薩摩訶薩所著甲胄不屬我乃至見者何以故我乃至見者皆畢竟無所有非菩薩非甲胄故說彼甲胄不屬我乃至見者是菩薩摩訶薩所著甲胄不屬一切法何以故一切法皆畢竟無所有非菩薩非甲胄故說彼甲胄不屬一切法善現是菩薩摩訶薩修行如是甚深般若波羅蜜多能著如是堅固甲胄謂我當度一切有情皆令證得究竟涅槃具壽善現復白佛言若菩薩摩訶薩能著如是堅固甲胄謂我當度一切有情皆令證得般涅槃者不墮聲聞及獨覺地是菩薩摩訶薩無處無容墮於聲聞或獨覺地所以者何是菩薩摩訶薩不於有情安立分限

而著如是堅固甲冑佛告善現汝觀何義而作是言若菩薩摩訶薩能著如是堅固甲冑不墮聲聞或獨覺地爾時善現白言世尊是菩薩摩訶薩非爲度脫少分有情而著如是堅固甲冑亦非爲求少分智故而著如是堅固甲冑所以者何是菩薩摩訶薩普爲濟拔一切有情令般涅槃而著如是堅固甲冑但爲求得一切智智而著如是堅固甲冑由此因緣不墮聲聞及獨覺地佛告善現如是如是如汝所說是菩薩摩訶薩普爲濟拔一切有情令般涅槃但爲求得一切智智而著如是堅固甲冑由此因緣不墮聲聞及獨覺地爾時善現復白佛言如是般若波羅蜜多最爲甚深無能修者無所修法亦無修處亦無由此而得修習所以者何非此般若波羅蜜多甚深義中而有少分實法可得名能修者及所修法若修習處若由此修世尊若修虛空是修般若波羅蜜多若修一切法是修般若波羅蜜多若修不實法是修般若波羅蜜多若修無所有是修般若波羅蜜多若修無攝受是修般若波羅蜜多若修除遣法是修般若波羅蜜多佛告善現修除遣何法是修般若波羅蜜多善現答言修除遣五蘊是修般若波羅蜜多修除遣六內處是修般若波羅蜜多修除遣六外處是修般若波羅蜜多修除遣六內界是修般若波羅蜜多修除遣六外界是修般若波羅蜜多修除遣六識界是修般若波羅蜜多修除遣六觸是修般若波羅蜜多修除遣六受是修般若波羅蜜多修除遣六界是修般若波羅蜜多修除遣四

縁是修般若波羅蜜多修除遣十二支縁起是修般若波羅蜜多修除遣我乃至見者是修般若波羅蜜多修除遣布施波羅蜜多乃至般若波羅蜜多是修般若波羅蜜多修除遣內空乃至無性自性空是修般若波羅蜜多修除遣眞如乃至不思議界是修般若波羅蜜多修除遣四聖諦是修般若波羅蜜多修除遣四念住乃至八聖道支是修般若波羅蜜多修除遣四靜慮四無量四無色定是修般若波羅蜜多修除遣八解脫八勝處九次第定十遍處是修般若波羅蜜多修除遣空無相無願解脫門是修般若波羅蜜多修除遣淨觀地乃至如來地是修般若波羅蜜多修除遣極喜地乃至法雲地是修般若波羅蜜多修除遣一切陀羅尼門三摩地門是修般若波羅蜜多修除遣五眼六神通是修般若波羅蜜多修除遣如來十力乃至十八佛不共法是修般若波羅蜜多修除遣大慈大悲大喜大捨是修般若波羅蜜多修除遣三十二相八十隨好是修般若波羅蜜多修除遣無忘失法恒住捨性是修般若波羅蜜多修除遣預流果乃至獨覺菩提是修般若波羅蜜多修除遣一切菩薩摩訶薩行諸佛無上正等菩提是修般若波羅蜜多修除遣一切智道相智一切相智是修般若波羅蜜多佛告善現如是如是若菩薩摩訶薩修除遣色廣說乃至一切相智是修般若波羅蜜多復次善現應依如是甚深般若波羅蜜多驗知不退轉菩薩摩訶薩若菩薩摩訶薩雖行般若乃至布施波羅蜜多而無執著當知

是爲不退轉菩薩摩訶薩廣說乃至若菩薩摩訶薩雖行一切智道相智一切相智而無執著當知是爲不退轉菩薩摩訶薩復次善現諸有不退轉菩薩摩訶薩行深般若波羅蜜多時不觀他語及他教勑以爲眞要非但信他而有所作不爲貪欲嗔恚愚癡憍慢等過之所雜染亦不爲彼牽引其心諸有不退轉菩薩摩訶薩行深般若波羅蜜多時不離布施乃至般若波羅蜜多諸有不退轉菩薩摩訶薩行深般若波羅蜜多時聞說如是甚深般若波羅蜜多其心不驚不恐不怖不沉不没亦不退捨所求無上正等菩提於深般若波羅蜜多歡喜樂聞受持讀誦究竟通利繫念思惟如說修行常無猒倦當知如是不退轉菩薩摩訶薩先世已聞甚深般若波羅蜜多所有義趣受持讀誦如理思惟精進修行心無猒倦所以者何由此不退轉菩薩摩訶薩聞說如是甚深般若波羅蜜多其心不驚不恐不怖廣說乃至如說修行常無猒倦具壽善現便白佛言若菩薩摩訶薩聞說如是甚深般若波羅蜜多其心不驚不恐不怖不沉不没亦不退捨所求無上正等菩提於深般若波羅蜜多歡喜樂聞受持讀誦究竟通利繫念思惟如說修行常無猒倦是菩薩摩訶薩云何修行甚深般若波羅蜜多佛告善現是菩薩摩訶薩相續隨順趣向臨入一切智智應作如是行深般若波羅蜜多具壽善現復白佛言是菩薩摩訶薩云何相續隨順趣向臨入一切智智行深般若波羅蜜多佛告善現若菩薩摩訶薩相續隨順趣向臨

入空無相無願虛空無所有無生無滅無染無淨真如乃至不思議界無造無作如夢乃至如尋香城行深般若波羅蜜多是爲菩薩摩訶薩相續隨順趣向臨入一切智智行深般若波羅蜜多具壽善現復白佛言如世尊說若菩薩摩訶薩相續隨順趣向臨入空無相無願廣說乃至如尋香城行深般若波羅蜜多是爲菩薩摩訶薩相續隨順趣向臨入一切智智行深般若波羅蜜多者是菩薩摩訶薩行深般若波羅蜜多時爲行五蘊乃至一切相智不佛告善現是菩薩摩訶薩不行五蘊乃至一切相智所以者何是菩薩摩訶薩所隨順趣向臨入一切智智無能作者無能壞者無所從來無所至去亦無所住無方無域無數無量無往無來既無數量往來可得亦無能證善現如是一切智智不可以五蘊證廣說乃至不可以一切相智證所以者何五蘊即是一切智智廣說乃至一切相智即是一切智智何以故若五蘊真如若一切智智真如若一切法真如皆一真如無二無別廣說乃至若一切相智真如若一切智智真如若一切法真如皆一真如無二無別是故一切智智不可以五蘊證廣說乃至不可以一切相智證

大般若波羅蜜多經卷第五百一十二

音釋

卵鷇　卵魯管切凡物無乳者曰卵生鷇克角切鳥卵也　黑闇　闇烏紺切冥闇也　爲療　爲去聲療力弔切治也　瞖目　瞖於計切目疾也　將帥　將子亮切帥也才足以將物而勝之謂之將帥所類切主也統也智足以帥人而先之謂之帥　甲胄　胄音宙兜鍪也　驗知　驗魚欠切考視也　繫念

繫音係繫念謂
想念相聯屬也

大般若波羅蜜多經卷第五百一十三

唐三藏法師玄奘奉　詔譯

第三分眞如品第十九之一

爾時欲界色界天子各持天上種種香末及諸天花遥散佛上頂禮雙足却住一面合掌恭敬白言世尊如是般若波羅蜜多最爲甚深難見難覺不可尋思超尋思境微妙沖寂聰敏智者之所能知非諸世間卒能信受即是無上正等菩提一切如來應正等覺於此般若波羅蜜多甚深經中皆作是說五蘊即是一切智智一切智智即是五蘊廣說乃至一切相智即是一切智智一切智智即是一切相智諸佛即是一切智智一切智智即是諸佛所以者何若五蘊眞如若一切智智眞如若一切法眞如皆一眞如無二無別廣說乃至若一切相智眞如若一切智智眞如若一切法眞如皆一眞如無二無別若諸佛眞如若一切智智眞如若一切法眞如皆一眞如無二無別爾時佛告諸天子言如是如是如汝所說天子當知我觀此義心恒趣寂不樂說法所以者何此法甚深難見難覺不可尋思超尋思境微妙沖寂聰敏智者之所能知非諸世間卒能信受謂深般若波羅蜜多即是如來應正等覺所證無上正等菩提天子當知如是諸佛所證無上正等菩提無能證非所證無證處無證時天子當知此法深妙不二現行非諸世間所能比度天子當知虛空甚深故此法甚深眞如乃至不思議界甚深故此法甚深無量無邊甚深故此法甚深無去無來甚深故此法甚深無生無滅甚

深故此法甚深無染無淨甚深故此法甚深無知無得甚深故此法甚深無造無作甚深故此法甚深我乃至見者甚深故此法甚深五蘊甚深故此法甚深廣說乃至一切相智甚深故此法甚深一切佛法甚深故此法甚深時諸天子復白佛言此所說法甚深微妙非諸世間卒能信受所以者何此深妙法不爲攝取五蘊故說不爲棄捨五蘊故說廣說乃至不爲攝取一切相智故說不爲棄捨一切相智故說不爲攝取一切佛法故說不爲棄捨一切佛法故說世間有情多行攝取我我所執謂色是我是我所受想行識是我是我所廣說乃至一切智是我是我所道相智一切相智是我是我所爾時世尊告諸天子如是如是如是如是汝所說天子當知若菩薩摩訶薩爲攝取五蘊故行爲棄捨五蘊故行廣說乃至爲攝取一切佛法故行爲棄捨一切佛法故行是菩薩摩訶薩不能修行般若靜慮精進安忍淨戒布施波羅蜜多廣說乃至不能修行一切相智爾時具壽善現白佛言世尊此甚深法能隨順一切法謂能隨順般若靜慮精進安忍淨戒布施波羅蜜多廣說乃至一切相智此甚深法都無所礙謂不礙色受想行識廣說乃至一切相智此甚深法無礙爲相所以者何虛空平等故眞如乃至不思議界平等故空無相無願平等故無生無滅平等故無造無作平等故無染無淨平等故此甚深法無礙爲相此甚深法無生無滅所以者何色無生無滅故受想行識無生無滅故廣說乃至一切智無生無滅故道相智

一切相智無生無滅故此甚深法無生無滅此甚深法都無足迹所以者何色足迹不可得故受想行識足迹不可得故廣說乃至一切智足迹不可得故道相智一切相智足迹不可得故此甚深法都無足迹爾時欲界色界天子復白佛言大德善現是佛眞子隨如來生所以者何大德善現諸所說法一切皆與空性相應具壽善現告欲色界諸天子言汝等說我是眞佛子隨如來生云何善現隨如來生謂隨如來眞如生故所以者何如來眞如無來無去善現眞如亦無來去故說善現隨如來生如來眞如即一切法眞如一切法眞如即如來眞如如是眞如無眞如性亦無不眞如性善現眞如亦復如是故說善現隨如來生如來眞如常住爲相善現眞如亦復如是故說善現隨如來生如來眞如無變異無分別遍諸法轉善現眞如亦復如是故說善現隨如來生如來眞如無所罣礙一切法眞如亦無所罣礙若如來眞如若一切法眞如同一眞如無二無別無造無作如是眞如常眞如相無時非眞如相以常眞如相無時非眞如相故無二無別善現眞如亦復如是故說善現隨如來生如來眞如於一切處無憶念無分別善現眞如亦復如是故說善現隨如來生如來眞如無別異不可得善現眞如亦復如是故說善現隨如來生如來眞如不離一切法眞如一切法眞如不離如來眞如如是眞如常眞如相無時非眞如相善現眞如亦復如是故說善現隨如來生雖說隨生而無所隨生以善現眞如不異佛故如

來眞如非過去非未來非現在一切法眞如亦非過去非未來非現在善現眞如亦復如是故説善現隨如來生過去眞如平等故如來眞如平等如來眞如平等故過去眞如平等未來眞如平等故如來眞如平等如來眞如平等故未來眞如平等現在眞如平等故如來眞如平等如來眞如平等故現在眞如平等若過去眞如若未來眞如若現在眞如平等若如來眞如平等同一眞如平等無二無別色眞如平等故如來眞如平等如來眞如平等故色眞如平等受想行識眞如平等故如來眞如平等如來眞如平等故受想行識眞如平等若色眞如若受想行識眞如平等若如來眞如平等同一眞如平等無二無別廣説乃至一切智眞如平等故如來眞如平等如來眞如平等故一切智眞如平等道相智一切相智眞如平等故如來眞如平等如來眞如平等故道相智一切相智眞如平等若一切智眞如若道相智一切相智眞如平等若如來眞如平等同一眞如平等無二無別天子當知諸菩薩摩訶薩現證如是一切法眞如平等故説名如來應正等覺我於如是諸法眞如深生信解故説善現隨如來生當説如是眞如相時於此三千大千世界六種震動東踊西没西踊東没南踊北没北踊南没中踊邊没邊踊中没爾時欲界色界天子復以種種天妙香末及諸天花奉散世尊及善現上而白佛言甚奇世尊未曾有也大德善現由眞如故隨如來生爾時善現告欲色界諸天子言天子當知然我善現不由

色故隨如來生不由受想行識故隨如來生不由色眞如故隨如來生不由受想行識眞如故隨如來生不離色故隨如來生不離受想行識故隨如來生不離色眞如故隨如來生不離受想行識眞如故隨如來生廣說乃至不由一切智故隨如來生不由道相智一切相智故隨如來生不由一切智眞如故隨如來生不由道相智一切相智眞如故隨如來生不離一切智故隨如來生不離道相智一切相智故隨如來生不離一切智眞如故隨如來生不離道相智一切相智眞如故隨如來生不由有爲故隨如來生不由無爲故隨如來生不由有爲眞如故隨如來生不由無爲眞如故隨如來生不離有爲故隨如來生不離無爲故隨如來生不離有爲眞如故隨如來生不離無爲眞如故隨如來生所以者何是一切法都無所有諸隨生者若所隨生由此隨生及隨生處皆不可得以一切法自性空故爾時舍利子白佛言世尊諸法眞如廣說乃至不思議界皆最甚深謂於此中色不可得受想行識亦不可得色眞如不可得受想行識眞如亦不可得所以者何此中色乃至識尚不可得況有色眞如乃至識眞如可得廣說乃至此中一切智不可得道相智一切相智亦不可得一切智眞如不可得道相智一切相智眞如亦不可得所以者何此中一切智道相智一切相智尚不可得況有一切智眞如道相智一切相智眞如可得爾時佛告舍利子言如是如是如汝所說當說如是眞如相時二百苾芻諸漏永盡心得

解脫成阿羅漢復有五百苾芻尼衆遠塵離垢於諸法中得淨法眼五千菩薩俱時證得無生法忍六千菩薩諸漏永盡心得解脫成阿羅漢爾時佛告舍利子言今此衆中六千菩薩已於過去五百佛所親近供養正信出家勤修梵行雖行布施淨戒安忍精進靜慮而不攝受甚深般若波羅蜜多方便善巧起別異想行別異行修布施時作如是念此是布施此是施物此是受者我能行施修淨戒時作如是念此是淨戒此是罪業此所護境我能持戒修安忍時作如是念此是安忍此是忍障此所忍境我能安忍修精進時作如是念此是精進此是懈怠此是所為我能精進修靜慮時作如是念此是靜慮此是散動此是所為我能修定彼不攝受甚深般若波羅蜜多方便善巧依別異想而行布施淨戒安忍精進靜慮別異之行由別異想別異行故不得菩薩無別異想及失菩薩無別異行由此因緣不得入菩薩正性離生位由不得入菩薩正性離生位故得預流果漸次乃至阿羅漢果是故舍利子若菩薩摩訶薩雖有菩薩摩訶薩道及有空無相無願解脫門而不攝受甚深般若波羅蜜多方便善巧便證實際墮於聲聞或獨覺地時舍利子復白佛言何因緣故有諸菩薩修空無相無願之法由不攝受甚深般若波羅蜜多方便善巧便證實際墮於聲聞或獨覺地有諸菩薩修空無相無願之法復由攝受甚深般若波羅蜜多方便善巧得入菩薩正性離生漸次修行諸菩薩行當證無上正等菩提爾時世尊告

舍利子若諸菩薩遠離一切智智心不以大悲爲上首修空無相無願之法由不攝受甚深般若波羅蜜多方便善巧便證實際墮於聲聞或獨覺地若諸菩薩不離一切智智心復以大悲爲上首修空無相無願之法復由攝受甚深般若波羅蜜多方便善巧能入菩薩正性離生漸次修行諸菩薩行當得無上正等菩提舍利子譬如有鳥其身廣大百踰繕那或復二百乃至五百踰繕那量而無有翅是鳥或從三十三天投身而下趣贍部洲於其中路復作是念我欲還上三十三天於汝意云何是鳥能還三十三天不舍利子言不也世尊不也善逝佛告舍利子是鳥中路或作是願至贍部洲當令我身無損無惱於意云何是鳥所願可得遂不舍利子言不也世尊不也善逝是鳥至此贍部洲時其身決定有損有惱或致命終或近死苦所以者何是鳥身大從遠而墮無有翅故佛告舍利子如是如是如汝所說舍利子有諸菩薩亦復如是雖經無量無數大劫勤修布施淨戒安忍精進靜慮亦修空無相無願解脫門而不攝受甚深般若波羅蜜多方便善巧便證實際墮於聲聞或獨覺地所以者何是諸菩薩遠離一切智智心不以大悲爲上首雖經無量無數大劫勤修布施淨戒安忍精進靜慮亦修空無相無願解脫門而不攝受甚深般若波羅蜜多方便善巧遂墮聲聞或獨覺地是諸菩薩雖念過去未來現在諸佛世尊戒蘊定蘊慧蘊解脫蘊解脫知見蘊供養恭敬隨順修行而於其中執取相故不能正解諸

佛世尊戒蘊定蘊慧蘊解脫蘊解脫知見蘊眞實功德是諸菩薩不能正解佛功德故雖聞菩薩摩訶薩道及空無相無願法聲而依此聲執取其相執取相已迴向無上正等菩提此諸菩薩如是迴向不得無上正等菩提墮於聲聞或獨覺地何以故舍利子是諸菩薩由不攝受甚深般若波羅蜜多方便善巧雖持種種所修善根迴向無上正等菩提而墮聲聞或獨覺地復次舍利子有諸菩薩從初發心不離一切智智心恒以大悲爲上首勤修布施淨戒安忍精進靜慮亦常攝受甚深般若波羅蜜多方便善巧雖念過去未來現在諸佛世尊戒蘊定蘊慧蘊解脫蘊解脫知見蘊而不取相雖修空無相無願解脫門亦不取相雖念自他種種功德與諸有情平等共有迴向無上正等菩提亦不取相舍利子當知是菩薩摩訶薩直趣無上正等菩提不墮聲聞及獨覺地所以者何是菩薩摩訶薩從初發心乃至究竟不離一切智智心恒以大悲爲上首雖修布施淨戒安忍精進靜慮而不取相雖念過去未來現在諸佛世尊戒蘊定蘊慧蘊解脫蘊解脫知見蘊亦不取相雖修菩薩摩訶薩道及空無相無願之法亦不取相舍利子是菩薩摩訶薩有方便善巧故以離相心修行布施乃至般若波羅蜜多廣說乃至以離相心修行一切智道相智一切相智由斯定證所求無上正等菩提時舍利子便白佛言如我解佛所說義者若菩薩摩訶薩從初發心乃至究竟常能攝受甚深般若波羅蜜多方便善巧是菩薩摩訶薩

隣近無上正等菩提所以者何是菩薩摩訶薩從初發心乃至究竟都不見有少法可得謂若能證若所證若證處若證時若由此證都不可得所謂若色若受想行識廣說乃至一切相智皆不可得復次世尊有菩薩乘善男子等不能攝受甚深般若波羅蜜多方便善巧而求無上正等菩提當知彼於所求無上正等菩提疑惑猶豫或得不得所以者何是菩薩乘善男子等不能攝受甚深般若波羅蜜多方便善巧於所修行布施淨戒安忍精進靜慮般若波羅蜜多皆取其相廣說乃至於所修行一切智道相智一切相智皆取其相由此因緣是菩薩乘善男子等皆於無上正等菩提疑惑猶豫或得不得是故世尊若菩薩摩訶薩欲得無上正等菩提決定不應遠離般若波羅蜜多方便善巧是菩薩摩訶薩安住般若波羅蜜多方便善巧用無所得而爲方便以無相俱行心應修布施乃至般若波羅蜜多廣說乃至以無相俱行心應修一切智道相智一切相智若菩薩摩訶薩安住般若波羅蜜多方便善巧用無所得而爲方便以無相俱行心修住如是一切佛法必獲無上正等菩提爾時欲界色界天子俱白佛言諸佛無上正等菩提極難信解甚難證得所以者何諸菩薩摩訶薩於一切法自相共相皆應證知方能獲得所求無上正等菩提而諸菩薩所知法相都無所有皆不可得爾時佛告諸天子言如是如是如汝所說諸佛無上正等菩提極難信解甚難證得天子當知我亦現覺一切法相證得無上正等

菩提而都不得勝義法相可説名爲此是能證此是所證此是證處此是證時及可説爲由此而證何以故諸天子以一切法畢竟淨故有爲無爲畢竟空故由斯無上正等菩提極難信解甚難證得具壽善現便白佛言如世尊説諸佛無上正等菩提極難信解甚難證得如我思惟佛所説義諸佛無上正等菩提極易信解甚易證得所以者何若能信解無法能證無法所證無有證處無有證時亦無由此而有所證即能信解諸佛無上正等菩提若有證知無法能證無法所證無有證處無有證時亦無由此而有所證即能證得所求無上正等菩提所以者何以一切法畢竟皆空畢竟空中都無有法可名能證可名所證可名證處可名證時可名由此而有所證何以故以一切法性相皆空若增若減都無所有皆不可得由是因緣諸菩薩摩訶薩所修布施乃至般若波羅蜜多都無所有皆不可得廣説乃至一切智道相智一切相智都無所有皆不可得諸菩薩摩訶薩所觀諸法若有色若無色若有見若無見若有對若無對若有漏若無漏若有爲若無爲都無所有皆不可得由此因緣我思惟佛所説義趣諸佛無上正等菩提極易信解甚易證得諸菩薩摩訶薩不應於中謂難信解及難證得所以者何色色自性空受想行識受想行識自性空廣説乃至一切智一切智自性空道相智一切相智道相智一切相智自性空若菩薩摩訶薩能於如是自性空義深生信解無倒而證便得無上正等菩提由如是義我

說無上正等菩提非難信解非難證得時舍利子語善現言由此因緣諸佛無上正等菩提極難信解甚難證得所以者何諸菩薩摩訶薩觀一切法都無自性皆如虛空譬如虛空不作是念我當信解證得無上正等菩提諸菩薩摩訶薩亦應如是不作是念我當信解證得無上正等菩提所以者何以一切法性相皆空與虛空等諸菩薩摩訶薩要能信解諸法皆空與虛空等無倒而證方得無上正等菩提若菩薩摩訶薩信解諸法與虛空等便於無上正等菩提易生信解易證得者則不應有殑伽沙等菩薩摩訶薩被大功德鎧發趣無上正等菩提於其中間而有退屈故知無上正等菩提極難信解甚難證得時具壽善現白舍利子言於意云何色於佛無上正等菩提有退屈不舍利子言不也善現於意云何受想行識於佛無上正等菩提有退屈不舍利子言不也善現於意云何離色有法於佛無上正等菩提有退屈不舍利子言不也善現於意云何離受想行識有法於佛無上正等菩提有退屈不舍利子言不也善現於意云何色真如於佛無上正等菩提有退屈不舍利子言不也善現於意云何受想行識真如於佛無上正等菩提有退屈不舍利子言不也善現於意云何離色真如有法於佛無上正等菩提有退屈不舍利子言不也善現於意云何離受想行識真如有法於佛無上正等菩提有退屈不舍利子言不也善現廣說乃至於意云何一切智於佛無上正等菩提有退屈不舍利子言不也善現

道相智一切相智於佛無上正等菩提有退屈不舍利子言不也善現於意云何離一切智有法於佛無上正等菩提有退屈不舍利子言不也善現於意云何離道相智一切相智有法於佛無上正等菩提有退屈不舍利子言不也善現於意云何一切智真如於佛無上正等菩提有退屈不舍利子言不也善現於意云何道相智一切相智真如於佛無上正等菩提有退屈不舍利子言不也善現於意云何離一切智真如有法於佛無上正等菩提有退屈不舍利子言不也善現於意云何離道相智一切相智真如有法於佛無上正等菩提有退屈不舍利子言不也善現復次舍利子於意云何諸法真如廣說乃至不思議界於佛無上正等菩提有退屈不舍

利子言不也善現於意云何離諸法真如廣說乃至不思議界有法於佛無上正等菩提有退屈不舍利子言不也善現時具壽善現謂舍利子言若一切法諦故住故都無所有皆不可得說何等法可於無上正等菩提而有退屈時舍利子語善現言如仁者所說無生法忍中都無有法亦無菩薩可於無上正等菩提說有退屈若爾何故佛說三種住菩薩乘補特伽羅但應說一又如仁說應無三乘菩薩差別唯應有一正等覺乘時滿慈子便白具壽舍利子言應問善現爲許有一菩薩乘不然後可難應無三乘建立差別唯應有一正等覺乘時舍利子問善現言爲許有一菩薩乘不時具壽善現謂舍利子言於意云何一切法真如中爲有三種住菩薩乘補

特伽羅差别相不謂有退住聲聞乘者或有退住獨覺乘者或有證得無上乘者舍利子言不也善現於意云何一切法真如中爲有三乘菩薩異不舍利子言不也善現於意云何一切法真如中爲實有一正等覺乘諸菩薩不舍利子言不也善現於意云何諸法真如有一有二有三相不舍利子言不也善現於意云何一切法真如中爲有一法或一菩薩而可得不舍利子言不也善現時具壽善現謂舍利子言若一切法諦故住故都無所有皆不可得云何舍利子可作是念言如是菩薩於佛無上正等菩提定有退屈如是菩薩於佛無上正等菩提定無退屈如是菩薩於佛無上正等菩提説不決定如是菩薩是聲聞乘如是菩薩是獨覺乘如是菩薩是無

上乘如是爲三如是爲一舍利子若菩薩摩訶薩於一切法都無所得於一切法真如亦能善信解都無所得於諸菩薩亦無所得於佛無上正等菩提亦無所得當知是爲真菩薩摩訶薩舍利子若菩薩摩訶薩聞説如是諸法真如不可得相其心不驚不恐不怖無疑無悔無退無没是菩薩摩訶薩疾證無上正等菩提於其中間定無退屈爾時世尊讃善現曰善哉善哉汝今乃能爲諸菩薩善説法要汝之所説皆是如來威神之力善現當知若菩薩摩訶薩於法真如不可得相深生信解知一切法無差别相聞説如是諸法真如不可得相其心不驚不恐不怖無疑無悔無退無没是菩薩摩訶薩疾證無上正等菩提爾時舍利子白佛言世尊若菩薩摩訶薩

成就此法疾證無上正等覺耶爾時佛告舍利子言如是如是如汝所說若菩薩摩訶薩成就此法疾證無上正等菩提不墮聲聞獨覺等地爾時善現復白佛言若菩薩摩訶薩欲疾證得所求無上正等菩提當於何住應云何住佛告善現若菩薩摩訶薩欲疾證得所求無上正等菩提當於一切有情住平等心不應住不平等心當於一切有情起平等心不應起不平等心當於一切有情以平等心與語不應以不平等心與語當於一切有情起大慈心不應起瞋恚心當於一切有情以大慈心與語不應以瞋恚心與語當於一切有情起大悲心不應起惱害心當於一切有情以大悲心與語不應以惱害心與語當於一切有情起大喜心不應起嫉妬心當於一切有情以大喜心與語不應以嫉妬心與語當於一切有情起大捨心不應起偏黨心當於一切有情以大捨心與語不應以偏黨心與語當於一切有情起恭敬心不應起憍慢心當於一切有情以恭敬心與語不應以憍慢心與語當於一切有情起質直心不應起諂詐心當於一切有情以質直心與語不應以諂詐心與語當於一切有情起調柔心不應起剛強心當於一切有情以調柔心與語不應以剛強心與語當於一切有情起利益心不應起不利益心當於一切有情以利益心與語不應以不利益心與語當於一切有情起安樂心不應起不安樂心當於一切有情以安樂心與語不應以不安樂心與語當於一切有情起無礙心不應起有礙心當

於一切有情以無礙心與語不應以有礙心與語當於一切有情起如父母如兄弟如姊妹如男女如親族心亦以此心應與其語當於一切有情起朋友心亦以此心應與其語當於一切有情起如親教師如軌範師如弟子如同學心亦以此心應與其語當於一切有情起如預流一來不還阿羅漢獨覺菩薩摩訶薩如來應正等覺心亦以此心應與其語當於一切有情起應供養恭敬尊重讚歎心亦以此心應與其語當於一切有情起應救濟憐愍覆護心亦以此心應與其語當於一切有情起畢竟空無所有不可得心亦以此心應與其語當於一切有情起空無相無願心亦以此心應與其語善現若菩薩摩訶薩欲疾證得所求無上正等菩提以無所得而為方便當於此住復次善現若菩薩摩訶薩欲疾證得所求無上正等菩提應自離害生命亦勸他離害生命恒正稱揚離害生命法歡喜讚歎離害生命者廣說乃至應自離邪見亦勸他離邪見恒正稱揚離邪見法歡喜讚歎離邪見者應自修四靜慮四無量四無色定亦勸他修四靜慮四無量四無色定恒正稱揚修四靜慮四無量四無色定法歡喜讚歎修四靜慮四無量四無色定者應自圓滿布施波羅蜜多乃至般若波羅蜜多亦勸他圓滿布施波羅蜜多乃至般若波羅蜜多恒正稱揚圓滿布施波羅蜜多乃至般若波羅蜜多法歡喜讚歎圓滿布施波羅蜜多乃至般若波羅蜜多者應自住內空乃至無性自性空亦勸他住內空乃至無性自性空

恒正稱揚住内空乃至無性自性空法歡喜讚歎住内空乃至無性自性空者應自住眞如乃至不思議界亦勸他住眞如乃至不思議界恒正稱揚住眞如乃至不思議界法歡喜讚歎住眞如乃至不思議界者應自住四聖諦亦勸他住四聖諦恒正稱揚住四聖諦法歡喜讚歎住四聖諦者應自修四念住乃至八聖道支亦勸他修四念住乃至八聖道支恒正稱揚修四念住乃至八聖道支法歡喜讚歎修四念住乃至八聖道支者應自修空無相無願解脱門亦勸他修空無相無願解脱門恒正稱揚修空無相無願解脱門法歡喜讚歎修空無相無願解脱門者應自修八解脱乃至十遍處亦勸他修八解脱乃至十遍處恒正稱揚修八解脱乃至十遍處法歡喜讚歎修八解脱乃至十遍處者應自圓滿諸菩薩地亦勸他圓滿諸菩薩地恒正稱揚圓滿諸菩薩地法歡喜讚歎圓滿諸菩薩地者應自圓滿陁羅尼門三摩地門亦勸他圓滿陁羅尼門三摩地門恒正稱揚圓滿陁羅尼門三摩地門法歡喜讚歎圓滿陁羅尼門三摩地門者應自圓滿五眼六神通亦勸他圓滿五眼六神通恒正稱揚圓滿五眼六神通法歡喜讚歎圓滿五眼六神通者應自圓滿如來十力乃至十八佛不共法亦勸他圓滿如來十力乃至十八佛不共法恒正稱揚圓滿如來十力乃至十八佛不共法法歡喜讚歎圓滿如來十力乃至十八佛不共法者應自圓滿大慈大悲大喜大捨亦勸他圓滿大慈大悲大喜大捨恒正稱揚圓滿大慈

大悲大喜大捨法歡喜讚歎圓滿大慈大悲大喜大捨者應自圓滿三十二相八十隨好亦勸他圓滿三十二相八十隨好恒正稱揚圓滿三十二相八十隨好法歡喜讚歎圓滿三十二相八十隨好者應自圓滿無忘失法恒住捨性亦勸他圓滿無忘失法恒住捨性恒正稱揚圓滿無忘失法恒住捨性法歡喜讚歎圓滿無忘失法恒住捨性者應自順逆觀十二支緣起亦勸他順逆觀十二支緣起恒正稱揚順逆觀十二支緣起法歡喜讚歎順逆觀十二支緣起者應自知苦斷集證滅修道亦勸他知苦斷集證滅修道恒正稱揚知苦斷集證滅修道法歡喜讚歎知苦斷集證滅修道者應自起證預流果乃至獨覺菩提智而不證實際得預流果乃至獨覺菩提亦勸他起證預流果乃至獨覺菩提智及證實際得預流果乃至獨覺菩提恒正稱揚起證預流果乃至獨覺菩提智及證實際得預流果乃至獨覺菩提法歡喜讚歎起證預流果乃至獨覺菩提智及證實際得預流果乃至獨覺菩提者應自入菩薩正性離生位亦勸他入菩薩正性離生位恒正稱揚入菩薩正性離生位法歡喜讚歎入菩薩正性離生位者

大般若波羅蜜多經卷第五百一十三

音釋

踰繕那 梵語也此云限量如此方一驛地或四十里六十里八十里 繕 時戰切 翅 音試鳥翼也 猶豫 豫羊茹切猶豫獸名性多疑故以事不決者爲猶豫 殑伽 梵語也此云天堂來河名也以從高處來故 殑其陵其拯二切 諂詐 諂丑琰切佞言曰諂 詐側駕切僞也詭譎也 軌範 軌居洧切範音

犯軌範謂軌
則範模也

大般若波羅蜜多經卷第五百一十四

唐三藏法師玄奘奉　詔譯

第三分眞如品第十九之二

復次善現若菩薩摩訶薩欲疾證得所求無上正等菩提應自成熟有情亦勸他成熟有情恒正稱揚成熟有情法歡喜讚歎成熟有情者應自嚴淨佛土亦勸他嚴淨佛土恒正稱揚嚴淨佛土法歡喜讚歎嚴淨佛土者應自起菩薩殊勝神通亦勸他起菩薩殊勝神通恒正稱揚起菩薩殊勝神通法歡喜讚歎起菩薩殊勝神通者應自起一切智亦勸他起一切智恒正稱揚起一切智法歡喜讚歎起一切智者應自起道相智亦勸他起道相智恒正稱揚起道相智法歡喜讚歎起道相智者應自起一切相智亦勸他起一切相智恒正稱揚起一切相智法歡喜讚歎起一切相智者應自永斷一切煩惱習氣相續亦勸他永斷一切煩惱習氣相續恒正稱揚永斷一切煩惱習氣相續法歡喜讚歎永斷一切煩惱習氣相續者應自攝受圓滿壽量亦勸他攝受圓滿壽量恒正稱揚攝受圓滿壽量法歡喜讚歎攝受圓滿壽量者應自轉妙法輪亦勸他轉妙法輪恒正稱揚轉妙法輪法歡喜讚歎轉妙法輪者應自攝護正法令住亦勸他攝護正法令住恒正稱揚攝護正法令住法歡喜讚歎攝護正法令住者善現若菩薩摩訶薩欲疾證得所求無上正等菩提於如是法以無所得而爲方便應如是住復次善現諸菩薩摩訶薩應如是學甚深般若波羅蜜多方便善巧若如是學乃能安住所

應住法若如是學如是安住則於五蘊得無障礙亦於六內處得無障礙亦於六外處得無障礙亦於六內界得無障礙亦於六外界得無障礙亦於六識界得無障礙亦於六觸得無障礙亦於六受得無障礙亦於六界得無障礙亦於四緣得無障礙亦於無明乃至老死得無障礙亦於離害生命乃至邪見得無障礙亦於四靜慮四無量四無色定得無障礙亦於布施乃至般若波羅蜜多得無障礙亦於內空乃至無性自性空得無障礙亦於真如乃至不思議界得無障礙亦於苦集滅道聖諦得無障礙亦於四念住乃至八聖道支得無障礙亦於空無相無願解脫門得無障礙亦於八解脫乃至十遍處得無障礙亦於淨觀地乃至如來地得無障礙亦於極喜地乃至法雲地得無障礙亦於陀羅尼門三摩地門得無障礙亦於五眼六神通得無障礙亦於如來十力乃至十八佛不共法得無障礙亦於大慈大悲大喜大捨得無障礙亦於三十二相八十隨好得無障礙亦於無忘失法恒住捨性得無障礙亦於順逆觀十二支緣起得無障礙亦於知苦斷集證滅修道得無障礙亦於預流果乃至獨覺菩提得無障礙亦於入菩薩正性離生位得無障礙亦於成熟有情嚴淨佛土及起菩薩殊勝神通得無障礙亦於一切智道相智一切相智得無障礙亦於永斷一切煩惱習氣相續得無障礙亦於圓滿壽量得無障礙亦於轉妙法輪得無障礙亦於攝護法住得無障礙何以故善現是菩薩摩訶薩從本際來不攝受

色蘊乃至識蘊不攝受眼處乃至意處不攝受色處乃至法處不攝受眼界乃至意界不攝受色界乃至法界不攝受眼識界乃至意識界不攝受眼觸乃至意觸不攝受眼觸為緣所生諸受乃至意觸為緣所生諸受不攝受地界乃至識界不攝受因緣乃至增上緣不攝受無明乃至老死不攝受離害生命乃至邪見不攝受四靜慮四無量四無色定不攝受布施波羅蜜多乃至般若波羅蜜多不攝受內空乃至無性自性空不攝受真如乃至不思議界不攝受苦集滅道聖諦不攝受四念住乃至八聖道支不攝受空無相無願解脫門不攝受八解脫乃至十遍處不攝受淨觀地乃至如來地不攝受極喜地乃至法雲地不攝受陀羅尼門三摩地門不攝受五眼六神通不攝受如來十力乃至十八佛不共法不攝受大慈大悲大喜大捨不攝受三十二相八十隨好不攝受無忘失法恒住捨性不攝受十二支緣起順逆觀不攝受知苦斷集證滅修道不攝受預流果乃至獨覺菩提不攝受入菩薩正性離生位不攝受成熟有情嚴淨佛土不攝受菩薩殊勝神通不攝受永斷一切煩惱習氣相續不攝受圓滿壽量不攝受轉妙法輪正法久住不攝受一切智道相智一切相智所以者何色蘊乃至識蘊不可攝受若不可攝受則非色蘊乃至識蘊廣說乃至一切智道相智一切相智不可攝受若不可攝受則非一切智道相智一切相智說是菩薩摩訶薩所應住法時於衆會中二千菩薩同時證得無生法忍

第三分不退相品第二十之一

爾時善現復白佛言我等當以何行狀相知是不退轉菩薩摩訶薩佛告善現若菩薩摩訶薩能如實知若異生地若聲聞地若獨覺地若菩薩地若如來地如是諸地雖說有異而於諸法眞如性中無變異無分別皆無二無二分是菩薩摩訶薩雖實悟入諸法眞如而於眞如無所分別以無所得爲方便故是菩薩摩訶薩旣實悟入諸法眞如雖聞眞如與一切法無二無別而無疑滯何以故眞如與法不可說一不可說異不可說俱及不俱故是菩薩摩訶薩終不輕爾而發語言諸有所說皆引義利若無義利終不發言是菩薩摩訶薩終不觀他好惡長短平等憐愍而爲說法是菩薩摩訶薩不觀法師種性好惡唯求所說眞淨法義善現不退轉菩薩摩訶薩有如是等諸行狀相應以如是諸行狀相知是不退轉菩薩摩訶薩具壽善現復白佛言更以何等諸行狀相知是不退轉菩薩摩訶薩佛告善現若菩薩摩訶薩能觀諸法無行狀相當知是不退轉菩薩摩訶薩爾時善現復白佛言若一切法無行狀相是菩薩摩訶薩於何法轉故名不退轉佛告善現是菩薩摩訶薩於色蘊乃至識蘊轉故名不退轉於眼處乃至意處轉故名不退轉於色處乃至法處轉故名不退轉於眼界乃至意界轉故名不退轉於色界乃至法界轉故名不退轉於眼識界乃至意識界轉故名不退轉於眼觸乃至意觸轉故名不退轉於眼觸爲緣所生諸受乃至意觸爲緣所生諸受轉故名不

退轉於地界乃至識界轉故名不退轉於因縁乃至增上縁轉故名不退轉於無明乃至老死轉故名不退轉於布施波羅蜜多乃至般若波羅蜜多轉故名不退轉於内空乃至無性自性空轉故名不退轉於眞如乃至不思議界轉故名不退轉於苦集滅道聖諦轉故名不退轉於四靜慮四無量四無色定轉故名不退轉於四念住乃至八聖道支轉故名不退轉於空無相無願解脫門轉故名不退轉於八解脫乃至十遍處轉故名不退轉於淨觀地乃至如來地轉故名不退轉於極喜地乃至法雲地轉故名不退轉於陀羅尼門三摩地門轉故名不退轉於五眼六神通轉故名不退轉於如來十力乃至十八佛不共法轉故名不退轉於大慈大悲大喜大捨轉故名不退轉於三十二大士相八十隨好轉故名不退轉於無忘失法恒住捨性轉故名不退轉於預流果乃至獨覺菩提轉故名不退轉於一切智道相智一切相智轉故名不退轉於異生地若聲聞地若獨覺地若菩薩地若如來地轉故名不退轉於諸菩薩摩訶薩行轉故名不退轉於佛無上正等菩提轉故名不退轉所以者何色自性無所有乃至諸佛無上正等菩提自性無所有是菩薩摩訶薩於中不住故名爲轉若菩薩摩訶薩能如是知是名不退轉菩薩摩訶薩復次善現一切不退轉菩薩摩訶薩終不樂觀外道沙門婆羅門等形相言說彼諸沙門婆羅門等於所知法實知實見或能施設正見法門定無是處若菩薩摩訶薩成就如是諸行狀

相知是不退轉菩薩摩訶薩復次善現一切不退轉菩薩摩訶薩於佛善說法毗柰耶深生信解不生疑惑於世間事無戒禁取不墮惡見不執世俗諸吉祥事以爲清淨終不禮敬諸餘天神如諸世間外道所事亦終不以種種花鬘塗散等香衣服瓔珞寶幢旛蓋伎樂燈明供養天神及諸外道若菩薩摩訶薩成就如是諸行狀相知是不退轉菩薩摩訶薩復次善現一切不退轉菩薩摩訶薩不生地獄傍生鬼界阿素洛中亦不生於卑賤種族謂旃荼羅補羯娑等亦終不受扇搋半擇無形二形及女人身亦復不受盲聾瘖瘂攣躄癲癇尩陋等身亦終不生無暇時處若菩薩摩訶薩成就如是諸行狀相知是不退轉菩薩摩訶薩復次善現一切不退轉菩薩摩訶薩常樂受行十善業道自離害生命乃至邪見亦勸他離害生命乃至邪見恒正稱揚離害生命乃至邪見法歡喜讚歎離害生命乃至邪見者是菩薩摩訶薩乃至夢中亦不現受行十不善業道況在覺時受生是事若菩薩摩訶薩成就如是諸行狀相知是不退轉菩薩摩訶薩復次善現一切不退轉菩薩摩訶薩普爲饒益一切有情以無所得而爲方便常修布施波羅蜜多乃至般若波羅蜜多恒無懈廢若菩薩摩訶薩成就如是諸行狀相知是不退轉菩薩摩訶薩復次善現一切不退轉菩薩摩訶薩諸所受持思惟讀誦所有契經乃至論議一切皆令究竟通利以如是法常樂布施一切有情恒作是念云何當令諸有情類求正發願皆得滿足復持如

是法施善根與諸有情平等共有以無所得而爲方便迴向無上正等菩提若菩薩摩訶薩成就如是諸行狀相知是不退轉菩薩摩訶薩復次善現一切不退轉菩薩摩訶薩於佛所説甚深法門終不生於疑惑猶豫具壽善現便白佛言何縁不退轉菩薩摩訶薩於佛所説甚深法門終不生於疑惑猶豫佛告善現一切不退轉菩薩摩訶薩都不見有法可疑惑猶豫謂不見有色蘊乃至識蘊亦不見有眼處乃至意處亦不見有色處乃至法處亦不見有眼界乃至意界亦不見有色界乃至法界亦不見有眼識界乃至意識界亦不見有眼觸乃至意觸亦不見有眼觸爲縁所生諸受乃至意觸爲縁所生諸受亦不見有地界乃至識界亦不見有因縁乃至增上縁亦不見有無明乃至老死亦不見有布施波羅蜜多乃至般若波羅蜜多亦不見有内空乃至無性自性空亦不見有眞如乃至不思議界亦不見有苦集滅道聖諦亦不見有四靜慮四無量四無色定亦不見有四念住乃至八聖道支亦不見有空無相無願解脱門亦不見有八解脱乃至十遍處亦不見有淨觀地乃至如來地亦不見有極喜地乃至法雲地亦不見有陀羅尼門三摩地門亦不見有五眼六神通亦不見有如來十力乃至十八佛不共法亦不見有大慈大悲大喜大捨亦不見有三十二相八十隨好亦不見有無忘失法恒住捨性亦不見有一切智道相智一切相智亦不見有預流果乃至獨覺菩提亦不見有一切菩薩摩訶薩行諸佛無上

正等菩提可於其中疑惑猶豫若菩薩摩訶薩成就如是諸行狀相知是不退轉菩薩摩訶薩復次善現一切不退轉菩薩摩訶薩成就調柔可愛可樂身語意業於諸有情心無罣礙若菩薩摩訶薩成就如是諸行狀相知是不退轉菩薩摩訶薩復次善現一切不退轉菩薩摩訶薩恒常成就慈悲喜捨等起相應身語意業於諸有情作利樂事若菩薩摩訶薩成就如是諸行狀相知是不退轉菩薩摩訶薩復次善現一切不退轉菩薩摩訶薩心常不與五蓋共居所謂貪欲嗔恚惛沉睡眠掉舉惡作疑蓋若菩薩摩訶薩成就如是諸行狀相知是不退轉菩薩摩訶薩復次善現一切不退轉菩薩摩訶薩一切隨眠皆已摧伏一切結縛隨煩惱縛皆永不起若菩薩摩訶薩成就如是諸行狀相知是不退轉菩薩摩訶薩復次善現一切不退轉菩薩摩訶薩入出往來心不迷謬恒時安住正念正知進止威儀行住坐卧舉足下足亦復如是諸所遊履必觀其地安庠繫念直視而行運動語言常無卒暴若菩薩摩訶薩成就如是諸行狀相知是不退轉菩薩摩訶薩復次善現一切不退轉菩薩摩訶薩諸所受用卧具衣服皆常香潔無諸臭穢亦無垢膩蟣虱等蟲心樂清華身無疾病若菩薩摩訶薩成就如是諸行狀相知是不退轉菩薩摩訶薩復次善現一切不退轉菩薩摩訶薩身心清淨非如常人身中恒爲八萬戶蟲之所侵食所以者何是諸菩薩善根增上出過世間所受身形內外清淨故無蟲類侵食其身如如善根

漸漸增益如是如是身心轉淨由此因緣是諸菩薩身心堅固猶若金剛不爲違緣之所侵惱若菩薩摩訶薩成就如是諸行狀相知是不退轉菩薩摩訶薩具壽善現復白佛言如是不退轉菩薩摩訶薩云何常得身語意淨佛告善現是菩薩摩訶薩如如善根漸漸增長如是如是身語意業由善根力所除遣故窮未來際畢竟不起由此常得身語意淨復次善現是菩薩摩訶薩身三語四意三妙行常現在前故一切時身語意淨由此淨故超過聲聞獨覺等地住菩薩位堅固不動由斯常得身語意淨若菩薩摩訶薩成就如是諸行狀相知是不退轉菩薩摩訶薩復次善現一切不退轉菩薩摩訶薩不重利養不徇名譽於諸飲食衣服卧具房舍資財不生耽著雖受十二杜多功德而於其中無所恃怙若菩薩摩訶薩成就如是諸行狀相知是不退轉菩薩摩訶薩復次善現一切不退轉菩薩摩訶薩常修布施乃至般若波羅蜜多畢竟不起慳貪破戒忿恚懈怠散亂愚癡及餘種種煩惱纏結相應之心若菩薩摩訶薩成就如是諸行狀相知是不退轉菩薩摩訶薩復次善現一切不退轉菩薩摩訶薩所有覺慧堅固甚深聽聞正法恭敬信受繫念思惟究竟理趣隨所聽受世出世法皆能方便會入般若波羅蜜多甚深理趣諸所造作世間事業亦依般若波羅蜜多會入法性不見一事出法性者設有不與法性相應亦能方便會入般若波羅蜜多甚深理趣由斯不見出法性者若菩薩摩訶薩成就如是諸行狀相

知是不退轉菩薩摩訶薩復次善現一切不退轉菩薩摩訶薩設有惡魔現前化作八大地獄復於一一大地獄中化作無量百千菩薩皆被猛焰交徹燒然各受辛酸楚毒大苦作是化已語不退轉諸菩薩言此諸菩薩皆受無上正等菩提不退轉記故墮如是大地獄中恒受如斯種種極苦汝等菩薩既受無上正等菩提不退轉記亦當墮此大地獄中受諸極苦佛授汝等大地獄中受極苦記非授無上正等菩提不退轉記是故汝等應疾棄捨大菩提心可得免脱此地獄苦當生天上或生人中受諸妙樂是時不退轉菩薩摩訶薩見聞此事其心不動亦不驚疑但作是念受不退轉記菩薩摩訶薩若墮地獄傍生鬼界阿素洛中定無是處所以者何諸不退轉菩薩定無不善業故亦無善業招苦果故諸佛必無虛誑語故如來所說皆爲利樂一切有情大慈悲心所流出故今見聞者定是惡魔所作所説皆非實有若菩薩摩訶薩成就如是諸行狀相知是不退轉菩薩摩訶薩復次善現一切不退轉菩薩摩訶薩設有惡魔作沙門像來至其所説如是言汝先所聞應修布施乃至般若波羅蜜多令速圓滿乃至應證所求無上正等菩提如是所聞皆是邪説應疾棄捨勿謂爲眞又汝先聞應於過去未來現在一切如來應正等覺及諸弟子從初發心乃至法住其中所有功德善根皆生隨喜一切合集與諸有情平等共有以無所得而爲方便迴求無上正等菩提如是所聞亦是邪説應疾棄捨勿謂爲眞若汝捨彼

所聞邪法我當教汝眞淨佛法令汝修學速證無上正等菩提汝先所聞非眞佛語是文頌者虛妄撰集我之所説是眞佛語善現當知若菩薩摩訶薩聞如是語心動驚疑當知未受不退轉記彼於無上正等菩提猶未決定未名不退轉菩薩摩訶薩善現當知若菩薩摩訶薩聞如是語其心不動亦不驚疑但隨無作無相無生法性而住是菩薩摩訶薩諸有所作不信他語不隨他教而修布施乃至般若波羅蜜多不隨他教乃至趣證所求無上正等菩提當知如是菩薩摩訶薩已於無上正等菩提得不退轉如漏盡阿羅漢諸有所爲不信他語現證法性無惑無疑一切惡魔不能傾動如是不退轉菩薩摩訶薩一切聲聞獨覺外道諸惡魔等不能破壞折伏

其心令於菩提而生退屈是菩薩摩訶薩決定已住不退轉地所有事業皆自審思非但信他而便起作乃至如來應正等覺所有言教尚不輕爾信受奉行況信聲聞獨覺外道惡魔等語而有所作是菩薩摩訶薩諸有所作不自審思但信他言終無是處所以者何是菩薩摩訶薩不見有法可信行者何以故是菩薩摩訶薩不見有色可信行者不見有受想行識可信行者亦不見有色眞如可信行者不見有受想行識眞如可信行者廣説乃至不見有一切菩薩摩訶薩行可信行者不見有諸佛無上正等菩提可信行者亦不見有一切菩薩摩訶薩行眞如可信行者不見有諸佛無上正等菩提眞如可信行者若菩薩摩訶薩成就如是諸行狀相知是不退

轉菩薩摩訶薩復次善現一切不退轉菩薩摩訶薩設有惡魔作苾芻像來至其所唱如是言汝等所行是生死法非菩薩行非由此得所求無上正等菩提汝等今應修盡苦道速盡衆苦得般涅槃是時惡魔即爲菩薩説隨生死相似道法所謂骨想或青瘀想或膿爛想或膖脹想或蟲食想或異赤想或慈或悲或喜或捨或初靜慮或乃至第四靜慮或空無邊處或乃至非想非非想處告菩薩言此是眞道眞行汝由此道此行當得預流果或一來果或不還果或阿羅漢果或獨覺菩提汝由此道由此行故速盡一切生老病死何用久受生死苦爲現在苦身尚應厭捨況更求受當來苦身宜自審思捨先所信善現當知是菩薩摩訶薩聞彼語時其心不動亦不驚疑但作是念今此苾芻益我不少能爲我説相似道法令我識知此道不能得預流果乃至不得獨覺菩提況當能證所求無上正等菩提是菩薩摩訶薩作此念已深生歡喜復作是念今此苾芻甚爲益我方便爲我説障道法令我識知障道法已於三乘道自在修學善現當知時彼惡魔知此菩薩深心歡喜復作是言咄善男子汝今欲見諸菩薩摩訶薩長時勤行無益行不謂諸菩薩摩訶薩衆經如殑伽沙數大劫以無量種上妙飲食衣服卧具醫藥資財花香等物供養恭敬尊重讚歎諸佛世尊復於殑伽沙等佛所修行布施乃至般若波羅蜜多學住内空乃至無性自性空學住眞如乃至不思議界學住苦集滅道聖諦修四念住乃至八聖道支修

四靜慮四無量四無色定修空無相無願解脫門修八解脫乃至十遍處修諸菩薩摩訶薩地修一切陀羅尼門三摩地門修五眼六神通修如來十力乃至十八佛不共法修大慈大悲大喜大捨修無忘失法恒住捨性修順逆觀十二支緣起成熟有情嚴淨佛土修諸菩薩殊勝神通乃至修一切智道相智一切相智是諸菩薩摩訶薩衆亦親近承事如殑伽沙佛於諸佛所請問菩薩摩訶薩道謂作是言云何菩薩摩訶薩安住大乘云何菩薩摩訶薩修行布施波羅蜜多乃至般若波羅蜜多安住內空乃至無性自性空安住真如乃至不思議界安住苦集滅道聖諦修行四念住乃至八聖道支修行四靜慮四無量四無色定修行空無相無願解脫門修行八解脫乃至十遍處修行菩薩摩訶薩地修行一切陀羅尼門三摩地門修行如來十力乃至十八佛不共法修行大慈大悲大喜大捨修行無忘失法恒住捨性修行十二支緣起順逆觀成熟有情嚴淨佛土修行菩薩殊勝神通乃至修行一切智道相智一切相智殑伽沙等諸佛世尊如所請問次第爲說是諸菩薩摩訶薩衆如佛教誡安住修學經無量劫熾然精進尚不能得所求無上正等菩提況今汝等所修所學能得無上正等菩提善現當知是菩薩摩訶薩雖聞其言而心無異不驚不恐無疑無惑倍復歡喜作是念言今此苾芻多益於我方便爲我說障道法令我知此障道之法決定不能得預流果乃至不得獨覺菩提況當能得所求無上正等菩提

時彼惡魔知此菩薩心不退屈無惑無疑即於是處化作無量苾芻形像語菩薩言此諸苾芻皆於過去勤求無上正等菩提經無量劫修行種種難行苦行而不能得所求無上正等菩提今皆退住阿羅漢果諸漏已盡至苦邊際云何汝等能得無上正等菩提善現當知是菩薩摩訶薩見聞此已即作是念定是惡魔化作如此苾芻形像擾亂我心因說障礙相似道法定無菩薩摩訶薩衆修行般若波羅蜜多至圓滿位不證無上正等菩提退墮聲聞獨覺等地爾時菩薩復作是念若菩薩摩訶薩修行布施乃至般若波羅蜜多至究竟位不得無上正等菩提必無是處廣說乃至若菩薩摩訶薩修行一切智道相智一切相智至圓滿位不得無上正等菩提必無是處若菩薩摩訶薩成就如是諸行狀相知是不退轉菩薩摩訶薩復次善現一切不退轉菩薩摩訶薩恒行般若波羅蜜多常作是念若菩薩摩訶薩如諸佛教精勤修學恒不遠離六波羅蜜多所攝妙行恒不遠離六波羅蜜多相應作意恒不遠離一切智智相應作意常以方便勸諸有情精勤修學布施淨戒安忍精進靜慮般若波羅蜜多是菩薩摩訶薩決定不退布施波羅蜜多乃至般若波羅蜜多決定不退內空乃至無性自性空決定不退眞如乃至不思議界決定不退四聖諦理決定不退四念住乃至八聖道支決定不退四靜慮四無量四無色定決定不退三解脫門決定不退八解脫乃至十遍處決定不退諸菩薩地決定不退陀羅尼門三摩

地門決定不退五眼六神通決定不退如來十力乃至十八佛不共法決定不退大慈大悲大喜大捨決定不退無忘失法恒住捨性決定不退一切智道相智一切相智必證無上正等菩提若菩薩摩訶薩成就如是諸行狀相知是不退轉菩薩摩訶薩復次善現一切不退轉菩薩摩訶薩恒行般若波羅蜜多常作是念若菩薩摩訶薩覺知魔事不隨魔事覺知惡友不隨惡友語覺知境界不隨境界轉是菩薩摩訶薩決定不退布施波羅蜜多乃至般若波羅蜜多決定不退內空乃至無性自性空決定不退眞如乃至不思議界決定不退四聖諦理決定不退四念住乃至八聖道支決定不退四靜慮四無量四無色定決定不退空無相無願解脫門決定不退八解脫乃至十遍處決定不退諸菩薩地決定不退陀羅尼門三摩地門決定不退五眼六神通決定不退如來十力乃至十八佛不共法決定不退大慈大悲大喜大捨決定不退無忘失法恒住捨性決定不退一切智道相智一切相智必證無上正等菩提若菩薩摩訶薩成就如是諸行狀相知是不退轉菩薩摩訶薩復次善現一切不退轉菩薩摩訶薩聞諸如來應正等覺所說法要深心歡喜恭敬信受善解義趣其心堅固猶若金剛不可動轉不可引奪常勤修學布施淨戒安忍精進靜慮般若波羅蜜多亦勸他學心無厭倦若菩薩摩訶薩成就如是諸行狀相知是不退轉菩薩摩訶薩爾時善現復白佛言如是不退轉菩薩摩訶薩於何退轉故名不退

轉耶佛告善現是菩薩摩訶薩於色蘊想乃至識蘊想有退轉故名不退轉於眼處想乃至意處想有退轉故名不退轉於色處想乃至法處想有退轉故名不退轉於眼界想乃至意界想有退轉故名不退轉於色界想乃至法界想有退轉故名不退轉於眼識界想乃至意識界想有退轉故名不退轉於眼觸想乃至意觸想有退轉故名不退轉於眼觸爲緣所生諸受想乃至意觸爲緣所生諸受想有退轉故名不退轉於地界想乃至識界想有退轉故名不退轉於因緣想乃至增上緣想有退轉故名不退轉於無明想乃至老死想有退轉故名不退轉於貪瞋癡想諸見趣想有退轉故名不退轉於布施波羅蜜多想乃至般若波羅蜜多想有退轉故名不退轉於內空想乃至無性自性空想有退轉故名不退轉於眞如想乃至不思議界想有退轉故名不退轉於四聖諦想有退轉故名不退轉於四念住想乃至八聖道支想不退轉故名不退轉於四靜慮四無量四無色定想有退轉故名不退轉於空無相無願解脫門想有退轉故名不退轉於八解脫想乃至十遍處想有退轉故名不退轉於淨觀地想乃至如來地想有退轉故名不退轉於極喜地想乃至法雲地想有退轉故名不退轉於陀羅尼門三摩地門想有退轉故名不退轉於五眼六神通想有退轉故名不退轉於如來十力想乃至十八佛不共法想有退轉故名不退轉於大慈大悲大喜大捨想有退轉故名不退轉於三十二相八十隨好想有退轉

故名不退轉於無忘失法恒住捨性想有退轉故名不退轉於預流果想乃至獨覺菩提想有退轉故名不退轉於諸菩薩摩訶薩行及佛無上正等菩提想有退轉故名不退轉於一切智道相智一切相智想有退轉故名不退轉於諸異生聲聞獨覺菩薩佛想有退轉故名不退轉所以者何如是不退轉菩薩摩訶薩以自相空觀一切法已入菩薩正性離生乃至不見少法可得不可得故無所造作無造作故名畢竟不生畢竟不生故名無生法忍由得如是無生法忍故名不退轉菩薩摩訶薩若菩薩摩訶薩成就如是諸行狀相知是不退轉菩薩摩訶薩

大般若波羅蜜多經卷第五百一十四

音釋

花鬘 鬘莫班切
扇搋 梵語也此云生謂男根生來不滿也搋丑皆切
半擇 梵語具云半擇迦此云變謂今生變作也
攣躄 攣力員切手拘攣也躄必亦切足不能行也
癲癇 癲音顛癇音閑癲癇狂病也
矬陋 矬昨禾切短也陋盧候切鄙惡也
蟣蝨 蟣居豈切蝨音瑟
徇 松閏切求也
耽著 耽都含切樂也著直畧切附也麗也
杜多 梵語也亦云頭陀此云修治謂修治淨行也
撰集 撰雛戀切撰集謂撰述會集也
膖脹 膖匹絳切脹知亮切謂膖臭脹滿也

大般若波羅蜜多經卷第五百一十五

唐三藏法師玄奘奉　詔譯

第三分不退相品第二十之二

復次善現一切不退轉菩薩摩訶薩設有惡魔來至其所欲令厭背無上菩提作如是言一切智智與虛空等無性爲性自相本空諸法亦爾與虛空等無性爲性自相空中無有一法可名能證無有一法可名所證證處證時及由此證亦不可得既一切法與虛空等無性爲性自相本空汝等云何唐受勤苦求證無上正等菩提汝先所聞諸菩薩衆應求無上正等菩提皆是魔說非眞佛語汝等應捨求證無上正等覺心勿於長夜徒爲利樂一切有情自受勤苦雖行種種難行苦行欲求菩提終不能得是菩薩摩訶薩聞說如是呵諫語時能審觀察此惡魔事欲退敗我大菩提心我今不應信受彼說雖一切法與虛空等無性爲性自相本空而諸有情生死長夜不知不見顛倒放逸造作諸業受生死苦我當被戴性相皆空如太虛空功德甲冑速趣無上正等菩提爲諸有情如應說法令其解脫生死衆苦得預流果或一來果或不還果或阿羅漢果或獨覺菩提或證無上正等菩提能盡未來利樂一切是菩薩摩訶薩從初發心已聞此法其心堅固不動不轉依斯堅固不動轉心恒正修行六到彼岸已入菩薩正性離生復正修行六到彼岸漸次圓滿伏諸纏結由斯得入不退轉地是故惡魔雖設種種退敗方便而不能退菩薩所發大菩提心若菩薩摩訶薩成就如是諸行狀相知

是不退轉菩薩摩訶薩具壽善現即白佛言是菩薩摩訶薩爲不退轉故名不退轉爲退轉故名不退轉耶佛告善現是菩薩摩訶薩以不退轉故名不退轉亦以退轉故名不退轉爾時善現復白佛言是菩薩摩訶薩云何以不退轉故名不退轉云何亦以退轉故名不退轉耶佛告善現是菩薩摩訶薩超過聲聞及獨覺地不復退墮彼二地中由斯故說不退轉故名不退轉是菩薩摩訶薩遠離聲聞及獨覺地於彼二地決定退捨由斯故說以退轉故名不退轉故此菩薩得二種名非如餘位唯名退轉若菩薩摩訶薩成就如是諸行狀相定得無上正等菩提諸惡魔軍不能退敗復次善現一切不退轉菩薩摩訶薩欲入初靜慮乃至第四靜慮即隨意能入欲入慈無量乃至捨無量即隨意能入欲入空無邊處定乃至非想非非想處定即隨意能入欲入四念住乃至八聖道支即隨意能入欲入初解脫乃至滅想受解脫即隨意能入欲入初勝處乃至第八勝處即隨意能入欲入初靜慮定乃至滅想受定即隨意能入欲入初遍處乃至第十遍處即隨意能入欲入空無相無願解脫門即隨意能入欲引發五神通即隨意能引發善現當知是菩薩摩訶薩雖入四靜慮乃至引發五神通而不受彼果由此因緣不隨靜慮無量等至乃至滅定及餘功德勢力而生亦不取預流果或一來果或不還果或阿羅漢果或獨覺菩提爲欲利樂諸有情故隨欲攝受所應受身即隨所願皆能攝受作所作已即便捨之若菩薩摩

訶薩成就如是諸行狀相知是不退轉菩薩摩訶薩復次善現一切不退轉菩薩摩訶薩成就無上菩提作意恒不遠離大菩提心不貴色蘊乃至識蘊不貴眼處乃至意處不貴色處乃至法處不貴眼界乃至意界不貴色界乃至法界不貴眼識界乃至意識界不貴眼觸乃至意觸不貴眼觸爲緣所生諸受乃至意觸爲緣所生諸受不貴地界乃至識界不貴因緣乃至增上緣不貴一切緣性緣起不貴諸相不貴隨好不貴所依不貴有色無色法不貴有見無見法不貴有對無對法不貴有漏無漏法不貴有爲無爲法不貴世間出世間法不貴我不貴有情乃至不貴知者見者不貴徒衆不貴眷屬不貴禄位不貴財寶不貴布施波羅蜜多乃至般若波羅蜜多不貴内空乃至無性自性空不貴眞如乃至不思議界不貴苦集滅道聖諦不貴十善業道不貴四静慮四無量四無色定不貴五神通不貴四念住乃至八聖道支不貴空無相無願解脱門不貴八解脱乃至十遍處不貴淨觀地乃至如來地不貴極喜地乃至法雲地不貴陀羅尼門三摩地門不貴五眼六神通不貴如來十力乃至十八佛不共法不貴大慈大悲大喜大捨不貴無忘失法恒住捨性不貴一切智道相智一切相智不貴預流果乃至獨覺菩提不貴一切菩薩摩訶薩行不貴諸佛無上正等菩提不貴嚴淨佛土不貴成熟有情不貴多見諸佛不貴種植善根所以者何是菩薩摩訶薩達一切法與虚空等無性爲性自相皆空不見有法可生貴重

能生所生生時生處由此而生皆不可得所以者何是一切法與虛空等性相皆空無生義故是菩薩摩訶薩成就無上菩提作意恒不遠離大菩提心身四威儀性來入出舉足下足心無散亂行住坐卧進止威儀所作事業皆住正念若菩薩摩訶薩成就如是諸行狀相知是不退轉菩薩摩訶薩復次善現一切不退轉菩薩摩訶薩爲欲利樂諸有情故現處居家方便善巧雖現攝受五欲樂具而於其中不生染著皆爲濟給諸有情故謂諸有情須食與食須飲與飲須衣與衣須乘與乘乃至一切所須之物皆濟給之令其意滿是菩薩摩訶薩自行布施乃至般若波羅蜜多亦勸他行布施乃至般若波羅蜜多恒正稱揚行布施乃至般若波羅蜜多法歡喜讚歎行布施乃至般若波羅蜜多者是菩薩摩訶薩現處居家以神通力或大願力攝受種種珎寶資具滿贍部洲乃至三千大千世界持以供養佛法僧寶及施貧乏諸有情類是菩薩摩訶薩雖現處居家而常修梵行終不受用諸妙欲境雖現攝受種種珎財而於其中不起染著又於攝受諸欲樂具及珎財時終不逼迫諸有情類令生憂苦若菩薩摩訶薩成就如是諸行狀相知是不退轉菩薩摩訶薩復次善現一切不退轉菩薩摩訶薩有執金剛藥叉神王常隨左右密爲守護恒作是念此菩薩摩訶薩不久當證無上菩提願我常隨密爲守護乃至無上正等菩提吾執金剛藥叉神族常隨守護時無暫捨人非人等不能損害諸天魔梵及餘世間亦無有能

以法破壞所發無上正等覺心由此因緣是諸菩薩乃至無上正等菩提身意泰然常無擾惱是菩薩摩訶薩世間五根常無缺減所謂眼耳鼻舌身根出世五根亦無缺減謂信精進念定慧根是菩薩摩訶薩身支圓滿相好莊嚴心諸功德念念增進乃至無上正等菩提若菩薩摩訶薩成就如是諸行狀相知是不退轉菩薩摩訶薩復次善現一切不退轉菩薩摩訶薩常爲上士不爲下士具壽善現即白佛言是菩薩摩訶薩云何當得常爲上士不爲下士佛告善現是菩薩摩訶薩一切煩惱不復現前刹那刹那善法增進乃至無上正等菩提於一切時心無散亂是故我說此菩薩摩訶薩常爲上士不爲下士若菩薩摩訶薩成就如是諸行狀相知是不退轉

菩薩摩訶薩復次善現一切不退轉菩薩摩訶薩成就無上菩提作意恒不遠離大菩提心恒修淨命不行呪術醫藥占卜諸邪命事不爲名利呪諸鬼神令著男女問其凶吉亦不呪禁男女大小傍生鬼等現希有事亦不占相壽量長短財位男女諸善惡事亦不懸記寒熱豐儉吉凶好惡惑亂有情亦不呪禁合和湯藥左道療疾結好貴人亦不爲他通致使命現親友相徇利求名尚不染心觀視男女戲笑與語況有餘事亦不恭敬供養鬼神是故我說常爲上士不爲下士所以者何是菩薩摩訶薩知一切法性相皆空性相空中不見有相不見相故遠離種種邪命呪術醫藥占相唯求無上正等菩提與諸有情常作饒益若菩薩摩訶薩成就如是諸行狀相

知是不退轉菩薩摩訶薩復次善現一切不退轉菩薩摩訶薩於諸世間文章技藝雖得善巧而不愛著所以者何是菩薩摩訶薩達一切法皆畢竟空畢竟空中世間所有文章技藝皆不可得又諸世間文章技藝皆雜穢語邪命所攝是故菩薩知而不爲善現當知是菩薩摩訶薩於諸世俗外道書論雖亦善知而不樂著所以者何是菩薩摩訶薩達一切法性相皆空性相空中一切書論皆不可得又諸世俗外道書論所說理事多有增減於菩薩道非爲隨順皆是戲論雜穢語攝故諸菩薩知而不樂若菩薩摩訶薩成就如是諸行狀相知是不退轉菩薩摩訶薩復次善現一切不退轉菩薩摩訶薩復有所餘諸行狀相知是不退轉菩薩摩訶薩吾當爲汝分別解說汝應諦聽極善思惟善現請言唯然願說我等今者專意樂聞佛告善現所有不退轉菩薩摩訶薩行深般若波羅蜜多通達諸法皆無所有恒不遠離大菩提心不樂觀察論說諸蘊諸處諸界所以者何是菩薩摩訶薩於蘊處界性相空理已善思惟善通達故善現當知是菩薩摩訶薩不樂觀察論說衆事所以者何是菩薩摩訶薩於一切衆性相空理已善思惟善通達故善現當知是菩薩摩訶薩不樂觀察論說王事所以者何是菩薩摩訶薩住本性空不見少法有勝有劣貴賤相故善現當知是菩薩摩訶薩不樂觀察論說賊事所以者何是菩薩摩訶薩住自相空不見少法有得有失與奪相故善現當知是菩薩摩訶薩不樂觀察論說軍事所以

者何是菩薩摩訶薩住本性空不見諸法有多有少聚散相故善現當知是菩薩摩訶薩不樂觀察論說鬪戰所以者何是菩薩摩訶薩善住諸法真如空理不見少法有強有弱愛恚相故善現當知是菩薩摩訶薩不樂觀察論說男女所以者何是菩薩摩訶薩住諸法空不見少法有好有醜愛憎相故善現當知是菩薩摩訶薩不樂觀察論說聚落所以者何是菩薩摩訶薩住諸法空不見少法有增有減合離相故善現當知是菩薩摩訶薩不樂觀察論說城邑所以者何是菩薩摩訶薩住諸法空不見少法有攝不攝好惡相故善現當知是菩薩摩訶薩不樂觀察論說國土所以者何是菩薩摩訶薩安住實際不見諸法有屬不屬此彼相故善現當知是菩薩摩訶薩不樂觀察論說相好所以者何是菩薩摩訶薩安住無相不見諸法有好有醜差別相故善現當知是菩薩摩訶薩不樂觀察論說是我是有情乃至是知者是見者所以者何是菩薩摩訶薩住畢竟空都不見我乃至見者若有若無差別相故善現當知是菩薩摩訶薩不樂觀察論說世間如是等事但樂觀察論說般若波羅蜜多所以者何甚深般若波羅蜜多遠離衆相能證無上大菩提故善現當知是菩薩摩訶薩常不遠離一切智智相應作意修行布施波羅蜜多離慳貪事修行淨戒波羅蜜多離犯戒事修行安忍波羅蜜多離忿諍事修行精進波羅蜜多離懈怠事修行靜慮波羅蜜多離散亂事修行般若波羅蜜多離惡慧事善現當知是菩薩

摩訶薩雖住一切法空而愛樂正法不樂非法雖住不可得空而常稱讚三寶功德善現當知是菩薩摩訶薩雖行諸法眞如法界一味之相而樂稱揚眞如法界種種功德善現當知是菩薩摩訶薩雖知諸法皆畢竟空而愛善友不樂惡友言善友者謂諸如來應正等覺及諸菩薩摩訶薩衆若諸聲聞獨覺乘等善能教化安立有情令趣無上正等菩提亦名善友善現當知是菩薩摩訶薩常樂親覲一切如來應正等覺聽聞正法若聞如來應正等覺在餘世界現說正法即以願力往生彼界供養恭敬尊重讚歎聽受正法善現當知是菩薩摩訶薩若晝若夜恒不遠離念佛作意亦不遠離聞法作意由此因緣隨諸國土有佛世尊現說正法即乘願力往彼受生或乘神通往彼聽法由是因緣此諸菩薩生生之處常不離佛恒聞正法無間無斷善現當知是菩薩摩訶薩恒爲利樂諸有情故雖能現起靜慮無色諸甚深定而巧方便起欲界心教諸有情十善業道亦隨願力現生欲界有佛國土供養恭敬尊重讚歎諸佛世尊聽聞正法修諸勝行若菩薩摩訶薩成就如是諸行狀相知是不退轉菩薩摩訶薩復次善現一切不退轉菩薩摩訶薩常行布施波羅蜜多乃至般若波羅蜜多常行內空乃至無性自性空常行眞如乃至不思議界常行苦集滅道聖諦常行四念住乃至八聖道支常行四靜慮四無量四無色定常行空無相無願解脫門常行八解脫乃至十遍處常行殊勝諸菩薩地常行一切陀羅尼門三摩

地門常行五眼六神通常行如來十力乃至十八佛不共法常行大慈大悲大喜大捨常行無忘失法恒住捨性常行一切智道相智一切相智常行一切菩薩摩訶薩行常求諸佛無上正等菩提善現當知是菩薩摩訶薩恒於自地不起疑惑不作是念我是不退轉我非不退轉所以者何是菩薩摩訶薩不見少法可於無上正等菩提説有退轉説無退轉善現當知是菩薩摩訶薩於自地法無惑無疑所以者何是菩薩摩訶薩於自地法已善了知善通達故善現當知如預流者住預流果於自果法無惑無疑一來不還阿羅漢獨覺及諸如來應正等覺各住自果於自果法無惑無疑是菩薩摩訶薩亦復如是於自所住不退轉地所攝諸法現知現見無惑無疑善現當知是菩薩摩訶薩住此地中成熟有情嚴淨佛土修諸功德有魔事起即能覺知不隨魔事勢力而轉善能摧滅種種魔事令不障礙所修功德善現當知如有造作無間業者彼無間心恒常隨逐乃至命終亦不能捨所以者何彼能等起無間業纏增上勢力恒常隨轉乃至命盡亦不能伏設有餘心不能遮礙此菩薩摩訶薩亦復如是安住自地其心不動無所分別世間天人阿素洛等皆不能轉所以者何是菩薩摩訶薩其心堅固超諸世間天人魔梵阿素洛等已入菩薩正性離生住不退地已得菩薩殊勝神通成熟有情嚴淨佛土從一佛國趣一佛國供養恭敬尊重讚歎諸佛世尊及佛弟子聽聞正法於諸佛所種諸善根請問菩薩所學法義

善現當知是菩薩摩訶薩安住自地有魔事起即能覺知終不隨順魔事而轉方便善巧集諸魔事置實際中方便除滅於自地法無惑無疑所以者何是菩薩摩訶薩知一切法皆入實際通達實際非一非多於實際中無所分别以於實際無惑無疑於自地法亦無猶豫善現當知是菩薩摩訶薩設轉受生亦於實際無復退轉終不發起趣向聲聞獨覺地意所以者何是菩薩摩訶薩知一切法自相皆空於此空中不見有法若生若滅若染若淨善現當知是菩薩摩訶薩乃至轉身亦不疑惑當得無上正等菩提爲不當得所以者何是菩薩摩訶薩通達諸法自相皆空即是無上正等菩提善現當知是菩薩摩訶薩安住自地不隨他緣於自地法無能壞者所以者何是菩薩摩訶薩成就無動無退轉智一切惡緣不能傾動若菩薩摩訶薩成就如是諸行狀相知是不退轉菩薩摩訶薩復次善現一切不退轉菩薩摩訶薩設有惡魔作佛形像來到其所作如是言汝今應求阿羅漢果永盡諸漏證般涅槃汝未堪受大菩提記亦未證得無生法忍汝今未有不退轉地諸行狀相如來不應授汝無上大菩提記要有具足不退轉地諸行狀相乃可蒙佛授與無上大菩提記是菩薩摩訶薩聞彼語已心無變動不退不没無驚無怖是菩薩摩訶薩應自證知我於過去諸如來所必已受得大菩提記所以者何菩薩成就如是勝法定蒙諸佛授菩提記我已成就如是勝法云何世尊不授我記故我過去於如來所定已受得

大菩提記若菩薩摩訶薩成就如是諸行狀相知是不退轉菩薩摩訶薩復次善現一切不退轉菩薩摩訶薩設有惡魔或魔使者作佛形像來授菩薩聲聞地記或授菩薩獨覺地記告菩薩言咄善男子何用無上正等菩提生死輪迴久受大苦宜自速證無餘涅槃永離生死畢竟安樂是菩薩摩訶薩聞彼語已作是念言此定惡魔或魔使者詐現佛像擾亂我心授我聲聞獨覺地記令退無上正等菩提所以者何定無諸佛教諸菩薩趣向聲聞或獨覺地棄捨無上正等菩提若菩薩摩訶薩成就如是諸行狀相知是不退轉菩薩摩訶薩復次善現一切不退轉菩薩摩訶薩設有惡魔或魔使者詐現佛像告菩薩言汝所受持大乘經典非佛所說亦非如來弟子所說是諸惡魔或諸外道爲誑惑汝作如是說汝今不應受持讀誦是菩薩摩訶薩聞彼語已作是念言此定惡魔或魔眷屬令我厭捨無上菩提故說大乘甚深經典非佛所說亦非如來弟子所說所以者何離此經典能得無上正等菩提必無是處善現當知是菩薩摩訶薩定已安住不退轉地過去諸佛久已授彼大菩提記所以者何是菩薩摩訶薩具足成就不退轉地諸行狀相若諸菩薩成就如是諸行狀相當知已受大菩提記必已安住不退轉地故能覺知惡魔事業若菩薩摩訶薩成就如是諸行狀相知是不退轉菩薩摩訶薩復次善現一切不退轉菩薩摩訶薩行深般若波羅蜜多時攝護正法不惜身命況餘珎財朋友眷屬是菩薩摩訶薩恒

作是念我寧棄捨親友珍財及自身命終不棄捨諸佛正法所以者何親友珍財及自身命生生常有甚爲易得諸佛正法百千俱胝那庾多劫乃得一遇遇以長夜獲大利樂故我定應精勤攝護不顧身命親友珍財善現當知是菩薩摩訶薩攝護法時應作是念我今不爲攝護一佛二佛三佛乃至百千諸佛正法普爲攝護十方三世諸佛正法令不虧損具壽善現便白佛言何等名爲諸佛正法是菩薩摩訶薩云何攝護不惜珍財親友身命佛告善現一切如來應正等覺爲諸菩薩說諸法空如是名爲諸佛正法有愚癡類誹謗毀呰言此非法非毗柰耶非天人師所說聖教修學此法不得無上正等菩提不證涅槃永寂安樂是菩薩摩訶薩攝護此法不惜珍財親友身命常作是念如來所說一切法空是諸有情眞歸依處菩薩修學疾證無上正等菩提拔諸有情生老病死令得畢竟常樂涅槃故我今應不惜身命珍財親友攝護此法又作是念我亦墮在未來佛數佛已授我大菩提記由此因緣諸佛正法即是我法我應攝護不惜身命珍財親友我未來世得作佛時亦爲有情宣說如是諸法空故善現當知是菩薩摩訶薩見斯義利攝護如來所說正法不惜身命親友珍財乃至菩提常無懈倦若菩薩摩訶薩成就如是諸行狀相知是不退轉菩薩摩訶薩復次善現一切不退轉菩薩摩訶薩聞諸如來應正等覺所說正法無惑無疑聞已受持能不忘失乃至無上正等菩提所以者何是菩薩摩訶薩已得善

巧陀羅尼故具壽善現便白佛言是菩薩摩訶薩已得何等陀羅尼故聞諸如來應正等覺所說正法無惑無疑聞已受持常不忘失佛告善現是菩薩摩訶薩已得聞持陀羅尼等方便善巧聞諸如來應正等覺所說正法無惑無疑聞已受持能不忘失乃至無上正等菩提常如現前聞佛所說爾時善現復白佛言是菩薩摩訶薩但聞如來應正等覺所說正法無惑無疑聞已受持常不忘失爲聞菩薩獨覺聲聞天龍藥叉人非人等所說正法亦能於彼無惑無疑聞已受持常不忘失佛告善現是菩薩摩訶薩普聞一切有情言音文字義理皆能通達無惑無疑窮未來際常不忘失所以者何是菩薩摩訶薩已得聞持陀羅尼等方便善巧任持所說令不失故

若菩薩摩訶薩成就如是諸行狀相知是不退轉菩薩摩訶薩

第三分空相品第二十一之一

爾時具壽善現復白佛言世尊如是不退轉菩薩摩訶薩成就廣大無量無邊不可思議希有功德佛告善現如是如是如汝所說所以者何是菩薩摩訶薩已得殊勝無量無邊不共聲聞及獨覺智住此智中引發殊勝四無礙解由此殊勝四無礙解世間天人阿素洛等無能問難令此菩薩智慧辯才至窮盡者具壽善現復白佛言世尊能如殑伽沙劫宣說不退轉菩薩摩訶薩諸行狀相由佛所說諸行狀相顯示不退轉菩薩摩訶薩成就無量殊勝功德惟願如來應正等覺復爲宣說甚深義處令諸菩薩安住其中能行布施

波羅蜜多乃至般若波羅蜜多令速圓滿能行內空乃至無性自性空令速圓滿能行眞如乃至不思議界令速圓滿能行苦集滅道聖諦令速圓滿能行四念住乃至八聖道支令速圓滿能行四靜慮四無量四無色定令速圓滿能行八解脱乃至十遍處令速圓滿能行空無相無願解脱門令速圓滿能行菩薩摩訶薩地令速圓滿能行一切陀羅尼門三摩地門令速圓滿能行五眼六神通令速圓滿能行如來十力乃至十八佛不共法令速圓滿能行大慈大悲大喜大捨令速圓滿能行三十二相八十隨好令速圓滿能行無忘失法恒住捨性令速圓滿能行一切智道相智一切相智令速圓滿佛告善現善哉善哉汝今乃能爲諸菩薩摩訶薩衆請問如來應正等覺甚深義處令諸菩薩安住其中行諸功德令速圓滿善現當知甚深義處謂空無相無願無作無生無滅離染涅槃眞如法界法性實際如是等名甚深義處善現當知如是所説甚深義處種種增語皆顯涅槃爲甚深義具壽善現復白佛言爲但涅槃名甚深義爲諸餘法亦名甚深佛告善現餘一切法亦名甚深所謂色蘊乃至識蘊亦名甚深眼處乃至意處亦名甚深色處乃至法處亦名甚深眼界乃至意界亦名甚深色界乃至法界亦名甚深眼識界乃至意識界亦名甚深眼觸乃至意觸亦名甚深眼觸爲緣所生諸受乃至意觸爲緣所生諸受亦名甚深地界乃至識界亦名甚深因緣乃至增上緣亦名甚深無明乃至老死亦名甚深布施波羅

蜜多乃至般若波羅蜜多亦名甚深内空乃至無性自性空亦名甚深眞如乃至不思議界亦名甚深苦集滅道聖諦亦名甚深四念住乃至八聖道支亦名甚深四靜慮四無量四無色定亦名甚深八解脱乃至十遍處亦名甚深空無相無願解脱門亦名甚深淨觀地乃至如來地亦名甚深極喜地乃至法雲地亦名甚深陀羅尼門三摩地門亦名甚深五眼六神通亦名甚深如來十力乃至十八佛不共法亦名甚深大慈大悲大喜大捨亦名甚深三十二相八十隨好亦名甚深無忘失法恒住捨性亦名甚深一切智道相智一切相智亦名甚深預流果乃至獨覺菩提亦名甚深一切菩薩摩訶薩行諸佛無上正等菩提亦名甚深爾時善現復白佛言云何色蘊亦名甚深云何受想行識蘊亦名甚深廣説乃至云何一切菩薩摩訶薩行亦名甚深云何諸佛無上正等菩提亦名甚深佛告善現色蘊眞如甚深故色蘊亦名甚深受想行識蘊眞如甚深故受想行識蘊亦名甚深廣説乃至一切菩薩摩訶薩行眞如甚深故一切菩薩摩訶薩行亦名甚深諸佛無上正等菩提眞如甚深故諸佛無上正等菩提亦名甚深具壽善現復白佛言云何色蘊眞如甚深云何受想行識蘊眞如甚深廣説乃至云何一切菩薩摩訶薩行眞如甚深云何諸佛無上正等菩提眞如甚深佛告善現色蘊眞如非即色蘊非離色蘊是故甚深受想行識蘊眞如非即受想行識蘊非離受想行識蘊是故甚深廣説乃至一切菩薩摩訶薩行眞

如非即一切菩薩摩訶薩行非離一切菩薩摩訶薩行是故甚深諸佛無上正等菩提眞如非即諸佛無上正等菩提非離諸佛無上正等菩提是故甚深爾時善現復白佛言世尊甚奇微妙方便爲不退轉地菩薩摩訶薩遮遣色蘊顯示涅槃遮遣受想行識蘊顯示涅槃廣說乃至遮遣一切菩薩摩訶薩行顯示涅槃遮遣諸佛無上正等菩提顯示涅槃世尊甚奇微妙方便爲不退轉地菩薩摩訶薩遮遣一切若世間法若出世間法若共法若不共法若有漏法若無漏法若有諍法若無諍法若有罪法若無罪法若有爲法若無爲法顯示涅槃佛告善現如是如是如汝所說世尊甚奇微妙方便爲不退轉地菩薩摩訶薩遮遣色蘊顯示涅槃遮遣受想行識蘊顯示涅槃廣說乃至遮遣一切菩薩摩訶薩行顯示涅槃遮遣諸佛無上正等菩提顯示涅槃世尊甚奇微妙方便爲不退轉地菩薩摩訶薩遮遣一切若世間法若出世間法若共法若不共法若有漏法若無漏法若有諍法若無諍法若有罪法若無罪法若有爲法若無爲法顯示涅槃復次善現諸菩薩摩訶薩應於如是甚深義處依深般若波羅蜜多相應理趣審諦思惟籌量觀察應作是念我今應如甚深般若波羅蜜多所教而住我今應如甚深般若波羅蜜多所說而學善現當知若菩薩摩訶薩能於如是甚深義處依深般若波羅蜜多相應理趣審諦思惟籌量觀察如深般若波羅蜜多所教而住如深般若波羅蜜多所說而學是菩薩摩訶薩由能如

是精勤修學依深般若波羅蜜多起一念心尚能攝受無量無數無邊善根超無量劫生死流轉速證無上正等菩提況能無間常修般若波羅蜜多恒住菩提相應作意如耽欲人與端正女更相愛染共爲期契彼女限礙不獲赴期此人欲心熾盛流注善現於意云何其人欲心於何處轉世尊此人欲心於女處轉謂作是念彼何當來共會於此歡娛戲樂善現於意云何其人晝夜幾欲念生世尊此人晝夜欲念甚多佛告善現若菩薩摩訶薩依深般若波羅蜜多起一念心如深般若波羅蜜多所說而學所超生死流轉劫數與耽欲人經一晝夜所起欲念其數量等善現當知是菩薩摩訶薩隨依般若波羅蜜多甚深義趣思惟修學隨能解脫能礙無上正等菩提所有過失是故菩薩依深般若波羅蜜多精勤修學速證無上正等菩提善現當知若菩薩摩訶薩如深般若波羅蜜多所說而住經一晝夜所獲功德若此功德有形礙者殑伽沙等三千大千諸佛世界不能容受假使充滿如殑伽沙三千大千佛之世界諸餘功德比此功德百分不及一千分不及一乃至鄔波尼殺曇分亦不及一

大般若波羅蜜多經卷第五百一十五

音釋

呵諫（呵虎何切諫居晏切呵諫謂以言呵責諫正也）逼迫（逼筆力切迫音百逼迫謂窘急也）技藝（技奇寄切巧也能也藝倪制切才能也）虧損（虧去爲切缺也少也）毀呰（毀虎委切呰音紫亦毀也）鄔波尼殺曇（梵語也此謂數之極鄔安古切曇徒南切）

大般若波羅蜜多經卷第五百一十六

唐三藏法師玄奘奉　詔譯

第三分空相品第二十一之二

復次善現若菩薩摩訶薩離深般若波羅蜜多設經殑伽沙等大劫布施三寶所謂佛寶法寶僧寶於意云何是菩薩摩訶薩由此因緣獲福多不善現答言甚多世尊甚多善逝其福無量無數無邊不可思議不可稱計佛告善現如是如是若菩薩摩訶薩依深般若波羅蜜多經一晝夜如說而學所獲功德甚多於彼無量無邊何以故甚深般若波羅蜜多是諸菩薩摩訶薩乘諸菩薩摩訶薩乘此乘故速到無上正等菩提轉妙法輪度有情衆復次善現若菩薩摩訶薩離深般若波羅蜜多設經殑伽沙等大劫供養預流一來不還應供獨覺菩薩如來於意云何是菩薩摩訶薩由是因緣獲福多不善現答言甚多世尊甚多善逝其福無量無數無邊不可思議不可稱計佛告善現如是如是若菩薩摩訶薩依深般若波羅蜜多經一晝夜如說而學所獲功德甚多於彼無量無邊何以故諸菩薩摩訶薩行深般若波羅蜜多超諸聲聞獨覺等地速入菩薩正性離生復漸修行諸菩薩行疾證無上正等菩提轉妙法輪度有情衆復次善現若菩薩摩訶薩離深般若波羅蜜多設經殑伽沙等大劫精勤修學布施淨戒安忍精進靜慮般若於意云何是菩薩摩訶薩由此因緣獲福多不善現答言甚多世尊甚多善逝其福無量無數無邊不可思議不可稱計佛告善現如是如是若菩薩摩訶

薩依深般若波羅蜜多所説而住經一晝夜精勤修學布施淨戒安忍精進靜慮般若所獲功德甚多於彼無量無邊何以故甚深般若波羅蜜多是諸菩薩摩訶薩母所以者何甚深般若波羅蜜多能生菩薩摩訶薩衆一切菩薩摩訶薩衆依深般若波羅蜜多速能圓滿一切佛法復次善現若菩薩摩訶薩離深般若波羅蜜多設經殑伽沙等大劫以法布施一切有情於意云何是菩薩摩訶薩由此因緣獲福多不善現荅言甚多世尊甚多善逝其福無量無數無邊不可思議不可稱計佛告善現如是如是若菩薩摩訶薩依深般若波羅蜜多所説而住經一晝夜以法布施一切有情所獲功德甚多於彼無量無邊何以故若菩薩摩訶薩離深般若波羅蜜多則為遠離一切智智若菩薩摩訶薩不離深般若波羅蜜多則為不遠離一切智智是故善現若菩薩摩訶薩欲得無上正等菩提常應不離甚深般若波羅蜜多復次善現若菩薩摩訶薩離深般若波羅蜜多設經殑伽沙等大劫修行布施乃至般若波羅蜜多安住內空乃至無性自性空安住真如乃至不思議界安住苦集滅道聖諦修行四念住乃至八聖道支修行四靜慮四無量四無色定修行空無相無願解脫門修行八解脫乃至十遍處修行極喜地乃至法雲地修行一切陀羅尼門三摩地門修行五眼六神通修行如來十力乃至十八佛不共法修行大慈大悲大喜大捨修行無忘失法恒住捨性修行一切智道相智一切相智修行諸餘無邊佛法

於意云何是善薩摩訶薩由此因緣獲福多不善現荅言甚多世尊甚多善逝其福無量無數無邊不可思議不可稱計佛告善現如是如是若菩薩摩訶薩依深般若波羅蜜多所說而住經一晝夜修行布施乃至般若波羅蜜多廣說乃至一切相智所獲功德甚多於彼無量無邊何以故若菩薩摩訶薩不離深般若波羅蜜多於一切智智有退轉者無有是處若菩薩摩訶薩離深般若波羅蜜多於一切智智有退轉者斯有是處是故善現若菩薩摩訶薩欲得無上正等菩提常應不離甚深般若波羅蜜多復次善現若菩薩摩訶薩離深般若波羅蜜多設經殑伽沙等大劫修行種種財施法施住空閑處繫念思惟元所修行種種福業與諸有情平等共有迴向無上正等菩提於意云何是菩薩摩訶薩由此因緣獲福多不善現荅言甚多世尊甚多善逝其福無量無數無邊不可思議不可稱計佛告善現如是如是若菩薩摩訶薩依深般若波羅蜜多所說而住經一晝夜修行種種財施法施住空閑處繫念思惟先所修行種種福業與諸有情平等共有迴向無上正等菩提所獲功德甚多於彼無量無邊何以故依深般若波羅蜜多所起迴向當知是爲無上迴向離深般若波羅蜜多所起迴向當知是爲有上迴向是故善現若菩薩摩訶薩欲得無上正等菩提常應不離甚深般若波羅蜜多以所修行種種福業與諸有情平等共有迴向無上正等菩提復次善現若菩薩摩訶薩離深般若波羅蜜多設經殑伽沙

等大劫普緣過去未來現在一切如來應正等覺及諸弟子功德善根和合稱量現前隨喜與諸有情平等共有迴向無上正等菩提於意云何是菩薩摩訶薩由此因緣獲福多不善現荅言甚多世尊甚多善逝其福無量無數無邊不可思議不可稱計佛告善現如是如是若菩薩摩訶薩依深般若波羅蜜多所說而住經一晝夜普緣過去未來現在一切如來應正等覺及諸弟子功德善根和合稱量現前隨喜與諸有情平等共有迴向無上正等菩提所獲功德甚多於彼無量無邊何以故一切隨喜迴向功德善根皆以甚深般若波羅蜜多而爲上首是故善現若菩薩摩訶薩欲得無上正等菩提常應不離甚深般若波羅蜜多於諸善根隨喜迴向所求無上正等菩提爾時善現便白佛言如佛所說諸行皆是分別所作從妄想生都非實有以何因緣此諸菩薩摩訶薩等獲福無量無數無邊世尊分別所作種種福業應不能起世間正見不能趣入正性離生亦應不能得預流果乃至無上正等菩提佛告善現如是如是如汝所說然諸菩薩摩訶薩衆行深般若波羅蜜多知一切種分別所作空無所有虛妄不實所以者何諸菩薩摩訶薩善學內空乃至無性自性空安住如是種種空已如如觀察分別所作空無所有虛妄不實如是如是能不遠離甚深般若波羅蜜多如如不離甚深般若波羅蜜多如是如是獲福無量無數無邊由此因緣能起正見亦能趣入正性離生乃至能得所求無上正等菩提具壽善

現復白佛言所說無量無數無邊有何差別佛告善現言無量者量不可得不可量在過去未來現在法中故名無量言無數者數不可得不可數在一切有爲無爲界中故名無數言無邊者邊不可得不可測度彼法邊際故名無邊具壽善現復白佛言頗有因緣色亦無量無數無邊受想行識亦無量無數無邊不佛告善現有因緣故色亦無量無數無邊受想行識亦無量無數無邊具壽善現復白佛言何因緣故色亦無量無數無邊受想行識亦無量無數無邊佛告善現色性空故說爲無量無數無邊受想行識性空故說爲無量無數無邊具壽善現復白佛言爲但色性空受想行識性空爲一切法皆性空耶佛告善現我先豈不說一切法皆空善現荅言佛雖常說諸法皆空而諸有情不知見覺故我今者復作是問世尊諸法性空即是無盡亦是無量亦是無數亦是無邊世尊諸法空中盡不可得量不可得數不可得邊不可得由此因緣無盡無量無數無邊若義若文俱無差別佛告善現如是如是如汝所說無盡無量無數無邊若義若文俱無差別皆共顯了諸法空故善現當知諸法空理皆不可說如來方便說爲無盡或說無量或說無數或說無邊或說爲空或說無相或說無願或說無作或說無爲或說無生或說無滅或說離染或說永滅或說涅槃或說眞如或說實際諸如是等實義無異皆是如來方便演說具壽善現便白佛言世尊甚奇方便善巧諸法實性不可宣說而爲有情方便顯示如我解

佛所說義者諸法實性皆不可說佛告善現如是如是諸法實性皆不可說所以者何一切法性皆畢竟空無能宣說畢竟空者爾時善現復白佛言不可說義有增減不佛告善現不可說義無增無減具壽善現復白佛言若不可說義無增無減者則應布施乃至般若波羅蜜多亦無增減則應四念住乃至八聖道支亦無增減則應四靜慮四無量四無色定亦無增減則應空無相無願解脫門亦無增減則應八解脫乃至十遍處亦無增減則應極喜地乃至法雲地亦無增減則應一切陀羅尼門三摩地門亦無增減則應五眼六神通亦無增減則應如來十力乃至十八佛不共法亦無增減則應大慈大悲大喜大捨亦無增減則應無忘失法恒住捨性亦無增減則應一切智道相智一切相智亦無增減世尊若布施波羅蜜多廣說乃至一切相智亦無增減則應布施波羅蜜多廣說乃至一切相智皆無所有若布施波羅蜜多廣說乃至一切相智皆無所有云何菩薩摩訶薩修行布施波羅蜜多廣說乃至一切相智證得無上正等菩提佛告善現如是如是不可說義無增無減布施波羅蜜多廣說乃至一切相智亦無增減不可說義無所有布施波羅蜜多廣說乃至一切相智亦無所有然諸菩薩摩訶薩行深般若波羅蜜多時安住般若波羅蜜多方便善巧不作是念我於般若乃至布施波羅蜜多若增若減但作是念唯有名想謂為般若乃至布施波羅蜜多是菩薩摩訶薩修行布施乃至般若波羅蜜多時

持此布施乃至般若波羅蜜多俱行作意幷依此起心及善根與諸有情平等共有迴向無上正等菩提如佛無上正等菩提微妙甚深而起迴向由此迴向巧方便力證得無上正等菩提爾時善現即白佛言何謂無上正等菩提佛告善現諸法眞如是謂無上正等菩提具壽善現復白佛言何謂諸法眞如而說爲無上正等菩提佛告善現色蘊乃至識蘊眞如是謂無上正等菩提眼處乃至意處眞如是謂無上正等菩提色處乃至法處眞如是謂無上正等菩提眼界乃至意界眞如是謂無上正等菩提色界乃至法界眞如是謂無上正等菩提眼識界乃至意識界眞如是謂無上正等菩提眼觸乃至意觸眞如是謂無上正等菩提眼觸爲緣所生諸受乃至意觸爲緣所生諸受眞如是謂無上正等菩提地界乃至識界眞如是謂無上正等菩提因緣乃至增上緣眞如是謂無上正等菩提無明乃至老死眞如是謂無上正等菩提布施波羅蜜多乃至般若波羅蜜多眞如是謂無上正等菩提內空乃至無性自性空眞如是謂無上正等菩提苦集滅道聖諦眞如是謂無上正等菩提四念住乃至八聖道支眞如是謂無上正等菩提四靜慮四無量四無色定眞如是謂無上正等菩提空無相無願解脫門眞如是謂無上正等菩提八解脫乃至十遍處眞如是謂無上正等菩提淨觀地乃至如來地眞如是謂無上正等菩提極喜地乃至法雲地眞如是謂無上正等菩提陁羅尼門三摩地門眞如是謂無上正等菩提

五眼六神通眞如是謂無上正等菩提如來十力乃至十八佛不共法眞如是謂無上正等菩提大慈大悲大喜大捨眞如是謂無上正等菩提三十二相八十隨好眞如是謂無上正等菩提無忘失法恒住捨性眞如是謂無上正等菩提預流果乃至獨覺菩提眞如是謂無上正等菩提一切智道相智一切相智眞如是謂無上正等菩提生死涅槃眞如是謂無上正等菩提善現當知諸法眞如無增減故諸佛無上正等菩提亦無增減善現當知諸菩薩摩訶薩常不遠離甚深般若波羅蜜多恒樂安住諸法眞如都不見法有增有減由此因緣不可說義無增無減布施波羅蜜多廣說乃至一切相智亦不增減不可說義無所有布施波羅蜜多廣說乃至一切相智亦無所有如是善現諸菩薩摩訶薩依止無增減無所有爲方便行深般若波羅蜜多由此爲門集諸功德至圓滿位便證無上正等菩提具壽善現復白佛言是菩薩摩訶薩爲初心起能證無上正等菩提爲後心起能證無上正等菩提世尊是菩薩摩訶薩若初心起能證無上正等菩提初心起時後心未起無和合義若後心起能證無上正等菩提後心起時前心已滅無和合義如是前後心心所法進退推徵無和合義如何可得積集善根若諸善根不可積集云何菩薩善根圓滿證得無上正等菩提佛告善現吾當爲汝略說譬喻令汝於義易得解了諸有智者於所說義聞其譬喻便得悟解善現於意云何如然燈時爲初焰能燋炷爲後焰能燋炷

善現荅言如我意解非初焰能燋炷亦不離初焰非後焰能燋炷亦不離後焰佛告善現於意云何炷爲燋不善現荅言世間現見其炷實燋佛告善現諸菩薩摩訶薩行深般若波羅蜜多證得無上正等菩提亦復如是非初心起能證無上正等菩提亦不離初心非後心起能證無上正等菩提亦不離後心而諸菩薩摩訶薩行深般若波羅蜜多令諸善根生長圓滿證得無上正等菩提復次善現諸菩薩摩訶薩從初發心行深般若波羅蜜多至最後心十地圓滿便證無上正等菩提爾時善現便白佛言諸菩薩摩訶薩修學何等十地圓滿便證無上正等菩提佛告善現諸菩薩摩訶薩修極喜地乃至法雲地令其圓滿便證無上正等菩提亦學淨觀地乃至如來地令其圓滿便證無上正等菩提善現當知諸菩薩摩訶薩精勤修學如是十地至圓滿位得菩提時非初心起能證無上正等菩提亦不離初心非後心起能證無上正等菩提亦不離後心而諸菩薩摩訶薩精勤修學如是十地至圓滿位便證無上正等菩提具壽善現即白佛言如來所說緣起理趣最爲微妙極爲甚深謂諸菩薩摩訶薩行深般若波羅蜜多以無所得而爲方便修學十地得菩提時非初心起能證無上正等菩提亦不離初心非後心起能證無上正等菩提亦不離後心而諸菩薩摩訶薩從初發心行深般若波羅蜜多至最後心十地圓滿便證無上正等菩提佛告善現於意云何若心滅已更可生不善現荅言不也世尊是心已滅不

可更生佛告善現於意云何若心已生有滅法不善現荅言如是世尊若心已生定有滅法佛告善現於意云何有滅法心非當滅不善現荅言不也世尊有滅法心決定當滅佛告善現於意云何心住爲如心眞如不善現荅言如是世尊如心眞如心住亦爾佛告善現於意云何若心住如眞如是心爲如眞如實際性常住不善現荅言不也世尊是心非如眞如實際其性常住佛告善現於意云何諸法眞如極甚深不善現荅言如是世尊諸法眞如極爲甚深佛告善現於意云何即眞如是心不善現荅言不也世尊佛告善現於意云何離眞如有心不善現荅言不也世尊佛告善現於意云何即心是眞如不善現荅言不也世尊佛告善現於意云何離心有眞如不善現荅言不也世尊佛告善現於意云何眞如爲能見眞如不善現荅言不也世尊佛告善現於意云何若菩薩摩訶薩能如是行是行深般若波羅蜜多不善現荅言如是世尊若菩薩摩訶薩能如是行是行深般若波羅蜜多佛告善現於意云何若菩薩摩訶薩能如是行爲行何處善現荅言若菩薩摩訶薩能如是行都無行處所以者何若菩薩摩訶薩行深般若波羅蜜多住眞如中無心現行無現行處何以故若菩薩摩訶薩行深般若波羅蜜多住眞如中都無現行現行時處現行者故佛告善現於意云何若菩薩摩訶薩行深般若波羅蜜多時爲何所行善現荅言若菩薩摩訶薩行深般若波羅蜜多時行勝義諦此中二種現行無故佛告善現於

意云何若菩薩摩訶薩行深般若波羅蜜多時雖不取相而行相不善現荅言不也世尊佛告善現於意云何是菩薩摩訶薩行深般若波羅蜜多時行勝義諦中爲破相不善現荅言不也世尊佛告善現於意云何是菩薩摩訶薩行深般若波羅蜜多時行勝義諦中破相想不善現荅言不也世尊佛告善現是菩薩摩訶薩行深般若波羅蜜多時云何不破相亦不破相想善現荅言是菩薩摩訶薩行深般若波羅蜜多時不作是念我當破相及破相想亦不作是念我當破無相及破無相想所以者何於一切種無分別故復次世尊是菩薩摩訶薩行深般若波羅蜜多雖能如是離諸分別而未圓滿如來十力四無所畏四無礙解大慈大悲大喜大捨及十八佛不共法等無量無邊勝功德故未得無上正等菩提復次世尊是菩薩摩訶薩成就最勝方便善巧由此最勝方便善巧於一切法不取不破何以故是菩薩摩訶薩了一切法自相空故復次世尊是菩薩摩訶薩住一切法自相空中爲欲成熟諸有情故入三等持用三等持方便成熟諸有情類佛告善現如是如是如汝所說爾時善現即白佛言是菩薩摩訶薩云何入此三種等持方便成熟諸有情類佛告善現是菩薩摩訶薩住空等持見諸有情虛妄分別我我所者以方便力教令安住空三摩地是菩薩摩訶薩住無相等持見諸有情虛妄分別諸法相者以方便力教令安住無相三摩地是菩薩摩訶薩住無願等持見諸有情虛妄分別多願樂者以方便

力教令安住無願三摩地善現是菩薩摩訶薩行深般若波羅蜜多如是善巧入三等持方便成熟諸有情類令所隨宜獲大饒益爾時舍利子問具壽善現言若菩薩摩訶薩夢中入此三種等持於深般若波羅蜜多有增益不善現荅言若菩薩摩訶薩覺時入此三種等持於深般若波羅蜜多有增益者彼夢中入亦有增益所以者何覺與夢中無差別故舍利子若菩薩摩訶薩覺時修行甚深般若波羅蜜多既名修習甚深般若波羅蜜多是菩薩摩訶薩夢中修行甚深般若波羅蜜多亦名修習甚深般若波羅蜜多三種等持於深般若波羅蜜多能爲增益亦應如是時舍利子問善現言諸菩薩摩訶薩夢中造業爲有增益或損減不佛説諸法虛妄不實如夢所造云何彼業能有增益或復損減所以者何非於夢中所造諸業能有增益或能損減要至覺時憶想分別夢中所造乃有增益或有損減善現荅言諸有覺時斷他命已後於夢中憶想分別深自慶快或復有人夢斷他命謂在覺時生大歡喜如是二業於意云何時舍利子問善現言無所緣事若思若業俱不得生要有所緣思業方起夢中思業緣何而生善現荅言如是如是若夢若覺無所緣事思業不生要有所緣思業方起何以故舍利子要於見聞覺知法中有覺慧轉由斯起染或復起淨若無見聞覺知諸法無覺慧轉亦無染淨由此故知若夢若覺有所緣事思業乃生無所緣事思業不起時舍利子問善現言佛説思業皆離自性如何可言若思

若業有所縁起無便不生善現荅言雖諸思業及所縁事自性皆空而由自心取相分别故説思業有所縁生若無所縁思業不起時舍利子謂善現言若菩薩摩訶薩夢中修行布施淨戒安忍精進靜慮般若持此善根與諸有情平等共有迴向無上正等菩提是菩薩摩訶薩爲實迴向大菩提不善現報言慈氏菩薩久已受得無上菩提不退轉記一生所繫定當作佛善能酬荅一切難問現在此會宜請問之補處慈尊定當爲荅時舍利子如善現言恭敬請問慈氏菩薩時慈氏菩薩詰舍利子言謂何等名慈氏能荅爲色蘊耶爲受想行識蘊耶爲色蘊空耶爲受想行識蘊空耶爲色蘊眞如耶爲受想行識蘊眞如耶且色蘊不能荅受想行識蘊亦不能荅色蘊空不能荅受想行識蘊空亦不能荅色蘊眞如不能荅受想行識蘊眞如亦不能荅所以者何我都不見有法能荅有法所荅荅處荅時及由此荅亦皆不見我都不見有法能記有法所記記處記時及由此記亦皆不見何以故舍利子以一切法本性皆空都無所有無二無别畢竟推徵不可得故爾時舍利子復問慈氏菩薩摩訶薩言仁者所説法爲如所證不慈氏菩薩摩訶薩言我所説法非如所證所以者何我所證法不可説故爾時具壽善現白舍利子言慈氏菩薩覺慧深廣修一切種布施淨戒安忍精進靜慮般若波羅蜜多久已成滿用無所得而爲方便於所問難能如是荅爾時佛告舍利子言於意云何汝由是法成阿羅漢爲見此法是可説不

舍利子言不也世尊佛告舍利子諸菩薩摩訶薩行深般若波羅蜜多所證法性亦復如是不可宣説舍利子是菩薩摩訶薩不作是念我由此法於佛無上正等菩提已得受記令得受記當得受記不作是念我由此法當證無上正等菩提舍利子是菩薩摩訶薩行深般若波羅蜜多不生疑惑我於無上正等菩提爲得不得但作是念我於無上正等菩提決定當得舍利子是菩薩摩訶薩行深般若波羅蜜多聞甚深法不驚不恐不怖不畏不沉不没於得無上正等菩提亦無怖畏決定自知我當證得所求無上正等菩提轉妙法輪度有情衆爾時佛告具壽善現有菩薩摩訶薩修行布施波羅蜜多見諸有情飢渴所逼衣服弊壞卧具乏少所欲資財皆不如意見此事已作是思惟我當云何濟拔如是諸有情類令離慳貪資緣無乏旣思惟已作是願言我當精勤無所顧戀修行布施波羅蜜多成熟有情嚴淨佛土令速圓滿疾證無上正等菩提我佛土中得無如是資具乏少諸有情類一切皆如六欲天衆受用種種上妙樂具而於其中無所染著善現當知是菩薩摩訶薩由此布施波羅蜜多疾得圓滿近證無上正等菩提復次善現有菩薩摩訶薩修行淨戒波羅蜜多見諸有情煩惱熾盛更相殺害乃至邪見由此因緣短壽多病顔容顦顇無有威德資財匱乏生下賤家支體缺減衆事鄙穢見此事已作是思惟我當云何濟拔如是諸有情類令其遠離諸惡業果旣思惟已作是願言我當精勤無所顧戀修行

淨戒波羅蜜多成熟有情嚴淨佛土令速圓
滿疾證無上正等菩提我佛土中得無如是
衆惡業果一切有情皆行十善受長壽等諸
勝果報善現當知是菩薩摩訶薩由此淨戒
波羅蜜多疾得圓滿近證無上正等菩提復
次善現有菩薩摩訶薩修行安忍波羅蜜多
見諸有情更相忿恚口出矛矟毀罵陵辱以
刀杖等互相殘害乃至斷命惡心不捨見此
事已作是思惟我當云何濟拔如是諸有情
類令其遠離如是諸惡既思惟已作是願言
我當精勤無所顧戀修行安忍波羅蜜多成
熟有情嚴淨佛土令速圓滿疾證無上正等
菩提我佛土中得無如是煩惱惡業諸有情
類一切有情展轉相視如父如母親友眷屬
不相乖違慈心相向互爲利樂善現當知是

菩薩摩訶薩由此安忍波羅蜜多疾得圓滿
近證無上正等菩提復次善現有菩薩摩訶
薩修行精進波羅蜜多見諸有情懶惰懈怠
不勤精進棄捨三乘亦不修行人天善業見
此事已作是思惟我當云何濟拔如是諸有
情類令其遠離懶惰懈怠既思惟已作是願
言我當精勤無所顧戀修行精進波羅蜜多
成熟有情嚴淨佛土令速圓滿疾證無上正
等菩提我佛土中得無如是懶惰懈怠諸有
情類一切有情精進勇猛勤修善趣及三乘
因生天人中速證解脫善現當知是菩薩摩
訶薩由此精進波羅蜜多疾得圓滿近證無
上正等菩提復次善現有菩薩摩訶薩修行
靜慮波羅蜜多見諸有情五蓋所覆遠離靜
慮無量無色散亂放逸不修諸善見此事已

作是思惟我當云何濟拔如是諸有情類令其遠離諸蓋散動既思惟已作是願言我當精勤無所顧戀修行靜慮波羅蜜多成熟有情嚴淨佛土令速圓滿疾證無上正等菩提我佛土中得無如是五蓋散動諸有情類一切有情自在入出靜慮無量無色勝定善現當知是菩薩摩訶薩由此靜慮波羅蜜多疾得圓滿近證無上正等菩提復次善現有菩薩摩訶薩修行般若波羅蜜多見諸有情愚癡惡慧於世出世正見俱失撥無善惡業及業果執斷執常執一執異俱不俱等種種邪法見此事已作是思惟我當云何濟拔如是諸有情類令其遠離惡見邪執既思惟已作是願言我當精勤無所顧戀修行般若波羅蜜多成熟有情嚴淨佛土令速圓滿疾證無上正等菩提我佛土中得無如是惡行邪執諸有情類一切有情成就正見種種妙慧具足莊嚴善現當知是菩薩摩訶薩由此般若波羅蜜多疾得圓滿近證無上正等菩提復次善現有菩薩摩訶薩具修六種波羅蜜多見諸有情三聚差別一正定聚二邪定聚三不定聚見此事已作是思惟我當云何方便濟拔諸有情類令離邪定及不定聚既思惟已作是願言我當精勤無所顧戀修行六種波羅蜜多成熟有情嚴淨佛土令速圓滿疾能證得一切智智我佛土中得無邪定及不定聚諸有情類亦無如是二聚名聲一切有情皆住正定善現當知是菩薩摩訶薩由此六種波羅蜜多疾得圓滿近能證得一切智智復次善現有菩薩摩訶薩具修六種波羅

蜜多見諸有情墮三惡趣受種種苦所謂地獄傍生鬼界見此事已作是思惟我當云何方便濟拔令其永離三惡趣苦既思惟已作是願言我當精勤無所顧戀修行六種波羅蜜多成熟有情嚴淨佛土令速圓滿疾能證得一切智智我佛土中得無地獄傍生鬼界亦無如是惡趣名聲一切有情皆善趣攝善現當知是菩薩摩訶薩由此六種波羅蜜多疾得圓滿近能證得一切智智

大般若波羅蜜多經卷第五百一十六

音釋

測度（測察色切度達各切謂測量料度也）燋炷（燋音焦炷音注謂燋灼燈炷也）詰（音乞問也）顦顇（顦音樵顇音萃顦顇謂憂愁瘠瘦見於貌也）匱乏（匱求位切竭也乏扶法切空乏也）鄙穢（鄙補美切陋也穢烏廢切污也）矛穳（矛音牟鉤兵也長二丈穳祖管切鋋也又矛戟柄底銳者曰穳）

大般若波羅蜜多經卷第五百一十七

唐三藏法師玄奘奉　詔譯

第三分空相品第二十一之三

復次善現有菩薩摩訶薩具修六種波羅蜜多見諸有情由惡業障所居大地高下不平堆阜溝坑穢草株杌毒刺荊棘不淨充滿見此事已作是思惟我當云何方便濟拔諸有情類令永滅除諸惡業障所居之處地平如掌無諸穢草株杌等事既思惟已作是願言我當精勤無所顧戀修行六種波羅蜜多成熟有情嚴淨佛土令速圓滿疾能證得一切智智我佛土中得無如是諸雜穢業所感大地有情居處其地平坦園林池沼諸妙香花間雜莊嚴甚可愛樂善現當知是菩薩摩訶薩由此六種波羅蜜多疾得圓滿近能證得一切智智復次善現有菩薩摩訶薩具修六種波羅蜜多見諸有情薄福德故所居大地無諸珎寶唯有種種土石瓦礫見此事已作是思惟我當云何濟拔如是多罪少福諸有情類令所居處豐饒珎寶既思惟已作是願言我當精勤無所顧戀修行六種波羅蜜多成熟有情嚴淨佛土令速圓滿疾能證得一切智智我佛土中得無如是多罪少福諸有情類金沙布地處處皆有吠瑠璃等衆妙珎奇雖恒受用而無染著善現當知是菩薩摩訶薩由此六種波羅蜜多疾得圓滿近能證得一切智智復次善現有菩薩摩訶薩具修六種波羅蜜多見諸有情多所攝受深生愛著發起種種惡不善業見此事已作是思惟我當云何濟拔如是多所攝受深生愛著諸

有情類令其永離攝受愛著及所發起諸不善業既思惟已作是願言我當精勤無所顧戀修行六種波羅蜜多成熟有情嚴淨佛土令速圓滿疾能證得一切智智我佛土中得無如是多所攝受深生愛著造諸惡業諸有情類一切有情於色聲等無所攝受於諸資具不生愛著善現當知是菩薩摩訶薩由此六種波羅蜜多疾得圓滿近能證得一切智智復次善現有菩薩摩訶薩具修六種波羅蜜多見諸有情有四色類貴賤差别謂刹帝利至戍達羅見此事已作是思惟我當云何方便濟拔諸有情類令無如是貴賤差别既思惟已作是願言我當精勤無所顧戀修行六種波羅蜜多成熟有情嚴淨佛土令速圓滿疾能證得一切智智我佛土中得無如是四種色類貴賤差别一切有情同一色類皆悉尊貴人趣所攝善現當知是菩薩摩訶薩由此六種波羅蜜多疾得圓滿近能證得一切智智復次善現有菩薩摩訶薩具修六種波羅蜜多見諸有情有下中上家族差别見此事已作是思惟我當云何方便濟拔諸有情類令無如是下中上品家族差别既思惟已作是願言我當精勤無所顧戀修行六種波羅蜜多成熟有情嚴淨佛土令速圓滿疾能證得一切智智我佛土中得無如是下中上品家族差别一切有情皆同上品善現當知是菩薩摩訶薩由此六種波羅蜜多疾得圓滿近能證得一切智智復次善現有菩薩摩訶薩具修六種波羅蜜多見諸有情端正醜陋形色差别見此事已作是思惟我當云

何方便濟拔諸有情類令無如是端正醜陋形色差别既思惟已作是願言我當精勤無所顧戀修行六種波羅蜜多成熟有情嚴淨佛土令速圓滿疾能證得一切智智我佛土中得無如是端正醜陋形色差别諸有情類一切有情皆真金色端嚴殊妙衆所樂觀成就最勝圓滿淨色善現當知是菩薩摩訶薩由此六種波羅蜜多疾得圓滿近能證得一切智智復次善現有菩薩摩訶薩具修六種波羅蜜多見諸有情繫屬主宰諸有所作不得自在見此事已作是思惟我當云何方便濟拔諸有情類令得自在既思惟已作是願言我當精勤無所顧戀修行六種波羅蜜多成熟有情嚴淨佛土令速圓滿疾能證得一切智智我佛土中諸有情類得無主宰諸有所作皆得自在乃至不見主宰形像亦復不聞主宰名字唯有如來應正等覺以法統攝名爲法王善現當知是菩薩摩訶薩由此六種波羅蜜多疾得圓滿近能證得一切智智復次善現有菩薩摩訶薩具修六種波羅蜜多見諸有情有地獄等諸趣差别見此事已作是思惟我當云何方便濟拔諸有情類令無諸趣善惡差别既思惟已作是願言我當精勤無所顧戀修行六種波羅蜜多成熟有情嚴淨佛土令速圓滿疾能證得一切智智我佛土中得無諸趣善惡差别乃至無有諸惡趣名一切有情皆同一類等修一業謂皆和合修行布施乃至般若波羅蜜多安住内空乃至無性自性空安住真如乃至不思議界安住苦集滅道聖諦修行四念住乃至八

聖道支修行四靜慮四無量四無色定修行空無相無願解脫門修行八解脫乃至十遍處修行菩薩摩訶薩地修行陀羅尼門三摩地門修行五眼六神通修行如來十力乃至十八佛不共法修行大慈大悲大喜大捨修行諸相隨好之因修行無忘失法恒住捨性修行一切智道相智一切相智修行菩薩摩訶薩行及佛無上正等菩提善現當知是菩薩摩訶薩由此六種波羅蜜多疾得圓滿近能證得一切智智復次善現有菩薩摩訶薩具修六種波羅蜜多見諸有情四生差別見此事已作是思惟我當云何方便濟拔諸有情類令無如是四生差別既思惟已作是願言我當精勤無所顧戀修行六種波羅蜜多成熟有情嚴淨佛土令速圓滿疾能證得一切智智我佛土中得無如是四生差別諸有情類同受化生善現當知是菩薩摩訶薩由此六種波羅蜜多疾得圓滿近能證得一切智智復次善現有菩薩摩訶薩具修六種波羅蜜多見諸有情無五通慧諸有所作不得自在見此事已作是思惟我當云何方便濟拔諸有情類皆令獲得五神通慧既思惟已作是願言我當精勤無所顧戀修行六種波羅蜜多成熟有情嚴淨佛土令速圓滿疾能證得一切智智我佛土中諸有情類皆具成就五勝神通善現當知是菩薩摩訶薩由此六種波羅蜜多疾得圓滿近能證得一切智智復次善現有菩薩摩訶薩具修六種波羅蜜多見諸有情受用段食身有種種大小便利膿血臭穢深可猒捨見此事已作是思惟

我當云何方便濟拔諸有情類令其身中無此穢惡既思惟已作是願言我當精勤無所顧戀修行六種波羅蜜多成熟有情嚴淨佛土令速圓滿疾能證得一切智智我佛土中諸有情類唯同受用妙法喜食其身香潔無諸便穢善現當知是菩薩摩訶薩由此六種波羅蜜多疾得圓滿近能證得一切智智復次善現有菩薩摩訶薩具修六種波羅蜜多見諸有情身光匱乏諸有所作須求燈炬見此事已作是思惟我當云何方便濟拔諸有情類令離如是闕光明身既思惟已作是願言我當精勤無所顧戀修行六種波羅蜜多成熟有情嚴淨佛土令速圓滿疾能證得一切智智我佛土中諸有情類身具光明不假外照善現當知是菩薩摩訶薩由此六種波羅蜜多疾得圓滿近能證得一切智智復次善現有菩薩摩訶薩具修六種波羅蜜多見諸有情所居之土有晝有夜有月半月時節歲數轉變非恒見此事已作是思惟我當云何方便濟拔諸有情類令所居處無晝夜等時節變易既思惟已作是願言我當精勤無所顧戀修行六種波羅蜜多成熟有情嚴淨佛土令速圓滿疾能證得一切智智我佛土中得無晝夜月半月等時節及名善現當知是菩薩摩訶薩由此六種波羅蜜多疾得圓滿近能證得一切智智復次善現有菩薩摩訶薩具修六種波羅蜜多見諸有情壽量短促見此事已作是思惟我當云何方便濟拔諸有情類令離如是壽量短促既思惟已作是願言我當精勤無所顧戀修行六種波羅

蜜多成熟有情嚴淨佛土令速圓滿疾能證得一切智智我佛土中諸有情類壽量長遠劫數難知善現當知是菩薩摩訶薩由此六種波羅蜜多疾得圓滿近能證得一切智智復次善現有菩薩摩訶薩具修六種波羅蜜多見諸有情身無相好見此事已作是思惟我當云何方便濟拔諸有情類令得相好既思惟已作是願言我當精勤無所顧戀修行六種波羅蜜多成熟有情嚴淨佛土令速圓滿疾能證得一切智智我佛土中諸有情類具三十二大士夫相八十隨好圓滿莊嚴有情見之生淨勝喜善現當知是菩薩摩訶薩由此六種波羅蜜多疾得圓滿近能證得一切智智復次善現有菩薩摩訶薩具修六種波羅蜜多見有情類闕諸善根見此事已作是思惟我當云何方便濟拔諸有情類令具善根既思惟已作是願言我當精勤無所顧戀修行六種波羅蜜多成熟有情嚴淨佛土令速圓滿疾能證得一切智智我佛土中諸有情類一切成就淨勝善根由此善根能辦種種上妙供具供養諸佛乘斯福力隨所生處復能供養諸佛世尊善現當知是菩薩摩訶薩由此六種波羅蜜多疾得圓滿近能證得一切智智復次善現有菩薩摩訶薩具修六種波羅蜜多見諸有情具身心病身病有四謂風熱痰及諸雜病心病亦四謂貪嗔癡及慢等病見此事已作是思惟我當云何方便濟拔身心病苦諸有情類既思惟已作是願言我當精勤無所顧戀修行六種波羅蜜多成熟有情嚴淨佛土令速圓滿疾能證得

一切智智我佛土中得無如是身心病苦諸有情類乃至無有身心病名善現當知是菩薩摩訶薩由此六種波羅蜜多疾得圓滿近能證得一切智智復次善現有菩薩摩訶薩具修六種波羅蜜多見諸有情種種意樂三乘差別見此事已作是思惟我當云何方便濟拔意樂狹劣諸有情類令其棄捨二乘意樂唯令趣向無上大乘既思惟已作是願言我當精勤無所顧戀修行六種波羅蜜多成熟有情嚴淨佛土令速圓滿疾能證得一切智智我佛土中諸有情類唯求無上正等菩提不樂聲聞獨覺乘果乃至無有二乘之名善現當知是菩薩摩訶薩由此六種波羅蜜多疾得圓滿近能證得一切智智復次善現有菩薩摩訶薩具修六種波羅蜜多見諸有情懷增上慢未捨謂捨未得謂得見此事已作是思惟我當云何方便濟拔諸有情類令其棄捨增上慢結既思惟已作是願言我當精勤無所顧戀修行六種波羅蜜多成熟有情嚴淨佛土令速圓滿疾能證得一切智智我佛土中得無如是增上慢者一切有情如實知見所捨所得善現當知是菩薩摩訶薩由此六種波羅蜜多疾得圓滿近能證得一切智智復次善現有菩薩摩訶薩具修六種波羅蜜多見諸有情多生執著謂執著色蘊執著受想行識蘊廣說乃至執著菩薩摩訶薩行執著無上正等菩提見此事已作是思惟我當云何方便濟拔諸有情類令離執著既思惟已作是願言我當精勤無所顧戀修行六種波羅蜜多成熟有情嚴淨佛土令速

圓滿疾能證得一切智智我佛土中諸有情類無如是等種種執著善現當知是菩薩摩訶薩由此六種波羅蜜多疾得圓滿近能證得一切智智復次善現有菩薩摩訶薩具修六種波羅蜜多見有如來應正等覺壽量光明弟子衆數皆有分限見此事已作是思惟我云何得壽量光明弟子衆數皆無分限既思惟已作是願言我當精勤無所顧戀修行六種波羅蜜多成熟有情嚴淨佛土令速圓滿疾能證得一切智智我時所有壽量光明弟子衆數皆無分限善現當知是菩薩摩訶薩由此六種波羅蜜多疾得圓滿近能證得一切智智復次善現有菩薩摩訶薩具修六種波羅蜜多見有如來應正等覺所居之土周圓有量見此事已作是思惟我當云何得所居土周圓無量安隱豐樂既思惟已作是願言我當精勤無所顧戀修行六種波羅蜜多成熟有情嚴淨佛土令速圓滿疾能證得一切智智十方各如殑伽沙界合爲一土安隱豐樂我住其中說法教化無量無數無邊有情善現當知是菩薩摩訶薩由此六種波羅蜜多疾得圓滿近能證得一切智智復次善現有菩薩摩訶薩具修六種波羅蜜多見生死際前後長遠諸有情界其數無邊見此事已作是思惟生死邊際及有情界皆如虛空雖無眞實流轉生死及解脫者而諸有情虛妄執著輪迴生死受苦無窮我當云何方便濟拔既思惟已作是願言我當精勤無所顧戀修行六種波羅蜜多成熟有情嚴淨佛土令速圓滿疾能證得一切智智爲諸有情

說微妙法皆令解脫生死大苦亦令證知生死解脫都無所有皆畢竟空善現當知是菩薩摩訶薩由此六種波羅蜜多疾得圓滿近能證得一切智智

第三分殑伽天品第二十二

爾時會中有一天女名殑伽天從座而起稽首佛足偏覆左肩右膝著地合掌向佛白言世尊我能圓滿布施淨戒安忍精進靜慮般若波羅蜜多及能攝受如今世尊爲諸大衆所說佛土時殑伽天作是語已即取種種金花銀花水陸生花諸莊嚴具及持金色天衣一雙恭敬至誠奉散佛上佛神力故上涌空中宛轉右旋於佛頂上變成四柱四角寶臺綺飾莊嚴甚可愛樂於是天女持此寶臺與諸有情平等共有迴向無上正等菩提爾時如來知彼天女志意深遠即便微笑諸佛法爾若微笑時種種色光從面門出今佛亦爾從其面門放種種光青黄赤白紅紫碧緑遍照十方無量無邊諸佛世界還來此土現大神變入佛頂中時阿難陀見聞是已從座而起頂禮佛足偏覆左肩右膝著地合掌向佛白言世尊何因何緣現此微笑佛現微笑非無因緣爾時世尊告慶喜曰今此天女於未來世當成如來應正等覺廣說乃至佛薄伽梵劫名星喻佛號金花慶喜當知今此天女即是最後所受女身捨此身已便受男身盡未來際不復爲女從此殁已生於東方不動如來應正等覺甚可愛樂佛世界中於彼佛所勤修梵行此女彼界便字金花修諸菩薩摩訶薩行慶喜當知金花菩薩從不動佛世

界歿已復生他方從一佛國趣一佛國生生之處常不離佛如轉輪王從一寶殿趣一寶殿歡娛受樂乃至命終足不履地金花菩薩亦復如是從一佛土往一佛土乃至無上正等菩提於生生處常見諸佛恒聞正法修菩薩行時阿難陀竊作是念金花菩薩當作佛時亦應宣說甚深般若波羅蜜多彼會菩薩摩訶薩衆其數多少應如今佛菩薩衆會佛知其念告慶喜言如是如是如汝所念金花菩薩當作佛時亦爲衆會宣說如是甚深般若波羅蜜多彼會菩薩摩訶薩衆其數多少亦如今佛菩薩衆會慶喜當知金花菩薩當作佛時出家弟子其數甚多不可稱計謂不可數若百若千若俱胝等但可總說無量無邊慶喜當知金花菩薩當作佛時其土無有種種過患如此般若波羅蜜多甚深經中我所宣說爾時慶喜復白佛言今此天女先於何佛已發無上正等覺心種諸善根迴向發願今得遇佛供養恭敬便得受於不退轉記佛告慶喜今此天女於然燈佛已發無上正等覺心種諸善根迴向發願故今遇我供養恭敬便得受於不退轉記慶喜當知我於過去然燈佛所以五莖花奉散彼佛迴向發願然燈如來應正等覺知我根熟與我授記汝於來世當得作佛號曰能寂界名堪忍劫號爲賢天女爾時聞佛授我大菩提記歡喜踊躍即以金花奉散佛上便發無上正等覺心種諸善根迴向發願使我來世於此菩薩當作佛時亦如今佛現前授我大菩提記故我今者與彼授記爾時慶喜聞佛所說歡喜踊

羅復白佛言今此天女久發無上正等覺心種諸善根迴向發願今得成熟是故如來應正等覺授與彼記佛告慶喜如是如是如汝所說彼善根熟我與授記

第三分巧便品第二十三之一

爾時具壽善現白佛言世尊行深般若波羅蜜多諸菩薩摩訶薩云何習空無相無願三摩地云何入空無相無願三摩地云何習四念住乃至八聖道支云何修四念住乃至八聖道支云何習餘菩提分法云何修餘菩提分法佛告善現行深般若波羅蜜多諸菩薩摩訶薩應觀色蘊乃至識蘊空應觀眼處乃至意處空應觀色處乃至法處空應觀眼界乃至意界空應觀色界乃至法界空應觀眼識界乃至意識界空應觀眼觸乃至意觸空應觀眼觸爲緣所生諸受乃至意觸爲緣所生諸受空應觀地界乃至識界空應觀因緣乃至增上緣空應觀無明乃至老死空應觀布施乃至般若波羅蜜多空應觀内空乃至無性自性空空應觀眞如乃至不思議界空應觀苦集滅道聖諦空應觀四念住乃至八聖道支空應觀四靜慮四無量四無色定空應觀八解脫乃至十遍處空應觀空無相無願解脫門空應觀淨觀地乃至如來地空應觀極喜地乃至法雲地空應觀一切陀羅尼門三摩地門空應觀五眼六神通空應觀如來十力乃至十八佛不共法空應觀大慈大悲大喜大捨空應觀三十二相八十隨好空應觀無忘失法恒住捨性空應觀一切智道相智一切相智空應觀預流果乃至獨覺菩

提空應觀一切菩薩摩訶薩行諸佛無上正等菩提空應觀有漏無漏法空應觀世間出世間法空應觀有為無為法空應觀過去未來現在法空應觀善不善無記法空應觀欲界色界無色界法空善現當知是菩薩摩訶薩作此觀時不令心亂若心不亂則不見法若不見法則不作證所以者何是菩薩摩訶薩善學諸法自相皆空無法可增無法可減故於諸法不見不證何以故於一切法勝義諦中能證所證證處證時及由此證若總若别皆不可得不可見故爾時善現便白佛言如世尊說諸菩薩摩訶薩應觀法空而不作證云何菩薩摩訶薩應觀法空而不作證佛告善現諸菩薩摩訶薩觀法空時先作是念我應觀法諸相皆空不應作證我為學故觀諸法空不為證故觀諸法空今是學時非為證時是菩薩摩訶薩未入定時繫心於境非入定位繫心於境是菩薩摩訶薩於如是時不退一切菩提分法不證漏盡所以者何是菩薩摩訶薩成就如是廣大智慧善住法空及一切種菩提分法恒作是念今時應學不應作證是菩薩摩訶薩行深般若波羅蜜多常作是念我於布施乃至般若波羅蜜多今時應學不應作證我於內空乃至無性自性空今時應學不應作證我於真如乃至不思議界今時應學不應作證我於苦集滅道聖諦今時應學不應作證我於四念住乃至八聖道支今時應學不應作證我於四靜慮四無量四無色定今時應學不應作證我於八解脫乃至十遍處今時應學不應作證我於

空無相無願解脫門令時應學不應作證我於淨觀地乃至如來地令時應學不應作證我於極喜地乃至法雲地令時應學不應作證我於一切陀羅尼門三摩地門令時應學不應作證我於五眼六神通令時應學不應作證我於如來十力乃至十八佛不共法令時應學不應作證我於大慈大悲大喜大捨令時應學不應作證我於無忘失法恒住捨性令時應學不應作證我於一切智道相智一切相智令時應學不應作證我於一切菩薩摩訶薩行令時應學不應作證我於諸佛無上正等菩提令時應學不應作證我今為學一切智智應學預流果乃至獨覺菩提皆令善巧不應作證善現當知是菩薩摩訶薩行深般若波羅蜜多應習空無相無願三摩地應住空無相無願三摩地應修空無相無願三摩地而於實際不應作證應習四念住乃至八聖道支應住四念住乃至八聖道支應修四念住乃至八聖道支而於實際不應作證應習諸餘菩提分法應住諸餘菩提分法應修諸餘菩提分法而於實際不應作證善現當知是菩薩摩訶薩雖習空無相無願解脫門亦住空無相無願解脫門亦修空無相無願解脫門而不證預流果乃至不證獨覺菩提雖習四念住乃至八聖道支亦住四念住乃至八聖道支亦修四念住乃至八聖道支而不證預流果乃至不證獨覺菩提雖習諸餘菩提分法亦住諸餘菩提分法亦修諸餘菩提分法而不證預流果乃至不證獨覺菩提由此因緣是菩薩摩訶薩不墮聲聞

及獨覺地疾證無上正等菩提善現當知譬如壯士形貌端嚴威猛勇健見者歡喜具勝圓滿清淨眷屬於諸兵法學至究竟善持器仗安固不動六十四能十八明處一切伎術無不善巧衆人欽仰悉皆敬伏善事業故功少利多由此諸人供養恭敬尊重讚歎無時暫捨彼於爾時倍增喜躍對諸眷屬而自慶慰有因緣故將其父母妻子眷屬發趣他方中路經過險難曠野其間多有惡獸劫賊怨家潛伏諸怖畏事眷屬小大無不驚惶其人自恃多諸伎術威猛勇健身意泰然安慰父母并諸眷屬勿有憂懼必令無苦彼人於是以善巧術將諸眷屬至安隱處既免危難歡娛受樂然彼壯士於曠野中惡獸怨賊無加害意所以者何自恃威猛具諸伎術無所畏故善現當知諸菩薩摩訶薩亦復如是愍生死苦諸有情類發趣無上正等菩提普緣有情起四無量住四無量俱行之心勤修布施乃至般若波羅蜜多令速圓滿是菩薩摩訶薩於此六種波羅蜜多未圓滿位爲欲修學一切智智不證漏盡雖住空無相無願解脫門然不隨其勢力而轉亦不爲彼障所牽奪於解脫門亦不作證由不證故不墮聲聞及獨覺地必趣無上正等菩提善現當知如金翅鳥飛騰虛空自在翱翔久不墮落雖依空戲而不據空亦不爲空之所拘礙善現當知諸菩薩摩訶薩亦復如是雖於空無相無願解脫門數習住修而於其中能不作證由不證故不墮聲聞及獨覺地修佛十力四無所畏四無礙解大慈大悲大喜大捨及十八佛

不共法等無量佛法若未圓滿終不依空無相無願而證漏盡善現當知譬如壯夫善閑射術欲顯己伎仰射虛空爲令空中箭不墮地復以後箭射前箭筈如是展轉經於多時箭箭相承不令其墮若欲令墮便止後箭爾時諸箭方頓墮落善現當知諸菩薩摩訶薩亦復如是行深般若波羅蜜多方便善巧所攝受故乃至無上正等菩提因行善根未皆成熟終不中道證於實際若得無上正等菩提因行善根一切成熟爾時菩薩方證實際便得無上正等菩提是故善現諸菩薩摩訶薩行深般若波羅蜜多皆應如是審諦觀察如先所說諸法實相修諸菩薩摩訶薩行而趣無上正等菩提爾時善現便白佛言諸菩薩摩訶薩甚爲希有能爲難事雖常修學諸法實相雖常修學眞如法界法性乃至不思議界雖常修學内空外空乃至無性自性空雖常修學苦集滅道聖諦雖常修學四念住乃至八聖道支雖常修學三解脫門及餘一切菩提分法而於中道不墮聲聞及獨覺地退失無上正等菩提佛告善現諸菩薩摩訶薩於諸有情誓不棄捨謂作是願若諸有情未得解脫生老病死我終不捨加行善根善現當知諸菩薩摩訶薩願力殊勝常作是念一切有情若未解脫我終不捨由起如是廣大心故於其中路必不退落善現當知諸菩薩摩訶薩恒作是念我不應捨一切有情必令解脫然諸有情行不正法我爲度彼應數引發寂靜空無相無願解脫門雖數引發而不取證善現當知是菩薩摩訶薩成就殊勝

方便善巧雖數現起三解脫門乃至未得一切智智而於中間不證實際復次善現諸菩薩摩訶薩於甚深處常樂觀察謂樂觀察內空外空內外空空空大空勝義空有爲空無爲空畢竟空無際空散空無變異空本性空自相空共相空一切法空不可得空無性空自性空無性自性空亦樂觀察四念住四正斷四神足五根五力七等覺支八聖道支及空無相無願解脫門等皆自相空善現當知是菩薩摩訶薩作此觀已起如是念諸有情類由惡友力起我想執廣說乃至見者想執由此想執行有所得輪迴生死受種種苦爲斷有情如是想執應趣無上正等菩提爲諸有情說深妙法令斷想執離生死苦是菩薩摩訶薩爾時雖學三解脫門而不依此證於

實際以於實際不趣證故不墮預流一來不還阿羅漢果獨覺菩提是菩薩摩訶薩由如是念行深般若波羅蜜多成就善根不證實際雖於實際未即作證而不退失四靜慮四無量四無色定亦不退失四念住乃至八聖道支亦不退失空無相無願解脫門亦不退失八解脫乃至十遍處亦不退失內空乃至無性自性空亦不退失眞如乃至不思議界亦不退失苦集滅道聖諦亦不退失布施乃至般若波羅蜜多亦不退失諸菩薩地亦不退失陀羅尼門三摩地門亦不退失五眼六神通亦不退失如來十力乃至十八佛不共法亦不退失大慈大悲大喜大捨亦不退失無忘失法恒住捨性亦不退失一切智道相智一切相智亦不退失諸餘無量無邊佛法

善現當知是菩薩摩訶薩爾時成就一切菩提分法乃至證得無上正等菩提於諸功德終不衰減是菩薩摩訶薩行深般若波羅蜜多方便善巧所攝受故刹那刹那白法增長諸根猛利一切聲聞及獨覺等所不能及復次善現若菩薩摩訶薩恒作是念諸有情類於長夜中其心常行四種顛倒謂常想倒心倒見倒若樂想倒心倒見倒若我想倒心倒見倒若淨想倒心倒見倒我爲如是諸有情故應趣無上正等菩提修諸菩薩摩訶薩行證得無上正等覺時爲諸有情說無倒法謂說生死無常無樂無我無淨唯有涅槃微妙寂靜具足種種常樂我淨眞實功德善現當知是菩薩摩訶薩成就此念行深般若波羅蜜多方便善巧所攝受故若未圓滿如來十力乃至十八佛不共法及餘無量無邊佛法終不證入諸佛勝定善現當知是菩薩摩訶薩爾時雖學三解脫門入出自在而於實際未即作證乃至無上正等菩提因行功德未善圓滿不證實際及餘功德若得無上正等覺時乃可證得善現當知是菩薩摩訶薩爾時雖於諸餘功德修未圓滿而於無願三摩地門修已圓滿

大般若波羅蜜多經卷第五百一十七

音釋

堆阜　堆都回切聚土也阜房缶切山無石曰阜

溝坑　溝居侯切田間之水曰溝坑丘庚切塹也

株杌　株音朱木根也入土曰根在土上曰株杌五忽切木無枝也

荆棘　荆音京楚木也棘音戟小棗叢生曰棘

平坦　坦他但切

瓦礫　礫音壢小石也

戍達羅　梵語也此謂農田種戍殊遇切

狹劣

狹胡夾切劣力輟切

狹劣謂狹陋鄙劣也

翺翔 翺音敖翔音祥 翺翔回飛也

筈古活切

箭筈 箭本受弦處曰筈

大般若波羅蜜多經卷第五百一十八

唐三藏法師玄奘奉詔譯

第三分巧便品第二十三之二

復次善現若菩薩摩訶薩恒作是念諸有情類於長夜中行有所得謂執有我乃至見者或執有色蘊乃至識蘊或執有眼處乃至意處或執有色處乃至法處或執有眼界乃至意界或執有色界乃至法界或執有眼識界乃至意識界或執有眼觸乃至意觸或執有眼觸爲緣所生諸受乃至意觸爲緣所生諸受或執有地界乃至識界或執有因緣乃至增上緣或執有無明乃至老死或執有十善業道或執有四靜慮四無量四無色定或執有四攝事或執有餘諸勝善法我爲如是諸有情故應趣無上正等菩提修諸菩薩摩訶薩行證得無上正等覺時令諸有情永斷如是有所得執善現當知是菩薩摩訶薩成就此念行深般若波羅蜜多方便善巧所攝受故若未圓滿如來十力乃至十八佛不共法及餘無量無邊佛法終不證入諸佛勝定善現當知是菩薩摩訶薩爾時雖學三解脫門入出自在而於實際未即作證乃至無上正等菩提因行功德未善圓滿不證實際及餘功德若得無上正等菩提乃至證得善現當知是菩薩摩訶薩爾時雖於諸餘功德修未圓滿而但於空三摩地門修已圓滿復次善現若菩薩摩訶薩恒作是念諸有情類於長夜中常行諸相謂執男相或執女相或執色相或執聲相或執香相或執味相或執觸相或執法相或執諸餘我相法相我爲如是諸

有情故應趣無上正等菩提修諸菩薩摩訶薩行證得無上正等覺時令諸有情永斷如是種種相執善現當知是菩薩摩訶薩成就此念行深般若波羅蜜多方便善巧所攝受故若未圓滿如來十力乃至十八佛不共法及餘無量無邊佛法終不證入諸佛勝定善現當知是菩薩摩訶薩爾時雖學三解脫門入出自在而於實際未即作證乃至無上正等菩提因行功德未善圓滿不證實際及餘功德若得無上正等覺時乃可證得善現當知是菩薩摩訶薩爾時雖於諸餘功德修未圓滿而於無相三摩地門修已圓滿復次善現若菩薩摩訶薩已善修學布施波羅蜜多乃至般若波羅蜜多已善安住內空乃至無性自性空已善安住眞如乃至不思議界已善安住苦集滅道聖諦已善修學四念住乃至八聖道支已善修學空無相無願解脫門已善修學四靜慮四無量四無色定已善修學八解脫乃至十遍處已善修學諸菩薩地已善修學陀羅尼門三摩地門已善修學五眼六神通已善修學如來十力乃至十八佛不共法已善修學大慈大悲大喜大捨已善修學無忘失法恒住捨性及餘無量無邊佛法善現當知是菩薩摩訶薩成就如是殊勝智見若於生死發起樂想或說有樂或於三界安住執著無有是處善現當知若菩薩摩訶薩已善修行菩提分法一切如來應正等覺及諸弟子法應試問若菩薩摩訶薩欲證無上正等菩提云何修行菩提分法而不證空無相無願無生無滅無作無爲無性實際

由不證故不得預流一來不還阿羅漢果獨覺菩提而勤修習甚深般若波羅蜜多常無所執善現當知是菩薩摩訶薩得此問時若作是答諸菩薩摩訶薩欲證無上正等菩提但應思惟空無相無願無生無滅無作無為無性實際及餘一切菩提分法不應修學是菩薩摩訶薩未蒙如來應正等覺授與無上正等菩提不退轉記所以者何是菩薩摩訶薩未能開示記別顯了住不退轉地菩薩摩訶薩修學法相善現當知是菩薩摩訶薩得此問時若作是答諸菩薩摩訶薩欲證無上正等菩提應正思惟空無相無願無生無滅無作無為無性實際及餘一切菩提分法亦應方便如先所説善巧修學而不作證是菩薩摩訶薩已蒙如來應正等覺授與無上正等菩提不退轉記所以者何是菩薩摩訶薩已能開示記別顯了住不退轉地菩薩摩訶薩修學法相善現若菩薩摩訶薩未能開示記別顯了住不退轉地菩薩摩訶薩修學法相當知是菩薩摩訶薩未善修學布施淨戒安忍精進靜慮般若波羅蜜多及餘一切菩提分法未入薄地未如其餘住不退轉地菩薩摩訶薩開示記別顯了安住不退轉相善現若菩薩摩訶薩已能開示記別顯了住不退轉地菩薩摩訶薩修學法相當知是菩薩摩訶薩已善修學布施淨戒安忍精進靜慮般若波羅蜜多及餘一切菩提分法已入薄地已如其餘住不退轉地菩薩摩訶薩開示記別顯了安住不退轉相具壽善現白言世尊頗有未得不退轉菩薩摩訶薩能作如是

如實答不佛告善現有菩薩摩訶薩雖未得不退轉而能於此作如實答善現當知是菩薩摩訶薩雖未得不退轉而能修學布施淨戒安忍精進靜慮般若波羅蜜多及餘一切菩提分法已得成熟覺慧猛利若聞不聞能如實答如不退地菩薩摩訶薩具壽善現復白佛言多有菩薩摩訶薩求學無上正等菩提少有能如實答如不退轉地菩薩摩訶薩已善修治地未善修治地而安住故佛告善現如是如是所以者何少有菩薩摩訶薩得受如是不退轉地殊勝慧記若有得受如是記者皆能於此作如實答善現若能於此如實答者當知是菩薩摩訶薩已種善根最極明利所修智慧其量深廣世間天人阿素洛等不能引奪令其破壞必得無上正等菩提

復次善現若菩薩摩訶薩乃至夢中亦不愛樂稱讚聲聞獨覺地法於三界法亦不起心愛樂稱讚常觀諸法如夢如響廣說乃至如尋香城雖如是觀察而不證實際當知是菩薩有不退轉相復次善現若菩薩摩訶薩夢見如來應正等覺有無數量百千俱胝那庾多衆恭敬圍遶而為說法既聞法已善解義趣解義趣已精進修行法隨法行入三摩地起隨法行當知是菩薩有不退轉相復次善現若菩薩摩訶薩夢見如來應正等覺具三十二大士夫相八十隨好圓滿莊嚴常光一尋周帀照曜與無量衆涌在虛空現大神通說正法要化作化士令往他方無邊佛土施作佛事當知是菩薩有不退轉相復次善現若菩薩摩訶薩夢見狂賊破壞村城或見火

起焚燒聚落或見師子虎狼猛獸毒蛇惡蠍欲來害身或見怨家欲斬其首或見父母兄第姊妹妻子親友臨當命終或見自身寒熱飢渴及餘苦事之所逼惱見如是等可怖畏事不驚不懼亦不憂惱從夢覺已即能思惟三界非真皆如夢見我得無上正等覺時當爲有情說三界法一切虛妄皆如夢境當知是菩薩有不退轉相復次善現若菩薩摩訶薩乃至夢中見有地獄旁生鬼界諸有情類便作是念我當精勤修諸菩薩摩訶薩行速趣無上正等菩提我佛土中得無地獄旁生鬼界惡趣及名從夢覺已亦作是念善現當知是菩薩摩訶薩當作佛時所居佛土定無惡趣所以者何若夢若覺諸法無二無二分故當知是菩薩有不退轉相復次善現若菩薩摩訶薩夢中見火燒地獄等諸有情類或復見燒城邑聚落便發誓願我若已受不退轉記當證無上正等菩提願此大火即時頓滅變爲清涼若此菩薩作是願已夢中見火即時頓滅當知已得不退轉記若此菩薩作是願已夢中見火不即頓滅當知未得不退轉記復次善現若菩薩摩訶薩覺時現見大火卒起燒諸城邑或燒聚落便作是念我在夢中或在覺位曾見自有不退轉地諸行狀相未審虛實若我所見是實有者願此大火即時頓滅變爲清涼若此菩薩作是誓願發誠諦言爾時大火即爲頓滅當知已得不退轉記若此菩薩作是誓願發誠諦言火不頓滅當知未得不退轉記復次善現若菩薩摩訶薩覺時見火燒諸城邑或燒聚落便作是

念我在夢中或在覺位曾見自有不退轉地諸行狀相若我所見定是實有必證無上正等菩提願此大火即時頓滅變爲清涼是菩薩摩訶薩發此誓願誠諦言已爾時大火不爲頓滅然燒一家越置一家復燒一家或燒一巷越置一巷復燒一巷如是展轉其火乃滅是菩薩摩訶薩應自了知決定已得不退轉記然被燒者由彼有情造作增長壞正法業彼由此業先墮惡趣無量劫中受正苦果今生人趣受彼餘殃或由此業當墮惡趣經無量劫受正苦果今在人趣先現少殃復次善現依前所說種種因緣知是不退轉菩薩摩訶薩復有成就餘行狀相知是不退轉菩薩摩訶薩吾當爲汝分別解說汝應諦聽極善思惟善現答言唯然願說佛告善現若菩薩摩訶薩見有男子或有女人現爲非人之所魅著受諸苦惱不能遠離便作是念若諸如來應正等覺知我已得清淨意樂授我無上正等菩提不退轉記若我久發清淨作意求證無上正等菩提遠離聲聞獨覺作意不以聲聞獨覺作意求證無上正等菩提若我當來必得無上正等菩提窮未來際利益安樂諸有情類若十方界現在實有無量如來應正等覺說微妙法利樂有情彼諸如來應正等覺無所不見無所不知無所不解無所不證現知見覺一切有情意樂差別願垂照察我心所念及誠諦言若我實能修菩薩行必獲無上正等菩提救拔有情生死苦者願是男子或此女人不爲非人之所擾惱彼隨我語即當捨去是菩薩摩訶薩作此語時若

彼非人不爲去者當知未得不退轉記是菩薩摩訶薩作此語時若彼非人即爲去者當知已得不退轉記復次善現有菩薩摩訶薩未善修學布施淨戒安忍精進靜慮般若波羅蜜多未善安住内空乃至無性自性空未善安住真如乃至不思議界未善安住苦集滅道聖諦未善修學四念住乃至八聖道支未善修學四靜慮四無量四無色定未善修學八解脱乃至十遍處未善修學空無相無願解脱門未善修學陀羅尼門三摩地門未入菩薩正性離生未具修行一切佛法遠離菩薩方便善巧未免惡魔之所惱亂於諸魔事未能覺知不自度量善根厚薄學諸菩薩發誠諦言便爲惡魔之所誑惑是菩薩摩訶薩見有男子或有女人現爲非人之所魅著受諸苦惱不能遠離即便輕爾發誠諦言我若已從過去諸佛受得無上正等菩提不退轉記令是男子或此女人不爲非人之所擾惱彼隨我語速當捨去是菩薩摩訶薩作此語已爾時惡魔爲誑惑故即便驅逼非人令去所以者何惡魔威力勝彼非人是故非人受魔教勅即便捨去是菩薩摩訶薩見此事已歡喜踊躍作是念言非人今去是吾威力所以者何非人隨我所發誓願即便放此男子女人無别緣故是菩薩摩訶薩不能覺知惡魔所作謂是已力妄生歡喜恃此輕弄諸餘菩薩言我已從過去諸佛受得無上正等菩提不退轉記所發誓願皆不唐捐汝等未蒙諸佛授記不應相學發誠諦言設有要期必空無果是菩薩摩訶薩輕弄毁呰餘菩薩

故妄恃少能於諸功德生長多種增上慢故遠離無上正等菩提不能證得一切智智是菩薩摩訶薩以無方便善巧力故生長多種增上慢故毀呰輕蔑餘菩薩故雖勤精進而墮聲聞或獨覺地是菩薩摩訶薩薄福德故所作善業發誠諦言皆動魔事是菩薩摩訶薩不能親近供養恭敬尊重讚歎眞善知識不能請問得不退轉菩薩行相不能諮受諸惡魔軍所作事業由斯魔縛轉復堅牢所以者何是菩薩摩訶薩不久修行布施淨戒安忍精進靜慮般若波羅蜜多乃至遠離方便善巧故爲惡魔之所誑惑是故善現諸菩薩摩訶薩應善覺知諸惡魔事復次善現云何菩薩摩訶薩不久修行布施淨戒安忍精進靜慮般若波羅蜜多乃至遠離方便善巧故爲惡魔之所誑惑勸諸菩薩應善覺知謂有惡魔爲誑惑故方便化作種種形像來至菩薩摩訶薩所作如是言咄善男子汝自知耶過去諸佛已曾授汝大菩提記汝於無上正等菩提決定當得不復退轉汝身父母兄弟姊妹親友眷屬乃至七世名字差別我悉善知汝身生在某方某國某城某邑某聚落中汝在某年某月某日某時某宿相王中生如是惡魔若見菩薩禀性柔輭諸根昧鈍便詐記言汝於先世所禀根性已曾如是若見菩薩禀性剛強諸根明利便詐記言汝於先世所禀根性亦曾如是若見菩薩居阿練若或常乞食或受一食或一坐食或一鉢食或居塚間或居露地或居樹下或糞掃衣或但三衣或常坐不卧或如舊敷具或少欲或喜足

或樂遠離或樂寂定或具正念或具妙慧或不重利養或不貴名譽或好廉儉不塗其足或省睡眠或離掉舉或好少言或樂輭語如是惡魔見此菩薩種種行已便詐記言汝於先世亦曾如是所以者何汝今成就如是如是殊勝功德世間同見先世定應亦有如是殊勝功德應自慶慰無得自輕是菩薩摩訶薩聞此惡魔說其過去當來功德及說現在親友自身名等差別兼歎種種殊勝善根歡喜踊躍生增上慢凌蔑毀罵諸餘菩薩爾時惡魔知其闇鈍起增上慢凌蔑他人復告之言汝定成就殊勝功德過去如來應正等覺已授汝記汝於無上正等菩提定當證得不復退轉已有如是瑞相現前是時惡魔爲擾亂故或矯現作出家形像或矯現作在家形像或矯現作父母兄弟姊妹親友梵志師主天龍藥叉人非人等種種形像至此菩薩摩訶薩所作如是言過去如來應正等覺久已授汝大菩提記汝於無上正等菩提決定當得不復退轉所以者何諸不退轉地菩薩摩訶薩功德狀相汝皆具有應自尊重勿生猶豫時此菩薩聞彼語已增上慢心轉復堅固善現當知如我所說實得不退轉菩薩摩訶薩諸行狀相是菩薩摩訶薩實皆非有善現當知是菩薩摩訶薩魔所執持爲魔所嬈不得自在所以者何是菩薩摩訶薩於得不退轉菩薩摩訶薩諸行狀相實皆未有但聞惡魔詐說其德及名字等生增上慢凌蔑毀罵諸餘菩薩是故善現若菩薩摩訶薩欲得無上正等菩提應善覺知諸惡魔事復次善現

有菩薩摩訶薩魔所執持爲魔所魅但聞名字妄生執著所以者何是菩薩摩訶薩先未修學布施淨戒安忍精進靜慮般若波羅蜜多及餘無量無邊佛法由此因縁令魔得便是菩薩摩訶薩不能了知蘊魔行相死魔行相天魔行相煩惱魔行相由此因縁令魔得便是菩薩摩訶薩不能了知色蘊受蘊想蘊行蘊識蘊及餘無量法門亦不了知有情諸法名字實相所謂無相由此因縁令魔得便方便化作種種形像告此菩薩摩訶薩言汝所修行願行已滿當得無上正等菩提汝成佛時當得如是勝妙功德尊貴名號謂彼惡魔知此菩薩長夜思願我成佛時當得如是功德名號隨其思願而記說之時此菩薩遠離般若波羅蜜多無方便善巧故聞魔記說作是念言此人奇哉爲我記說當得成佛功德名號與我長夜思願相應由此故知過去諸佛必以授我大菩提記我於無上正等菩提決定當得不復退轉我成佛時必定當得如是功德尊貴名號是菩薩摩訶薩如是惡魔或魔眷屬或魔所執諸沙門等記說當來成佛名號如是如是憍慢轉增我於未來定當作佛獲得如是功德名號諸餘菩薩無與我等善現當知如我所說已得不退轉菩薩摩訶薩諸行狀相此菩薩摩訶薩皆未成就但聞魔說成佛虛名便生憍慢輕弄毀蔑諸餘菩薩摩訶薩衆是菩薩摩訶薩由起憍慢輕弄毀蔑諸餘菩薩摩訶薩故遠離無上正等菩提是菩薩摩訶薩遠離般若波羅蜜多無方便善巧故棄善友故常爲惡友所攝受

故當墮聲聞或獨覺地善現當知是菩薩摩訶薩或有此身還得正念至誠悔過捨憍慢心數數親近供養恭敬尊重讚歎真淨善友彼雖流轉生死多時而後復依甚深般若波羅蜜多漸次修學當證無上正等菩提善現當知是菩薩摩訶薩若有此身不得正念不能悔過不捨慢心不樂親近供養恭敬尊重讚歎真淨善友彼定流轉生死多時後雖精進修諸善業而墮聲聞或獨覺地譬如苾芻求聲聞者於四重罪若隨犯一便非沙門非釋迦子彼於現在定不能得預流等果安執虛名菩薩亦爾但聞魔說成佛空名便起慢心輕弄毀蔑諸餘菩薩摩訶薩衆當知此罪過彼苾芻所犯四重無量倍數置彼苾芻所犯四重此菩薩罪過五無間亦無量倍所以者何是菩薩摩訶薩實不成就殊勝功德聞惡魔說成佛虛名便自憍慢輕餘菩薩是故此罪過五無間由此當知若菩薩摩訶薩欲證無上正等菩提應善覺知如是記說虛名號等微細魔事復次善現有菩薩摩訶薩修遠離行謂隱山林空澤曠野居阿練若宴坐思惟時有惡魔來到其所恭敬讚歎遠離功德謂作是言善哉大士能修如是眞遠離行此遠離行一切如來應正等覺共所稱讚天帝釋等諸天神仙皆共守護供養尊重應當住此勿往餘處善現當知我不讚歎諸菩薩摩訶薩居阿練若曠野山林宴坐思惟修遠離行爾時善現便白佛言諸菩薩摩訶薩應修何等餘遠離行而佛不讚居阿練若曠野山林棄勝卧具思惟宴坐遠離功德佛告善

現諸菩薩摩訶薩若居山林空澤曠野阿練若處若住城邑聚落王都喧雜之處但能遠離煩惱惡業及諸聲聞獨覺作意行深般若波羅蜜多及修諸餘勝妙功德是名菩薩眞遠離行此遠離行一切如來應正等覺共所稱讚諸佛世尊共所開許諸菩薩衆常應修學若晝若夜應正思惟精進修行此遠離法是名菩薩修遠離行此遠離行不雜聲聞獨覺作意不雜一切煩惱惡業離諸喧雜畢竟清淨令諸菩薩疾證無上正等菩提利樂有情常無斷盡善現當知惡魔所讚隱於山林空澤曠野阿練若處棄勝臥具宴坐思惟非諸菩薩眞遠離行所以者何彼遠離行猶有喧雜謂彼或雜惡業煩惱或雜聲聞獨覺作意於深般若波羅蜜多不能精勤信受修學不能圓滿一切智智善現當知有菩薩摩訶薩雖樂修行魔所稱讚遠離行法而起憍慢不清淨心輕蔑毀呰諸餘菩薩摩訶薩衆謂有菩薩摩訶薩衆雖居城邑聚落王都而心清淨不雜種種煩惱惡業及諸聲聞獨覺作意精勤修學布施淨戒安忍精進靜慮般若波羅蜜多廣說乃至一切相智嚴淨佛土成熟有情雖居憒閙而心寂靜常勤修習眞遠離行彼於如是眞淨菩薩摩訶薩衆心生憍慢輕弄毀呰誹謗淩蔑善現當知是菩薩摩訶薩遠離般若波羅蜜多無方便善巧故雖居曠野百踰繕那其中絕無諸惡禽獸蛇蝎盜賊唯有鬼神羅刹娑等遊止其中彼居如是阿練若處雖經一年或五或十或復乃至百千俱胝若過是數修遠離行而不了知眞

遠離行謂諸菩薩摩訶薩衆雖居憒鬧而心寂靜遠離種種煩惱惡業及諸聲聞獨覺作意發趣無上正等菩提善現當知是諸菩薩雖居曠野經歷多時而雜聲聞獨覺作意於彼二地深生樂著依二地法修遠離行復於此行深生躭染彼雖如是修遠離行而不稱順諸佛之心善現當知我所稱讚諸菩薩摩訶薩真遠離行是菩薩摩訶薩都不成就彼於真淨遠離行中亦不見有相似行相所以者何彼於如是真遠離行不生愛樂但樂勤修聲聞獨覺空遠離行善現當知是菩薩摩訶薩修不真淨遠離行時魔來空中歡喜讚歎告言大士善哉善哉汝能勤修真遠離行此遠離行一切如來應正等覺共所稱讚汝於此行精勤修學疾證無上正等菩提善現當知是菩薩摩訶薩執著如是二乘所修遠離行法以爲最勝輕弄毀蔑住菩薩乘雖居憒閙而心寂靜成調善法諸苾芻等言彼不能修遠離行身居憒閙心不寂靜無調善法善現當知是菩薩摩訶薩於佛所讚住真遠離行菩薩摩訶薩輕蔑毀呰謂居憒閙心不寂靜不能勤修真遠離行於諸如來應正等覺所不稱讚住真喧雜行菩薩摩訶薩尊重讚歎謂不喧雜其心寂靜能正修行真遠離行善現當知是菩薩摩訶薩於應親近恭敬供養如世尊者而不親近供養恭敬反生輕蔑於應遠離不應親近恭敬供養如惡友者而反親近供養恭敬如事世尊善現當知是菩薩摩訶薩遠離般若波羅蜜多無方便善巧故妄生種種分別執著所以者何彼作是

念我所修學是眞遠離故爲非人稱讃護念居城邑者身心擾亂誰當護念恭敬讃美是菩薩摩訶薩由此因緣心多憍慢輕蔑毀呰諸餘菩薩摩訶薩衆煩惱惡業晝夜增長善現當知是菩薩摩訶薩於餘菩薩摩訶薩衆爲旃荼羅穢汙菩薩摩訶薩衆雖似菩薩摩訶薩相而是天上人中大賊誑惑天人阿素洛等其身雖服沙門法衣而心常懷盜賊意樂諸有發趣菩薩乘者不應親近供養恭敬尊重讃歎如是惡人所以者何此諸人等懷增上慢外似菩薩内多煩惱是故善現若菩薩摩訶薩眞實不捨一切智智不棄無上正等菩提深心欲求一切智智欲得無上正等菩提普爲利樂諸有情者不應親近供養恭敬尊重讃歎如是惡人善現當知諸菩薩摩訶薩常應精進修自事業猒離生死不著三界於彼惡賊旃荼羅人常應發生慈悲喜捨應作是念我不應起如彼惡人所起過患設當失念如彼暫起即應覺知令速除滅是故善現諸菩薩摩訶薩欲證無上正等菩提當善覺知諸惡魔事應勤精進遠離除滅如彼菩薩所起過患勤求無上正等菩提復次善現若菩薩摩訶薩增上意樂欲證無上正等菩提常應親近供養恭敬尊重讃歎眞淨善友爾時善現便白佛言何等名爲諸菩薩摩訶薩眞淨善友佛告善現一切如來應正等覺是諸菩薩眞淨善友一切菩薩摩訶薩亦是菩薩眞淨善友諸有聲聞及餘善士能爲菩薩摩訶薩衆宣說開示分別顯了布施淨戒安忍精進靜慮般若波羅蜜多相應法

門令易解者亦是菩薩眞淨善友復次善現布施波羅蜜多乃至般若波羅蜜多是諸菩薩眞淨善友四念住乃至八聖道支亦是菩薩眞淨善友四靜慮四無量四無色定亦是菩薩眞淨善友八解脫乃至十遍處亦是菩薩眞淨善友空無相無願解脫門亦是菩薩眞淨善友極喜地乃至法雲地亦是菩薩眞淨善友陀羅尼門三摩地門亦是菩薩眞淨善友五眼六神通亦是菩薩眞淨善友如來十力乃至十八佛不共法亦是菩薩眞淨善友大慈大悲大喜大捨亦是菩薩眞淨善友無忘失法恒住捨性亦是菩薩眞淨善友一切智道相智一切相智亦是菩薩眞淨善友永斷一切習氣相續亦是菩薩眞淨善友一切菩薩摩訶薩行亦是菩薩眞淨善友諸佛無上正等菩提亦是菩薩眞淨善友復次善現苦聖諦乃至道聖諦是諸菩薩眞淨善友諸法緣性亦是菩薩眞淨善友諸緣起支亦是菩薩眞淨善友內空乃至無性自性空亦是菩薩眞淨善友眞如乃至不思議界亦是菩薩眞淨善友復次善現布施波羅蜜多乃至般若波羅蜜多與諸菩薩摩訶薩衆爲師爲導爲明爲炬爲燈爲照爲解爲覺爲智爲慧爲救爲護爲室爲宅爲洲爲渚爲歸爲趣爲父爲母四念住乃至一切相智亦與菩薩摩訶薩衆爲師爲導爲明爲炬爲燈爲照爲解爲覺爲智爲慧爲救爲護爲室爲宅爲洲爲渚爲歸爲趣爲父爲母永斷一切習氣相續一切菩薩摩訶薩行諸佛無上正等菩提亦與菩薩摩訶薩衆爲師爲導爲明爲炬爲

燈爲照爲解爲覺爲智爲慧爲救爲護爲室爲宅爲洲爲渚爲歸爲趣爲父爲母復次善現苦聖諦乃至道聖諦與諸菩薩摩訶薩衆爲師爲導爲明爲炬爲燈爲照爲解爲覺爲智爲慧爲救爲護爲室爲宅爲洲爲渚爲歸爲趣爲父爲母諸法縁性及縁起支亦與菩薩摩訶薩衆爲師爲導爲明爲炬爲燈爲照爲解爲覺爲智爲慧爲救爲護爲室爲宅爲洲爲渚爲歸爲趣爲父爲母内空乃至無性自性空亦與菩薩摩訶薩衆爲師爲導爲明爲炬爲燈爲照爲解爲覺爲智爲慧爲救爲護爲室爲宅爲洲爲渚爲歸爲趣爲父爲母眞如乃至不思議界亦與菩薩摩訶薩衆爲師爲導爲明爲炬爲燈爲照爲解爲覺爲智爲慧爲救爲護爲室爲宅爲洲爲渚爲歸爲趣爲父爲母所以者何一切過去未來現在諸佛世尊皆以布施乃至般若波羅蜜多廣說乃至眞如乃至不思議界爲師爲導爲明爲炬爲燈爲照爲解爲覺爲智爲慧爲救爲護爲室爲宅爲洲爲渚爲歸爲趣爲父爲母何以故一切過去未來現在諸佛世尊皆從布施乃至般若波羅蜜多廣說乃至眞如乃至不思議界而生長故是故善現若菩薩摩訶薩增上意樂欲證無上正等菩提成熟有情嚴淨佛土當學布施波羅蜜多乃至般若波羅蜜多廣說乃至當學眞如乃至不思議界是菩薩摩訶薩既學布施波羅蜜多廣說乃至不思議界復應以四攝事攝諸有情何等爲四一者布施二者愛語三者利行四者同事我觀此義故作是說一切布施波羅蜜

多廣說乃至不思議界與諸菩薩摩訶薩衆爲師爲導廣說乃至爲父爲母是故善現諸菩薩摩訶薩欲得不隨他教行欲住不隨他教地欲斷一切有情疑欲滿一切有情願欲嚴淨佛土欲成熟有情應學般若波羅蜜多所以者何於此般若波羅蜜多甚深經中廣說菩薩摩訶薩衆所應學法一切菩薩摩訶薩衆皆於其中應勤修學

大般若波羅蜜多經卷第五百一十八

音釋

蠍 許竭切毒蟲也 唐捐 捐余專切棄也唐捐謂徒棄也 輕蔑 蔑彌列切輕蔑謂輕易陵蔑也 塚間 塚知隴切高墳也 廉儉 廉力鹽切不貪也儉巨險切儉約也 闇鈍 闇音暗鈍杜困切闇鈍謂不明利也 矯 吉了切詐也 嬈 音遶擾也亂也 憒閙 憒古對切閙女教切謂憒亂喧閙也

大般若波羅蜜多經卷第五百一十九

唐三藏法師玄奘奉詔譯

第三分巧便品第二十三之三

爾時具壽善現白佛言世尊甚深般若波羅蜜多用何爲相佛告善現甚深般若波羅蜜多用空爲相無著爲相無相爲相寂靜爲相遠離爲相所以者何如是般若波羅蜜多甚深相中諸法諸相皆不可得無所有故具壽善現復白佛言頗有因緣可說般若波羅蜜多所有妙相餘一切法亦有如是諸妙相耶佛告善現如是如是有因緣故可說般若波羅蜜多所有妙相餘法亦有如是妙相所以者何甚深般若波羅蜜多性空爲相餘法亦以性空爲相甚深般若波羅蜜多無著爲相餘法亦以無著爲相甚深般若波羅蜜多無相爲相餘法亦以無相爲相甚深般若波羅蜜多寂靜爲相餘法亦以寂靜爲相甚深般若波羅蜜多遠離爲相餘法亦以遠離爲相由此因緣可作是說甚深般若波羅蜜多所有妙相餘法亦有如是妙相以一切法皆自性空自性離故爾時善現復白佛言若一切法皆自性空自性離者即一切法一切法空亦一切法一切法離云何有情可得施設有染有淨非性空法有染有淨亦非離法有染有淨非性空法能證無上正等菩提亦非離法能證無上正等菩提非性空中有法可得亦非離中有法可得非性空中有菩薩摩訶薩證得無上正等菩提亦非離中有菩薩摩訶薩證得無上正等菩提云何令我解佛所說甚深義趣佛告善現於意云何有情長夜

有我我所心執我我所不善現答言如是世尊如是善逝有情長夜有我我所心執著我我所佛告善現於意云何有情所執我及我所空遠離不善現答言如是世尊如是善逝有情所執我及我所皆空遠離佛告善現於意云何豈不有情由我我所執流轉生死善現答言如是世尊如是善逝諸有情類由我我所執流轉生死佛告善現如是有情流轉生死由有雜染是故有情施設有染若諸有情無心染著我及我所即無雜染若無雜染即不得有流轉生死流轉生死既不可得當知有情遠離雜染由無雜染施設有淨是故善現雖一切法自性皆空自性皆離而諸有情亦可施設有染有淨具壽善現復白佛言若菩薩摩訶薩能如是行甚深般若波羅蜜多及一切法性皆空離是菩薩摩訶薩則不行色蘊乃至識蘊亦不行眼處乃至意處亦不行色處乃至法處亦不行眼界乃至意界亦不行色界乃至法界亦不行眼識界乃至意識界亦不行眼觸乃至意觸亦不行眼觸爲緣所生諸受乃至意觸爲緣所生諸受亦不行地界乃至識界亦不行因緣乃至增上緣亦不行無明乃至老死亦不行布施波羅蜜多乃至般若波羅蜜多亦不行内空乃至無性自性空亦不行眞如乃至不思議界亦不行苦聖諦乃至道聖諦亦不行四念住乃至八聖道支亦不行四靜慮四無量四無色定亦不行離害生命乃至離邪見亦不行空無相無願解脱門亦不行八解脱乃至十遍處亦不行淨觀地乃至如來地亦不行極喜

地乃至法雲地亦不行陀羅尼門三摩地門亦不行五眼六神通亦不行如來十力乃至十八佛不共法亦不行大慈大悲大喜大捨亦不行三十二大士相八十隨好亦不行無忘失法恒住捨性亦不行預流果乃至獨覺菩提亦不行一切菩薩摩訶薩行諸佛無上正等菩提亦不行一切智道相智一切相智所以者何如是諸法皆不可得能行所行行時行處及由此行皆無所有世尊若菩薩摩訶薩能如是行不爲一切世間天人阿素洛等之所降伏而能伏彼世尊若菩薩摩訶薩能如是行不爲一切聲聞獨覺之所降伏而能伏彼所以者何是菩薩摩訶薩已得安住無能伏位謂菩薩離生位世尊是菩薩摩訶薩常住一切智智作意不可屈伏世尊是菩薩摩訶薩如是行時則爲親近一切智智速證無上正等菩提轉妙法輪度有情衆佛告善現如是如是如汝所說若菩薩摩訶薩能行如是甚深般若波羅蜜多及一切法空遠離相是菩薩摩訶薩即不行色蘊廣說乃至一切相智如是乃至則爲親近一切智智速證無上正等菩提轉妙法輪度有情衆復次善現於意云何假使於此南贍部洲諸有情類皆得人身得人身已發心修學諸菩薩行皆證無上正等菩提有善男子善女人等盡其形壽以諸世間上妙樂具供養恭敬尊重讚歎此諸如來應正等覺復持如是所集善根與諸有情平等共有回向無上正等菩提是善男子善女人等由此因緣獲福多不善現答言甚多世尊甚多善逝佛告善現若善

男子善女人等於大衆中宣說如是甚深般若波羅蜜多施設建立分別開示令其易了及住如是甚深般若波羅蜜多相應作意此善男子善女人等由是因緣所獲功德甚多於前無量無數不可稱計復次善現於意云何如是乃至假使三千大千世界諸有情類皆得人身得人身已發心修學諸菩薩行皆證無上正等菩提有善男子善女人等盡其形壽以諸世間上妙樂具供養恭敬尊重讃歎此諸如來應正等覺復持如是所集善根與諸有情平等共有回向無上正等菩提是善男子善女人等由此因緣獲福多不善現答言甚多世尊甚多善逝佛告善現若善男子善女人等於大衆中宣說如是甚深般若波羅蜜多施設建立分別開示令其易了及住如是甚深般若波羅蜜多相應作意此善男子善女人等由是因緣所獲功德甚多於前無量無數不可稱計復次善現於意云何假使於此南贍部洲諸有情類非前非後皆得人身有善男子善女人等方便化導皆令安住十善業道或四靜慮或四無量或四無色定或五神通或預流果或一來果或不還果或阿羅漢果或獨覺菩提或復無上正等菩提復持如是化導善根與諸有情平等共有回向無上正等菩提是善男子善女人等由此因緣獲福多不善現答言甚多世尊甚多善逝佛告善現若善男子善女人等於大衆中宣說如是甚深般若波羅蜜多施設建立分別開示令其易了及正安住一切智智相應作意此善男子善女人等由是因緣所

獲功德甚多於前無量無數不可稱計復次善現於意云何如是乃至假使三千大千世界諸有情類非前非後皆得人身有善男子善女人等方便化導皆令安住十善業道或四靜慮或四無量或四無色定或五神通或預流果或一來果或不還果或阿羅漢果或獨覺菩提或復無上正等菩提復持如是化導善根與諸有情平等共有回向無上正等菩提是善男子善女人等由此因緣獲福多不善現答言甚多世尊甚多善逝佛告善現若善男子善女人等於大衆中宣說如是甚深般若波羅蜜多施設建立分別開示令其易了及正安住一切智智相應作意此善男子善女人等由是因緣所獲功德甚多於前無量無數不可稱計善現當知是菩薩摩訶薩由此精進增上威力到諸有情福田彼岸所以者何是菩薩摩訶薩於法精進增上威力一切有情無能及者唯除如來應正等覺所以者何是菩薩摩訶薩行深般若波羅蜜多見諸有情無利樂者起大慈心見諸有情有衰苦者起大悲心見諸有情得利樂者起大喜心見諸有情離性離相起大捨心非諸聲聞獨覺所得善現當知是菩薩摩訶薩雖於有情平等發起大慈大悲大喜大捨而於一切無所執著不同異生聲聞獨覺隨有所得起執著心善現當知是菩薩摩訶薩行深般若波羅蜜多得大光明謂得布施乃至般若波羅蜜多大光明故善現當知是菩薩摩訶薩雖未證得一切智智而於無上正等菩提得不退轉故到有情福田彼岸堪受一切

衣服飲食床座醫藥諸資生具善現當知是菩薩摩訶薩常住般若波羅蜜多相應作意故能究竟報施主恩亦能親近一切智智是故善現若菩薩摩訶薩欲不虛受國王大臣及餘有情所有信施欲示有情眞淨道路欲爲有情作大明照欲脱有情三界牢獄欲施有情清淨法眼應常安住甚深般若波羅蜜多相應作意善現當知若菩薩摩訶薩常住般若波羅蜜多相應作意諸餘作意於其中間無容暫起善現當知是菩薩摩訶薩晝夜精勤常住般若波羅蜜多相應作意無時暫捨譬如有人先未曾有末尼寶珠後時遇得歡喜自慶遇緣還失生大苦惱常懷歎惜未嘗離念思當何計還得此珠彼人由是相應作意緣此寶珠無時暫捨諸菩薩摩訶薩亦復如是應常安住甚深般若波羅蜜多相應作意若不安住甚深般若波羅蜜多相應作意則爲喪失一切智智相應作意爾時善現便白佛言一切作意皆自性空一切作意皆自性離諸法亦爾於一切法皆自性空自性離中若菩薩摩訶薩若般若波羅蜜多若一切智智若諸作意皆不可得云何菩薩摩訶薩不離般若波羅蜜多相應作意亦復不離一切智智相應作意佛告善現若菩薩摩訶薩知一切法一切作意自性皆空自性皆離如是空離非聲聞作非獨覺作非菩薩作非如來作亦非諸餘有情所作然一切法法定法住法性法界不虛妄性不變異性平等性離生性眞如實際及虛空界不思議界法爾常住是菩薩摩訶薩不離般若波羅蜜多相

應作意亦復不離一切智智相應作意所以者何甚深般若波羅蜜多一切智智及諸作意自性皆空自性皆離如是空離無增無減若正通達即名不離具壽善現復白佛言若深般若波羅蜜多亦自性空自性離者云何菩薩摩訶薩衆修證般若波羅蜜多平等性已便得無上正等菩提佛告善現諸菩薩摩訶薩修證般若波羅蜜多平等性時非諸佛法有增有減亦非諸法法定法住法性法界不虛妄性不變異性平等性離生性眞如實際及虛空界不思議界有增有減何以故甚深般若波羅蜜多非一非二亦非多故善現當知若菩薩摩訶薩聞說如是甚深般若波羅蜜多其心不驚不恐不怖不沉不沒亦無猶豫是菩薩摩訶薩行深般若波羅蜜多已到究竟安住菩薩不退轉地速證無上正等菩提具壽善現復白佛言世尊爲即深般若波羅蜜多能行深般若波羅蜜多不不爾善現世尊爲離深般若波羅蜜多有法可得能行深般若波羅蜜多不不爾善現世尊爲即深般若波羅蜜多空虛非有不自在性不堅實性能行深般若波羅蜜多不不爾善現世尊爲離深般若波羅蜜多空虛非有不自在性不堅實性有法可得能行深般若波羅蜜多不不爾善現世尊爲即空性能行空不不爾善現世尊爲離空性有法可得能行空不不爾善現世尊爲即色蘊乃至識蘊能行深般若波羅蜜多不不爾善現世尊爲離色蘊乃至識蘊有法可得能行深般若波羅蜜多不不爾善現世尊爲即眼處乃至意處能行

深般若波羅蜜多不不爾善現世尊爲離眼處乃至意處有法可得能行深般若波羅蜜多不不爾善現世尊爲即色處乃至法處能行深般若波羅蜜多不不爾善現世尊爲離色處乃至法處有法可得能行深般若波羅蜜多不不爾善現世尊爲即眼界乃至意界能行深般若波羅蜜多不不爾善現世尊爲離眼界乃至意界有法可得能行深般若波羅蜜多不不爾善現世尊爲即色界乃至法界能行深般若波羅蜜多不不爾善現世尊爲離色界乃至法界有法可得能行深般若波羅蜜多不不爾善現世尊爲即眼識界乃至意識界能行深般若波羅蜜多不不爾善現世尊爲離眼識界乃至意識界有法可得能行深般若波羅蜜多不不爾善現世尊爲即眼觸乃至意觸能行深般若波羅蜜多不不爾善現世尊爲離眼觸乃至意觸有法可得能行深般若波羅蜜多不不爾善現世尊爲即眼觸爲緣所生諸受乃至意觸爲緣所生諸受能行深般若波羅蜜多不不爾善現世尊爲離眼觸爲緣所生諸受乃至意觸爲緣所生諸受有法可得能行深般若波羅蜜多不不爾善現世尊爲即地界乃至識界能行深般若波羅蜜多不不爾善現世尊爲離地界乃至識界有法可得能行深般若波羅蜜多不不爾善現世尊爲即因緣乃至增上緣能行深般若波羅蜜多不不爾善現世尊爲離因緣乃至增上緣有法可得能行深般若波羅蜜多不不爾善現世尊爲即無明乃至老死能行深般若波羅蜜多不不爾善現

世尊爲離無明乃至老死有法可得能行深般若波羅蜜多不不爾善現世尊爲即布施乃至般若波羅蜜多能行深般若波羅蜜多不不爾善現世尊爲離布施乃至般若波羅蜜多有法可得能行深般若波羅蜜多不不爾善現世尊爲即内空乃至無性自性空能行深般若波羅蜜多不不爾善現世尊爲離内空乃至無性自性空有法可得能行深般若波羅蜜多不不爾善現世尊爲即眞如乃至不思議界能行深般若波羅蜜多不不爾善現世尊爲離眞如乃至不思議界有法可得能行深般若波羅蜜多不不爾善現世尊爲即苦集滅道聖諦能行深般若波羅蜜多不不爾善現世尊爲離苦集滅道聖諦有法可得能行深般若波羅蜜多不不爾善現世尊爲即四念住乃至八聖道支能行深般若波羅蜜多不不爾善現世尊爲離四念住乃至八聖道支有法可得能行深般若波羅蜜多不不爾善現世尊爲即四靜慮四無量四無色定能行深般若波羅蜜多不不爾善現世尊爲離四靜慮四無量四無色定有法可得能行深般若波羅蜜多不不爾善現世尊爲即八解脱乃至十遍處能行深般若波羅蜜多不不爾善現世尊爲離八解脱乃至十遍處有法可得能行深般若波羅蜜多不不爾善現世尊爲即空無相無願解脱門能行深般若波羅蜜多不不爾善現世尊爲離空無相無願解脱門有法可得能行深般若波羅蜜多不不爾善現世尊爲即淨觀地乃至如來地能行深般若波羅蜜多不不爾善現

世尊爲離淨觀地乃至如來地有法可得能行深般若波羅蜜多不不爾善現世尊爲即極喜地乃至法雲地能行深般若波羅蜜多不不爾善現世尊爲離極喜地乃至法雲地有法可得能行深般若波羅蜜多不不爾善現世尊爲即陀羅尼門三摩地門能行深般若波羅蜜多不不爾善現世尊爲離陀羅尼門三摩地門有法可得能行深般若波羅蜜多不不爾善現世尊爲即五眼六神通能行深般若波羅蜜多不不爾善現世尊爲離五眼六神通有法可得能行深般若波羅蜜多不不爾善現世尊爲即如來十力乃至十八佛不共法能行深般若波羅蜜多不不爾善現世尊爲離如來十力乃至十八佛不共法有法可得能行深般若波羅蜜多不不爾善

現世尊爲即大慈大悲大喜大捨能行深般若波羅蜜多不不爾善現世尊爲離大慈大悲大喜大捨有法可得能行深般若波羅蜜多不不爾善現世尊爲即三十二大士相八十隨好能行深般若波羅蜜多不不爾善現世尊爲離三十二大士相八十隨好有法可得能行深般若波羅蜜多不不爾善現世尊爲即無忘失法恒住捨性能行深般若波羅蜜多不不爾善現世尊爲離無忘失法恒住捨性有法可得能行深般若波羅蜜多不不爾善現世尊爲即預流果乃至獨覺菩提能行深般若波羅蜜多不不爾善現世尊爲離預流果乃至獨覺菩提有法可得能行深般若波羅蜜多不不爾善現世尊爲離一切菩薩摩訶薩行能行深般若波羅蜜多不不爾

善現世尊爲離一切菩薩摩訶薩行有法可得能行深般若波羅蜜多不不爾善現世尊爲即諸佛無上正等菩提能行深般若波羅蜜多不不爾善現世尊爲離諸佛無上正等菩提有法可得能行深般若波羅蜜多不不爾善現世尊爲即一切智道相智一切相智能行深般若波羅蜜多不不爾善現世尊爲離一切智道相智一切相智有法可得能行深般若波羅蜜多不不爾善現世尊爲即色蘊乃至識蘊空虛非有不自在性不堅實性能行深般若波羅蜜多不不爾善現世尊爲離色蘊乃至識蘊空虛非有不自在性不堅實性有法可得能行深般若波羅蜜多不不爾善現世尊如是乃至爲即一切智道相智一切相智空虛非有不自在性不堅實性能

行深般若波羅蜜多不不爾善現世尊爲離一切智道相智一切相智空虛非有不自在性不堅實性有法可得能行深般若波羅蜜多不不爾善現世尊爲即色蘊乃至識蘊眞如法界法性不虛妄性不變異性平等性離生性法定法住實際虛空界不思議界能行深般若波羅蜜多不不爾善現世尊爲離色蘊乃至識蘊眞如法界法性不虛妄性不變異性平等性離生性法定法住實際虛空界不思議界有法可得能行深般若波羅蜜多不不爾善現世尊如是乃至爲即一切智道相智一切相智眞如法界法性不虛妄性不變異性平等性離生性法定法住實際虛空界不思議界能行深般若波羅蜜多不不爾善現世尊爲離一切智道相智一切相智眞

如法界法性不虛妄性不變異性平等性離生性法定法住實際虛空界不思議界有法可得能行深般若波羅蜜多不不爾善現世尊若如是諸法皆不能行深般若波羅蜜多者諸菩薩摩訶薩云何能行深般若波羅蜜多佛告善現於意云何汝見有法能行深般若波羅蜜多不善現答言不也世尊佛告善現於意云何汝見深般若波羅蜜多是菩薩摩訶薩所行處不善現答言不也世尊佛告善現於意云何汝所不見法是法可得不善現答言不也世尊佛告善現於意云何不可得法爲有生不善現答言不也世尊佛告善現如汝所見諸法實性即是菩薩無生法忍若菩薩摩訶薩成就如是無生法忍便於無上正等菩提堪得受記善現當知是菩薩摩訶薩於佛十力四無所畏四無礙解大慈大悲大喜大捨及十八佛不共法等無量無邊殊勝功德名能精進如實行者若能如是精進修行不得無上正等覺知一切相智大智妙智無有是處所以者何是菩薩摩訶薩既已證得無生法忍乃至無上正等菩提於所得法無退無減具壽善現復白佛言世尊諸菩薩摩訶薩爲以一切法無生性於佛無上正等菩提得受記不不爾善現世尊諸菩薩摩訶薩爲以一切法生性於佛無上正等菩提得受記不不爾善現世尊諸菩薩摩訶薩爲以一切法生無生性於佛無上正等菩提得受記不不爾善現世尊諸菩薩摩訶薩爲以一切法非生非無生性於佛無上正等菩提得受記不不爾善現具壽善現復白佛言

若爾云何諸菩薩摩訶薩於佛無上正等菩提堪得受記佛告善現於意云何汝見有法於佛無上正等菩提得受記不善現答言不也世尊我不見法於佛無上正等菩提堪得受記亦不見法於佛無上正等菩提有能證者證時證處及由此證皆不可得佛告善現如是如是如汝所說善現當知若菩薩摩訶薩於一切法無所得時不作是念我於無上正等菩提當能證得我用是法於如是時於如是處證得無上正等菩提所以者何諸菩薩摩訶薩行深般若波羅蜜多無如是等一切分別何以故甚深般若波羅蜜多離諸分別若起分別非行般若波羅蜜多爾時天帝釋白佛言世尊如是般若波羅蜜多最爲甚深難見難覺不可尋思超尋思境微密聰敏智者所證諸相分別畢竟離故若諸有情於此般若波羅蜜多甚深經典常樂聽聞受持讀誦究竟通利如理思惟依教修行爲他正說乃至無上正等菩提不雜諸餘心心所者當知如是諸有情類決定成就無量善根可於此中能辦是事爾時佛告天帝釋言如是如是如汝所說憍尸迦若諸有情於此般若波羅蜜多甚深經典常樂聽聞受持讀誦究竟通利如理思惟依教修行爲他正說乃至無上正等菩提不雜諸餘心心所者當知如是諸有情類決定成就無量善根乃於此中能辦是事憍尸迦假使於此南贍部洲乃至三千大千世界諸有情類悉皆成就十善業道若四靜慮若四無量若四無色定若五神通等無量功德有善男子善女人等於此般

若波羅蜜多甚深經典常樂聽聞受持讀誦究竟通利如理思惟依教修行爲他正說是善男子善女人等所獲功德於前福聚百倍爲勝千倍爲勝乃至鄔波尼殺曇倍亦復爲勝爾時會中有一苾芻告天帝釋言憍尸迦若善男子善女人等於此般若波羅蜜多甚深經典攝心不亂常樂聽聞受持讀誦令極通利如理思惟依教修行爲他正說乃至無上正等菩提不雜諸餘心心所者是善男子善女人等所獲功德勝贍部洲乃至三千大千世界諸有情類一切成就十善業道若四靜慮若四無量若四無色定若五神通等無量功德時天帝釋報苾芻言是善男子善女人等初發一念一切相智相應心時所獲功德已勝一切南贍部洲乃至三千大千世界

諸有情類悉皆成就十善業道若四靜慮若四無量若四無色定若五神通等無量功德多百千倍何況復能於此般若波羅蜜多甚深經典攝心不亂常樂聽聞受持讀誦令極通利如理思惟依教修行爲他正說乃至無上正等菩提不雜諸餘心心所者所獲功德而可校量苾芻當知是善男子善女人等功德智慧非但勝彼南贍部洲乃至三千大千世界諸有情類一切成就十善業道四靜慮等無量功德亦勝一切世間天人阿素洛等所有功德所以者何是善男子善女人等疾證無上正等菩提利樂有情無窮盡故苾芻當知是善男子善女人等功德智慧非但普勝世間天人阿素洛等所有功德亦勝一切預流一來不還阿羅漢獨覺所有功德所以

者何是善男子善女人等疾證無上正等菩提利樂有情無窮盡故苾芻當知是善男子善女人等功德智慧非但普勝一切預流一來不還阿羅漢獨覺所有功德亦勝一切菩薩摩訶薩遠離般若波羅蜜多方便善巧修行布施波羅蜜多乃至靜慮波羅蜜多安住內空乃至無性自性空安住眞如乃至不思議界安住苦集滅道聖諦修行四念住乃至八聖道支修行四靜慮四無量四無色定修行八解脫乃至十遍處修行空無相無願解脫門修行極喜地乃至法雲地修行一切陀羅尼門三摩地門修行五眼六神通修行如來十力乃至十八佛不共法修行大慈大悲大喜大捨修行無忘失法恒住捨性修行一切智道相智一切相智修行順逆觀十二緣起支成熟有情嚴淨佛土修諸菩薩摩訶薩行及佛無上正等覺者所有功德所以者何是善男子善女人等疾證無上正等菩提利樂有情無窮盡故苾芻當知是善男子善女人等功德智慧亦勝一切菩薩摩訶薩遠離方便善巧修行般若波羅蜜多者所有功德所以者何是善男子善女人等疾證無上正等菩提利樂有情無窮盡故復次苾芻是善男子善女人等當知即是菩薩摩訶薩是菩薩摩訶薩如說修行甚深般若波羅蜜多有方便善巧故不爲一切世間天人阿素洛等及餘菩薩獨覺聲聞之所勝伏能紹一切智智種姓令不斷絕常不遠離諸佛菩薩眞淨善友不久當坐妙菩提座降伏一切惡魔眷屬證得無上正等菩提轉妙法輪拔有情類

生死大苦令得究竟常樂涅槃苾芻當知是菩薩摩訶薩如說修行甚深般若波羅蜜多有方便善巧故常學菩薩摩訶薩衆所應學法不學聲聞及獨覺等所應學法苾芻當知是菩薩摩訶薩行深般若波羅蜜多方便善巧常學菩薩摩訶薩衆所應學故四大天王各領自天衆來至其所供養恭敬尊重讚歎咸作是言善哉大士當勤精進學諸菩薩摩訶薩衆所應學法勿學聲聞及獨覺等所應學法若如是學速當安坐妙菩提座疾證無上正等菩提如先如來應正等覺受四天王所奉四鉢汝亦當受如昔護世四大天王奉上四鉢我亦當奉苾芻當知是菩薩摩訶薩行深般若波羅蜜多方便善巧常學菩薩摩訶薩衆所應學故我等天帝各領自天衆來至其所供養恭敬尊重讚歎咸作是言善哉大士當勤精進學諸菩薩摩訶薩衆所應學法勿學聲聞及獨覺等所應學法若如是學速當安坐妙菩提座疾證無上正等菩提轉妙法輪度有情衆苾芻當知是菩薩摩訶薩行深般若波羅蜜多方便善巧常學菩薩摩訶薩衆所應學故妙時分天子妙喜足天子妙變化天子妙自在天子各領自天衆來至其所供養恭敬尊重讚歎咸作是言善哉大士當勤精進學諸菩薩摩訶薩衆所應學法勿學聲聞及獨覺等所應學法若如是學速當安坐妙菩提座疾證無上正等菩提轉妙法輪度有情衆苾芻當知是菩薩摩訶薩行深般若波羅蜜多方便善巧常學菩薩摩訶薩衆所應學故堪忍界主大梵天王領梵天

衆來至其所供養恭敬尊重讚歎作如是言善哉大士當勤精進學諸菩薩摩訶薩衆所應學法勿學聲聞及獨覺等所應學法若如是學速當安坐妙菩提座疾證無上正等菩提我當往詣菩提樹下慇勤勸請轉妙法輪利樂無邊諸有情類苾芻當知是菩薩摩訶薩行深般若波羅蜜多方便善巧常學菩薩摩訶薩衆所應學故極光淨天廣說乃至色究竟天各領自天衆來至其所供養恭敬尊重讚歎咸作是言善哉大士當勤精進學諸菩薩摩訶薩衆所應學法勿學聲聞及獨覺等所應學法若如是學速當安坐妙菩提座疾證無上正等菩提轉妙法輪度有情衆苾芻當知是菩薩摩訶薩行深般若波羅蜜多方便善巧常學菩薩摩訶薩衆所應學故一切如來應正等覺及諸菩薩摩訶薩衆并諸天龍阿素洛等常隨護念由此因緣是菩薩摩訶薩一切世間險難危厄身心憂苦皆不侵害世間所有四大相違所起諸病所謂眼病耳病鼻病舌病身病諸支節病如是一切四百四病皆於身中永無所有唯除重業轉現輕受苾芻當知是菩薩摩訶薩如說修行甚深般若波羅蜜多方便善巧獲如是等現世功德後世功德無量無邊

大般若波羅蜜多經卷第五百一十九

大般若波羅蜜多經卷第五百二十

唐三藏法師玄奘奉詔譯

第三分巧便品第二十三之四

時阿難陀竊作是念今天帝釋爲自辯才讚說如是甚深般若波羅蜜多功德勝利爲是如來威神之力時天帝釋知阿難陀心之所念白言大德我所讚說甚深般若波羅蜜多功德勝利皆是如來威神之力爾時佛告阿難陀言如是如是今天帝釋讚說如是甚深般若波羅蜜多功德勝利當知皆是如來神力非自辯才所以者何甚深般若波羅蜜多功德勝利定非一切世間天人阿素洛等所能讚說慶喜當知若菩薩摩訶薩勤學思惟修行如是甚深般若波羅蜜多時此三千大千世界一切惡魔皆生疑惑咸作是念此菩薩摩訶薩爲證實際退住預流一來不還阿羅漢果獨覺菩提爲趣無上正等菩提轉妙法輪度有情衆復次慶喜若菩薩摩訶薩不離如是甚深般若波羅蜜多時諸惡魔生大憂苦身心戰慄如中毒箭復次慶喜若菩薩摩訶薩行深般若波羅蜜多時諸惡魔來到其所化作種種可怖畏事所謂刀劍惡獸毒蛇猛火熾然四方俱發欲令菩薩身心驚懼迷失無上正等覺心於所修行心生退屈乃至發起一念亂意障礙無上正等菩提是彼惡魔深心所願爾時慶喜便白佛言爲諸菩薩摩訶薩行深般若波羅蜜多時皆爲惡魔之所擾亂爲有擾亂不擾亂者佛告慶喜非諸菩薩摩訶薩行深般若波羅蜜多時皆爲惡魔之所擾亂然有擾亂不擾亂者具壽慶

喜復白佛言何等菩薩摩訶薩行深般若波
羅蜜多時爲諸惡魔之所擾亂何等菩薩摩
訶薩行深般若波羅蜜多時不爲惡魔之所
擾亂佛告慶喜若菩薩摩訶薩先世聞此甚
深般若波羅蜜多心不信解毀呰誹謗是菩
薩摩訶薩行深般若波羅蜜多時便爲惡魔
之所擾亂若菩薩摩訶薩先世聞此甚深般
若波羅蜜多信解讚美不生誹謗是菩薩摩
訶薩行深般若波羅蜜多時不爲惡魔之所
擾亂復次慶喜若菩薩摩訶薩先世聞此甚
深般若波羅蜜多疑惑猶豫爲有爲無爲實
不實是菩薩摩訶薩行深般若波羅蜜多時
便爲惡魔之所擾亂若菩薩摩訶薩先世聞
此甚深般若波羅蜜多其心都無疑惑猶豫
信定實有是菩薩摩訶薩行深般若波羅蜜
多時不爲惡魔之所擾亂復次慶喜若菩薩
摩訶薩遠離善友爲諸惡友之所攝持不聞
如是甚深般若波羅蜜多由不聞故不能解
了不解了故不能修習不修習故不能請問
不請問故不如說行不如說行故不能證得
甚深般若波羅蜜多是菩薩摩訶薩行深般
若波羅蜜多時便爲惡魔之所擾亂若菩薩
摩訶薩親近善友不爲惡友之所攝持得聞
如是甚深般若波羅蜜多由得聞故便能解
了由解了故即能修習由修習故便能請問
由請問故能如說行由如說行故便能證得
甚深般若波羅蜜多是菩薩摩訶薩行深般
若波羅蜜多時不爲惡魔之所擾亂復次慶
喜若菩薩摩訶薩遠離般若波羅蜜多攝受
讚歎非眞妙法是菩薩摩訶薩行深般若波

羅蜜多時便爲惡魔之所擾亂若菩薩摩訶薩親近般若波羅蜜多不攝不讚非眞妙法是菩薩摩訶薩行深般若波羅蜜多時不爲惡魔之所擾亂復次慶喜若菩薩摩訶薩遠離般若波羅蜜多於眞妙法毀呰誹謗爾時惡魔便作是念今此菩薩與我爲伴由彼毀謗眞妙法故便有無量住菩薩乘善男子等於眞妙法亦生毀謗由此因緣我願圓滿是菩薩乘善男子等設勤精進修諸善法而墮聲聞或獨覺地亦令他墮是菩薩摩訶薩行深般若波羅蜜多時便爲惡魔之所擾亂若菩薩摩訶薩親近般若波羅蜜多於眞妙法讃歎信受亦令無量住菩薩乘善男子等於眞妙法讃歎信受由此惡魔愁憂驚怖是菩薩乘善男子等設不精勤修諸善法而亦決定不令自他退墮聲聞或獨覺地必證無上正等菩提是菩薩摩訶薩行深般若波羅蜜多時不爲惡魔之所擾亂復次慶喜若菩薩摩訶薩聞說般若波羅蜜多甚深經時作如是語如是般若波羅蜜多理趣甚深難見難覺何用宣說聽聞受持讀誦思惟精勤修學書寫流布此經典者爲我尚不能得其源底況餘薄福淺智者哉時有無量住菩薩乘善男子等聞其所說心皆驚怖便退無上正等覺心墮於聲聞或獨覺地是菩薩摩訶薩行深般若波羅蜜多時便爲惡魔之所擾亂若菩薩摩訶薩聞說般若波羅蜜多甚深經時作如是語如是般若波羅蜜多理趣甚深難見難覺若不宣說聽聞受持讀誦思惟精勤修學書寫流布能證無上正等菩提必無是

處時有無量住菩薩乘善男子等聞其所說歡喜踊躍便於般若波羅蜜多甚深經典常樂聽聞受持讀誦令善通利如理思惟精進修行爲他演說書寫流布求趣無上正等菩提是菩薩摩訶薩行深般若波羅蜜多時不爲惡魔之所擾亂復次慶喜若菩薩摩訶薩恃已所有功德善根輕餘菩薩摩訶薩衆謂作是言我能修行布施波羅蜜多乃至般若波羅蜜多汝等不能我能安住内空乃至無性自性空汝等不能我能安住眞如乃至不思議界汝等不能我能安住苦集滅道聖諦汝等不能我能修行四念住乃至八聖道支汝等不能我能修行四靜慮四無量四無色定汝等不能我能修行空無相無願解脱門汝等不能我能修行八解脱乃至十遍處汝等不能我能修行淨觀地乃至如來地智汝等不能我能修行極喜地乃至法雲地汝等不能我能修行陀羅尼門三摩地門汝等不能我能修行五眼六神通汝等不能我能修行如來十力乃至十八佛不共法汝等不能我能修行大慈大悲大喜大捨汝等不能我能修行三十二大士相八十隨好因汝等不能我能修行無忘失法恒住捨性汝等不能我能修行一切智道相智一切相智汝等不能我能修行奢摩他毗鉢舍那汝等不能我能順逆觀縁起支汝等不能我能觀察諸法自相共相汝等不能我能成熟有情嚴淨佛土汝等不能我能修行一切菩薩摩訶薩行汝等不能我能修學諸佛無上正等菩提汝等不能爾時惡魔歡喜踊躍言此菩薩是吾

伴侶流轉生死未有出期是菩薩摩訶薩行深般若波羅蜜多時便爲惡魔之所擾亂若菩薩摩訶薩不恃已有功德善根輕餘菩薩摩訶薩衆雖常精進修諸善法而不執著諸善法相是菩薩摩訶薩行深般若波羅蜜多時不爲惡魔之所擾亂復次慶喜若菩薩摩訶薩自恃名姓衆所識知輕蔑諸餘修善菩薩常讚已德毀訾他過實無不退轉菩薩摩訶薩諸行狀相而謂實有起諸煩惱自讚毀他言汝等無菩薩名姓唯我獨有菩薩名姓由增上慢輕蔑毀訾諸菩薩摩訶薩衆爾時惡魔便作是念今此菩薩令我國土宮殿不空增益地獄傍生鬼界是時惡魔助其神力令轉增益威勢辯才由此多人信受其語因斯勸發同彼惡見同惡見已隨彼邪學隨邪學已煩惱熾盛心顛倒故諸所發起身語意業皆能感得不可愛樂衰損苦果由此因緣增長地獄傍生鬼界令魔宮殿國土充滿由此惡魔歡喜踊躍諸有所作隨意自在是菩薩摩訶薩行深般若波羅蜜多時便爲惡魔之所擾亂若菩薩摩訶薩不恃已有虛妄姓名輕蔑諸餘修善菩薩於諸功德離增上慢常不自讚亦不毀他能善覺知諸惡魔事是菩薩摩訶薩行深般若波羅蜜多時不爲惡魔之所擾亂復次慶喜若菩薩摩訶薩與求聲聞獨覺乘者更相毀蔑鬬諍誹謗爾時惡魔見此事已便作是念今此菩薩遠離無上正等菩提親近地獄傍生鬼界所以者何更相毀蔑鬬諍誹謗非菩提道但是地獄傍生鬼界險惡趣道作是念已歡喜踊躍令此菩

薩威勢轉盛使無量人增長惡業是菩薩摩訶薩行深般若波羅蜜多時便爲惡魔之所擾亂若菩薩摩訶薩與求聲聞獨覺乘者不相毀蔑鬪諍誹謗方便化導令趣大乘或令勤修自乘善法是菩薩摩訶薩行深般若波羅蜜多時不爲惡魔之所擾亂復次慶喜若菩薩摩訶薩與求無上正等菩提善男子等更相毀蔑鬪諍誹謗爾時惡魔見此事已便作是念此二菩薩俱遠無上正等菩提皆近地獄傍生鬼界所以者何更相毀蔑鬪諍誹謗非菩提道但是地獄傍生鬼界險惡趣道是時惡魔作此念已歡喜踴躍增其威勢令二朋黨鬪諍不息是菩薩摩訶薩行深般若波羅蜜多時便爲惡魔之所擾亂若菩薩摩訶薩與求無上正等菩提善男子等不相毀蔑鬪諍誹謗更相教誨修諸善法疾趣無上正等菩提是菩薩摩訶薩行深般若波羅蜜多時不爲惡魔之所擾亂復次慶喜若菩薩摩訶薩未得無上正等菩提不退轉記於得無上正等菩提不退轉記諸菩薩摩訶薩起損害心鬪諍輕蔑罵辱誹謗是菩薩摩訶薩隨起爾所念不饒益心還退爾所劫曾修勝行經爾所時遠離善友還受爾所生死繫縛若不棄捨大菩提心還爾所劫被戴甲胄勤修勝行時無間斷然後乃補所退功德爾時慶喜便白佛言是菩薩摩訶薩所起惡心生死罪苦爲要流轉經爾所時爲於中間亦得出離是菩薩摩訶薩所退勝行爲要精勤經爾所劫被戴甲胄修諸勝行時無間斷然後乃補所退功德爲於中間有復本義佛告慶

喜我爲菩薩獨覺聲聞說有出罪還補善法慶喜當知若菩薩摩訶薩未得無上正等菩提不退轉記於得無上正等菩提不退轉記諸菩薩摩訶薩起損害心鬬諍輕蔑罵辱誹謗後無慚愧懷惡不捨不能如法發露悔過我說彼類於其中間無有出罪還補善義要爾所劫流轉生死遠離善友衆苦所縛若不棄捨大菩提心要爾所劫被戴甲冑勤修勝行時無間斷然後乃補所退功德若菩薩摩訶薩未得無上正等菩提不退轉記於得無上正等菩提不退轉記諸菩薩摩訶薩起損害心鬬諍輕蔑罵辱誹謗後生慚愧心不繫惡尋能如法發露悔過作如是念我今已得難得人身何容復起如是過惡失大善利我應饒益一切有情何容於中反作衰損我應恭敬一切有情如僕事主何容於中反生憍慢毀辱凌蔑我應忍受一切有情捶打呵罵何容於彼反以暴惡身語加報我應和解一切有情令相敬愛何容復起悖惡語言與彼乖諍我應忍受一切有情長時履踐猶如道路亦如橋梁何容於彼反加凌辱我求無上正等菩提爲拔有情生死大苦令得究竟安樂涅槃何容反欲加之以苦我應從今盡未來際如瘖如瘂如聾如盲於諸有情無所分別縱使斬截頭足手臂挑目割耳劓鼻截舌鋸解一切身分支體於彼有情終不起惡若我起惡則便退壞所發無上正等覺心障礙所求一切智智不能利益安樂有情慶喜當知是菩薩摩訶薩我說中間亦有出罪還補善義非要經於爾所劫數流轉生死惡魔於

彼不能擾亂速證無上正等菩提復次慶喜諸菩薩摩訶薩與求聲聞獨覺乘者不應交涉設與交涉不應共住設與共住不應與彼論義決擇所以者何若與彼類論義決擇或當發起忿恚等心或復令生麤惡言說然諸菩薩於有情類不應發起忿恚等心亦不應生麤惡言說設被斫截首足身分亦不應起忿恚惡言所以者何諸菩薩摩訶薩應作是念我求無上正等菩提為拔有情生死衆苦令得究竟利益安樂何容於彼翻為惡事慶喜當知若菩薩摩訶薩於有情類起忿恚心發麤惡語便礙無上正等菩提亦壞無邊菩薩行法是故菩薩摩訶薩衆欲得無上正等菩提於諸有情不應忿恚亦不應起麤惡言說爾時慶喜便白佛言諸菩薩摩訶薩與菩薩摩訶薩云何共住佛告慶喜諸菩薩摩訶薩與菩薩摩訶薩共住相視應如世尊所以者何諸菩薩摩訶薩與菩薩摩訶薩展轉相視應作是念彼是我等真善知識與我為伴同乘一船我等與彼學時學處及所學法若由此學皆無有異如彼應學布施波羅蜜多乃至般若波羅蜜多我亦應學如彼應學內空乃至無性自性空我亦應學如彼應學真如乃至不思議界我亦應學如彼應學苦集滅道聖諦我亦應學如彼應學四念住乃至八聖道支我亦應學如彼應學四靜慮四無量四無色定我亦應學如彼應學空無相無願解脫門我亦應學如彼應學八解脫乃至十遍處我亦應學如彼應學淨觀地乃至如來地智我亦應學如彼應學極喜地乃至法

雲地我亦應學如彼應學陀羅尼門三摩地門我亦應學如彼應學五眼六神通我亦應學如彼應學如來十力乃至十八佛不共法我亦應學如彼應學大慈大悲大喜大捨我亦應學如彼應學三十二大士相八十隨好因我亦應學如彼應學無忘失法恒住捨性我亦應學如彼應學成熟有情嚴淨佛土我亦應學如彼應學一切智道相智一切相智我亦應學復作是念彼諸菩薩爲我等說大菩提道即我良伴亦我導師若彼菩薩摩訶薩住雜作意離一切智智相應作意我當於中不同彼學若彼菩薩摩訶薩離雜作意不離一切智智相應作意我當於中常同彼學慶喜當知若菩薩摩訶薩能如是學菩提資粮速得圓滿若菩薩摩訶薩如是學時與諸菩薩摩訶薩衆名平等學

第三分學時品第二十四

爾時善現便白佛言云何菩薩摩訶薩平等性諸菩薩摩訶薩於中學故名平等學佛告善現內空乃至無性自性空是菩薩摩訶薩平等性諸菩薩摩訶薩於中學故名平等學由平等學速證無上正等菩提復次善現色蘊乃至識蘊空是菩薩摩訶薩平等性眼處乃至意處空是菩薩摩訶薩平等性色處乃至法處空是菩薩摩訶薩平等性眼界乃至意界空是菩薩摩訶薩平等性色界乃至法界空是菩薩摩訶薩平等性眼識界乃至意識界空是菩薩摩訶薩平等性眼觸乃至意觸空是菩薩摩訶薩平等性眼觸爲緣所生諸受乃至意觸爲緣所生諸受空是菩薩摩

訶薩平等性地界乃至識界空是菩薩摩訶薩平等性因緣乃至增上緣空是菩薩摩訶薩平等性無明乃至老死空是菩薩摩訶薩平等性布施波羅蜜多乃至般若波羅蜜多空是菩薩摩訶薩平等性内空乃至無性自性空空是菩薩摩訶薩平等性眞如乃至不思議界空是菩薩摩訶薩平等性苦集滅道聖諦空是菩薩摩訶薩平等性四念住乃至八聖道支空是菩薩摩訶薩平等性四靜慮四無量四無色定空是菩薩摩訶薩平等性空無相無願解脱門空是菩薩摩訶薩平等性八解脱乃至十遍處空是菩薩摩訶薩平等性淨觀地乃至如來地空是菩薩摩訶薩平等性極喜地乃至法雲地空是菩薩摩訶薩平等性陀羅尼門三摩地門空是菩薩摩訶薩平等性五眼六神通空是菩薩摩訶薩平等性如來十力乃至十八佛不共法空是菩薩摩訶薩平等性大慈大悲大喜大捨空是菩薩摩訶薩平等性三十二大士相八十隨好空是菩薩摩訶薩平等性無忘失法恒住捨性空是菩薩摩訶薩平等性一切智道相智一切相智空是菩薩摩訶薩平等性預流果乃至獨覺菩提空是菩薩摩訶薩平等性一切菩薩摩訶薩行諸佛無上正等菩提空是菩薩摩訶薩平等性諸菩薩摩訶薩於中學故名平等學由平等學速證無上正等菩提具壽善現復白佛言若菩薩摩訶薩爲色盡故學乃至爲諸佛無上正等菩提盡故學是學一切智智不若菩薩摩訶薩爲色離故學乃至爲諸佛無上正等菩提離故學是

學一切智智不若菩薩摩訶薩爲色滅故學乃至爲諸佛無上正等菩提滅故學是學一切智智不若菩薩摩訶薩爲色不生故學乃至爲諸佛無上正等菩提不生故學是學一切智智不佛告善現如汝所問若菩薩摩訶薩爲色乃至諸佛無上正等菩提盡故離故滅故不生故學是學一切智智不者善現於意云何色眞如乃至諸佛無上正等菩提眞如盡離滅斷不善現答言不也世尊不也善逝佛告善現若菩薩摩訶薩於諸眞如能如是學是學一切智智善現當知眞如無盡無離無滅無斷不可作證若菩薩摩訶薩於諸眞如能如是學是學一切智智復次善現若菩薩摩訶薩如是學時是學布施乃至般若波羅蜜多是學內空乃至無性自性空是學眞如乃至不思議界是學苦集滅道聖諦是學四念住乃至八聖道支是學四靜慮四無量四無色定是學空無相無願解脫門是學八解脫乃至十遍處是學淨觀地乃至如來地智是學極喜地乃至法雲地是學陀羅尼門三摩地門是學五眼六神通是學如來十力乃至十八佛不共法是學大慈大悲大喜大捨是學三十二大士相八十隨好因是學無忘失法恒住捨性是學一切智道相智一切相智是學一切菩薩摩訶薩行是學諸佛無上正等菩提善現當知若菩薩摩訶薩能如是學布施波羅蜜多乃至諸佛無上正等菩提時即爲是學一切智智復次善現若菩薩摩訶薩如是學時至一切學究竟彼岸若菩薩摩訶薩如是學時一切天魔及諸外道

皆不能伏若菩薩摩訶薩如是學時速到菩薩不退轉地若菩薩摩訶薩如是學時行自祖父如來行處若菩薩摩訶薩如是學時於能護法無倒隨轉能作離闇所應作法若菩薩摩訶薩如是學時善能成熟一切有情巧能嚴淨自佛國土若菩薩摩訶薩如是學時名為善學大慈大悲大喜大捨及餘無量無邊佛法若菩薩摩訶薩如是學時是學三轉十二行相無上法輪是學安處百千俱胝那庾多衆於無餘依般涅槃界令般涅槃若菩薩摩訶薩如是學時是學不斷如來種性是學諸佛開甘露門是學安立無量無數無邊有情住三乘法是學示現一切有情究竟寂滅真無為界是為修學一切智智如是學者下劣有情所不能學善現當知若菩薩摩訶薩欲善拔濟一切有情生死大苦應如是學

復次善現若菩薩摩訶薩如是學時決定不墮地獄傍生閻魔王界決定不生邊地達絮蔑戾車中決定不生旃荼羅家補羯娑家及餘種種貧窮下賤不律儀家終不盲聾瘖瘂攣躄根支殘缺背僂癲癇癰疽疥癩痔病惡瘡不長不短亦不黧黑及無種種穢惡瘡病

復次善現若菩薩摩訶薩如是學時生生常得眷屬圓滿形貌端嚴言詞威肅衆人愛敬所生之處離害生命乃至邪見終不攝受虛妄邪法不以邪法而自活命亦不攝受破戒惡見謗法有情以為親友

復次善現若菩薩摩訶薩如是學時終不生於躭樂少慧長壽天處所以者何是菩薩摩訶薩成就方便善巧勢力由此方便善巧勢力雖能數入靜慮

無量及無色定而不隨彼勢力受生甚深般若波羅蜜多所攝受故成就如是方便善巧於諸定中雖常獲得入出自在而不隨彼諸定勢力生長壽天廢修菩薩摩訶薩行復次善現若菩薩摩訶薩如是學時於一切法皆得清淨由清淨故不墮聲聞獨覺等地爾時善現便白佛言若一切法本性清淨云何菩薩摩訶薩衆如是學時於一切法復得清淨佛告善現如是如是如汝所說諸法本來自性清淨是菩薩摩訶薩於一切法本性淨中精勤修學甚深般若波羅蜜多方便善巧如實通達心不沉沒亦不滯礙遠離一切煩惱染著故說菩薩如是學時於一切法復得清淨復次善現雖一切法本性清淨而諸異生不知見覺是菩薩摩訶薩爲欲令彼知見覺故修行布施乃至般若波羅蜜多廣說乃至修行一切智道相智一切相智復次善現若菩薩摩訶薩如是學時於佛十力四無所畏四無礙解大慈大悲大喜大捨及十八佛不共法等皆得圓滿究竟清淨復次善現若菩薩摩訶薩如是學時於諸有情心行差別皆能通達至極彼岸善巧方便令諸有情知一切法本性清淨證得究竟清淨涅槃善現當知譬如大地少處出生金銀等寶多處出生沙石瓦礫諸有情類亦復如是少分能學甚深般若波羅蜜多多學聲聞獨覺地法善現當知譬如人趣少分能修轉輪王業多分受行小國王業諸有情類亦復如是少分能修一切智智道多分受行聲聞獨覺道善現當知求趣無上正等菩提諸菩薩衆少得無上

正等菩提多墮聲聞或獨覺地善現當知住菩薩乘善男子等若不遠離甚深般若波羅蜜多方便善巧定能趣入不退轉地若有遠離甚深般若波羅蜜多方便善巧定於無上正等菩提當有退轉是故菩薩摩訶薩衆欲得菩薩不退轉地欲入菩薩不退轉數當勤修學甚深般若波羅蜜多方便善巧復次善現若菩薩摩訶薩如是修學甚深般若波羅蜜多方便善巧終不發起慳貪破戒瞋忿懈怠散動惡慧俱行之心亦不發起貪欲瞋恚愚癡憍慢俱行之心亦不發起放逸謬誤及餘過失俱行之心亦不發起執著色蘊乃至識蘊俱行之心廣說乃至亦不發起執著乃至諸佛無上正等菩提俱行之心所以者何是菩薩摩訶薩行深般若波羅蜜多方便善巧不見有法是可得者無所得故不起執著色等諸法俱行之心復次善現若菩薩摩訶薩如是修學甚深般若波羅蜜多方便善巧能攝一切波羅蜜多能集一切波羅蜜多能導一切波羅蜜多所以者何甚深般若波羅蜜多中含容一切波羅蜜多故善現當知如爲身見普能攝受六十二見甚深般若波羅蜜多亦復如是含容一切波羅蜜多善現譬如諸殞沒者命根滅故諸根隨滅甚深般若波羅蜜多亦復如是一切所學波羅蜜多悉皆隨從若無般若波羅蜜多亦無一切波羅蜜多是故善現若菩薩摩訶薩欲至一切波羅蜜多究竟彼岸應勤修學甚深般若波羅蜜多復次善現若菩薩摩訶薩能勤修學甚深般若波羅蜜多於諸有情最上最勝所以

者何是菩薩摩訶薩能勤修學無上法故復次善現於意云何於此三千大千世界諸有情類寧爲多不善現答言贍部洲中諸有情類尚多無數何況三千大千世界諸有情類寧不爲多佛告善現如是如是如汝所說善現當知假使三千大千世界諸有情類非前非後皆得人身得人身已非前非後皆發無上正等覺心修諸菩薩摩訶薩行修行滿已非前非後皆得無上正等菩提有菩薩摩訶薩盡其形壽能以種種上妙樂具供養恭敬尊重讚歎此諸如來應正等覺於意云何是菩薩摩訶薩由此因緣得福多不善現答言甚多世尊甚多善逝佛告善現若菩薩乘善男子等能於如是甚深般若波羅蜜多常樂聽聞受持讀誦究竟通利如理思惟依教修行書寫流布所獲功德甚多於前無量無數所以者何甚深般若波羅蜜多具大義用能令菩薩摩訶薩衆疾證無上正等菩提是故善現若菩薩摩訶薩欲居一切有情上首欲普饒益一切有情無救護者爲作救護無歸依者爲作歸依無投趣者爲作投趣無眼目者爲作眼目無光明者爲作光明失正路者示以正路未涅槃者令得涅槃當學如是甚深般若波羅蜜多善現當知若菩薩摩訶薩欲得無上正等菩提欲行諸佛所行境界欲遊戲佛所遊戲處欲作如來大師子吼欲擊諸佛無上法鼓欲扣諸佛無上法鐘欲吹諸佛無上法螺欲陞諸佛無上法座欲演諸佛無上法義欲斷一切有情疑網欲入諸佛甘露法界欲受諸佛微妙法樂欲證如來圓淨

功德當學如是甚深般若波羅蜜多復次善現若菩薩摩訶薩修學如是甚深般若波羅蜜多無有一切功德善根而不能得所以者何甚深般若波羅蜜多是一切種功德善根所依處故爾時善現即白佛言諸菩薩摩訶薩修學如是甚深般若波羅蜜多豈亦能得聲聞獨覺功德善根佛告善現聲聞獨覺功德善根此諸菩薩摩訶薩衆亦皆能得但於其中無住無著以勝智見正觀察已超過聲聞及獨覺地趣入菩薩正性離生故此菩薩摩訶薩衆無有一切功德善根而不能得復次善現若菩薩摩訶薩如是學時則爲隣近一切智智速證無上正等菩提復次善現若菩薩摩訶薩如是學時則爲一切世間天人阿素洛等眞實福田超出世間沙門梵志聲聞獨覺福田之上疾能證得一切智智復次善現若菩薩摩訶薩如是學時隨所生處不捨如是甚深般若波羅蜜多不離如是甚深般若波羅蜜多常行如是甚深般若波羅蜜多復次善現若菩薩摩訶薩能學如是甚深般若波羅蜜多當知已於一切智智得不退轉於一切法能正覺知遠離聲聞獨覺等地親近無上正等菩提復次善現若菩薩摩訶薩行深般若波羅蜜多時作如是念此是般若波羅蜜多此是修時此是修處我能修此甚深般若波羅蜜多我由如是甚深般若波羅蜜多棄捨如是所應捨法定當證得一切智智是菩薩摩訶薩非行般若波羅蜜多亦於般若波羅蜜多不能解了所以者何甚深般若波羅蜜多不作是念我是般若波羅蜜

多此是修時此是修處此是修者此是般若波羅蜜多所遠離法此是般若波羅蜜多所照了法此是般若波羅蜜多所證無上正等菩提若如是知是行般若波羅蜜多復次善現若菩薩摩訶薩行深般若波羅蜜多時作如是念此非般若波羅蜜多此非修時此非修處此非修者非由般若波羅蜜多遠離一切所應捨法非由般若波羅蜜多定能證得所求無上正等菩提所以者何以一切法皆住眞如法界法性廣說乃至不思議界此中一切皆無差別善現當知若菩薩摩訶薩如是學時是行般若波羅蜜多速能證得一切智智

大般若波羅蜜多經卷第五百二十

音釋

戰慄（戰之膳切恐也慄力質切懼也）奢摩他（梵語也此云止又云定相）捶打（捶主橤切打音頂捶打並以杖擊也）悖惡（悖蒲昧切逆也）履踐（履音里踐慈演切）挑目（挑他彫切抉目也）劓鼻（劓音詣刖鼻也）鋸解（鋸居御切刀鋸也解舉蟹切分判也）麤惡（麤聰徂切物不精也）違絜（絜息攜切違絜此謂微信佛法人也）背僂（僂音呂背僂謂脊背俯也）痔病（痔丈几切後病也）黧黑（黧音黎黑色也）謬誤（謬靡幼切差謬也誤五故切惑也）殞沒（殞羽敏切亦殁也沒與殁同終也）

大般若波羅蜜多經卷第五百二十一

唐三藏法師玄奘奉詔譯

第三分見不動品第二十五之一

時天帝釋竊作是念若菩薩摩訶薩修行布施波羅蜜多廣說乃至一切相智尚超一切有情之上況得無上正等菩提若諸有情聞說一切智智名字深生信解尚爲獲得人中善利及得世間最勝壽命況發無上正等覺心或能聽聞甚深般若波羅蜜多若諸有情能發無上正等覺心聽聞般若波羅蜜多甚深經典諸餘有情皆應願樂所獲功德世間天人阿素洛等皆不能及爾時世尊知天帝釋心之所念便告之言如是如是如汝所念時天帝釋踊躍歡喜即取天上微妙香華奉散如來及諸菩薩既散華已作是願言若菩薩乘善男子等求趣無上正等菩提以我所生善根功德令彼所願速得圓滿疾能證得一切智智令彼所求無上佛法速得圓滿令彼所求自然之法速得圓滿令彼所求眞無漏法速得圓滿令彼一切所欲聞法皆得如意若求聲聞獨覺乘者亦令所願疾得滿足作是願已便白佛言若菩薩乘善男子等已發無上正等覺心我終不生一念異意令其退轉大菩提心我亦不生一念異意令諸菩薩猒離無上正等菩提退墮聲聞獨覺等地世尊若菩薩摩訶薩已於無上正等菩提深心樂欲我願彼心倍復增進速證無上正等菩提願彼菩薩摩訶薩衆見生死中種種苦已爲欲利樂世間天人阿素洛等發起種種堅固大願我既自度生死大海亦當精勤度

未度者我既自解生死繫縛亦當精勤解未解者我於種種生死恐怖既自安隱亦當精勤安未安者我既自證究竟涅槃亦當精勤令未證者皆同證得世尊若善男子善女人等於初發心菩薩功德深心隨喜得幾許福於久發心菩薩功德深心隨喜得幾許福於不退轉地菩薩功德深心隨喜得幾許福於一生所繫菩薩功德深心隨喜得幾許福爾時佛告天帝釋言憍尸迦四大洲界可知兩數此善男子善女人等隨喜俱心所生福德不可知量憍尸迦小千世界可知兩數此善男子善女人等隨喜俱心所生福德不可知量憍尸迦中千世界可知兩數此善男子善女人等隨喜俱心所生福德不可知量憍尸迦我此三千大千世界可知兩數此善男子善女人等隨喜俱心所生福德不可知量憍尸迦假使三千大千世界合爲一海有取一毛析爲百分持一分端沾彼海水可知滴數此善男子善女人等隨喜俱心所生福德不可知量所以者何是善男子善女人等隨喜俱心所生福德無邊際故時天帝釋復白佛言若諸有情於諸菩薩殊勝功德不隨喜者當知皆是魔所執持魔所魅著魔之朋黨魔天界没來生此間所以者何若菩薩摩訶薩求趣無上正等菩提修諸菩薩摩訶薩行若有發心於彼功德深生隨喜皆能破壞一切魔軍宫殿眷屬世尊若諸有情深心敬愛佛法僧寶隨所生處常欲見佛聞法遇僧於諸菩薩摩訶薩衆功德善根應深隨喜既隨喜已迴向無上正等菩提而不應生二不二想

若能如是疾證無上正等菩提饒益有情破魔軍衆爾時佛告天帝釋言如是如是如汝所說憍尸迦若諸有情於菩薩摩訶薩功德善根深心隨喜迴向無上正等菩提是諸有情速能圓滿諸菩薩行疾證無上正等菩提若諸有情於菩薩摩訶薩功德善根深心隨喜迴向無上正等菩提是諸有情具大威力常能奉事一切如來應正等覺及善知識恒聞般若波羅蜜多甚深經典善知義趣是諸有情成就如是隨喜迴向功德善根隨所生處常爲一切世間天人阿素洛等供養恭敬尊重讚歎不見惡色不聞惡聲不齅惡香不嘗惡味不覺惡觸不思惡法常不遠離諸佛世尊從一佛土趣一佛土親近諸佛種諸善根成熟有情嚴淨佛土何以故憍尸迦是諸有情能於無量最初發心諸菩薩衆功德善根深心隨喜迴向無上正等菩提能於無量已住初地乃至十地諸菩薩衆功德善根深心隨喜迴向無上正等菩提能於無量一生所繫諸菩薩衆功德善根深心隨喜迴向無上正等菩提由此因緣是諸有情善根增進疾證無上正等菩提既得無上正等菩提能盡未來如實饒益無量無數無邊有情令住無餘般涅槃界以是故憍尸迦住菩薩乘善男子等於初發心諸菩薩衆功德善根於久發心諸菩薩衆功德善根於不退轉地諸菩薩衆功德善根於一生所繫諸菩薩衆功德善根皆應隨喜迴向無上正等菩提於生隨喜及迴向時不應執著即心離心隨喜迴向不應執著即心修行離心修行若能如是無

所執著隨喜迴向修諸菩薩摩訶薩行速證無上正等菩提度諸天人阿素洛等令脫生死得般涅槃爾時善現便白佛言如世尊說諸法如幻云何菩薩摩訶薩以如幻心能得無上正等菩提佛告善現於意云何汝見菩薩摩訶薩如幻心不善現答言不也世尊我不見幻亦不見有如幻之心佛告善現於意云何若處無幻無如幻心汝見有是心能得無上正等菩提不善現答言不也世尊我都不見有處無幻無如幻心更有是心能得無上正等菩提佛告善現於意云何若處離幻離如幻心汝見有是法能得無上正等菩提不善現答言不也世尊我都不見有處離幻離如幻心更有是法能得無上正等菩提世尊我都不見即離心法說何等法是有是無以一切法畢竟離故若一切法畢竟離者不可施設此法是有此法是無若法不可施設有無則不可說能得無上正等菩提非無所有法能得菩提故所以者何以一切法皆無所有性不可得無染無淨何以故以般若波羅蜜多乃至布施波羅蜜多皆畢竟離故內空乃至無性自性空亦畢竟離故真如乃至不思議界亦畢竟離故苦集滅道聖諦亦畢竟離故四念住乃至八聖道支亦畢竟離故四靜慮四無量四無色定亦畢竟離故空無相無願解脫門亦畢竟離故八解脫乃至十遍處亦畢竟離故極喜地乃至法雲地亦畢竟離故陀羅尼門三摩地門亦畢竟離故五眼六神通亦畢竟離故如來十力乃至十八佛不共法亦畢竟離故大慈大悲大喜大捨

亦畢竟離故三十二大士相八十隨好亦畢竟離故無忘失法恒住捨性亦畢竟離故一切智道相智一切相智亦畢竟離故一切菩薩摩訶薩行諸佛無上正等菩提亦畢竟離故一切智智亦畢竟離故世尊若法畢竟離是法不應修亦不應遣亦復不應有所引發甚深般若波羅蜜多畢竟離故於法不應有所引發世尊甚深般若波羅蜜多既畢竟離云何可說諸菩薩摩訶薩依深般若波羅蜜多證得無上正等菩提世尊諸佛無上正等菩提亦畢竟離云何離法能得離法是故般若波羅蜜多應不可說證得無上正等菩提佛告善現善哉善哉如是如是如汝所說般若波羅蜜多乃至布施波羅蜜多皆畢竟離廣說乃至一切智智亦畢竟離善現當知以般若波羅蜜多畢竟離廣說乃至一切智智亦畢竟離可說菩薩摩訶薩證得畢竟離諸佛無上正等菩提善現當知若般若波羅蜜多非畢竟離應非般若波羅蜜多廣說乃至一切智智非畢竟離應非一切智智善現當知以般若波羅蜜多畢竟離故得名般若波羅蜜多廣說乃至以一切智智畢竟離故得名一切智智是故善現諸菩薩摩訶薩非不依止甚深般若波羅蜜多證得無上正等菩提善現當知雖非離法能得離法而得無上正等菩提非不依止甚深般若波羅蜜多是故菩薩摩訶薩衆欲得無上正等菩提應勤修學甚深般若波羅蜜多具壽善現便白佛言諸菩薩摩訶薩所行義趣極爲甚深佛告善現如是如是諸菩薩摩訶薩所行義趣

極爲甚深善現當知諸菩薩摩訶薩能爲難事雖行如是甚深義趣而於聲聞獨覺地法能不作證爾時善現復白佛言如我解佛所說義者諸菩薩摩訶薩所作不難不應說彼能爲難事所以者何諸菩薩摩訶薩所證義趣都不可得能證般若波羅蜜多亦不可得證法證者證處證時亦不可得世尊諸菩薩摩訶薩觀一切法既不可得有何義趣可爲所證有何般若波羅蜜多可爲能證復有何等而可施設證法證者證處證時既爾云何可執由此證得無上正等菩提無上正等菩提尚不可證況證聲聞獨覺地法世尊若如是行是名菩薩無所得行若菩薩摩訶薩能行如是無所得行於一切法得無暗障世尊若菩薩摩訶薩聞如是語心不沉没亦不憂悔不驚不怖是行般若波羅蜜多世尊是菩薩摩訶薩如是行時不見衆相不見我行不見不行不見般若波羅蜜多是我所行不見無上正等菩提是我所證亦復不見證處時等世尊是菩薩摩訶薩行深般若波羅蜜多不作是念我遠聲聞獨覺等地我近無上正等菩提譬如虛空不作是念我去彼事若遠若近所以者何虛空無動亦無差别無分别故諸菩薩摩訶薩亦復如是行深般若波羅蜜多不作是念我遠聲聞獨覺等地我近無上正等菩提所以者何甚深般若波羅蜜多於一切法無分别故譬如幻士不作是念幻質幻師去我爲近幻所似法去我爲遠聚集徒衆亦近亦遠所以者何所幻之士無分别故諸菩薩摩訶薩亦復如是行深般若波羅

蜜多不作是念我遠聲聞獨覺等地我近無上正等菩提所以者何甚深般若波羅蜜多於一切法無分別故譬如影像不作是念我因彼現去我爲近所不因法去我爲遠所以者何所現影像無分別故諸菩薩摩訶薩亦復如是行深般若波羅蜜多不作是念我遠聲聞獨覺等地我近無上正等菩提所以者何甚深般若波羅蜜多於一切法無分別故世尊行深般若波羅蜜多諸菩薩摩訶薩無愛無憎所以者何甚深般若波羅蜜多及一切法愛憎自性不可得故如諸如來應正等覺於一切法無愛無憎行深般若波羅蜜多諸菩薩摩訶薩亦復如是於一切法無愛無憎所以者何諸佛菩薩甚深般若波羅蜜多愛憎斷故如諸如來應正等覺永斷一切妄

想分別行深般若波羅蜜多諸菩薩摩訶薩亦復如是伏斷一切妄想分別所以者何諸佛菩薩甚深般若波羅蜜多於一切法無分別故如諸如來應正等覺不作是念我遠聲聞獨覺等地我近無上正等菩提行深般若波羅蜜多諸菩薩摩訶薩亦復如是不作是念我遠聲聞獨覺等地我近無上正等菩提所以者何諸佛菩薩甚深般若波羅蜜多於一切法無分別故如諸如來應正等覺所變化者不作是念我遠聲聞獨覺等地我近無上正等菩提所以者何諸佛所化無分別故行深般若波羅蜜多諸菩薩摩訶薩亦復如是不作是念我遠聲聞獨覺等地我近無上正等菩提所以者何甚深般若波羅蜜多於一切法無分別故如諸佛等欲有所作化作

化者令作彼事然所化者不作是念我能造作如是事業所以者何諸所化者於所作業無分別故行深般若波羅蜜多諸菩薩摩訶薩亦復如是有所爲故而勤修學既修學已雖能成辦所作事業而於所作無所分別所以者何甚深般若波羅蜜多法爾於法無分別故如有巧匠或彼弟子有所爲故造諸機關或女或男或象馬等此諸機關雖有所作而於彼事都無分別所以者何機關法爾無分別故行深般若波羅蜜多諸菩薩摩訶薩亦復如是有所爲故而成立之既成立已雖能成辦種種事業而於其中都無分別所以者何甚深般若波羅蜜多法爾於法無分別故爾時舍利子問具壽善現言爲但般若波羅蜜多於一切法無所分別爲靜慮等波羅蜜多於一切法亦無分別善現答言非但般若波羅蜜多於一切法無所分別靜慮等五波羅蜜多於一切法亦無分別時舍利子問善現言爲但六種波羅蜜多於一切法無所分別爲色蘊乃至識蘊於一切法亦無分別爲眼處乃至意處於一切法亦無分別爲色處乃至法處於一切法亦無分別爲眼界乃至意界於一切法亦無分別爲色界乃至法界於一切法亦無分別爲眼識界乃至意識界於一切法亦無分別爲眼觸乃至意觸於一切法亦無分別爲眼觸爲緣所生諸受乃至意觸爲緣所生諸受於一切法亦無分別爲地界乃至識界於一切法亦無分別爲因緣乃至增上緣於一切法亦無分別爲無明乃至老死於一切法亦無分別爲内空乃至

無性自性空於一切法亦無分別爲眞如乃至不思議界於一切法亦無分別爲苦集滅道聖諦於一切法亦無分別爲四念住乃至八聖道支於一切法亦無分別爲四靜慮四無量四無色定於一切法亦無分別爲空無相無願解脫門於一切法亦無分別爲八解脫乃至十遍處於一切法亦無分別爲淨觀地乃至如來地於一切法亦無分別爲極喜地乃至法雲地於一切法亦無分別爲陀羅尼門三摩地門於一切法亦無分別爲五眼六神通於一切法亦無分別爲如來十力乃至十八佛不共法於一切法亦無分別爲大慈大悲大喜大捨於一切法亦無分別爲三十二大士相八十隨好於一切法亦無分別爲無忘失法恒住捨性於一切法亦無分別

爲一切智道相智一切相智於一切法亦無分別爲預流果乃至獨覺菩提於一切法亦無分別爲一切菩薩摩訶薩行諸佛無上正等菩提於一切法亦無分別爲有爲界或無爲界於一切法亦無分別善現答言非但六種波羅蜜多於一切法無所分別色乃至無爲界於一切法亦無分別云以者何以一切法性相皆空無分別故時舍利子問善現言若一切法皆無分別云何而有流轉生死五趣差別云何復有預流一來不還阿羅漢獨覺菩薩及諸如來聖位差別善現對曰有情顛倒煩惱因緣發起種種身語意業由斯感得欲爲根本業異熟果依此施設地獄傍生餓鬼人天五趣差別又所問言云何復有預流果等聖位差別舍利子無分別故施設預

流及預流果無分别故施設一來及一來果無分别故施設不還及不還果無分别故施設阿羅漢及阿羅漢果無分别故施設獨覺及獨覺菩提無分别故施設菩薩摩訶薩及菩薩摩訶薩行無分别故施設如來應正等覺及佛無上正等菩提舍利子過去如來應正等覺由無分别分别斷故可施設有未來如來應正等覺由無分别分别斷故可施設亦無分别分别斷故可施設有舍利子由此有現在十方諸佛世界一切如來應正等覺因緣當知諸法皆無分别由無分别真如法界廣說乃至不思議界爲定量故舍利子諸菩薩摩訶薩應行如是無所分别甚深般若波羅蜜多舍利子若菩薩摩訶薩能行如是無所分别甚深般若波羅蜜多便能證得無所分别清淨無上正等菩提能盡未來利樂一切時舍利子問善現言諸菩薩摩訶薩行深般若波羅蜜多時爲行堅法爲行非堅法善現答言諸菩薩摩訶薩行深般若波羅蜜多時行非堅法不行堅法何以故舍利子般若波羅蜜多乃至布施波羅蜜多非堅法故内空乃至無性自性空非堅法故真如乃至不思議界非堅法故苦聖諦乃至道聖諦非堅法故四念住乃至八聖道支非堅法故四靜慮四無量四無色定非堅法故空無相無願解脱門非堅法故八解脱乃至十遍處非堅法故極喜地乃至法雲地非堅法故陀羅尼門三摩地門非堅法故五眼六神通非堅法故如來十力乃至十八佛不共法非堅法故大慈大悲大喜大捨非堅法故三十二大

士相八十隨好非堅法故無忘失法恒住捨性非堅法故一切智道相智一切相智非堅法故所以者何諸菩薩摩訶薩行深般若波羅蜜多時於般若波羅蜜多乃至一切相智尚不見有非堅法可得況見有堅法可得時有無量欲界天子色界天子咸作是念若善男子善女人等能發無上正等覺心如深般若波羅蜜多所說義行不證實際不墮聲聞及獨覺地由此因緣是善男子善女人等甚爲希有能爲難事應當敬禮爾時善現知諸天子心之所念便告之言是善男子善女人等不證實際不墮聲聞及獨覺地非甚希有亦未爲難若菩薩摩訶薩知一切法及諸有情皆不可得而發無上正等覺心被精進甲誓度無量無數有情令入無餘般涅槃界是菩薩摩訶薩乃甚希有能爲難事天子當知若菩薩摩訶薩雖知有情都無所有而發無上正等覺心被精進甲爲欲調伏諸有情衆如有爲欲調伏虛空何以故諸天子虛空離故當知一切有情亦離虛空空故當知一切有情亦空虛空不堅實故當知一切有情亦不堅實虛空無所有故當知一切有情亦無所有由此因緣是菩薩摩訶薩乃甚希有能爲難事天子當知是菩薩摩訶薩被大願鎧爲欲調伏一切有情而諸有情都無所有如有被鎧與虛空戰天子當知是菩薩摩訶薩被大願鎧爲欲饒益一切有情而諸有情及大願鎧俱不可得何以故諸天子有情離故此大願鎧當知亦離有情空故此大願鎧當知亦空有情不堅實故此大願鎧當知亦不

堅實有情無所有故此大願鎧當知亦無所有天子當知是菩薩摩訶薩調伏饒益諸有情事亦不可得何以故諸天子有情離故此調伏饒益事當知亦離有情空故此調伏饒益事當知亦空有情不堅實故此調伏饒益事當知亦不堅實有情無所有故此調伏饒益事當知亦無所有天子當知諸菩薩摩訶薩亦無所有何以故諸天子有情離故諸菩薩摩訶薩當知亦離有情空故諸菩薩摩訶薩當知亦空有情不堅實故諸菩薩摩訶薩當知亦不堅實有情無所有故諸菩薩摩訶薩當知亦無所有天子當知若菩薩摩訶薩聞如是語心不沉没不驚不怖亦不憂悔當知是菩薩摩訶薩行深般若波羅蜜多何以故諸天子色蘊乃至識蘊離故有情亦離眼處乃至意處離故有情亦離色處乃至法處離故有情亦離眼界乃至意界離故有情亦離色界乃至法界離故有情亦離眼識界乃至意識界離故有情亦離眼觸乃至意觸離故有情亦離眼觸爲緣所生諸受乃至意觸爲緣所生諸受離故有情亦離地界乃至識界離故有情亦離因緣乃至增上緣離故有情亦離無明乃至老死離故有情亦離布施波羅蜜多乃至般若波羅蜜多離故有情亦離内空乃至無性自性空離故有情亦離眞如乃至不思議界離故有情亦離苦聖諦乃至道聖諦離故有情亦離四念住乃至八聖道支離故有情亦離四靜慮四無量四無色定離故有情亦離空無相無願解脱門離故有情亦離八解脱乃至十遍處離故有情亦

離淨觀地乃至如來地離故有情亦離極喜地乃至法雲地離故有情亦離陀羅尼門三摩地門離故有情亦離五眼六神通離故有情亦離如來十力乃至十八佛不共法離故有情亦離大慈大悲大喜大捨離故有情亦離三十二大士相八十隨好離故有情亦離無忘失法恒住捨性離故有情亦離一切智道相智一切相智離故有情亦離預流果乃至獨覺菩提離故有情亦離一切菩薩摩訶薩行諸佛無上正等菩提離故有情亦離一切智智離故有情亦離天子當知色蘊離故六波羅蜜多亦離乃至識蘊離故六波羅蜜多亦離廣說乃至色蘊離故一切智智亦離乃至識蘊離故一切智智亦離天子當知眼處離故六波羅蜜多亦離乃至意處離故六波羅蜜多亦離廣說乃至眼處離故一切智智亦離乃至意處離故一切智智亦離天子當知色處離故六波羅蜜多亦離乃至法處離故六波羅蜜多亦離廣說乃至色處離故一切智智亦離乃至法處離故一切智智亦離天子當知眼界離故六波羅蜜多亦離乃至意界離故六波羅蜜多亦離廣說乃至眼界離故一切智智亦離乃至意界離故一切智智亦離天子當知色界離故六波羅蜜多亦離乃至法界離故六波羅蜜多亦離廣說乃至色界離故一切智智亦離乃至法界離故一切智智亦離天子當知眼識界離故六波羅蜜多亦離乃至意識界離故六波羅蜜多亦離廣說乃至眼識界離故一切智智亦離乃至意識界離故一切智智亦離天子當

知眼觸離故六波羅蜜多亦離乃至意觸離故六波羅蜜多亦離廣說乃至眼觸離故一切智智亦離乃至意觸離故一切智智亦離天子當知眼觸爲緣所生諸受離故六波羅蜜多亦離乃至意觸爲緣所生諸受離故六波羅蜜多亦離廣說乃至眼觸爲緣所生諸受離故一切智智亦離乃至意觸爲緣所生諸受離故一切智智亦離天子當知地界離故六波羅蜜多亦離乃至識界離故六波羅蜜多亦離廣說乃至地界離故一切智智亦離乃至識界離故一切智智亦離天子當知因緣離故六波羅蜜多亦離乃至增上緣離故六波羅蜜多亦離廣說乃至因緣離故一切智智亦離乃至增上緣離故一切智智亦離天子當知無明離故六波羅蜜多亦離乃至老死離故六波羅蜜多亦離廣說乃至無明離故一切智智亦離乃至老死離故一切智智亦離天子當知布施波羅蜜多離故內空乃至無性自性空亦離乃至般若波羅蜜多離故內空乃至無性自性空亦離廣說乃至布施波羅蜜多離故一切智智亦離乃至般若波羅蜜多離故一切智智亦離天子當知內空離故六波羅蜜多亦離乃至無性自性空離故六波羅蜜多亦離廣說乃至內空離故一切智智亦離乃至無性自性空離故一切智智亦離天子當知眞如離故六波羅蜜多亦離乃至不思議界離故六波羅蜜多亦離廣說乃至眞如離故一切智智亦離乃至不思議界離故一切智智亦離天子當知苦聖諦離故六波羅蜜多亦離集滅道聖諦

離故六波羅蜜多亦離廣說乃至苦聖諦離故一切智智亦離集滅道聖諦離故一切智智亦離天子當知四念住離故六波羅蜜多亦離乃至八聖道支離故六波羅蜜多亦離廣說乃至四念住離故一切智智亦離乃至八聖道支離故一切智智亦離天子當知四靜慮離故六波羅蜜多亦離四無量四無色定離故六波羅蜜多亦離廣說乃至四靜慮離故一切智智亦離四無量四無色定離故一切智智亦離天子當知空解脫門離故六波羅蜜多亦離無相無願解脫門離故六波羅蜜多亦離廣說乃至空解脫門離故一切智智亦離無相無願解脫門離故一切智智亦離天子當知八解脫離故六波羅蜜多亦離乃至十遍處離故六波羅蜜多亦離廣說

乃至八解脫離故一切智智亦離乃至十遍處離故一切智智亦離天子當知淨觀地離故六波羅蜜多亦離乃至如來地離故六波羅蜜多亦離廣說乃至淨觀地離故一切智智亦離乃至如來地離故一切智智亦離天子當知極喜地離故六波羅蜜多亦離乃至法雲地離故六波羅蜜多亦離廣說乃至極喜地離故一切智智亦離乃至法雲地離故一切智智亦離天子當知陀羅尼門離故六波羅蜜多亦離三摩地門離故六波羅蜜多亦離廣說乃至陀羅尼門離故一切智智亦離三摩地門離故一切智智亦離天子當知五眼離故六波羅蜜多亦離六神通離故六波羅蜜多亦離廣說乃至五眼離故一切智智亦離六神通離故一切智智亦離天子當

知如來十力離故六波羅蜜多亦離乃至十八佛不共法離故六波羅蜜多亦離廣說乃至如來十力離故一切智智亦離乃至十八佛不共法離故一切智智亦離天子當知大慈離故六波羅蜜多亦離大悲大喜大捨離故六波羅蜜多亦離廣說乃至大慈離故一切智智亦離大悲大喜大捨離故一切智智亦離天子當知三十二大士相離故六波羅蜜多亦離八十隨好離故六波羅蜜多亦離廣說乃至三十二大士相離故一切智智亦離八十隨好離故一切智智亦離天子當知無忘失法離故六波羅蜜多亦離恒住捨性離故六波羅蜜多亦離廣說乃至無忘失法離故一切智智亦離恒住捨性離故一切智智亦離天子當知一切智離故六波羅蜜多亦離道相智一切相智離故六波羅蜜多亦離廣說乃至一切智離故一切智智亦離道相智一切相智離故一切智智亦離天子當知預流果離故六波羅蜜多亦離乃至獨覺菩提離故六波羅蜜多亦離廣說乃至預流果離故一切智智亦離乃至獨覺菩提離故一切智智亦離天子當知一切菩薩摩訶薩行離故六波羅蜜多亦離諸佛無上正等菩提離故六波羅蜜多亦離廣說乃至一切菩薩摩訶薩行離故一切智智亦離諸佛無上正等菩提離故一切智智亦離天子當知一切智智離故六波羅蜜多亦離廣說乃至一切智智離故諸佛無上正等菩提亦離天子當知若菩薩摩訶薩聞說諸法無不離時其心不驚不恐不怖不憂不悔不沉不沒當知

是菩薩摩訶薩行深般若波羅蜜多爾時世尊告善現曰何因緣故諸菩薩摩訶薩於深般若波羅蜜多心不沉沒具壽善現白言世尊以一切法無所有故皆遠離故皆寂靜故無所有故無生滅故無性相故諸菩薩摩訶薩於深般若波羅蜜多心不沉沒世尊由如是等種種因緣諸菩薩摩訶薩於深般若波羅蜜多心不沉沒所以者何諸菩薩摩訶薩於一切法若能沉沒若所沉沒若沉沒處若沉沒時若沉沒者由此沉沒皆不可得以一切法不可得故世尊若菩薩摩訶薩聞說是事心不沉沒亦不驚怖不憂不悔當知是菩薩摩訶薩行深般若波羅蜜多所以者何是菩薩摩訶薩觀一切法皆不可得不可施設是能沉沒是所沉沒是沉沒處是沉沒時是沉沒者由此沉沒以是因緣諸菩薩摩訶薩聞如是事心不沉沒亦不驚怖不憂不悔世尊若菩薩摩訶薩能如是行甚深般若波羅蜜多諸天帝釋大梵天王世界主等常共敬禮供養恭敬尊重讚歎佛告善現若菩薩摩訶薩能如是行甚深般若波羅蜜多非但恒爲諸天帝釋大梵天王世界主等共所敬禮供養恭敬尊重讚歎是菩薩摩訶薩亦爲過此極光淨天若遍淨天若廣果天若淨居天及餘天龍阿素洛等恒共敬禮供養恭敬尊重讚歎是菩薩摩訶薩能如是行甚深般若波羅蜜多亦爲十方無量無數無邊世界一切如來應正等覺及諸菩薩摩訶薩衆常共護念善現當知是菩薩摩訶薩能如是行甚深般若波羅蜜多則令布施乃至般若波羅

蜜多速得圓滿廣說乃至亦令一切智智速得圓滿善現當知若菩薩摩訶薩能如是行甚深般若波羅蜜多常爲諸佛及諸菩薩幷諸天龍阿素洛等守護憶念速得圓滿一切功德是菩薩摩訶薩當知行佛所應行處亦正修行佛所行行速證無上正等菩提與佛世尊應知無異

大般若波羅蜜多經卷第五百二十一

大般若波羅蜜多經卷第五百二十二

唐三藏法師玄奘奉　詔譯

第三分見不動品第二十五之二

復次善現是菩薩摩訶薩其心堅固逾於金剛假使十方殑伽沙等諸佛世界一切有情皆變爲魔是諸魔衆各復化作爾所惡魔此諸惡魔皆有無量無數神力是諸惡魔盡其神力不能留難是菩薩摩訶薩令不能行甚深般若波羅蜜多所以者何是菩薩摩訶薩已得般若波羅蜜多方便善巧知一切法不可得故善現當知若菩薩摩訶薩成就二法一切惡魔不能留難令不能行甚深般若波羅蜜多何等爲二一者觀察諸法皆空二者不捨諸有情類善現當知若菩薩摩訶薩成就二法一切惡魔不能障礙令不能行甚深般若波羅蜜多何等爲二一者如說悉皆能作二者常爲諸佛護念善現當知若菩薩摩訶薩能如是行甚深般若波羅蜜多諸天子等常來禮敬親近供養請問勸發作如是言善哉大士欲證無上正等菩提當勤住空無相無願何以故善男子若勤住空無相無願一切有情無依怙者能作依怙無歸依者能作歸依無救護者能作救護無投趣者能作投趣無舍宅者能作舍宅無洲渚者能作洲渚與暗冥者能作光明與聾盲者能作耳目何以故善男子如是住空無相無願即爲安住甚深般若波羅蜜多若能安住甚深般若波羅蜜多速證無上正等菩提善現當知若菩薩摩訶薩能如是住甚深般若波羅蜜多則爲十方無量無數無邊世界現在諸佛處

大衆中自然歡喜稱揚讚歎是菩薩摩訶薩名字種姓及諸功德所謂安住甚深般若波羅蜜多眞淨功德善現當知如我今者爲衆宣說甚深般若波羅蜜多在大衆中自然歡喜稱揚讚歎寶幢菩薩摩訶薩尸棄菩薩摩訶薩等諸菩薩摩訶薩及餘現住不動佛所淨修梵行住深般若波羅蜜多諸菩薩摩訶薩名字種姓及諸功德所謂安住甚深般若波羅蜜多眞淨功德現在東方無量無數無邊世界一切如來應正等覺爲衆宣說甚深般若波羅蜜多於彼亦有諸菩薩摩訶薩淨修梵行不離般若波羅蜜多彼諸如來應正等覺各於衆中自然歡喜稱揚讚歎彼菩薩摩訶薩名字種姓及諸功德所謂不離甚深般若波羅蜜多眞淨功德南西北方四維上下亦復如是善現當知有菩薩摩訶薩從初發心行深般若波羅蜜多漸次圓滿大菩提道漸次圓滿甚深般若波羅蜜多乃至當得一切相智亦爲十方無量無數無邊世界一切如來應正等覺在大衆中自然歡喜稱揚讚歎是菩薩摩訶薩名字種姓及諸功德所謂修行甚深般若波羅蜜多眞淨功德所以者何是菩薩摩訶薩能爲難事不斷佛種利益安樂一切有情爾時善現便白佛言何等菩薩摩訶薩蒙佛世尊在大衆中自然歡喜稱揚讚歎名字種姓及諸功德爲不退轉爲退轉耶佛告善現有菩薩摩訶薩住不退轉行深般若波羅蜜多蒙佛世尊在大衆中自然歡喜稱揚讚歎名字種姓及諸功德復有菩薩摩訶薩雖未受記而修般若波羅蜜多

方便善巧亦蒙諸佛在大衆中自然歡喜稱揚讃歎名字種姓及諸功德具壽善現復白佛言此所說者是何菩薩佛告善現有菩薩摩訶薩隨不動佛爲菩薩時所修而學已得安住不退轉位是菩薩摩訶薩蒙佛世尊在大衆中自然歡喜稱揚讃歎名字種姓及諸功德復有菩薩摩訶薩隨寶幢菩薩摩訶薩尸棄菩薩摩訶薩等所修而學是菩薩摩訶薩雖未受記而勤精進行深般若波羅蜜多方便善巧亦蒙諸佛在大衆中自然歡喜稱揚讃歎名字種姓及諸功德復次善現有菩薩摩訶薩行深般若波羅蜜多於一切法無生性中雖深信解而未證得無生法忍於深般若波羅蜜多雖深信解而未證得無生法忍於一切法畢竟空性雖深信解而未證得無生法忍於一切法皆寂靜性雖深信解而未證得無生法忍於一切法皆遠離性雖深信解而未證得無生法忍於一切法無所有性雖深信解而未證得無生法忍於一切法不自在性雖深信解而未證得無生法忍於一切法不堅實性雖深信解而未證得無生法忍善現如是等菩薩摩訶薩亦蒙諸佛在大衆中自然歡喜稱揚讃歎名字種姓及諸功德善現當知若菩薩摩訶薩蒙佛世尊在大衆中自然歡喜稱揚讃歎名字種姓及諸功德是菩薩摩訶薩超諸聲聞獨覺等地必得無上正等菩提善現當知若菩薩摩訶薩行深般若波羅蜜多方便善巧蒙佛世尊在大衆中自然歡喜稱揚讃歎名字種姓及諸功德是菩薩摩訶薩必當安住不退轉位住

是位已疾證無上正等菩提復次善現若菩薩摩訶薩聞說如是甚深般若波羅蜜多所有義趣無疑無惑不迷不悶但作是念如佛所說甚深般若波羅蜜多其理必然無有顛倒是菩薩摩訶薩由於般若波羅蜜多深生淨信漸次當於不動佛所及諸菩薩摩訶薩所廣聞般若波羅蜜多於其義趣深生信解既信解已當得住於不退轉位住是位已疾證無上正等菩提善現當知若菩薩摩訶薩但聞如是甚深般若波羅蜜多能生信解不生誹謗尚多獲得殊勝善根況能受持讀誦通利依眞如理繫念思惟安住眞如精勤修學是菩薩摩訶薩速當安住不退轉地疾證無上正等菩提能盡未來利樂一切爾時善現即白佛言諸法實性皆不可得如何可說諸菩薩摩訶薩安住眞如精勤修學速當安住不退轉地疾證無上正等菩提能盡未來利樂一切佛告善現如佛所化安住眞如修諸菩薩摩訶薩行速當安住不退轉地疾證無上正等菩提爲諸有情作大饒益諸菩薩摩訶薩亦復如是安住眞如修諸菩薩摩訶薩行速當安住不退轉地疾證無上正等菩提爲諸有情作大饒益具壽善現復白佛言如來所化都無所有法離眞如竟不可得誰住眞如修菩薩行誰當安住不退轉地誰證無上正等菩提誰爲有情作大饒益世尊眞如尚不可得何況得有安住眞如修菩薩行速當安住不退轉地疾證無上正等菩提爲諸有情作大饒益此若實有必無是處佛告善現如是如是如汝所說如來所化都無所

有法離眞如竟不可得誰住眞如修菩薩行誰當安住不退轉地誰證無上正等菩提誰爲有情作大饒益善現眞如尚不可得何況得有安住眞如修菩薩行速當安住不退轉地疾證無上正等菩提爲諸有情作大饒益此若實有必無是處所以者何如來出世若不出世諸法法爾不離眞如法界法性廣説乃至不思議界決定無有安住眞如修菩薩行速當安住不退轉地疾證無上正等菩提爲諸有情作饒益事何以故諸法眞如無生無滅亦無住異少分可得善現若法無生無滅亦無住異少分可得誰住其中修菩薩行誰當安住不退轉地誰證無上正等菩提誰爲有情作大饒益此若實有必無是處但依世俗假施設有時天帝釋便白佛言如是般若波羅蜜多微妙甚深極難信解諸菩薩摩訶薩行深般若波羅蜜多雖知諸法皆不可得而求無上正等菩提欲爲有情作大饒益甚爲難事所以者何決定無有安住眞如修菩薩行速當安住不退轉地疾證無上正等菩提爲諸有情作饒益事而諸菩薩摩訶薩行深般若波羅蜜多時觀一切法都無所有於深法性心不沉没無惑無疑不驚不恐亦不迷悶如是等事甚爲希有爾時善現語帝釋言憍尸迦如汝所説諸菩薩摩訶薩行深般若波羅蜜多觀一切法都無所有於深法性心不沉没無惑無疑不驚不恐亦不迷悶如是等事甚希有者憍尸迦諸菩薩摩訶薩行深般若波羅蜜多觀一切法本性皆空於此空中都無所有誰沉誰没誰惑誰疑誰驚

誰恐誰迷誰悶是故菩薩摩訶薩行深般若波羅蜜多時於深法性心不沉没無惑無疑不驚不恐亦不迷悶甚為希有時天帝釋白善現言尊者所説無不依空是故所言常無滯礙譬如以箭仰射虛空若近若遠俱無滯礙尊者所説亦復如是誰能於中敢作留難時天帝釋即白佛言我如是説如是讚如是記為順如來應正等覺實語法語於法隨法為正記不爾時佛告天帝釋言憍尸迦汝如是説如是讚如是記皆順如來應正等覺實語法語於法隨法無顛倒記時天帝釋復白佛言希有世尊大德善現諸有所説無不依空無相無願亦依四念住乃至八聖道支亦依四靜慮四無量四無色定亦依八解脱乃至十遍處亦依布施乃至般若波羅蜜多亦依内空乃至無性自性空亦依真如乃至不思議界亦依苦集滅道聖諦亦依菩薩摩訶薩地亦依一切陀羅尼門三摩地門亦依五眼六神通亦依如來十力乃至十八佛不共法亦依大慈大悲大喜大捨亦依三十二大士相八十隨好亦依無忘失法恒住捨性亦依一切智道相智一切相智亦依菩薩摩訶薩行及佛無上正等菩提爾時世尊告天帝釋憍尸迦具壽善現住諸法空觀布施波羅蜜多乃至般若波羅蜜多尚不可得況有行布施波羅蜜多乃至般若波羅蜜多者可得觀四念住乃至八聖道支尚不可得況有修四念住乃至八聖道支者可得觀四靜慮四無量四無色定尚不可得況有修四靜慮四無量四無色定者可得觀八解脱乃至十遍

處尚不可得況有修八解脫乃至十遍處者可得觀內空乃至無性自性空尚不可得況有住內空乃至無性自性空者可得觀眞如乃至不思議界尚不可得況有住眞如乃至不思議界者可得觀苦集滅道聖諦尚不可得況有住苦集滅道聖諦者可得觀空無相無願解脫門尚不可得況有修空無相無願解脫門者可得觀諸菩薩摩訶薩地尚不可得況有修菩薩摩訶薩地者可得觀陀羅尼門三摩地門尚不可得況有修陀羅尼門三摩地門者可得觀五眼六神通尚不可得況有引發五眼六神通者可得觀如來十力乃至十八佛不共法尚不可得況有引發如來十力乃至十八佛不共法者可得觀大慈大悲大喜大捨尚不可得況有安住大慈大悲大喜大捨者可得觀三十二大士相八十隨好尚不可得況有以此相好莊嚴身者可得觀無忘失法恒住捨性尚不可得況有引發無忘失法恒住捨性者可得觀一切智道相智一切相智尚不可得況有引發一切智道相智一切相智者可得觀一切菩薩摩訶薩行尚不可得況有能行一切菩薩摩訶薩行者可得觀諸佛無上正等菩提尚不可得況有能證諸佛無上正等菩提者可得觀一切智智尚不可得況有能得一切智智者可得觀諸如來應正等覺尚不可得況有能轉無上法輪者可得觀無生滅法尚不可得況有能證無生滅法者可得何以故憍尸迦具壽善現於一切法住遠離住住寂靜住住無所有住住無所得住住空住住無相住住無願

住憍尸迦具壽善現於一切法住如是等無量勝住比諸菩薩摩訶薩衆所住般若波羅蜜多深妙行住百分千分乃至鄔波尼煞曇分亦不及一何以故憍尸迦除諸佛住是諸菩薩摩訶薩衆所住般若波羅蜜多深妙行住於諸聲聞獨覺等住爲最爲勝爲尊爲高爲妙爲微妙爲上爲無上以是故憍尸迦若菩薩摩訶薩欲住一切有情上者當住般若波羅蜜多深妙行住何以故憍尸迦諸菩薩摩訶薩住此住中超諸聲聞獨覺等地證入菩薩正性離生疾能圓滿一切佛法永斷煩惱習氣相續速能證得一切智智得名如來應正等覺畢竟利樂一切有情令住人天三乘解脫時衆會中無量無數三十三天歡喜踊躍各取天上微妙香花奉散如來及諸弟子是時衆內八百苾芻俱從座起頂禮佛足偏覆左肩右膝著地曲躬恭敬合掌向佛瞻仰尊顏目不暫捨佛神力故各於掌中微妙香花自然盈滿是苾芻衆踊躍歡喜得未曾有各以此花奉散佛上及諸菩薩既散花已同發願言我等用斯勝善根力願常安住甚深般若波羅蜜多微妙行住聲聞獨覺所不能住速趣無上正等菩提超諸聲聞獨覺等地爾時如來知苾芻衆意樂清淨定不退轉即便微笑如佛常法從其面門放種種光青黃赤白紅紫碧緑金銀頗胝遍照三千大千世界其光漸攝還繞佛身經三帀已從頂上入時阿難陀既覩斯瑞歡喜踊躍即從座起禮佛合掌白言世尊何因何緣現此微笑諸佛現笑非無因緣唯願如來哀愍爲說爾時

佛告阿難陀言此諸苾芻於當來世星喻劫中皆得作佛同名散花十號具足彼佛壽量所居國土苾芻弟子一切皆同是諸如來皆住千歲初生出家及成佛後隨所在處若晝若夜常雨五色微妙香花由此因縁故我微笑是故慶喜若菩薩摩訶薩欲得安住最勝住者當學般若波羅蜜多若菩薩摩訶薩欲得安住如來住者當學般若波羅蜜多慶喜當知若善男子善女人等精勤修學甚深般若波羅蜜多是善男子善女人等先世或從人中沒已還生此處或從覩史多天上沒來生人間彼於先世或在人中或居天上由曾廣聞甚深般若波羅蜜多故於今生能勤修學甚深般若波羅蜜多慶喜當知如來現見若善男子善女人等能勤修學甚深般若波羅蜜多於身命財無所顧著當知決定是大菩薩復次慶喜若善男子善女人等愛樂聽聞甚深般若波羅蜜多聞已受持讀誦通利精勤修學如理思惟爲菩薩乘善男子等宣説開示教誡教授當知彼人是大菩薩曾於過去親從如來聞説如是甚深般若波羅蜜多聞已受持讀誦通利精勤修學如理思惟亦曾爲他宣説開示教誡教授甚深般若波羅蜜多故於今生能辦是事慶喜當知是善男子善女人等曾於過去無量佛所種諸善根故於今生能作是事此善男子善女人等應作是念我先不從聲聞獨覺聞説如是甚深般若波羅蜜多定從諸佛聞説如是甚深般若波羅蜜多我先不於聲聞獨覺親近供養種諸善根定於如來應正等覺親近供養

種諸善根由是因緣令得聞此甚深般若波羅蜜多愛樂受持讀誦通利精勤修學如理思惟廣爲有情宣說無倦慶喜當知若善男子善女人等愛樂聽聞甚深般若波羅蜜多聞已受持讀誦通利精勤修學如理思惟若法若義若文若意皆善通達隨順修行是善男子善女人等則爲現見我等如來應正等覺慶喜當知若善男子善女人等聞說如是甚深般若波羅蜜多所有義趣深心信解不生毀謗不可沮壞是善男子善女人等已曾供養無量諸佛於諸佛所多種善根亦爲無量善友攝受慶喜當知若善男子善女人等能於如來應正等覺勝福田所種諸善根雖定當得或聲聞果或獨覺果或如來果而證無上正等菩提要於般若波羅蜜多甚深義趣善達無礙修行布施乃至般若波羅蜜多安住內空乃至無性自性空安住真如乃至不思議界安住苦集滅道聖諦修行四念住乃至八聖道支修行四靜慮四無量四無色定修行空無相無願解脫門修行八解脫乃至十遍處修行菩薩摩訶薩地修行一切陀羅尼門三摩地門修行五眼六神通修行如來十力乃至十八佛不共法修行大慈大悲大喜大捨修行無忘失法恒住捨性修行一切智道相智一切相智令極圓滿慶喜當知若菩薩摩訶薩能於般若波羅蜜多甚深義趣善達無礙修行布施波羅蜜多廣說乃至一切相智令極圓滿是菩薩摩訶薩不證無上正等菩提而住聲聞獨覺地者必無是處是故菩薩摩訶薩衆欲得無上正等菩提應

於般若波羅蜜多甚深義趣善達無礙修行布施波羅蜜多廣說乃至一切相智令極圓滿是故慶喜我以般若波羅蜜多甚深經典付囑於汝應正受持讀誦通利莫令忘失慶喜當知除此般若波羅蜜多甚深經典受持諸餘我所說法設有忘失其罪尚輕若於般若波羅蜜多甚深經典不善受持下至一句有所忘失其罪甚重慶喜當知若於般若波羅蜜多甚深經典下至一句能善受持不忘失者獲福無量若於般若波羅蜜多甚深經典不善受持下至一句有忘失者所獲重罪同前福量是故慶喜我以般若波羅蜜多甚深經典慇懃付汝當正受持讀誦通利如理思惟廣爲他說分別開示令受持者究竟解了文義意趣慶喜當知若善男子善女人等於深般若波羅蜜多受持讀誦究竟通利如理思惟廣爲他說分別開示令其解了則爲受持攝取過去未來現在諸佛世尊所證無上正等菩提慶喜當知若善男子善女人等起殷淨心現於我所欲持種種上妙花鬘乃至燈明供養恭敬尊重讚歎無懈倦者當於般若波羅蜜多至心聽聞受持讀誦究竟通利如理思惟廣爲他說分別開示令其解了或復書寫衆寶莊嚴恒以種種上妙花鬘乃至燈明供養恭敬尊重讚歎無得懈息慶喜當知若善男子善女人等供養恭敬尊重讚歎甚深般若波羅蜜多則爲現前供養恭敬尊重讚歎我及十方三世諸佛慶喜當知若善男子善女人等聞深般若波羅蜜多起殷淨心恭敬愛樂即於過去未來現在一切如

來應正等覺所證無上正等菩提起殷淨心恭敬愛樂慶喜若汝愛樂於我不捨於我亦當愛樂不捨般若波羅蜜多甚深經典下至一句無令忘失慶喜我說如是般若波羅蜜多甚深經典付囑因緣雖經無量百千大劫亦不可盡舉要而言如我既是汝等大師甚深般若波羅蜜多當知亦是汝等大師汝等天人敬重於我亦當敬重甚深般若波羅蜜多是故慶喜我以無量善巧方便付汝般若波羅蜜多甚深經典汝當受持勿令忘失我今持此甚深般若波羅蜜多對諸天人阿素洛等無量大衆付囑於汝應正受持無令忘失慶喜我今實言告汝諸有淨信欲不捨佛欲不捨法欲不捨僧復欲不捨三世諸佛所證無上正等菩提定不應捨甚深般若波羅蜜多如是名爲我等諸佛教誡教授諸弟子法慶喜當知若善男子善女人等愛樂聽聞甚深般若波羅蜜多受持讀誦究竟通利如理思惟以無量門廣爲他說分别開示施設建立令其解了精進修行是善男子善女人等速證無上正等菩提能近圓滿一切智智所以者何諸佛無上正等菩提一切智智皆依如是甚深般若波羅蜜多而得生故慶喜當知三世諸佛皆依如是甚深般若波羅蜜多出生無上正等菩提是故慶喜若菩薩摩訶薩欲得無上正等菩提當勤精進修學如是甚深般若波羅蜜多所以者何甚深般若波羅蜜多是諸菩薩摩訶薩母生諸菩薩摩訶薩故慶喜當知若菩薩摩訶薩勤學六種波羅蜜多速證無上正等菩提是故慶喜我

以此六波羅蜜多更付囑汝當正受持無令忘失所以者何如是六種波羅蜜多是諸如來應正等覺無盡法藏一切佛法從此生故慶喜當知十方三世諸佛世尊所說法要皆是六種波羅蜜多無盡法藏之所流出慶喜當知十方三世諸佛世尊皆依六種波羅蜜多無盡法藏精勤修學證得無上正等菩提慶喜當知十方三世諸佛世尊聲聞弟子皆依六種波羅蜜多無盡法藏精勤修學已正當入無餘涅槃復次慶喜假使汝為聲聞乘人說聲聞法由此法故三千大千世界有情一切皆得阿羅漢果猶未為我作佛弟子所應作事汝若能為菩薩乘人宣說一句甚深般若波羅蜜多相應之法即名為我作佛弟子所應作事我於此事深生隨喜勝汝教化三千大千世界有情一切皆得阿羅漢果復次慶喜假使三千大千世界一切有情由他教力非前非後皆得人身俱時證得阿羅漢果是諸阿羅漢所有施性戒性修性諸福業事於汝意云何彼福業事寧為多不慶喜荅言甚多世尊甚多善逝彼福業事無量無邊佛告慶喜若有聲聞能為菩薩宣說般若波羅蜜多相應之法經一日夜所獲福聚甚多於彼慶喜當知置一日夜但經一日復置一日但經半日復置半日但經一時復置一時但經食頃復置食頃但經須臾復置須臾但經俄爾復置俄爾經彈指頃是聲聞人能為菩薩宣說般若波羅蜜多相應之法所獲福聚甚多於前何以故此聲聞人所獲福聚超過一切聲聞獨覺諸善根故復次慶喜若菩

薩摩訶薩爲聲聞人宣說種種聲聞乘法假使三千大千世界一切有情由此法故悉皆證得阿羅漢果皆具種種殊勝功德於意云何是菩薩摩訶薩由此因緣所獲福聚寧爲多不慶喜荅言甚多世尊甚多善逝是菩薩摩訶薩所獲福聚無量無邊佛告慶喜若菩薩摩訶薩爲聲聞乘或獨覺乘或無上乘善男子等宣說般若波羅蜜多相應之法經一日夜所獲福聚甚多於前慶喜當知置一日夜但經一日復置一日但經半日復置半日但經一時復置一時但經食頃復置食頃但經須臾復置須臾但經俄爾復置俄爾經彈指頃是菩薩摩訶薩能爲三乘善男子等宣說般若波羅蜜多相應之法所獲福聚甚多於前無量無數何以故甚深般若波羅蜜多相應法施超過一切聲聞獨覺相應法施及彼三乘諸善根故所以者何是菩薩摩訶薩自求無上正等菩提亦以大乘相應之法示現教道讚勵慶喜他諸有情令於無上正等菩提得不退轉慶喜當知是菩薩摩訶薩自修六種波羅蜜多亦教他修六種波羅蜜多廣說乃至自修一切智智亦教他修一切智智由是因緣善根增長若於無上正等菩提有退轉者無有是處爾時世尊四衆圍繞讚說般若波羅蜜多付阿難陀令受持已復於一切天龍藥叉健達縛等大衆會前現神通力令衆皆見不動如來應正等覺聲聞菩薩大衆圍繞爲海喻會宣說妙法及見彼土嚴淨之相其聲聞僧皆阿羅漢諸漏已盡無復煩惱得真自在心善解脫慧善解脫如調慧

馬亦如大龍已作所作已辦所辦棄諸重擔逮得已利盡諸有結正知解脫至心自在第一究竟其菩薩僧一切皆是衆望所識得陀羅尼及無礙辯成就無量殊勝功德佛攝神力令此衆會天龍藥叉健達縛等不復見彼不動如來應正等覺聲聞菩薩及餘大衆并彼佛土嚴淨之相彼佛衆會及嚴淨土皆非此土眼根所對所以者何佛攝神力於彼遠境無見緣故爾時佛告阿難陀言不動如來應正等覺國土衆會汝更見不阿難陀言我不復見彼事非此眼所行故佛告具壽阿難陀言如彼如來衆會國土非此土眼所行境界當知諸法亦復如是非眼根等所行境界慶喜當知法不行法法不見法法不知法法不證法慶喜當知一切法性無能行者無能見者無能知者無能證者無動無作所以者何以一切法皆無作用能取所取性遠離故以一切法不可思議能所思議性遠離故以一切法如幻事等衆緣和合相似有故以一切法無作受者妄現似有無堅實故慶喜當知若菩薩摩訶薩能如是行能如是見能如是知能如是證是行般若波羅蜜多亦不執著此諸法相慶喜當知若菩薩摩訶薩如是學時是學般若波羅蜜多慶喜當知若菩薩摩訶薩欲得一切波羅蜜多速疾圓滿至一切法究竟彼岸應學般若波羅蜜多所以者何如是學者於諸學中爲最爲勝爲尊爲高爲妙爲微妙爲上爲無上利益安樂一切有情無依護者爲作依護諸佛世尊開許稱讚修學般若波羅蜜多慶喜當知諸佛菩薩學

此學已住此學中能以右手若右足指舉取三千大千世界擲置他方或還本處其中有情不知不覺無損無怖所以者何甚深般若波羅蜜多功德威力不可思議過去未來現在諸佛及諸菩薩學此般若波羅蜜多於去來今及無爲法悉皆獲得無礙智見是故慶喜我說能學甚深般若波羅蜜多於諸學中爲最爲勝爲尊爲高爲妙爲微妙爲上爲無上慶喜當知諸有欲取甚深般若波羅蜜多量邊際者如愚癡者欲取虛空量及邊際何以故甚深般若波羅蜜多功德無量無邊際故慶喜當知我終不說甚深般若波羅蜜多功德勝利如名身等有量邊際所以者何名句文身是有量法甚深般若波羅蜜多功德勝利非有量法非名身等能量般若波羅蜜多功德勝利亦非般若波羅蜜多功德勝利是彼所量爾時慶喜便白佛言何因緣故甚深般若波羅蜜多說爲無量佛告慶喜甚深般若波羅蜜多性無盡故性遠離故性寂靜故如實際故如虛空故說爲無量慶喜當知三世諸佛皆學般若波羅蜜多究竟圓滿證得無上正等菩提爲諸有情宣說開示而此般若波羅蜜多常無滅盡所以者何甚深般若波羅蜜多猶如虛空不可盡故諸有欲盡甚深般若波羅蜜多則爲欲盡虛空邊際慶喜當知布施等六波羅蜜多廣說乃至一切智智不可盡故皆非已盡今盡當盡所以者何如是等法無生無滅亦無住異如何可得施設有盡爾時如來從面門出廣長舌相遍覆面輪現舌相已還從口入告慶喜曰於意

云何世間若有如是舌相所發語言有虛妄不慶喜對曰不也世尊佛告慶喜汝從今去應爲四衆廣說如是甚深般若波羅蜜多分別開示施設建立令其易了慶喜當知如是般若波羅蜜多深密藏中廣說一切菩提分法及諸法相是故一切求聲聞乘求獨覺乘求無上乘善男子等皆應依此甚深般若波羅蜜多所說法門常勤修學勿生猒倦若能如是常勤修學速當證得自所求義復次慶喜甚深般若波羅蜜多是能悟入一切法相是能悟入一切文字是能悟入陀羅尼門諸菩薩摩訶薩應於如是陀羅尼門常勤修學若菩薩摩訶薩受持如是陀羅尼門疾能證得一切辯才諸無礙解慶喜當知甚深般若波羅蜜多乃是過去未來現在諸佛世尊無盡法藏任持一切微妙佛法是故我今分明告汝若有於此甚深般若波羅蜜多受持讀誦究竟通利如理思惟則爲受持三世諸佛所得無上正等菩提慶喜當知我說如是甚深般若波羅蜜多是能遊趣菩提道者之堅固足亦是一切無上佛法大陀羅尼汝等若能受持如是甚深般若波羅蜜多陀羅尼者則爲總持一切佛法利益安樂一切有情

大般若波羅蜜多經卷第五百二十二

大般若波羅蜜多經卷第五百二十三

唐三藏法師玄奘奉　詔譯

第三分方便善巧品第二十六之一

爾時善現作是念言如是般若波羅蜜多最爲甚深諸佛無上正等菩提亦最甚深我當問佛二甚深義作是念已便白佛言甚深般若波羅蜜多即佛無上正等菩提諸佛無上正等菩提即深般若波羅蜜多如是般若波羅蜜多及佛無上正等菩提俱最甚深不可盡故何緣此二說爲無盡佛告善現甚深般若波羅蜜多及佛無上正等菩提皆如虛空不可盡故說爲無盡具壽善現復白佛言云何菩薩摩訶薩應引發般若波羅蜜多佛告善現諸菩薩摩訶薩應觀色無盡故引發般若波羅蜜多應觀受想行識無盡故引發般若波羅蜜多廣說乃至應觀一切智智亦無盡故引發般若波羅蜜多復次善現諸菩薩摩訶薩應觀色如虛空無盡故引發般若波羅蜜多應觀受想行識如虛空無盡故引發般若波羅蜜多廣說乃至應觀一切智智如虛空無盡故引發般若波羅蜜多復次善現諸菩薩摩訶薩應觀無明緣行如虛空無盡故引發般若波羅蜜多應觀行緣識如虛空無盡故引發般若波羅蜜多應觀識緣名色如虛空無盡故引發般若波羅蜜多應觀名色緣六處如虛空無盡故引發般若波羅蜜多應觀六處緣觸如虛空無盡故引發般若波羅蜜多應觀觸緣受如虛空無盡故引發般若波羅蜜多應觀受緣愛如虛空無盡故引發般若波羅蜜多應觀愛緣取如虛空無

盡故引發般若波羅蜜多應觀取緣有如虛空無盡故引發般若波羅蜜多應觀有緣生如虛空無盡故引發般若波羅蜜多應觀生緣老死愁歎苦憂惱如虛空無盡故引發般若波羅蜜多善現當知諸菩薩摩訶薩應作如是引發般若波羅蜜多善現當知諸菩薩摩訶薩如是觀察十二緣起遠離二邊是諸菩薩摩訶薩衆不共妙觀善現當知諸菩薩摩訶薩菩提樹下坐金剛座如實觀察十二緣起猶如虛空不可盡故便能證得一切智智善現當知若菩薩摩訶薩以如虛空無盡行相行深般若波羅蜜多如實觀察十二緣起不墮聲聞及獨覺地速證無上正等菩提善現當知住菩薩乘善男子等若於無上正等菩提有退轉者皆悉不依引發般若波羅蜜多巧便作意由彼不了云何菩薩摩訶薩修行般若波羅蜜多能以如虛空無盡行相如實觀察十二緣起引發般若波羅蜜多善現當知住菩薩乘善男子等若於無上正等菩提而有退轉皆由遠離引發般若波羅蜜多方便善巧善現當知若菩薩摩訶薩能於無上正等菩提不退轉者一切皆依引發般若波羅蜜多方便善巧是菩薩摩訶薩由依如是方便善巧修行般若波羅蜜多以如虛空無盡行相引發般若波羅蜜多如實觀察十二緣起是菩薩摩訶薩由此因緣速能圓滿甚深般若波羅蜜多善現當知諸菩薩摩訶薩如是觀察緣起法時不見有法無因而生不見有法無因而滅不見有法性相常住不生不滅不見有法有我有情廣說乃至知

者見者不見有法若常若無常若樂若苦若我若無我若淨若不淨若寂靜若不寂靜若遠離若不遠離善現當知諸菩薩摩訶薩常應如是觀察緣起修行般若波羅蜜多善現當知若時菩薩摩訶薩如實觀察緣起法門修行般若波羅蜜多是時菩薩摩訶薩不見色蘊乃至識蘊若常若無常若樂若苦若我若無我若淨若不淨若寂靜若不寂靜若遠離若不遠離廣說乃至不見一切智智若常若無常若樂若苦若我若無我若淨若不淨若寂靜若不寂靜若遠離若不遠離善現當知若時菩薩摩訶薩行深般若波羅蜜多是時菩薩摩訶薩雖行般若波羅蜜多而不見有所行般若波羅蜜多亦復不見有法能見所行般若波羅蜜多亦不見有如是不見雖行靜慮精進安忍淨戒布施波羅蜜多而不見有所行靜慮乃至布施波羅蜜多亦復不見有法能見所行靜慮乃至布施波羅蜜多亦不見有如是不見廣說乃至雖修一切智智而不見有所修一切智智亦復不見有法能見所修一切智智亦不見有如是不見善現當知諸菩薩摩訶薩於一切法以無所得而爲方便應行般若波羅蜜多善現當知若時菩薩摩訶薩於一切法以無所得而爲方便修行般若波羅蜜多是時惡魔生大憂惱如中毒箭譬如有人父母卒喪身心苦痛惡魔亦爾具壽善現便白佛言爲一惡魔見諸菩薩於一切法以無所得而爲方便修行般若波羅蜜多生大憂惱如中毒箭爲遍三千大千世界一切惡魔皆亦如是佛告善現遍

滿三千大千世界一切惡魔皆亦如是各於本座不能自安善現當知諸菩薩摩訶薩常應安住甚深般若波羅蜜多真淨行住若菩薩摩訶薩常能安住甚深般若波羅蜜多真淨行住世間天人阿素洛等伺求其短終不能得亦復不能擾亂障礙是故善現若菩薩摩訶薩欲得無上正等菩提當勤安住甚深般若波羅蜜多真淨行住善現當知若菩薩摩訶薩能正安住甚深般若波羅蜜多真淨行住則能修滿布施淨戒安忍精進靜慮般若波羅蜜多若菩薩摩訶薩能正修行甚深般若波羅蜜多便能具足修滿一切波羅蜜多爾時善現即白佛言云何菩薩摩訶薩能正修行甚深般若波羅蜜多便能修滿布施淨戒安忍精進靜慮般若波羅蜜多佛告善現若菩薩摩訶薩無倒修行甚深般若波羅蜜多時以一切智智相應之心而行布施乃至般若持此功德與諸有情同共迴向一切智智如是善現諸菩薩摩訶薩能正修行甚深般若波羅蜜多便能修滿布施淨戒安忍精進靜慮般若波羅蜜多爾時具壽善現白佛言世尊云何菩薩摩訶薩安住布施波羅蜜多引攝淨戒乃至般若波羅蜜多佛告善現若菩薩摩訶薩以無愛染無慳悋心行布施時持此布施與諸有情同共迴向一切智智於諸有情起慈身業語業意業遠離惡戒是爲菩薩摩訶薩安住布施波羅蜜多引攝淨戒波羅蜜多若菩薩摩訶薩以無愛染無慳悋心行布施時持此布施與諸有情同共迴向一切智智若諸受者或餘有情非理毀

罵嫌害淩辱菩薩於彼不起變異嗔忿害心身語加報唯生憐愍慈悲之心以和軟言慚愧遜謝是爲菩薩摩訶薩安住布施波羅蜜多引攝安忍波羅蜜多若菩薩摩訶薩以無愛染無慳悋心行布施時持此布施與諸有情同共迴向一切智智若諸受者或餘有情非理毀罵嫌害淩辱爾時菩薩便作是念諸有造作如是類業還自感得如是類果我今不應計彼所作廢修自業復作是念我應於彼及餘有情捨心施心倍更增長無所顧惜作是念已發起增上身心精進常行惠捨是爲菩薩摩訶薩安住布施波羅蜜多引攝精進波羅蜜多若菩薩摩訶薩以無愛染無慳悋心行布施時持此布施與諸有情同共迴向一切智智於諸受者及餘境界心無散亂

不求諸欲三界二乘唯求佛果是爲菩薩摩訶薩安住布施波羅蜜多引攝靜慮波羅蜜多若菩薩摩訶薩以無愛染無慳悋心行布施時持此布施與諸有情同共迴向一切智智觀諸受者施者施物皆如幻事不見此施於諸有情有損有益達一切法畢竟皆空不可得故是爲菩薩摩訶薩安住布施波羅蜜多引攝般若波羅蜜多具壽善現復白佛言云何菩薩摩訶薩安住淨戒波羅蜜多引攝布施乃至般若波羅蜜多佛告善現若菩薩摩訶薩安住淨戒波羅蜜多具身律儀具語律儀具意律儀造諸福業由此福業離斷生命乃至邪見不求聲聞獨覺等地唯求無上正等菩提菩薩爾時安住淨戒廣行惠施隨諸有情須食與食須飲與飲須餘資具與餘

資具復持如是布施善根與諸有情平等共有迴向無上正等菩提不求聲聞獨覺等地是為菩薩摩訶薩安住淨戒波羅蜜多引攝布施波羅蜜多若菩薩摩訶薩安住淨戒波羅蜜多設諸有情競來分割菩薩支節各取持去菩薩於彼不生一念忿恚之心但作是念我今獲得廣大善利謂捨臭穢危脆之身得佛清淨金剛之身是為菩薩摩訶薩安住淨戒波羅蜜多引攝安忍波羅蜜多若菩薩摩訶薩安住淨戒波羅蜜多身心精進常無間斷被大悲甲發弘誓言一切有情沉淪苦海我當拔置甘露涅槃是為菩薩摩訶薩安住淨戒波羅蜜多引攝精進波羅蜜多若菩薩摩訶薩安住淨戒波羅蜜多雖入初靜慮乃至滅想受定而不墮聲聞獨覺等地亦不證實際由本願力所任持故作是念言諸有情類沉溺苦海不能自出我今既住清淨尸羅方便引發神通靜慮定當拔置常樂涅槃是為菩薩摩訶薩安住淨戒波羅蜜多引攝靜慮波羅蜜多若菩薩摩訶薩安住淨戒波羅蜜多不見有法若有為若無為若墮有相若墮無相若墮有數若墮無數唯觀諸法不離真如廣說乃至不思議界此真如等亦不可得由此般若波羅蜜多方便善巧不墮聲聞獨覺等地唯趣無上正等菩提是為菩薩摩訶薩安住淨戒波羅蜜多引攝般若波羅蜜多具壽善現復白佛言云何菩薩摩訶薩安住安忍波羅蜜多引攝布施乃至般若波羅蜜多佛告善現若菩薩摩訶薩安住安忍波羅蜜多從初發心乃至安坐妙菩提座於

其中間設有種種有情之類非理毀罵輕蔑凌辱乃至分割支節持去菩薩爾時都無忿恚但作是念此諸有情深可憐愍爲煩惱毒擾亂身心不得自在無依無護貧苦所逼我當施彼隨意所須飲食衣服及餘資具復持如是布施善根與諸有情平等共有迴向無上正等菩提以無所得而爲方便如是迴向大菩提時遠離三心謂誰迴向何所迴向以何迴向是爲菩薩摩訶薩安住安忍波羅蜜多引攝布施波羅蜜多若菩薩摩訶薩安住安忍波羅蜜多從初發心乃至安坐妙菩提座於其中間乃至爲救自命因緣於諸有情終不損害乃至不起諸惡邪見菩薩如是修淨戒時不求聲聞獨覺等地復持如是淨戒善根與諸有情平等共有迴向無上正等菩提以無所得而爲方便如是迴向大菩提時遠離三心謂誰迴向何所迴向以何迴向是爲菩薩摩訶薩安住安忍波羅蜜多引攝淨戒波羅蜜多若菩薩摩訶薩安住安忍波羅蜜多發起勇猛增上精進常作是念若一有情在一踰繕那外或十或百乃至無量踰繕那外或在一世界外或十或百乃至無量諸世界外應可度者我定當往方便教化令其受持或八學處或五學處或十學處或具學處或令住預流果或令住一來果或令住不還果或令住阿羅漢果或令住獨覺菩提或令安住諸菩薩地乃至無上正等菩提尚不辭勞況爲教化無量無數無邊有情皆令獲得利益安樂而當懈倦復持如是精進善根與諸有情平等共有迴向無上正等菩提以

無所得而爲方便如是迴向大菩提時遠離三心謂誰迴向何所迴向以何迴向是爲菩薩摩訶薩安住安忍波羅蜜多引攝精進波羅蜜多若菩薩摩訶薩安住安忍波羅蜜多攝心不亂離欲惡不善法有尋有伺離生喜樂入初靜慮廣說乃至入滅想受定此諸定中隨所生起心心所法及諸善根一切和合與諸有情平等共有迴向無上正等菩提以無所得而爲方便如是迴向大菩提時遠離三心謂誰迴向何所迴向以何迴向於諸靜慮及靜慮支都無所得是爲菩薩摩訶薩安住安忍波羅蜜多引攝靜慮波羅蜜多若菩薩摩訶薩安住安忍波羅蜜多修行般若波羅蜜多於諸法中住修法觀雖以遠離行相或以寂靜行相或以無盡行相或以永滅行相觀一切法而於法性能不作證乃至能坐妙菩提座證得無上正等菩提從此座起轉妙法輪利益安樂諸有情類復持如是妙慧善根與諸有情平等共有迴向無上正等菩提以無所得而爲方便如是迴向大菩提時遠離三心謂誰迴向何所迴向以何迴向是爲菩薩摩訶薩安住安忍波羅蜜多引攝般若波羅蜜多如是引攝非取非捨具壽善現復白佛言云何菩薩摩訶薩安住精進波羅蜜多引攝布施乃至般若波羅蜜多佛告善現若菩薩摩訶薩安住精進波羅蜜多身心精進常無懈息求諸善法亦無猒倦恒作是念我定應得一切智智不應不得是菩薩摩訶薩爲欲饒益一切有情常發誓願若一有情在一踰繕那外或十或百乃至無量踰繕

那外或在一世界外或十或百乃至無量諸世界外應可度者我定當往方便教化若菩薩乘善男子等令住無上正等菩提若聲聞乘善男子等令住預流一來不還阿羅漢果若獨覺乘善男子等令其安住獨覺菩提若餘有情令其安住十善業道如是皆以法施財施而充足之方便引攝復持如是布施善根與諸有情平等共有迴向無上正等菩提不求聲聞獨覺等地以無所得而爲方便如是迴向大菩提時遠離三心謂誰迴向何所迴向以何迴向是爲菩薩摩訶薩安住精進波羅蜜多引攝布施波羅蜜多若菩薩摩訶薩安住精進波羅蜜多從初發心乃至安坐妙菩提座自離害生命乃至邪見亦勸他離害生命乃至邪見無倒稱揚離害生命乃至邪見法歡喜讚歎離害生命乃至邪見者是菩薩摩訶薩持此淨戒波羅蜜多不求二乘及三界果但持如是淨戒善根與諸有情平等共有迴向無上正等菩提以無所得而爲方便如是迴向大菩提時遠離三心謂誰迴向何所迴向以何迴向是爲菩薩摩訶薩安住精進波羅蜜多引攝淨戒波羅蜜多若菩薩摩訶薩安住精進波羅蜜多從初發心乃至安坐妙菩提座於其中間人非人等競來惱觸或復斫刺斷割支體隨意持去菩薩爾時不作是念誰斫刺我誰斷割我誰復持去但作是念我今獲得廣大善利彼諸有情爲益我故來斷割我身分支節然我本爲一切有情而受此身彼來自取已所有物而成我事菩薩如是審諦思惟諸法實相而修安忍

持此安忍殊勝善根不求聲聞獨覺等地但持如是安忍善根與諸有情平等共有迴向無上正等菩提以無所得而爲方便如是迴向大菩提時遠離三心謂誰迴向何所迴向以何迴向是爲菩薩摩訶薩安住精進波羅蜜多引攝安忍波羅蜜多若菩薩摩訶薩安住精進波羅蜜多勤修諸定謂離欲惡不善法有尋有伺離生喜樂入初靜慮廣說乃至入第四靜慮於諸有情起與樂想入慈無量廣說乃至入捨無量於諸色中起猒麤想入空無邊處定廣說乃至入滅想受定是菩薩摩訶薩雖入如是靜慮無量無色滅定而不攝受彼異熟果但隨有情應可受化作饒益處而於中生旣生彼已用四攝事六到彼岸而饒益之是菩薩摩訶薩依諸靜慮起勝神

通從一佛土至一佛土親近供養諸佛世尊請問甚深諸法性相精勤引發殊勝善根持此善根以無所得而爲方便與諸有情平等共有迴向無上正等菩提如是迴向大菩提時遠離三心謂誰迴向何所迴向以何迴向是爲菩薩摩訶薩安住精進波羅蜜多引攝靜慮波羅蜜多若菩薩摩訶薩安住精進波羅蜜多不見布施乃至般若波羅蜜多若名若事若性若相不見四念住乃至八聖道支若名若事若性若相乃至不見一切智智若名若事若性若相亦不見一切法若名若事若性若相於諸法中不起相念無所執著如說能作復持如是妙慧善根與諸有情平等共有迴向無上正等菩提以無所得而爲方便如是迴向大菩提時遠離三心謂誰迴向

何所迴向以何迴向是爲菩薩摩訶薩安住精進波羅蜜多引攝般若波羅蜜多具壽善現復白佛言云何菩薩摩訶薩安住靜慮波羅蜜多引攝布施乃至般若波羅蜜多佛告善現若菩薩摩訶薩安住靜慮波羅蜜多於諸有情行財法施謂離欲惡不善法有尋有伺離生喜樂入初靜慮廣說乃至入滅想受定是菩薩摩訶薩以無亂心爲諸有情宣說正法行財法施是菩薩摩訶薩常自行財法施亦常勸他行財法施常正稱揚行財法施法常歡喜讚歎行財法施者是菩薩摩訶薩持此善根不求聲聞獨覺等地但持如是布施善根與諸有情平等共有迴向無上正等菩提以無所得而爲方便如是迴向大菩提時遠離三心謂誰迴向何所迴向以何迴向是爲菩薩摩訶薩安住靜慮波羅蜜多引攝布施波羅蜜多若菩薩摩訶薩安住靜慮波羅蜜多受持淨戒常不發起貪瞋癡害俱行之心亦不發起慳嫉破戒俱行之心但常發起一切智智相應作意復持如是淨戒善根不求聲聞獨覺等地與諸有情平等共有迴向無上正等菩提以無所得而爲方便如是迴向大菩提時遠離三心謂誰迴向何所迴向以何迴向是爲菩薩摩訶薩安住靜慮波羅蜜多引攝淨戒波羅蜜多若菩薩摩訶薩安住靜慮波羅蜜多修行安忍觀色如聚沫觀受如浮泡觀想如陽焰觀行如芭蕉觀識如幻事作是觀時於五取蘊不堅實想常現在前復作是念諸法皆空離我我所色是誰色受是誰受想是誰想行是誰行識是誰識

如是觀時復作是念諸法皆空無我我所誰能斫截誰受斫截誰能毀罵誰受毀罵誰復於中應起忿恚菩薩如是依止靜慮審觀察時能具安忍復持如是安忍善根與諸有情平等共有迴向無上正等菩提以無所得而爲方便如是迴向大菩提時遠離三心謂誰迴向何所迴向以何迴向是爲菩薩摩訶薩安住靜慮波羅蜜多引攝安忍波羅蜜多若菩薩摩訶薩安住靜慮波羅蜜多發勤精進離欲惡不善法有尋有伺離生喜樂入初靜慮廣說乃至入第四靜慮菩薩如是修靜慮時於諸靜慮及靜慮支皆不取相發起種種神境智通能作無邊大神變事或復發起天耳智通明了清淨過人天耳能如實聞十方世界情非情類種種音聲或復發起他心智通能如實知十方世界他有情衆心心所法或復發起宿住智通如實念知十方世界無量有情諸宿住事或復發起天眼智通明了清淨過人天眼能如實見十方世界有情無情種種色像乃至業果皆如實知是菩薩摩訶薩安住此五清淨神通從一佛國至一佛國親近供養諸佛世尊請問如來甚深法義種植無量貞淨善根成熟有情嚴淨佛土勤修種種菩薩勝行持此善根不求三界及二乘果與諸有情平等共有迴向無上正等菩提以無所得而爲方便如是迴向大菩提時遠離三心謂誰迴向何所迴向以何迴向是爲菩薩摩訶薩安住靜慮波羅蜜多引攝精進波羅蜜多若菩薩摩訶薩安住靜慮波羅蜜多觀色蘊乃至識蘊不可得廣說乃至觀

一切智智亦不可得觀有爲界不可得觀無爲界亦不可得如是菩薩觀一切法不可得故無作無造無作造故無生無滅無生滅故無取無捨無取捨故畢竟清淨常住無變所以者何以一切法諸佛出世若不出世安住法性法界法住無生無滅常無變異是菩薩摩訶薩心常不亂恒時安住一切智智相應作意如實觀察一切法性都無所有復持如是妙慧善根與諸有情平等共有迴向無上正等菩提以無所得而爲方便如是迴向大菩提時遠離三心謂誰迴向何所迴向以何迴向是爲菩薩摩訶薩安住靜慮波羅蜜多引攝般若波羅蜜多具壽善現復白佛言云何菩薩摩訶薩安住般若波羅蜜多引攝布施乃至靜慮波羅蜜多佛告善現若菩薩摩訶薩安住般若波羅蜜多觀一切法空無所有具壽善現便白佛言云何菩薩摩訶薩安住般若波羅蜜多觀一切法空無所有佛告善現諸菩薩摩訶薩安住般若波羅蜜多觀內空內空性不可得觀外空外空性不可得觀內外空內外空性不可得觀大空大空性不可得觀空空空空性不可得觀勝義空勝義空性不可得觀有爲空有爲空性不可得觀無爲空無爲空性不可得觀畢竟空畢竟空性不可得觀無際空無際空性不可得觀無散空無散空性不可得觀本性空本性空性不可得觀相空相空性不可得觀一切法空一切法空性不可得是菩薩摩訶薩安住如是十四空中不得色若空若不空不得受想行識若空若不空廣說乃至不得一切智

智若空若不空不得有爲界若空若不空不得無爲界若空若不空是菩薩摩訶薩安住般若波羅蜜多於諸有情所有布施若食若飲及餘資具皆觀爲空若能布施若所布施若布施福若布施果如是一切亦觀爲空菩薩爾時由住空觀愛染慳悋皆無容起所以者何是菩薩摩訶薩修行般若波羅蜜多從初發心乃至安坐妙菩提座如是分別一切不起如諸如來應正等覺無時暫起愛心慳心此菩薩摩訶薩亦復如是修行般若波羅蜜多愛心慳心皆永不起善現當知如是般若波羅蜜多是諸菩薩摩訶薩師能令菩薩摩訶薩衆不起一切妄想分別所行布施皆無染著是菩薩摩訶薩持此善根以無所得而爲方便與諸有情平等共有迴向無上正等菩提如是迴向大菩提時遠離三心謂誰迴向何所迴向以何迴向是爲菩薩摩訶薩安住般若波羅蜜多引攝布施波羅蜜多若菩薩摩訶薩安住般若波羅蜜多受持淨戒一切聲聞獨覺等心無容得起所以者何是菩薩摩訶薩觀諸聲聞獨覺等地皆不可得迴向彼心亦不可得迴向彼地身語律儀亦不可得是菩薩摩訶薩安住般若波羅蜜多從初發心乃至安坐妙菩提座於其中間自離斷生命乃至邪見亦勸他離斷生命乃至邪見無倒稱揚離斷生命乃至邪見法歡喜讃歎離斷生命乃至邪見者是菩薩摩訶薩持此淨戒所生善根不求二乘及三界果與諸有情平等共有迴向無上正等菩提以無所得而爲方便如是迴向大菩提時遠離三

心謂誰迴向何所迴向以何迴向是爲菩薩摩訶薩安住般若波羅蜜多引攝淨戒波羅蜜多若菩薩摩訶薩安住般若波羅蜜多起隨順忍得此忍已常作是念一切法中無有一法若起若滅若生若老若病若死若能罵者若受罵者若能謗者若受謗者若能割截斫刺打縛惱觸加害若所割截斫刺打縛如是一切性相皆空不應於中妄想分別是菩薩摩訶薩得此忍故從初發心乃至安坐妙菩提座於其中間假使一切有情之類皆來呵毁誹謗凌辱以諸刀杖瓦石塊等損害打擲割截斫刺乃至分解身諸支節爾時菩薩心無變異但作是念深可怪哉諸法性中都無呵毁誹謗凌辱加害等事而諸有情妄想分別謂爲實有發起種種煩惱惡業現在當來受諸苦惱是菩薩摩訶薩持此善根與諸有情平等共有迴向無上正等菩提如是迴向大菩提時遠離三心謂誰迴向何所迴向以何迴向是爲菩薩摩訶薩安住般若波羅蜜多引攝安忍波羅蜜多若菩薩摩訶薩安住般若波羅蜜多勇猛精進爲諸有情宣說正法令住布施波羅蜜多乃至般若波羅蜜多或令住四念住乃至八聖道支或令安住諸餘功德是菩薩摩訶薩成就種種方便善巧身心精進以神通力往一世界或十或百乃至無量無邊世界諸有情所宣說正法方便化導令住預流一來不還阿羅漢果或令安住獨覺菩提或令證得一切智智是菩薩摩訶薩雖爲此事而不住有爲界亦不住無爲界復持如是精進善根與諸有情平等共

有迴向無上正等菩提以無所得而爲方便如是迴向大菩提時遠離三心謂誰迴向何所迴向以何迴向是爲菩薩摩訶薩安住般若波羅蜜多引攝精進波羅蜜多若菩薩摩訶薩安住般若波羅蜜多除諸佛定於餘一切聲聞獨覺菩薩勝定皆能自在隨意入出是菩薩摩訶薩安住菩薩自在勝定於八解脫皆能自在順逆入出謂有色觀諸色解脫乃至滅想受解脫是菩薩摩訶薩復於九次第定若逆若順自在入出謂四靜慮四無量四無色定滅想受定是菩薩摩訶薩於八解脫九次第定順逆入出善成熟已能入菩薩摩訶薩師子頻申三摩地云何名爲菩薩摩訶薩師子頻申三摩地謂菩薩摩訶薩離欲惡不善法有尋有伺離生喜樂入初靜慮次第乃至起一切非想非非想處入滅想受定復從滅想受定起還入非想非非想處定次第乃至入初靜慮是爲菩薩摩訶薩師子頻申三摩地是菩薩摩訶薩於師子頻申三摩地善成熟已復入菩薩摩訶薩集散三摩地云何名爲菩薩摩訶薩集散三摩地謂菩薩摩訶薩離欲惡不善法有尋有伺離生喜樂入初靜慮從初靜慮起次第乃至入滅想受定從滅想受定起入初靜慮從初靜慮起入滅想受定從滅想受定起入第二靜慮從第二靜慮起入滅想受定從滅想受定起入第三靜慮從第三靜慮起入滅想受定從滅想受定起入第四靜慮從第四靜慮起入滅想受定從滅想受定起入空無邊處定從空無邊處定起入滅想受定從滅想受定起入識

無邊處定從識無邊處定起入滅想受定從滅想受定起入無所有處定從無所有處定起入滅想受定從滅想受定起入非想非非想處定從非想非非想處定起入滅想受定從滅想受定起復入非想非非想處定從非想非非想處定起住不定心從不定心還入滅想受定從滅想受定起住不定心從不定心入非想非非想處定從非想非非想處定起住不定心從不定心入無所有處定從無所有處定起住不定心從不定心入識無邊處定從識無邊處定起住不定心從不定心入空無邊處定從空無邊處定起住不定心從不定心入第四靜慮從第四靜慮起住不定心從不定心入第三靜慮從第三靜慮起住不定心從不定心入第二靜慮從第二靜慮起住不定心從不定心入初靜慮從初靜慮起住不定心是爲菩薩摩訶薩集散三摩地若菩薩摩訶薩安住如是集散三摩地得一切法平等實性是菩薩摩訶薩復持如是靜慮善根與諸有情平等共有迴向無上正等菩提以無所得而爲方便如是迴向大菩提時遠離三心謂誰迴向何所迴向以何迴向是爲菩薩摩訶薩安住般若波羅蜜多引攝靜慮波羅蜜多

大般若波羅蜜多經卷第五百二十三

大般若波羅蜜多經卷第五百二十四

唐三藏法師玄奘奉詔譯

第三分方便善巧品第二十六之二

爾時具壽善現白佛言世尊諸菩薩摩訶薩成就如是方便善巧發趣無上正等覺心已經幾時佛告善現是菩薩摩訶薩發趣無上正等覺心已經無數百千俱胝那庾多劫具壽善現復白佛言諸菩薩摩訶薩成就如是方便善巧已曾親近供養幾佛佛告善現是菩薩摩訶薩已曾親近供養殑伽沙數諸佛具壽善現復白佛言諸菩薩摩訶薩成就如是方便善巧已種何等微妙善根佛告善現是菩薩摩訶薩發心已來無有布施波羅蜜多乃至般若波羅蜜多所引善根而不精勤修學圓滿由此因緣成就如是方便善巧具壽善現復白佛言諸菩薩摩訶薩成就如是方便善巧甚爲希有佛告善現如是如是如汝所說諸菩薩摩訶薩成就如是方便善巧甚爲希有善現當知如日月輪周行照燭四大洲界作諸事業其中所有情非情類隨彼光明勢力而轉各成已事如是般若波羅蜜多照燭餘五波羅蜜多作諸事業布施等五波羅蜜多隨順般若波羅蜜多勢力而轉各成已事善現當知布施等五波羅蜜多皆由般若波羅蜜多所攝受故乃得名爲波羅蜜多如轉輪王若無七寶不名輪王要具七寶乃名輪王布施等五波羅蜜多亦復如是若離般若波羅蜜多不得名爲波羅蜜多要由般若波羅蜜多所攝受故乃得名爲波羅蜜多善現當知如有女人端嚴巨富若無強夫

所攝護者易爲惡人之所凌辱若有強夫所攝護者不爲惡人之所凌辱布施等五波羅蜜多亦復如是若無般若波羅蜜多力所攝護易爲天魔及彼眷屬之所沮壞若有般若波羅蜜多力所攝護一切天魔及彼眷屬不能沮壞善現當知如勇軍將妙閑兵法善備種種堅固鎧仗隣國怨敵所不能害布施等五波羅蜜多亦復如是不離般若波羅蜜多天魔眷屬增上慢人乃至菩薩旃荼羅等皆不能壞善現當知如贍部洲諸小王等隨時朝侍轉輪聖王依轉輪王得遊勝處布施等五波羅蜜多亦復如是隨助般若波羅蜜多由彼勢力所引導故速趣無上正等菩提善現當知如贍部洲東方諸水無不皆趣殑伽大河隨殑伽河流入大海布施等五波羅蜜多亦復如是皆爲般若波羅蜜多所攝引故能至無上正等菩提善現當知如人右手能作衆事如是般若波羅蜜多能引一切殊勝善法善現當知如人左手所作不便如是前五波羅蜜多不能引生殊勝善法善現當知譬如衆流隨其大小若入大海同一鹹味布施等五波羅蜜多亦復如是要入般若波羅蜜多乃能證得一切智智由此得名到彼岸者善現當知如轉輪王欲有所趣四軍導從輪寶居先王及四軍念欲飲食輪即爲住旣飲食已王念欲行輪即前去其輪去住隨王意欲至所趣方不復前去布施等五波羅蜜多亦復如是與諸善法欲趣無上正等菩提要因般若波羅蜜多以爲前導進止俱隨不相捨離若至佛果更不前進善現當知如轉

輪王七寶具足欲有所至四軍七寶前後導從爾時輪寶雖最居先而不分别前後之相如是前五波羅蜜多與諸善法欲趣無上正等菩提定以般若波羅蜜多爲其前導然此般若波羅蜜多不作是念我於前五波羅蜜多最爲前導彼隨從我布施等五波羅蜜多不作是念甚深般若波羅蜜多居我等前我隨從彼所以者何如是六種波羅蜜多及一切法自性皆鈍無所能爲無有主宰虛假不實空無所有不自在相譬如陽焰光影水月幻事夢等其中都無分別作用眞實體相具壽善現復白佛言若一切法自性皆空都無眞實體相作用諸菩薩摩訶薩云何修學布施等六波羅蜜多能證無上正等菩提佛告善現諸菩薩摩訶薩於此六種波羅蜜多勤修學時常作是念世間有情心恒顚倒没生死苦不能自脱我若不修巧便勝行不能拔濟彼生死苦我當爲彼諸有情類勤修布施乃至般若波羅蜜多方便善巧速趣無上正等菩提拔諸有情生死大苦是菩薩摩訶薩作此念已爲諸有情捨内外物捨已復作如是思惟我於此物都無所捨所以者何此内外物自性皆空不可捨施非唯屬我是菩薩摩訶薩由此觀察修行布施波羅蜜多速得圓滿疾證無上正等菩提是菩薩摩訶薩爲諸有情終不犯戒所以者何是菩薩摩訶薩常作此念我爲有情求趣無上正等菩提決定不應斷衆生命乃至邪見亦定不應求妙欲境及諸天樂亦定不應求二乗地唯自解脱是菩薩摩訶薩由此觀察修行淨戒波羅

蜜多速得圓滿疾證無上正等菩提是菩薩摩訶薩爲諸有情不起忿恚假使恒遭毀謗凌辱分解支節受諸苦惱亦不發起一念惡心所以者何是菩薩摩訶薩觀察一切聲如谷響色如聚沫不應於中妄生嗔恨是菩薩摩訶薩由此觀察修行安忍波羅蜜多速得圓滿疾證無上正等菩提是菩薩摩訶薩爲諸有情勤求善法乃至無上正等菩提於其中間常不懈怠所以者何是菩薩摩訶薩常作是念我若懈怠不能濟拔一切有情令其遠離生死大苦亦不能得一切智智是菩薩摩訶薩由此觀察修行精進波羅蜜多速得圓滿疾證無上正等菩提是菩薩摩訶薩爲諸有情勤修勝定乃至無上正等菩提終不發起貪瞋癡等散動之心所以者何是菩薩摩訶薩常作此念我若發起貪瞋癡等散動之心則不能成饒益他事亦不能證所求佛果是菩薩摩訶薩由此觀察修行靜慮波羅蜜多速得圓滿疾證無上正等菩提是菩薩摩訶薩爲諸有情不離般若波羅蜜多乃至無上正等菩提常勤修學微妙勝慧所以者何是菩薩摩訶薩常作此念若離般若波羅蜜多於諸有情不能成熟亦不能證無上菩提是菩薩摩訶薩由此觀察修行般若波羅蜜多速得圓滿疾證無上正等菩提由此因緣雖一切法自性皆空都無眞實體相作用而諸菩薩摩訶薩衆勤修六種波羅蜜多證得無上正等菩提具壽善現復白佛言若此六種波羅蜜多無差別性皆是般若波羅蜜多所攝受故云何可說般若波羅蜜多於五

波羅蜜多爲最爲勝爲尊爲高爲妙爲微妙爲上爲無上佛告善現如是如是如汝所説布施等六波羅蜜多無差别性皆是般若波羅蜜多所攝受故若無般若波羅蜜多布施等五不得名爲波羅蜜多要依般若波羅蜜多布施等五乃得名爲波羅蜜多善現當知如有情類雖有種種身色差别若往親近妙高山王咸同一色如是前五波羅蜜多雖有種種品類差别而爲般若波羅蜜多所攝受故皆由般若波羅蜜多修成滿故皆入般若波羅蜜多不可施設差别名姓又前五種波羅蜜多依止般若波羅蜜多方能證得一切智智乃得名爲到彼岸者是故六種波羅蜜多皆同一味性無差别不可施設此是布施乃至般若波羅蜜多所以者何如是六種波羅蜜多皆能證得一切智智能到彼岸性無差别由是因縁布施等六不可施設名姓有異具壽善現復白佛言波羅蜜多及一切法若隨實義皆無此彼勝劣差别何縁故説般若波羅蜜多於五波羅蜜多爲最爲勝爲尊爲高爲妙爲微妙爲上爲無上佛告善現如是如是如汝所説若隨實義波羅蜜多及一切法皆無此彼勝劣差别但依世俗言説作用説有此彼勝劣差别施設布施乃至般若波羅蜜多爲欲度脱諸有情類世俗作用生老病死然諸有情生老病死皆非實有但假施設所以者何有情無故當知諸法亦無所有甚深般若波羅蜜多達一切法都無所有能拔有情世俗作用生老病死由此故説般若波羅蜜多於五波羅蜜多爲最爲勝爲尊

爲高爲妙爲微妙爲上爲無上善現當知如轉輪王所有女寶於人中女爲最爲勝爲尊爲高爲妙爲微妙爲上爲無上如是般若波羅蜜多於前五種波羅蜜多爲最爲勝爲尊爲高爲妙爲微妙爲上爲無上具壽善現復白佛言如來何緣但數讚說甚深般若波羅蜜多於布施等波羅蜜多爲最爲勝爲尊爲高爲妙爲微妙爲上爲無上佛告善現由此般若波羅蜜多普能攝受一切善法和合趣入一切智智安住不動以無所得爲方便故具壽善現復白佛言如是般若波羅蜜多於諸善法有取捨不佛言不也如是般若波羅蜜多於一切法無取無捨何以故以一切法自性皆空都無可取不可捨故具壽善現復白佛言如是般若波羅蜜多於何等法無取無捨佛告善現如是般若波羅蜜多於色乃至一切智智無取無捨具壽善現復白佛言如是般若波羅蜜多云何於色廣說乃至一切智智無取無捨佛告善現如是般若波羅蜜多不思惟色廣說乃至一切智智是故於色廣說乃至一切智智無取無捨具壽善現復白佛言云何般若波羅蜜多不思惟色廣說乃至一切智智佛告善現由此般若波羅蜜多於色乃至一切智智不思惟一切相亦不思惟一切所緣是故於色廣說乃至一切智智皆不思惟具壽善現復白佛言若菩薩摩訶薩不思惟色廣說乃至一切智智云何增長所種善根若不增長所種善根云何圓滿波羅蜜多若不圓滿波羅蜜多云何證得一切智智佛告善現若菩薩摩訶薩不思惟

色廣說乃至一切智智是菩薩摩訶薩便能增長所種善根所種善根得增長故便能圓滿波羅蜜多波羅蜜多得圓滿故便能證得一切智智所以者何諸菩薩摩訶薩要於諸色廣說乃至一切智智能不思惟乃能具足修諸菩薩摩訶薩行證得無上正等菩提具壽善現復白佛言何因緣故諸菩薩摩訶薩要於諸色廣說乃至一切智智能不思惟方能具足修諸菩薩摩訶薩行證得無上正等菩提佛告善現諸菩薩摩訶薩若思惟色廣說乃至一切智智具有所得有所得故便著三界若著三界不能具足修諸菩薩摩訶薩行證得無上正等菩提若菩薩摩訶薩不思惟色廣說乃至一切智智便無所得無所得故不著三界以於三界不生著故便能具足修諸菩薩摩訶薩行證得無上正等菩提是故善現若菩薩摩訶薩欲能具足修諸菩薩摩訶薩行疾證無上正等菩提當勤修學甚深般若波羅蜜多不應思惟染著諸法具壽善現復白佛言若菩薩摩訶薩欲勤修學甚深般若波羅蜜多當於何住佛告善現若菩薩摩訶薩欲勤修學甚深般若波羅蜜多不應住色廣說乃至一切智智具壽善現復白佛言何因緣故諸菩薩摩訶薩欲勤修學甚深般若波羅蜜多不應住色廣說乃至一切智智佛告善現若菩薩摩訶薩能勤修學甚深般若波羅蜜多於一切法無執著故不應住色廣說乃至一切智智所以者何是菩薩摩訶薩不見有法可於其中而起執著及可安住如是善現諸菩薩摩訶薩以無執著及

無安住而爲方便能勤修學甚深般若波羅蜜多善現當知若菩薩摩訶薩作如是念若能如是無所執著無所安住精勤修學甚深般若波羅蜜多是修般若波羅蜜多是行般若波羅蜜多我能如是無所執著無所安住精勤修學甚深般若波羅蜜多是修般若波羅蜜多是行般若波羅蜜多是菩薩摩訶薩由如是念取相執著遠離般若波羅蜜多若遠離般若波羅蜜多則遠離布施波羅蜜多廣說乃至一切智智所以者何甚深般若波羅蜜多於一切法無所執著非深般若波羅蜜多有執著者及執著性所以者何甚深般若波羅蜜多都無自性可於諸法有所執著是故善現諸菩薩摩訶薩行深般若波羅蜜多於一切法及深般若波羅蜜多皆無執著

善現當知若菩薩摩訶薩行深般若波羅蜜多時起如是想此是般若波羅蜜多我行般若波羅蜜多即是徧行諸法實相是菩薩摩訶薩由起此想便退般若波羅蜜多若退般若波羅蜜多則退布施波羅蜜多廣說乃至一切智智所以者何甚深般若波羅蜜多是一切種白法根本若退般若波羅蜜多則爲退失一切白法善現當知若菩薩摩訶薩作如是念甚深般若波羅蜜多攝受布施波羅蜜多廣說乃至一切智智是菩薩摩訶薩退失般若波羅蜜多若退失般若波羅蜜多則不能攝受布施波羅蜜多廣說乃至一切智智所以者何非離般若波羅蜜多能徧攝受菩提分法及能證得一切智智善現當知若菩薩摩訶薩作如是念安住般若波羅蜜多

便於無上正等菩提定得授記是菩薩摩訶薩由作是念退失般若波羅蜜多若退失般若波羅蜜多便於無上正等菩提不堪受記所以者何非離般若波羅蜜多可於無上正等菩提有得受記善現當知若菩薩摩訶薩作如是念安住般若波羅蜜多則能引發布施波羅蜜多乃至能引發大慈大悲大喜大捨是菩薩摩訶薩由如是念則退失般若波羅蜜多若退失般若波羅蜜多則不能引發布施波羅蜜多乃至不能引發大慈大悲大喜大捨所以者何非離般若波羅蜜多而能引發安住勝法善現當知若菩薩摩訶薩作如是念佛知諸法無攝受相自證無上正等菩提得菩提已爲諸有情宣說開示諸法實相是菩薩摩訶薩由如是念則爲退失甚深般若波羅蜜多所以者何如來於法無知無覺無說無示所以者何諸法實性不可知覺不可施設云何得有知覺說示一切法者若言實有知覺說示一切法者無有是處爾時具壽善現復白佛言世尊諸菩薩摩訶薩行深般若波羅蜜多云何當得離如是等種種過失佛告善現若菩薩摩訶薩行深般若波羅蜜多作如是念一切法無所有不可取若法無所有不可取則無有能現等覺者亦無有能宣說開示若能如是行是行深般若波羅蜜多離諸過失若菩薩摩訶薩著無所有不可取法則離般若波羅蜜多所以者何甚深般若波羅蜜多於一切法無所執著無所攝受若於諸法有所執著有所攝受則離般若波羅蜜多具壽善現復白佛言般若波羅

蜜多於般若波羅蜜多爲遠離爲不遠離乃至布施波羅蜜多於布施波羅蜜多爲遠離爲不遠離廣說乃至一切智智於一切智智爲遠離爲不遠離世尊若般若波羅蜜多於般若波羅蜜多設遠離設不遠離云何菩薩摩訶薩能無執著引發般若波羅蜜多如是乃至若布施波羅蜜多於布施波羅蜜多設遠離設不遠離云何菩薩摩訶薩能無執著引發布施波羅蜜多廣說乃至若一切智智於一切智智設遠離設不遠離云何菩薩摩訶薩能無執著引發一切智智佛告善現般若波羅蜜多於般若波羅蜜多非遠離非不遠離是故菩薩摩訶薩能無執著引發般若波羅蜜多如是乃至布施波羅蜜多於布施波羅蜜多非遠離非不遠離是故菩薩摩訶薩能無執著引發布施波羅蜜多廣說乃至一切智智於一切智智非遠離非不遠離是故菩薩摩訶薩能無執著引發一切智智所以者何非即自性非離自性而能引發安住自性復次善現諸菩薩摩訶薩行深般若波羅蜜多不執著色謂此是色此色屬彼廣說乃至亦不執著一切智智謂此是一切智智此一切智智屬彼是菩薩摩訶薩於如是一切法無執著故便能引發般若波羅蜜多乃至能引發一切智智所以者何若菩薩摩訶薩行深般若波羅蜜多於諸法中有所執著謂此是法此法屬彼則不能隨意引發安住殊勝功德復次善現諸菩薩摩訶薩行深般若波羅蜜多不觀色若常若無常若樂若苦若我若無我若淨若不淨若空若不空若遠

離若不遠離乃至不觀一切智智若常若無常若樂若苦若我若無我若淨若不淨若空若不空若遠離若不遠離是菩薩摩訶薩於如是一切法不觀察便引發般若波羅蜜多乃至能引發一切智智所以者何若菩薩摩訶薩行深般若波羅蜜多於諸法中有所觀察若常若無常若樂若苦若我若無我若淨若不淨若空若不空若遠離若不遠離則不能隨意引發安住殊勝功德復次善現若菩薩摩訶薩行深般若波羅蜜多則爲修行布施波羅蜜多廣說乃至亦爲修行一切智智復次善現甚深般若波羅蜜多隨所行處一切所有波羅蜜多及餘一切菩提分法皆悉隨行甚深般若波羅蜜多隨所至處一切所有波羅蜜多及餘一切菩提分法皆悉隨至如轉輪王隨所行處四部勇軍皆悉隨行如轉輪王隨所至處四部勇軍皆悉隨至甚深般若波羅蜜多亦復如是隨有所行及有所至布施等五波羅蜜多及餘一切菩提分法皆悉隨逐究竟至於一切智智如善御者駕四馬車令避險路行於正道隨本意欲能往所至甚深般若波羅蜜多亦復如是善御一切波羅蜜多及餘所有菩提分法令避生死涅槃險路行於自利利他正道至本所求一切智智爾時善現便白佛言諸菩薩摩訶薩云何爲道云何非道佛告善現若聲聞道若獨覺道若異生道非諸菩薩摩訶薩道依此不能往一切智智故甚深般若波羅蜜多所引一切菩提分法是諸菩薩摩訶薩道依此定能往一切智智故具壽善現復白佛言甚

深般若波羅蜜多出現世間能爲大事所謂示現一切菩薩摩訶薩衆道非道相令諸菩薩摩訶薩衆知道非道疾能證得一切智智佛告善現如是如是如汝所説甚深般若波羅蜜多出現世間能爲大事所謂示現一切菩薩摩訶薩衆道非道相令諸菩薩摩訶薩衆知道非道疾能證得一切智智復次善現甚深般若波羅蜜多出現世間能爲大事所謂度脱無量無數無邊有情令獲殊勝利益安樂善現當知甚深般若波羅蜜多雖作無邊利樂他事而於此事無所取著善現當知甚深般若波羅蜜多雖能示現所作事業而不取色受想行識乃至不取一切智智亦復不取聲聞獨覺所作事業善現當知甚深般若波羅蜜多雖能引導一切菩薩摩訶薩衆令趣無上正等菩提遠離聲聞獨覺等地而於諸法無生無滅以法住性是定量故爾時善現復白佛言甚深般若波羅蜜多若於諸法無生無滅云何菩薩摩訶薩行深般若波羅蜜多時爲諸有情應行布施應持淨戒應起安忍應勤精進應入靜慮應修般若佛告善現諸菩薩摩訶薩行深般若波羅蜜多時緣一切智智爲諸有情應行布施應持淨戒應起安忍應勤精進應入靜慮應修般若是菩薩摩訶薩持此善根與諸有情平等共有迴向無上正等菩提是菩薩摩訶薩持此善根迴向無上正等覺故則修六種波羅蜜多速得圓滿亦修菩薩慈悲喜捨速得圓滿由斯疾得一切智智乃至安坐妙菩提座常不遠離如是六種波羅蜜多若菩薩摩訶薩常

不遠離如是六種波羅蜜多則不遠離一切智智是故善現若菩薩摩訶薩欲疾證得一切智智當勤精進修學六種波羅蜜多當勤精進修行六種波羅蜜多若菩薩摩訶薩常勤精進修學修行如是六種波羅蜜多一切善根疾得圓滿速證無上正等菩提是故善現諸菩薩摩訶薩應與六種波羅蜜多恒共相應無得暫捨爾時善現便白佛言云何菩薩摩訶薩能與六種波羅蜜多常共相應無時暫捨佛告善現若菩薩摩訶薩如實觀色非相應非不相應如實觀受想行識非相應非不相應廣說乃至如實觀一切智智非相應非不相應是菩薩摩訶薩能與六種波羅蜜多常共相應無時暫捨復次善現若菩薩摩訶薩常作是念我不應住色亦不應住非色廣說乃至我不應住一切智智亦不應住非一切智智何以故色非能住非所住廣說乃至一切智智亦非能住非所住故是菩薩摩訶薩能與六種波羅蜜多常共相應無時暫捨善現當知若菩薩摩訶薩能以如是無住方便修行六種波羅蜜多是菩薩摩訶薩疾證無上正等菩提善現當知如人欲食菴没羅果半娜娑果先取其子種植良田隨時漑灌守視營理漸次生長芽莖枝葉時節和合便有花果果成熟已取而食之如是善現諸菩薩摩訶薩欲得無上正等菩提先學六種波羅蜜多復於有情或以布施或以愛語或以利行或以同事而攝受之既攝受已教令安住布施淨戒安忍精進靜慮般若波羅蜜多及令安住四念住等菩提分法既安住

已解脫一切生死大苦證得常住永寂安樂菩薩如是當得無上正等菩提能盡未來饒益一切是故善現若菩薩摩訶薩欲於諸法不假他緣而自開悟欲能成熟一切有情欲能嚴淨所求佛土欲疾安坐妙菩提座欲能降伏諸惡魔軍欲疾證得一切智智欲轉法輪度有情衆應學六種波羅蜜多以四攝事方便攝受諸有情類令其解脫生死衆苦菩薩如是勤修學時應於般若波羅蜜多常勤修學具壽善現復白佛言佛說菩薩應於般若波羅蜜多勤修學耶佛言善現如是如是我說菩薩應於般若波羅蜜多常勤修學善現當知若菩薩摩訶薩欲於諸法得大自在當學般若波羅蜜多所以者何甚深般若波羅蜜多具大威力能令菩薩摩訶薩衆於一切法得大自在善現當知甚深般若波羅蜜多是諸善法所趣向門譬如大海是一切水所趣向門是故善現若聲聞乘善男子等若獨覺乘善男子等若無上乘善男子等皆應於此甚深般若波羅蜜多常勤修學善現當知諸菩薩摩訶薩於深般若波羅蜜多勤修學時應於布施乃至般若波羅蜜多亦常修學乃至應於一切智智亦常修學善現當知如善射人甲冑堅固執好弓箭不懼怨敵諸菩薩摩訶薩亦復如是攝受般若波羅蜜多廣說乃至一切智智方便善巧一切魔軍外道他論皆不能伏是故善現若菩薩摩訶薩欲得無上正等菩提轉妙法輪度有情衆當勤修學甚深般若波羅蜜多若菩薩摩訶薩常勤修學甚深般若波羅蜜多便爲過去未

來現在諸佛世尊常共護念具壽善現即白佛言云何菩薩摩訶薩常勤修學甚深般若波羅蜜多便爲過去未來現在諸佛世尊常共護念佛告善現若菩薩摩訶薩常勤修學甚深般若波羅蜜多即能修行布施淨戒安忍精進靜慮般若波羅蜜多廣說乃至一切智智故爲過去未來現在諸佛世尊常共護念具壽善現復白佛言是菩薩摩訶薩云何修行布施淨戒安忍精進靜慮般若波羅蜜多廣說乃至一切智智便爲過去未來現在諸佛世尊常共護念佛告善現是菩薩摩訶薩修行布施波羅蜜多廣說乃至一切智智時觀布施波羅蜜多乃至一切智智皆不可得故爲過去未來現在諸佛世尊常共護念復次善現過去未來現在諸佛於是菩薩摩訶薩所雖常護念而不以色受想行識廣說乃至一切智智故與護念以色乃至一切智智不可得故具壽善現復白佛言諸菩薩摩訶薩雖多處學而無學處佛告善現如是如是諸菩薩摩訶薩雖多處學而無學處所以者何實無有法可令菩薩摩訶薩衆於中修學爾時善現復白佛言佛爲菩薩摩訶薩衆或略或廣宣說六種波羅蜜多相應之法若菩薩摩訶薩欲得無上正等菩提轉妙法輪度有情衆於此六種波羅蜜多相應法教若略若廣皆應聽聞受持讀誦令極通利既通利已如理思惟既思惟已審正觀察既觀察已令心心所於所緣相皆不復轉佛告善現如是如是如汝所說復次善現諸菩薩摩訶薩於佛世尊所說六種波羅蜜多相應法教

若略若廣勤修學時應於諸法如實了知略廣之相爾時善現便白佛言云何菩薩摩訶薩於一切法如實了知略廣之相佛告善現若菩薩摩訶薩如實了知色真如相如實了知受想行識真如相廣說乃至如實了知一切智智真如相是菩薩摩訶薩於一切法如實了知略廣之相具壽善現復白佛言云何色真如相云何受想行識真如相廣說乃至云何一切智智真如相諸菩薩摩訶薩如實了知而於中學於一切法如實了知略廣之相佛告善現色真如無生無滅亦無住異而可施設是名色真如相受想行識真如無生無滅亦無住異而可施設是名受想行識真如相廣說乃至一切智智真如無生無滅亦無住異而可施設是名一切智智真如相諸菩薩摩訶薩如實了知略廣之相復次善現若菩薩摩訶薩如實了知色實際相如實了知受想行識實際相廣說乃至如實了知一切智智實際相是菩薩摩訶薩於一切法如實了知略廣之相爾時善現便白佛言云何色實際相云何受想行識實際相廣說乃至云何一切智智實際相諸菩薩摩訶薩如實了知而於中學於一切法如實了知略廣之相佛告善現無色際是名色實際相無受想行識際是名受想行識實際相廣說乃至無一切智智際是名一切智智實際相諸菩薩摩訶薩如實了知當於中學於一切法如實了知略廣之相復次善現若菩薩摩訶薩如實了知色法界相如實了知受想行識法界相廣說乃至

如實了知一切智智法界相是菩薩摩訶薩於一切法如實了知略廣之相爾時善現便白佛言云何色法界相云何受想行識法界相廣說乃至云何一切智智法界相諸菩薩摩訶薩如實了知而於中學於一切法如實了知略廣之相佛告善現色如虛空無障無礙無生無滅無斷無續而可施設是名色法界相受想行識如虛空無障無礙無生無滅無斷無續而可施設是名受想行識法界相廣說乃至一切智智如虛空無障無礙無生無滅無斷無續而可施設是名一切智智法界相諸菩薩摩訶薩如實了知當於中學於一切法如實了知略廣之相爾時善現復白佛言諸菩薩摩訶薩復云何應知一切法略廣之相佛告善現若菩薩摩訶薩如實了知一切法不合不散是菩薩摩訶薩應如是知一切法略廣之相具壽善現便白佛言何等一切法不合不散佛告善現色不合不散受想行識不合不散廣說乃至一切智智不合不散貪欲瞋恚愚癡不合不散欲界色界無色界不合不散有爲界無爲界不合不散所以者何如是諸法皆無自性若無自性則無所有若無所有則不可說有合有散諸菩薩摩訶薩於一切法如是了知則能了知略廣之相

大般若波羅蜜多經卷第五百二十四

大般若波羅蜜多經卷第五百二十五

唐三藏法師玄奘奉　詔譯

第三分方便善巧品第二十六之三

爾時具壽善現白佛言世尊如是名爲略攝般若波羅蜜多諸菩薩摩訶薩若於中學能多所作世尊如是略攝般若波羅蜜多新學菩薩摩訶薩衆應於中學乃至住第十地諸菩薩摩訶薩亦應於中常勤修學若菩薩摩訶薩能於如是略攝般若波羅蜜多常勤修學於一切法能如實知略廣之相世尊如是略攝般若波羅蜜多微妙法門利根菩薩摩訶薩衆乃能悟入佛告善現如是法門諸菩薩摩訶薩若利根者若中根者若鈍根者皆能悟入如是法門無障無礙諸菩薩摩訶薩定不定根專心學者皆能悟入善現當知如是法門微妙清淨諸懈怠者劣精進者失正念者散動心者習惡慧者不能悟入不懈怠者勝精進者具正念者善攝心者修妙慧者乃能悟入善現當知若菩薩摩訶薩欲住菩薩不退轉地展轉乃至第十地者當勤方便入此法門若菩薩摩訶薩欲疾證得一切智智當勤方便入此法門善現當知若菩薩摩訶薩如此般若波羅蜜多甚深經典所說而學是菩薩摩訶薩則能隨學布施淨戒安忍精進靜慮般若波羅蜜多亦能隨學內空乃至無性自性空亦能隨學眞如乃至不思議界亦能隨學苦聖諦乃至道聖諦亦能隨學四念住乃至八聖道支亦能隨學四靜慮四無量四無色定亦能隨學空無相無願解脫門亦能隨學八解脫乃至十遍處亦能隨學

極喜地乃至法雲地亦能隨學陀羅尼門三摩地門亦能隨學五眼六神通亦能隨學如來十力乃至十八佛不共法亦能隨學大慈大悲大喜大捨亦能隨學無忘失法恒住捨性亦能隨學一切智道相智一切相智亦能隨學一切菩薩摩訶薩行亦能隨學諸佛無上正等菩提亦能隨學一切智智是菩薩摩訶薩既隨學已能隨證得布施淨戒安忍精進靜慮般若波羅蜜多廣說乃至一切智智善現當知若菩薩摩訶薩如此般若波羅蜜多甚深經典所說而學是菩薩摩訶薩所有魔事皆能覺知隨起即滅是故善現若菩薩摩訶薩欲疾除滅一切業障欲正攝受方便善巧當學般若波羅蜜多善現當知若時菩薩摩訶薩勤行修習如是般若波羅蜜多是時菩薩摩訶薩便爲無量無邊世界一切如來應正等覺現在住持說正法者常共護念所以者何過去未來現在諸佛無不皆從甚深般若波羅蜜多而出生故是故善現若菩薩摩訶薩能行般若波羅蜜多應作是念過去未來現在諸佛所證得法我亦當證如是善現諸菩薩摩訶薩應勤修學甚深般若波羅蜜多若勤修學甚深般若波羅蜜多疾證無上正等菩提是故善現諸菩薩摩訶薩常應不離一切智智相應作意行深般若波羅蜜多善現當知若菩薩摩訶薩於深般若波羅蜜多無倒修行經彈指頃是菩薩摩訶薩所獲福聚其量甚多假使有能方便善巧教化三千大千世界一切有情皆令安住布施淨戒安忍精進靜慮般若波羅蜜多或令安

住清淨解脱解脱智見或令安住預流乃至阿羅漢果或令安住獨覺菩提是人雖獲無邊福聚而猶不及無倒修行甚深般若波羅蜜多經彈指頃所得福聚所以者何甚深般若波羅蜜多能生一切布施淨戒安忍精進靜慮般若波羅蜜多能生一切清淨解脱解脱智見能生一切預流乃至阿羅漢果能生一切獨覺菩提過去未來現在諸佛無不皆由甚深般若波羅蜜多而得出現度脱無量無邊有情復次善現若菩薩摩訶薩能常不離一切智智相應作意行深般若波羅蜜多經須臾頃或經半日或經一日或經半月或經一月或經一時或經一歲或經百歲或經一劫或經百劫乃至或經無數大劫是菩薩摩訶薩所獲福聚其量甚多勝教十方各如殑伽沙數世界諸有情類皆令安住布施淨戒安忍精進靜慮般若波羅蜜多或令安住清淨解脱解脱智見或令安住預流乃至阿羅漢果或令安住獨覺菩提所獲福聚所以者何甚深般若波羅蜜多出生過去未來現在一切如來應正等覺爲諸有情無倒施設布施淨戒安忍精進靜慮般若波羅蜜多無倒施設清淨解脱解脱智見無倒施設預流乃至阿羅漢果無倒施設獨覺菩提無倒施設諸佛無上正等菩提故此福聚勝過於彼復次善現若菩薩摩訶薩如深般若波羅蜜多所説而住是菩薩摩訶薩當知已住不退轉位常爲諸佛之所護念成就最勝方便善巧已曾親近供養恭敬無量俱胝那庾多佛於諸佛所已植無量勝妙善根已爲無量真

淨善友之所攝護久已修習布施等六波羅蜜多廣說乃至一切智智善現當知是菩薩摩訶薩住童眞地一切所願無不圓滿常見諸佛曾無暫捨於諸善根恒不遠離常能成熟所化有情亦常嚴淨所求佛土從一佛國至一佛國供養恭敬尊重讚歎諸佛世尊聽受修行菩薩乘法善現當知是菩薩摩訶薩已得無斷無盡辯才已得殊勝陀羅尼法成就最上微妙色身已得諸佛授圓滿記於隨所樂爲度有情受諸有身已得自在善現當知是菩薩摩訶薩善入所緣善入行相善入一切字非字門善入有言無言法義善入一二及多增語善入女男非二增語善入過去未來現在諸法增語善入諸文善入諸義善入諸蘊善入諸處善入諸界善入緣起及緣起支善入世間善入涅槃善入法界相善入有爲相善入無爲相善入行相善入非行相善入相相善入非相相善入有性善入無性善入自性善入他性善入結縛善入離繫善入結縛離繫善入相應善入不相應善入相應不相應善入眞如善入不虛妄性善入不變異性善入法性善入法界善入法定善入法住善入因性善入非因性善入緣性善入非緣性善入聖諦善入靜慮善入無量善入無色善入布施乃至般若波羅蜜多善入四念住乃至八聖道支善入空無相無願解脫門善入八解脫乃至十遍處善入一切陀羅尼門善入一切三摩地門善入五眼善入六神通善入菩薩摩訶薩地善入如來十力乃至十八佛不共法善入大慈大悲大喜大捨

善入諸相善入隨好善入無忘失法恒住捨性善入一切智道相智一切相智善入有爲界善入無爲界善入界善入非界善入空善入不空善入色作意乃至識作意廣説乃至善入一切智智作意善入色相空乃至識相空廣説乃至善入一切智智相空善入輕安道善入不輕安道善入生善入滅善入住異善入正見善入邪見善入見善入非見善入貪瞋癡善入無貪無瞋無癡善入見纏隨眠結縛善入彼斷善入名善入色善入名色善入所縁縁善入增上縁善入因縁善入等無間縁善入行相善入因果善入苦集滅道善入五趣善入五趣道善入預流果及預流果道善入一來果及一來果道善入不還果及不還果道善入阿羅漢果及阿羅漢果道善入獨覺菩提及獨覺菩提道善入無上菩提及無上菩提道善入一切智及一切智道善入道相智及道相智道善入一切相智及一切相智道善入根及根圓滿善入根勝劣善入疾慧利慧速慧達慧廣慧深慧大慧無障礙慧善入過去未來現在善入方便善入意樂增上意樂善入文義善入安立三乘方便善現當知若菩薩摩訶薩行深般若波羅蜜多引深般若波羅蜜多修深般若波羅蜜多得如是等無量無邊功德勝利爾時善現便白佛言諸菩薩摩訶薩云何行深般若波羅蜜多云何引深般若波羅蜜多云何修深般若波羅蜜多佛告善現諸菩薩摩訶薩應觀色蘊乃至識蘊寂靜故可破壞故不自在故體虛僞故不堅實故應行深般若波羅蜜多

廣說乃至應觀一切智智寂靜故可破壞故不自在故體虛僞故不堅實故應行深般若波羅蜜多善現汝問諸菩薩摩訶薩云何引深般若波羅蜜多者諸菩薩摩訶薩如引虛空空應引深般若波羅蜜多善現汝問諸菩薩摩訶薩云何修深般若波羅蜜多者諸菩薩摩訶薩如修除遣應修深般若波羅蜜多具壽善現復白佛言諸菩薩摩訶薩行深般若波羅蜜多引深般若波羅蜜多修深般若波羅蜜多應經幾時佛告善現諸菩薩摩訶薩從初發心乃至安坐妙菩提座應行深般若波羅蜜多應引深般若波羅蜜多應修深般若波羅蜜多具壽善現復白佛言諸菩薩摩訶薩住何等心無間應行深般若波羅蜜多應引深般若波羅蜜多應修深般若波羅蜜多佛告善現諸菩薩摩訶薩從初發心乃至究竟無容暫起諸餘作意唯常安住一切智智相應作意應行深般若波羅蜜多應引深般若波羅蜜多應修深般若波羅蜜多善現當知是菩薩摩訶薩乃至能令心心所法於境不轉乃得名爲行深般若波羅蜜多引深般若波羅蜜多修深般若波羅蜜多世尊諸菩薩摩訶薩於深般若波羅蜜多爲行引修得一切智智不不爾善現世尊諸菩薩摩訶薩於深般若波羅蜜多爲不行引修得一切智智不不爾善現世尊諸菩薩摩訶薩於深般若波羅蜜多爲亦行引修亦不行引修得一切智智不不爾善現世尊諸菩薩摩訶薩於深般若波羅蜜多爲非行引修非不行引修得一切智智不不爾善現世尊若爾諸

菩薩摩訶薩云何當得一切智智善現諸菩薩摩訶薩得一切智智當如眞如世尊云何當如眞如善現當如實際世尊云何當如實際善現當如法界世尊云何當如法界善現當如我界乃至補特伽羅界世尊云何當如我界乃至補特伽羅界善現於意云何我乃至補特伽羅爲可得不不也世尊善現若我乃至補特伽羅既不可得我當云何可施設我界乃至補特伽羅界如是善現若菩薩摩訶薩不施設般若波羅蜜多亦不施設一切智智亦不施設一切法是菩薩摩訶薩定當證得一切智智具壽善現復白佛言爲但般若波羅蜜多不可施設爲靜慮等波羅蜜多亦不可施設耶佛告善現非但般若波羅蜜多不可施設靜慮等五波羅蜜多亦不可施設若聲聞法若獨覺法若菩薩法若諸佛法若有爲法若無爲法如是等一切法皆不可施設具壽善現復白佛言若一切法皆不可施設云何可施設是地獄是傍生是鬼界是人是天是預流是一來是不還是阿羅漢是獨覺是菩薩是諸佛是一切法耶佛告善現於意云何有情施設及法施設實可得不善現白言不也世尊佛告善現若有情施設及法施設實不可得我當云何可施設是地獄廣說乃至是一切法如是善現諸菩薩摩訶薩行深般若波羅蜜多應學一切法皆不可施設而趣無上正等菩提爾時善現便白佛言諸菩薩摩訶薩行深般若波羅蜜多時豈不應學色豈不應學受想行識廣說乃至豈不應學一切智智佛告善現諸菩薩摩訶薩

行深般若波羅蜜多時應學色不增不減應學受想行識不增不減廣說乃至應學一切智智不增不減具壽善現復白佛言諸菩薩摩訶薩行深般若波羅蜜多時云何應學色不增不減云何應學受想行識不增不減廣說乃至云何應學一切智智不增不減佛告善現諸菩薩摩訶薩行深般若波羅蜜多時以不生不滅故應學色以不生不滅故應學受想行識廣說乃至以不生不滅故應學一切智智具壽善現復白佛言諸菩薩摩訶薩行深般若波羅蜜多時云何以不生不滅故應學色云何以不生不滅故應學受想行識廣說乃至云何以不生不滅故應學一切智智佛告善現諸菩薩摩訶薩行深般若波羅蜜多時應學不起不作諸行若遣若修具壽善現復白佛言諸菩薩摩訶薩行深般若波羅蜜多時云何應學不起不作諸行若遣若修佛告善現諸菩薩摩訶薩行深般若波羅蜜多時觀一切法自相皆空應學不起不作諸行若遣若修具壽善現復白佛言云何菩薩摩訶薩行深般若波羅蜜多時觀一切法自相皆空佛告善現諸菩薩摩訶薩行深般若波羅蜜多時應觀色由色相空應觀受想行識由受想行識相空廣說乃至應觀諸佛無上正等菩提由諸佛無上正等菩提相空應觀一切智智由一切智智相空如是善現諸菩薩摩訶薩行深般若波羅蜜多時應觀諸法自相皆空具壽善現復白佛言若色由色相空受想行識由受想行識相空廣說乃至諸佛無上正等菩提由諸佛無上正等菩

提相空一切智智由一切智智相空云何菩薩摩訶薩行深般若波羅蜜多佛告善現若菩薩摩訶薩都無所行是行深般若波羅蜜多具壽善現復白佛言何緣菩薩摩訶薩都無所行是行深般若波羅蜜多佛告善現由深般若波羅蜜多不可得諸菩薩摩訶薩亦不可得行亦不可得若能行者若由此行行時行處皆不可得是故善現諸菩薩摩訶薩都無所行是行深般若波羅蜜多以於其中一切戲論不可得故具壽善現復白佛言若菩薩摩訶薩都無所行是行深般若波羅蜜多新學菩薩摩訶薩云何行深般若波羅蜜多佛告善現新學菩薩摩訶薩從初發心應於一切法常學無所得如是學已用無所得而爲方便應修布施乃至般若波羅蜜多廣說乃至用無所得而爲方便應修一切智智具壽善現復白佛言齊何名爲有所得者齊何名爲無所得者佛告善現諸有二者名有所得諸無二者名無所得具壽善現復白佛言云何有二名有所得云何無二名無所得佛告善現眼色爲二乃至意法爲二廣說乃至諸佛無上正等菩提諸佛爲二如是一切有戲論者皆名爲二諸有二者皆有所得非眼非色爲無二乃至非意非法爲無二廣說乃至非佛無上正等菩提非佛爲無二如是一切離戲論者皆名無二諸無二者皆無所得具壽善現復白佛言爲由有所得故無所得爲由無所得故無所得佛告善現非由有所得故無所得亦非由無所得故無所得然有所得及無所得平等之性名無所得如是

善現諸菩薩摩訶薩於有所得及無所得平等性中應勤修學善現當知諸菩薩摩訶薩如是學時名學般若波羅蜜多無所得義離諸過失具壽善現復白佛言若菩薩摩訶薩行深般若波羅蜜多時不著有所得不著無所得是菩薩摩訶薩云何修行甚深般若波羅蜜多能從一地進趣一地漸次圓滿由斯證得一切智智佛告善現諸菩薩摩訶薩行深般若波羅蜜多時非住有所得非住無所得行深般若波羅蜜多能從一地進趣一地漸次圓滿乃至證得一切智智所以者何甚深般若波羅蜜多無所得一切智智亦無所得能行深般若波羅蜜多者行處行時亦無所得此無所得亦無所得善現當知諸菩薩摩訶薩應如是行甚深般若波羅蜜多具壽善現復白佛言若甚深般若波羅蜜多不可得一切智智亦不可得能行深般若波羅蜜多者行處行時亦不可得此不可得亦不可得云何菩薩摩訶薩行深般若波羅蜜多時於一切法常樂決擇謂此是色此是受想行識廣說乃至此是無上正等菩提此是清淨一切智智佛告善現諸菩薩摩訶薩行深般若波羅蜜多時雖於諸法常樂決擇而不得色不得受想行識乃至不得一切智智具壽善現復白佛言諸菩薩摩訶薩行深般若波羅蜜多時若不得色不得受想行識乃至不得一切智智云何能圓滿六波羅蜜多若不能圓滿六波羅蜜多云何能入菩薩正性離生位若不能入菩薩正性離生位云何能嚴淨佛土成熟有情若不能嚴淨佛土成熟有

情云何能得一切智智若不能得一切智智云何能轉妙法輪作諸佛事若不能轉妙法輪作諸佛事云何能解脱有情生死衆苦令得究竟安樂涅槃佛告善現諸菩薩摩訶薩行深般若波羅蜜多時不爲色故行深般若波羅蜜多不爲受想行識故行深般若波羅蜜多廣説乃至不爲無上正等菩提故行深般若波羅蜜多不爲一切智智故行深般若波羅蜜多爾時具壽善現白佛言世尊諸菩薩摩訶薩爲何事故行深般若波羅蜜多佛告善現諸菩薩摩訶薩無所爲故行深般若波羅蜜多所以者何以一切法都無所爲都無所作甚深般若波羅蜜多亦無所爲亦無所作諸佛無上正等菩提亦無所爲亦無所作諸菩薩摩訶薩亦無所爲亦無所作如是善現諸菩薩摩訶薩以無所爲及無所作而爲方便行深般若波羅蜜多具壽善現復白佛言若一切法皆無所爲亦無所作不應建立三乘差別謂聲聞乘若獨覺乘若無上乘佛告善現非無所爲無所作法可得建立要有所爲有所作法可得建立所以者何有諸愚夫無聞異生執著諸色受想行識廣説乃至一切智智由執著故念色得色念受想行識得受想行識廣説乃至念一切智智得一切智智由念得故作是思惟我定當得無上菩提脱諸有情生死大苦令得究竟安樂涅槃善現當知是諸愚夫無聞異生由顛倒故作是思惟則爲謗佛所以者何佛以五眼求色不可得求受想行識不可得乃至求佛無上菩提亦不可得求諸有情亦不可得彼諸

愚夫無聞異生盲無慧目執著諸法若當證得無上菩提脫諸有情生死大苦令得究竟安樂涅槃必無是處具壽善現復白佛言若諸如來應正等覺皆以五眼求色不可得求受想行識亦不可得乃至求佛無上菩提亦不可得求諸有情亦不可得應無證得無上菩提脫諸有情生死大苦令得究竟安樂涅槃若爾云何世尊證得無上菩提安立有情三聚差別謂正性定聚邪性定聚及不定聚佛告善現我以五眼如實觀察決定無我實能證得無上菩提安立有情三聚差別然諸有情愚癡顛倒於非實法起實法想於非實有情起實有情想我爲除遣彼虛妄執依世俗說不依勝義具壽善現復白佛言如來豈不安住勝義證大菩提不也善現如來豈住妄想顛倒證大菩提不也善現具壽善現便白佛言如來若不安住勝義證大菩提亦不安住妄想顛倒證大菩提將無如來不能證得無上菩提佛言不也我雖證得無上菩提而無所住謂不住有爲界亦不住無爲界善現當知譬如諸佛所變化者雖不住有爲界亦不住無爲界而有去來坐臥等事如是諸佛所變化者若行布施乃至般若波羅蜜多若住內空乃至無性自性空若住眞如乃至不思議界若住苦集滅道聖諦若修四念住乃至八聖道支若修四靜慮四無量四無色定若修空無相無願解脫門若修八解脫乃至十遍處若修極喜地乃至法雲地若修一切陀羅尼門三摩地門若修五眼六神通若修如來十力乃至十八佛不共法若修大慈

大悲大喜大捨若修無忘失法恒住捨性若修一切智道相智一切相智若修菩薩摩訶薩行若證無上正等菩提轉妙法輪作諸佛事是所化者復轉化作無量有情於中安立三聚差別於意云何如是諸佛所變化者爲實有去來坐卧等事乃至爲實有安立有情三聚差別不善現對曰不也世尊佛告善現如是如是諸佛世尊知一切法皆如變化說一切法亦如變化雖有所爲而無眞實雖度有情而無所度如所化者度化有情如是善現諸菩薩摩訶薩行深般若波羅蜜多應如諸佛所變化者雖有所作而無執著具壽善現復白佛言若一切法皆如變化諸佛亦爾是則諸佛與所化者有何差別佛告善現佛與所化及一切法實無差別所以者何諸佛所作一切事業佛所化者亦皆能作佛所化者所作事業諸佛世尊亦皆能作是故諸佛與所化者及一切法實無差別具壽善現復白佛言若無諸佛所變化者佛獨能作所作事業若無諸佛彼所化者爲獨能作所作事不佛告善現彼亦能作善現復問其事云何佛告善現如有如來名善寂慧自應度者皆已度訖時無菩薩堪受佛記便化作一佛令住世間自入無餘依大涅槃界時彼化佛於半劫中作諸佛事過半劫已授一菩薩大菩提記現入涅槃時諸天人阿素洛等皆謂彼佛今入涅槃然化佛身實無生滅如是善現諸菩薩摩訶薩行深般若波羅蜜多應信諸法皆如變化具壽善現復白佛言若諸佛身與化無別云何能作眞淨福田若諸有情爲

解脫故於諸佛所恭敬供養乃至涅槃其福無盡於化佛所恭敬供養其福亦應究竟無盡佛告善現如諸佛身由法性故能與施主作淨福田佛所化身亦復如是俱令施主恭敬供養窮生死際其福無盡善現當知且置恭敬供養諸佛及佛化身所獲福聚若善男子善女人等於諸佛所起慈敬心思惟憶念眞淨功德是善男子善女人等窮生死際善根無盡善現當知復置於佛起慈敬心思惟憶念眞淨功德所獲福聚若善男子善女人等爲供養佛下至一花散虛空中是善男子善女人等窮生死際善根無盡善現當知復置爲欲供養佛故下至一花散虛空中所獲福聚若善男子善女人等下至一稱南謨佛陀大慈悲者是善男子善女人等窮生死際善根無盡於天人中恒受富樂乃至最後得般涅槃如是善現於諸佛所及佛化身恭敬供養獲如是等廣大饒益是故善現當知諸佛與佛化身俱爲施主眞淨福田等無差別諸法法性爲定量故復次善現諸菩薩摩訶薩應以如是諸法法性而爲定量行深般若波羅蜜多方便善巧入諸法法性已而於諸法不壞法性謂不分別此是般若乃至布施波羅蜜多此是般若乃至布施波羅蜜多法性廣說乃至此是一切智智此是一切智智法性善現當知諸菩薩摩訶薩行深般若波羅蜜多時不應如是分別諸法法性差別而壞法性具壽善現復白佛言若菩薩摩訶薩行深般若波羅蜜多不應分別諸法法性壞法性者云何世尊自說諸法法性差別而壞

法性謂佛常說此是色乃至識此是眼處乃至意處此是色處乃至法處此是眼界乃至意界此是色界乃至法界此是眼識界乃至意識界此是六觸此是六受此是六界此是四緣此是無明乃至老死此是內法此是外法此是善法此是非善法此是有漏法此是無漏法此是世間法此是出世間法此是共法此是不共法此是有爲法此是無爲法佛旣常說如是等法種種差別將無世尊自壞法性佛告善現我不自壞諸法法性但以名相方便假說令諸有情悟入諸法法性平等出離生死證得涅槃是故善現如來雖說諸法差別而不名爲壞諸法性具壽善現復白佛言若佛但以名相假說諸法法性令諸有情方便悟入法性平等云何佛於無名相法以名相說而言不壞佛告善現我隨世俗於一切法假立名相爲諸有情方便宣說無所執著故無所壞善現當知如愚夫類聞說苦等執著名相不了假說非諸如來及佛弟子聞說苦等執著名相然如實知隨世俗說無有眞實諸法名相善現當知若諸聖者於名著名於相著相彼則亦應於空著空於無相著無相於無願著無願於眞如著眞如於實際著實際於法界著法界於無爲著無爲善現當知是一切法唯有假名唯有假相而無眞實聖者於中亦不執著唯假名相如是善現諸菩薩摩訶薩住一切法但假名相行深般若波羅蜜多而於其中無所執著具壽善現復白佛言若一切法但有名相諸菩薩摩訶薩爲何事故發菩提心受諸勤苦行菩薩

行謂自勤苦修行布施乃至般若波羅蜜多廣說乃至勤苦修行一切智智皆令圓滿佛告善現以一切法但有名相如是名相唯假施設名相性空諸有情類顛倒執著流轉生死受諸苦惱不能解脫是故菩薩爲饒益彼發菩提心受諸勤苦行菩薩行漸次證得一切智智轉妙法輪以三乘法方便濟拔令出生死住涅槃界然諸名相無生無滅亦無住異施設可得爾時善現便白佛言佛說一切智智爲一切智智耶佛告善現我說一切智智爲一切智智具壽善現復白佛言世尊常說一切智智略有三種謂一切智道相智一切相智如是三智其相云何有何差別佛告善現一切智者謂共聲聞及獨覺智道相智者謂共菩薩摩訶薩智一切相智者謂諸如來應正等覺不共妙智具壽善現復白佛言何緣一切智是共聲聞及獨覺智佛告善現一切智謂內外法等差別法門聲聞獨覺亦能了知此內外等法門差別而不能知一切道相及一切法一切種相故一切智是共聲聞及獨覺智具壽善現復白佛言何緣道相智是共菩薩摩訶薩智佛告善現諸菩薩摩訶薩應學徧知一切道相謂聲聞道相獨覺道相菩薩道相如來道相諸菩薩摩訶薩於此諸道常應修學皆令圓滿雖令此道作所應作而不令其證於實際故道相智是共菩薩摩訶薩智具壽善現復白佛言諸菩薩摩訶薩修如來道得圓滿已豈於實際亦不作證佛告善現諸菩薩摩訶薩成熟有情嚴淨佛土修諸大願若未圓滿猶於實際未應作

證若已圓滿乃於實際應可作證具壽善現復白佛言諸菩薩摩訶薩爲住於道證實際耶佛言不也善現復問諸菩薩摩訶薩爲住非道證實際耶佛言不也善現復問諸菩薩摩訶薩爲住道非道證實際耶佛言不也善現復問諸菩薩摩訶薩爲住非道非非道證實際耶佛言不也具壽善現復白佛言若如是者諸菩薩摩訶薩爲何所住證於實際佛告善現於意云何汝爲住道得盡諸漏心解脫不不也世尊善現汝爲住非道得盡諸漏心解脫不不也世尊善現汝爲住道非道得盡諸漏心解脫不不也世尊善現汝爲住非道非非道得盡諸漏心解脫不不也世尊佛告善現汝何所住得盡諸漏心永解脫善現答言非我有住得盡諸漏心永解脫然我盡漏心得解脫都無所住佛告善現諸菩薩摩訶薩亦復如是行深般若波羅蜜多都無所住而證實際具壽善現復白佛言何緣一切相智名一切相智耶佛告善現知一切法皆同一相謂寂滅相是故名爲一切相智復次善現諸行狀相能表諸法如來如實能遍覺知是故說名一切相智具壽善現復白佛言若一切智若道相智若一切相智如是三智諸煩惱斷有差別不有有餘斷無餘斷不佛告善現非諸煩惱斷有差別然諸如來一切煩惱習氣相續皆已永斷聲聞獨覺習氣相續猶未永斷善現復問諸煩惱斷得無爲不佛言如是善現復問聲聞獨覺不得無爲煩惱斷不佛言不也善現復問無爲法中有差別不佛言不也具壽善現復白佛言若無爲

法無差別者佛何緣說一切如來習氣相續皆已永斷聲聞獨覺習氣相續猶未永斷佛告善現習氣相續實非煩惱然諸聲聞及諸獨覺煩惱已斷猶有少分似貪嗔等發身語相即說此爲習氣相續此於愚夫異生相續能引無義非在聲聞獨覺相續能引無義如是一切習氣相續如來永斷爾時善現復白佛言道與涅槃俱無自性佛何緣說此是預流乃至獨覺此是菩薩此是如來佛告善現若諸預流乃至獨覺若諸菩薩若諸如來一切皆是無爲所顯具壽善現復白佛言無爲法中實有預流乃至如來義差別不佛言不也善現復問若爾何緣佛說預流乃至如來一切皆是無爲所顯佛告善現我依世俗言說顯示有預流等所顯差別不依勝義非勝義中有可顯示所以者何非勝義中有語言道或分別慧若復二種然由彼彼世俗言說諸法斷故施設彼彼世俗言說諸法後際具壽善現復白佛言若一切法自相皆空前際尚無況有後際如何施設有後際耶佛告善現如是如是如汝所說諸所有法自相皆空前際尚無況有後際後際實有必無是處然諸有情不能了達諸所有法自相皆空爲饒益彼方便假說此是前際此是後際然一切法自相空中前際後際俱不可得如是善現諸菩薩摩訶薩達一切法自相空已行深般若波羅蜜多善現當知若菩薩摩訶薩達一切法自相皆空行深般若波羅蜜多於諸法中無所執著謂不執著若內若外若善若非善若世間若出世間若有漏若無漏若有爲

若無為若聲聞法若獨覺法若菩薩法若諸佛法唯依世俗施設為有不依勝義故無執著

大般若波羅蜜多經卷第五百二十五

大般若波羅蜜多經卷第五百二十六

唐三藏法師玄奘奉詔譯

第三分方便善巧品第二十六之四

爾時善現復白佛言世尊常說甚深般若波羅蜜多甚深般若波羅蜜多依何義故名爲般若波羅蜜多佛告善現由此般若波羅蜜多到一切法究竟彼岸依此義故名爲般若波羅蜜多復次善現由此般若波羅蜜多聲聞獨覺菩薩如來能到彼岸依此義故名爲般若波羅蜜多復次善現由此般若波羅蜜多依勝義理分析諸法乃至無有少分可得依此義故名爲般若波羅蜜多復次善現由此般若波羅蜜多攝藏眞如法界法性廣說乃至不思議界依此義故名爲般若波羅蜜多復次善現由此般若波羅蜜多無有少法若相應若不相應若有色若無色若有見若無見若有對若無對依此義故名爲般若波羅蜜多所以者何甚深般若波羅蜜多非相應非不相應無色無見無對一相所謂無相復次善現由此般若波羅蜜多能生一切殊勝善法能發一切智慧辯才能引一切世出世樂能照一切甚深義理依此義故名爲般若波羅蜜多復次善現由此般若波羅蜜多理趣堅實不可動壞依此義故名爲般若波羅蜜多善現當知若菩薩摩訶薩行深般若波羅蜜多一切惡魔及彼眷屬聲聞獨覺外道梵志惡友怨讎皆不能壞所以者何由此般若波羅蜜多甚深經中說一切法皆自相空諸惡魔等不得其便善現當知諸菩薩摩訶薩應隨實義行深般若波羅蜜多謂一切

法自相皆空一切惡縁無能動壞復次善現諸菩薩摩訶薩欲行般若波羅蜜多甚深義趣以無所得而爲方便應行無常義苦義空義無我義亦應行苦智義集智義滅智義道智義法智義類智義世俗智義他心智義盡智義無生智義如説智義如是善現諸菩薩摩訶薩爲行般若波羅蜜多甚深義趣應行般若波羅蜜多具壽善現即白佛言甚深般若波羅蜜多義與非義俱不可得云何菩薩摩訶薩爲行般若波羅蜜多甚深義趣應行般若波羅蜜多佛告善現諸菩薩摩訶薩爲行般若波羅蜜多甚深義趣應作是念我不應行貪欲非義我不應行瞋恚非義我不應行愚癡非義我不應行憍慢非義我不應行邪見非義我不應行乃至一切見趣非義亦不應行貪欲瞋恚愚癡憍慢邪見見趣及餘法義所以者何貪瞋癡等眞如實際不與諸法爲義非義復次善現諸菩薩摩訶薩爲行般若波羅蜜多甚深義趣應作是念我不應行色義非義我不應行受想行識義非義廣説乃至我不應行諸佛無上正等菩提義非義我不應行一切智智義非義所以者何佛得無上正等覺時求一切法義與非義都不可得善現當知諸佛出世若不出世諸法法界法住法定法爾常住無法於法爲義非義如是善現諸菩薩摩訶薩應離一切義非義執當行般若波羅蜜多甚深義趣具壽善現復白佛言何因縁故甚深般若波羅蜜多不與諸法爲義非義佛告善現甚深般若波羅蜜多於有爲法及無爲法俱無所作非恩非

怨無益無損由此因緣不與諸法爲義非義具壽善現復白佛言豈不諸佛及佛弟子一切賢聖皆以無爲爲所趣義佛告善現如是如是如汝所說一切賢聖皆以無爲爲所趣義然無爲法不與諸法爲益爲損譬如虛空眞如實際不與諸法爲益爲損諸菩薩摩訶薩甚深般若波羅蜜多亦復如是不與諸法爲益爲損是故般若波羅蜜多不與諸法爲義非義具壽善現復白佛言諸菩薩摩訶薩豈不要學無爲般若波羅蜜多乃能證得一切智智佛告善現如是如是如汝所說諸菩薩摩訶薩要學甚深無爲般若波羅蜜多乃能證得一切智智以不二法而爲方便善現復問爲以不二法得不二法耶佛言不爾善現復問爲以二法得不二法耶佛言不爾善

現白言若無二法不以二法不二法得諸菩薩摩訶薩如何當得一切智智佛告善現二不二法俱不可得是故所得一切智智不以二法不二法得然無所得法能得無所得所以者何甚深般若波羅蜜多及一切智智俱不可得故無得而得乃名眞得爾時善現便白佛言如是般若波羅蜜多最極甚深諸菩薩摩訶薩能爲難事不得有情亦復不得有情施設而爲有情求趣無上正等菩提譬如有人空中種樹甚爲難事諸菩薩摩訶薩亦復如是不得有情及彼施設而爲有情求趣無上正等菩提極爲難事佛告善現如是如是如汝所說如是般若波羅蜜多最極甚深諸菩薩摩訶薩能爲難事不得有情亦復不得有情施設而爲有情求趣無上正等菩提

善現當知諸菩薩摩訶薩雖不見有真實有情及彼施設而諸有情愚癡顛倒執爲實有沉淪生死受苦無窮爲拔彼故求趣無上正等菩提得菩提已方便善巧而度脫之譬如有人良田種樹是人雖復不識此樹根莖枝葉花果受者而種樹已隨時溉灌勤加守護此樹後時漸得生長根莖枝葉花果茂盛衆人受用愈疾獲安諸菩薩摩訶薩亦復如是雖不見有佛果有情而爲有情求趣無上正等菩提漸次修行六到彼岸及餘無量菩提分法既圓滿已證得無上正等菩提令諸有情受用佛樹枝葉花果各得饒益善現當知枝葉饒益謂諸有情依此佛樹脫惡趣苦其花饒益謂諸有情依此佛樹或生刹帝利大族乃至或生居士大族或生四大王衆天乃至或生非想非非想處天其果饒益謂諸有情依此佛樹或證預流果乃至或證獨覺菩提或證無上正等菩提是諸有情得菩提已復用佛樹枝葉花果饒益有情令諸有情脫惡趣苦得人天樂漸次安立令入三乘般涅槃界善現當知諸菩薩摩訶薩雖作如是大饒益事而都不見有實有情得涅槃者但見妄想衆苦寂滅如是善現諸菩薩摩訶薩行深般若波羅蜜多不得有情及彼施設然爲除彼妄想顛倒求趣無上正等菩提由此因緣極爲難事具壽善現復白佛言諸菩薩摩訶薩當知如佛所以者何依諸菩薩摩訶薩故便能永斷一切地獄傍生鬼界亦能永斷一切無暇貧窮劣趣三界衆苦佛告善現如是如是如汝所說諸菩薩摩訶薩應知如佛

世間若無諸菩薩衆發趣無上正等菩提則無十方三世諸佛亦無獨覺及諸聲聞亦無有能永斷地獄傍生鬼界及餘無暇貧窮劣趣三界苦者是故善現如汝所說諸菩薩摩訶薩當知如佛復次善現當知菩薩摩訶薩衆即是如來應正等覺所以者何若由此真如施設如來應正等覺即由此真如施設獨覺若由此真如施設獨覺即由此真如施設聲聞若由此真如施設聲聞即由此真如施設一切賢聖若由此真如施設一切賢聖即由此真如施設色蘊若由此真如施設色蘊即由此真如施設受想行識蘊若由此真如施設受想行識蘊即由此真如施設眼處若由此真如施設眼處即由此真如施設耳鼻舌身意處如是展轉廣說乃至若由此真如施設諸佛無上正等菩提即由此真如施設一切智智若由此真如施設一切智智即由此真如施設有為界若由此真如施設有為界即由此真如施設無為界若由此真如施設無為界即由此真如施設一切法若由此真如施設一切法即由此真如施設一切有情若由此真如施設一切有情即由此真如施設一切菩薩摩訶薩如是善現若如來真如若獨覺真如若聲聞真如若一切賢聖真如若色等一切法真如若有情真如若菩薩摩訶薩真如如是真如實皆無異由無異故說名真如諸菩薩摩訶薩於此真如修學圓滿證得無上正等菩提故名如來應正等覺是故善現當知菩薩摩訶薩衆即是如來應正等覺以一切法一切有情皆以真如為定

量故如是善現諸菩薩摩訶薩應學眞如甚深般若波羅蜜多若學眞如甚深般若波羅蜜多即能學一切法眞如若能學一切法眞如則能圓滿一切法眞如若能圓滿一切法眞如則於一切法眞如得自在若於一切法眞如得自在則能善知一切有情根性勝劣若能善知一切有情根性勝劣則能審知一切有情勝解差別若能審知一切有情勝解差別則知一切有情自業受果若知一切有情自業受果則願智圓滿若願智圓滿則能淨修三世妙智若能淨修三世妙智則能圓滿一切智智若能圓滿一切智智則能無倒行菩薩行若能無倒行菩薩行則能成熟有情若能成熟有情則能嚴淨佛土若能嚴淨佛土則能證得所求無上正等菩提若能證得所求無上正等菩提則能如實轉妙法輪若能如實轉妙法輪則能無倒安立有情於三乘道若能無倒安立有情於三乘道則令有情入無餘依般涅槃界如是善現諸菩薩摩訶薩見如是等自利利他一切功德應發無上正等覺心勇猛正勤行深般若波羅蜜多堅固無退具壽善現便白佛言若菩薩摩訶薩爲欲饒益諸有情故能發無上正等覺心如說修行甚深般若波羅蜜多世間天人阿素洛等皆應禮敬佛言善現如是如是如汝所說若菩薩摩訶薩爲欲饒益諸有情故能發無上正等覺心如說修行甚深般若波羅蜜多世間天人阿素洛等皆應禮敬爾時善現復白佛言若菩薩摩訶薩普爲饒益諸有情類初發無上正等覺心得幾所福佛告

善現是菩薩摩訶薩得福無量算數譬喻所不能及善現當知假使充滿三千大千佛之世界一切有情皆趣聲聞或獨覺地於意云何是諸有情其福多不善現對曰甚多世尊彼所獲福無量無邊佛告善現彼所獲福於汝所問普爲饒益諸有情類初發無上正等覺心一菩薩摩訶薩所獲福聚百分不及一千分不及一如是乃至百千俱胝那庾多分亦不及一所以者何聲聞獨覺皆依菩薩摩訶薩有非菩薩摩訶薩依諸聲聞獨覺而有復次善現置滿三千大千世界一切有情皆住淨觀地所獲福聚設滿三千大千世界一切有情皆趣聲聞或獨覺地所獲福聚設滿三千大千世界一切有情皆住淨觀地於意云何是諸有情其福多不善現對言甚多世尊彼所獲福無量無邊佛告善現彼所獲福於汝所問

普爲饒益諸有情類初發無上正等覺心一菩薩摩訶薩所獲福聚百分不及一千分不及一如是乃至百千俱胝那庾多分亦不及一所以者何聲聞獨覺皆依菩薩摩訶薩有非菩薩摩訶薩依諸聲聞獨覺而有復次善現置滿三千大千世界一切有情皆住淨觀地所獲福聚設滿三千大千世界一切有情皆住種性地若第八地若具見地若薄地若離欲地若已辦地若獨覺地於意云何是諸有情其福多不善現對曰甚多世尊彼所獲福無量無邊佛告善現彼所獲福於汝所問普爲饒益諸有情類初發無上正等覺心一菩薩摩訶薩所獲福聚百分不及一千分不及一如是乃至百千俱胝那庾多分亦不及一所以者何聲聞獨覺皆依菩薩摩訶薩有

非菩薩摩訶薩依諸聲聞獨覺而有復次善現假使充滿三千大千佛之世界一切有情皆爲饒益諸有情類初發無上正等覺心是諸菩薩摩訶薩衆所獲福聚於入菩薩正性離生一菩薩摩訶薩所獲福聚百分不及一千分不及一如是乃至百千俱胝那庾多分亦不及一復次善現假使充滿三千大千佛之世界一切有情皆入菩薩正性離生是諸菩薩摩訶薩衆所獲福聚於行菩提向一菩薩摩訶薩所獲福聚百分不及一千分不及一如是乃至百千俱胝那庾多分亦不及一復次善現假使充滿三千大千佛之世界一切有情皆行菩提向是諸菩薩摩訶薩衆所獲福聚於一如來應正等覺所有福聚百分不及一千分不及一如是乃至百千俱胝那庾多分亦不及一具壽善現復白佛言初發無上正等覺心諸菩薩摩訶薩何所思惟佛告善現是菩薩摩訶薩恒正思惟一切相智具壽善現復白佛言一切相智以何爲性何所緣何增上何行相有何相佛告善現一切相智無性爲性無相無因無所警覺無生無現又汝所問一切相智何所緣何增上何行相有何相者善現當知一切相智無性爲所緣正念爲增上寂靜爲行相無相爲相具壽善現復白佛言爲但一切相智無性爲性爲色受想行識亦無性爲性廣說乃至爲諸佛無上正等菩提亦無性爲性爲有爲界及無爲界亦無性爲性佛告善現非但一切相智無性爲性色受想行識亦無性爲性乃至有爲界及無爲界亦無性爲性具壽善現復白

佛言何因緣故一切相智無性爲性色受想行識亦無性爲性乃至有爲界及無爲界亦無性爲性佛告善現一切相智自性無故若法自性無此法無性爲性色受想行識乃至有爲界及無爲界亦自性無故若法自性無此法無性爲性具壽善現復白佛言何因緣故一切相智自性無色受想行識乃至有爲界及無爲界亦自性無佛告善現一切相智無和合自性故若法無和合自性此法則以無性爲性色受想行識乃至有爲界及無爲界亦無和合自性故若法無和合自性此法則以無性爲性由是因緣諸菩薩摩訶薩應知一切法皆無性爲性復次善現一切法皆以空爲自性無相爲自性無願爲自性由是因緣諸菩薩摩訶薩應知一切法皆無性爲性復次善現一切法皆以眞如爲自性廣説乃至不思議界爲自性由是因緣諸菩薩摩訶薩應知一切法皆無性爲性具壽善現復白佛言若一切法皆無性者初發無上正等覺心諸菩薩摩訶薩成就何等方便善巧能行布施乃至般若波羅蜜多成熟有情嚴淨佛土廣説乃至成就何等方便善巧能行一切智智成熟有情嚴淨佛土佛告善現是菩薩摩訶薩成就微妙方便善巧雖知一切法皆無性爲性而常精勤成熟有情嚴淨佛土雖常精勤成熟有情嚴淨佛土而恒通達一切有情及諸佛土皆以無性而爲自性善現當知是菩薩摩訶薩雖行布施乃至般若波羅蜜多學菩提道而知布施乃至般若波羅蜜多及菩提道皆以無性而爲自性廣説乃

至雖行一切智智學菩提道而知一切智智及菩提道皆以無性而爲自性善現當知是菩薩摩訶薩如是修行六到彼岸學菩提道廣說乃至如是修行一切智智學菩提道若未成就如來十力四無所畏四無礙解大慈大悲大喜大捨十八佛不共法無忘失法恒住捨性一切智道相智一切相智及餘無量無邊佛法皆名學菩提道未得圓滿若學此道已得圓滿則於一切波羅蜜多亦已圓滿波羅蜜多已圓滿故由一剎那相應般若便能證得一切相智爾時一切微細煩惱習氣相續永不生故名無餘斷則名如來應正等覺復以無障清淨佛眼遍觀十方三世等法尚不得無況當得有如是善現諸菩薩摩訶薩應行般若波羅蜜多觀一切法皆以無性而爲自性善現是名諸菩薩摩訶薩成就微妙方便善巧謂行般若波羅蜜多觀一切法尚不得無況當得有善現當知是菩薩摩訶薩行深般若波羅蜜多修布施時於此布施施者受者及所施物并菩提心尚不見無況見爲有修淨戒時於此淨戒護淨戒處持淨戒者守淨戒心尚不見無況見爲有修安忍時於此安忍修安忍處能安忍者修安忍心尚不見無況見爲有修精進時於此精進修精進處能精進者修精進心尚不見無況見爲有修靜慮時於此靜慮修靜慮處能靜慮者修靜慮心尚不見無況見爲有修般若時於此般若修般若處行般若者修般若心尚不見無況見爲有廣說乃至得一切智智時於此一切智智若能得者若由此得及得時

處尚不見無況見爲有所以者何是菩薩摩訶薩常作是念諸法皆以無性爲性如是無性本性自爾非佛所作非獨覺作非聲聞作亦非餘作以一切法皆無作者離作者故爾時善現復白佛言豈不諸法離諸法性佛告善現如是如是善現復問若一切法離法性者如何離法能知離法若有若無所以者何無法不應能知無法有法不應能知有法無法不應能知有法有法不應能知無法如是一切法皆無知爲性云何菩薩摩訶薩行深般若波羅蜜多時顯示諸法若有若無佛告善現諸菩薩摩訶薩行深般若波羅蜜多隨世俗故顯示諸法若有若無非隨勝義善現復問世俗勝義爲有異不佛告善現非異世俗別有勝義所以者何世俗眞如即是勝義

諸有情類顛倒妄執於此眞如不知不見諸菩薩摩訶薩爲饒益彼隨世俗相顯示諸法若有若無非隨勝義復次善現諸有情類於五蘊等起實有想不知非有諸菩薩摩訶薩爲饒益彼顯示蘊等若有若無令諸有情因斯了達蘊等諸法非有非無非欲令執實有無相如是善現諸菩薩摩訶薩應勤精進離有無執行深般若波羅蜜多爲諸有情作大饒益爾時善現復白佛言如來常說諸菩薩行何等名爲諸菩薩行佛告善現菩薩行者謂爲無上菩提故行或爲饒益諸有情故名菩薩行具壽善現復白佛言諸菩薩摩訶薩當於何處行菩薩行佛告善現諸菩薩摩訶薩當於色空行菩薩行當於受想行識空行菩薩行廣說乃至當於一切智空行菩薩行

當於道相智一切相智空行菩薩行當於嚴淨佛土空行菩薩行當於成熟有情空行菩薩行當於引發辯才陀羅尼空行菩薩行當於引發文字陀羅尼空行菩薩行當於悟入文字陀羅尼空行菩薩行當於悟入無文字陀羅尼空行菩薩行當於有爲界空行菩薩行當於無爲界空行菩薩行善現當知諸菩薩摩訶薩如是修行菩薩行時如佛無上正等菩提於諸法中不作二相善現當知諸菩薩摩訶薩如是修行甚深般若波羅蜜多名爲無上正等菩提及爲有情行菩薩行爾時善現復白佛言如來處處常說佛陀此佛陀名依何義說佛告善現能覺實義故名佛陀等覺實法故名佛陀於眞實義能正通達故名佛陀於一切法如所有性盡所有性能現等覺故名佛陀如實開覺一切有情令離顛倒故名佛陀爾時善現復白佛言如來處處常說菩提此菩提名依何義說佛告善現菩提者是空義是眞如義是實際義是法界義是法性義復次善現假立名相施設言說能眞實覺最上最妙故名菩提復次善現是眞是實不虛妄不變異故名菩提復次善現不可破壞無分别義是菩提義復次善現諸佛所有眞淨遍覺故名菩提復次善現諸佛由此於一切法一切種相現等正覺故名菩提復次善現唯假施設世俗名言無實可得故名菩提爾時善現復白佛言諸菩薩摩訶薩爲菩提故修行六種波羅蜜多廣說乃至一切智智集善根時於何等法爲益爲損爲增爲減爲生爲滅爲染爲淨佛告善現諸菩薩

摩訶薩爲菩提故修行六種波羅蜜多廣説乃至一切智智集善根時於一切法無益無損無增無減無生無滅無染無淨所以者何是菩薩摩訶薩爲菩提故行深般若波羅蜜多於一切法以無所緣而爲方便不爲益損不爲增減不爲生滅不爲染淨而現在前具壽善現復白佛言若菩薩摩訶薩爲菩提故行深般若波羅蜜多於一切法以無所緣而爲方便不爲益損不爲增減不爲生滅不爲染淨現在前者是菩薩摩訶薩行深般若波羅蜜多云何攝受布施淨戒安忍精進靜慮般若波羅蜜多廣説乃至云何攝受一切相智云何能超聲聞獨覺及異生地趣入菩薩正性離生修行菩薩摩訶薩地漸次證得一切智智佛告善現諸菩薩摩訶薩行深般若波羅蜜多不以二故攝受布施乃至般若波羅蜜多廣説乃至不以二故漸次證得一切智智具壽善現復白佛言若菩薩摩訶薩行深般若波羅蜜多不以二故攝受布施乃至般若波羅蜜多廣説乃至不以二故漸次證得一切智智云何菩薩摩訶薩從初發心乃至後心恒時增長殊勝善法佛告善現若菩薩摩訶薩以二故行則諸善法不得增長所以者何愚夫異生皆依二故所起善法不得增長諸菩薩摩訶薩不行二故從初發心乃至後心恒時增長殊勝善法是故善現諸菩薩摩訶薩善根堅固不可屈伏世間天人阿素洛等不能破壞令墮聲聞獨覺等地世間種種惡不善法不能引奪令行六種波羅蜜多廣説乃至一切智智所有善法不得增長

如是善現諸菩薩摩訶薩應行無二甚深般若波羅蜜多具壽善現復白佛言諸菩薩摩訶薩爲善根故行深般若波羅蜜多耶佛言不爾善現當知諸菩薩摩訶薩不爲善根故行深般若波羅蜜多亦不爲不善根故行深般若波羅蜜多所以者何諸菩薩摩訶薩法應如是若未親近供養恭敬諸佛世尊若諸善根未極圓滿若眞善友未多攝受終不能得一切智智具壽善現復白佛言云何菩薩摩訶薩親近供養諸佛世尊令諸善根最極圓滿得眞善友多所攝受疾能證得一切智智佛告善現諸菩薩摩訶薩從初發心親近供養諸佛世尊從諸佛所聞說契經乃至論義聞已受持轉讀溫習令善通利既善通利如理思惟既思惟已深見意趣見意趣已能善通達既善通達得陀羅尼起無礙解乃至證得無上菩提隨所生處於所聞持正法教義常不忘失於諸佛所廣殖善根由善根力所任持故不墮惡趣無暇處生復由善根所攝受故意樂清淨淨意樂力所攝持故常能無倒成熟有情嚴淨佛土復由善根所攝受故恒不遠離眞淨善友謂諸如來及諸菩薩獨覺聲聞并餘能讚佛法僧者如是善現諸菩薩摩訶薩親近供養諸佛世尊令諸善根最極圓滿得眞善友多所攝受疾能證得一切智智是故善現若菩薩摩訶薩行深般若波羅蜜多欲疾證得一切智智當勤精進親近供養諸佛世尊攝受圓滿勝妙善根事眞善友常無猒倦爾時善現便白佛言諸菩薩摩訶薩若不親近供養諸佛不能圓滿勝妙

善根不多承事眞淨善友豈不能得一切智智佛告善現若不親近供養諸佛不能圓滿勝妙善根不多承事眞淨善友尚不應受摩訶薩名況能證得一切智智所以者何有菩薩摩訶薩親近供養諸佛世尊廣殖善根多事善友猶不能得一切智智況不親近供養諸佛不殖善根不事善友而能證得一切智智彼若能得一切智智定無是處是故善現若菩薩摩訶薩欲受菩薩摩訶薩名欲疾證得一切智智常應親近供養諸佛攝殖圓滿殊勝善根承事善友勿生猒倦具壽善現復白佛言何因緣故有菩薩摩訶薩雖能親近供養諸佛廣殖善根多事善友而不能得一切智智佛告善現彼菩薩摩訶薩遠離般若波羅蜜多方便善巧雖能親近供養諸佛廣殖善根多事善友而不能得一切智智具壽善現復白佛言何等名爲方便善巧諸菩薩摩訶薩成就如是方便善巧諸有所爲定能證得一切智智佛告善現若菩薩摩訶薩從初發心修行布施波羅蜜多時以一切智智相應作意或施諸佛或施菩薩或施獨覺或施聲聞或施諸餘人非人等是菩薩摩訶薩成就如是一切智智相應作意雖行布施而無施想無受者想亦無一切我我所想所以者何是菩薩摩訶薩觀一切法性相皆空無起無成無轉無滅入諸法相知一切法無作無能入諸行相是菩薩摩訶薩成就如是方便善巧恒時增長勝妙善根由此善根常增長故能行布施波羅蜜多成熟有情嚴淨佛土雖行布施而不希求施所得果謂不貪著

生死勝報但為救護無救護者及欲解脫未解脫者勤修布施波羅蜜多復次善現若菩薩摩訶薩從初發心修行淨戒波羅蜜多時以一切智智相應作意受持淨戒心常不起貪瞋癡等隨眠纏縛亦復不起能障菩提餘不善法所謂慳恪惡戒忿恚懈怠劣心亂心惡慧及餘慢等亦常不起聲聞獨覺相應作意所以者何是菩薩摩訶薩觀一切法性相皆空無起無成無轉無滅入諸法相知一切法無作無能入諸行相是菩薩摩訶薩成就如是方便善巧恒時增長勝妙善根由此善根常增長故能行淨戒波羅蜜多成熟有情嚴淨佛土雖行淨戒而不希求戒所得果謂不貪著生死勝報但為救護無救護者及欲解脫未解脫者勤修淨戒波羅蜜多乃至般若波羅蜜多一一皆應准前廣說復次善現若菩薩摩訶薩從初發心方便善巧以一切智智相應作意入四靜慮及四無量四無色定是菩薩摩訶薩雖於靜慮無量無色入出自在而不攝受彼異熟果所以者何是菩薩摩訶薩成就最勝方便善巧觀諸靜慮無量無色性相皆空無起無成無轉無滅入諸法相知一切法無作無能入諸行相是菩薩摩訶薩成就如是方便善巧恒時增長勝妙善根由此善根常增長故能行靜慮無量無色由行靜慮無量無色便能自在成熟有情嚴淨佛土復次善現若菩薩摩訶薩從初發心方便善巧以一切智智相應作意雖行見修所斷法道而能不取預流一來不還阿羅漢果獨覺菩提所以者何是菩薩摩訶薩觀一

切法性相皆空無起無成無轉無滅入諸法相知一切法無作無能入諸行相是菩薩摩訶薩成就最勝方便善巧恒時增長勝妙善根由此善根常增長故能行一切菩提分法超諸聲聞獨覺等地趣入菩薩正性離生是名菩薩無生法忍由此忍故常能自在成熟有情嚴淨佛土復次善現若菩薩摩訶薩行深般若波羅蜜多方便善巧以一切智智相應作意雖得自在順逆入出八解脫定九次第定而能不取預流一來不還阿羅漢果獨覺菩提所以者何是菩薩摩訶薩觀一切法性相皆空無起無成無轉無滅入諸法相知一切法無作無能入諸行相是菩薩摩訶薩成就最勝方便善巧恒時增長勝妙善根由此善根常增長故便能自在成熟有情嚴淨佛土證入菩薩不退轉地得受記忍復次善現若菩薩摩訶薩修行般若波羅蜜多方便善巧以一切智智相應作意精進修行如來十力及餘無量無邊佛法乃至未具成熟有情嚴淨佛土猶未證得一切智智所以者何是菩薩摩訶薩觀一切法性相皆空無起無成無轉無滅入諸法相知一切法無作無能入諸行相是菩薩摩訶薩成就最勝方便善巧恒時增長勝妙善根由此善根常增長故便能具足成熟有情嚴淨佛土漸次證得一切智智如是名爲方便善巧若菩薩摩訶薩成就如是方便善巧諸有所爲定能證得一切智智如是最勝方便善巧皆由般若波羅蜜多而得成就是故善現諸菩薩摩訶薩應勤修學甚深般若波羅蜜多

大般若波羅蜜多經卷第五百二十六

大般若波羅蜜多經卷第五百二十七

唐三藏法師玄奘奉　詔譯

第三分慧到彼岸品第二十七

爾時善現聞是語已便白佛言諸菩薩摩訶薩具勝覺慧雖能習行如是深法而不攝受諸有勝報佛告善現如是如是如汝所說諸菩薩摩訶薩具勝覺慧雖能習行如是深法而不攝受諸有勝報所以者何是菩薩摩訶薩於自性中而能不動具壽善現復白佛言是菩薩摩訶薩於何自性而能不動佛告善現是菩薩摩訶薩能於無性自性不動具壽善現復白佛言是菩薩摩訶薩於何無性自性不動佛告善現是菩薩摩訶薩能於色蘊乃至識蘊自性不動能於眼處乃至意處自性不動能於色處乃至法處自性不動能於眼界乃至意界自性不動能於色界乃至法界自性不動能於眼識界乃至意識界自性不動能於眼觸乃至意觸自性不動能於眼觸爲緣所生諸受乃至意觸爲緣所生諸受自性不動能於地界乃至識界自性不動能於因緣乃至增上緣自性不動能於無明乃至老死自性不動能於布施乃至般若波羅蜜多自性不動能於內空乃至無性自性空自性不動能於真如乃至不思議界自性不動能於苦集滅道聖諦自性不動能於四念住乃至八聖道支自性不動能於四靜慮四無量四無色定自性不動能於空無相無願解脫門自性不動能於八解脫乃至十遍處自性不動能於淨觀地乃至如來地自性不動能於極喜地乃至法雲地自性不動能於

一切陀羅尼門三摩地門自性不動能於五眼六神通自性不動能於如來十力乃至十八佛不共法自性不動能於大慈大悲大喜大捨自性不動能於三十二大士相八十隨好自性不動能於無忘失法恒住捨性自性不動能於一切智道相智一切相智自性不動能於預流果乃至獨覺菩提自性不動能於一切菩薩摩訶薩行自性不動能於諸佛無上正等菩提自性不動能於一切智智自性不動能於有爲界無爲界自性不動所以者何如是諸法自性即是無性諸菩薩摩訶薩於此無性自性不動無性不能現證無性具壽善現便白佛言有性爲能證無性不佛言不爾善現復問無性爲能證有性不佛言不爾善現復問有性爲能證有性不佛言不爾善現復問無性爲能證無性不佛言不爾具壽善現復白佛言若爾亦應有性不能現觀無性無性不能現觀有性有性不能現觀有性無性不能現觀無性將非世尊無得無現觀耶佛告善現我雖有得有現觀而遠離四句具壽善現復白佛言云何離四句有得有現觀佛告善現若得若現觀皆非有非無離相離名絶諸戲論是故我說有得有現觀而遠離四句具壽善現復白佛言諸菩薩摩訶薩以何法爲戲論佛告善現諸菩薩摩訶薩觀色蘊乃至識蘊若常若無常若樂若苦若我若無我若淨若不淨若寂靜若不寂靜若遠離若不遠離若是所徧知若非所徧知是爲戲論廣說乃至觀一切智智若常若無常若樂若苦若我若無我若淨若不淨若寂

靜若不寂靜若遠離若不遠離若是所徧知若非所徧知是爲戲論復次善現諸菩薩摩訶薩若作是念苦聖諦應徧知集聖諦應永斷滅聖諦應作證道聖諦應修習是爲戲論復次善現諸菩薩摩訶薩若作是念應修布施乃至般若波羅蜜多是爲戲論若作是念應住內空乃至無性自性空應住眞如乃至不思議界應住苦集滅道聖諦是爲戲論若作是念應修四念住乃至八聖道支應修四靜慮四無量四無色定應修空無相無願解脫門應修八解脫乃至十遍處是爲戲論若作是念應超預流果乃至獨覺菩提趣入菩薩正性離生圓滿菩薩十地正行成熟有情嚴淨佛土是爲戲論若作是念應起一切陀羅尼門三摩地門應引五眼六神通應引如來十力乃至十八佛不共法應引大慈大悲大喜大捨應圓滿三十二大士相八十隨好應引無忘失法恒住捨性應引一切智道相智一切相智是爲戲論若作是念應行一切菩薩摩訶薩行應證諸佛無上正等菩提是爲戲論若作是念我當永斷一切煩惱習氣相續我當證得一切智智是爲戲論善現當知諸菩薩摩訶薩以如是等種種分別而爲戲論復次善現諸菩薩摩訶薩行深般若波羅蜜多時應觀色蘊乃至識蘊若常若無常若樂若苦若我若無我若淨若不淨若寂靜若不寂靜若遠離若不遠離若是所遍知若非所遍知皆不可戲論故不應戲論廣說乃至應觀一切智智若常若無常若樂若苦若我若無我若淨若不淨若寂靜若不寂靜若

遠離若不遠離若是所徧知若非所徧知皆不可戲論故不應戲論復次善現諸菩薩摩訶薩行深般若波羅蜜多時應觀苦聖諦若應徧知若不應徧知應觀集聖諦若應求斷若不應求斷應觀滅聖諦若應作證若不應作證應觀道聖諦若應修習若不應修習皆不可戲論故不應戲論廣說乃至應觀一切智智若應證得若不應證得俱不可戲論故不應戲論善現當知諸菩薩摩訶薩行深般若波羅蜜多時應觀如是等諸法及有情皆不可戲論故不應戲論所以者何以一切法及諸有情有性不能戲論無性無性不能戲論有性有性不能戲論有性無性不能戲論無性離有無性若能戲論若所戲論若戲論處若戲論時皆不可得是故善現色蘊無戲論受想行識蘊無戲論廣說乃至一切智智亦無戲論如是善現諸菩薩摩訶薩應行無戲論甚深般若波羅蜜多爾時善現復白佛言諸菩薩摩訶薩行深般若波羅蜜多時云何觀色蘊乃至識蘊廣說乃至一切智智皆不可戲論故不應戲論佛告善現諸菩薩摩訶薩行深般若波羅蜜多時應觀色蘊乃至識蘊皆無自性廣說乃至一切智智亦無自性若法無自性則不可戲論是故善現色蘊乃至識蘊皆不可戲論故諸菩薩摩訶薩不應戲論廣說乃至一切智智亦不可戲論故諸菩薩摩訶薩不應戲論善現當知諸菩薩摩訶薩若能如是於一切法行無戲論甚深般若波羅蜜多方便善巧便入菩薩正性離生速能圓滿諸菩薩地疾證無上正等菩提

能盡未來利樂一切具壽善現復白佛言若一切法皆無自性亦無戲論而可得者諸菩薩摩訶薩用何等道得入菩薩正性離生爲聲聞道爲獨覺道爲諸佛道佛告善現諸菩薩摩訶薩不用聲聞獨覺佛道得入菩薩正性離生然於諸道先徧學已用菩薩道得入菩薩正性離生善現當知如第八者先學諸道後用自道得入自乘正性離生乃至未起圓滿果道未能證得自乘極果諸菩薩摩訶薩亦復如是於一切道先徧學已用菩薩道得入菩薩正性離生乃至未起金剛喻定猶未能得所求無上正等菩提若起此定以一剎那相應妙慧乃能證得所求無上正等菩提具壽善現復白佛言若菩薩摩訶薩爲欲圓滿一切智智於一切道先徧學已用菩薩道得入菩薩正性離生若爾豈不第八預流一來不還阿羅漢獨覺如來向果其道各異如是諸道既各有異云何菩薩摩訶薩爲欲圓滿一切智智於一切道先徧學已後用自道得入菩薩正性離生謂諸菩薩摩訶薩若起第八道時應成第八若起具見道時應成預流若起進修道時應成一來不還若起無學道時應成阿羅漢若起獨覺道時應成獨覺世尊若菩薩摩訶薩成第八已能入菩薩正性離生定無是處不入菩薩正性離生而證無上正等菩提亦無是處世尊若菩薩摩訶薩成預流果乃至獨覺能入菩薩正性離生定無是處不入菩薩正性離生而證無上正等菩提亦無是處云何令我如實了知諸菩薩摩訶薩爲欲圓滿一切智智於一切道

先徧學已方入菩薩正性離生而不違理佛告善現如是如是如汝所說若菩薩摩訶薩成第八已廣說乃至成獨覺已能入菩薩正性離生定無是處不入菩薩正性離生而證無上正等菩提亦無是處然諸菩薩摩訶薩於一切道先徧學已方入菩薩正性離生亦不違理謂諸菩薩摩訶薩從初發心勇猛精進修行布施乃至般若波羅蜜多以勝智見超過八地謂淨觀地乃至獨覺地雖於如是所說八地皆徧修學而能以勝智見超過用道相智得入菩薩正性離生已入菩薩正性離生漸次復用一切相智永斷一切習氣相續證得無上正等菩提善現當知所學第八若智若斷乃至獨覺若智若斷皆是菩薩摩訶薩忍如是善現諸菩薩摩訶薩於一切道先徧學已後用自道得入菩薩正性離生已入菩薩正性離生漸次修行諸菩薩行後證無上正等菩提以果饒益諸有情類爾時善現便白佛言如世尊說諸菩薩摩訶薩應學徧知一切道相若聲聞道若獨覺道若菩薩道若諸佛道知此等道一切種相名道相智諸菩薩摩訶薩云何當起道相智道佛告善現諸菩薩摩訶薩應起一切淨道相智云何菩薩摩訶薩當起一切淨道相智謂諸行狀相能正顯發淨道相智諸菩薩摩訶薩徧於如是諸行狀相皆現等覺現等覺已如實為他宣說開示施設建立令諸有情得無倒解隨應趣向利益安樂是菩薩摩訶薩應於一切音聲語言皆得善巧用此善巧音聲語言徧為三千大千世界諸有情類宣說正法令

知所聞皆如谷響雖有解了而無執著善現當知諸菩薩摩訶薩由此因緣應學圓滿眞道相智旣學圓滿道相智已應如實知一切有情隨眠意樂種種差別如應爲作利益安樂謂如實知地獄有情隨眠意樂及彼因果知已方便遮障彼道亦如實知傍生鬼界諸龍藥叉阿素洛等隨眠意樂及彼因果知已方便遮障彼道亦如實知人欲界天乃至非想非非想處隨眠意樂知已方便遮障彼道亦如實知四念住乃至八聖道支及彼因果亦如實知四靜慮四無量四無色定及彼因果亦如實知空無相無願解脫門及彼因果亦如實知八解脫乃至十遍處及彼因果亦如實知苦集滅道聖諦及彼因果亦如實知六波羅蜜多及彼因果亦如實知內空乃至無性自性空及彼因果亦如實知眞如乃至不思議界及彼因果亦如實知淨觀地乃至如來地及彼因果亦如實知極喜地乃至法雲地及彼因果亦如實知陀羅尼門三摩地門及彼因果亦如實知淨五眼六神通及彼因果亦如實知如來十力乃至十八佛不共法及彼因果亦如實知大慈大悲大喜大捨及彼因果亦如實知無忘失法恒住捨性及彼因果亦如實知一切智道相智一切相智及彼因果亦如實知聲聞獨覺菩薩如來及彼因果善現當知諸菩薩摩訶薩旣如實知聲聞等道及因果已隨其所應以如是道安立有情於三乘道令勤修學各得究竟善現當知諸菩薩摩訶薩應起如是眞道相智若菩薩摩訶薩修學如是眞道相智於諸有情

種種界性隨眠意樂皆善悟入旣悟入已隨其所應爲說正法皆令獲得所求勝果無空過者所以者何是菩薩摩訶薩善知有情諸根勝劣如實通達一切有情往來生死心心所法趣向差別爲說法故無空過者善現當知諸菩薩摩訶薩應行如是諸道般若波羅蜜多所以者何一切聲聞獨覺菩薩所應學道菩提分法皆攝在此甚深般若波羅蜜多一切聲聞獨覺菩薩於中勤學皆得究竟具壽善現便白佛言若一切種菩提分法及諸菩提如是一切皆非相應非不相應無色無見無對一相所謂無相云何如是菩提分法能取菩提皆非相應非不相應無色無見無對一相謂無相法能於餘法有取有捨譬如虛空於一切法無取無捨自性空故諸法亦爾自性皆空非於餘法有取有捨如何可說菩提分法能取菩提佛告善現如是如是如汝所說以一切法自性皆空無取無捨然諸有情於一切法自性空義不能解了爲益彼故方便宣說菩提分法能取菩提復次善現若諸色蘊乃至識蘊廣說乃至一切智智於此聖法毗奈耶中皆非相應非不相應無色無見無對一相所謂無相佛爲饒益諸有情類令得正解入法實相依世俗說不依勝義善現當知諸菩薩摩訶薩於如是一切法應學智見學智見已如實觀察如是諸法應可攝受如是諸法不應攝受具壽善現即白佛言諸菩薩摩訶薩於何等法學智見已如實觀察不應攝受於何等法學智見已如實觀察應可攝受佛告善現諸菩薩摩訶薩於諸

聲聞獨覺等法學智見已如實觀察不應攝受於一切智智相應諸法學智見已如實觀察一切種相應可攝受善現當知諸菩薩摩訶薩於此聖法毗奈耶中應如是學甚深般若波羅蜜多具壽善現復白佛言佛說聖法毗奈耶者何等名聖法毗奈耶何故名聖法毗奈耶佛告善現若諸聲聞若諸獨覺若諸菩薩若諸如來應正等覺如是一切與貪瞋癡皆非相應非不相應與薩迦耶見戒禁取疑皆非相應非不相應與欲貪瞋恚皆非相應非不相應與色愛無色愛掉舉慢無明皆非相應非不相應與四靜慮四無量四無色定皆非相應非不相應與四念住乃至八聖道支皆非相應非不相應與苦集滅道聖諦皆非相應非不相應與空無相無願解脫門皆非相應非不相應與八解脫乃至十遍處皆非相應非不相應與六波羅蜜多皆非相應非不相應與內空乃至無性自性空皆非相應非不相應與真如乃至不思議界皆非相應非不相應與淨觀地乃至如來地皆非相應非不相應與極喜地乃至法雲地皆非相應非不相應與陀羅尼門三摩地門皆非相應非不相應與五眼六神通皆非相應非不相應與如來十力乃至十八佛不共法皆非相應非不相應與大慈大悲大喜大捨皆非相應非不相應與三十二大士相八十隨好皆非相應非不相應與無忘失法恒住捨性皆非相應非不相應與一切智道相智一切相智皆非相應非不相應與預流果乃至獨覺菩提皆非相應非不相應與諸菩薩摩

訶薩行及佛無上正等菩提皆非相應非不相應與斷煩惱習氣相續一切智智皆非相應非不相應與有爲界及無爲界皆非相應非不相應善現當知彼名爲聖此是彼聖法毗奈耶是故名聖法毗奈耶所以者何此一切法無色無見無對一相所謂無相彼諸聖者如實現見善現當知諸無色法與無色法皆非相應非不相應諸無見法與無見法皆非相應非不相應諸無對法與無對法皆非相應非不相應諸一相法與一相法皆非相應非不相應諸無相法與無相法皆非相應非不相應善現當知諸菩薩摩訶薩於此無色無見無對一相所謂無相甚深般若波羅蜜多常應修學學已不執一切法相爾時善現便白佛言諸菩薩摩訶薩豈不應於色乃至識諸相學耶廣說乃至豈不應於一切智智諸相學耶豈不應於知苦斷集證滅修道諸相學耶豈不應於順逆觀察十二緣起諸相學耶豈不應於聖者聖法諸相學耶豈不應於有爲界無爲界諸相學耶世尊若菩薩摩訶薩不於如是諸法相學亦應不於諸行相學世尊若菩薩摩訶薩於諸法相及諸行相既不能學云何能超聲聞獨覺等地若不能超聲聞獨覺等地云何能入菩薩正性離生若不能入菩薩正性離生云何能證無上菩提若不能證無上菩提云何能轉微妙法輪若不能轉微妙法輪云何能以聲聞獨覺無上乘法安立有情令脫無邊生死大苦安住清淨常樂涅槃佛告善現若一切法實有相者諸菩薩摩訶薩應於中學以一切法非

實有相無色無見無對一相所謂無相是故菩薩摩訶薩衆不於相學亦復不於無相法學所以者何如來出世若不出世法界常住諸法一相所謂無相如是無相既非有相亦非無相故不可學何以故非一切法先是有相後成無相以一切法本是無相後亦無相是故菩薩摩訶薩衆不學有相不學無相相無相法相待而立非究竟故具壽善現復白佛言若一切法皆非有相亦非無相應非一相亦非異相云何菩薩摩訶薩能修般若波羅蜜多若菩薩摩訶薩不修般若波羅蜜多應不能超聲聞獨覺等地若不能超聲聞獨覺等地應不能入菩薩正性離生若不能入菩薩正性離生應不能起菩薩無生法忍若不能起菩薩無生法忍應不能發菩薩勝妙神通若不能發菩薩勝妙神通應不能嚴淨佛土成熟有情若不能嚴淨佛土成熟有情應不能得無上正等菩提若不能得無上正等菩提應不能轉清淨法輪若不能轉清淨法輪則應不能方便安立諸有情類令住聲聞乘果或住獨覺乘果或住無上乘果亦應不能方便安立諸有情類令住施性福業事或住戒性福業事或住修性福業事當得人天自在富樂佛告善現如是如是如汝所說一切法非有相非無相非一相非異相若菩薩摩訶薩知一切法若有相若無相若一相若異相皆同一相所謂無相修此無相名修般若波羅蜜多具壽善現復白佛言云何菩薩摩訶薩修此無相名修般若波羅蜜多佛告善現若菩薩摩訶薩修除遣一切法名修

般若波羅蜜多具壽善現復白佛言云何菩薩摩訶薩修除遣一切法名修般若波羅蜜多佛告善現若菩薩摩訶薩修除遣色亦除遣此修名修般若波羅蜜多修除遣受想行識亦除遣此修名修般若波羅蜜多修除遣眼處乃至意處亦除遣此修名修般若波羅蜜多修除遣色處乃至法處亦除遣此修名修般若波羅蜜多修除遣眼界乃至意界亦除遣此修名修般若波羅蜜多修除遣色界乃至法界亦除遣此修名修般若波羅蜜多修除遣眼識界乃至意識界亦除遣此修名修般若波羅蜜多修除遣眼觸乃至意觸亦除遣此修名修般若波羅蜜多修除遣眼觸爲縁所生諸受乃至意觸爲縁所生諸受亦除遣此修名修般若波羅蜜多修除遣地界乃至識界亦除遣此修名修般若波羅蜜多修除遣因縁乃至增上縁亦除遣此修名修般若波羅蜜多修除遣無明乃至老死亦除遣此修名修般若波羅蜜多修除遣入出生死及不淨觀亦除遣此修名修般若波羅蜜多修除遣四靜慮四無量四無色定亦除遣此修名修般若波羅蜜多修除遣佛隨念乃至息隨念亦除遣此修名修般若波羅蜜多修除遣無常想乃至滅想亦除遣此修名修般若波羅蜜多修除遣我想乃至見者想亦除遣此修名修般若波羅蜜多修除遣縁起想及非縁起想亦除遣此修名修般若波羅蜜多修除遣常樂我淨想及無常無樂無我無淨想亦除遣此修名修般若波羅蜜多修除遣四念住乃至八聖道支亦除遣此修名

修般若波羅蜜多修除遣空無相無願解脫門亦除遣此修名修般若波羅蜜多修除遣八解脫乃至十遍處亦除遣此修名修般若波羅蜜多修除遣諸聖諦想及非聖諦想亦除遣此修名修般若波羅蜜多修除遣有尋有伺三摩地無尋唯伺三摩地無尋無伺三摩地亦除遣此修名修般若波羅蜜多修除遣苦集滅道聖諦亦除遣此修名修般若波羅蜜多修除遣苦智乃至如說智亦除遣此修名修般若波羅蜜多修除遣布施乃至般若波羅蜜多亦除遣此修名修般若波羅蜜多修除遣內空乃至無性自性空亦除遣此修名修般若波羅蜜多修除遣眞如乃至不思議界亦除遣此修名修般若波羅蜜多修除遣淨觀地乃至如來地亦除遣此修名修般若波羅蜜多修除遣極喜地乃至法雲地亦除遣此修名修般若波羅蜜多修除遣陀羅尼門三摩地門亦除遣此修名修般若波羅蜜多修除遣五眼六神通亦除遣此修名修般若波羅蜜多修除遣如來十力乃至十八佛不共法亦除遣此修名修般若波羅蜜多修除遣大慈大悲大喜大捨亦除遣此修名修般若波羅蜜多修除遣三十二大士相八十隨好亦除遣此修名修般若波羅蜜多修除遣無忘失法恒住捨性亦除遣此修名修般若波羅蜜多修除遣一切智道相智一切相智亦除遣此修名修般若波羅蜜多修除遣預流果乃至獨覺菩提亦除遣此修名修般若波羅蜜多修除遣一切菩薩摩訶薩行亦除遣此修名修般若波羅蜜多修除遣

諸佛無上正等菩提亦除遣此修名修般若波羅蜜多修除遣永斷煩惱習氣相續亦除遣此修名修般若波羅蜜多修除遣一切智智亦除遣此修名修般若波羅蜜多爾時善現復白佛言云何菩薩摩訶薩修除遣色亦除遣此修名修般若波羅蜜多修除遣受想行識亦除遣此修名修般若波羅蜜多廣說乃至修除遣永斷煩惱習氣相續亦除遣此修名修般若波羅蜜多修除遣一切智智亦除遣此修名修般若波羅蜜多佛告善現諸菩薩摩訶薩行深般若波羅蜜多時若念有色及懷此修非除遣色非修般若波羅蜜多若念有受想行識及懷此修非除遣受想行識非修般若波羅蜜多廣說乃至若念有永斷煩惱習氣相續及懷此修非除遣永斷煩惱習氣相續非修般若波羅蜜多若念有一切智智及懷此修非除遣一切智智非修般若波羅蜜多然諸菩薩摩訶薩行深般若波羅蜜多時不念有色及懷此修是除遣色是修般若波羅蜜多不念有受想行識及懷此修是除遣受想行識是修般若波羅蜜多廣說乃至不念有永斷煩惱習氣相續及懷此修是除遣永斷煩惱習氣相續是修般若波羅蜜多不念有一切智智及懷此修是除遣一切智智是修般若波羅蜜多所以者何非有想者斷貪瞋癡隨眠纏垢能修般若波羅蜜多是故善現若菩薩摩訶薩修除遣色亦除遣此修名修般若波羅蜜多修除遣受想行識及除遣此修名修般若波羅蜜多廣說乃至修除遣永斷煩惱習氣相續及除遣此

修名修般若波羅蜜多修除遣一切智智及除遣此修名修般若波羅蜜多復次善現住有想者不能修布施波羅蜜多乃至般若波羅蜜多廣說乃至住有想者亦不能永斷煩惱習氣相續亦不能修一切智智所以者何住有想者定當執有我及我所由此執故便著二邊著二邊故決定不能解脫生死無道無涅槃云何能如實修六波羅蜜多廣說乃至永斷煩惱習氣相續及能修習一切智智具壽善現復白佛言何等是有何等是非有佛告善現二是有不二是非有具壽善現復白佛言云何爲二云何爲不二佛告善現色想乃至識想爲二色想空乃至識想空爲不二眼處想乃至意處想爲二眼處想空乃至意處想空爲不二色處想乃至法處想爲二色處想空乃至法處想空爲不二眼界想乃至意界想爲二眼界想空乃至意界想空爲不二色界想乃至法界想爲二色界想空乃至法界想空爲不二眼識界想乃至意識界想爲二眼識界想空乃至意識界想空爲不二眼觸想乃至意觸想爲二眼觸想空乃至意觸想空爲不二眼觸爲縁所生諸受想乃至意觸爲縁所生諸受想爲二眼觸爲縁所生諸受想空乃至意觸爲縁所生諸受想空爲不二地界想乃至識界想爲二地界想空乃至識界想空爲不二因縁想乃至增上縁想爲二因縁想空乃至增上縁想空爲不二無明想乃至老死想爲二無明想空乃至老死想空爲不二布施波羅蜜多想乃至般若波羅蜜多想爲二布施波羅蜜多想空乃至

般若波羅蜜多想空爲不二内空想乃至無性自性空想爲二内空想空乃至無性自性空想空爲不二眞如想乃至不思議界想爲二眞如想空乃至不思議界想空爲不二苦集滅道聖諦想爲二苦集滅道聖諦想空爲不二四念住想乃至八聖道支想爲二四念住想空乃至八聖道支想空爲不二四靜慮四無量四無色定想爲二四靜慮四無量四無色定想空爲不二三解脱門想爲二三解脱門想空爲不二八解脱想乃至十遍處想爲二八解脱想空乃至十遍處想空爲不二淨觀地想乃至如來地想爲二淨觀地想空乃至如來地想空爲不二極喜地想乃至法雲地想爲二極喜地想空乃至法雲地想空爲不二陀羅尼門三摩地門想爲二陀羅尼門三摩地門想空爲不二五眼六神通想爲二五眼六神通想空爲不二如來十力想乃至十八佛不共法想爲二如來十力想空乃至十八佛不共法想空爲不二大慈大悲大喜大捨想爲二大慈大悲大喜大捨想空爲不二三十二相八十隨好想爲二三十二相八十隨好想空爲不二無忘失法恒住捨性想爲二無忘失法恒住捨性想空爲不二一切智道相智一切相智想爲二一切智道相智一切相智想空爲不二預流果想乃至獨覺菩提想爲二預流果想空乃至獨覺菩提想空爲不二一切菩薩摩訶薩行諸佛無上正等菩提想爲二一切菩薩摩訶薩行諸佛無上正等菩提想空爲不二有爲界無爲界想爲二有爲界無爲界想空爲不二善現當

知乃至一切想皆爲二乃至一切二皆是有乃至一切有皆有生死有生死者不能解脫生老病死愁歎苦憂惱善現當知諸想空者皆爲不二諸不二者皆是非有諸非有者皆無生死無生死者便能解脫生老病死愁歎苦憂惱由此因緣當知一切有二想者定無布施乃至般若波羅蜜多無道無得亦無現觀下至順忍彼尚非有況能徧知色廣說乃至一切智智彼尚不能修諸聖道況能得預流果乃至獨覺菩提況能永斷一切煩惱習氣相續證得無上正等菩提轉妙法輪度有情衆

大般若波羅蜜多經卷第五百二十七

大般若波羅蜜多經卷第五百二十八

唐三藏法師玄奘奉　詔譯

第三分妙相品第二十八之一

爾時善現便白佛言住有想者若無順忍亦無修道得果現觀住無想者豈有順忍若淨觀地廣說乃至若如來地若修聖道依修聖道斷諸煩惱由此煩惱所覆障故尚不能得聲聞獨覺相應法地况入菩薩正性離生不入菩薩正性離生豈能證得一切相智若不能得一切相智何能永斷一切煩惱習氣相續世尊若一切法畢竟非有無生無滅無染無淨如是諸法既都不生豈能證得一切智智佛告善現如是如是如汝所說住無想者亦無順忍乃至亦無永斷煩惱習氣相續亦不能得一切智智然依無相非實有法修得順忍乃至永斷一切煩惱習氣相續亦能證得一切智智具壽善現復白佛言諸菩薩摩訶薩行深般若波羅蜜多時爲有有想有無想不爲有色蘊想乃至識蘊想不廣說乃至爲有永斷一切煩惱習氣相續想不爲有證得一切智智想不世尊是菩薩摩訶薩爲有色想有色斷想不爲有受想行識想有受想行識斷想不爲有眼處乃至意處想有眼處乃至意處斷想不爲有色處乃至法處想有色處乃至法處斷想不爲有眼界乃至意界想有眼界乃至意界斷想不爲有色界乃至法界想有色界乃至法界斷想不爲有眼識界乃至意識界想有眼識界乃至意識界斷想不爲有眼觸乃至意觸想有眼觸乃至意觸斷想不爲有眼觸爲緣所生諸受乃至意

觸爲緣所生諸受想有眼觸爲緣所生諸受乃至意觸爲緣所生諸受斷想不爲有地界乃至識界想有地界乃至識界斷想不爲有因緣乃至增上緣想有因緣乃至增上緣斷想不爲有貪瞋癡想有貪瞋癡斷想不爲有無明乃至老死想有無明乃至老死斷想不爲有苦集滅道想有苦集滅道斷想不廣說乃至爲有所斷一切煩惱習氣相續想有所斷一切煩惱習氣相續斷想不爲有一切智智想有一切智智斷想不佛告善現諸菩薩摩訶薩行深般若波羅蜜多時於一切法皆無有想亦無無想若無有想亦無無想當知即是菩薩順忍亦是修道得果現觀善現當知諸菩薩摩訶薩以無性爲聖道以無性爲得果以無性爲現觀由此因緣當知諸法無不皆以無性爲性具壽善現復白佛言若一切法無不皆以無性爲性云何世尊於一切法無性爲性現等正覺現等正覺已說名爲佛於一切法及諸境界得自在轉佛告善現如是如是諸法皆以無性爲性我本修學菩薩道時修行布施乃至般若波羅蜜多由此離欲惡不善法有尋有伺離生喜樂入初靜慮廣說乃至斷樂斷苦先喜憂沒不苦不樂捨念清淨入第四靜慮具足而住我於爾時於諸靜慮及靜慮支雖善取相而無所執於諸靜慮及靜慮支不生味著於諸靜慮及靜慮支都無所得我於爾時於四靜慮行相清淨無所分別我於爾時於諸靜慮及靜慮支雖善純熟而不受彼所得果報但依靜慮令心引發神境天耳他心宿住天眼智通於此

五通雖善取相而無所執亦不愛味於諸通境都無所得亦不分別如空而住我於爾時觀一切法平等平等無性爲性以一剎那相應妙慧證得無上正等菩提謂現等覺是苦聖諦是集聖諦是滅聖諦是道聖諦皆同一相所謂無相如是無相亦不可得由此成就如來十力四無所畏四無礙解及十八佛不共法等無邊功德以佛妙智安立有情三聚差別隨其所應方便化導令獲殊勝利益安樂具壽善現復白佛言云何如來應正等覺於一切法無性性中起四靜慮發五神通證大菩提具諸功德安立利樂三聚有情佛告善現若諸欲惡不善法等有少自性或復他性爲自性者我本修學菩薩道時不應通達一切欲惡不善法等皆以無性而爲自性離欲惡等入諸靜慮具足而住以諸欲惡不善法等無自他性但以無性爲自性故我本修學菩薩道時通達欲惡不善法等皆以無性而爲自性離欲惡等入諸靜慮具足而住善現當知若五神通有少自性或復他性爲自性者我本修學菩薩道時不應通達一切神通皆以無性而爲自性發起種種自在神通於諸境界妙用無礙以諸神通無自他性但以無性爲自性故我本修學菩薩道時通達神通皆以無性而爲自性發起種種自在神通於諸境界妙用無礙善現當知若佛無上正等菩提有少自性或復他性爲自性者我本修學菩薩道時不應通達諸佛無上正等菩提及諸功德皆以無性而爲自性證得無上正等菩提具諸功德以佛無上正等菩提

及諸功德無自他性但以無性爲自性故我本修學菩薩道時通達無上正等菩提皆以無性而爲自性用一刹那相應妙慧證得無上正等菩提具諸功德善現當知若諸有情有少自性或復他性爲自性者我成佛已不應通達一切有情皆以無性而爲自性安立有情三聚差别隨其所應方便化導令獲殊勝利益安樂以諸有情無自他性但以無性爲自性故我成佛已通達有情皆以無性而爲自性安立有情三聚差别隨其所應方便化導令獲殊勝利益安樂爾時善現復白佛言若菩薩摩訶薩知一切法無性爲性而於其中起四靜慮發五神通證得無上正等菩提具諸功德安立有情三聚差别隨其所應方便化導令其獲得利樂事者云何初發心菩薩摩訶薩於一切法無性性中作漸次業修漸次學行漸次行由此漸次業學行故證得無上正等菩提作諸有情利益安樂佛告善現諸菩薩摩訶薩初發心位或從佛聞或復從於多供養佛菩薩獨覺及阿羅漢不還一來預流果等賢聖所聞謂證諸法無性爲性究竟圓滿乃名爲佛漸證諸法無性爲性名爲菩薩乃至預流深信諸法無性爲性名賢善士故一切法及諸有情無不皆以無性爲性法及有情乃至無有如毛端量自性可得是菩薩摩訶薩聞此事已作是思惟若一切法及諸有情皆以無性而爲自性證得此故説名爲佛乃至預流深信此故名賢善士我於無上正等菩提若當證得若不證得諸法有情常以無性而爲自性故我定應發趣

無上正等菩提得菩提已若諸有情行有想者方便安立令住無想是菩薩摩訶薩既思惟已發趣無上正等菩提普爲有情得涅槃故作漸次業修漸次學行漸次行如過去世諸菩薩摩訶薩發趣無上正等菩提先學漸次業學行故證得無上正等菩提是菩薩摩訶薩亦復如是先應修學布施波羅蜜多次應修學淨戒波羅蜜多展轉乃至後應修學般若波羅蜜多善現當知是菩薩摩訶薩從初發心修學布施波羅蜜多時應自行布施亦勸他行布施恒正稱揚布施功德歡喜讚歎行布施者由此因緣布施圓滿得大財位常行布施離慳悋心隨諸有情所須飲食及餘資具悉皆施與是菩薩摩訶薩由布施故受持戒蘊生天人中得大尊貴由施戒故復得定蘊由施戒定故復得慧蘊由施戒定慧故復得解脫蘊由施戒定慧解脫故復得解脫智見蘊由施戒定慧解脫解脫智見蘊圓滿故超諸聲聞獨覺等地證入菩薩正性離生既入菩薩正性離生成熟有情嚴淨佛土作此事已便能證得一切智智轉妙法輪以三乘法安立度脫諸有情類令出生死證得涅槃是菩薩摩訶薩由布施故雖能如是作漸次業修漸次學行漸次行而於一切都無所得何以故以一切法無自性故復次善現是菩薩摩訶薩從初發心修學淨戒波羅蜜多時應自行淨戒亦勸他行淨戒恒正稱揚淨戒功德歡喜讚歎行淨戒者由此因緣戒蘊清淨生天人中得大尊貴施貧窮者所須財物既行施已安住戒蘊定蘊慧蘊解脫蘊

解脱智見蘊由戒定慧解脱解脱智見蘊清淨故超諸聲聞獨覺等地證入菩薩正性離生既入菩薩正性離生成熟有情嚴淨佛土作此事已便能證得一切智智轉妙法輪以三乘法安立度脱諸有情類令出生死證得涅槃是菩薩摩訶薩由淨戒故雖能如是作漸次業修漸次學行漸次行而於一切都無所得何以故以一切法無自性故復次善現是菩薩摩訶薩從初發心修學安忍波羅蜜多時應自行安忍亦勸他行安忍恒正稱揚安忍功德歡喜讚歎行安忍者是菩薩摩訶薩行安忍時能以財物施諸有情皆令滿足既行施已安住戒蘊定蘊慧蘊解脱蘊解脱智見蘊由戒定慧解脱解脱智見蘊清淨故超諸聲聞獨覺等地證入菩薩正性離生既入菩薩正性離生成熟有情嚴淨佛土作此事已便能證得一切智智轉妙法輪以三乘法安立度脱諸有情類令出生死證得涅槃是菩薩摩訶薩由安忍故雖能如是作漸次業修漸次學行漸次行而於一切都無所得何以故以一切法無自性故復次善現是菩薩摩訶薩從初發心修學精進波羅蜜多時應自行精進亦勸他行精進恒正稱揚精進功德歡喜讚歎行精進者是菩薩摩訶薩行精進時能以財物施諸有情皆令滿足既行施已安住戒蘊定蘊慧蘊解脱蘊解脱智見蘊由戒定慧解脱解脱智見蘊清淨故超諸聲聞獨覺等地證入菩薩正性離生既入菩薩正性離生成熟有情嚴淨佛土作此事已便能證得一切智智轉妙法輪以三乘法安

立度脫諸有情類令出生死證得涅槃是菩薩摩訶薩由精進故雖能如是作漸次業修漸次學行漸次行而於一切都無所得何以故以一切法無自性故復次善現是菩薩摩訶薩從初發心修學靜慮波羅蜜多時應自入靜慮無量無色定亦勸他入靜慮無量無色定恒正稱揚靜慮無量無色定功德歡喜讚歎入靜慮無量無色定者是菩薩摩訶薩行靜慮時能以財物施諸有情皆令滿足既行施已安住戒蘊定蘊慧蘊解脫蘊解脫智見蘊由戒定慧解脫解脫智見蘊清淨故超諸聲聞獨覺等地證入菩薩正性離生既入菩薩正性離生成熟有情嚴淨佛土作此事已便能證得一切智智轉妙法輪以三乘法安立度脫諸有情類令出生死證得涅槃是菩薩摩訶薩由靜慮故雖能如是作漸次業修漸次學行漸次行而於一切都無所得何以故以一切法無自性故復次善現是菩薩摩訶薩從初發心修學般若波羅蜜多時以戒定慧及勝解脫解脫智見安立有情以無所得而為方便應自行六波羅蜜多亦勸他行六波羅蜜多恒正稱揚六波羅蜜多功德歡喜讚歎行六波羅蜜多者是菩薩摩訶薩由於布施乃至般若波羅蜜多方便善巧超諸聲聞獨覺等地證入菩薩正性離生既入菩薩正性離生成熟有情嚴淨佛土作此事已便能證得一切智智轉妙法輪以三乘法安立度脫諸有情類令出生死證得涅槃是菩薩摩訶薩由般若故雖能如是作漸次業修漸次學行漸次行而於一切都無所得何

以故以一切法無自性故善現當知是爲初發心菩薩摩訶薩依學六種波羅蜜多作漸次業修漸次學行漸次行利樂有情復次善現諸菩薩摩訶薩從初發心作漸次業修漸次學行漸次行時以一切智智相應作意信解諸法皆以無性而爲自性先應修學佛隨念次應修學法隨念展轉乃至後應修學天隨念善現當知云何菩薩摩訶薩修學佛隨念謂菩薩摩訶薩修學佛隨念時不應以色受想行識思惟如來應正等覺所以者何色乃至識皆無自性若法無自性則無所有若無所有則不可念不可思惟何以故若無念無思惟是爲佛隨念復次善現諸菩薩摩訶薩修學佛隨念時不應以三十二相眞金色身常光一尋八十隨好思惟如來應正等覺所以者何如是相好金光色身都無自性若法無自性則無所有若無所有則不可念不可思惟何以故若無念無思惟是爲佛隨念復次善現諸菩薩摩訶薩修學佛隨念時不應以戒蘊定蘊慧蘊解脫蘊解脫智見蘊思惟如來應正等覺所以者何如是諸蘊皆無自性若法無自性則無所有若無所有則不可念不可思惟何以故若無念無思惟是爲佛隨念復次善現諸菩薩摩訶薩修學佛隨念時不應以五眼六神通如來十力四無所畏四無礙解十八佛不共法大慈大悲大喜大捨無忘失法恒住捨性一切智道相智一切相智及餘無量無邊佛法思惟如來應正等覺所以者何如是諸法皆無自性若法無自性則無所有若無所有則不可念不可思

惟何以故若無念無思惟是爲佛隨念復次善現諸菩薩摩訶薩修學佛隨念時不應以緣起法思惟如來應正等覺所以者何諸緣起法皆無自性若法無自性則無所有若法無所有則不可念不可思惟何以故若無念無思惟是爲佛隨念善現當知諸菩薩摩訶薩行深般若波羅蜜多時應如是修學佛隨念若如是修學佛隨念是爲作漸次業修漸次學行漸次行若菩薩摩訶薩能如是作漸次業修漸次學行漸次行時則能圓滿四念住乃至八聖道支廣說乃至一切相智由此證得一切智智是菩薩摩訶薩以一切法無性爲性方便力故覺一切法皆無自性其中無有想亦復無無想善現當知諸菩薩摩訶薩應如是修學佛隨念謂於其中佛尚不可

得況有佛隨念復次善現云何菩薩摩訶薩修學法隨念謂菩薩摩訶薩修學法隨念時不應思惟善法非善法若有記法無記法若世間法出世間法若有愛味法無愛味法若聖法非聖法若有漏法無漏法若墮三界法不墮三界法若有爲法無爲法所以者何如是諸法皆無自性若法無自性則無所有若無所有則不可念不可思惟何以故若無念無思惟是爲法隨念善現當知諸菩薩摩訶薩行深般若波羅蜜多時應如是修學法隨念若如是修學法隨念是爲作漸次業修漸次學行漸次行若菩薩摩訶薩能如是作漸次業修漸次學行漸次行時則能圓滿四念住乃至八聖道支廣說乃至一切相智由此證得一切智智是菩薩摩訶薩以一切法無

性爲性方便力故學一切法皆無自性其中無有想亦復無無想善現當知諸菩薩摩訶薩應如是修學法隨念謂於其中法尚不可得況有法隨念復次善現云何菩薩摩訶薩修學僧隨念謂菩薩摩訶薩修學僧隨念時應作是念佛弟子衆具諸功德四雙八隻補特伽羅一切皆是無爲所顯皆以無性而爲自性由此因緣不應思念所以者何如是善士皆無自性若法無自性則無所有若無所有則不可念不可思惟何以故若無念無思惟是爲僧隨念善現當知諸菩薩摩訶薩行深般若波羅蜜多時應如是修學僧隨念若如是修學僧隨念是爲作漸次業修漸次學行漸次行若菩薩摩訶薩能如是作漸次業修漸次學行漸次行時則能圓滿四念住乃至八聖道支廣說乃至一切相智由此證得一切智智是菩薩摩訶薩以一切法無性爲性方便力故覺一切法皆無自性其中無有想亦復無無想善現當知諸菩薩摩訶薩應如是修學僧隨念謂於其中僧尚不可得況有僧隨念復次善現云何菩薩摩訶薩修學戒隨念謂菩薩摩訶薩修學戒隨念時從初發心應念聖戒無缺無隙無瑕無穢無所取著應受供養智者所讃妙善受持妙善究竟隨順勝定思惟此戒無性爲性由是因緣不應思念所以者何如是聖戒都無自性若法無自性則無所有若無所有則不可念不可思惟何以故若無念無思惟是爲戒隨念善現當知諸菩薩摩訶薩行深般若波羅蜜多時應如是修學戒隨念若如是修學戒隨念

是爲作漸次業修漸次學行漸次行若菩薩摩訶薩能如是作漸次業修漸次學行漸次行時則能圓滿四念住乃至八聖道支廣説乃至一切相智由此證得一切智智是菩薩摩訶薩以一切法無性爲性方便力故覺一切法皆無自性其中無有想亦復無無想善現當知諸菩薩摩訶薩應如是修學戒隨念謂於其中戒尚不可得況有戒隨念復次善現云何菩薩摩訶薩修學捨隨念謂菩薩摩訶薩修學捨隨念時從初發心應以無性爲性方便修捨隨念謂若捨財若捨法時不作是念我能捨施或不捨施若捨身分支節等時亦不起心我能捨施或不捨施亦不思惟所捨所惠施福施果所以者何如是諸法皆無自性若法無自性則無所有若無所有則不可念不可思惟何以故若無念無思惟是爲捨隨念善現當知諸菩薩摩訶薩行深般若波羅蜜多時應如是修學捨隨念若如是修學捨隨念是爲作漸次業修漸次學行漸次行若菩薩摩訶薩能如是作漸次業修漸次學行漸次行時則能圓滿四念住乃至八聖道支廣説乃至一切相智由此證得一切智智是菩薩摩訶薩以一切法無性爲性方便力故覺一切法皆無自性其中無有想亦復無無想善現當知諸菩薩摩訶薩應如是修學捨隨念謂於其中捨尚不可得況有捨隨念復次善現云何菩薩摩訶薩修學天隨念謂菩薩摩訶薩修學天隨念時從初發心應以無性爲性方便修天隨念謂作是念諸預流等生六欲天諸不還等生上二界如是

一切皆不可得不應思念所以者何是諸天等皆無自性若法無自性則無所有若無所有則不可念不可思惟何以故若無念無思惟是爲天隨念善現當知諸菩薩摩訶薩行深般若波羅蜜多時應如是修學天隨念若如是修學天隨念是爲作漸次業修漸次學行漸次行若菩薩摩訶薩能如是作漸次業修漸次學行漸次行時則能圓滿四念住乃至八聖道支廣說乃至一切相智由此證得一切智智是菩薩摩訶薩以一切法無性爲性方便力故覺一切法皆無自性其中無有想亦復無無想善現當知諸菩薩摩訶薩應如是修學天隨念謂於其中天尚不可得況有天隨念善現當知是爲初發心菩薩摩訶薩依學六隨念作漸次業修漸次學行漸次行利樂有情復次善現諸菩薩摩訶薩行深般若波羅蜜多時若欲圓滿作漸次業修漸次學行漸次行以一切法無性爲性方便力故應學內空乃至無性自性空應學眞如乃至不思議界應學苦集滅道聖諦應學四念住乃至八聖道支廣說乃至應學一切智道相智一切相智是菩薩摩訶薩如是修學菩提道時覺一切法皆以無性而爲自性於中尚無少念可得況有念色受想行識廣說乃至一切智智如是諸念及所念法若少實有無有是處如是善現諸菩薩摩訶薩行深般若波羅蜜多時雖作漸次業修漸次學行漸次行而於其中心皆不轉以一切法無自性故爾時善現便白佛言若一切法皆無自性則應無色受想行識乃至應無一切智智是

則應無佛法僧寶道果染淨亦無得無現觀則一切法皆應是無佛告善現於意云何於一切法無性性中有性無性爲可得不善現對曰不也世尊佛告善現若一切法無性性中有性無性俱不可得汝今云何可作是說若一切法皆無自性則應無色受想行識廣說乃至則一切法皆應是無善現白言我於此義自無疑惑但爲未來有苾芻等或求聲聞或求獨覺或求佛果彼作是念若一切法皆無自性誰染誰淨誰縛誰解彼於染淨縛解義中不了知故破戒破見破威儀破淨命由此當墮三惡趣中受種種苦輪轉生死難得解脫我觀未來當有如是可怖畏事故作是問然我於此實無疑惑佛告善現善哉善哉汝今乃能爲未來世作如是問然一切法無性性中若有若無俱不可得不應於此執有無性具壽善現復白佛言若一切法皆以無性而爲自性諸菩薩摩訶薩觀何等義爲欲利樂諸有情故求趣無上正等菩提佛告善現以一切法皆以無性而爲自性諸菩薩摩訶薩爲欲饒益諸有情故求趣無上正等菩提所以者何諸有情類具斷常見住有所得難可調伏愚癡顛倒難可解脫善現當知住有所得者由有所得想無得無現觀亦無無上正等菩提具壽善現復白佛言若有所得者無得無現觀亦無無上正等菩提無所得者爲有得有現觀有無上正等菩提不佛告善現若無所得即是得即是現觀即是無上正等菩提所以者何以彼不壞法界相故善現當知若有於此無所得中欲有所得欲

得現觀欲得無上正等菩提當知彼爲欲壞法界具壽善現復白佛言若有所得者無得無現觀亦無無上正等菩提若無所得即是得即是現觀即是無上正等菩提無所得中無得無現觀亦無無上正等菩提諸菩薩摩訶薩云何得有初地二地乃至十地云何得有無生法忍云何得有異熟生神通云何得有異熟生布施乃至般若波羅蜜多云何得有安住如是異熟生法成熟有情嚴淨佛土於諸佛所親近供養上妙供具所獲善根乃至無上正等菩提與果無盡展轉乃至般涅槃後自設利羅及諸弟子猶得種種供養恭敬善根勢力仍未窮盡佛告善現以一切法無所得故諸菩薩摩訶薩得有初地二地乃至十地即由此故得有無生法忍即由此故得有異熟生神通即由此故得有異熟生布施乃至般若波羅蜜多即由此故得有安住異熟生法成熟有情嚴淨佛土於諸佛所親近供養上妙供具所獲善根乃至無上正等菩提與果無盡展轉乃至般涅槃後自設利羅及諸弟子猶得種種供養恭敬善根勢力仍未窮盡具壽善現復白佛言若一切法皆無所得布施等六波羅蜜多及諸神通有何差別佛告善現無所得者布施等六波羅蜜多及諸神通皆無差別爲欲令彼有所得者離諸染著方便宣說布施等六波羅蜜多及諸神通有差別相具壽善現復白佛言何因緣故無所得者布施等六波羅蜜多及諸神通說無差別佛告善現諸菩薩摩訶薩行深般若波羅蜜多時不得布施不得施者不得

受者不得所施不得施果而行布施不得淨戒而持淨戒不得安忍而修安忍不得精進而勤精進不得靜慮而入靜慮不得般若而學般若不得神通而發神通不得四念住乃至八聖道支而修四念住乃至八聖道支廣說乃至不得一切智道相智一切相智而修一切智道相智一切相智不得諸有情而成熟有情不得諸佛土而嚴淨佛土不得佛法而證菩提如是善現諸菩薩摩訶薩應行無所得甚深般若波羅蜜多若菩薩摩訶薩能行無所得甚深般若波羅蜜多天魔外道不能破壞爾時善現便白佛言云何菩薩摩訶薩行深般若波羅蜜多時一心現起則能具攝布施淨戒安忍精進靜慮般若波羅蜜多廣說乃至三十二大士夫相八十隨好佛告善現若菩薩摩訶薩行深般若波羅蜜多時所修布施乃至般若波羅蜜多廣說乃至三十二大士夫相八十隨好皆爲般若波羅蜜多之所攝受乃得圓滿如是善現諸菩薩摩訶薩行深般若波羅蜜多時一心現起則能攝受六波羅蜜多廣說乃至三十二大士夫相八十隨好具壽善現復白佛言云何菩薩摩訶薩行深般若波羅蜜多時諸有所作皆爲般若波羅蜜多所攝受故一心現起則能攝受六波羅蜜多廣說乃至三十二大士夫相八十隨好佛告善現諸菩薩摩訶薩行深般若波羅蜜多時所修六種波羅蜜多乃至所引三十二大士夫相八十隨好皆爲般若波羅蜜多所攝受故遠離二想具壽善現復白佛言云何菩薩摩訶薩行深般若波羅蜜

多時雖行六種波羅蜜多乃至雖引三十二大士夫相八十隨好而無二想佛告善現諸菩薩摩訶薩行深般若波羅蜜多時爲欲圓滿布施波羅蜜多故即於布施波羅蜜多中攝受一切波羅蜜多廣說乃至八十隨好而行布施由此因緣而無二想如是乃至爲欲圓滿八十隨好故即於八十隨好中攝受一切波羅蜜多廣說乃至八十隨好而引八十隨好由此因緣而無二想復次善現諸菩薩摩訶薩行深般若波羅蜜多故若行布施波羅蜜多時住無漏心而行布施波羅蜜多廣說乃至若引八十隨好時住無漏心而引八十隨好是故雖行布施波羅蜜多乃至雖引八十隨好而無二想具壽善現復白佛言云何菩薩摩訶薩行深般若波羅蜜多故若行布施波羅蜜多時住無漏心而行布施波羅蜜多乃至若引八十隨好時住無漏心而引八十隨好佛告善現若菩薩摩訶薩行深般若波羅蜜多時以離相心不見諸相而行布施波羅蜜多所謂不見誰能行施所施何物誰受此施由此布施爲此行施云何行施住是離相無漏心中離愛離慳而行布施波羅蜜多爾時不見所行布施亦復不見此無漏心乃至不見一切佛法如是菩薩摩訶薩住無漏心而行布施波羅蜜多廣說乃至若菩薩摩訶薩行深般若波羅蜜多時以離相心不見諸相而引八十隨好所謂不見誰是能引誰是所引由此而引爲此而引云何而引八十隨好住是離相無漏心中無染無著而引八十隨好爾時不見所引八十隨好亦復

不見此無漏心乃至不見一切佛法如是菩薩摩訶薩住無漏心而引八十隨好

大般若波羅蜜多經卷第五百二十八

大般若波羅蜜多經卷第五百二十九

唐三藏法師玄奘奉　詔譯

第三分妙相品第二十八之二

爾時善現復白佛言若菩薩摩訶薩行深般若波羅蜜多時知一切法無相無得亦無所作云何能圓滿六波羅蜜多云何能圓滿內空乃至無性自性空云何能圓滿眞如乃至不思議界云何能圓滿苦集滅道聖諦云何能圓滿四念住乃至八聖道支云何能圓滿四靜慮四無量四無色定云何能圓滿空無相無願解脫門云何能圓滿八解脫乃至十遍處云何能圓滿極喜地乃至法雲地云何能圓滿陀羅尼門三摩地門云何能圓滿五眼六神通云何能圓滿如來十力乃至十八佛不共法云何能圓滿大慈大悲大喜大捨云何能圓滿無忘失法恒住捨性云何能圓滿一切智道相智一切相智云何能圓滿一切菩薩摩訶薩行云何能圓滿諸佛無上正等菩提云何能圓滿三十二大士夫相八十隨好佛告善現諸菩薩摩訶薩行深般若波羅蜜多時能以離相無漏之心而修布施波羅蜜多若諸有情須食與食須飲與飲須餘資具與餘資具若諸有情須內所有頭目髓腦皮肉支節筋骨身命亦皆施與若諸有情須外所有國城妻子所愛親屬種種莊嚴歡喜施與菩薩如是行布施時設有人來現前訶責何用行此無益施爲如是施者今世後世身心勞倦多諸苦惱是菩薩摩訶薩行深般若波羅蜜多雖聞其言而不退屈但作是念彼人雖來訶責於我而我不應心生憂悔

我當勇猛施諸有情所須之物身心無倦是菩薩摩訶薩持此施福與諸有情平等迴向一切智智如是布施及迴向時不見其相所謂不見誰施誰受所施何物於何而施由何爲何云何行施亦復不見誰能迴向何所迴向於何迴向由何爲何云何迴向於如是等一切事物悉皆不見所以者何如是諸法無不皆由内空故空如是乃至相空故空是菩薩摩訶薩觀一切法無不空已復作是念誰能迴向何所迴向於何迴向由何爲何云何迴向如是等法皆不可得是菩薩摩訶薩由如是觀及如是念所起迴向名善迴向由此復能成熟有情嚴淨佛土亦能圓滿所行布施乃至般若波羅蜜多廣說乃至亦能圓滿八十隨好是菩薩摩訶薩雖能如是圓滿布施波羅蜜多而不攝受施異熟果雖不攝受施異熟果而由布施波羅蜜多善清淨故隨意能辦一切資具猶如他化自在諸天一切所須隨心皆現此菩薩摩訶薩亦復如是諸有所須隨意能辦由此布施增上勢力能以種種上妙樂具恭敬供養諸佛世尊亦能充足天人等衆是菩薩摩訶薩由此布施波羅蜜多攝諸有情方便善巧以三乘法而安立之令隨所宜各得饒益如是善現諸菩薩摩訶薩行深般若波羅蜜多由離諸相無漏心力能於一切無相無得無作法中圓滿布施波羅蜜多亦能圓滿諸餘善法復次善現諸菩薩摩訶薩行深般若波羅蜜多時能以離相無漏之心而修淨戒波羅蜜多謂聖無漏道支所攝法爾所得善清淨戒如是淨戒無

缺無隙無瑕無穢無所取著應受供養智者所讚由此淨戒於一切法都無所取謂不取色受想行識乃至不取三十二大士夫相八十隨好亦復不取刹帝利大族乃至居士大族亦復不取四大王衆天乃至非想非非想處天亦復不取預流果乃至獨覺菩提亦復不取轉輪王位及餘小王宰官等位但以如是所受持戒與諸有情平等迴向一切智智於迴向時以無相無所得無二爲方便非有想有所得有二爲方便但依世俗不依勝義由此因緣一切佛法皆得圓滿是菩薩摩訶薩由此淨戒波羅蜜多方便善巧起四靜慮勝進分無染著爲方便故引發神通是菩薩摩訶薩用異熟生清淨天眼能見十方現在諸佛乃至證得一切智智於所見事能不忘失用超過人清淨天耳能聞十方諸佛說法乃至證得一切智智於所聞事能不忘失隨所聞法能作自他諸饒益事無空過者用他心智能知十方佛及有情心及心所知已能超一切有情隨其所宜諸饒益事用宿住智知諸有情先所造業由所造業不失壞故生彼彼處受諸苦樂知已爲說本業因緣令其憶知作饒益事用漏盡智安立有情或令住預流果或令住一來果廣說乃至或令安住無上菩提以要言之是菩薩摩訶薩在所生處隨諸有情堪能差別方便令住諸善品中如是善現諸菩薩摩訶薩行深般若波羅蜜多由離諸相無漏心力能於一切無相無得無作法中圓滿淨戒波羅蜜多亦能圓滿諸餘善法復次善現諸菩薩摩訶薩行深般若

波羅蜜多時能以離相無漏之心而修安忍波羅蜜多是菩薩摩訶薩從初發心乃至安坐妙菩提座其中假使一切有情各持種種苦具加害是菩薩摩訶薩不起一念忿恚俱心爾時菩薩應修二忍一者應受一切有情罵辱加害不生忿恚伏瞋恨忍二者應起無生法忍是菩薩摩訶薩若遭種種苦言罵辱或遭種種刀杖加害應審思察誰能罵辱誰受罵辱誰能加害誰受加害誰起忿恚誰應忍受復應審察一切法性皆畢竟空法尚不可得況當有法性尚無法性況有有情如是觀時若能罵辱若所罵辱若能加害若所加害皆見非有乃至分分割截身支其心安忍都無異念於諸法性如實觀察復能證得無生法忍云何名爲無生法忍謂令一切煩惱不生微妙智慧常無間斷觀一切法畢竟不生是故名爲無生法忍是菩薩摩訶薩安住如是二種忍中速能圓滿布施等六波羅蜜多廣說乃至速能圓滿八十隨好是菩薩摩訶薩安住如是諸佛法已於聖無漏出世不共一切聲聞獨覺神通皆得圓滿安住如是勝神通已用淨天眼常見十方現在諸佛乃至證得一切智智起佛隨念恒無間斷用淨天耳常聞十方諸佛說法受持不忘爲諸有情如實宣說用他心智能正測量諸佛世尊心及心所亦能正知餘有情類心及心所隨其所應爲說正法令生勝解用宿住智知諸有情宿種善根種種差別知已方便示現勸導讚勵慶喜令得饒益用漏盡智隨其所宜安立有情於三乘法是菩薩摩訶薩行深般

若波羅蜜多方便善巧嚴淨佛土成熟有情疾能具足一切相智證得無上正等菩提轉妙法輪饒益一切如是善現諸菩薩摩訶薩行深般若波羅蜜多由離諸相無漏心力能於一切無相無得無作法中圓滿安忍波羅蜜多亦能圓滿諸餘善法復次善現諸菩薩摩訶薩行深般若波羅蜜多時能以離相無漏之心而修精進波羅蜜多是菩薩摩訶薩成就勇猛身心精進入初靜慮乃至能入第四靜慮依四靜慮發起種種神通變現乃至以手捫摸日月自在迴轉不以爲難成就勇猛身精進故以神通力經須臾頃能至十方殑伽沙等諸佛世界復以種種上妙樂具供養恭敬諸佛世尊由此善根果報無盡漸次證得一切智智由此善根增上勢力得成佛已復爲無量世間天人阿素洛等以無量種上妙樂具供養恭敬由此善根般涅槃後自設利羅及諸弟子猶爲無量世間天人阿素洛等供養恭敬是菩薩摩訶薩復以神力能至十方殑伽沙等諸佛世界於諸佛所聽聞正法聞已受持乃至無上正等菩提能不忘失是菩薩摩訶薩復以神力能至十方殑伽沙等諸佛世界成熟有情嚴淨佛土精勤修學一切相智得圓滿已證得無上正等菩提轉妙法輪度有情衆如是善現諸菩薩摩訶薩成就勇猛身精進故能令精進波羅蜜多速得圓滿復次善現諸菩薩摩訶薩成就勇猛心精進故速能圓滿諸聖無漏道及道支所攝精進波羅蜜多由此能令一切不善身語意業無容得起是菩薩摩訶薩於諸法中

終不取著若常若無常若樂若苦若我若無我若淨若不淨若有爲界若無爲界若欲界若色界若無色界若四靜慮四無量四無色定若四念住乃至八聖道支若三解脫門若餘無量無邊佛法皆不取著常無常等亦不取著若預流果乃至無上正等菩提是菩薩摩訶薩亦不取著是預流者是一來者乃至是佛亦不取著如是有情見具足故名預流者如是有情下結薄故名一來者如是有情下結盡故名不還者如是有情上結盡故名阿羅漢如是有情得獨覺道故名爲獨覺如是有情得道相智故名爲菩薩如是有情得一切相智故名爲如來應正等覺是菩薩摩訶薩於如是等法及有情皆不取著所以者何以一切法及諸有情皆無自性不可取著

是菩薩摩訶薩成就勇猛心精進故雖作饒益諸有情事不顧身命而於有情都無所得雖能圓滿所修精進波羅蜜多而於精進波羅蜜多都無所得雖能圓滿一切佛法而於佛法都無所得雖能嚴淨一切佛土而於佛土都無所得是菩薩摩訶薩成就如是身心精進雖能遠離一切惡法亦能攝受一切善法而無取著無取著故從一佛土至一佛土從一世界至一世界爲欲饒益諸有情故所欲示現諸神通事皆能自在示現無礙謂或示現雨衆妙花散衆名香作衆妓樂現雲雷音震動大地或復示現衆妙七寶莊嚴世界身放光明盲冥衆生悉蒙開曉或復示現身出妙香諸臭穢者皆令香潔或復示現設大祠祀於中不惱諸有情類因斯化導無量有

情令入正道離斷生命乃至邪見或以布施乃至般若設諸有情爲欲饒益諸有情故或捨財寶或捨妻子或捨王位或捨支節或捨身命隨諸有情應以如是如是方便而得利樂即以如是如是方便而利樂之如是善現諸菩薩摩訶薩行深般若波羅蜜多由離諸相無漏心力能於一切無相無得無作法中圓滿精進波羅蜜多亦能圓滿諸餘善法復次善現諸菩薩摩訶薩行深般若波羅蜜多時能以離相無漏之心而修靜慮波羅蜜多是菩薩摩訶薩除如來定於餘諸定皆能圓滿是菩薩摩訶薩離欲惡不善法有尋有伺離生喜樂入初靜慮乃至能入第四靜慮具足而住是菩薩摩訶薩以慈俱心廣説乃至以捨俱心普緣十方具足而住是菩薩摩訶薩超諸色想滅有對想不思惟種種想入無邊空空無邊處乃至非想非非想處具足而住是菩薩摩訶薩安住靜慮波羅蜜多於八解脫九次第定皆能順逆具足而住是菩薩摩訶薩於空無相無願等持具足而住於無間定如電光定金剛喻定聖正定等具足而住是菩薩摩訶薩安住靜慮波羅蜜多修三十七菩提分法及道相智皆令圓滿以道相智攝受一切三摩地已漸次修超淨止觀地乃至修超獨覺地已證入菩薩正性離生既入菩薩正性離生修諸地行圓滿佛地是菩薩摩訶薩雖於諸地漸次修超乃至未得一切智智而於中門不取果證是菩薩摩訶薩安住靜慮波羅蜜多從一佛土至一佛土親近供養諸佛世尊於諸佛所殖衆善本成熟

有情嚴淨佛土從一世界至一世界利樂有情身心無懈或以布施乃至般若攝諸有情或以戒蘊乃至解脫智見蘊攝諸有情或教有情住預流果廣說乃至或教有情安住無上正等菩提隨諸有情善根勢力善法增長種種方便令其安住是菩薩摩訶薩安住靜慮波羅蜜多能引一切陀羅尼門三摩地門能得殊勝四無礙解能得殊勝異熟神通是菩薩摩訶薩成就殊勝異熟神通決定不復入於母胎決定不復受婬欲樂決定不復攝受生乘決定不爲生過所染所以者何是菩薩摩訶薩善見善知一切法性皆如幻化雖知諸行皆如幻化而乘悲願利樂有情雖乘悲願利樂有情而達有情及彼施設皆不可得雖達有情及彼施設皆不可得而能安立一切有情令其安住不可得法此依世俗不依勝義是菩薩摩訶薩安住靜慮波羅蜜多修行一切靜慮解脫等持等至乃至圓滿無上菩提恒不捨離所修靜慮波羅蜜多是菩薩摩訶薩行道相智方便引發一切相智安住其中永斷煩惱習氣相續能正自利亦正利他能與一切世間天人阿素洛等作淨福田堪受世間供養恭敬如是善現諸菩薩摩訶薩行深般若波羅蜜多由離諸相無漏心力能於一切無相無得無作法中圓滿靜慮波羅蜜多亦能圓滿諸餘善法復次善現諸菩薩摩訶薩行深般若波羅蜜多時能以離相無漏之心而修般若波羅蜜多是菩薩摩訶薩不見少法實有成就謂不見色受想行識廣說乃至諸有漏法及無漏法實有成就

亦復不見如是諸法若生若滅若增益門若損減門若有積集若有離散如實觀色受想行識廣說乃至諸有漏法及無漏法皆是虛妄皆非堅實皆無自性是菩薩摩訶薩如是觀時不得色自性不得受想行識自性廣說乃至不得有漏法自性不得無漏法自性是菩薩摩訶薩行深般若波羅蜜多如是觀時於一切法深生信解皆以無性而爲自性於如是事生信解已能行內空乃至能行無性自性空如是行時於一切法無所取著謂不取著色亦不取著受想行識廣說乃至不取著一切菩薩摩訶薩行亦不取著諸佛無上正等菩提是菩薩摩訶薩行無所有甚深般若波羅蜜多時能圓滿菩提道謂能圓滿布施淨戒安忍精進靜慮般若波羅蜜多廣說乃至八十隨好是菩薩摩訶薩安住如是菩提道已復能圓滿異熟佛道謂能圓滿布施淨戒安忍精進靜慮般若波羅蜜多及餘無量菩提分法是菩薩摩訶薩安住如是異熟佛道由異熟生勝神通力方便饒益諸有情類隨諸有情應以布施乃至般若波羅蜜多而攝受者即以布施乃至般若波羅蜜多而攝受之應以戒蘊乃至解脫智見蘊而攝受者即以戒蘊乃至解脫智見蘊而攝受之應令安住預流果或一來果乃至無上正等菩提者即以方便令其安住預流果或一來果乃至無上正等菩提是菩薩摩訶薩能作種種神通變現欲往殑伽沙等世界隨意能往欲現所往諸世界中種種珍寶隨意能現欲令所往諸世界中有情受用諸妙珍寶隨其

所樂皆令滿足是菩薩摩訶薩從一世界趣一世界利益安樂無量有情見諸世界嚴淨之相能自攝受隨意所樂莊嚴佛土猶如他化自在諸天諸有所須種種樂具隨心而現如是菩薩隨意攝受種種莊嚴無量佛土此所攝受諸佛土中微妙清淨離雜染法隨意所欲悉皆能現是菩薩摩訶薩由異熟生布施淨戒安忍精進靜慮般若波羅蜜多及異熟生諸妙神通并異熟生菩提道故行道相智由道相智得成熟故復能證得一切相智由得此智於一切法無所攝受謂不攝受色亦不攝受受想行識廣說乃至亦不攝受若善法非善法若世間法出世間法若有漏法無漏法若有爲法無爲法亦不攝受所證無上正等菩提亦不攝受一切佛土所受用物其中有情於一切法亦無攝受所以者何是菩薩摩訶薩先不攝受一切法故於一切法無所得故爲諸有情無倒宣說一切法性無攝受故如是善現諸菩薩摩訶薩行深般若波羅蜜多由離諸相無漏心力能於一切無相無得無作法中圓滿般若波羅蜜多亦能圓滿諸餘善法爾時善現復白佛言諸菩薩摩訶薩云何能於無雜無相自相空法圓滿布施乃至般若波羅蜜多云何能於一切無漏無差別法施設差別云何了知如是諸法差別之相云何於般若波羅蜜多中攝受六種波羅蜜多及餘一切世出世法云何能於異相諸法施設一相所謂無相及於一相無相法中施設種種差別法相佛告善現諸菩薩摩訶薩行深般若波羅蜜多時安住如夢

如響如像如光影如陽焰如幻如化如尋香城五取蘊中爲諸有情修行布施乃至般若波羅蜜多如實了知如夢乃至如尋香城五取蘊皆無相所以者何夢乃至尋香城皆無自性若法無自性是法則無相若法無相是法一相所謂無相由此因緣當知一切施者受者施物施性施果施縁皆同無相若如是知而行布施則能圓滿所行布施波羅蜜多若能圓滿所行布施波羅蜜多則於淨戒安忍精進靜慮般若波羅蜜多常不捨離安住此六波羅蜜多則能圓滿四靜慮四無量四無色定亦能圓滿四念住乃至八聖道支廣說乃至亦能圓滿一切智道相智一切相智是菩薩摩訶薩安住如是諸異熟生聖無漏法以神通力能往十方殑伽沙等諸佛世界以無量種上妙樂具供養恭敬諸佛世尊與諸有情作饒益事應以布施乃至般若波羅蜜多而攝益者即以布施乃至般若波羅蜜多而攝益之應以諸餘種種善法而攝益者即以諸餘種種善法而攝益之是菩薩摩訶薩成就如是殊勝善根於一切法皆得自在雖受生死不爲生死過失所染爲欲饒益諸有情故攝受人天富貴自在由此富貴自在勢力能作有情諸饒益事以四攝事而攝受之是菩薩摩訶薩知一切法皆無相故雖知預流果而不住預流果乃至雖知獨覺菩提而不住獨覺菩提所以者何是菩薩摩訶薩如實了知一切法已爲欲證得不共一切聲聞獨覺一切相智如是善現諸菩薩摩訶薩知一切法皆無相故如實了知布施等六波

羅蜜多及餘無量無邊佛法皆同無相由是因緣普能圓滿一切佛法便能證得一切智智窮未來際利樂有情復次善現諸菩薩摩訶薩行深般若波羅蜜多時安住如夢如響如像如光影如陽焰如幻如化如尋香城五取蘊中圓滿淨戒波羅蜜多是菩薩摩訶薩如實了知是五取蘊如夢乃至如尋香城便能圓滿無相淨戒波羅蜜多如是淨戒無缺無隙無瑕無穢無所取著應受供養智者所讚妙善受持妙善究竟是聖無漏是出世間道支所攝安住此戒能善受持受施設戒法爾得戒律儀戒有表戒無表戒現行戒不現行戒威儀戒非威儀戒是菩薩摩訶薩雖具成就如是諸戒而於諸法無所執著不作是念我因此戒當生刹帝利大族乃至居士大族富貴自在不作是念我因此戒當作小王或作大王或作輪王或作輔相富貴自在不作是念我因此戒當生四大王衆天乃至非想非非想處天富貴自在不作是念我因此戒當得預流果乃至無上正等菩提所以者何如是諸法皆同一相所謂無相無住無得無相之法不得無相有相之法不得有相無相之法不得有相有相之法不得無相由此因緣都無所得如是善現諸菩薩摩訶薩行深般若波羅蜜多疾能圓滿無相淨戒波羅蜜多既能圓滿無相淨戒波羅蜜多疾入菩薩正性離生既入菩薩正性離生復得菩薩無生法忍既得菩薩無生法忍修行道相智趣一切相智得異熟生五勝神通復得五百陀羅尼門亦得五百三摩地門住此復得四

無礙解從一佛土至一佛土親近供養諸佛世尊成熟有情嚴淨佛土是菩薩摩訶薩爲化有情雖現流轉諸趣生死而不爲彼過失所染如幻化人雖現行住坐卧等事而無眞實往來等業雖現種種利樂有情而於有情及彼施設都無所得如有如來應正等覺名蘇扇多得菩提已轉妙法輪度無量衆令出生死證得涅槃時無有情堪受佛記遂作化佛令久住世自捨壽行潛入涅槃彼化佛身住一劫已授一菩薩大菩提記然後示入無餘涅槃彼化佛身雖作種種益有情事而無所得謂不得色受想行識乃至不得一切有漏無漏等法及諸有情諸菩薩摩訶薩亦復如是雖有所作而無所得如是善現諸菩薩摩訶薩行深般若波羅蜜多圓滿淨戒波羅蜜多由此淨戒波羅蜜多得圓滿故便能攝受一切佛法因斯證得一切智智窮未來際利樂有情復次善現諸菩薩摩訶薩行深般若波羅蜜多時安住如夢如響如像如光影如陽焰如幻如化如尋香城五取蘊中圓滿安忍波羅蜜多是菩薩摩訶薩如實了知五種取蘊如夢乃至如尋香城便能圓滿無相安忍波羅蜜多善現云何菩薩摩訶薩行深般若波羅蜜多時如實了知五種取蘊如夢乃至如尋香城便能圓滿無相安忍波羅蜜多善現是菩薩摩訶薩如實了知五種取蘊無實相故修二種忍便能圓滿無相安忍波羅蜜多何等爲二一安受忍二觀察忍安受忍者謂諸菩薩從初發心乃至安坐妙菩提座於其中間假使一切有情之類皆來訶責

刀杖加害是時菩薩爲滿安忍波羅蜜多乃至不生一念瞋恨亦復不起加報之心但作是念彼諸有情深可憐愍增上煩惱撞擊其心不得自在於我發起如是惡業我今不應瞋恨於彼復作是念由我攝受怨家諸蘊令彼有情於我發起如是惡業但應自責不應瞋彼菩薩如是審觀察時於彼有情深生慈愍如是等類名安受忍觀察忍者謂諸菩薩作是思惟諸行如幻虛妄不實不得自在亦如虛空無我乃至知者見者唯是虛妄分別所起一切皆是自心所變誰訶責我誰加害我誰復受彼訶責加害皆是自心虛妄分別我今不應横起執著如是諸法由自性空勝義空故都無所有菩薩如是審觀察時如實了知諸行空寂於一切法不生異想如是等類名觀察忍是菩薩摩訶薩修學如是二種忍故便能圓滿無相安忍波羅蜜多由此便得無生法忍具壽善現即白佛言云何名爲無生法忍此何所斷復是何智佛告善現由斯勢力乃至少分惡不善法亦不得生是故名爲無生法忍此令一切我及我所慢等煩惱畢竟寂滅如實忍受諸行如夢廣說乃至如尋香城此忍名智得此智故名爲獲得無生法忍具壽善現復白佛言聲聞獨覺無生法忍與諸菩薩無生法忍有何差别佛告善現諸預流者乃至獨覺若智若斷亦名菩薩摩訶薩忍復有菩薩摩訶薩忍謂忍諸法畢竟不生是爲差别善現當知諸菩薩摩訶薩成就如是殊勝忍故超過一切聲聞獨覺諸菩薩摩訶薩安住如是異熟忍中行菩薩道

能圓滿道相智成就如是道相智故常不遠離四念住乃至八聖道支亦不遠離空無相無願解脫門亦不遠離異熟神通由不遠離異熟神通從一佛土至一佛土親近供養諸佛世尊成熟有情嚴淨佛土作是事已便能證得一切智智如是善現諸菩薩摩訶薩行深般若波羅蜜多速能圓滿無相安忍波羅蜜多由此安忍波羅蜜多得圓滿故便能圓滿一切佛法因斯證得一切智智窮未來際利樂有情復次善現諸菩薩摩訶薩行深般若波羅蜜多時安住如夢如響如像如光影如陽焰如幻如化如尋香城五取蘊中如實了知五種取蘊如夢乃至如尋香城無實相已發起勇猛身心精進是菩薩摩訶薩發起勇猛身精進故引發殊勝迅速神通能往十方諸佛世界親近供養諸佛世尊於諸佛所種諸善根利益安樂諸有情類亦能嚴淨種種佛土是菩薩摩訶薩由身精進成熟有情以三乘法方便令住如是善現諸菩薩摩訶薩行深般若波羅蜜多由身精進速能圓滿無相精進波羅蜜多是菩薩摩訶薩發起勇猛心精進故引發諸聖無漏道支所攝聖道圓滿精進波羅蜜多於中具能攝諸善法謂四念住廣說乃至一切相智是菩薩摩訶薩由心精進諸相隨好皆得圓滿放大光明照無邊界由心精進極圓滿故永斷煩惱習氣相續證得無上正等菩提轉妙法輪具三十二相令大千界六種變動其中有情蒙光照觸覩斯變動聞正法音隨其所應於三乘道得不退轉乃至究竟如是善現諸菩薩摩訶

薩行深般若波羅蜜多圓滿精進波羅蜜多由此精進波羅蜜多能辦自他多饒益事速能圓滿一切佛法因斯證得一切智智窮未來際利樂有情

大般若波羅蜜多經卷第五百二十九

大般若波羅蜜多經卷第五百三十

唐三藏法師玄奘奉　詔譯

第三分妙相品第二十八之三

復次善現諸菩薩摩訶薩行深般若波羅蜜多時安住如夢如響如像如光影如陽焰如幻如化如尋香城五取蘊中圓滿靜慮波羅蜜多具壽善現白言世尊云何菩薩摩訶薩行深般若波羅蜜多時安住如夢廣說乃至如尋香城五取蘊中圓滿靜慮波羅蜜多佛告善現諸菩薩摩訶薩行深般若波羅蜜多時如實了知五種取蘊如夢乃至如尋香城無實相已入四靜慮及四無量四無色定修空無相無願等持修如電光及金剛喻聖正等持住金剛喻三摩地中除如來定於餘所有若共二乘若餘勝定一切能入具足安住然於如是諸三摩地不生味著亦不躭著彼所得果所以者何是菩薩摩訶薩如實了知靜慮等定及一切法皆同無相無性爲性不應無相味著無相不應無性味著無性無味著故終不隨順諸定勢力生於色界無色界中所以者何是菩薩摩訶薩於一切界都無所得於能入定及所入定由此爲此入定處時亦無所得是菩薩摩訶薩於一切法無所得故能疾圓滿無相靜慮波羅蜜多由此靜慮波羅蜜多得圓滿故超諸聲聞獨覺等地具壽善現便白佛言是菩薩摩訶薩云何由此無相靜慮波羅蜜多得圓滿故超諸聲聞獨覺等地佛告善現是菩薩摩訶薩善學內空乃至無性自性空故便能圓滿無相靜慮波羅蜜多超諸聲聞獨覺等地是菩薩摩訶

薩住諸空中於一切法都無所得不見有法離諸空者是菩薩摩訶薩安住此中不得預流果乃至獨覺菩提亦復不得一切菩薩摩訶薩行亦復不得諸佛無上正等菩提所以者何空中無法亦無空故是菩薩摩訶薩由住此空超諸聲聞獨覺等地證入菩薩正性離生具壽善現復白佛言諸菩薩摩訶薩以何爲生以何爲離生佛告善現諸菩薩摩訶薩以一切有所得爲生以一切無所得爲離生具壽善現復白佛言諸菩薩摩訶薩以何爲有所得以何爲無所得佛告善現諸菩薩摩訶薩以一切法爲有所得謂菩薩摩訶薩以色蘊爲有所得以受想行識蘊爲有所得廣說乃至以一切智智爲有所得諸菩薩摩訶薩以如是等種種法門爲有所得即有所得說名爲生如生飲食能爲患故復次善現諸菩薩摩訶薩以一切法無行無得無說無示爲無所得謂菩薩摩訶薩以色乃至一切智智無行無得無說無示爲無所得所以者何以色乃至一切智智所有自性皆不可行亦不可得亦不可說亦不可示諸菩薩摩訶薩以如是等種種法門無行無得無說無示爲無所得即無所得說名離生諸菩薩摩訶薩證入正性離生位已圓滿一切靜慮解脫等持等至尚不隨定勢力受生況隨貪瞋癡等煩惱若隨煩惱勢力受生無有是處是菩薩摩訶薩安住此中造作諸業由業勢力流轉諸趣亦無是處是菩薩摩訶薩雖住如幻諸行聚中作諸有情利益安樂而不得幻及諸有情是菩薩摩訶薩於如是事無所得時

成熟有情嚴淨佛土常無懈廢如是善現諸菩薩摩訶薩行深般若波羅蜜多疾能圓滿無相靜慮波羅蜜多由此靜慮波羅蜜多得圓滿故便能圓滿一切佛法因斯證得一切智智窮未來際轉妙法輪利樂有情常無間斷如是所轉無上法輪雖有所爲而無所得能說所說無自性故復次善現諸菩薩摩訶薩行深般若波羅蜜多時安住如夢如響如像如光影如陽焰如幻如化如尋香城五取蘊中圓滿般若波羅蜜多是菩薩摩訶薩如實了知一切法性如夢乃至如尋香城都無眞實便能圓滿無相般若波羅蜜多具壽善現便白佛言云何菩薩摩訶薩行深般若波羅蜜多時如實了知一切法性如夢乃至如尋香城佛告善現諸菩薩摩訶薩行深般若波羅蜜多時不見夢不見見夢者不聞響不見聞響者不見像不見見像者不見光影不見見光影者不見陽焰不見見陽焰者不見幻不見見幻者不見化不見見化者不見尋香城不見見尋香城者所以者何夢見夢者乃至尋香城見尋香城者皆是愚夫異生顛倒之所執著諸阿羅漢獨覺菩薩及諸如來皆不見夢及見夢者廣說乃至不見尋香城及見尋香城者所以者何以一切法無性爲性非成非實無相無爲非實有性與涅槃等若一切法無性爲性廣說乃至與涅槃等云何菩薩摩訶薩行深般若波羅蜜多時於一切法起有性想成想實想有想有爲有實性想若起此想無有是處所以者何若一切法少有自性有成有實有相有爲有實性可得

者則所修行甚深般若波羅蜜多應非般若波羅蜜多不得諸法眞性相故如是善現諸菩薩摩訶薩行深般若波羅蜜多時不著色蘊不著受想行識蘊乃至不著一切智智是菩薩摩訶薩於如是等一切法門無所著故便能圓滿菩薩初地乃至十地而於其中不生貪著所以者何是菩薩摩訶薩不得初地乃至十地能所圓滿云何於中而起貪著是菩薩摩訶薩雖行般若波羅蜜多而不得般若波羅蜜多由於般若波羅蜜多無所得故於一切法亦無所得是菩薩摩訶薩雖觀般若波羅蜜多攝一切法而於諸法都無所得所以者何以一切法與此般若波羅蜜多無二無別何以故一切法性不可分別說爲眞如說爲法界說爲實際諸法無雜無差別故

具壽善現復白佛言若一切法自性無雜無差別者如何可說是善是非善是有漏是無漏是世間是出世間是有爲是無爲諸如是等無量差別佛告善現於意云何諸法實性爲有可說是善等不復有可說是預流果乃至可說佛菩提不善現對曰不也世尊佛告善現由此因緣當知諸法其性無雜亦無差別無相無生無滅無礙無說無示善現當知我本修學菩薩道時於諸法性都無所得謂不得色受想行識不得眼處乃至意處不得色處乃至法處不得眼界乃至意界不得色界乃至法界不得眼識界乃至意識界不得眼觸乃至意觸不得眼觸爲緣所生諸受乃至意觸爲緣所生諸受不得地界乃至識界不得因緣乃至增上緣不得從緣所生諸法

不得無明乃至老死不得欲界色界無色界不得善非善法不得有漏無漏法不得世間出世間法不得有爲無爲法廣說乃至不得預流果乃至獨覺菩提不得菩薩摩訶薩行不得無上正等菩提如是善現諸菩薩摩訶薩行深般若波羅蜜多時從初發心乃至無上正等菩提常應善學諸法自性若能善學諸法自性則能善淨大菩提道亦能圓滿諸菩薩行成熟有情嚴淨佛土安住是法疾證無上正等菩提以三乘法方便調伏諸有情類令於三有不復輪迴得般涅槃畢竟安樂如是善現諸菩薩摩訶薩應以無相而爲方便修學般若波羅蜜多令速圓滿若修般若波羅蜜多速得圓滿即能攝受一切佛法因斯證得一切智智窮未來際利樂有情爾時

善現復白佛言若一切法無不如夢廣說乃至如尋香城都無實事無性爲性自相皆空如何可立是善是非善是有漏是無漏是世間是出世間是有爲是無爲廣說乃至是預流果是能證得預流果法如是乃至是佛無上正等菩提是能證得佛菩提法佛告善現世間愚夫無聞異生於夢得夢得見夢者廣說乃至於尋香城得尋香城亦得見者如是愚夫無聞異生得夢等已顛倒執著或作不善身語意行或復作善身語意行或作無記身語意行或作非福身語意行或復作福身語意行或作不動身語意行由諸行故往來生死受苦無窮諸菩薩摩訶薩行深般若波羅蜜多住二種空觀察諸法所謂畢竟無際二空是菩薩摩訶薩安住如是二種空中爲

諸有情宣說正法謂作是言色乃至識空無所有眼處乃至意處空無所有色處乃至法處空無所有眼界乃至意界空無所有色界乃至法界空無所有眼識界乃至意識界空無所有眼觸乃至意觸空無所有眼觸爲緣所生諸受乃至意觸爲緣所生諸受空無所有地界乃至識界空無所有因緣乃至增上緣空無所有從緣所生諸法空無所有無明乃至老死等法空無所有復作是言色受想行識如夢乃至如尋香城都無自性眼處乃至意處如夢乃至如尋香城都無自性色處乃至法處如夢乃至如尋香城都無自性眼界乃至意界如夢乃至如尋香城都無自性色界乃至法界如夢乃至如尋香城都無自性眼識界乃至意識界如夢乃至如尋香城都無自性眼觸乃至意觸如夢乃至如尋香城都無自性眼觸爲緣所生諸受乃至意觸爲緣所生諸受如夢乃至如尋香城都無自性地界乃至識界如夢乃至如尋香城都無自性因緣乃至增上緣如夢乃至如尋香城都無自性從緣所生諸法如夢乃至如尋香城都無自性無明乃至老死等法如夢乃至如尋香城都無自性復作是言此中無色受想行識無眼處乃至意處無色處乃至法處無眼界乃至意界無色界乃至法界無眼識界乃至意識界無眼觸乃至意觸無眼觸爲緣所生諸受乃至意觸爲緣所生諸受無地界乃至識界無因緣乃至增上緣無從緣所生諸法無無明乃至老死等法復作是言此中無夢無見夢者廣說乃至無尋香城無見

尋香城者復作是言如是諸法皆無實事無性爲性汝等虛妄分別力故於無色蘊乃至識蘊見有色蘊乃至識蘊於無眼處乃至意處見有眼處乃至意處於無色處乃至法處見有色處乃至法處於無眼界乃至意界見有眼界乃至意界於無色界乃至法界見有色界乃至法界於無眼識界乃至意識界見有眼識界乃至意識界於無眼觸乃至意觸見有眼觸乃至意觸於無眼觸爲緣所生諸受乃至意觸爲緣所生諸受見有眼觸爲緣所生諸受乃至意觸爲緣所生諸受於無地界乃至識界見有地界乃至識界於無因緣乃至增上緣見有因緣乃至增上緣於無從緣所生諸法見有從緣所生諸法於無無明乃至老死等法見有無明乃至老死等法復作是言蘊處界等一切法性皆從衆緣和合建立顛倒所起諸業異熟之所攝受汝等何緣於此虛妄無實事法起實事想爾時菩薩行深般若波羅蜜多方便善巧若諸有情有慳貪者方便濟拔令離慳貪是諸有情離慳貪已勸修布施波羅蜜多是諸有情由布施故得大財位富貴自在復從是處方便濟拔勸修淨戒波羅蜜多是諸有情由淨戒故得生善趣富貴自在復從是處方便濟拔勸修靜慮波羅蜜多是諸有情由靜慮故得生梵世於初靜慮安住自在從初靜慮方便濟拔復令安住第二靜慮如是展轉方便濟拔乃至令其安住非想非非想處是諸有情由施戒定得勝果報多生染著菩薩爾時方便善巧於斯劣處拔濟令出安置無餘般涅槃界

謂以方便隨其所宜令依三乘勤修聖道或令安住四念住乃至八聖道支或令安住空無相無願解脱門或令安住八解脱乃至十遍處或令安住苦集滅道聖諦或令安住順逆觀察十二緣起或令安住六波羅蜜多或令安住内空乃至無性自性空或令安住真如乃至不思議界或令安住諸菩薩地或令安住陀羅尼門三摩地門或令安住五眼六神通或令安住如來十力乃至十八佛不共法或令安住大慈大悲大喜大捨或令安住無忘失法恒住捨性或令安住一切智道相智一切相智是菩薩摩訶薩行深般若波羅蜜多方便善巧成就無色無見無對眞無漏法安住其中若諸有情應得預流果者示現勸導讚勵慶喜方便濟拔令得預流果廣説乃至若諸有情應得無上正等覺者示現勸導讚勵慶喜方便濟拔令得無上正等菩提如是善現諸菩薩摩訶薩行深般若波羅蜜多觀察二空雖知諸法如夢乃至如尋香城皆非實有無性爲性自相皆空而能安立是善是非善是有漏是無漏是世間是出世間是有爲是無爲廣説乃至是預流果是能證得預流果法如是乃至是佛無上正等菩提是能證得佛菩提法皆無雜亂爾時善現便白佛言諸菩薩摩訶薩行深般若波羅蜜多甚奇希有觀察畢竟無際二空安住畢竟無際二空雖知諸法如夢乃至如尋香城皆非實有無性爲性自相本空而能安立善非善等無量法門不相雜亂佛告善現如是如是如汝所説諸菩薩摩訶薩行深般若波羅蜜

多甚奇希有雖知諸法皆是畢竟無際空性都非實有如夢乃至如尋香城自相本空無性爲性而能安立善非善等種種法門不相雜亂汝等若知諸菩薩摩訶薩行深般若波羅蜜多所有甚奇希有之法聲聞獨覺皆不成就不能測量汝等聲聞及諸獨覺於諸菩薩摩訶薩辯尚不能報況餘有情而能酬對具壽善現白言世尊何等名爲諸菩薩摩訶薩行深般若波羅蜜多所有甚奇希有之法聲聞獨覺皆不成就不能測量佛告善現諦聽諦聽善思念之吾當爲汝分別解說諸菩薩摩訶薩行深般若波羅蜜多所有甚奇希有之法令汝心喜善現當知諸菩薩摩訶薩行深般若波羅蜜多時住異熟生六到彼岸五妙神通三十七種菩提分法及陀羅尼無礙解等無量無數眞淨功德以神通力遊歷十方若諸有情應以布施乃至般若波羅蜜多而攝益者則以布施乃至般若波羅蜜多而攝益之應以初靜慮乃至第四靜慮而攝益者則以初靜慮乃至第四靜慮而攝益之應以慈無量乃至捨無量而攝益者則以慈無量乃至捨無量而攝益之應以空無邊處定乃至非想非非想處定而攝益者則以空無邊處定乃至非想非非想處定而攝益之應以四念住乃至八聖道支而攝益者則以四念住乃至八聖道支而攝益之應以空解脫門乃至無願解脫門而攝益者則以空解脫門乃至無願解脫門而攝益之應以諸餘殊勝善法而攝益者則以諸餘殊勝善法而攝益之具壽善現復白佛言云何菩薩摩訶

薩行深般若波羅蜜多時住異熟生六到彼岸五神通等眞淨功德以布施等攝益有情佛告善現諸菩薩摩訶薩行深般若波羅蜜多時施諸有情所須資具謂須飲食施與飲食若須車乘施與車乘若須衣服施與衣服若須香花施與香花若須諸餘種種資具悉皆施與令無匱乏或施聲聞獨覺菩薩諸佛世尊種種供具如是施時其心平等無差別想而行布施如施持戒犯戒亦爾如施人趣非人亦爾如施內道外道亦爾如施諸聖異生亦爾如施尊貴下賤亦爾上從諸佛下至傍生平等平等無所分別不觀福田勝劣有異所以者何諸菩薩摩訶薩達一切法及諸有情自相皆空都無差別故無異想而行布施是菩薩摩訶薩由無異想而行布施當得無異無分別果謂得圓滿一切智智及餘無量無邊佛法善現當知若菩薩摩訶薩見乞者來便作是念此來乞者若是如來應正等覺是福田故我應施之若非如來應正等覺是傍生等非福田故不應施與是菩薩摩訶薩作如是念違菩薩法所以者何諸菩薩摩訶薩要淨自心福田方淨見諸乞者不應念言如是有情有所求乞我當施與如是有情有所求乞我不應施若作是念違本所發大菩提心謂諸菩薩本發無上正等覺心我爲有情當作依怙洲渚舍宅救護之處見乞者來應作是念今此有情貧窮孤露我當以施而攝益之彼由此緣亦能轉施少欲喜足離斷生命廣說乃至離雜穢語亦能調伏貪瞋邪見由此因緣命終已後生剎帝利大族乃

至或生居士大族或餘隨一富貴處生豐饒財寶修諸善業或由此施攝益因緣漸依三乘而得解脱復次善現諸菩薩摩訶薩若諸怨敵或餘有情來至其所爲損害故或匱乏故有所求乞是菩薩摩訶薩不應發起分別異心此應施與此不應施但應發起平等之心隨求身分及餘財寶國城妻子皆應惠施所以者何是菩薩摩訶薩普爲利樂諸有情故求趣無上正等菩提若當發起分別異心此應施與此不應施便爲諸佛獨覺聲聞菩薩天人阿素洛等諸賢聖衆皆共訶責誰要請汝發菩提心誓普饒益諸有情類無歸依者爲作歸依無舍宅者爲作舍宅無救護者爲作救護無洲渚者爲作洲渚不安樂者令其安樂而今簡擇有施不施復次善現若菩薩摩訶薩有人非人來至其所求索身分手足支節是菩薩摩訶薩不應發起分別二心爲施不施唯作是念隨彼所求皆當施與所以者何是菩薩摩訶薩常作是念我爲饒益諸有情故而受此身諸有來求必當施與不應不施故見乞者便起是心吾今此身本爲他受彼不來取尚應自送況來求索而當不與作是念已歡喜踊躍自解支節而授與之復自慶言今獲大利謂捨雜穢得純淨身善現當知諸菩薩摩訶薩行深般若波羅蜜多求大菩提應如是學復次善現若菩薩摩訶薩見諸乞者便起是心今於此中誰施誰受所施何物由何爲何云何布施諸法自性皆不可得所以者何如是諸法皆畢竟空非空法中有與有奪有施有受善現當知諸菩薩

摩訶薩行深般若波羅蜜多時應如是學諸法皆空所謂或由內空故空乃至或由無性自性空故空是菩薩摩訶薩安住此空而行布施常無間斷圓滿布施波羅蜜多由此布施波羅蜜多得圓滿故爲他割截劫奪一切內外物時其心都無分別瞋恨唯作是念有情及法一切皆空誰割截我誰劫奪我誰復受之誰於此中作是空觀復次善現我以佛眼遍觀十方殑伽沙等諸佛世界有菩薩摩訶薩爲欲饒益諸有情類以故思願入大地獄見諸有情受種種苦見已發起三種示導何等爲三一者神變二者記說三者教誡是菩薩摩訶薩先以神變示導威力滅除地獄湯火刀等種種苦具次以記說示導威力記彼有情心之所念而爲說法後以教誡示導威力於彼發起大慈大悲大喜大捨而爲說法令彼地獄諸有情類於菩薩所生淨信心由此因緣從地獄出得生天上或生人中漸依三乘而得解脫復次善現我以佛眼遍觀十方殑伽沙等諸佛世界有菩薩摩訶薩親近供養諸佛世尊是菩薩摩訶薩親近供養佛世尊時深心歡喜愛樂恭敬非不歡喜愛樂恭敬是菩薩摩訶薩於佛世尊所說正法恭敬聽聞受持讀誦乃至無上正等菩提終不忘失隨所聞法能爲有情無倒解說令獲殊勝利益安樂乃至無上正等菩提常無猒倦復次善現我以佛眼遍觀十方殑伽沙等諸佛世界有菩薩摩訶薩爲欲饒益傍生趣中諸有情故自捨身命是菩薩摩訶薩見諸傍生飢火所逼欲相殘害起慈愍心自割身

分斷諸支節散擲十方恣令食噉諸傍生類得此菩薩身肉食者皆於菩薩深起愛敬慚愧之心由此因緣脫傍生趣得生天上或生人中值遇如來應正等覺聞說正法如理修行漸依三乘而得解脫如是善現諸菩薩摩訶薩能爲世間作難作事多所饒益謂爲利樂諸有情故自發無上大菩提心亦令他發自行種種如理正行亦令他行出生死苦得涅槃樂復次善現我以佛眼遍觀十方殑伽沙等諸佛世界有菩薩摩訶薩爲欲饒益餓鬼趣中諸有情類以故思願往彼界中方便息除飢渴等苦彼諸餓鬼衆苦既息於此菩薩深生愛敬慚愧之心復爲宣說離慳法要令彼聞已起惠捨心乘此善根脫餓鬼趣得生天上或生人中值遇如來親近供養聞說正法漸次修行三乘正行乃至得入無餘涅槃如是善現諸菩薩摩訶薩於有情類安住大悲發起無邊方便善巧拔濟令入三乘涅槃復次善現我以佛眼遍觀十方殑伽沙等諸佛世界有菩薩摩訶薩方便善巧或爲四大王衆天宣說正法乃至或爲他化自在天宣說正法彼諸天衆於菩薩所聞正法已漸依三乘勤修正行隨應證入究竟涅槃彼天衆中有諸天子耽著天上五妙欲樂及所居止衆寶宮殿是菩薩摩訶薩示現火起燒彼宮殿令生厭怖因爲說法作是言諸天子應審觀察諸行無常苦空非我不可保信誰有智者於斯樂著時諸天子聞此法音於五欲樂深生猒離自觀身命虛僞無常猶若芭蕉電光陽焰觀諸宮殿譬如牢獄作是觀已漸

依三乘勤修正行而趣圓寂復次善現我以佛眼遍觀十方殑伽沙等諸佛世界有菩薩摩訶薩見諸梵天著諸見趣方便化導令其猒捨告言天僊汝等何故於空無相虛妄不實諸行聚中發起如是諸惡見趣當速捨之信受正法令汝獲得無上甘露如是善現諸菩薩摩訶薩安住大悲爲有情類宣說正法善現是爲諸菩薩摩訶薩行深般若波羅蜜多所有甚奇希有之法復次善現我以無障清淨佛眼遍觀十方殑伽沙等諸佛世界有菩薩摩訶薩以四攝事攝諸有情何等爲四一者布施二者愛語三者利行四者同事善現云何諸菩薩摩訶薩以布施事攝諸有情謂菩薩摩訶薩以二種施攝諸有情一者財施二者法施云何菩薩摩訶薩行深般若波羅蜜多時能以財施攝諸有情謂菩薩摩訶薩行深般若波羅蜜多能以種種飲食衣服房舍臥具車乘燈明妓樂香花金銀珍寶莊嚴具等施諸有情或以妻妾男女大小僮僕侍衛象馬牛羊及醫藥等施諸有情或以庫藏城邑聚落及王位等施諸有情或以身分支節手足頭目髓腦施諸有情是菩薩摩訶薩以種種物置四衢道昇高臺上唱如是言一切有情有所須者恣意來取勿生疑難如取已物莫作他想乃至我身支節手足頭目髓腦隨意取之我於汝等無所悋惜是菩薩摩訶薩施諸有情所須物已復勸歸依佛法僧寶或勸受持近事五戒或勸受持近住八戒或勸受持十善業道或勸修學四靜慮或勸修學四無量或勸修學四無色定或勸修

學六種隨念或勸修學不淨觀持息念或勸修學十種善想或勸修學三十七種菩提分法或勸修學三解脱門或勸修學八解脱乃至十遍處或勸修學六波羅蜜多或勸安住內空乃至無性自性空或勸安住真如乃至不思議界或勸安住四種聖諦或勸修學淨觀地乃至如來地或勸修學極喜地乃至法雲地或勸修學陀羅尼門三摩地門或勸修學五眼六神通或勸修學如來十力乃至十八佛不共法或勸修學大慈大悲大喜大捨或勸修學三十二大士夫相八十隨好或勸修學無忘失法恒住捨性或勸修學一切智道相智一切相智或勸修學預流果乃至獨覺菩提或勸修學一切菩薩摩訶薩行或勸修學諸佛無上正等菩提如是善現諸菩薩摩訶薩行深般若波羅蜜多方便善巧於諸有情行財施已復善安立諸有情類令住無上安隱法中乃至令得一切智智善現是爲菩薩摩訶薩行深般若波羅蜜多所有甚奇希有之法復次善現云何菩薩摩訶薩行深般若波羅蜜多時能以法施攝諸有情謂菩薩摩訶薩法施有二種一者世間法施二者出世法施云何菩薩摩訶薩世間法施謂菩薩摩訶薩行深般若波羅蜜多時爲諸有情宣說開示分別顯了世間妙法謂不淨觀若持息念若四靜慮若四無量若四無色定若五神通若餘世間共異生法如是名爲世間法施是菩薩摩訶薩行此世間妙法施已種種方便化導有情令住聖法及聖法果云何聖法及聖法果善現當知言聖法者謂三十

七菩提分法及空無相無願定等聖法果者謂預流果廣說乃至獨覺菩提復次善現諸菩薩摩訶薩聖法者謂預流果智乃至獨覺菩提智諸佛無上正等菩提智若三十七菩提分法智乃至如來十力等智若大慈大悲大喜大捨智若餘無量諸佛法智若諸世間出世間法智若諸有爲無爲法智諸如是等一切相智是名聖法聖法果者謂若永斷一切煩惱習氣相續名聖法果復次善現諸菩薩摩訶薩聖法者謂六波羅蜜多廣說乃至一切智道相智一切相智等諸無漏法聖法果者謂所證得眞如法界究竟涅槃如是名爲眞聖法果

大般若波羅蜜多經卷第五百三十

大般若波羅蜜多經卷第五百三十一

唐三藏法師玄奘奉　詔譯

第三分妙相品第二十八之四

爾時善現便白佛言諸菩薩摩訶薩豈亦能得一切相智佛告善現如是如是諸菩薩摩訶薩亦有能得一切相智具壽善現復白佛言若菩薩摩訶薩亦有能得一切相智與諸如來有何差別佛告善現亦有差別其相云何謂菩薩摩訶薩名爲隨得一切相智若諸如來名爲已得一切相智所以者何非諸菩薩摩訶薩心與諸如來定別可得謂諸菩薩摩訶薩衆與諸如來應正等覺俱住諸法無差別性於諸法相求正遍知說名菩薩若至究竟即名如來應正等覺於一切法自相共相照了無闇清淨具足住因位時名爲菩薩若至果位即名如來是故菩薩與諸如來雖俱名得一切相智而有差別善現是名諸菩薩摩訶薩世間法施諸菩薩摩訶薩依因如是世間法施復能修行出世法施謂諸菩薩摩訶薩行深般若波羅蜜多時方便善巧先施有情世間善法後令厭離世間善法安住出世無漏聖法乃至令得一切智智云何名爲出世聖法諸菩薩摩訶薩爲諸有情宣說開示分別顯了說名法施善現當知一切不共異生善法若正修學令諸有情超出世間安隱而住故名出世謂三十七菩提分法三解脫門八解脫九次第定四聖諦智波羅蜜多諸空等智菩薩十地五眼六神通如來十力四無所畏四無礙解十八佛不共法大慈大悲大喜大捨三十二相八十隨好陀羅尼

門三摩地門諸如是等無漏善法一切皆名出世聖法若菩薩摩訶薩爲諸有情宣說開示分別顯了如是諸法名爲菩薩出世法施善現此中云何名爲三十七種菩提分法謂四念住四正斷四神足五根五力七等覺支八聖道支如是名爲三十七種菩提分法善現云何名四念住謂菩薩摩訶薩於内身若外身若内外身住循身觀具足正勤正知正念除世貪憂住身集觀住身滅觀由彼於身住循身觀住身集觀住身滅觀無所依止於諸世間無所執受是名第一於受於心於法亦爾是名四念住善現云何名四正斷謂菩薩摩訶薩爲令未生惡不善法永不生故爲令已生惡不善法永斷滅故爲令未生善法生故爲令已生善法堅住不忘修滿倍增廣大智作證故生起樂欲發勤精進策心持心是名四正斷善現云何名四神足謂菩薩摩訶薩欲三摩地斷行成就修習神足勤三摩地斷行成就修習神足心三摩地斷行成就修習神足觀三摩地斷行成就修習神足是名四神足善現云何名爲五根謂菩薩摩訶薩信根精進根念根定根慧根是名五根善現云何名爲五力謂菩薩摩訶薩信力精進力念力定力慧力是名五力善現云何七等覺支謂菩薩摩訶薩念等覺支擇法等覺支精進等覺支喜等覺支輕安等覺支定等覺支捨等覺支如是名爲七等覺支善現云何八聖道支謂菩薩摩訶薩正見正思惟正語正業正命正精進正念正定如是名爲八聖道支善現云何三解脫門謂菩薩摩訶薩空

無相無願解脫門如是名爲三解脫門善現云何空解脫門謂菩薩摩訶薩以空非我行相攝心一趣是名空解脫門善現云何無相解脫門謂菩薩摩訶薩以寂滅行相攝心一趣是名無相解脫門善現云何無願解脫門謂菩薩摩訶薩以苦無常行相攝心一趣是名無願解脫門善現云何名八解脫謂菩薩摩訶薩有色觀諸色名第一解脫內無色想觀外諸色名第二解脫淨勝解身作證名第三解脫空無邊處定具足住名第四解脫識無邊處定具足住名第五解脫無所有處定具足住名第六解脫非想非非想處定具足住名第七解脫滅想受定具足住名第八解脫是名八解脫善現云何九次第定謂菩薩摩訶薩離欲惡不善法有尋有伺離生喜樂入初靜慮具足住名第一次第定廣說乃至超一切非想非非想處入滅想受定具足住名第九次第定是名九次第定善現云何名四聖諦智謂菩薩摩訶薩苦智集智滅智道智是名四聖諦智善現云何波羅蜜多謂菩薩摩訶薩所有布施乃至智波羅蜜多如是名爲波羅蜜多善現云何諸空等智謂菩薩摩訶薩內空乃至無性自性空智及眞如乃至不思議界智如是名爲諸空等智善現云何菩薩十地謂菩薩摩訶薩極喜地乃至法雲地如是名爲菩薩十地善現云何名爲五眼謂菩薩摩訶薩所求肉眼天眼慧眼法眼佛眼是名五眼善現云何名六神通謂菩薩摩訶薩所學神境智證通天耳智證通他心智證通宿住隨念智證通天眼智證通漏盡

智證通是名六神通善現云何如來十力謂諸如來應正等覺於是處如實知是處於非處如實知非處名第一力若諸如來應正等覺於諸有情過去未來現在諸業及諸法受處因異熟皆如實知名第二力若諸如來應正等覺於諸世間非一種種諸界差別皆如實知名第三力若諸如來應正等覺於諸有情非一種種勝解差別皆如實知名第四力若諸如來應正等覺於諸有情諸根勝劣皆如實知名第五力若諸如來應正等覺於遍趣行皆如實知名第六力若諸如來應正等覺普於一切靜慮解脫等持等至雜染清淨建立差別皆如實知名第七力若諸如來應正等覺於諸有情過去無量諸宿住事或一生或十生或百生或千生或無量生或一劫或十劫或百劫或千劫或無量劫所有諸行諸說諸相皆如實知名第八力若諸如來應正等覺以淨天眼超過於人見諸有情死時生時諸善惡事廣說乃至於諸有情隨業勢力生善惡趣皆如實知名第九力若諸如來應正等覺於諸漏盡無漏心解脫無漏慧解脫皆如實知於自漏盡眞解脫法自證通慧具足而住廣說乃至不受後有名第十力如是名爲如來十力善現云何四無所畏謂諸如來應正等覺自稱我是正等覺者設有沙門若婆羅門若天魔梵若餘世間依法立難或令憶念佛於是法非正等覺我於彼難正見無由以於彼難正見無由得安隱住無怖無畏自稱我處大仙尊位於大衆中正師子吼轉大梵輪一切沙門若婆羅門若天魔梵

若餘世間畢竟無能如法轉者是名第一若諸如來應正等覺自稱我已永盡諸漏設有沙門若婆羅門若天魔梵若餘世間依法立難或令憶念佛於是漏未得永盡我於彼難正見無由以於彼難正見無由得安隱住無怖無畏自稱我處大仙尊位於大衆中正師子吼轉大梵輪一切沙門若婆羅門若天魔梵若餘世間畢竟無能如法轉者是名第二若諸如來應正等覺自稱我爲諸弟子衆說能障法染必爲障設有沙門若婆羅門若天魔梵若餘世間依法立難或令憶念有染是法不能爲障我於彼難正見無由以於彼難正見無由得安隱住無怖無畏自稱我處大仙尊位於大衆中正師子吼轉大梵輪一切沙門若婆羅門若天魔梵若餘世間畢竟無能如法轉者是名第三若餘如來應正等覺自稱我爲諸弟子衆說能出道諸聖修習決定出離決定通達正盡衆苦作苦邊際設有沙門若婆羅門若天魔梵若餘世間依法立難或令憶念有修此道非正出離非正通達非盡衆苦非作苦邊我於彼難正見無由以於彼難正見無由得安隱住無怖無畏自稱我處大仙尊位於大衆中正師子吼轉大梵輪一切沙門若婆羅門若天魔梵若餘世間畢竟無能如法轉者是名第四如是名爲四無所畏善現云何四無礙解謂義無礙解法無礙解詞無礙解辯無礙解如是名爲四無礙解云何名爲義無礙解謂緣義無礙智云何名爲法無礙解謂緣法無礙智云何名爲詞無礙解謂緣詞無礙智云何名爲辯無礙

解謂緣辯無礙智善現云何名爲十八佛不共法謂諸如來應正等覺常無誤失無卒暴音無忘失念無不定心無種種想無不擇捨志欲無退精進無退憶念無退般若無退解脫無退解脫智見無退一切身業智爲前導隨智而轉一切語業智爲前導隨智而轉一切意業智爲前導隨智而轉若智若見於過去世無著無礙若智若見於未來世無著無礙若智若見於現在世無著無礙是名十八佛不共法善現云何三十二相謂諸佛足下有平滿相妙善安住猶如奩底地雖高下隨足所蹈皆悉坦然無不等觸是爲第一諸佛足下千輻輪文輞轂衆相無不圓滿是爲第二諸佛手足悉皆柔軟如覩羅綿勝過一切是爲第三諸佛手足指皆纖長圓妙過人以表長壽是爲第四諸佛手足一一指間猶如鴈王咸有縵網金色交絡文同綺畫是爲第五諸佛足跟廣長圓滿與趺相稱勝餘有情是爲第六諸佛足趺修高充滿柔軟妙好與跟相稱是爲第七諸佛雙腨漸次纖圓如毉泥耶仙鹿王腨是爲第八諸佛雙臂修直傭圓如象王鼻平立摩膝是爲第九諸佛陰相勢峯藏密其猶龍馬亦如象王是爲第十諸佛毛孔各一毛生柔潤紺青右旋宛轉是第十一諸佛髮毛端皆上靡右旋宛轉柔潤紺青嚴金色身甚可愛樂是第十二諸佛身皮細薄潤滑塵垢水等皆所不住是第十三諸佛身皮皆真金色光潔晃曜如妙金臺衆寶莊嚴衆所樂見是第十四諸佛兩足二手掌中頸及雙肩七處充滿光淨柔軟甚可愛樂

是第十五諸佛肩項圓滿殊妙是第十六諸佛髆腋悉皆充實是第十七諸佛容儀洪滿端直是第十八諸佛身相修廣端嚴是第十九諸佛體相縱圓量等周帀圓滿如諸瞿陀是第二十諸佛頷臆并身上半威容廣大如師子王是二十一諸佛常光面各一尋是二十二諸佛齒相四十齊平淨密根深白逾珂雪是二十三諸佛四牙鮮白鋒利是二十四諸佛常得味中上味喉脉直故能引身中千支節脉所有上味是二十五諸佛舌相薄淨廣長能覆面輪至耳髮際是二十六諸佛梵音詞韻弘雅隨衆多少無不等聞其聲洪震猶如天鼓發言婉約如頻伽音是二十七諸佛眼睫猶若牛王紺青齊整不相雜亂是二十八諸佛眼睛紺青鮮白紅環間飾皎潔分明是二十九諸佛面輪其猶滿月眉相皎淨如天帝弓是第三十諸佛眉間有白毫相右旋柔軟如覩羅綿鮮白光淨逾珂雪等是三十一諸佛頂上烏瑟膩沙高顯周圓猶如天蓋是三十二是名諸佛三十二相善現云何八十隨好謂諸佛指爪狹長薄潤光潔鮮淨如花赤銅是爲第一諸佛手足指圓纖長傭直柔軟節骨不現是爲第二諸佛手足各等無差於諸指間悉皆充密是爲第三諸佛手足圓滿如意軟淨光澤色如蓮華是爲第四諸佛筋脉盤結堅固深隱不現是爲第五諸佛兩踝俱隱不現是爲第六諸佛行步直進詳審如龍象王是爲第七諸佛行步威容齊肅如師子王是爲第八諸佛行步安平庠序不過不減猶若牛王是爲第九諸佛行步進

止儀雅譬如鵝王是爲第十諸佛迴顧必皆右旋如龍象王舉身隨轉是第十一諸佛支節漸次臃圓妙善安布是第十二諸佛骨節交結無隙猶若龍盤是第十三諸佛膝輪妙善安布堅固圓滿是第十四諸佛隱處其支妙好威勢具足圓滿清淨是第十五諸佛身支潤滑柔軟光悅鮮淨塵垢不著是第十六諸佛身容敦肅無畏常不怯弱是第十七諸佛身支堅固稠密善相屬著是第十八諸佛身支安定敦重常不掉動圓滿無壞是第十九諸佛身相猶若山王周帀端嚴光淨離翳是第二十諸佛身有周帀圓光於行等時恒自照曜是二十一諸佛腹形方正無欠柔軟不現衆相莊嚴是二十二諸佛臍深右旋圓妙清淨光澤是二十三諸佛臍厚不窊不凸周帀妙好是二十四諸佛皮膚遠離疥癬亦無黶點疣贅等過是二十五諸佛手掌充滿柔軟足下安平是二十六諸佛手文深長明直潤澤無斷是二十七諸佛脣色光潤丹暉如頻婆果上下相稱是二十八諸佛面門不長不短不大不小如量端嚴是二十九諸佛舌相軟薄廣長如赤銅色是第三十諸佛發聲威震深遠如象王吼明朗清徹是三十一諸佛音韻美妙具足如深谷響是三十二諸佛鼻高修而且直其孔不現是三十三諸佛諸齒方整鮮白是三十四諸佛諸牙圓白光潔漸次鋒利是三十五諸佛目淨青白分明是三十六諸佛眼相修廣譬如青蓮華葉甚可愛樂是三十七諸佛眼睫上下齊整稠密不白是三十八諸佛雙眉長而不白緻而細

軟是三十九諸佛雙眉綺靡順次紺瑠璃色是第四十諸佛雙眉高顯光潤形如初月是四十一諸佛耳厚廣大修長輪埵成就是四十二諸佛兩耳綺麗齊平離諸過失是四十三諸佛容儀能令見者無損無染皆生愛敬是四十四諸佛額廣圓滿平正形相殊妙是四十五諸佛身分上半圓滿如師子王威嚴無對是四十六諸佛首髮修長紺青稠密不白是四十七諸佛首髮香潔細軟潤澤旋轉是四十八諸佛首髮齊整無亂亦不交雜是四十九諸佛首髮堅固不斷永無阤落是第五十諸佛首髮光滑殊妙塵垢不著是五十一諸佛身分堅固充實踰那羅延是五十二諸佛身體長大端直是五十三諸佛衆竅清淨圓好是五十四諸佛身支勢力殊勝無與等者是五十五諸佛身相衆所樂觀常無猒足是五十六諸佛面輪脩廣得所皎潔光淨如秋滿月是五十七諸佛顔貌舒泰光顯含笑先言有向無背是五十八諸佛面貌光澤熈怡遠離顰蹙青赤等過是五十九諸佛身支清淨無垢常無臭穢是第六十諸佛所有諸毛孔中常出如意微妙之香是六十一諸佛面門常出最上殊勝之香是六十二諸佛首相周圓妙好如末達那亦猶天蓋是六十三諸佛身毛紺青光淨如孔雀項紅暉綺飾色類赤銅是六十四諸佛法音隨衆大小不增不減應理無差是六十五諸佛頂相無能見者是六十六諸佛手足指網分明莊嚴妙好如赤銅色是六十七諸佛行時其足去地如四指量而現印文是六十八諸佛自持不

待他侍身無傾動亦不逶迤是六十九諸佛威德遠震一切惡心見喜恐怖見安是第七十諸佛音聲不高不下隨衆生意和悅與言是七十一諸佛能隨諸有情類言音意樂而爲說法是七十二諸佛一音演說正法隨有情類各令得解是七十三諸佛說法咸依次第必有因緣言無不善是七十四諸佛等觀諸有情類讚善毀惡而無愛憎是七十五諸佛所爲先觀後作軌範具足令識善淨是七十六諸佛相好一切有情無能觀盡是七十七諸佛頂骨堅實圓滿是七十八諸佛顏容常少不老好巡舊處是七十九諸佛手足及胷臆前皆有吉祥喜旋德相文同綺畫色類朱丹是第八十是名諸佛八十隨好善現如來應正等覺成就如是諸相好故身光任運能照三千大千世界無不遍滿若作意時即能普照無量無邊無數世界然爲憐愍諸有情故攝光常照面各一尋若縱身光即日月等所有光明皆常不現諸有情類便不能知晝夜半月日時歲數所作事業有不得成佛聲任運能遍三千大千世界若作意時即能遍滿無量無邊無數世界然爲饒益諸有情故聲隨衆量無增無減善現如是功德勝利我先菩薩位行深般若波羅蜜多時已能成辦故今相好圓滿莊嚴一切有情見者歡喜皆獲種種廣大饒益如是善現諸菩薩摩訶薩行深般若波羅蜜多時能以財法二種布施攝諸有情是爲甚奇希有之法善現云何諸菩薩摩訶薩以愛語事攝諸有情謂菩薩摩訶薩行深般若波羅蜜多時以柔軟音爲

有情類先說布施波羅蜜多次說淨戒波羅蜜多如是乃至後說般若波羅蜜多方便攝受善現當知諸菩薩摩訶薩以柔軟音多說六種波羅蜜多攝有情類所以者何由此六種波羅蜜多普能攝受一切善法善現云何諸菩薩摩訶薩以利行事攝諸有情謂菩薩摩訶薩行深般若波羅蜜多時於長夜中種種方便勸諸有情勤修布施乃至般若波羅蜜多及餘種種微妙善法常無猒倦善現云何諸菩薩摩訶薩以同事事攝諸有情謂菩薩摩訶薩行深般若波羅蜜多時以勝神通及大願力現處地獄傍生鬼界人天等中同彼事業方便攝受令得饒益善現當知諸菩薩摩訶薩能以如是四種攝事方便善巧攝諸有情令獲殊勝利益安樂是爲甚奇希有之法復次善現我以佛眼遍觀十方殑伽沙等諸佛世界有菩薩摩訶薩行深般若波羅蜜多教誡教授諸餘菩薩摩訶薩言來善男子汝應善學引發諸字陀羅尼門謂應善學一字二字乃至善學四十二字引發自在又應善學一切語言皆入一字或入二字乃至或入四十二字引發自在又應善學一字能攝四十二字四十二字能攝一字引發自在復次善現諸菩薩摩訶薩皆應善學四十二字入於一字一字亦入四十二字如是學已於諸字門引發善巧於引發字得善巧已復於無字引發善巧如諸如來應正等覺於法善巧於字善巧以於諸法諸字善巧於無字中亦得善巧由善巧故能爲有情爲有字法說無字法爲無字法說有字法所以者何離

字無字無别佛法然超諸字名眞佛法何以故以一切法一切有情皆畢竟空無際空故爾時善現便白佛言若一切法及諸有情皆畢竟空無際空故超諸字者則一切法及諸有情自性畢竟皆不可得云何菩薩摩訶薩衆修行般若乃至布施波羅蜜多若修行四靜慮四無量四無色定若修行三十七菩提分法若修行空無相無願三摩地若安住内空乃至無性自性空若安住眞如乃至不思議界若安住苦集滅道聖諦若修行八解脱乃至十遍處若修行極喜地乃至法雲地若修行陀羅尼門三摩地門若修行五眼六神通若修行如來十力乃至十八佛不共法若修行大慈大悲大喜大捨若修行無忘失法恒住捨性若修行一切智道相智一切相智若修行三十二相八十隨好云何菩薩摩訶薩住異熟生六到彼岸及諸神通爲諸有情宣説正法復次世尊一切有情皆不可得有情施設亦不可得一切有情不可得故色乃至識亦不可得眼處乃至意處亦不可得色處乃至法處亦不可得眼界乃至意界亦不可得色界乃至法界亦不可得眼識界乃至意識界亦不可得眼觸乃至意觸亦不可得眼觸爲緣所生諸受乃至意觸爲緣所生諸受亦不可得地界乃至識界亦不可得因緣乃至增上緣亦不可得從緣所生諸法亦不可得無明乃至老死亦不可得六波羅蜜多乃至八十隨好亦不可得如是世尊不可得中無諸有情及彼施設亦無諸色受想行識及彼施設乃至亦無八十隨好及彼施設一

切有情法及施設既不可得都無所有云何菩薩摩訶薩行深般若波羅蜜多時爲諸有情宣說諸法將無菩薩摩訶薩衆自安住不正法爲諸有情說不正法勸諸有情住不正法以顛倒法安立有情所以者何諸菩薩摩訶薩行深般若波羅蜜多時尚不得菩提況得菩提分法尚不得菩薩況得菩薩法既爾云何修菩提道爲有情類宣說正法佛告善現如是如是如汝所說一切有情有情施設及一切法并彼施設皆不可得不可得故都無所有無所有故當知内空乃至無性自性亦空當知眞如空乃至不思議界亦空當知苦聖諦空乃至道聖諦亦空當知色蘊空乃至識蘊亦空當知眼處空乃至意處亦空當知色處空乃至法處亦空當知眼界空乃至意界亦空當知色界空乃至法界亦空當知眼識界空乃至意識界亦空當知眼觸空乃至意觸亦空當知眼觸爲緣所生諸受空乃至意觸爲緣所生諸受亦空當知地界空乃至識界亦空當知因緣空乃至增上緣亦空當知從緣所生諸法無不皆空當知無明空乃至老死亦空當知我空乃至見者亦空當知布施波羅蜜多空乃至般若波羅蜜多亦空當知四靜慮空四無量四無色定亦空當知四念住空乃至八聖道支亦空當知空解脫門空無相無願解脫門亦空當知八解脫空乃至十遍處亦空當知淨觀地空乃至如來地亦空當知極喜地空乃至法雲地亦空當知陀羅尼門空三摩地門亦空當知五眼空六神通亦空當知如來十力空乃至十八

佛不共法亦空當知大慈空大悲大喜大捨亦空當知三十二相空八十隨好亦空當知無忘失法空恒住捨性亦空當知一切智空道相智一切相智亦空當知預流果空乃至獨覺菩提亦空當知一切菩薩摩訶薩行空諸佛無上正等菩提亦空當知嚴淨佛土空成熟有情亦空如是善現諸菩薩摩訶薩行深般若波羅蜜多時見一切法無不空已爲諸有情宣說諸法令離顛倒雖爲有情宣說諸法而於有情及一切法都無所得於諸空相不增不減無取無捨由此因緣雖說諸法而無所說善現當知是菩薩摩訶薩於一切法如是觀時得無障智由此智故不壞諸法無二分別爲諸有情如實宣說令離妄想顛倒執著隨其所應趣三乘果如有如來化作一佛是佛復能化作無量俱胝有情時彼化佛教所化衆或令修行布施淨戒安忍精進靜慮般若波羅蜜多廣說乃至或令修行一切相智或令安住預流果乃至獨覺菩提或令安住一切菩薩摩訶薩行或令安住諸佛無上正等菩提於意云何是時化佛及所化衆頗於諸法有所分別有破壞不善現答言不也世尊諸所變化於一切法無分別故佛告善現由此因緣當知菩薩摩訶薩衆亦復如是行深般若波羅蜜多爲諸有情如應說法雖不分別破壞法相而能如實安立有情令其安住所應住地雖於有情及一切法都無所得而令有情解脫妄想顛倒執著無縛無脫爲方便故所以者何色乃至識本性無縛無脫若法本性無縛無脫此法非色乃至

非識何以故色乃至識畢竟淨故廣說乃至諸有爲法及無爲法本性無縛無脱若法本性無縛無脱此法非有爲非無爲何以故有爲無爲畢竟淨故如是善現諸菩薩摩訶薩行深般若波羅蜜多時雖爲有情宣說諸法而於有情及諸法性都無所得所以者何以諸有情及一切法不可得故復次善現諸菩薩摩訶薩行深般若波羅蜜多時以無所住而爲方便住一切法無所得中謂以無所住而爲方便住色蘊空以無所住而爲方便住受想行識蘊空廣說乃至以無所住而爲方便住有爲法空以無所住而爲方便住無爲法空善現當知色蘊無所住受想行識蘊亦無所住色蘊空無所住受想行識蘊空亦無所住廣說乃至有爲法無所住無爲法亦無所住有爲法空無所住無爲法空亦無所住所以者何如是諸法及諸法空都無自性皆不可得非無自性不可得法而有所住善現當知非無性法住無性法非有性法住有性法非無性法住有性法非有性法住無性法非自性法住自性法非他性法住他性法非自性法住他性法非他性法住自性法所以者何以一切法皆不可得不可得法當何所住如是善現諸菩薩摩訶薩行深般若波羅蜜多時用此諸空修遣諸法亦能如實說示有情善現當知若菩薩摩訶薩能如是行甚深般若波羅蜜多於佛菩薩獨覺聲聞諸賢聖衆皆無罪咎所以者何諸佛菩薩獨覺聲聞於此法性皆能隨覺既隨覺已爲諸有情無倒宣說雖爲有情宣說諸法而於法性無

轉無越所以者何諸法實性即是法界眞如實際如是法界眞如實際皆不可轉亦不可越何以故如是法界眞如實際都無自性皆不可得非不可得有轉越故具壽善現便白佛言若眞法界眞如實際無轉越者色蘊乃至有爲無爲與眞法界眞如實際爲有異不佛言不也色蘊乃至有爲無爲不異法界眞如實際具壽善現復白佛言若色乃至有爲無爲不異法界眞如實際云何世尊施設黑業感黑異熟所謂地獄傍生鬼界施設白業感白異熟所謂人天施設黑白業感黑白異熟所謂一分傍生鬼界及一分人施設非黑非白業感非黑非白異熟所謂預流果乃至無上正等菩提佛告善現我依世俗施設如是因果差别不依勝義以勝義諦不可說有因果差别所以者何勝義諦中諸法性相不可分别無說無示云何當有因果差别善現當知勝義諦中色蘊乃至有爲無爲無生無滅無染無淨以畢竟空無際空故

大般若波羅蜜多經卷第五百三十一

音釋

循身觀 循音旬遍也觀音貫謂遍觀此身皆不淨也 奩底 奩音廉鑑匣也 跟 古痕切足踵也 腨 市兗切腓腸也 䐗 丑凶切均也直也 䠙腋 䠙伯各切肩䠙也腋夷益切左右肘脅之間曰腋 頷臆 頷戶感切口下曰頷臆伊昔切胷臆也 眼睫 睫音接目旁毛曰睫 兩踝 踝戶瓦切足骨也又腿兩旁曰內外踝 窊 烏瓜切不滿貌 凸 杜結切高起也 疣贅 疣音尤贅朱芮切疣贅結肉也 緻 直利切密也 輪埵 埵都火切 陁落 陁丈爾切壞也 顰蹙 顰音頻蹙子六切顰蹙愁貌 軌範 軌古委切軌範軌則模範也 俱胝 梵語也此云百億胝張尼切

大般若波羅蜜多經卷第五百三十二

唐三藏法師玄奘奉詔譯

第三分妙相品第二十八之五

爾時具壽善現便白佛言世尊若依世俗施設因果分位差別不依勝義則應一切愚夫異生亦有預流一來不還阿羅漢果獨覺菩提及佛無上正等菩提佛告善現於意云何愚夫異生爲如實覺世俗勝義二諦理不若如實覺二諦理者彼亦應有預流果等然彼一切愚夫異生不如實覺世俗勝義故無聖道及修聖道不可施設聖果差別唯諸聖者能如實覺世俗勝義故有聖道及修聖道是故施設聖果差別具壽善現復白佛言修聖道者爲定能得諸聖果耶佛言不也具壽善現復白佛言不修聖道得聖果耶佛言不也具壽善現復白佛言若爾應無得聖果者佛告善現雖依世俗有得聖果而非勝義若依勝義非修聖道能得聖果亦非不修聖道能得聖果非離聖道能得聖果亦非住聖道中能得聖果所以者何依聖義諦道及道果修與不修俱不可得如是善現諸菩薩摩訶薩行深般若波羅蜜多時雖爲有情施設種種聖果差別而不分別如是聖果在有爲界無爲界中具壽善現復白佛言若諸聖果不可分別在有爲界無爲界者云何世尊說斷三結得預流果薄欲貪瞋得一來果斷順下分五結永盡得不還果斷順上分五結永盡得阿羅漢果知所有集法皆是滅法得獨覺菩提永斷一切煩惱所知習氣相續得佛無上正等菩提世尊我當云何知佛所說甚深義

趣謂不分別預流等果在有爲界無爲界中佛告善現於意云何所說預流一來不還阿羅漢果獨覺菩提諸佛無上正等菩提如是聖果爲是有爲爲是無爲善現對曰如是聖果皆是無爲非是有爲佛告善現於意云何無爲界中有分別不善現對曰不也世尊佛告善現於意云何若善男子善女人等通達一切有爲無爲皆同一相所謂無相是善男子善女人等當於爾時頗於諸法有所分別此是有爲若無爲不善現對曰不也世尊佛告善現諸菩薩摩訶薩亦復如是行深般若波羅蜜多雖爲有情宣說諸法而不分別所說法相謂內空故乃至無性自性空故是菩薩摩訶薩自於諸法無所取著亦能教他於諸法中無所取著謂於布施乃至般若波羅蜜多無所取著亦於四靜慮四無量四無色定無所取著亦於四念住乃至八聖道支無所取著亦於內空乃至無性自性空無所取著亦於眞如乃至不思議界無所取著亦於苦集滅道聖諦無所取著亦於空無相無願解脫門無所取著亦於八解脫乃至十遍處無所取著亦於極喜地乃至法雲地無所取著亦於一切陀羅尼門三摩地門無所取著亦於五眼六神通無所取著亦於如來十力乃至十八佛不共法無所取著亦於大慈大悲大喜大捨無所取著亦於三十二大士相八十隨好無所取著亦於無忘失法恒住捨性無所取著亦於一切智道相智一切相智無所取著亦於一切菩薩摩訶薩行無所取著亦於諸佛無上正等菩提無所取著亦於

一切智智無所取著是菩薩摩訶薩自於如是所說諸法無所取著亦能教他於如是法無所取著是菩薩摩訶薩於此諸法無取著故於一切處皆得無礙如佛世尊所變化者雖行布施乃至般若波羅蜜多而於彼果無取無著但爲有情得涅槃故如是乃至雖行一切智智而於彼果無取無著但爲有情得涅槃故諸菩薩摩訶薩亦復如是行深般若波羅蜜多於一切法若有漏若無漏若世間若出世間若有爲若無爲無取無著無住無礙所以者何是菩薩摩訶薩達一切法微妙相故

第三分施等品第二十九之一

爾時善現便白佛言云何菩薩摩訶薩於一切法達微妙相佛告善現諸菩薩摩訶薩行深般若波羅蜜多如佛世尊所變化者不行貪欲瞋恚愚癡不行色蘊乃至識蘊乃至不行一切智智不行内法不行外法不行隨眠不行諸纏不行有漏無漏諸法不行世間出世諸法不行有爲無爲諸法不行聖道及聖道果諸菩薩摩訶薩行深般若波羅蜜多亦復如是於一切法都無所行是爲菩薩摩訶薩於一切法達微妙相謂於法性無所分別具壽善現復白佛言云何如來所變化者現修聖道佛告善現彼變化者依修聖道無染無淨亦不輪迴五趣生死亦不證得三乘涅槃具壽善現復白佛言云何菩薩摩訶薩行深般若波羅蜜多時通達諸法皆無實事佛告善現於意云何諸佛世尊所變化者爲有實事依彼實事有染有淨由此輪迴五趣生

死及得三乘般涅槃不善現對曰不也世尊非佛世尊所變化者有少實事非依彼事有染有淨亦無輪迴五趣生死亦無證得三乘涅槃佛告善現諸菩薩摩訶薩行深般若波羅蜜多時於一切法通達實相亦復如是通達諸法都無實事性相俱空具壽善現復白佛言爲一切色受想行識廣說乃至有爲無爲一切皆如變化事不佛告善現如是如是色等五蘊廣說乃至有爲無爲一切皆如所變化事具壽善現復白佛言若一切法皆如變化諸所變化皆無實色受想行識乃至無實有爲無爲由此亦無雜染清淨亦無五趣生死輪迴亦無從彼得解脱義云何菩薩摩訶薩於諸有情有勝士用佛告善現於意云何諸菩薩摩訶薩本行菩薩道時頗見有情可脱地獄傍生鬼界人天趣不善現對曰不也世尊佛告善現如是如是諸菩薩摩訶薩本行菩薩道時不見有情可脱五趣及三界者所以者何諸菩薩摩訶薩於一切法通達知見皆如幻化都非實有具壽善現復白佛言若菩薩摩訶薩於一切法通達知見皆如幻化都非實有爲何事故修行布施乃至般若波羅蜜多廣說乃至爲何事故成熟有情嚴淨佛土佛告善現若諸有情於一切法能自通達皆如幻化都非實有諸菩薩摩訶薩則不應經無數大劫爲諸有情行菩薩道以諸有情於一切法不能通達皆如幻化都非實有是故菩薩摩訶薩衆經無數劫爲諸有情行菩薩道復次善現若菩薩摩訶薩於一切法不能通達都非實有則不應經無數大

劫爲諸有情修行布施乃至般若波羅蜜多廣説乃至成熟有情嚴淨佛土以諸菩薩摩訶薩衆於一切法如實通達皆如幻化都非實有故無數劫爲諸有情修行布施乃至般若波羅蜜多廣説乃至成熟有情嚴淨佛土證得無上正等菩提能盡未來利樂一切爾時善現白言世尊若一切法如夢如幻如響如像如光影如陽焰如變化事如尋香城所化有情住在何處諸菩薩摩訶薩行深般若波羅蜜多方便善巧拔濟令出佛告善現所化有情住在名相虚妄分别諸菩薩摩訶薩行深般若波羅蜜多方便善巧從彼名相虚妄分别拔濟令出具壽善現復白佛言何等爲名何等爲相佛告善現名但是客但假施設表所顯義謂此名色受想行識此名眼處乃至意處此名色處乃至法處此名眼界乃至意界此名色界乃至法界此名眼識界乃至意識界此名男女此名大小此名地獄乃至人天此名有漏此名無漏此名世間此名出世間此名有爲此名無爲此名預流果廣説乃至此名無上正等菩提此名異生此名聲聞此名獨覺此名菩薩此名如來善現如是等一切名爲表諸義但假施設故一切名皆非實有諸有爲法亦但有名由此無爲亦非實有愚夫異生於中妄執諸菩薩摩訶薩行深般若波羅蜜多悲願纏心方便善巧教令遠離作如是言名是分别妄想所起亦是衆縁和合假立汝等於中不應執著名無實事自性皆空非有智者執著空法如是善現諸菩薩摩訶薩行深般若波羅蜜多方便善

巧爲諸有情說遣名法是謂爲名云何爲相善現當知相有二種愚夫異生於中執著何等爲二所謂色相及無色相云何色相謂所有色若麤若細若劣若勝如是一切自性皆空愚夫異生分别執著謂之爲色是名色相無色相者謂諸所有無色法中愚夫異生取相分别生諸煩惱名無色相諸菩薩摩訶薩行深般若波羅蜜多方便善巧教諸有情遣除二相復教安住無相界中雖教安住無相界中而不令其墮二邊執謂此是相此是無相如是善現諸菩薩摩訶薩行深般若波羅蜜多方便善巧令諸有情遠離諸相住無相界而無執著爾時善現復白佛言若一切法但有名相一切名相皆是假立云何菩薩摩訶薩行深般若波羅蜜多時於諸善法自能增進亦能令他增進善法由自善法漸增進故能令諸地漸得圓滿亦能安立諸有情類令隨所應住三乘果佛告善現若諸法中有少實事非但假立有名相者則諸菩薩摩訶薩行深般若波羅蜜多時應以善法自不增進亦不令他增進善法以諸法中無少實事但有假立種種名相是故菩薩摩訶薩行深般若波羅蜜多時於諸善法自能增進亦能令他增進善法能以無相而爲方便圓滿般若乃至布施波羅蜜多能以無相而爲方便圓滿四靜慮四無量四無色定能以無相而爲方便圓滿四念住乃至八聖道支能以無相而爲方便圓滿內空乃至無性自性空能以無相而爲方便圓滿眞如乃至不思議界能以無相而爲方便圓滿空無相無願解脫

門能以無相而爲方便圓滿八解脫乃至十遍處能以無相而爲方便圓滿菩薩摩訶薩地能以無相而爲方便圓滿一切陀羅尼門三摩地門能以無相而爲方便圓滿五眼六神通能以無相而爲方便圓滿如來十力乃至十八佛不共法能以無相而爲方便圓滿大慈大悲大喜大捨能以無相而爲方便圓滿三十二大士相八十隨好能以無相而爲方便圓滿無忘失法恒住捨性能以無相而爲方便圓滿一切智道相智一切相智能以無相而爲方便圓滿菩薩摩訶薩行及佛無上正等菩提能以無相而爲方便圓滿一切智智能以無相而爲方便成熟有情嚴淨佛土如是善現以一切法無少實事但有假立種種名相諸菩薩摩訶薩於中不起顛倒執著能以無相而爲方便於諸善法自增進已亦能令他增進善法復次善現若諸法中有毛端量實法相者則諸菩薩摩訶薩行深般若波羅蜜多時於一切法不應覺知無相無念亦無作意無漏性已證得無上正等菩提安立有情於無漏法以諸無漏法皆無相無念無作意故如是善現諸菩薩摩訶薩行深般若波羅蜜多方便善巧安立有情於無漏法乃名眞實饒益有情具壽善現便白佛言若一切法眞無漏性無相無念無作意者何緣世尊於諸經中數作是說此是有漏法此是無漏法此是世間法此是出世法此是有爲法此是無爲法此是聲聞法此是獨覺法此是菩薩法此是如來法佛告善現於意云何有漏等法與無相等無漏法性有別異不

善現對曰不也世尊佛告善現於意云何聲聞等法與無相等無漏法性有別異不善現對曰不也世尊佛告善現有漏等法豈不即是無相無念亦無作意無漏法性善現對曰如是世尊佛告善現諸預流果乃至無上正等菩提豈不即是無相無念亦無作意無漏法性善現對曰如是世尊佛告善現由此當知諸法皆是無相無念亦無作意無漏法性善現當知若菩薩摩訶薩學一切法無相無念亦無作意無漏性時常能增長種種善法所謂布施乃至般若波羅蜜多廣說乃至一切相智成熟有情嚴淨佛土諸如是等一切佛法皆由修學無相無念亦無作意無漏法性而得增長所以者何諸菩薩摩訶薩除空無相無願解脫門更無有餘要所學法何以故三解脫門總攝一切妙善法故所以者何空解脫門觀一切法自相皆空無相解脫門觀一切法遠離諸相無願解脫門觀一切法遠離所願諸菩薩摩訶薩依此三門能攝一切殊勝善法離此三門所應修學殊勝善法皆不生長復次善現若菩薩摩訶薩能學如是三解脫門則能學五蘊亦能學十二處亦能學十八界亦能學四聖諦亦能學十二緣起亦能學內空乃至無性自性空亦能學眞如乃至不思議界亦能學布施波羅蜜多乃至般若波羅蜜多廣說乃至亦能學一切智道相智一切相智亦能學成熟有情嚴淨佛土亦能學諸餘無量無邊佛法具壽善現便白佛言云何菩薩摩訶薩行深般若波羅蜜多時能學五蘊佛告善現若菩薩摩訶薩行

深般若波羅蜜多時能如實知色乃至識若相若生滅若真如是名菩薩摩訶薩行深般若波羅蜜多時能學五蘊善現云何菩薩摩訶薩如實知色相謂菩薩摩訶薩如實知色畢竟有孔畢竟有隙猶如聚沫性不堅固是名菩薩摩訶薩如實知色相善現云何菩薩摩訶薩如實知色生滅謂菩薩摩訶薩如實知色生時無所從來滅時無所至去雖無來無去而生滅相應是名菩薩摩訶薩如實知色生滅善現云何菩薩摩訶薩如實知色真如謂菩薩摩訶薩如實知色真如無生無滅無來無去無染無淨無增無減常如其性不虛妄不變易故名真如是名菩薩摩訶薩如實知色真如善現云何菩薩摩訶薩如實知受相謂菩薩摩訶薩如實知受畢竟如癰畢竟如箭速起速滅猶如浮泡虛僞不住三和合起是名菩薩摩訶薩如實知受相善現云何菩薩摩訶薩如實知受生滅謂菩薩摩訶薩如實知受生時無所從來滅時無所至去雖無來無去而生滅相應是名菩薩摩訶薩如實知受生滅善現云何菩薩摩訶薩如實知受真如謂菩薩摩訶薩如實知受真如無生無滅無來無去無染無淨無增無減常如其性不虛妄不變易故名真如是名菩薩摩訶薩如實知受真如善現云何菩薩摩訶薩如實知想相謂菩薩摩訶薩如實知想猶如陽焰水不可得渴愛因緣妄起此想發假言說是名菩薩摩訶薩如實知想相善現云何菩薩摩訶薩如實知想生滅謂菩薩摩訶薩如實知想生時無所從來滅時無所至去雖

無來無去而生滅相應是名菩薩摩訶薩如實知想生滅善現云何菩薩摩訶薩如實知想眞如謂菩薩摩訶薩如實知想眞如無生無滅無來無去無染無淨無增無減常如其性不虛妄不變易故名眞如是名菩薩摩訶薩如實知想眞如善現云何菩薩摩訶薩如實知行相謂菩薩摩訶薩如實知行如芭蕉樹葉葉析除實不可得是名菩薩摩訶薩如實知行相善現云何菩薩摩訶薩如實知行生滅謂菩薩摩訶薩如實知行生時無所從來滅時無所至去雖無來無去而生滅相應是名菩薩摩訶薩如實知行生滅善現云何菩薩摩訶薩如實知行眞如謂菩薩摩訶薩如實知行眞如無生無滅無來無去無染無淨無增無減常如其性不虛妄不變易故名眞如是名菩薩摩訶薩如實知行眞如善現云何菩薩摩訶薩如實知識相謂菩薩摩訶薩如實知識猶如幻事衆緣和合假施設有實不可得謂如幻師或彼弟子於四衢道幻作四軍所謂象軍馬軍車軍步軍或復幻作諸餘色類相雖似有而無其實識亦如是實不可得是名菩薩摩訶薩如實知識相善現云何菩薩摩訶薩如實知識生滅謂菩薩摩訶薩如實知識生時無所從來滅時無所至去雖無來無去而生滅相應是名菩薩摩訶薩如實知識生滅善現云何菩薩摩訶薩如實知識眞如謂菩薩摩訶薩如實知識眞如無生無滅無來無去無染無淨無增無減常如其性不虛妄不變易故名眞如是名菩薩摩訶薩如實知識眞如具壽善現復白佛言

云何菩薩摩訶薩行深般若波羅蜜多時能學十二處佛告善現若菩薩摩訶薩行深般若波羅蜜多時如實知內處內處自性空如實知外處外處自性空是名菩薩摩訶薩行深般若波羅蜜多時能學十二處具壽善現復白佛言云何菩薩摩訶薩行深般若波羅蜜多時能學十八界佛告善現若菩薩摩訶薩行深般若波羅蜜多時如實知眼界眼界自性空廣說乃至如實知意識界意識界自性空是名菩薩摩訶薩行深般若波羅蜜多時能學十八界具壽善現復白佛言云何善薩摩訶薩行深般若波羅蜜多時能學四聖諦佛告善現若菩薩摩訶薩行深般若波羅蜜多時如實知苦是逼迫相如實知集是生起相如實知滅是寂靜相如實知道是遠離相又如實知苦集滅道自性本空遠離二法是聖者諦苦等四諦即是真如真如即是苦等四諦無二無別唯真聖者能如實知是名菩薩摩訶薩行深般若波羅蜜多時能學四聖諦具壽善現復白佛言云何菩薩摩訶薩行深般若波羅蜜多時能學十二緣起佛告善現若菩薩摩訶薩行深般若波羅蜜多時如實知無明乃至老死無生無滅無染無淨自性本空遠離二法是名菩薩摩訶薩行深般若波羅蜜多時能學十二緣起具壽善現復白佛言云何菩薩摩訶薩行深般若波羅蜜多時能學內空乃至無性自性空佛告善現若菩薩摩訶薩行深般若波羅蜜多時如實知內空乃至無性自性空皆無自性都不可得而名安住是名菩薩摩訶薩行深般若

波羅蜜多時能學内空乃至無性自性空具壽善現復白佛言云何菩薩摩訶薩行深般若波羅蜜多時能學眞如乃至不思議界佛告善現若菩薩摩訶薩行深般若波羅蜜多時如實知眞如乃至不思議界皆無戲論都無分别而能安住是名菩薩摩訶薩行深般若波羅蜜多時能學眞如乃至不思議界具壽善現復白佛言云何菩薩摩訶薩行深般若波羅蜜多時能學布施波羅蜜多乃至無量無邊佛法佛告善現若菩薩摩訶薩行深般若波羅蜜多時如實知布施波羅蜜多乃至無量無邊佛法無增無減無染無淨無自性不可得而能修習是名菩薩摩訶薩行深般若波羅蜜多時能學布施波羅蜜多乃至無量無邊佛法爾時善現便白佛言若菩薩摩訶薩行深般若波羅蜜多時如實了知色等諸法各别無亂將無世尊以色等法壞眞法界所以者何法界無二無差别故佛告善現若離法界餘法可得可言彼法能壞法界然離法界無法可得故無餘法能壞法界所以者何諸佛菩薩獨覺聲聞知離法界無法可得既知無法離於法界亦不爲他施設宣說是故法界無能壞者如是善現諸菩薩摩訶薩行深般若波羅蜜多應學法界無二無别不可壞相具壽善現復白佛言若菩薩摩訶薩欲學法界當於何學佛告善現若菩薩摩訶薩欲學法界當於一切法學所以者何以一切法皆入法界故具壽善現復白佛言何因緣故說一切法皆入法界佛告善現如來出世若不出世諸法法爾皆入法界無差

別相不由佛說所以者何若善法若非善法若有漏法若無漏法若世間法若出世法若有為法若無為法如是等一切法無不皆入無相無為性空法界是故善現諸菩薩摩訶薩行深般若波羅蜜多時欲學法界當學一切法若學一切法即學法界具壽善現復白佛言若一切法皆入法界無二無別諸菩薩摩訶薩云何當學六波羅蜜多云何當學四靜慮四無量四無色定云何當學四念住乃至八聖道支云何當學內空乃至無性自性空云何當學眞如乃至不思議界云何當學苦集滅道聖諦云何當學空無相無願解脫門云何當學八解脫乃至十遍處云何當學極喜地乃至法雲地云何當學陀羅尼門三摩地門云何當學五眼六神通云何當學如來十力乃至十八佛不共法云何當學大慈大悲大喜大捨云何當學無忘失法恒住捨性云何當學一切智道相智一切相智云何當學成滿三十二相八十隨好云何當學生剎帝利大族乃至居士大族云何當學生四大王衆天乃至他化自在天云何當學生梵衆天乃至廣果天云何當學生無想有情天法而不樂生彼云何當學生淨居天法而不樂生彼云何當學生空無邊處天乃至非想非非想處天法而不樂生彼云何當學初發菩提心乃至第十發菩提心云何當學趣入菩薩正性離生云何當學一切聲聞及獨覺地而不作證云何當學成熟有情嚴淨佛土云何當學諸陀羅尼及無礙辯云何當學一切菩薩摩訶薩道及佛無上正等菩提如是

學已知一切法一切種相便能證得一切智智復次世尊非法界中有如是等種種分別將無菩薩摩訶薩衆由此分別行於顛倒無戲論中起諸戲論何以故眞法界中都無分別戲論事故復次世尊法界非色受想行識亦不離色受想行識色乃至識即是法界法界即是色乃至識廣說乃至法界非有爲無爲法亦不離有爲無爲法有爲無爲法即是法界法界即是有爲無爲法佛告善現如是如是如汝所說眞法界中無一切種分別戲論法界非色受想行識亦不離色受想行識法界即色受想行識色受想行識即法界廣說乃至法界非有爲無爲法亦不離有爲無爲法法界即有爲無爲法有爲無爲法即法界復次善現諸菩薩摩訶薩行深般若波羅蜜多時若見有法離法界者便非正趣所求無上正等菩提是故善現諸菩薩摩訶薩行深般若波羅蜜多時不見諸法離眞法界善現當知諸菩薩摩訶薩行深般若波羅蜜多時知一切法即眞法界方便善巧無名相法爲諸有情寄名相說謂此是色受想行識此是眼處乃至意處此是色處乃至法處此是眼界乃至意界此是色界乃至法界此是眼識界乃至意識界此是眼觸乃至意觸此是眼觸爲緣所生諸受乃至意觸爲緣所生諸受此是地界乃至識界此是因緣乃至增上緣此是從緣所生諸法此是無明乃至老死此是善法非善法此是有漏法無漏法此是世間法出世間法此是有爲法無爲法此是布施乃至般若波羅蜜多廣說乃至此是無

上正等菩提如工幻師或彼弟子執持少物於衆人前幻作種種異類色像謂或幻作男女大小或復幻作象馬牛羊駞驢鷄等種種禽獸或復幻作城邑聚落園林池沼種種莊嚴甚可愛樂或復幻作衣服飲食房舍卧具華香瓔珞種種珍奇財穀庫藏或復幻作無量種類伎樂俳優令無量人歡娛受樂或復幻作種種形相令行布施或令持戒或令修忍或令精進或令習定或令學慧或復現生剎帝利大族乃至居士大族或復幻作諸山大海妙高山王輪圍山等或復現生四大王衆天乃至非想非非想處天或復現作預流一來不還阿羅漢獨覺或復現作菩薩摩訶薩從初發心修行布施乃至般若波羅蜜多修行四靜慮四無量四無色定修行四念住乃至八聖道支修行空無相無願解脫門學住內空乃至無性自性空學住眞如乃至不思議界學住苦集滅道聖諦趣入菩薩正性離生修行極喜地乃至法雲地引發種種殊勝神通放大光明照諸世界嚴淨佛土成熟有情遊戲一切靜慮解脫等持等至修行種種諸佛功德或復幻作如來形像具三十二大丈夫相八十隨好圓滿莊嚴成就十力四無所畏四無礙解十八佛不共法大慈大悲大喜大捨及餘無量無邊功德如是幻師或彼弟子爲惑他故在衆人前幻作此等諸幻化事其中無智男女大小見是事已咸驚嘆言奇哉此人善學衆伎能作種種甚希有事乃至能作如來之身相好莊嚴具諸功德自顯伎能其中有智見此事已作是思惟甚爲

神異如何此人能現是事其中雖無實法可得而令衆人迷謬歡樂於無實物起實物想唯有智者了達皆空雖有見聞而無執著諸菩薩摩訶薩亦復如是行深般若波羅蜜多雖不見法界離諸法有亦不見諸法離法界有不見有情及彼施設實有可得而能發生方便善巧自修行六波羅蜜多亦勸他修行六波羅蜜多無倒稱揚修行六波羅蜜多法歡喜讚嘆修行六波羅蜜多者廣說乃至自圓滿一切相智亦勸他圓滿一切相智無倒稱揚圓滿一切相智法歡喜讚嘆圓滿一切相智者自圓滿三十二相八十隨好亦勸他圓滿三十二相八十隨好無倒稱揚圓滿三十二相八十隨好法歡喜讚嘆圓滿三十二相八十隨好者善現當知若眞法界初中後際有差別者則諸菩薩摩訶薩行深般若波羅蜜多時不能施設方便善巧爲諸有情說眞法界嚴淨佛土成熟有情修諸菩薩摩訶薩行證得無上正等菩提轉妙法輪度有情衆以眞法界初中後際常無差別是故菩薩摩訶薩行深般若波羅蜜多時施設種種方便善巧爲諸有情說眞法界嚴淨佛土成熟有情修諸菩薩摩訶薩行證得無上正等菩提轉妙法輪度有情衆

大般若波羅蜜多經卷第五百三十二

音釋

浮泡（泡披交切水漚也）芭蕉（芭邦加切蕉茲消切）析（音昔分也）伎（奇寄切巧也能也）俳優（俳音排戲也優倡也又俳優調戲也）迷謬（謬靡幼切誤也）

大般若波羅蜜多經卷第五百三十三

唐三藏法師玄奘奉詔譯

第三分施等品第二十九之二

爾時具壽善現白佛言世尊若諸有情及彼施設皆畢竟不可得諸菩薩摩訶薩爲誰故行甚深般若波羅蜜多佛告善現諸菩薩摩訶薩但以實際爲量故行甚深般若波羅蜜多善現當知若有情際異實際者諸菩薩摩訶薩則不應行甚深般若波羅蜜多以有情際不異實際是故菩薩摩訶薩衆行深般若波羅蜜多復次善現諸菩薩摩訶薩行深般若波羅蜜多時以不壞實際法安立有情令住實際具壽善現便白佛言若有情際即是實際云何菩薩摩訶薩行深般若波羅蜜多時以不壞實際法安立有情令住實際世尊若菩薩摩訶薩行深般若波羅蜜多時安立有情令住實際則爲安立實際令住實際若安立實際令住實際則爲安立自性令住自性然理不應安立自性令住自性如何可說諸菩薩摩訶薩行深般若波羅蜜多時以不壞實際法安立有情令住實際佛告善現理實不應安立實際令住實際亦復不應安立自性令住自性然諸菩薩摩訶薩行深般若波羅蜜多時有方便善巧故能安立有情令住實際而有情際不異實際如是善現有情際與實際無二無別具壽善現復白佛言何等名爲諸菩薩摩訶薩行深般若波羅蜜多時方便善巧由此方便善巧力故安立有情令住實際而能不壞實際之相佛告善現諸菩薩摩訶薩行深般若波羅蜜多時從初發

心成就如是方便善巧由此方便善巧力故安立有情令住布施彼諸有情住布施已爲說布施前中後際無差別相謂作是言如是布施前中後際無不皆空施者受者施所得果亦復皆空如是一切於實際中皆無所有都不可得汝等莫執布施施者受者施果實際各異汝等若能不執布施施者受者施果實際各各有異所修施福則趣甘露得甘露果必以甘露而爲後邊復作是言汝等用此所修施福勿取色蘊乃至識蘊勿取眼處乃至意處勿取色處乃至法處勿取眼界乃至意界勿取色界乃至法界勿取眼識界乃至意識界勿取眼觸乃至意觸勿取眼觸爲緣所生諸受乃至意觸爲緣所生諸受勿取地界乃至識界勿取因緣乃至增上緣勿取從緣所生諸法勿取無明乃至老死勿取布施乃至般若波羅蜜多勿取內空乃至無性自性空勿取眞如乃至不思議界勿取苦集滅道聖諦勿取四念住乃至八聖道支勿取四靜慮四無量四無色定勿取空無相無願解脫門勿取八解脫乃至十遍處勿取淨觀地乃至如來地勿取極喜地乃至法雲地勿取一切陀羅尼門三摩地門勿取五眼六神通勿取如來十力乃至十八佛不共法勿取大慈大悲大喜大捨勿取三十二大士相八十隨好勿取無忘失法恒住捨性勿取一切智道相智一切相智勿取預流果乃至獨覺菩提勿取菩薩摩訶薩行勿取無上正等菩提勿取有漏及無漏法勿取世間及出世法勿取有爲及無爲法所以者何一切布施布施

性空一切施者施者性空一切受者受者性空一切施果施果性空空中布施施者受者及諸施果皆不可得何以故如是諸法差別自性皆畢竟空畢竟空中如是諸法不可得故由此諸法不可得故餘所取法亦不可得復次善現諸菩薩摩訶薩行深般若波羅蜜多時從初發心成就如是方便善巧由此方便善巧力故安立有情令住淨戒彼諸有情住淨戒已復作是言汝等今者於諸有情應深慈愍離害生命廣說乃至應離邪見修行正見所以者何如是諸法都無自性汝等不應分別執著汝等復應如理觀察何法名生欲害其命復以何緣而害其命廣說乃至何法名爲所邪見境欲起邪見復以何緣而起邪見如是一切自性皆空善現當知是菩薩摩訶薩行深般若波羅蜜多時成就如是方便善巧善能成熟諸有情類以無量門爲說布施及淨戒果俱不可得令知布施及淨戒果自性俱空彼既了知所修布施及淨戒果自性空已能於其中不生執著由不執著心無散亂無散亂故能發妙慧由此妙慧永斷隨眠及諸纏已入無餘依般涅槃界善現當知如是所說皆依世俗不依勝義所以者何空中無有少法可得若已涅槃若今涅槃若當涅槃若涅槃者若由此故而得涅槃如是一切都無所有皆畢竟空畢竟空性即是涅槃離此涅槃無別實法復次善現諸菩薩摩訶薩行深般若波羅蜜多時從初發心成熟如是方便善巧由此方便善巧力故見諸有情心多忿恚深生慈愍方便教誡作如是言

汝等今者應修安忍樂安忍法調伏其心受安忍行汝所瞋法自性皆空如何於中而生忿恚汝等復應如理觀察我由何法而生忿恚誰能忿恚忿恚於誰如是諸法本性皆空本性空法未曾不空如是空性非如來作非菩薩作非獨覺作非聲聞作亦非龍神廣說乃至人非人作亦非四大王衆天乃至非想非非想處天作汝等復應如理觀察如是忿恚由何而生爲屬於誰復於誰起當獲何果現得何利是一切法本性皆空非空性中有所忿恚故應安忍以自饒益如是善現諸菩薩摩訶薩行深般若波羅蜜多時成就最勝方便善巧安立有情於性空理性空因果漸以無上正等菩提示現勸導讚勵慶喜令善安住疾能證得善現當知如是所說皆依世俗不依勝義所以者何本性空中能得所得時得處皆非實有善現當知是名實際本性空理諸菩薩摩訶薩爲欲饒益諸有情類依此實際本性空理行深般若波羅蜜多不得有情及彼施設所以者何以一切法離諸有情有情離故法不可得法及有情相待安立依勝義說一切皆空復次善現諸菩薩摩訶薩行深般若波羅蜜多時從初發心成就如是方便善巧由此方便善巧力故見諸有情身心懈怠退失精進方便勸導令其發起身心精進修諸善法作如是言諸善男子應深信受本性空中無懈怠法無懈怠者無懈怠處無懈怠時無由此法發生懈怠如是一切皆本性空不越空理汝等應發身心精進捨諸懈怠勤修善法謂修布施乃至般若波

羅蜜多若修四靜慮四無量四無色定若修四念住乃至八聖道支若修空無相無願解脫門若住內空乃至無性自性空若住眞如乃至不思議界若住苦集滅道聖諦若修八解脫乃至十遍處若修淨觀地乃至如來地若修極喜地乃至法雲地若修一切陀羅尼門三摩地門若修五眼六神通若修如來十力乃至十八佛不共法若修大慈大悲大喜大捨若修三十二大士相八十隨好若修無忘失法恒住捨性若修一切智道相智一切相智若修預流果乃至獨覺菩提若修一切菩薩摩訶薩行若修諸佛無上正等菩提若修諸餘無量無邊佛法應勤精進莫生懈怠若生懈怠受苦無窮諸善男子是一切法本性皆空無諸障礙汝等應觀本性空理無障礙中無懈怠法無懈怠者此處時緣亦不可得如是善現諸菩薩摩訶薩行深般若波羅蜜多時成就殊勝方便善巧安立有情令住諸法本性空理雖令安住而無二想所以者何本性空理無二無別非無二法可於其中而作二想復次善現是菩薩摩訶薩行深般若波羅蜜多依本性空教誡教授諸有情類令勤修學謂作是言諸善男子汝於善法當勤修學若修布施乃至般若波羅蜜多時於此諸法不應思惟二不二相廣說乃至若修諸餘無量無邊佛法時於此諸法不應思惟二不二相所以者何諸善男子如是諸法皆本性空本性空理不應思惟二不二相如是善現諸菩薩摩訶薩行深般若波羅蜜多成就殊勝方便善巧行菩薩行成熟有情諸有

情類既成熟已隨其所應漸次安立或令住預流果或令住一來果或令住不還果或令住阿羅漢果或令住獨覺菩提或令住種種菩薩摩訶薩位或令住諸佛無上正等菩提復次善現諸菩薩摩訶薩行深般若波羅蜜多時從初發心成就如是方便善巧由此方便善巧力故見諸有情心多散亂於諸欲境不攝諸根發起種種不寂靜業見已方便教誡教授令入勝定謂作是言來善男子汝應修習勝三摩地勿起散亂及勝定想所以者何如是諸法皆本性空本性空中無法可得或名散亂或名一心汝等若能住此勝定所作善事皆疾成滿亦隨所欲住本性空何等名爲所作善事謂起淨勝身語意業若修布施乃至般若波羅蜜多廣說乃至若修菩薩摩訶薩行及佛無上正等菩提若成熟有情嚴淨佛土如是一切淨勝善法由勝定力皆疾成辦及隨所願住本性空如是善現諸菩薩摩訶薩行深般若波羅蜜多方便善巧爲欲饒益諸有情故從初發心乃至究竟求作善利常無間斷爲欲利樂諸有情故從一佛國至一佛國親近供養諸佛世尊於諸佛所聽受正法捨身受身經無數劫乃至無上正等菩提於其中間終不忘失是菩薩摩訶薩得陀羅尼身語意根常無退減所以者何是菩薩摩訶薩恒具善修一切相智諸有所作能善思量由具善修一切相智諸有所作能善思量於一切道皆能修習謂聲聞道若獨覺道若菩薩道若如來道若勝天道若勝人道若諸菩薩勝神通道是菩薩摩訶薩由住

殊勝神通道故常作有情諸饒益事雖經諸趣生死輪迴而勝神通常無退減由無退減異熟神通恒作自他勝饒益事如是善現諸菩薩摩訶薩行深般若波羅蜜多住本性空方便善巧能善饒益諸有情類復次善現諸菩薩摩訶薩行深般若波羅蜜多時從初發心成就如是方便善巧由此方便善巧力故住本性空見諸有情智慧薄劣愚癡顛倒造諸惡業教誡教授方便引入甚深般若波羅蜜多作如是言諸善男子應修般若波羅蜜多觀一切法本性皆空汝等若能修此般若波羅蜜多觀一切法本性皆空諸所修行身語意業皆趣甘露得甘露果必以甘露而爲後邊諸善男子是一切法本性皆空本性空中有情及法雖不可得而所修行亦無退失何以故善男子本性空理非增非減本性空中無增減法無增減者所以者何本性空理非有自性非無自性離諸分別絶諸戲論故於此中無增減法無增減者由此所作亦無退失是故汝等應修般若波羅蜜多觀本性空作所應作如是善現諸菩薩摩訶薩行深般若波羅蜜多方便善巧教誡教授諸有情類令入般若波羅蜜多住本性空修諸善業善現當知是菩薩摩訶薩如是教誡教授有情修諸善業常無懈廢謂自常行十善業道亦勸他常行十善業道自常受持五近事戒亦勸他常受持五近事戒自常受持八近住戒亦勸他常受持八近住戒自常受持諸出家戒亦勸他常受持諸出家戒自常修行四靜慮四無量四無色定亦勸他常修行四靜

處四無量四無色定自常修行四念住乃至八聖道支亦勸他常修行四念住乃至八聖道支自常修行空無相無願解脫門亦勸他常修行空無相無願解脫門自常修行布施乃至般若波羅蜜多亦勸他常修行布施乃至般若波羅蜜多自常安住內空乃至無性自性空亦勸他常安住內空乃至無性自性空自常安住眞如乃至不思議界亦勸他常安住眞如乃至不思議界自常安住苦集滅道聖諦亦勸他常安住苦集滅道聖諦自常修行八解脫乃至十遍處亦勸他常修行八解脫乃至十遍處自常修行諸菩薩地亦勸他常修行諸菩薩地自常修行陀羅尼門三摩地門亦勸他常修行陀羅尼門三摩地門自常修學五眼六神通亦勸他常修學五眼六神通自常修學如來十力乃至十八佛不共法亦勸他常修學如來十力乃至十八佛不共法自常修學大慈大悲大喜大捨亦勸他常修學大慈大悲大喜大捨自常修學無忘失法恒住捨性亦勸他常修學無忘失法恒住捨性自常修學一切智道相智一切相智亦勸他常修學一切智道相智一切相智自常修學三十二大士相八十隨好亦勸他常修學三十二大士相八十隨好自常發起預流果智乃至獨覺菩提智而不住預流果乃至獨覺菩提亦勸他常發起預流果智乃至獨覺菩提智或令住預流果乃至獨覺菩提自常發起諸菩薩摩訶薩行亦勸他常發起諸菩薩摩訶薩行自常發起諸佛無上正等菩提道亦勸他常發起諸佛無上正等菩

提道如是善現諸菩薩摩訶薩行深般若波羅蜜多方便善巧自修善業常無懈廢教誡教授諸有情類令修善業常無懈廢善現是名諸菩薩摩訶薩行深般若波羅蜜多時方便善巧由此方便善巧力故安立有情令住實際而能不壞實際之相疾證無上正等菩提爾時善現復白佛言若一切法皆本性空本性空中有情及法俱不可得由此於中亦無非法云何菩薩摩訶薩爲諸有情求疾證得一切智智佛告善現如是如是如汝所說諸所有法皆本性空本性空中有情及法俱不可得由此於中亦無非法善現當知若一切法本性不空諸菩薩摩訶薩行深般若波羅蜜多時不應安住本性空理求疾證得一切智智爲饒益有情說本性空法以一切法皆本性空是故菩薩摩訶薩行深般若波羅蜜多時住一切法本性空理求疾證得一切智智爲饒益有情說本性空法何等諸法本性皆空而諸菩薩摩訶薩行深般若波羅蜜多時如實了知本性空已住本性空爲他說法善現當知色乃至識皆本性空眼處乃至意處皆本性空色處乃至法處皆本性空眼界乃至意界皆本性空色界乃至法界皆本性空眼識界乃至意識界皆本性空眼觸乃至意觸皆本性空眼觸爲緣所生諸受乃至意觸爲緣所生諸受皆本性空地界乃至識界皆本性空因緣乃至增上緣皆本性空從緣所生諸法皆本性空無明乃至老死皆本性空布施乃至般若波羅蜜多皆本性空內空乃至無性自性空皆本性空眞如乃至不

思議界皆本性空苦集滅道聖諦皆本性空四靜慮四無量四無色定皆本性空四念住乃至八聖道支皆本性空空無相無願解脫門皆本性空八解脫乃至十遍處皆本性空淨觀地乃至如來地皆本性空極喜地乃至法雲地皆本性空陀羅尼門三摩地門皆本性空五眼六神通皆本性空如來十力乃至十八佛不共法皆本性空大慈大悲大喜大捨皆本性空無忘失法恒住捨性皆本性空一切智道相智一切相智皆本性空三十二大士相八十隨好皆本性空預流果乃至獨覺菩提皆本性空一切菩薩摩訶薩行皆本性空諸佛無上正等菩提皆本性空永斷一切煩惱所知習氣相續皆本性空一切智智皆本性空諸菩薩摩訶薩行深般若波羅蜜多時如實了知色等五蘊廣說乃至一切智智本性空已住本性空爲諸有情宣說如是本性空法復次善現若內空性本性不空乃至無性自性空性本性不空則諸菩薩摩訶薩行深般若波羅蜜多時不應爲諸有情說一切法本性皆空若作是說便爲壞本性空然本性空理不可壞非常非斷所以者何本性空理無方無處無所從來亦無所去如是空理亦名法住此中無法無聚無散無減無增無生無滅無染無淨是一切法本所住性諸菩薩摩訶薩安住其中求疾證得一切智智不見有法有所求證不見有法無所求證以一切法都無所住故名法住諸菩薩摩訶薩安住此中行深般若波羅蜜多見一切法本性空已定於無上正等菩提得不退轉所

以者何是菩薩摩訶薩不見有法能爲障礙見一切法無障礙故便於無上正等菩提不生疑惑故不退轉復次善現諸菩薩摩訶薩住一切法本性空中觀本性空都無所得謂我有情廣說乃至知者見者及彼施設皆不可得色乃至識及彼施設亦不可得眼處乃至意處及彼施設亦不可得色處乃至法處及彼施設亦不可得眼界乃至意界及彼施設亦不可得色界乃至法界及彼施設亦不可得眼識界乃至意識界及彼施設亦不可得眼觸乃至意觸及彼施設亦不可得眼觸爲緣所生諸受乃至意觸爲緣所生諸受及彼施設亦不可得地界乃至識界及彼施設亦不可得因緣乃至增上緣及彼施設亦不可得從緣所生諸法及彼施設亦不可得無明乃至老死及彼施設亦不可得布施乃至般若波羅蜜多及彼施設亦不可得內空乃至無性自性空及彼施設亦不可得眞如乃至不思議界及彼施設亦不可得苦集滅道聖諦及彼施設亦不可得四念住乃至八聖道支及彼施設亦不可得四靜慮四無量四無色定及彼施設亦不可得空無相無願解脫門及彼施設亦不可得八解脫乃至十遍處及彼施設亦不可得淨觀地乃至如來地及彼施設亦不可得極喜地乃至法雲地及彼施設亦不可得陀羅尼門三摩地門及彼施設亦不可得五眼六神通及彼施設亦不可得如來十力乃至十八佛不共法及彼施設亦不可得大慈大悲大喜大捨及彼施設亦不可得無忘失法恒住捨性及彼施設亦

不可得一切智道相智一切相智及彼施設亦不可得預流果乃至獨覺菩提及彼施設亦不可得一切菩薩摩訶薩行諸佛無上正等菩提及彼施設亦不可得有漏無漏法及彼施設亦不可得世間出世間法及彼施設亦不可得有爲無爲法及彼施設亦不可得三十二大士相八十隨好及彼施設亦不可得善現當知如有如來應正等覺化作四衆謂苾芻苾芻尼鄔波索迦鄔波斯迦假使化佛或經一劫或一劫餘爲化四衆宣說正法於意云何如是化衆頗有能得或預流果或一來果或不還果或阿羅漢果或獨覺菩提或得無上正等菩提不退記不善現對曰不也世尊所以者何是諸化衆都無實事非無實法可有得果不退轉記佛告善現諸法亦爾皆本性空都無實事於中何等菩薩摩訶薩爲何等有情說何等法可令證得或預流果乃至或得不退轉記善現當知諸菩薩摩訶薩雖爲有情宣說空法而諸有情實不可得哀愍彼墮顚倒法故拔濟令住無顚倒法無顚倒者謂無分別無分別者無顚倒故若有分別則有顚倒彼等流故善現當知顚倒即是無顚倒法無顚倒中無我有情廣說乃至知者見者亦無色蘊乃至識蘊乃至亦無三十二相八十隨好善現當知此無所有即本性空諸菩薩摩訶薩行深般若波羅蜜多時安住此中見諸有情墮顚倒想方便善巧令得解脫謂令解脫無我我想廣說乃至無知見者知見者想亦令解脫無色色想廣說乃至無八十隨好八十隨好想亦令解脫五

取蘊等諸有漏法亦令解脫四念住等諸無漏法所以者何四念住等諸無漏法非如勝義無生無滅無相無爲無戲論無分別是故亦應解脫彼法眞勝義者即本性空此本性空即是諸佛所證無上正等菩提善現當知此中無我乃至見者可得亦無色蘊乃至識蘊可得亦無眼處乃至意處可得亦無色處乃至法處可得亦無眼界乃至意界可得亦無色界乃至法界可得亦無眼識界乃至意識界可得亦無眼觸乃至意觸可得亦無眼觸爲緣所生諸受乃至意觸爲緣所生諸受可得亦無地界乃至識界可得亦無因緣乃至增上緣可得亦無從緣所生諸法可得亦無無明乃至老死可得亦無布施乃至般若波羅蜜多可得亦無内空乃至無性自性空可得亦無眞如乃至不思議界可得亦無苦集滅道聖諦可得亦無四念住乃至八聖道支可得亦無四靜慮四無量四無色定可得亦無空無相無願解脫門可得亦無八解脫乃至十遍處可得亦無淨觀地乃至如來地可得亦無極喜地乃至法雲地可得亦無陀羅尼門三摩地門可得亦無五眼六神通可得亦無如來十力乃至十八佛不共法可得亦無大慈大悲大喜大捨可得亦無無忘失法恒住捨性可得亦無一切智道相智一切相智可得亦無預流果乃至獨覺菩提可得亦無菩薩摩訶薩行諸佛無上正等菩提可得亦無三十二大士相八十隨好可得善現當知諸菩薩摩訶薩不爲無上正等菩提道故求趣無上正等菩提唯爲諸法本性空故

求趣無上正等菩提是本性空前中後際常本性空未常不空諸菩薩摩訶薩住本性空波羅蜜多爲欲解脱諸有情類執有情想及法想故行道相智是菩薩摩訶薩行道相智時即行一切道謂聲聞道若獨覺道若菩薩道若如來道善現當知是菩薩摩訶薩於一切道得圓滿已成熟有情嚴淨佛土留諸壽行趣證無上正等菩提既證無上正等菩提能令佛眼常不斷壞何謂佛眼謂本性空過去未來現在諸佛住十方界謂諸有情宣説正法無不皆用此本性空而爲佛眼善現當知必無諸佛離本性空而出世者諸佛出世無不皆説本性空義所化有情要聞佛説本性空義乃入聖道得聖道果離本性空無別方便是故善現諸菩薩摩訶薩欲疾證得一切智智應正安住本性空理修行六種波羅蜜多及餘菩薩摩訶薩行若正安住本性空理修行六種波羅蜜多及餘菩薩摩訶薩行終不退失一切智智常能饒益一切有情具壽善現便白佛言諸菩薩摩訶薩甚奇希有雖行一切法本性皆空而於本性空常無失壞謂不執色受想行識異本性空乃至不執諸佛無上正等菩提異本性空世尊色即是本性空本性空即是色乃至諸佛無上正等菩提即是本性空本性空即是諸佛無上正等菩提佛告善現如是如是如汝所説諸菩薩摩訶薩甚奇希有雖行一切法皆本性空而於本性空常無失壞善現當知色不異本性空本性空不異色色即是本性空本性空即是色乃至諸佛無上正等菩提不異本性

空本性空不異諸佛無上正等菩提諸佛無上正等菩提即是本性空本性空即是諸佛無上正等菩提善現當知若色異本性空本性空異色色非本性空本性空非色乃至諸佛無上正等菩提異本性空本性空異諸佛無上正等菩提諸佛無上正等菩提非本性空本性空非諸佛無上正等菩提者則諸菩薩摩訶薩行深般若波羅蜜多時不應觀一切法皆本性空亦不應能證得一切智智善現當知以色不異本性空本性空不異色色即是本性空本性空即是色乃至諸佛無上正等菩提不異本性空本性空不異諸佛無上正等菩提諸佛無上正等菩提即是本性空本性空即是諸佛無上正等菩提故諸菩薩摩訶薩行深般若波羅蜜多時觀一切法皆本性空而能證得一切智智所以者何離本性空無有一法是實是常可壞可斷本性空中亦無一法是實是常可壞可斷但諸愚夫迷謬顛倒起別異想謂分別色異本性空乃至分別諸佛無上正等菩提異本性空是諸愚夫分別諸法與本性空有差別故不如實知色不如實知受想行識由不知故便執著色執著受想行識由執著故便於色計我我所於受想行識計我我所由妄計故著內外物受後身色受想行識由此不能解脫諸趣生老病死愁憂苦惱往來三有輪轉無窮由此因緣諸菩薩摩訶薩住本性空波羅蜜多行深般若波羅蜜多不執受色亦不壞色若空若不空乃至不執受諸佛無上正等菩提亦不壞諸佛無上正等菩提若空若不空

所以者何色不壞空空不壞色謂此是色此是空乃至諸佛無上正等菩提不壞空空不壞諸佛無上正等菩提謂此是諸佛無上正等菩提此是空譬如虛空不壞虛空內虛空界不壞外虛空界外虛空界不壞內虛空界如是善現色不壞空空不壞色乃至諸佛無上正等菩提不壞空空不壞諸佛無上正等菩提所以者何如是諸法俱無自性不可分別謂此是空此是不空以一切法皆本性空本性空中無差別故

大般若波羅蜜多經卷第五百三十三

音釋

三摩地梵語也亦云三摩鉢底此云等持謂離沉掉曰等令心住一境性曰持　忿恚忿房吻切怒也恚於避切恨怒也　苾芻苾薄密切芻楚俱切草名含五義一體性柔軟二引蔓旁布三馨香遠聞四能療疼痛五不背日光以比丘之德似之故名比丘為苾芻　鄔波索迦梵語也此云近事男鄔安古切　鄔波斯迦梵語也此云近事女

大般若波羅蜜多經卷第五百三十四

唐三藏法師玄奘奉　詔譯

第三分施等品第二十九之三

爾時善現便白佛言若一切法皆本性空本性空中都無差別諸菩薩摩訶薩爲何所住發趣無上正等菩提作是願言我當趣證廣大無上正等菩提轉妙法輪度有情衆世尊無上正等菩提廣大甚深無二行相非二行相而能證得諸菩薩摩訶薩云何能證所求無上正等菩提惟願如來哀愍爲說佛告善現如是如是如汝所說諸佛無上正等菩提廣大甚深無二行相非二行相而能證得所以者何菩提無二亦無分別若於菩提行於二相有分別者必不能證廣大無上正等菩提善現當知諸菩薩摩訶薩不於菩提行於二相亦不分別都無所住發趣無上正等菩提諸菩薩摩訶薩於諸法中不行二相亦不分別都無所行便能趣證廣大無上正等菩提善現當知諸菩薩摩訶薩所求無上正等菩提非行二相而能證得諸菩薩摩訶薩所有菩提都無行處謂不行色受想行識不行眼處乃至意處不行色處乃至法處不行眼界乃至意界不行色界乃至法界不行眼識界乃至意識界不行眼觸乃至意觸不行眼觸爲緣所生諸受乃至意觸爲緣所生諸受不行地界乃至識界不行因緣乃至增上緣不行從緣所生諸法不行無明乃至老死不行布施乃至般若波羅蜜多不行內空乃至無性自性空不行眞如乃至不思議界不行苦集滅道聖諦不行四念住乃至八聖道支

不行四靜慮四無量四無色定不行空無相無願解脫門不行八解脫乃至十遍處不行淨觀地乃至如來地不行極喜地乃至法雲地不行陀羅尼門三摩地門不行五眼六神通不行如來十力乃至十八佛不共法不行大慈大悲大喜大捨不行三十二大士相八十隨好不行無忘失法恒住捨性不行一切智道相智一切相智不行預流果乃至獨覺菩提不行菩薩摩訶薩行不行無上正等菩提所以者何諸菩薩摩訶薩所有菩提不緣名聲執我我所謂彼菩提不作是念我行於色受想行識乃至無上正等菩提復次善現諸菩薩摩訶薩所有菩提非取故行非捨故行於一切法無所分別具壽善現便白佛言若菩薩摩訶薩所有菩提非取故行非捨故

行於一切法無所分別諸菩薩摩訶薩所有菩提當行何處佛告善現於意云何諸佛化身所有菩提當行何處爲取故行爲捨故行善現對曰不也世尊諸佛化身實無所有云何可說所有菩提於是處行若取若捨佛告善現於意云何諸阿羅漢夢中菩提當行何處爲取故行爲捨故行善現對曰不也世尊諸阿羅漢煩惱永盡惛沉睡眠蓋纏俱滅畢竟無夢云何當有夢中菩提於是處行若取若捨佛告善現如是如是如汝所說諸菩薩摩訶薩行深般若波羅蜜多所有菩提亦復如是非取故行非捨故行都無行處達一切法本性空故具壽善現復白佛言若菩薩摩訶薩行深般若波羅蜜多所有菩提非取故行非捨故行都無行處謂不行色受想行識

廣說乃至不行無上正等菩提亦復不行一切智智將無菩薩摩訶薩衆不行十地不行布施乃至般若波羅蜜多不行四念住乃至八聖道支不行十八空不行靜慮等持等至乃至不行如來十力四無所畏四無礙解十八佛不共法不行大慈大悲大喜大捨廣說乃至八十隨好及餘無量無邊佛法不住菩薩殊勝神通成熟有情嚴淨佛土而能證得一切智智佛告善現諸菩薩摩訶薩所有菩提雖無行處而諸菩薩摩訶薩衆爲欲饒益諸有情故要行十地及行布施波羅蜜多廣說乃至要住菩薩殊勝神通成熟有情嚴淨佛土乃能證得一切智智具壽善現復白佛言諸菩薩摩訶薩所有菩提若無行處將無菩薩摩訶薩衆爲欲饒益諸有情故不住十地久修令滿不住布施乃至般若波羅蜜多久修令滿廣說乃至不住菩薩殊勝神通成熟有情嚴淨佛土久修令滿而能證得一切智智佛告善現諸菩薩摩訶薩所有菩提雖無行處而諸菩薩摩訶薩衆爲欲饒益諸有情故要住十地久修令滿要住布施乃至般若波羅蜜多久修令滿廣說乃至要住菩薩殊勝神通成熟有情嚴淨佛土久修令滿乃能證得一切智智善現當知若菩薩摩訶薩修諸善根未總圓滿終不能得一切智智復次善現若菩薩摩訶薩欲得無上正等菩提應住色本性空應住受想行識本性空廣說乃至應住菩薩摩訶薩行本性空應住無上正等菩提本性空應住一切法本性空應住一切有情本性空修行十地令得圓滿修行

布施乃至般若波羅蜜多令得圓滿廣說乃至修行菩薩殊勝神通成熟有情嚴淨佛土令圓滿已便得無上正等菩提善現當知是一切法本性空理及諸有情本性空理最極寂靜無有少法能增能減能生能滅能斷能常能染能淨能得果能現觀善現當知諸菩薩摩訶薩依世俗故說修般若波羅蜜多如實了知本性空已證得無上正等菩提不依勝義所以者何勝義諦中無色可得亦無受想行識可得廣說乃至無諸菩薩摩訶薩行可得亦無無上正等菩提可得無行菩薩摩訶薩行者可得亦無證得諸佛無上正等菩提者可得善現當知如是諸法及諸有情皆依世俗言說施設不依勝義善現當知諸菩薩摩訶薩行深般若波羅蜜多從初發心雖極猛利爲諸有情行菩提行而於此心都無所得於諸有情亦無所得於大菩提亦無所得於佛菩薩亦無所得以一切法一切有情皆本性空不可得故爾時善現便白佛言若一切法都無所有皆本性空無所得者云何菩薩摩訶薩行菩提行云何能得無上菩提佛告善現於意云何汝於先時依止斷界斷身見等諸煩惱結得無漏根住無間定證預流果次一來果次不還果後阿羅漢果汝於彼時頗見有夢若心若道若諸道果有可得不善現對曰不也世尊佛告善現若汝彼時都無所得云何言得阿羅漢果善現答言依世俗說不依勝義佛告善現如是如是如汝所說諸菩薩摩訶薩亦復如是依世俗說行菩提行得大菩提不依勝義善現當知依世

俗故施設有色受想行識廣說乃至依世俗故施設菩薩摩訶薩行施設無上正等菩提依世俗故施設有情菩薩諸佛不依勝義善現當知諸菩薩摩訶薩不見有法能於無上正等菩提有增有減有益有損以一切法本性空故善現當知諸菩薩摩訶薩於一切法觀本性空尚不可得況初發心而有可得最初發心尚不可得況修初地乃至十地布施等六波羅蜜多三十七種菩提分法三解脫門乃至無量無邊佛法而有可得若有可得定無是處如是善現諸菩薩摩訶薩行深般若波羅蜜多方便善巧行菩提行證大菩提度有情衆常無間斷爾時善現復白佛言若菩薩摩訶薩雖勤精進修行布施乃至般若波羅蜜多安住內空乃至無性自性空安住

眞如乃至不思議界安住苦集滅道聖諦修行四念住乃至八聖道支修行四靜慮四無量四無色定修行空無相無願解脫門修行八解脫乃至十遍處修行極喜地乃至法雲地修行一切陀羅尼門三摩地門修行五眼六神通修行如來十力乃至十八佛不共法修行大慈大悲大喜大捨修行三十二大士相八十隨好修行無忘失法恒住捨性修行一切智道相智一切相智修行菩薩摩訶薩行修行無上正等菩提若菩提道修未圓滿不能證得無上菩提云何菩薩摩訶薩修菩提道令得圓滿能證無上正等菩提佛告善現若菩薩摩訶薩行深般若波羅蜜多方便善巧由此方便善巧力故修行布施波羅蜜多時不得布施不得施者不得受者不得所

爲亦不遠離如是諸法而行布施波羅蜜多是菩薩摩訶薩如是施時則能圓滿修菩提道速得成就如是善現諸菩薩摩訶薩行深般若波羅蜜多方便善巧修菩提道令得圓滿能證無上正等菩提於淨戒等波羅蜜多乃至菩薩摩訶薩行及佛無上正等菩提隨其所應廣說亦爾爾時舍利子白佛言世尊云何菩薩摩訶薩行深般若波羅蜜多時勇猛正勤修菩提道佛告舍利子若菩薩摩訶薩行深般若波羅蜜多時方便善巧不和合色乃至識不離散色乃至識不和合眼處乃至意處不離散眼處乃至意處不和合色處乃至法處不離散色處乃至法處不和合眼界乃至意界不離散眼界乃至意界不和合色界乃至法界不離散色界乃至法界不和合眼識界乃至意識界不離散眼識界乃至意識界不和合眼觸乃至意觸不離散眼觸乃至意觸不和合眼觸爲緣所生諸受乃至意觸爲緣所生諸受不離散眼觸爲緣所生諸受乃至意觸爲緣所生諸受不和合地界乃至識界不離散地界乃至識界不和合因緣乃至增上緣不離散因緣乃至增上緣不和合從緣所生諸法不離散從緣所生諸法不和合無明乃至老死不離散無明乃至老死不和合布施乃至般若波羅蜜多不離散布施乃至般若波羅蜜多不和合内空乃至無性自性空不離散内空乃至無性自性空不和合眞如乃至不思議界不離散眞如乃至不思議界不和合苦集滅道聖諦不離散苦集滅道聖諦不和合四念住乃至八聖道

支不離散四念住乃至八聖道支不和合四靜慮四無量四無色定不離散四靜慮四無量四無色定不和合空無相無願解脫門不離散空無相無願解脫門不和合八解脫乃至十遍處不離散八解脫乃至十遍處不和合淨觀地乃至如來地不離散淨觀地乃至如來地不和合極喜地乃至法雲地不離散極喜地乃至法雲地不和合陀羅尼門三摩地門不離散陀羅尼門三摩地門不和合五眼六神通不離散五眼六神通不和合如來十力乃至十八佛不共法不離散如來十力乃至十八佛不共法不和合大慈大悲大喜大捨不離散大慈大悲大喜大捨不和合三十二大士相八十隨好不離散三十二大士相八十隨好不和合無忘失法恒住捨性不離散無忘失法恒住捨性不和合一切智道相智一切相智不離散一切智道相智一切相智不和合預流果乃至獨覺菩提不離散預流果乃至獨覺菩提不和合一切菩薩摩訶薩行諸佛無上正等菩提不離散一切菩薩摩訶薩行諸佛無上正等菩提何以故如是諸法皆無自性可令和合及離散故如是舍利子諸菩薩摩訶薩行深般若波羅蜜多時勇猛正勤修菩提道時舍利子復白佛言若一切法都無自性可令和合及離散者云何菩薩摩訶薩引發般若波羅蜜多於中修學若菩薩摩訶薩不學般若波羅蜜多終不能得所求無上正等菩提佛告舍利子如是如是如汝所說若菩薩摩訶薩不學般若波羅蜜多終不能得所求無上正等菩提舍利

子若菩薩摩訶薩求證無上正等菩提要學般若波羅蜜多乃能證得舍利子諸菩薩摩訶薩所求無上正等菩提要有方便善巧乃能證得非無方便善巧而能證得舍利子諸菩薩摩訶薩行深般若波羅蜜多時若見有法自性可得則應可取不見有法自性可得當何所取所謂不取此是般若波羅蜜多此是靜慮精進安忍淨戒布施波羅蜜多此是色蘊乃至識蘊此是眼處乃至意處此是色處乃至法處此是眼界乃至意界此是色界乃至法界此是眼識界乃至意識界此是眼觸乃至意觸此是眼觸爲緣所生諸受乃至意觸爲緣所生諸受此是地界乃至識界此是因緣乃至增上緣此是從緣所生諸法此是無明乃至老死此是內空乃至無性自性空此是眞如乃至不思議界此是苦集滅道聖諦此是四念住乃至八聖道支此是四靜慮四無量四無色定此是空無相無願解脫門此是八解脫乃至十遍處此是淨觀地乃至如來地此是極喜地乃至法雲地此是陀羅尼門三摩地門此是五眼六神通此是如來十力乃至十八佛不共法此是大慈大悲大喜大捨此是三十二大士相八十隨好此是無忘失法恒住捨性此是一切智道相智一切相智此是預流果乃至獨覺菩提此是一切菩薩摩訶薩行此是諸佛無上正等菩提此是異生此是聲聞此是獨覺此是菩薩摩訶薩此是如來應正等覺舍利子諸菩薩摩訶薩行深般若波羅蜜多如實了知一切法性皆不可取所謂般若乃至布施波羅蜜

多皆不可取色蘊乃至識蘊皆不可取眼處乃至意處皆不可取色處乃至法處皆不可取眼界乃至意界皆不可取色界乃至法界皆不可取眼識界乃至意識界皆不可取眼觸乃至意觸皆不可取眼觸爲緣所生諸受乃至意觸爲緣所生諸受皆不可取地界乃至識界皆不可取因緣乃至增上緣皆不可取從緣所生諸法皆不可取無明乃至老死皆不可取四念住乃至八聖道支皆不可取內空乃至無性自性空皆不可取眞如乃至不思議界皆不可取苦集滅道聖諦皆不可取四靜慮四無量四無色定皆不可取空無相無願解脫門皆不可取八解脫乃至十遍處皆不可取淨觀地乃至如來地皆不可取極喜地乃至法雲地皆不可取陀羅尼門三摩地門皆不可取五眼六神通皆不可取如來十力乃至十八佛不共法皆不可取大慈大悲大喜大捨皆不可取三十二大士相八十隨好皆不可取無忘失法恒住捨性皆不可取一切智道相智一切相智皆不可取預流果乃至獨覺菩提皆不可取一切菩薩摩訶薩行諸佛無上正等菩提皆不可取一切異生聲聞獨覺菩薩如來皆不可取舍利子諸菩薩摩訶薩行深般若波羅蜜多如實了知一切法性不可取故於一切法得無障礙舍利子此不可取波羅蜜多即是無障波羅蜜多如是無障波羅蜜多即是般若波羅蜜多諸菩薩摩訶薩應於中學舍利子若菩薩摩訶薩能於中學於一切法都無所得尚不得學況得無上正等菩提況得般若波羅蜜

多況得異生聲聞獨覺菩薩佛法何以故舍利子無有少法實有自性於無自性一切法中何等是異生法何等是預流乃至諸佛法舍利子如是諸法既不可得依何等法可施設有補特伽羅補特伽羅既不可得云何可說此是異生此是預流乃至如來應正等覺時舍利子便白佛言若一切法都無自性皆非實有依何等事而可了知此是異生此是異生法廣說乃至此是如來應正等覺此是如來應正等覺法佛告舍利子於意云何爲實有色或曾或當如諸愚夫異生執不爲實有受想行識或曾或當如諸愚夫異生執不廣說乃至爲實有諸佛無上正等菩提或曾或當如諸愚夫異生執不爲實無異生乃至如來應正等覺或曾或當如諸愚夫異生執不舍利子曰不也世尊但由顛倒愚夫異生有如是執佛告舍利子諸菩薩摩訶薩行深般若波羅蜜多方便善巧雖觀諸法都無自性皆非實有而依世俗發趣無上正等菩提爲諸有情方便宣說令得正解離諸顛倒時舍利子復白佛言云何菩薩摩訶薩行深般若波羅蜜多時方便善巧由此方便善巧力故雖觀諸法都無自性皆非實有而依世俗發趣無上正等菩提爲諸有情方便宣說令得正解離諸顛倒佛告舍利子諸菩薩摩訶薩行深般若波羅蜜多時成就如是方便善巧謂都不見少有實法可於中住由於中住而有罣礙由罣礙故而有退沒由退沒故心便羸劣心羸劣故便生懈怠舍利子以一切法都無實事無我我所皆用無性而爲自性

本性空寂自相空寂唯有一切愚夫異生迷謬顛倒執著色蘊乃至識蘊執著眼處乃至意處執著色處乃至法處執著眼界乃至意界執著色界乃至法界執著眼識界乃至意識界執著眼觸乃至意觸執著眼觸爲緣所生諸受乃至意觸爲緣所生諸受執著地界乃至識界執著因緣乃至增上緣執著從緣所生諸法執著無明乃至老死執著布施乃至般若波羅蜜多執著內空乃至無性自性空執著眞如乃至不思議界執著苦集滅道聖諦執著四念住乃至八聖道支執著四靜慮四無量四無色定執著空無相無願解脫門執著八解脫乃至十遍處執著淨觀地乃至如來地執著極喜地乃至法雲地執著陀羅尼門三摩地門執著五眼六神通執著如來十力乃至十八佛不共法執著大慈大悲大喜大捨執著三十二大士相八十隨好執著無忘失法恒住捨性執著一切智道相智一切相智執著預流果乃至獨覺菩提執著菩薩摩訶薩行執著無上正等菩提執著異生乃至如來應正等覺由此因緣諸菩薩摩訶薩觀一切法都無實事無我我所皆用無性而爲自性本性空寂自相空寂行深般若波羅蜜多自立如幻師爲有情說法諸慳貪者爲說布施諸犯戒者爲說淨戒諸瞋忿者爲說安忍諸懈怠者爲說精進諸散亂者爲說靜慮諸惡慧者爲說般若是菩薩摩訶薩安立有情令住布施乃至般若波羅蜜多已復爲宣說能出生死殊勝聖法令諸有情依之修學或得預流果或得一來果或得不還

果或得阿羅漢果或得獨覺菩提或入菩薩摩訶薩位或住無上正等菩提時舍利子復白佛言諸菩薩摩訶薩行深般若波羅蜜多時云何不名有所得者謂諸有情實無所有而令安住布施淨戒安忍精進靜慮般若波羅蜜多復爲宣説能出生死殊勝聖法或令得預流果乃至或令證得無上正等菩提佛告舍利子諸菩薩摩訶薩行深般若波羅蜜多時於諸有情非有所得所以者何是菩薩摩訶薩行深般若波羅蜜多時不見有情少實可得唯有世俗假説有情舍利子諸菩薩摩訶薩行深般若波羅蜜多時安住二諦爲諸有情宣説正法何等爲二一者世俗二者勝義舍利子雖二諦中有情施設俱不可得而諸菩薩摩訶薩行深般若波羅蜜多時方便善巧爲諸有情宣説法要令諸有情聞正法已於現法中尚不得我何況當得所求聖果如是舍利子菩薩摩訶薩行深般若波羅蜜多方便善巧雖爲有情宣説法要令修正行得所證果而心於彼都無所得了知諸法不可得故時舍利子便白佛言此諸菩薩摩訶薩是眞菩薩摩訶薩雖於諸法不得一性不得異性不得總性不得別性而著如是大功德鎧由著如是大功德鎧不生欲界不生色界不生無色界不見有爲界不見無爲界雖化有情令出三界而於有情都無所得亦復不得有情施設有情施設不可得故無縛無解無縛解故無染無淨無染淨故諸趣差別不可了知諸趣差別不可了知故無業無煩惱無業煩惱故亦無異熟果既無異熟果

如何得有我及有情流轉諸趣生三界等種種差別佛告舍利子如是如是如汝所說舍利子若有情類先有後無菩薩如來應有過失先無後有理亦不然諸趣輪迴有無亦爾是故舍利子若如來出世若不出世法性常住眞如法界不虛妄性終無改易以一切法法性法界法住法定眞如實際猶如虛空此中尚無我等可得況有色等諸法可得既無色等諸法可得如何當有諸趣輪迴諸趣輪迴既不可得如何當有成熟有情令其解脫但依世俗假說爲有舍利子以如是法自性皆空諸菩薩摩訶薩從過去佛如實聞已爲脫有情顚倒執著求趣無上正等菩提於求趣時不作是念我於此法已得當得令彼有情已度當度所執著處生死衆苦舍利子是菩薩摩訶薩爲脫有情顚倒執著被功德鎧大誓莊嚴勇猛正勤無所戀著不退無上正等菩提恒於菩提不生疑惑謂我當得不當得耶但正念言我定當得所求無上正等菩提作諸有情眞實饒益謂令解脫迷謬顚倒諸趣輪迴受生死苦舍利子是菩薩摩訶薩雖脫有情迷謬顚倒諸趣生死而無所得唯依世俗說有是事舍利子如巧幻師或彼弟子依常幻術化作無量百千俱胝那庾多衆復化種種上妙飲食施幻有情皆令飽滿作此事已歡喜唱言我以獲得廣大福聚於意云何此巧幻師或彼弟子實使有情得飽滿不舍利子曰不也世尊佛告舍利子菩薩摩訶薩亦復如是從初發心爲欲度脫諸有情故修行布施乃至般若波羅蜜多安住內空

乃至無性自性空安住眞如乃至不思議界安住苦集滅道聖諦修行四念住乃至八聖道支修行四靜慮四無量四無色定修行空無相無願解脫門修行八解脫乃至十遍處修行極喜地乃至法雲地修行陀羅尼門三摩地門修行五眼六神通修行如來十力乃至十八佛不共法修行大慈大悲大喜大捨修行三十二大士相八十隨好修行無忘失法恒住捨性修行一切智道相智一切相智圓滿菩薩大菩提道成熟有情嚴淨佛土舍利子諸菩薩摩訶薩雖作此事而於有情及一切法都無所得不作是念我以此法調伏如是諸有情類令其遠離顛倒執著不復往來受生死苦爾時具壽善現便白佛言世尊何謂菩薩大菩提道諸菩薩摩訶薩修行此道方便善巧成熟有情嚴淨佛土速證無上正等菩提佛告善現諸菩薩摩訶薩從初發心所行布施乃至般若波羅蜜多廣說乃至所行一切智道相智一切相智及餘無量無邊佛法皆是菩薩大菩提道諸菩薩摩訶薩修行此道方便善巧成熟有情嚴淨佛土速證無上正等菩提而無有情佛土等想具壽善現復白佛言云何菩薩摩訶薩修行布施波羅蜜多時方便善巧成熟有情佛告善現有菩薩摩訶薩修行布施波羅蜜多時方便善巧自行布施亦勸他行布施慇勤教誡教授彼言諸善男子莫著布施若著布施當更受身若更受身由斯展轉當受無量無邊大苦諸善男子勝義諦中都無布施亦無施者受者施物及諸施果如是諸法本性皆空本

性空中無法可取諸法空性亦不可取如是善現諸菩薩摩訶薩修行布施波羅蜜多時雖於有情自能行施亦勸他施而於布施施者受者施物施果都無所得如是布施波羅蜜多名無所得波羅蜜多善現當知是菩薩摩訶薩於此諸法無所得時方便善巧能化有情住預流果廣説乃至或趣無上正等菩提如是善現諸菩薩摩訶薩修行布施波羅蜜多時成熟有情令得利樂善現當知是菩薩摩訶薩自行布施亦勸他行布施恒正稱揚行布施法歡喜讚歎行布施者是菩薩摩訶薩修行如是大布施已或生剎帝利大族或生婆羅門大族或生長者大族或生居士大族豐饒財寶或作小王於小國土富貴自在或作大王於大國土富貴自在或作輪王於四洲界富貴自在是菩薩摩訶薩生如是等諸尊貴處以四攝事攝諸有情先教有情安住布施由是漸次令住淨戒安忍精進靜慮般若復令安住四靜慮四無量四無色定復令安住三十七種菩提分法復令安住三解脫門是菩薩摩訶薩令諸有情住如是等諸善法已或令趣入正性離生得預流果乃至令得阿羅漢果或令趣入正性離生漸次證得獨覺菩提或令趣入正性離生漸次修學諸菩薩地速證無上正等菩提復告彼言諸善男子當發大願速趣無上正等菩提作諸有情勝饒益事諸有情類虛妄分別所執諸法皆無自性但由顛倒妄執爲有是故汝等當勤精進自斷顛倒亦勸他斷自脫生死亦令他脫自得大利亦令他得

大般若波羅蜜多經卷第五百三十四

音釋

惛沉 惛呼昆切心不明也

補特伽羅 梵語也或云福伽羅或富特伽羅此云數取趣謂數數往來諸趣也

羸劣 羸倫爲切劣力輟切羸劣瘦弱也

那庾多 梵語也此云萬億庾弋渚切

大般若波羅蜜多經卷第五百三十五

唐三藏法師玄奘奉詔譯

第三分施等品第二十九之四

善現當知諸菩薩摩訶薩常應如是修行布施波羅蜜多由此布施波羅蜜多從初發心乃至究竟不墮惡趣貧賤邊鄙爲欲利樂諸有情故多生人趣作轉輪王富貴自在多所饒益所以者何隨種威勢感如是果謂彼菩薩作轉輪王見乞者來便作是念我爲何事流轉生死作轉輪王豈我不爲利樂有情住生死中受斯勝果不爲餘事作是念已告乞者言隨汝所須種種財寶吾皆當施汝取物時如取已物莫作他想所以者何我爲汝等得安樂故而受此身積集財物故此財物是汝等有隨汝自取若自受用若轉施他勿生疑難是菩薩摩訶薩如是憐愍諸有情時無緣大悲速得圓滿由此大悲速圓滿故雖恒利樂無量有情而於有情都無所得亦復不得所感勝果能如實知但由世俗言說施設利樂種種諸有情事又如實知所施設事皆如響像雖現似有而無眞實由斯於法都無所取善現當知諸菩薩摩訶薩常應如是修行布施波羅蜜多謂於有情無所顧戀乃至能施自身骨肉況不能捨諸外資具謂諸資具攝受有情令速解脫生老病死具壽善現便白佛言何等資具攝受有情令速解脫生老病死佛告善現謂修布施乃至般若波羅蜜多所有資具若住内空乃至無性自性空所有資具若住眞如乃至不思議界所有資具若住苦集滅道聖諦所有資具若修四念

住乃至八聖道支所有資具若修四靜慮四無量四無色定所有資具若修空無相無願解脱門所有資具若修八解脱乃至十遍處所有資具若修淨觀地乃至如來地所有資具若修極喜地乃至法雲地所有資具若修一切陁羅尼門三摩地門所有資具若修五眼六神通所有資具若修如來十力乃至十八佛不共法所有資具若修大慈大悲大喜大捨所有資具若修無忘失法恒住捨性所有資具若修一切智道相智一切相智所有資具若得預流果乃至獨覺菩提所有資具若行菩薩摩訶薩行所有資具若證無上正等菩提所有資具善現當知諸如是等善法資具攝受有情令速解脱生老病死諸菩薩摩訶薩常以如是種種資具方便善巧攝受有情令速解脱生死衆苦復次善現諸菩薩摩訶薩安住布施波羅蜜多自行布施波羅蜜多勸諸有情行布施已若見有情毀破淨戒深生憐愍而告之言汝等皆應受持淨戒我當施汝種種資財令汝長夜無所匱乏汝等由乏諸資生具毀破淨戒作諸惡業我當隨汝所乏資具皆相給施令無所乏汝等安住淨戒律儀漸次當能作苦邊際依三乘法隨其所應出生死苦得涅槃樂善現當知是菩薩摩訶薩安住布施波羅蜜多自受持淨戒亦勸他受持淨戒恒正稱揚受持淨戒法歡喜讚歎受持淨戒者如是善現諸菩薩摩訶薩修行布施波羅蜜多勸諸有情安住淨戒脱生死苦得涅槃樂復次善現諸菩薩摩訶薩安住布施波羅蜜多見諸有情更相忿

恚深生憐愍而告之言汝等何緣更相忿恚汝等若爲有所匱乏展轉相於造諸惡者應從我索莫生疑難隨汝所須皆當施與汝等不應更相忿恚應修安忍共起慈心善現當知是菩薩摩訶薩安住布施波羅蜜多勸諸有情修安忍已欲令堅固復告之言忿恚因緣都無定實皆從虛妄分別所起以一切法本性空故汝等何緣於無實法妄生忿恚更相毀損汝等莫因虛妄分別更相忿恚造諸惡業當墮地獄傍生鬼界及餘惡處受諸重苦其苦楚毒剛强猛利切害身心最極難忍汝等莫執非實有事妄相忿恚作諸罪業由斯罪業下劣人身尚難可得況生天趣或生人中值佛聞法深心信受如說修行汝等當知人身難得佛出難遇生信復難聞法受行復難於是汝等今者既具斯事勿由忿恚而失好時若失此時則難救療是故汝等於諸有情莫生忿恚當修安忍善現當知是菩薩摩訶薩安住布施波羅蜜多自行安忍亦勸他行安忍恒正稱揚行安忍法歡喜讚歎行安忍者如是善現諸菩薩摩訶薩安住布施波羅蜜多勸諸有情修行安忍諸有情類由此展轉漸依三乘而得出離復次善現諸菩薩摩訶薩安住布施波羅蜜多見諸有情身心懈怠深生憐愍而告之言汝等何緣不勤精進修諸善法而生懈怠彼作是言我乏資具於諸善法不獲勤修菩薩告言我能施汝所乏資具令汝充足汝應勤修布施淨戒安忍精進靜慮般若時諸有情得是菩薩所施資具無所乏少便能發起身心精進修諸善

法疾得圓滿彼由諸善得圓滿故漸次引生諸無漏法因無漏法有得預流一來不還阿羅漢果或有獲得獨覺菩提或入菩薩正性離生漸次修行諸菩薩地當證無上正等菩提善現當知是菩薩摩訶薩安住布施波羅蜜多自行精進亦勸他行精進恒正稱揚行精進法歡喜讚歎行精進者如是善現諸菩薩摩訶薩安住布施波羅蜜多令諸有情遠離懈怠勤修諸善速得出離復次善現諸菩薩摩訶薩安住布施波羅蜜多見諸有情身心散亂深生憐愍而告之言汝等何緣不修靜慮散亂失念生死輪迴彼作是言我乏資具故於靜慮不能修習菩薩告言我能施汝所乏資具皆令充足汝等從今不應復起虛妄分別攀緣內外種種尋伺擾亂自心時諸有情得是菩薩所施資具無所乏少便能伏斷虛妄分別尋伺欲惡入初靜慮漸次復入第二第三第四靜慮依諸靜慮復能引發慈悲喜捨四種梵住靜慮無量爲所依止復能漸入四無色定靜慮無量無色調心令柔軟已修四念住展轉乃至八聖道支由此復能引空無相無願等法皆令滿足隨其所應得三乘果善現當知是菩薩摩訶薩安住布施波羅蜜多自修靜慮亦勸他修靜慮恒正稱揚修靜慮法歡喜讚歎修靜慮者如是善現諸菩薩摩訶薩安住布施波羅蜜多勸諸有情遠離散亂修諸靜慮獲大饒益復次善現諸菩薩摩訶薩安住布施波羅蜜多見諸有情愚癡顛倒深生憐愍而告之曰汝等何緣不修般若愚癡顛倒生死輪迴彼作是言我

乏資具故於般若不能修習菩薩告言我能施汝所乏資具令皆充足汝可受之先修布施淨戒安忍精進靜慮得圓滿已應審觀察諸法實相修行般若波羅蜜多謂於爾時應審觀察爲有少法而可得不謂我有情廣說乃至知者見者爲可得不色乃至識眼處乃至意處色處乃至法處眼界乃至意界色界乃至法界眼識界乃至意識界眼觸乃至意觸眼觸爲緣所生諸受乃至意觸爲緣所生諸受地界乃至識界因緣乃至增上緣從緣所生諸法無明乃至老死欲界色界無色界布施乃至般若波羅蜜多內空乃至無性自性空眞如乃至不思議界苦集滅道聖諦四念住乃至八聖道支四靜慮四無量四無色定空無相無願解脫門八解脫乃至十遍處淨觀地乃至如來地極喜地乃至法雲地陀羅尼門三摩地門五眼六神通如來十力乃至十八佛不共法大慈大悲大喜大捨三十二大士相八十隨好無忘失法恒住捨性一切智道相智一切相智預流果乃至獨覺菩提一切菩薩摩訶薩行諸佛無上正等菩提一一審察爲可得不彼諸有情既得資具無所匱乏依菩薩語先修布施淨戒安忍精進靜慮得圓滿已復審觀察諸法實相修行般若波羅蜜多審觀察時如先所說諸法實性皆不可得不可得故無所執著不執著故不見少法有生有滅有染有淨彼於諸法無所得時於一切處不生分別謂不分別此是地獄傍生鬼界若阿素洛若人若天亦不分別持戒破戒亦不分別異生聖者亦不分別此

是預流乃至此是菩薩諸佛亦不分別有爲無爲彼由如是無分別故隨其所應漸次證得三乘聖果善現當知是菩薩摩訶薩安住布施波羅蜜多自修般若亦勸他修般若恒正稱揚修般若法歡喜讚歎修般若者如是善現諸菩薩摩訶薩安住布施波羅蜜多勸諸有情勤修般若令獲殊勝畢竟安樂復次善現諸菩薩摩訶薩安住布施波羅蜜多自行布施乃至般若波羅蜜多亦勸他行布施乃至般若波羅蜜多已復見有情輪轉諸趣受生死苦未得解脫欲令解脫生死苦故先以種種資具饒益後以出世諸無漏法方便善巧而攝受之彼諸有情既得資具無所乏少身心勇猛能住內空乃至無性自性空能住眞如乃至不思議界能住苦集滅道聖諦能修四念住乃至八聖道支能修四靜慮四無量四無色定能修空無相無願解脫門能修八解脫乃至十遍處能修淨觀地乃至如來地能修極喜地乃至法雲地能修陀羅尼門三摩地門能修五眼六神通能修如來十力乃至十八佛不共法能修大慈大悲大喜大捨能修無忘失法恒住捨性能修一切智道相智一切相智能修諸餘無邊佛法彼諸有情由無漏法所攝受故解脫生死得涅槃樂善現當知是菩薩摩訶薩安住布施波羅蜜多自行種種勝無漏法亦勸他行種種勝無漏法恒正稱揚行種種勝無漏法歡喜讚歎行種種勝無漏法者如是善現諸菩薩摩訶薩安住布施波羅蜜多以無漏法攝受有情令脫生死得涅槃樂復次善現諸菩薩摩

訶薩安住布施波羅蜜多見諸有情無依無怙受諸苦惱資具匱乏深生憐愍而安慰言我能爲汝作所依怙令汝解脱所受苦事汝等所須衣服飲食及餘資具皆隨意索我當隨汝所索皆施令汝長夜利益安樂汝等受我所施物時如取已物莫生他想所以者何我於長夜積集財物但爲汝等得饒益故汝等今者以無難心於此財物隨意受取受已先應自正受用修諸善業後以此物施諸有情亦令修善謂令修行布施淨戒安忍精進靜慮般若波羅蜜多亦令安住内空乃至無性自性空亦令安住眞如乃至不思議界亦令安住苦集滅道聖諦亦令修行三十七種菩提分法亦令修行四靜慮四無量四無色定亦令修行三解脱門亦令修行八解脱乃至十遍處亦令修行淨觀地乃至如來地亦令修行極喜地乃至法雲地亦令修行陀羅尼門三摩地門亦令修行五眼六神通亦令修行如來十力乃至十八佛不共法亦令修行大慈大悲大喜大捨亦令修行無忘失法恒住捨性亦令修行一切智道相智一切相智亦令修行諸餘無量無邊佛法善現當知是菩薩摩訶薩如是教導諸有情已隨其所應復令修習諸無漏法住預流果或一來果乃至或住獨覺菩提或住無上正等菩提如是善現諸菩薩摩訶薩修行布施波羅蜜多方便善巧成熟有情令其解脱惡趣生死如應證得三乘涅槃具壽善現復白佛言云何菩薩摩訶薩修行淨戒波羅蜜多及餘菩薩大菩提道方便善巧成熟有情佛告善現有

菩薩摩訶薩修行淨戒波羅蜜多時方便善巧見諸有情資財匱乏煩惱熾盛不能修善憐愍告言汝等若為資財匱乏不能修善我當施汝種種資財汝等莫生煩惱惡業應正修學布施等善是菩薩摩訶薩安住淨戒波羅蜜多如應攝受諸有情類有慳貪者令修布施於身命財無所戀著有破戒者令修淨戒能正受行十善業道住律儀戒不破不穿無穢無雜亦無執取有忿恚者令修安忍毀辱加害心無變易有懈怠者令修精進修諸善法如救頭然有散亂者令修靜慮心恒寂定離諸散動有愚癡者令修妙慧執著法者令觀法空於餘功德有匱乏者令勤精進修餘功德如是善現諸菩薩摩訶薩安住淨戒波羅蜜多成熟有情方便善巧或令解脫諸惡趣苦或令證得三乘涅槃善現當知有菩薩摩訶薩修行餘四波羅蜜多及餘菩薩大菩提道一一皆能方便善巧以一切善成熟有情或令解脫諸惡趣苦或令證得三乘涅槃一一如前布施廣說

第三分佛國品第三十之一

爾時善現作是念言云何菩薩摩訶薩道諸菩薩摩訶薩安住其中被功德鎧利益安樂一切有情速能證得一切智智佛知其念告善現曰善現當知布施淨戒安忍精進靜慮般若波羅蜜多廣說乃至一切相智及餘無量無邊佛法皆是菩薩摩訶薩道復次善現總一切法皆是菩薩摩訶薩道復次善現於意云何頗有少法諸菩薩摩訶薩所不應學諸菩薩摩訶薩不學此法頗能證得一切智

智善現對曰不也世尊佛告善現如是如是定無少法諸菩薩摩訶薩所不應學諸菩薩摩訶薩不學此法必不能得一切智智所以者何若菩薩摩訶薩於一切法不能遍知不成如來應正等覺具壽善現便白佛言若一切法自性皆空云何菩薩摩訶薩衆學一切法將無世尊於無戲論而興戲論謂有諸法是此是彼由是爲是此法是世間此法是出世間此法是有漏此法是無漏此法是有爲此法是無爲此是異生法此是預流法廣說乃至此是菩薩法此是諸佛法佛告善現如是如是諸所有法自性皆空若一切法自性不空則諸菩薩摩訶薩應不能得一切智智以一切法自性皆空是故菩薩摩訶薩定能證得一切智智又汝所言若一切法自性皆空云何菩薩摩訶薩衆學一切法廣說乃至此是菩薩諸佛法者善現當知若諸有情知一切法自性皆空則諸菩薩摩訶薩不應學一切法亦不能得一切智智爲諸有情宣說一切法亦不能得一切智智爲諸有情宣說開示以諸有情不知諸法自性皆空是故菩薩摩訶薩定應學一切法亦能證得一切智智爲諸有情宣說開示善現當知諸菩薩摩訶薩於菩薩道初修學時應審觀察諸法自性皆不可得唯有虚妄分別所作我當審察諸法自性皆畢竟空不應於中有所執著謂不應執著色亦不應執著受想行識廣說乃至不應執著一切菩薩摩訶薩行亦不應執著諸佛無上正等菩提所以者何以一切法自性皆空空性不應執著空性空中空性尚不可得況有空性能執著空善現當知諸菩

薩摩訶薩如是觀察一切法時於諸法性雖不執著而於諸法常勤修學曾無厭倦是菩薩摩訶薩住此學中觀諸有情心行差別謂審觀察是諸有情心行何處既觀察已如實了知彼心但行虛妄分別所執著處爾時菩薩便作是念彼心既行虛妄分別所執著處我今解脫定不爲難是菩薩摩訶薩作此念已安住般若波羅蜜多方便善巧教授教誡諸有情言汝等今者皆應遠離虛妄分別所執著處趣入正法修諸善行復作是言汝等今者應行布施當得資具無所乏少然莫恃此而生憍逸所以者何此中都無堅實可得汝等今者應行淨戒安忍精進靜慮般若當得種種功德具足然莫恃此而生憍逸所以者何此中都無堅實可得廣說乃至汝等今者應行預流果乃至無上正等菩提及餘無量無邊佛法然莫恃此而生憍逸所以者何此中都無堅實可得是菩薩摩訶薩安住般若波羅蜜多方便善巧教授教誡諸有情時行菩薩道無所執著所以者何一切法性不應執著若能執著若所執著皆無自性以一切法自性空故善現當知諸菩薩摩訶薩如是修行菩薩道時於一切法都無所住以無所住而爲方便雖行布施乃至般若波羅蜜多而於其中都無所住廣說乃至雖行菩薩摩訶薩行諸佛無上正等菩提及餘無量無邊佛法而於其中都無所住所以者何如是自性行者行相一切皆空故於其中都無所住善現當知諸菩薩摩訶薩雖能得預流果廣說乃至獨覺菩提而於其中不欲證住所

以者何有二縁故云何爲二一者彼果都無自性能住所住俱不可得二者於彼不生喜足是故於中不欲證住謂諸菩薩摩訶薩衆恒作是念我定應得預流果乃至獨覺菩提不應不得然於其中不應證住所以者何我從初發無上正等菩提心來於一切時更無餘想唯求無上正等菩提然我定當證得無上正等菩提豈於中間應住餘果善現當知是菩薩摩訶薩從初發心乃至趣入菩薩所得正性離生曾無異想但求無上正等菩提善現當知是菩薩摩訶薩從得初地展轉乃至得第十地曾無異想但求無上正等菩提善現當知是菩薩摩訶薩專求無上正等菩提於一切時心無散亂諸有發起身語意業無不皆與菩提心俱善現當知是菩薩摩訶薩住菩提心起菩提道不爲餘事擾亂其心具壽善現便白佛言若一切法畢竟不生云何菩薩摩訶薩衆起菩提道佛告善現如是如是一切法皆不生此復云何諸無所作無所趣者知一切法皆不生故具壽善現復白佛言豈不諸佛出現世間若不出世諸法法性法爾常住佛告善現如是如是然諸有情不能解了諸法法性法爾常住輪迴生死受諸苦惱諸菩薩摩訶薩爲饒益彼起菩提道由菩提道令諸有情畢竟解脱生死衆苦證得常樂清淨涅槃爾時具壽善現復白佛言世尊諸菩薩摩訶薩爲用生道得菩提耶佛言不爾世尊爲用不生道得菩提耶佛言不爾世尊爲用生不生道得菩提耶佛言不爾世尊爲用非生非不生道得菩提耶佛言不

爾具壽善現便白佛言若爾菩薩摩訶薩云何當得菩提耶佛告善現菩提不由道非道得所以者何菩提即道道即菩提是故不由道非道得具壽善現復白佛言若菩提即道道即菩提者豈不菩薩摩訶薩已得菩提道應已得菩提若爾世尊何緣復爲諸菩薩說如來十力四無所畏四無礙解大慈大悲大喜大捨十八佛不共法三十二相八十隨好及餘無量無邊佛法令其修證佛告善現於意云何汝豈謂佛得菩提耶善現對曰不也世尊所以者何佛即菩提菩提即佛故不應謂佛得菩提佛告善現如是如是然汝所問豈不菩薩摩訶薩已得菩提道應已得菩提者善現當知諸菩薩摩訶薩修菩提道未得圓滿云何可說已得菩提善現當知諸菩薩摩訶薩若已圓滿布施淨戒安忍精進靜慮般若波羅蜜多廣說乃至一切相智及餘無量無邊佛法從此無間用一刹那金剛喻定相應般若永斷一切煩惱所知二障麤重習氣相續證得無上正等菩提乃至如來應正等覺於一切法得大自在具壽善現復白佛言云何菩薩摩訶薩嚴淨佛土佛告善現諸菩薩摩訶薩從初發心乃至究竟常自清淨身語意業三種麤重亦清淨他身語意業三種麤重便能嚴淨所居佛土具壽善現便白佛言何謂菩薩摩訶薩身語意業三種麤重佛告善現若害生命若不與取若欲邪行此三不善是名菩薩身業麤重若虛誑語若離間語若麤惡語若雜穢語此四不善是名菩薩語業麤重若貪欲若瞋恚若邪見此三不

善是名菩薩意業麤重復次善現若菩薩摩訶薩所有慳貪破戒忿恚懈怠散亂惡慧之心亦名麤重復次善現若菩薩摩訶薩戒蘊定蘊慧蘊解脱蘊解脱智見蘊皆不清淨亦名麤重復次善現若菩薩摩訶薩遠離四念住四正斷四神足五根五力七等覺支八聖道支廣説乃至一切菩薩摩訶薩行諸佛無上正等菩提亦名麤重復次善現若菩薩摩訶薩貪著預流果乃至獨覺菩提亦名麤重復次善現若菩薩摩訶薩起色蘊想乃至識蘊想亦名麤重廣説乃至起一切菩薩摩訶薩行想及諸佛無上正等菩提想亦名麤重起異生想聲聞想獨覺想菩薩想如來想亦名麤重起地獄想傍生想鬼界想人想天想男想女想亦名麤重起欲界想色界想無色界想亦名麤重起善想非善想有漏想無漏想世間想出世間想有爲想無爲想亦名麤重善現當知諸如是等無量無邊執著諸法及諸有情虚妄分别并所發起身語意業及彼種類無堪任性皆名麤重諸菩薩摩訶薩於此麤重皆應遠離復次善現諸菩薩摩訶薩行深般若波羅蜜多遠離如是所説麤重自行布施波羅蜜多亦勸他行布施波羅蜜多若諸有情須食與食須飲與飲須餘資具與餘資具隨處隨時隨所須物悉皆施與如自所行種種布施勸他亦爾如是施已持此善根與諸有情平等共有迴向所居嚴淨佛土速令圓滿利樂有情是菩薩摩訶薩自行淨戒乃至般若波羅蜜多亦勸他行淨戒乃至般若波羅蜜多作是事已持此善根與諸

有情平等共有迴向所居嚴淨佛土令速圓滿利樂有情復次善現有菩薩摩訶薩以通願力盛滿三千大千世界上妙七寶施佛法僧及佛制多施已歡喜發弘誓願我持如是所種善根與諸有情平等共有迴向所居嚴淨佛土當令我土七寶莊嚴一切有情隨意受用種種珍寶而無貪著復次善現有菩薩摩訶薩以通願力擊奏無量天上人中諸妙伎樂供養三寶及佛制多供已歡喜發弘誓願我持如是所種善根與諸有情平等共有迴向所居嚴淨佛土當令我土常奏如是諸妙伎樂有情聞者身心悅豫而無貪著復次善現有菩薩摩訶薩以通願力盛滿三千大千世界人中天上諸妙香華供養三寶及佛制多供已歡喜發弘誓願我持如是所種善

根與諸有情平等共有迴向所居嚴淨佛土當令我土常有如是諸妙香華有情受用身心悅豫而無貪著復次善現有菩薩摩訶薩以通願力營辦百味上妙飲食供養諸佛獨覺聲聞及諸菩薩摩訶薩眾供已歡喜發弘誓願我持如是所種善根與諸有情平等共有迴向所居嚴淨佛土當得無上正等覺時令我土中諸有情類皆食如是百味飲食資悅身心而無貪著復次善現有菩薩摩訶薩以通願力營辦種種天上人中諸妙塗香細軟衣服奉施諸佛獨覺聲聞及諸菩薩摩訶薩眾或復施法幷佛制多施已歡喜發弘誓願我持如是所種善根與諸有情平等共有迴向所居嚴淨佛土當得無上正等覺時令我土中諸有情類常得如是衣服塗香隨意

受用而無貪著復次善現有菩薩摩訶薩以通願力嚴辦種種隨意所生人中天上五妙欲境供養諸佛及佛制多獨覺聲聞并諸菩薩摩訶薩衆施餘有情施已歡喜發弘誓願我持如是所種善根與諸有情平等共有迴向所居嚴淨佛土當得無上正等覺時令我土中諸有情類隨心所樂上妙色聲香味觸境隨念即至歡喜受用而無貪著復次善現有菩薩摩訶薩行深般若波羅蜜多勇猛正勤發弘誓願自住内空乃至無性自性空亦勸他住内空乃至無性自性空廣說乃至自修無上正等菩提亦勸他修無上正等菩提作此事已復發願言當得無上正等覺時令我土中諸有情類常不遠離諸如是等種種功德如是善現諸菩薩摩訶薩行深般若波羅蜜多由此行願便能嚴淨所居佛土善現當知是諸菩薩摩訶薩衆隨爾所時行菩提道應得圓滿所起行願即爾所時精勤修學由此因緣自能成就一切善法亦能令他漸次成就一切善法自能修得殊勝相好所莊嚴身亦能令他漸次修得殊勝相好所莊嚴身由廣大福所攝受故善現當知是諸菩薩摩訶薩衆所修行願得圓滿已各於所居嚴淨佛土證得無上正等覺時所化有情亦生彼土共受淨土大乘法樂

大般若波羅蜜多經卷第五百三十五

音釋

邊鄙 鄙補美切五百家爲鄙又邊也 匱乏 匱求位切竭也乏符法切空乏也 救療 療力弔切治也 依怙 怙音戶恃也

大般若波羅蜜多經卷第五百三十六　稱六

唐三藏法師玄奘奉詔譯

第三分佛國品第三十之二

復次善現此諸菩薩摩訶薩衆應修如是嚴淨佛土謂彼土中恒不聞有三種惡趣亦不聞有諸惡見趣亦不聞有貪瞋癡毒亦不聞有男女形相亦不聞有聲聞獨覺亦不聞有無常苦等不如意事亦不聞有攝受資具亦不聞有我我所執亦不聞有隨眠纏結亦不聞有顛倒執著亦不聞有施設有情果位差別唯聞說空無相無願無生無滅無性等聲謂隨有情意樂差別於樹林等內外物中常有微風更相衝擊發起種種微妙音聲諸音聲中說一切法皆無自性無性故空空故無相無相故無願無願故無生無生故無滅由此諸法本來寂靜自性涅槃如來出世若不出世諸法法性法爾常住謂一切法無性空等彼佛土中諸有情類若晝若夜若立若行若臥若坐常聞如是妙法音聲善現當知此諸菩薩摩訶薩衆各住所居嚴淨佛土證得無上正等覺時十方如來應正等覺皆共稱讚彼彼佛名若諸有情得聞如是諸佛名者必於無上正等菩提得不退轉是諸菩薩摩訶薩衆各住所居嚴淨佛土證得無上正等覺時爲諸有情宣說正法有情聞已定不生疑謂爲是法爲非法等所以者何彼有情類達一切法皆即眞如法界法性一切是法無非法等如是善現此諸菩薩摩訶薩衆皆能嚴淨如是佛土復次善現是諸菩薩摩訶薩衆有所化生具不善根未於諸佛菩薩獨覺

及聲聞等種諸善根爲惡知識所攝受故離善友故不聞正法常爲種種我有情見及諸見趣之所攝藏墮在斷常二邊偏執彼有情類自起邪執亦常教他令起邪執於非三寶起三寶想於三寶中謂非三寶毀謗正法讃歎邪法由是因緣身壞命終墮諸惡趣受種種苦是諸菩薩摩訶薩衆各住自土證得無上正等菩提見諸有情輪迴生死受無量苦以神通力方便化導令捨惡見住正見中從惡趣出生於人趣復以種種神通方便化導令住正定聚中畢竟不復墮諸惡趣復令修習殊勝善根命終得生嚴淨佛土受用淨土大乘法樂如是善現此諸菩薩摩訶薩衆皆能如是嚴淨佛土由所居土極清淨故生彼有情於一切法不起虛妄分別猶豫謂此是善法此是非善法此是有記法此是無記法此是世間法此是出世間法此是有漏法此是無漏法此是有爲法此是無爲法諸如是等分別猶豫畢竟不生由是因緣彼有情類定得無上正等菩提轉妙法輪度有情衆善現當知是爲菩薩摩訶薩嚴淨佛土功德之相利益安樂一切有情

第三分宣化品第三十一之一

爾時善現便白佛言是菩薩摩訶薩爲住定聚不定聚耶佛告善現是菩薩摩訶薩皆住定聚具壽善現復白佛言是菩薩摩訶薩住何定聚聲聞乘耶獨覺乘耶無上乘耶佛告善現是菩薩摩訶薩住無上乘具壽善現復白佛言是菩薩摩訶薩爲於何時名住定聚初發心耶不退位耶最後有耶佛告善現是

菩薩摩訶薩若初發心若不退位若最後有皆住定聚具壽善現復白佛言此住定聚諸菩薩摩訶薩墮惡趣不佛告善現諸菩薩摩訶薩若住定聚決定不墮諸惡趣中復告善現於意云何第八預流一來不還阿羅漢獨覺墮惡趣不善現對曰不也世尊佛告善現諸菩薩摩訶薩亦復如是從初發心修行布施乃至般若波羅蜜多及餘無量無邊佛法伏斷一切惡不善法由此因緣墮諸惡趣必無是處生長壽天亦無是處謂於彼處諸勝善法不得現行是菩薩摩訶薩若生邊鄙或生達絮蔑戾車中亦無是處謂於彼處不能修行殊勝善法多起惡見不信因果常樂習行諸穢惡業不聞三寶亦無四衆是菩薩摩訶薩生邪見家亦無是處謂生彼家執著種種諸惡見趣撥無妙行惡行及果不修諸善樂作衆惡故諸菩薩不生彼家復次善現諸菩薩摩訶薩初發無上正等覺心以勝意樂受行十種不善業道亦無是處具壽善現便白佛言若菩薩摩訶薩從初發心成就如是善根功德不生惡處何故世尊每爲衆說自本生事多百千種於中亦有生諸惡處爾時善根爲何所在佛告善現諸菩薩摩訶薩不由穢業受惡處身但爲利樂諸有情類由故思願而受彼身是故不應引之爲難復告善現於意云何有諸獨覺或阿羅漢方便善巧如諸菩薩摩訶薩衆成就殊勝方便善巧受傍生身有獵者來欲爲損害便起無上安忍慈悲欲令彼人得利樂故自捨身命不害彼不善現對曰諸獨覺等無如是事佛告善現

由此因緣當知菩薩爲欲利樂諸有情故爲大慈悲速圓滿故爲疾證得大菩提故雖受種種傍生之身而非傍生過失所染具壽善現復白佛言諸菩薩摩訶薩住何善根爲欲利樂諸有情故受惡處身佛告善現諸菩薩摩訶薩有何善根不應圓滿然諸菩薩摩訶薩衆爲得無上正等菩提一切善根皆應圓滿謂諸菩薩摩訶薩衆從初發心乃至安坐妙菩提座無有善根不應圓滿要具圓滿一切善法乃得無上正等菩提若一善法未能圓滿而得無上正等菩提定無是處是故善現諸菩薩摩訶薩從初發心乃至安坐妙菩提座於其中間常學圓滿一切善法學已當得一切相智永斷一切習氣相續乃能證得一切智智爾時善現便白佛言諸菩薩摩訶薩云何成就種種白淨聖無漏法而生惡趣受傍生身佛告善現於意云何如来成就一切白淨聖無漏不善現對曰如來成就一切白淨聖無漏法佛告善現於意云何如來化作傍生趣身利樂有情作佛事不善現對曰如來化作傍生趣身利樂有情作諸佛事佛告善現於意云何如來化作傍生身時是實傍生受彼苦不善現對曰如來化作傍生身時非實傍生不受彼苦佛告善現諸菩薩摩訶薩亦復如是雖具成就種種白淨聖無漏法而爲成熟諸有情類以故思願受傍生身如應成熟諸有情類復次善現於意云何有阿羅漢諸漏永盡能化作身起諸事業由彼事業生他喜不善現對曰有阿羅漢諸漏永盡能化作身起諸事業由彼事業令他生喜

佛告善現諸菩薩摩訶薩亦復如是雖具成就種種白淨聖無漏法而爲利樂諸有情類以故思願受傍生身作諸佛事雖受彼身而不同彼受諸苦惱亦不爲彼過失所汙復次善現於意云何有巧幻師或彼弟子幻作種種象馬等事令衆人見歡喜踴躍於彼有實象馬等不善現對曰於彼無實象馬等事佛告善現諸菩薩摩訶薩亦復如是雖具成就種種白淨聖無漏法而爲利樂諸有情類以故思願受傍生身雖受彼身而實非彼亦不爲彼過失所汙具壽善現復白佛言諸菩薩摩訶薩如是廣大方便善巧雖具成就種種白淨聖無漏法而爲有情以故思願方便善巧受種種身隨其所宜現作饒益世尊諸菩薩摩訶薩住何等法能作如是方便善巧雖受種種傍生等身而不爲彼過失所汙佛告善現諸菩薩摩訶薩住深般若波羅蜜多能作如是方便善巧由此方便善巧力故雖往十方殑伽沙等諸佛世界現種種身利益安樂諸有情類而於其中不起染著所以者何是菩薩摩訶薩於一切法都無所得謂都不得能染所染及染因緣何以故以一切法自性空故善現當知空性不能染著空性空亦不能染著餘法亦無餘法能染著空所以者何空中空性尚不可得況有餘法而可得者如是名爲不可得空諸菩薩摩訶薩安住此中能證無上正等菩提轉妙法輪度有情衆具壽善現復白佛言諸菩薩摩訶薩爲但安住甚深般若波羅蜜多能作如是方便善巧爲亦安住諸餘法耶佛告善現豈有餘法非

深般若波羅蜜多之所攝受而汝今者復爲此問具壽善現便白佛言甚深般若波羅蜜多自性既空云何可說甚深般若波羅蜜多攝一切法非空法中可說有法攝與不攝佛告善現豈不諸法自性皆空善現對曰如是如是佛告善現若一切法自性皆空豈不空中攝一切法善現對曰如是如是佛告善現由此因緣甚深般若波羅蜜多攝一切法當知菩薩摩訶薩衆住深般若波羅蜜多能作如是方便善巧利益有情爾時善現復白佛言云何菩薩摩訶薩行深般若波羅蜜多時住一切法自性空中引發神通波羅蜜多住此神通波羅蜜多能至十方殑伽沙等諸佛世界供養恭敬諸佛世尊於諸佛所聽受正法種諸善根佛告善現若菩薩摩訶薩行深般若波羅蜜多遍觀十方殑伽沙等諸佛世界及諸佛衆并所說法自性皆空但有世俗施設名字說爲世界佛衆及法如是世俗施設名字自性亦空善現當知若十方界及諸佛衆并所說法施設名字自性不空則所說空應成少分以所說空非成少分故一切法自性皆空其理周圓無二無别善現當知是菩薩摩訶薩行深般若波羅蜜多由遍觀空方便善巧便能引發殊勝神通波羅蜜多住此神通波羅蜜多復能引發天眼天耳神境他心宿住隨念及知漏盡微妙通慧善現當知諸菩薩摩訶薩非離神通波羅蜜多有能自在成熟有情嚴淨佛土證得無上正等菩提是故神通波羅蜜多是菩提道諸菩薩摩訶薩皆依此道求趣無上正等菩提於求趣

時能自圓滿一切善法亦能勸他修諸善法雖作是事而於其中無所執著所以者何是菩薩摩訶薩知諸善法自性皆空非自性空有所執著若有執著則有愛味由無執著亦無愛味自性空中無愛味故能味所味及味因緣於空法中皆不可得善現當知是菩薩摩訶薩行深般若波羅蜜多安住神通波羅蜜多引發天眼清淨過人用此天眼觀一切法自性皆空見一切法自性空故不依法相造作諸業雖爲有情說如是法而亦不得諸有情相及彼施設是菩薩摩訶薩以無所得而爲方便引發菩薩殊勝神通用此神通作所應作一切事業善現當知是菩薩摩訶薩以極清淨過人天眼遍觀十方殑伽沙等諸佛世界見已引發神境智通往彼饒益諸有情類或以布施乃至般若波羅蜜多而作饒益或以三十七種菩提分法而作饒益或以靜慮無量無色而作饒益或以解脫等持等至而作饒益或以空無相無願解脫門而作饒益或以諸餘殊勝善法而作饒益或以聲聞獨覺菩薩及諸佛法而作饒益是菩薩摩訶薩遊十方界若見有情慳貪多者深生憐愍說如是法汝等有情當行布施諸慳貪者受貧窮苦由貧窮故無有威德不能自益況能益他是故汝等當勤布施既自安樂亦安樂他莫以貧窮更相食噉俱不解脫諸惡趣苦若見有情毀淨戒者深生憐愍說如是法汝等有情當持淨戒諸破戒者受惡趣苦破戒之人無有威德不能自益況能益他破戒因緣墮諸惡趣受苦異熟楚毒難忍不能自

濟況能濟他是故汝等當持淨戒不應容納犯戒之心經一念頃況經多時莫縱自心後生憂悔若見有情更相瞋忿展轉結恨互相損惱深生憐愍說如是法汝等有情當修安忍莫相瞋忿結恨相害諸忿恨心不順善法增長惡法招現衰損汝等由此忿恨心故身壞命終當墮惡趣受諸劇苦難有出期是故汝等不應容納忿恨之心經一念頃何況令其多時相續汝等今者展轉相緣應起慈悲作饒益事若見有情懈怠懶惰深生憐愍說如是法汝等有情當勤精進莫於善法懈怠懶惰諸懶惰者於諸善法及諸勝事皆不能成汝等由斯墮諸惡趣受無邊苦是故汝等不應容納懶惰之心經一念頃何況令其多時相續若見有情失念散亂心不寂靜深生憐愍說如是法汝等有情當修靜慮莫起失念散亂之心如是之心不順善法增長惡法招現衰損汝等由此身壞命終當墮惡趣受無邊苦是故汝等不應容納失念散亂相應之心經一念頃何況令其多時相續若見有情愚癡惡慧深生憐愍說如是法汝等有情當修勝慧莫起惡慧起惡慧者於諸善趣尚不能往況得解脫汝等由此惡慧因緣當墮惡趣受無邊苦是故汝等不應容納愚癡惡慧相應之心經一念頃何況令其多時相續若見有情貪欲多者深生憐愍方便令其修不淨觀若見有情瞋恚多者深生憐愍方便令其修慈悲觀若見有情愚癡多者深生憐愍方便令其修緣起觀若見有情憍慢多者深生憐愍方便令其修諸界觀若見有情尋

伺多者深生憐愍方便令其修持息念若見有情失正道者深生憐愍方便令其趣入正道謂聲聞道或獨覺道或菩薩道或如來道方便爲彼說如是法汝等所執自性皆空非空法中可有所執以無所執爲空相故如是善現諸菩薩摩訶薩行深般若波羅蜜多安住神通波羅蜜多方能自在宣說正法利益安樂諸有情類善現當知若菩薩摩訶薩遠離神通波羅蜜多不能自在宣說正法與諸有情作利樂事善現當知如鳥無翼不能自在飛翔虛空遠有所至諸菩薩摩訶薩亦復如是若無神通波羅蜜多不能自在宣說正法與諸有情作利樂事是故善現諸菩薩摩訶薩行深般若波羅蜜多應引發神通波羅蜜多若引發神通波羅蜜多即能自在宣說

正法隨意利樂諸有情類善現當知諸菩薩摩訶薩以最清淨過人天眼遍觀十方殑伽沙等諸佛世界及觀生彼諸有情類見已引發神境智通經須臾間往至彼界以他心智如實了知彼諸有情心心所法隨其所應爲說法要謂說布施乃至般若波羅蜜多或說四念住乃至八聖道支或說四靜慮四無量四無色定或說空無相無願解脫門或說八解脫乃至十遍處或說陀羅尼門三摩地門或說內空乃至無性自性空或說真如乃至不思議界或說苦集滅道聖諦或說因緣乃至增上緣或說從緣所生諸法或說無明乃至老死或說種種蘊處界門或說聲聞道或說獨覺道或說菩薩道或說菩提或說涅槃令彼有情聞此法已皆獲殊勝利益安樂善

現當知是菩薩摩訶薩以最清淨過人天耳能聞一切人非人聲由此天耳遍聞十方殑伽沙等諸佛世界一切如來應正等覺所說正法聞已受持思惟義趣隨所聞法能爲有情如實宣說或說布施乃至般若波羅蜜多廣說乃至或說菩提或說涅槃令彼有情聞此法已皆獲殊勝利益安樂善現當知是菩薩摩訶薩以最清淨他心智通如實了知諸有情類心心所法隨其所應爲說法要謂說布施乃至般若波羅蜜多廣說乃至或說菩提或說涅槃令彼有情聞此法已皆獲殊勝利益安樂善現當知是菩薩摩訶薩以淨宿住隨念智通如實念知過去諸佛及弟子衆名等差別若諸有情樂聞過去諸宿住事而獲益者便爲宣說諸宿住事因斯方便爲說正法謂說布施乃至般若波羅蜜多廣說乃至或說菩提或說涅槃令彼有情聞此法已皆獲殊勝利益安樂善現當知是菩薩摩訶薩以極迅疾神境智通往至十方殑伽沙等諸佛世界親近供養諸佛世尊於諸佛所種諸善根還歸本土爲有情說諸佛土事因斯方便爲說正法謂說布施乃至般若波羅蜜多廣說乃至或說菩提或說涅槃令彼有情聞此法已皆獲殊勝利益安樂善現當知是菩薩摩訶薩以隨所得漏盡智通如實了知諸有情類漏盡未盡亦如實知漏盡方便爲未盡者宣說法要謂說布施乃至般若波羅蜜多廣說乃至或說菩提或說涅槃令彼有情聞此法已皆獲殊勝利益安樂如是善現諸菩薩摩訶薩行深般若波羅蜜多應引發

神通波羅蜜多是菩薩摩訶薩修習神通波羅蜜多得圓滿故隨意所樂受種種身不爲苦樂過失所染如佛化身雖能施作種種事業而不爲彼苦樂過失之所雜染如是善現諸菩薩摩訶薩行深般若波羅蜜多應遊戲神通波羅蜜多若遊戲神通波羅蜜多則能成熟有情嚴淨佛土疾能證得一切智智善現當知若菩薩摩訶薩不成熟有情嚴淨佛土終不能得一切智智所以者何諸菩薩摩訶薩菩提資粮若未圓滿必不能得一切智智爾時善現便白佛言何等名爲諸菩薩摩訶薩菩提資粮諸菩薩摩訶薩圓滿如是菩提資粮方能證得一切智智佛告善現一切善法皆是菩薩菩提資粮諸菩薩摩訶薩圓滿如是菩提資粮方能證得一切智智具壽善現復白佛言何等名爲一切善法佛告善現諸菩薩摩訶薩從初發心修行布施乃至般若波羅蜜多於中都無分別執著謂作是念此是布施乃至般若波羅蜜多由此爲此而修布施乃至般若波羅蜜多是三分別執著都無知一切法自性空故由此所修布施等六波羅蜜多能自饒益亦能饒益一切有情令出生死得涅槃故說爲善法亦名菩薩菩提資粮亦名菩薩摩訶薩道過去未來現在菩薩摩訶薩衆行此道故已得今得當得無上正等菩提亦令有情已當今度生死大海證涅槃樂復次善現諸菩薩摩訶薩從初發心修四靜慮及四無量四無色定修四念住乃至八聖道支安住內空乃至無性自性空安住眞如乃至不思議界安住苦集滅道

聖諦修空無相無願解脫門修八解脫乃至十遍處修諸菩薩摩訶薩地修陀羅尼門三摩地門修佛十力乃至十八佛不共法修大慈大悲大喜大捨修無忘失法恒住捨性修一切智道相智一切相智於中都無分別執著謂作是念此是四靜慮廣說乃至一切相智由此爲此而修四靜慮廣說乃至一切相智是三分別執著都無知一切法自性空故由此所修四靜慮等能自饒益亦能饒益一切有情令出生死得涅槃故說爲善法亦名菩薩菩提資粮亦名菩薩摩訶薩道過去未來現在菩薩摩訶薩衆行此道故已得當得今得無上正等菩提亦令有情已今當度生死大海證涅槃樂善現當知復有無量諸菩薩衆所修功德皆名善法亦名菩薩菩提資粮亦名菩薩摩訶薩道諸菩薩摩訶薩要修如是諸勝善法極令圓滿方能證得一切智智要已證得一切智智乃能無倒轉正法輪令諸有情脫生死苦證得究竟常樂涅槃爾時善現便白佛言若此諸法是菩薩法復有何等名佛法耶佛告善現即菩薩法亦名佛法謂諸菩薩於一切法覺一切相由此當得一切相智永斷一切習氣相續若諸如來應正等覺於一切法以一刹那相應般若現等覺已證得無上正等菩提是名菩薩與佛有異如二聖者雖俱是聖而有行向住果差别所成就法非不有異如是善現若無間道中行於一切法未離闇障未到彼岸未得自在未得果時名爲菩薩若解脫道中行於一切法已離暗障已到彼岸已得自在已得果時

乃名爲佛是爲菩薩與佛有異由位有異法非無別而不可說法性有異具壽善現便白佛言若一切法自相皆空自相空中云何得有種種差別謂此是地獄乃至此是天此是種性廣說乃至此是如來如是所說補特伽羅既不可得彼所造業亦不可得如所造業既不可得彼異熟果亦不可得云何得有種種差別佛告善現如是如是如汝所說一切法自相空自相空中補特伽羅既無所有業果異熟亦無所有無所有中無差別相然諸有情於一切法自相空理不能盡知造作諸業或善或惡或復無漏由於善業造作增長生天人中由於惡業造作增長墮三惡趣於善業中由於定業造作增長得生色界或無色界由無漏業加行根本有種性等賢聖差別由此因緣諸菩薩摩訶薩修行布施乃至般若波羅蜜多乃至修行一切相智及餘無量無邊佛法是菩薩摩訶薩於此所說菩提分法無間無缺修令圓滿既圓滿已便能引發近助菩提金剛喻定證得無上正等菩提與諸有情作大饒益常無失壞無失壞故令諸有情解脫生死證得常樂清淨涅槃具壽善現復白佛言佛證無上正等覺已爲得諸趣生死法耶佛言不爾具壽善現復白佛言佛證無上正等覺已爲得黑業白業黑白業非黑白業耶佛言不爾具壽善現復白佛言若佛不得諸趣生死及業差別云何施設此是地獄乃至人天此是種性乃至如來分位差別佛言善現諸有情類自知諸法自相空不善現對曰不也世尊佛告善現若諸有情

自知諸法自相空者諸菩薩摩訶薩便於無上正等菩提不應求證方便善巧拔諸有情惡趣生死以諸有情不知諸法自相空故輪迴諸趣受無邊苦是故菩薩從諸佛所聞一切法自相空已爲欲饒益諸有情故求證無上正等菩提方便善巧拔諸有情惡趣生死善現當知諸菩薩摩訶薩常作是念非一切法實有自相如諸愚夫異生所執然彼分別顛倒力故非實有中起實有想謂無我中起於我想廣說乃至無見者中起見者想又無色中起於色想無受想行識中起受想行識想廣說乃至無無爲中起無爲想如是分別顛倒力故非實有中起實有想虛妄執著倒亂其心造身語意善不善業不能解脫惡趣生死我當拔濟令得解脫是菩薩摩訶薩作此念已行深般若波羅蜜多以諸善法攝在其中無倒修行諸菩薩行漸次圓滿菩提資粮菩提資粮得圓滿已證得無上正等菩提得菩提已爲諸有情宣說開示分別建立四聖諦義謂此是苦聖諦此是苦集聖諦此是苦滅聖諦此是趣苦滅道聖諦復以一切菩提分法攝在如是四聖諦中復依一切菩提分法施設建立佛法僧寶由此三寶出現世間諸有情類解脫生死若諸有情不能歸信佛法僧寶造作諸業輪迴諸趣受苦無窮故應歸依佛法僧寶勤求自他利益安樂爾時善現便白佛言爲由苦集滅道聖諦諸有情類證般涅槃爲由苦集滅道聖智諸有情類證般涅槃佛告善現非由苦集滅道聖諦諸有情類證般涅槃非由苦集滅道聖智諸有

情類證般涅槃善現我說四聖諦平等性即是涅槃如是涅槃非由苦集滅道諦證非由苦集滅道智證但由般若波羅蜜多證平等性名證涅槃具壽善現復白佛言何等名爲四聖諦平等性佛告善現若於是處無苦集滅道諦無苦集滅道智名四聖諦平等之性此平等性即四聖諦所有眞如廣說乃至不思議界如來出世若不出世性相常住無失壞無變易如是名爲四聖諦平等性諸菩薩摩訶薩行深般若波羅蜜多時爲欲隨覺此四聖諦平等性故行深般若波羅蜜多若能隨覺此四聖諦平等性時名眞隨覺一切聖諦速證無上正等菩提具壽善現復白佛言云何菩薩摩訶薩行深般若波羅蜜多時爲欲隨覺此四聖諦平等性故行深般若波羅蜜多若能隨覺此四聖諦平等性時名眞隨覺一切聖諦不墮聲聞獨覺等地趣入菩薩正性離生佛告善現諸菩薩摩訶薩行深般若波羅蜜多時無有少法不如實見於一切法如實見時於一切法都無所得於一切法無所得時則如實見一切法空謂如實見四諦所攝及所不攝諸法皆空如是見時能入菩薩正性離生由能入菩薩正性離生故便住菩薩種性地中既住菩薩種性地中則能決定不從頂墮若從頂墮應墮聲聞或獨覺地是菩薩摩訶薩安住菩薩種性地中起四靜慮及四無量四無色定是菩薩摩訶薩安住如是奢摩他地便能決擇一切法性及能隨悟四聖諦理爾時菩薩雖遍知苦而能不起緣執苦心雖永斷集而能不起緣執集心

雖能證滅而能不起緣執滅心雖能修道而能不起緣執道心但起隨順趣向臨入菩提之心如實覺知諸法實相

大般若波羅蜜多經卷第五百三十六

音釋

衝擊 衝昌容切突也擊古歷切扣也 達絜 梵語也此謂微信佛法者絜息擦切 蔑戾車 梵語也亦云彌離車此云惡見蔑彌列切戾力霽切 殑伽 梵語也此云天堂來河名也以從高處來故殑其拯其陵二切伽具牙切 噉 徒濫切食也

大般若波羅蜜多經卷第五百三十七

唐三藏法師玄奘奉　詔譯

第三分宣化品第三十一之二

爾時具壽善現便白佛言世尊諸菩薩摩訶薩云何覺知諸法實相佛告善現諸菩薩摩訶薩觀一切法無不皆空是爲覺知諸法實相具壽善現復白佛言云何菩薩摩訶薩觀一切法無不皆空佛告善現諸菩薩摩訶薩於一切法觀自相空是爲菩薩摩訶薩觀一切法無不皆空善現當知諸菩薩摩訶薩以觀空相毗鉢舍那觀諸法空都不見有諸法自性可於中住證得無上正等菩提所以者何諸佛無上正等菩提及一切法皆用無性而爲自性所謂色蘊乃至識蘊皆用無性而爲自性廣說乃至一切菩薩摩訶薩行諸佛無上正等菩提亦用無性而爲自性如是無性非諸如來應正等覺獨覺菩薩及諸聲聞向果所作亦非餘作但爲有情於一切法不知不見如實皆空是故菩薩摩訶薩衆行深般若波羅蜜多方便善巧如自所覺爲諸有情宣說開示令離執著脫生死苦得般涅槃畢竟安樂具壽善現便白佛言若一切法皆用無性而爲自性如是無性非諸如來應正等覺獨覺菩薩聲聞等作云何施設諸法有異謂是地獄傍生鬼界人及諸天種種差別謂四大王衆天乃至非想非非想處及有三乘分位差別由如是業施設地獄由如是業施設傍生由如是業施設鬼界由如是業施設人趣有贍部洲勝身牛貨俱盧洲等種種差別由如是業施設天趣有四大王衆天乃

至非想非非想處種種差別由如是業施設預流乃至獨覺由如是業施設菩薩及諸如來世尊無性之法必無作用如何可言由此業故生於地獄如是乃至由此業故生於非想非非想處由此業故得預流果廣說乃至獨覺菩提由此業故入菩薩位行菩薩道由此業故便能證得一切智智說名如來應正等覺利益安樂一切有情佛告善現如是如是如汝所說無性法中不可施設諸法有異無業無果亦無作用但諸愚夫不了聖法毗柰耶故不如實知諸法皆以無性爲性愚癡顛倒發起諸業隨業差別受種種身依如是身品類差別施設地獄傍生鬼界人及諸天乃至非想非非想處爲欲拔濟如是愚夫愚癡顛倒受生死苦施設聖法及毗柰耶分位差別依此分位施設預流乃至獨覺菩薩如來然一切法無不皆以無性爲性無性法中實無異法無業無果亦無作用無性之法恒無性故復次善現如汝所說無性之法必無作用如何可言由如是業得預流果乃至證得一切智智說名如來應正等覺利益安樂一切有情善現於意云何諸所修道是無性不諸預流果一來不還阿羅漢果獨覺菩提諸菩薩道一切智智是無性不善現對曰如是如是諸所修道廣說乃至一切智智皆是無性佛告善現於意云何無性法爲能得無性法不善現對曰不也世尊佛告善現無性及道是一切法皆非相應非不相應無色無見無對一相所謂無相愚夫異生於無相法虛妄分別起有相想執著諸蘊諸處諸界於

無常中妄生常想於諸苦中妄生樂想於無我中妄生我想於不淨中妄生淨想愚癡顛倒於無性法執著有情由此因緣諸菩薩摩訶薩行深般若波羅蜜多成就殊勝方便善巧拔濟如是諸有情類令離顛倒虛妄分別方便安置無相法中令勤修學解脫生死證得涅槃畢竟安樂具壽善現復白佛言頗有少物是真是實非虛非妄愚夫異生於中執著造作諸業由此因緣輪迴諸趣不能解脫生死苦不若無少物是真是實非虛非妄云何愚夫於中執著造作諸業輪迴諸趣佛告善現愚夫異生所執著物乃至無有如細毛端是真是實非虛非妄執著彼故造作諸業由此因緣輪迴諸趣不能解脫生死衆苦唯有顛倒虛妄執著吾今為汝廣說譬喻重顯斯義令其易了諸有智者由譬喻故於所說義便生正解善現於意云何夢中見人受五欲樂夢中頗有少分實事可令彼人受欲樂不善現對曰不也世尊夢所見人尚非實有況有實事可令彼人住在夢中受五欲樂佛告善現於意云何頗有諸法或是有漏或是無漏或是世間或是出世間或是有為或是無為非如夢中所見事不善現對曰不也世尊定無有法或是有漏或是無漏或是世間或是出世間或是有為或是無為非如夢中所見事者佛告善現於意云何夢中頗有真實諸趣於中往來生死事不善現對曰不也世尊佛告善現於意云何夢中頗有真實修道依彼修道有離雜染得清淨不善現對曰不也世尊所以者何夢所見法都無實事非

能施設非所施設修道尚無況依修道有離雜染及得清淨佛告善現於意云何明鏡等中所見諸像爲有實事可依造業由所造業或墮惡趣或生人天受苦樂不善現對曰不也世尊明鏡等中所見諸像都無實事但誑愚童云何可依造作諸業由所造業或墮惡趣或生人天受諸苦樂佛告善現於意云何明鏡等中所現諸像彼像頗有眞實修道依彼修道有離雜染得清淨不善現對曰不也世尊所以者何彼所現像都無實事非能施設非所施設修道尚無況依修道有離雜染及得清淨佛告善現於意云何山谷等中所發諸響爲有實事可依造業由所造業或墮惡趣或生人天受苦樂不善現對曰不也世尊山谷等中所發諸響都無實事但誑愚童云何可依造作諸業由所造業或墮惡趣或生人天受諸苦樂佛告善現於意云何諸響頗有眞實修道依彼修道有離雜染得清淨不善現對曰不也世尊所以者何山谷等響都無實事非能施設非所施設修道尚無況依修道有離雜染及得清淨佛告善現於意云何陽焰等中現似水等爲有實事可依造業由所造業或墮惡趣或生人天受苦樂不善現對曰不也世尊諸陽焰中所現水等都無實事但誑愚童云何可依造作諸業由所造業或墮惡趣或生人天受諸苦樂佛告善現於意云何諸陽焰中水等頗有眞實修道依彼修道有離雜染得清淨不善現對曰不也世尊所以者何陽焰水等都無實事非能施設非所施設修道尚無況依修道有離雜

染及得清淨佛告善現於意云何諸光影中所現色相爲有實事可依造業由所造業或墮惡趣或生人天受苦樂不善現對曰不也世尊諸光影中所現色相都無實事但誑愚童云何可依造作諸業由所造業或墮惡趣或生人天受諸苦樂佛告善現於意云何諸光影中色相頗有眞實修道依彼修道有離雜染得清淨不善現對曰不也世尊所以者何光影色相都無實事非能施設非所施設修道尚無況依修道有離雜染及得清淨佛告善現於意云何幻師幻作象馬軍等種種形像爲有實事可依造業由所造業或墮惡趣或生人天受苦樂不善現對曰不也世尊幻象馬等都無實事但誑愚童云何可依造作諸業由所造業或墮惡趣或生人天受諸苦樂佛告善現於意云何幻事頗有眞實修道依彼修道有離雜染得清淨不善現對曰不也世尊所以者何幻象馬等都無實事非能施設非所施設修道尚無況依修道有離雜染及得清淨佛告善現於意云何諸能化者所作化身爲有實事可依造業由所造業或墮惡趣或生人天受苦樂不善現對曰不也世尊諸變化身都無實事云何可依造作諸業由所造業或墮惡趣或生人天受諸苦樂佛告善現於意云何化身頗有眞實修道依彼修道有離雜染得清淨不善現對曰不也世尊所以者何諸變化身都無實事非能施設非所施設修道尚無況依修道有離雜染及得清淨佛告善現於意云何尋香城中所現物類爲有實事可依造業由所造業或

墮惡趣或生人天受苦樂不善現對曰不也世尊尋香城中所現物類都無實事云何可依造作諸業由所造業或墮惡趣或生人天受諸苦樂佛告善現於意云何尋香城中物類頗有眞實修道依彼修道有離雜染得清淨不善現對曰不也世尊所以者何彼城物類都無實事非能施設非所施設修道尚無況依修道有離雜染及得清淨佛告善現於意云何頗有諸法或是有漏或是無漏或是世間或是出世間或是有爲或是無爲非如像響陽焰光影幻事變化尋香城中物類者不善現對曰不也世尊定無有法或是有漏或是無漏或是世間或是出世間或是有爲或是無爲非如像等佛告善現於意云何此中頗有實雜染者清淨者不善現對曰不也世尊此中都無實雜染者及清淨者佛告善現如染淨者實無所有由此因緣雜染清淨亦非實有所以者何住我我所諸有情類虛妄分別謂有雜染及清淨者由此因緣謂有雜染及有清淨非見實者謂有雜染及清淨者如見實者知無雜染及清淨者如是亦無雜染清淨以一切法自相空故爾時善現便白佛言諸見實者無染無淨不見實者亦無染淨所以者何以一切法皆用無性而爲自性世尊諸實說者無染無淨不實說者亦無染淨所以者何以一切法皆用無性而爲自性世尊無自性法無染無淨有自性法亦無染淨諸無自性有自性法亦無染淨所以者何以一切法皆用無性而爲自性世尊若見實者及實說者無染無淨不見實者不實說

者亦無染淨云何世尊有時說有清淨法耶佛告善現我說一切法平等性爲清淨法具壽善現復白佛言何謂一切法平等性佛告善現諸法眞如廣說乃至不思議界如來出世若不出世性相常住是名一切法平等性此平等性名清淨法此依世俗說爲清淨不依勝義所以者何勝義諦中既無分別亦無戲論一切名字言語道斷不可說爲若染若淨具壽善現復白佛言若一切法皆如夢境廣說乃至如尋香城雖現似有而無實事云何菩薩摩訶薩依止如是非實有法發趣無上正等覺心作是願言我當圓滿布施等六波羅蜜多廣說乃至我當圓滿三十二相八十隨好我當發起無量光明遍照十方無邊世界我當發起一妙音聲遍滿十方無邊世界隨諸有情心心所法勝解差別爲說種種微妙法門令勤修學隨應各得諸饒益事佛告善現於意云何汝所說法豈不皆如夢境乃至尋香城耶善現對曰如是如是然我有疑若一切法如夢乃至如尋香城皆無實事云何菩薩摩訶薩行深般若波羅蜜多時發誠諦言我當圓滿一切佛法利益安樂無量有情非夢所見廣說乃至尋香城中所現物類能行布施乃至般若波羅蜜多況能圓滿廣說乃至三十二相八十隨好亦如是說非夢所見廣說乃至尋香城中所見物類能成一切所願事業餘一切法亦應如是俱非實故佛告善現如是如是如汝所說非實有法尚不能行布施等六波羅蜜多廣說乃至三十二相八十隨好況能圓滿非實有法不能

成辦所願事業亦不能得一切智智復次善現布施等六波羅蜜多及餘無量無邊佛法非實有故不能證得一切智智善現當知如是諸法一切皆是思惟造作諸有思惟所造作法皆不能得一切智智復次善現如是諸法於菩提道雖能引發而於其果無資助能由此諸法無生無起無實相故諸菩薩摩訶薩從初發心雖起種種殊勝善法謂修布施乃至般若波羅蜜多廣說乃至一切相智而知一切皆如夢境廣說乃至如尋香城實無所有復次善現如是諸法雖非實有若不圓滿決定不能成熟有情嚴淨佛土亦不能得一切智智謂菩薩摩訶薩若不圓滿布施等六波羅蜜多廣說乃至一切相智決定不能成熟有情嚴淨佛土亦不能得一切智智復次善現是諸菩薩摩訶薩行深般若波羅蜜多時隨所修住一切善法皆如實知如夢乃至如尋香城謂若修行布施等六波羅蜜多廣說乃至一切相智能如實知如夢乃至如尋香城若成熟有情嚴淨佛土及求證得一切智智亦能如實知如夢乃至如尋香城亦如實知諸有情類心行差別如夢乃至如尋香城復次善現是諸菩薩摩訶薩行深般若波羅蜜多時於一切法不取爲有不取爲無若由如是取故證得一切智智亦知彼法如夢乃至如尋香城不取爲有不取爲無所以者何布施等六波羅蜜多廣說乃至一切相智皆不可取若有漏法若無漏法若世間法若出世間法若有爲法若無爲法亦不可取是菩薩摩訶薩知一切法不可取已求趣無

上正等菩提所以者何以一切法皆不可取都無實事如夢乃至如尋香城不可取法不能證得不可取法然諸有情於如是法不知不見是菩薩摩訶薩爲饒益彼諸有情故求趣無上正等菩提復次善現是菩薩摩訶薩從初發心爲欲饒益諸有情故修行布施乃至般若波羅蜜多不爲自身非爲餘事爲欲饒益諸有情故求趣無上正等菩提不爲自身非爲餘事復次善現是諸菩薩摩訶薩行深般若波羅蜜多時見諸愚夫於非我中而住我想廣説乃至於非見者住見者想是菩薩摩訶薩見此事已深生憐愍方便教導令離顛倒妄想執著安置無相甘露界中住此界中不復現起我想乃至使見者想爾時一切掉動散亂戲論分別不復現行心多安住寂靜憺怕無戲論界善現當知是菩薩摩訶薩由此方便行深般若波羅蜜多自於諸法無所執著亦能教他於一切法無所執著此依世俗不依勝義具壽善現便白佛言佛證無上正等覺時所得佛法爲依世俗説名爲得爲依勝義説名得耶佛告善現此依世俗不依勝義若依勝義能得所得倶不可得所以者何若謂此人得如是法便有所得有所得者便執有二執有二者不能得果亦無現觀具壽善現復白佛言若執有二不能得果亦無現觀執無二者爲能得果有現觀耶佛告善現執有二者不能得果亦無現觀執無二者亦復如是有所執故如執有二若不執二不執無二則名得果亦名現觀所以者何若執由此便能得果亦有現觀及執由彼不

能得果亦無現觀俱是戲論非一切法平等性中有諸戲論若離戲論乃可名爲法平等性具壽善現復白佛言若一切法皆用無性而爲自性此中何謂法平等性佛告善現若於是處都無有性亦無無性亦不可說爲平等性如是乃名法平等性善現當知法平等性既不可說亦不可知除平等性無法可得離一切法無平等性善現當知法平等性異生聖者俱不能行非彼境故具壽善現便白佛言法平等性豈亦非佛所行境耶佛告善現法平等性一切聖者皆不能行亦不能證謂諸預流乃至獨覺若諸菩薩若諸如來皆不能以法平等性爲所行境此中一切戲論分別皆不行故具壽善現復白佛言如來於法皆得自在云何可言法平等性亦非如來所行境界佛告善現如來於法雖得自在若平等性與佛有異可言是佛所行境界然平等性與佛無異云何可說佛行彼境善現當知若諸異生法平等性乃至如來法平等性皆同一相所謂無相是一平等無二無別故不可說此是異生法平等性廣說乃至此是如來法平等性於此一法平等性中諸平等性既不可得於中異生及諸聖者差別之相亦不可得具壽善現便白佛言若一切法平等性中諸差別相皆不可得則諸異生及預流等法及有情應無差別佛告善現如是如是如汝所說於一切法平等性中異生聖者法及有情皆無差別具壽善現復白佛言若一切法平等性中異生聖者法及有情皆無差別云何三寶出現世間又佛法僧應無差

別佛告善現於意云何佛法僧寶與平等性各有異不善現對曰如我解佛所說義者佛法僧寶與平等性皆無差別所以者何佛法僧寶與平等性如是一切皆非相應非不相應無色無見無對一相所謂無相然諸如來於無相法方便善巧建立種種法及有情名相差別所謂此是異生及法乃至此是如來及法佛告善現如是如是如汝所說諸佛於法方便善巧建立種種法及有情名相差別復次善現於意云何若佛不證無上菩提設證不爲有情施設諸法名相種種差別諸有情類爲能自知此是地獄廣說乃至此是非想非非想處此是色受想行識蘊廣說乃至一切相智此是一切相妙願智此是一切智智此是三寶此是三乘諸有情類於如是等差別名相能自知不善現對曰不也世尊若佛不爲有情施設諸如是等差別名相諸有情類不能自知佛告善現是故諸佛於無相法方便善巧雖爲有情施設種種差別名相而於諸法平等性中都無所動具壽善現復白佛言如佛於法平等性中都無所動異生乃至菩薩於法平等性中亦不動不佛告善現如是如是以一切法及諸有情皆不出過平等性故如平等性當知眞如廣說乃至不思議界亦復如是諸法異生及諸聖者於眞如等無差別故具壽善現復白佛言若諸異生及諸聖者并一切法平等之性無差別者令一切法及諸有情相各異故性亦應別是則法性亦應各別謂色等蘊相各異故性亦應別廣說乃至有爲無爲相各異故性亦應

別世尊如是法等性若各別是則法性亦應各別云何於諸異相法等可得安立法性一相云何菩薩摩訶薩行深般若波羅蜜多時不分別法及諸有情有種種性若不分別法及有情有種種性則應不能行深般若波羅蜜多若不能行甚深般若波羅蜜多則應不能從一菩薩地至一菩薩地若定不能從一菩薩地至一菩薩地則應不能趣入菩薩正性離生若定不能趣入菩薩正性離生則應不能超諸聲聞獨覺等地若定不能超諸聲聞獨覺等地則應不能圓滿神通波羅蜜多若定不能圓滿神通波羅蜜多則應不能於諸神通遊戲自在若定不能於諸神通遊戲自在則應不能圓滿布施乃至般若波羅蜜多若定不能圓滿布施乃至般若波羅蜜多則應不能從一佛土至一佛土親近供養諸佛世尊若定不能從一佛土至一佛土親近供養諸佛世尊則應不能於諸佛所聽受正法種諸善根若定不能於諸佛所聽受正法種諸善根則應不能成熟有情嚴淨佛土若定不能成熟有情嚴淨佛土應不能得一切智智轉妙法輪度有情衆佛告善現如汝所言若諸異生及諸聖者并一切法平等之性無差別者令一切法及諸有情相各異故性亦應別是則法性亦應各別云何於諸異相法等可得安立法性一相云何菩薩摩訶薩行深般若波羅蜜多時不分別法及諸有情有種種性等者於意云何色蘊法性是空性不受想行識蘊法性是空性不廣說乃至有爲法性是空性不無爲法性是空性不善現

對曰如是如是一切法性皆是空性佛告善現於意云何於空性中法等異相爲可得不謂色蘊異相爲可得不受想行識蘊異相爲可得不廣說乃至有爲法異相爲可得不無爲法異相爲可得不善現對曰不也世尊於空性中一切異相皆不可得佛告善現由此應知法平等性非即異生非離異生廣說乃至非即諸佛非離諸佛法平等性非即色蘊非離色蘊非即受想行識蘊非離受想行識蘊廣說乃至非即有爲法非離有爲法非即無爲法非離無爲法具壽善現復白佛言法平等性爲是有爲爲是無爲佛告善現法平等性非是有爲非是無爲然離有爲法無爲法不可得離無爲法有爲法亦不可得善現當知若有爲界若無爲界如是二種皆非相應非不相應無色無見無對一相所謂無相諸佛世尊依世俗說不依勝義所以者何非勝義中身行語行意行可得非離身行語行意行勝義可得即有爲法及無爲法平等法性說名勝義非離一切有爲無爲別有勝義是故菩薩摩訶薩行深般若波羅蜜多時不動勝義而行菩薩摩訶薩行成熟有情嚴淨佛土能疾證得一切智智盡未來際利益有情爾時善現便白佛言若諸法等平等之性皆本性空此本性空於一切法皆非能作亦非所作云何菩薩摩訶薩行深般若波羅蜜多時不動勝義以四攝事攝益有情佛告善現如是如是如汝所說一切法等平等之性皆本性空此本性空於有爲法皆非能作亦非所作然諸菩薩能爲有情以四攝事作大

饒益若諸有情自知諸法皆本性空則佛菩薩不現神通作希有事謂於諸法本性空中雖無所動而令有情遠離種種虛妄分別住諸法空脫生死苦謂令有情遠離我想廣説乃至使見者想亦令有情遠離色想乃至識想亦令有情遠離眼處想乃至意處想亦令有情遠離色處想乃至法處想亦令有情遠離眼界想乃至意界想亦令有情遠離色界想乃至法界想亦令有情遠離眼識界想乃至意識界想亦令有情遠離眼觸想乃至意觸想亦令有情遠離眼觸爲緣所生諸受想乃至意觸爲緣所生諸受想亦令有情遠離地界想乃至識界想亦令有情遠離因緣想乃至增上緣想亦令有情遠離從緣所生諸法想亦令有情遠離無明想乃至老死想亦令有情遠離有漏無漏法想亦令有情遠離世間出世間法想亦令有情遠離有爲無爲法想亦令有情離諸想已住無爲界解脫一切生老病死無爲界者即諸法空依世俗説名無爲界具壽善現便白佛言以何空故説諸法空佛告善現以色乃至一切智智皆性空故説諸法空復次善現於意云何若所化身復化作事此有實事而不空耶善現對曰不也世尊諸所幻化都無實事一切皆空佛告善現所化與空如是二法非合非散此二俱以空空故空不應分別是空是化所以者何非空性中有空有化二事可得以一切法畢竟空故復次善現無色乃至諸佛無上正等菩提而非化者諸是化者無不皆空復次善現依如是法施設種種補特伽羅所謂異

生聲聞獨覺菩薩如來無非是化諸是化者無不皆空具壽善現便白佛言蘊處界等世間諸法及諸有情可皆是化四念住等出世間法及諸有情豈亦是化佛告善現一切世間出世間法等無非是化然於其中有聲聞化有獨覺化有菩薩化有如來化有煩惱化有是業化由此因緣我説一切皆如幻化等無差別具壽善現復白佛言所有斷果謂預流果一來不還阿羅漢果獨覺如來永斷煩惱習氣相續豈亦是化佛告善現如是諸法若與生滅二相相應亦皆是化具壽善現便白佛言何法非化佛告善現若法不與生滅相應是法非化具壽善現復白佛言何法不與生滅相應佛告善現不虚誑法即是涅槃此法不與生滅相應具壽善現便白佛言如世尊説平等法性一切皆空無能動者無二可得無有少法非自性空云何涅槃可説非化佛告善現如是如是如汝所説無有少法非自性空此自性空非聲聞作非獨覺作非菩薩作非諸佛作亦非餘作有佛無佛自性常空此即涅槃是故我説涅槃非化非實有法名爲涅槃可説無生無滅非化復次善現新學菩薩聞一切法皆畢竟空乃至涅槃亦皆如化心便驚怖不能修善故我爲説若法不與生滅相應此法非化非別實有不空涅槃爾時善現便白佛言云何方便教誡教授新發無上正等覺心諸菩薩摩訶薩令知諸法本性常空聞畢竟空不生怖畏佛告善現豈一切法先有後無非本性空然一切法先既非有後亦非無本性常空無所怖畏應作

如是教誡教授新發無上正等覺心諸菩薩摩訶薩令知諸法本性常空聞畢竟空歡喜信受時薄伽梵說是經已無量菩薩摩訶薩衆及諸聲聞人非人等一切大衆聞佛所說皆大歡喜信受奉行

大般若波羅蜜多經卷第五百三十七

音釋

憺怕 憺音淡怕音泊憺怕恬靜無爲貌

教誡 誡居拜切教也警敕之辭曰教誡

大般若經第四會序

唐西明寺沙門 玄則 撰

若夫識之所識昌嘗非識如之所如未始不如是故能行與所行兼空則攝受之理廢自性與無性不異則執取之念忘若忘執而有恃或存槃以隳業知盛修而不行乃虛己而制勝恐野馬之情未戢故靈鷲之談復敞或曰其在名也無切有行之誡其於實也必警無行之怠塗致或爽折中奚歸竊應之曰一切凡夫剖名相之符保癡愛之宅所以措懷有著擬議必違至眞反此動寂斯會由此言之行亦不行不行亦不行而宛然行矣宛然不行矣以假名般若授假名菩薩是持幻法與幻人故無作亦無得此又晨蜉之語歲夢蝶之議覺乎慨斯取之未傾欣此教之方漸

凡二十九品一十八卷即舊小品道行新道行明度經品之爲言分也分有長短故有大品小品馬道行即分中之初品譯者取以別經明度乃智度之異言即就總目爲號實由殘缺未具故使名題亦差今大教克圓鴻規允布心術之要可復道哉

大般若波羅蜜多經卷第五百三十八

唐三藏法師玄奘奉　詔譯

第四分妙行品第一之一

如是我聞一時薄伽梵住王舍城鷲峯山中與大苾芻衆千二百五十人俱皆阿羅漢諸漏已盡無復煩惱得眞自在心善解脫慧善解脫如調慧馬亦如大龍已作所作已辦所辦棄諸重擔逮得已利盡諸有結正知解脫至心自在第一究竟除阿難陀獨居學地具壽善現而爲上首爾時佛告具壽善現汝以辯才應爲菩薩摩訶薩衆宣說開示甚深般若波羅蜜多教授教誡諸菩薩摩訶薩令於般若波羅蜜多速得究竟時舍利子作是念言今者善現爲以自力爲諸菩薩摩訶薩衆宣說開示甚深般若波羅蜜多爲承如來威神之力具壽善現承佛威神知舍利子心之所念便告具壽舍利子言世尊弟子敢有宣說顯了開示皆承如來威神之力何以故舍利子佛先爲他宣說顯了開示法要彼依佛教精勤修學乃至證得諸法實性後轉爲他有所宣說顯了開示若與法性能不相違皆是如來威神加被亦是所證法性等流是故我當爲諸菩薩摩訶薩衆宣說開示甚深般若波羅蜜多教授教誡令於般若波羅蜜多速得究竟皆承佛力非自辯才能爲斯事爾時善現便白佛言世尊令我爲諸菩薩摩訶薩衆宣說開示甚深般若波羅蜜多教授教誡諸菩薩摩訶薩令於般若波羅蜜多速得究竟世尊所言諸菩薩者何法增語謂爲菩薩世尊我不見有法可名菩薩摩訶薩者亦

不見有法可名般若波羅蜜多世尊我於善薩及菩薩法不見不得亦復不見不得般若波羅蜜多云何令我爲諸菩薩摩訶薩衆宣說開示甚深般若波羅蜜多世尊我以何等甚深般若波羅蜜多教授教誡何等菩薩摩訶薩衆令於般若波羅蜜多速得究竟世尊若菩薩摩訶薩聞如是語心不沉没亦無退屈不驚不怖如深般若波羅蜜多所說而住修行般若波羅蜜多令得究竟當知即是教授教誡諸菩薩摩訶薩令於般若波羅蜜多速得究竟亦名爲彼宣說開示甚深般若波羅蜜多復次世尊若菩薩摩訶薩修行般若波羅蜜多應如是學謂不執著大菩提心所以者何心非心性本性淨故時舍利子問善現言爲有非心心之性不善現反問舍利子

言非心心性若有若無爲可得不舍利子言不也善現善現便謂舍利子言非心心性若有若無旣不可得如何可問爲有非心心之性不時舍利子問善現言何等名爲心非心性善現答言若無變壞亦無分別是則名爲心非心性時舍利子讃善現言善哉善哉誠如所說佛說仁者住無諍定最爲第一實如聖言若菩薩摩訶薩聞如是語心不沉没亦無退屈不驚不怖當知已於所求無上正等菩提得不退轉若菩薩摩訶薩如是觀察心非心性當知不離甚深般若波羅蜜多若善男子善女人等欲勤修學諸聲聞地若獨覺地若菩薩地皆應於此甚深般若波羅蜜多至心聽聞受持讀誦精勤修學方便善巧令所修行速得究竟所以者何於此般若波羅

蜜多甚深經中廣說一切所應學法若菩薩摩訶薩勤求無上正等菩提欲正修行諸菩薩行欲具成就方便善巧及諸佛法皆應於此甚深般若波羅蜜多至心聽聞受持讀誦令善通利如說修行所以者何於此般若波羅蜜多甚深經中廣說一切諸菩薩摩訶薩所應學法若菩薩摩訶薩能於此中精勤修學必得無上正等菩提一切所求無不滿足

爾時具壽善現復白佛言世尊我觀菩薩但有假名不知不得不見實事我觀般若波羅蜜多亦但有假名不知不得不見實事當為何等菩薩摩訶薩宣說開示何等甚深般若波羅蜜多教授教誡何等菩薩摩訶薩令於何等般若波羅蜜多速得究竟世尊我觀菩薩及深般若波羅蜜多但有假名不知不得不見實事而於其中說有菩薩及深般若波羅蜜多便有疑悔世尊甚深般若波羅蜜多及菩薩名俱無決定亦無住處所以者何如是二名俱無所有無所有法無定無住若菩薩摩訶薩聞說如是甚深般若波羅蜜多心不沉沒亦不退屈不驚不怖深心信解當知是菩薩摩訶薩安住般若波羅蜜多常不遠離以無所住而為方便安住菩薩不退轉地

復次世尊諸菩薩摩訶薩修行般若波羅蜜多不應住色亦不應住受想行識所以者何若住於色便作色行非行般若波羅蜜多若住受想行識便作受想行識行非行般若波羅蜜多所以者何非作行者能攝般若波羅蜜多不攝般若波羅蜜多則於般若波羅蜜多不能修習若於般若波羅蜜多不能修習

則於般若波羅蜜多不能圓滿若於般若波羅蜜多不能圓滿便不能得一切智智若不能得一切智智便不能攝所攝有情是故不應攝受諸色受想行識所以者何色於般若波羅蜜多不可攝受受想行識於般若波羅蜜多亦不可攝受色不可攝受故則非色受想行識亦不可攝受故則非受想行識甚深般若波羅蜜多亦不可攝受故便非般若波羅蜜多諸菩薩摩訶薩應行如是甚深般若波羅蜜多若行如是甚深般若波羅蜜多是名菩薩於一切法無攝受定廣大無對無量決定不共一切聲聞獨覺亦不攝受一切智智所以者何是一切智智非取相修得諸取相者皆是煩惱若取相修得一切智智者則勝軍梵志於一切智智不應信解是勝軍梵志雖由信解力歸趣佛法名隨信行而能以少分智觀一切法性空悟入一切智智既悟入已不取色相亦不取受想行識相非以喜樂觀見此智不以內色受想行識觀見此智不以外色受想行識觀見此智亦不以內外色受想行識觀見此智亦不離色受想行識觀見此智勝軍梵志以如是等諸離相門於一切智智深生信解於一切法皆無取著如是梵志以離相門於一切智智得信解已於一切法皆不取相亦不思惟無相諸法如是梵志由勝解力於一切法不取不捨無得無證時彼梵志於自信解乃至涅槃亦不取著以眞法性爲定量故世尊是菩薩摩訶薩甚深般若波羅蜜多當知於色受想行識亦不攝受雖於諸法無所攝受若未圓滿如來十

力四無所畏四無礙解及十八佛不共法等終不中道而般涅槃當知如是諸菩薩摩訶薩甚深般若波羅蜜多雖無取著而能成辦諸勝事業復次世尊諸菩薩摩訶薩修行般若波羅蜜多時應如是觀察何等是般若波羅蜜多何故名般若波羅蜜多如是般若波羅蜜多爲何所作世尊是菩薩摩訶薩修行般若波羅蜜多時應如是觀察若法無所有不可得是爲般若波羅蜜多無所有中何所徵詰世尊若菩薩摩訶薩於如是事審觀察時心不沉没亦無退屈不驚不怖當知不離甚深般若波羅蜜多時舍利子問善現言若色離色自性受想行識離受想行識自性般若波羅蜜多離般若波羅蜜多自性一切智智離一切智智自性何緣故知諸菩薩摩訶薩不離般若波羅蜜多善現答言如是如是舍利子諸色離色自性受想行識離受想行識自性般若波羅蜜多離般若波羅蜜多自性一切智智離一切智智自性般若波羅蜜多自相亦離自相般若波羅蜜多自性亦離自性相亦離自性自性亦離相相亦離相自性亦離自性能相亦離所相所相亦離能相能相亦離能相所相亦離所相若菩薩摩訶薩能如實知如是義者常不遠離甚深般若波羅蜜多時舍利子問善現言若菩薩摩訶薩於此中學速能成辦一切智智耶善現答言如是如是舍利子若菩薩摩訶薩於此中學速能成辦一切智智何以故舍利子是菩薩摩訶薩知一切法無生滅故舍利子若菩薩摩訶薩能如是行甚深般若波羅蜜多則

爲隣近一切智智復次舍利子諸菩薩摩訶薩若行色爲行相若行色相爲行相若行色無相相爲行相若行色生爲行相若行色滅爲行相若行色壞爲行相若行色空爲行相若謂我能行爲行相若謂我是菩薩能有所行爲行相若謂我是菩薩能有所得爲行相若行受想行識爲行相若行受想行識相爲行相若行受想行識無相相爲行相若行受想行識生爲行相若行受想行識滅爲行相若行受想行識壞爲行相若行受想行識空爲行相若謂我能行爲行相若謂我是菩薩能有所行爲行相若謂我是菩薩能有所得爲行相若作是念若能如是行是修行般若波羅蜜多亦爲行相當知是菩薩無方便善巧雖有所行非行般若波羅蜜多時舍利子問善現言諸菩薩摩訶薩當云何行名行般若波羅蜜多善現答言諸菩薩摩訶薩若不行色不行色相不行色無相相不行色生不行色滅不行色壞不行色空是行般若波羅蜜多諸菩薩摩訶薩若不行受想行識不行受想行識相不行受想行識無相相不行受想行識生不行受想行識滅不行受想行識壞不行受想行識空是行般若波羅蜜多若菩薩摩訶薩不取行不取不行不取亦行亦不行不取非行非不行是行般若波羅蜜多何以故舍利子以一切法皆不可取不可隨行不可執受離性相故如是名爲諸菩薩摩訶薩於一切法無取執定廣大無對無量決定不共一切聲聞獨覺若菩薩摩訶薩安住此定速證無上正等菩提具壽善現承佛神

力復語大德舍利子言若菩薩摩訶薩安住此定當知已爲過去如來應正等覺現前授記是菩薩摩訶薩雖住此定而不見此定亦不著此定名亦不念言我於此定已正當入亦不念言唯我能入此定非餘彼如是等尋思分別由此定力一切不起時舍利子問善現言若菩薩摩訶薩由住此定已爲過去諸佛世尊現前授記是菩薩摩訶薩爲能顯示如是定不善現答言不也舍利子何以故是善男子於如是定無解無想舍利子言具壽說彼諸善男子於如是定無解想耶善現報言我定說彼諸善男子於如是定無解無想所以者何如是諸定無所有故彼善男子於如是定無解無想如是諸定於一切法亦無解想所以者何以一切法無所有故時薄伽梵讚善現言善哉善哉如汝所說故我說汝住無諍定最爲第一汝承如來神力加被能作是說如是善現諸菩薩摩訶薩欲學般若波羅蜜多應如是學所以者何若菩薩摩訶薩能如是學乃名眞學甚深般若波羅蜜多時舍利子便白佛言若菩薩摩訶薩能如是學於深般若波羅蜜多名眞學耶佛告舍利子若菩薩摩訶薩能如是學於深般若波羅蜜多名爲眞學以無所得爲方便故時舍利子復白佛言若菩薩摩訶薩能如是學以無所得爲方便耶佛告舍利子若菩薩摩訶薩如是學時於一切法以無所得而爲方便時舍利子復白佛言諸菩薩摩訶薩如是學時於何法學佛告舍利子諸菩薩摩訶薩如是學時非於法學何以故舍利子如諸愚夫異

生所執非一切法如是有故時舍利子復白佛言若爾諸法如何而有佛告舍利子如無所有如是而有若於如是無所有法不能了達說名無明愚夫異生於一切法無所有性無明貪愛增上勢力分别執著斷常二邊由此不知不見諸法無所有性分别諸法由分别故便生執著由執著故分别諸法無所有性由此於法不見不知以於諸法不見不知分别過去未來現在由分别故貪著名色著名色故分别執著無所有法於無所有法分别執著故於如實道不知不見不能出離三界生死不信諦法不覺實際是故墮在愚夫數中由斯菩薩摩訶薩衆於法性相都無執著時舍利子復白佛言諸菩薩摩訶薩如是學時豈亦不學一切智智佛告舍利子諸菩薩摩訶薩如是學時亦不求學一切智智然諸菩薩摩訶薩如是學時雖無所學而名真學一切智智便能隣近一切智智速能成辦一切智智爾時善現便白佛言設有人來作如是問諸幻化者若有修學一切智智彼能隣近一切智智及能速成辦一切智智不我得此問當云何答佛告善現我還問汝隨汝意答於意云何幻化與色爲有異不幻化與受想行識爲有異不善現答言幻化不異色色不異幻化幻化即是色色即是幻化幻化不異受想行識受想行識不異幻化幻化即是受想行識受想行識即是幻化佛告善現於意云何五取蘊中起想等想施設言說假名菩薩摩訶薩不善現對曰如是世尊佛告善現諸菩薩摩訶薩求趣無上正等菩提修

學般若波羅蜜多一切皆如幻化者學何以故幻化即是五取蘊故所以者何我說五蘊眼等六根皆如幻化都非實有具壽善現復白佛言若菩薩摩訶薩新學大乘聞如是說其心將無驚怖退屈佛告善現若菩薩摩訶薩新學大乘親近惡友聞如是說心便驚怖則生退屈若近善友雖聞此說而不驚怖亦無退屈具壽善現復白佛言何等名爲菩薩惡友佛告善現諸菩薩摩訶薩惡友者謂若教授教誡菩薩摩訶薩衆令離布施乃至般若波羅蜜多令離所求一切智智令學取相世俗書典令學聲聞獨覺經法又不爲說魔事魔過令所修學不能成辦如是名爲菩薩惡友具壽善現復白佛言何等名爲菩薩善友佛告善現諸菩薩摩訶薩善友者謂若教授教誡菩薩摩訶薩衆令學布施乃至般若波羅蜜多令學所求一切智智令離取相世俗書典令離聲聞獨覺經法爲說種種魔事魔過令其覺知方便棄捨令所修學疾得成辦如是名爲趣大乘道大誓莊嚴菩薩善友具壽善現復白佛言所說菩薩摩訶薩者何等名爲菩薩句義佛告善現學一切法無著無礙覺一切法無著無礙求證無上正等菩提饒益有情是菩薩義具壽善現復白佛言菩薩何緣名摩訶薩佛告善現以諸菩薩於大有情衆中當爲上首故復名摩訶薩時舍利子便白佛言我以辯才樂說菩薩由此義故名摩訶薩唯願聽許佛告舍利子今正是時隨汝意說舍利子言以諸菩薩方便善巧爲諸有情宣說法要令斷我見有情見命者

見補特伽羅見有見無有見斷見常見薩迦耶見及餘種種有所執見依如是義名摩訶薩爾時善現便白佛言我以辯才樂說菩薩由此義故名摩訶薩唯願聽許佛告善現今正是時隨汝意說善現白言以諸菩薩爲欲證得一切智智發菩提心及無漏心無等等心不共聲聞獨覺等心於如是心亦不執著依如是義名摩訶薩所以者何以一切智智是眞無漏不墮三界求一切智智心亦是眞無漏不墮三界於如是心不應執著是故菩薩名摩訶薩時舍利子問善現言何因緣故於如是心亦不執著善現答言如是諸心無心性故不應執著時舍利子問善現言是心爲有非心性不善現反問舍利子言此非心性若有若無爲可得不舍利子言不也善現善現報言此非心性若有若無既不可得如何可問是心爲有非心性不時舍利子讚善現言善哉善哉如是如是佛說仁者住無諍定最爲第一實如聖言時滿慈子便白佛言我以辯才樂說菩薩由此義故名摩訶薩唯願聽許佛告滿慈子今正是時隨汝意說滿慈子言以諸菩薩普爲饒益一切有情被大功德鎧故發趣大乘故乘大乘故名摩訶薩爾時善現便白佛言如世尊說諸菩薩摩訶薩被大功德鎧齊何當言諸菩薩摩訶薩被大功德鎧佛告善現諸菩薩摩訶薩作如是念我應度脫無量無數無邊有情入無餘依般涅槃界雖度如是無量無數無邊有情入無餘依般涅槃界而無有法及諸有情得涅槃者所以者何諸法法性應如是故譬如幻

師或彼弟子於四衢道化作大衆更相加害於意云何此中有實更相加害死傷事不善現對曰不也世尊佛告善現諸菩薩摩訶薩亦復如是雖度如是無量無數無邊有情入無餘依般涅槃界而無有法及諸有情得涅槃者若菩薩摩訶薩聞如是事不驚不怖亦無退屈當知是菩薩摩訶薩被大功德鎧爾時善現便白佛言如我解佛所說義者諸菩薩摩訶薩不被功德鎧當知是爲被大功德鎧佛告善現如是如是諸菩薩摩訶薩不被功德鎧當知是爲被大功德鎧所以者何一切智智無造無作一切有情亦無造無作諸菩薩摩訶薩爲欲饒益彼有情故被功德鎧具壽善現復白佛言何因緣故一切智智無造無作一切有情亦無造無作諸菩薩摩訶薩爲欲饒益彼有情故被功德鎧佛告善現以諸作者不可得故所以者何色非造非不造非作非不作受想行識非造非不造非作非不作何以故色乃至識不可得故具壽善現便白佛言如我解佛所說義者色乃至識無染無淨所以者何色無縛無解受想行識亦無縛無解色眞如無縛無解受想行識眞如亦無縛無解時滿慈子問善現言尊者說色無縛無解說受想行識亦無縛無解說色眞如無縛無解說受想行識眞如亦無縛無解耶善現答言如是如是滿慈子言說何等色無縛無解說何等受想行識亦無縛無解說何等色眞如無縛無解說何等受想行識眞如亦無縛無解耶善現答言我說如幻士色無縛無解說如幻士受想行識亦無縛無

解説如幻士色眞如無縛無解説如幻士受想行識眞如亦無縛無解所以者何色乃至識及彼眞如無所有故無縛無解遠離故無縛無解寂靜故無縛無解無相故無縛無解無作故無縛無解無生滅故無縛無解無染淨故無縛無解是名菩薩摩訶薩發趣大乘被功德鎧時滿慈子聞如是説歡喜信受嘿然而住爾時善現便白佛言諸菩薩摩訶薩發趣大乘被功德鎧乘於大乘云何大乘齊何當言發趣大乘如是大乘從何處出至何處住如是大乘爲何所住誰復乘是大乘而出佛告善現言大乘者即是無量無數增語無邊功德共所成故汝次所問齊何當言發趣大乘者善現當知若菩薩摩訶薩勤行布施乃至般若波羅蜜多從一菩薩地趣一菩薩地齊此當言發趣大乘汝次所問如是大乘從何處出至何處住者善現當知如是大乘從三界中出至一切智智中住然以無二爲方便故無出無住汝次所問如是大乘爲何所住者善現當知如是大乘都無所住以一切法皆無所住然此大乘住無所住汝後所問誰復乘是大乘出者善現當知都無乘是大乘出者所以者何若所乘乘若能乘者由此爲此若處若時皆無所有都不可得以一切法皆無所有不可得故於中何法乘何法出至何處住而言乘者具壽善現復白佛言言大乘大乘者普超一切世間天人阿素洛等最尊最勝如是大乘與虛空等譬如虛空普能容受無量無數無邊有情大乘亦爾普能容受無量無數無邊有情又如虛空無

來無去無住可見大乘亦爾無來無去無住可見又如虛空前後中際皆不可得大乘亦爾前後中際皆不可得如是大乘最尊最勝與虛空等多所容受無動無住三世平等超過三世故名大乘佛告善現善哉善哉如是如是如汝所說菩薩大乘具如是等無邊功德時滿慈子便白佛言世尊先教大德善現爲諸菩薩摩訶薩衆宣說開示甚深般若波羅蜜多而今何故乃說大乘爾時善現即白佛言我從前來所說種種大乘之義將無違越所說般若波羅蜜多佛告善現汝從前來所說種種大乘之義皆順般若波羅蜜多無所違越所以者何一切善法無不攝入甚深般若波羅蜜多具壽善現復白佛言諸菩薩摩訶薩前際不可得後際不可得中際不可得所以者何色無邊故當知菩薩摩訶薩亦無邊受想行識無邊故當知菩薩摩訶薩亦無邊復次世尊即色菩薩摩訶薩無所有不可得即受想行識菩薩摩訶薩無所有不可得離色菩薩摩訶薩無所有不可得離受想行識菩薩摩訶薩無所有不可得如是世尊我於此等一切法以一切種一切處一切時求菩薩摩訶薩都無所見竟不可得求深般若波羅蜜多亦都無所見竟不可得求一切智智亦都無所見竟不可得云何令我教授教誡諸菩薩摩訶薩令於般若波羅蜜多速得究竟謂疾證得一切智智復次世尊諸菩薩摩訶薩但有假名都無自性如說我等畢竟不生但有假名都無自性諸法亦爾畢竟不生但有假名都無自性此中何等是色畢

竟不生若畢竟不生則不名色何等是受想行識畢竟不生若畢竟不生則不名受想行識世尊色是菩薩摩訶薩不可得受想行識是菩薩摩訶薩不可得此不可得亦不可得我於如是一切法以一切種一切處一切時求菩薩等皆不可得當教何等法修何等法於何等處時證何等法復次世尊佛薄伽梵但有假名一切菩薩但有假名甚深般若波羅蜜多但有假名如說我等畢竟不生但有假名都無自性諸法亦爾但有假名都無自性何等是色既不可取亦不可生何等是受想行識既不可取亦不可生諸法自性既不可取亦不可生若法無性亦不可生此無生法亦不可生我豈能以畢竟不生般若波羅蜜多教授教誡畢竟不生諸菩薩摩訶薩令得究竟世尊離不生法無法可得亦無菩薩摩訶薩能行無上正等菩提世尊若菩薩摩訶薩聞如是說心不沉沒亦無退屈不驚不怖當知是菩薩摩訶薩能修行般若波羅蜜多所以者何時菩薩摩訶薩行深般若波羅蜜多觀察諸法是時菩薩摩訶薩於一切色都無所得無受無取無住無著亦不施設爲色於一切受想行識都無所得無受無取無住無著亦不施設爲受想行識是菩薩摩訶薩行深般若波羅蜜多時不見色亦不見受想行識所以者何以色性空無生無滅受想行識性空無生無滅世尊色無生無滅即非色受想行識無生無滅即非受想行識所以者何色乃至識與無生無滅無二無二分何以故以無生無滅法非一非二非多非異是

故色乃至識無生無滅即非色乃至識世尊色無二即非色受想行識無二即非受想行識世尊色入無二法數受想行識入無二法數若說色即說無二法若說受想行識即說無二法時舍利子謂善現言如我領解仁所說義我有情等畢竟不生色乃至識畢竟不生諸佛菩薩畢竟不生若如是者何緣菩薩摩訶薩爲度無量無數有情修多百千難行苦行備受無量難忍大苦善現報言舍利子非我於彼無生法中許有菩薩摩訶薩爲度無量無數有情修多百千難行苦行備受無量難忍大苦然諸菩薩摩訶薩雖爲有情修無量種難行苦行而於其中無苦行想所以者何若於苦行作苦行想終不能爲無量無數無邊有情作大饒益然諸菩薩摩訶薩衆以無所得而爲方便於諸苦行作樂行想於難行行作易行想於諸有情作如父母兄弟妻子及已身想爲度彼故發起無上正等覺心乃能爲彼無量無數無邊有情作大饒益復次舍利子諸菩薩摩訶薩於一切有情起如父母兄弟妻子已身想已作如是念我當度脫一切有情令離一切生死衆苦起多百千難行苦行寧捨自身而不捨彼然於有情苦及苦行不起有情苦苦行想復作是念我當度脫一切有情令離無邊諸大苦蘊假使爲彼斷截我身爲百千分終不退屈然於其中不起難行苦行之想復次舍利子諸菩薩摩訶薩應作是念如我自性於一切法以一切種一切處時求不可得內外諸法亦復如是都無所有皆不可得若住此想便不見有

難行苦行由此能爲無量無數無邊有情修多百千難行苦行作大饒益

大般若波羅蜜多經卷第五百三十八

音釋

四會序

槩 居代切梗槩大畧也 隳 許規切壞也 戢 側入切斂也藏也 敞 齒兩切開也豁也 蜉 房鳩切蜉蝣朝生暮死虫也 鴻覞 鴻音洪大也規均窺切洪度也

大般若波羅蜜多經卷第五百三十九

唐三藏法師玄奘奉　詔譯

第四分妙行品第一之二

時舍利子問善現言是諸菩薩實無生不善現答言是諸菩薩皆實無生舍利子言爲但菩薩是實無生爲菩薩法亦實無生善現答言諸菩薩法亦實無生舍利子言爲但菩薩法是實無生爲一切智智亦實無生善現答言一切智智亦實無生舍利子言爲但一切智智是實無生爲一切智智法亦實無生善現答言一切智智法亦實無生舍利子言爲但一切智智法是實無生爲異生類亦實無生善現答言諸異生類亦實無生舍利子言爲但異生類是實無生爲異生法亦實無生善現答言諸異生法亦實無生時舍利子語善現言若諸菩薩皆實無生諸菩薩法亦實無生一切智智是實無生一切智智法亦實無生諸異生類是實無生異生類法亦實無生者豈不菩薩摩訶薩應隨證得一切智智是則無生法應得無生法善現答言我意不許無生法中有證得有現觀所以者何諸無生法不可得故舍利子言爲許生法證生法爲許無生法證無生法耶善現答言我意不許生法證生法亦不許無生法證無生法舍利子言爲許生法證無生法爲許無生法證生法耶善現答言我意不許生法證無生法亦不許無生法證生法舍利子言若如是者豈都無得無現觀耶善現答言雖有得有現觀然不由此二法而證但隨世間言說施設有得現觀非勝義中有得現觀時舍利子問

善現言爲許未生法生爲許已生法生耶善現答言我意不許未生法生亦不許已生法生時舍利子問善現言爲許生生爲許不生生耶善現答言我意不許生生亦不許不生生時舍利子問善現言仁者於所說無生法樂辯說無生相耶善現答言我於所說無生法亦不樂辯說無生相時舍利子問善現言於無生法起無生言此無生言亦無生不善現答言如是如是於無生法起無生言此法及言俱無生義而隨世俗說無生相時舍利子讚善現言說法人中仁爲第一除佛世尊無能及者所以者何隨所問詰種種法門皆能酬答無所滯礙而於法性無能動越善現報言諸佛弟子於一切法無依著者法爾皆能隨所問詰一一酬答自在無畏而於法性能無動越所以者何以一切法無所依故時舍利子問善現言如是所說甚深法要爲由何等波羅蜜多威力所辦善現答言如是所說甚深法要皆由般若波羅蜜多威力所辦所以者何說一切法無所依止要由般若波羅蜜多達一切法無所依故若菩薩摩訶薩聞說如是甚深般若波羅蜜多心無疑惑亦不迷悶當知是菩薩摩訶薩住如是住恒不捨離謂無所得而爲方便常勤拔濟一切有情當知是菩薩摩訶薩成就如是最勝作意所謂大悲相應作意時舍利子謂善現言若菩薩摩訶薩住如是住恒不捨離成就大悲相應作意者則一切有情亦應成菩薩摩訶薩所以者何以一切有情亦於此住及此作意常不捨離甚深般若波羅蜜多大悲作意

性平等故則諸菩薩摩訶薩與一切有情應無差別善現報曰善哉善哉如是如是誠如所說能如實知我所說意雖似難我而成我義何以故舍利子有情無自性故當知如是住及作意亦無自性有情無所有故當知如是住及作意亦無所有有情遠離故當知如是住及作意亦遠離有情寂靜故當知如是住及作意亦寂靜有情不可得故當知如是住及作意亦不可得有情無覺知故當知如是住及作意亦無覺知由此因緣諸菩薩摩訶薩於如是住及此作意常不捨離與諸有情亦無差別以一切法及諸有情皆畢竟空無差別故若菩薩摩訶薩能如是知無所滯礙是眞修行甚深般若波羅蜜多爾時世尊讚善現曰善哉善哉汝善能爲諸菩薩摩訶薩宣說開示甚深般若波羅蜜多此皆如來威神之力若有欲爲諸菩薩摩訶薩宣說開示甚深般若波羅蜜多皆應如汝宣說開示若菩薩摩訶薩欲學般若波羅蜜多皆應隨汝所說而學若菩薩摩訶薩隨汝所說而學般若波羅蜜多是菩薩摩訶薩速證無上正等菩提能盡未來利樂一切是故菩薩摩訶薩衆欲證無上正等菩提當勤修學甚深般若波羅蜜多

第四分帝釋品第二

爾時天帝釋與三十三天四萬天子俱來會坐護世四天王與四大王衆天二萬天子俱來會坐索訶界主大梵天王與萬梵衆俱來會坐如是乃至五淨居天各與無量百千天子俱來會坐是諸天衆淨業所感異熟身光

雖能照曜而以如來身光威力之所映奪皆悉不現時天帝釋白善現言今此三千大千世界無量天衆俱來會坐欲聞大德宣說開示甚深般若波羅蜜多教授教誡諸菩薩摩訶薩令於般若波羅蜜多速得究竟惟願大德哀愍為說云何菩薩摩訶薩應住般若波羅蜜多云何菩薩摩訶薩應學般若波羅蜜多爾時善現告帝釋言吾當承佛威神之力順如來意為諸菩薩摩訶薩衆宣說開示甚深般若波羅蜜多如諸菩薩摩訶薩衆可於其中應如是住應如是學汝等天衆皆應諦聽善思念之憍尸迦汝諸天等未發無上菩提心者今皆應發諸有已入聲聞獨覺正性離生不復能發大菩提心何以故憍尸迦彼於生死流已作限隔故其中若有能發無上

菩提心者我亦隨喜所以者何諸有勝人應求勝法我終不障他勝善品爾時世尊讚善現曰善哉善哉汝今善能為諸菩薩摩訶薩衆宣說開示甚深般若波羅蜜多亦能勸勵諸菩薩摩訶薩令深歡喜勤修般若波羅蜜多具壽善現便白佛言我既知恩如何不報所以者何過去諸佛及諸弟子為諸菩薩摩訶薩衆宣說布施乃至般若波羅蜜多教授教誡攝受護念世尊爾時亦於中學清淨梵行今證無上正等菩提轉妙法輪饒益我等故我今者應隨佛教為諸菩薩摩訶薩衆宣說布施乃至般若波羅蜜多教授教誡攝受護念令勤修學清淨梵行疾證無上正等菩提轉妙法輪窮未來際利益安樂一切有情是則名為報彼恩德具壽善現告帝釋言汝

問云何菩薩摩訶薩應住應學般若波羅蜜多者諦聽諦聽當爲汝說諸菩薩摩訶薩於深般若波羅蜜多如所應住及應學相憍尸迦諸菩薩摩訶薩被大功德鎧應以空相安住般若波羅蜜多不應住色不應住受想行識不應住預流果不應住一來不還阿羅漢果不應住獨覺菩提不應住諸佛無上正等菩提不應住此是巴不應住此是受想行識不應住此是預流果不應住此是一來不還阿羅漢果不應住此是獨覺菩提不應住此是諸佛無上正等菩提不應住色若常若無常不應住受想行識若常若無常不應住色若樂若苦不應住受想行識若樂若苦不應住色若我若無我不應住受想行識若我若無我不應住色若淨若不淨不應住受想行識若淨若不淨不應住色若空若不空不應住受想行識若空若不空不應住預流果是無爲所顯不應住一來不還阿羅漢果是無爲所顯不應住獨覺菩提是無爲所顯不應住諸佛無上正等菩提是無爲所顯不應住預流果是眞福田應受供養不應住預流果極七返有必入涅槃不應住一來果是眞福田應受供養不應住一來果未至究竟一來此間作苦邊際不應住不還果是眞福田應受供養不應住不還果往彼滅度不復還來不應住阿羅漢果是眞福田應受供養不應住阿羅漢果今世定入無餘涅槃不應住獨覺是眞福田應受供養不應住獨覺超聲聞地不至佛地而般涅槃不應住佛是眞福田應受供養不應住佛超異生地超聲聞地超

獨覺地超菩薩地安住佛地利益安樂無量無數無邊有情令入無餘般涅槃界不應住佛度脫無量無邊有情令於三乘各得決定作如是等諸佛事已入無餘依般涅槃界時舍利子作是念言若菩薩摩訶薩行深般若波羅蜜多時不應住佛安住佛地利益安樂無量無數無邊有情令入無餘般涅槃界不應住佛度脫無量無邊有情令於三乘各得決定作如是等諸佛事已入無餘依般涅槃界亦不應住諸餘法等者是諸菩薩摩訶薩衆當云何住具壽善現承佛威神知舍利子心之所念便謂之曰於意云何諸如來心爲何所住時舍利子語善現言諸如來心都無所住所以者何心無所住故名如來應正等覺謂不住有爲界亦不住無爲界亦非不住有爲界無爲界時具壽善現謂舍利子言諸菩薩摩訶薩行深般若波羅蜜多時亦復如是如諸如來應正等覺於一切法心無所住亦非不住舍利子諸菩薩摩訶薩於深般若波羅蜜多如諸如來應正等覺以無所得而爲方便應如是住應如是學爾時衆中有諸天子竊作是念諸藥叉等言詞呪句種種差別雖復隱密而我等輩猶可了知大德善現於深般若波羅蜜多雖以種種言詞顯示然我等輩竟不能解具壽善現知諸天子心之所念便告彼言汝諸天子於我所說不能解耶諸天子言如是如是我於大德所說般若波羅蜜多甚深句義都不能解具壽善現復告彼言我曾於此甚深般若波羅蜜多相應義中無說無示汝亦不聞當何所解何以故

諸天子甚深般若波羅蜜多相應義中文字言說皆遠離故時諸天子復作是念大德善現於此般若波羅蜜多甚深義中雖復種種方便顯說欲令易解然其義趣甚深轉甚深微細更微細難可測量具壽善現知彼心念便告之言天子當知色非甚深非微細受想行識非甚深非微細預流果非甚深非微細一來不還阿羅漢果非甚深非微細獨覺菩提非甚深非微細諸佛無上正等菩提非甚深非微細何以故諸天子以一切法微細甚深說聽解者不可得故由斯汝等於諸法中應隨所說修深固忍天子當知諸有欲證欲住預流一來不還阿羅漢果獨覺菩提諸佛無上正等菩提要依此忍乃能證住時諸天子作是念言大德善現於今欲爲何等有情說何等法具壽善現知諸天子心之所念而告彼言天子當知吾今欲爲如幻如化如夢有情亦復宣說如幻如化如夢之法何以故諸天子如是聽者於所說法無聞無解無所證故時諸天子問善現言能說能聽及所說法皆如幻化夢所見耶善現答言如是如是如幻有情爲如幻者說如幻法如化有情爲如化者說如化法如夢有情爲如夢者說如夢法一切有情及一切法無不皆如幻化夢境以一切法一切有情與幻化夢無二無別天子當知諸預流者及預流果若一來者及一來果若不還者及不還果若阿羅漢及阿羅漢果若諸獨覺及獨覺菩提若諸如來應正等覺及佛無上正等菩提無不皆如幻化夢境時諸天子問善現言豈諸如來應正等

覺及佛無上正等菩提亦如幻化夢所見耶善現答言如是如是乃至涅槃我亦說爲如幻如化如夢所見時諸天子問善現言豈可涅槃亦如幻化夢所見境善現答言設更有法勝涅槃者我亦說爲如幻如化如夢所見所以者何幻化夢境與一切法乃至涅槃無二無别皆不可得不可說故爾時舍利子執大藏滿慈子大飲光等問善現言所說般若波羅蜜多如是甚深誰能信受具壽慶喜白大聲聞舍利子等言有不退轉菩薩摩訶薩於此般若波羅蜜多能深信受復有無量具足正見諸漏永盡大阿羅漢於此般若波羅蜜多亦能信受具壽善現作如是言如是所說甚深般若波羅蜜多無能信受所以者何此中無法可顯可示及可施設既實無法可顯可示及可施設故信受者亦不可得時天帝釋作是念言大德善現雨大法雨我應化作微妙諸華奉散供養作是念已即便化作微妙諸華散善現上具壽善現作是念言今所散華於諸天處未曾見有是華微妙定非水陸草木所生應是諸天從心化出時天帝釋既知善現心之所念謂善現言此所散華實非水陸草木所生亦非諸天從心化出何以故此所散華無生性故爾時善現語帝釋言此華不生即非華也時天帝釋竊作是念大德善現智慧甚深不壞假名而說實義作是念已白善現言如是如是誠如尊教諸菩薩摩訶薩於諸法中隨尊者教應如是學具壽善現語帝釋言如是如是如汝所說諸菩薩摩訶薩於諸法中隨我所教應如是學憍

尸迦諸菩薩摩訶薩如是學時不於色學不於受想行識學不於預流果學不於一來不還阿羅漢果學不於獨覺菩提學不於諸佛無上正等菩提學若不於此諸地而學是名學佛一切智智若能學佛一切智智則學無量無邊佛法若學無量無邊佛法則不學色有增有減亦不學受想行識有增有減若不學色有增有減亦不學受想行識有增有減則不學色有取有捨亦不學受想行識有取有捨若不學色有取有捨亦不學受想行識有取有捨則不學一切法有取有捨若不學一切法有取有捨則不學諸法有可攝受有可滅壞若不學諸法有可攝受有可滅壞則不學一切智智有可攝受有可滅壞諸菩薩摩訶薩如是學時名爲眞學一切智智速能證得一切智智時舍利子問善現言若菩薩摩訶薩不學諸法有可攝受有可滅壞亦不學一切智智有可攝受有可滅壞是菩薩摩訶薩如是學時名爲眞學一切智智速能證得一切智智耶善現答言如是如是若菩薩摩訶薩不學諸法有可攝受有可滅壞亦不學一切智智有可攝受有可滅壞是菩薩摩訶薩如是學時名爲眞學一切智智速能證得一切智智以無所得爲方便故爾時天帝釋問舍利子言諸菩薩摩訶薩所學般若波羅蜜多當於何求舍利子言諸菩薩摩訶薩所學般若波羅蜜多當於善現所說中求天帝釋問舍利子言是誰神力爲依持故而令尊者作如是說舍利子言如來神力爲依持故我作是說時天帝釋復問具壽舍利子言

是誰神力爲依持故尊者善現能說般若波羅蜜多舍利子言如來神力爲依持故具壽善現能說般若波羅蜜多爾時善現告帝釋言汝之所問是誰神力爲依持故令我善現能說般若波羅蜜多者憍尸迦當知定是如來神力爲依持故令我善現能說般若波羅蜜多憍尸迦汝之所問諸菩薩摩訶薩所學般若波羅蜜多當於何求者憍尸迦諸菩薩摩訶薩所學般若波羅蜜多不應於色求不應離色求不應於受想行識求不應離受想行識求所以者何色非般若波羅蜜多亦非離色而有般若波羅蜜多受想行識亦非般若波羅蜜多亦非離受想行識而有般若波羅蜜多時天帝釋白善現言諸菩薩摩訶薩所學般若波羅蜜多是大波羅蜜多是無量波羅蜜多是無邊波羅蜜多善現報言如是如是憍尸迦諸菩薩摩訶薩所學般若波羅蜜多是大波羅蜜多是無量波羅蜜多是無邊波羅蜜多何以故憍尸迦色大故當知般若波羅蜜多亦大受想行識大故當知般若波羅蜜多亦大憍尸迦色無量故當知般若波羅蜜多亦無量受想行識無量故當知般若波羅蜜多亦無量憍尸迦色無邊故當知般若波羅蜜多亦無邊受想行識無邊故當知般若波羅蜜多亦無邊復次憍尸迦所緣無邊故當知般若波羅蜜多亦無邊憍尸迦云何所緣無邊故當知般若波羅蜜多亦無邊謂一切法前中後際皆不可得說爲無邊法無邊故所緣亦無邊由此般若波羅蜜多亦說無邊是故我說所緣無邊故當知般若

波羅蜜多亦無邊復次憍尸迦一切法無邊故當知般若波羅蜜多亦無邊憍尸迦云何一切法無邊故當知般若波羅蜜多亦無邊謂一切法邊不可得所以者何以一切色前中後邊皆不可得一切受想行識前中後邊皆不可得由此般若波羅蜜多前中後邊亦不可得是故我說一切法無邊故當知般若波羅蜜多亦無邊復次憍尸迦一切有情無邊故當知般若波羅蜜多亦無邊所以者何一切有情邊不可得是故我說一切有情無邊故當知般若波羅蜜多亦無邊時天帝釋問善現言大德云何一切有情無邊故當知般若波羅蜜多亦無邊善現答言憍尸迦非有情類其數衆多計筭其邊不可得故作如是說一切有情無邊故當知般若波羅蜜多亦無邊天帝釋言爲何義故作如是說善現告言憍尸迦我今問汝隨汝意答於意云何言有情有情者是何法增語天帝釋言言有情有情者非法增語亦非非法增語但是假立客名所攝無事名所攝無主名所攝無緣名所攝善現復言憍尸迦於意云何於此般若波羅蜜多甚深經中爲顯示有實有情不天帝釋言不也大德善現告言於此般若波羅蜜多甚深經中既不顯示有實有情故說無邊以彼中邊不可得故憍尸迦於意云何若諸如來應正等覺經如殑伽沙數大劫以無邊音說有情類無量名字此中頗有眞實有情有生滅不天帝釋言不也大德何以故以諸有情本性淨故彼從本來無所有故非無所有可有生滅善現告言由斯義故我作

是說一切有情無邊故當知般若波羅蜜多亦無邊憍尸迦由此當知諸菩薩摩訶薩所學般若波羅蜜多應說爲大無量無邊爾時會中天帝釋等欲界諸天梵天王等色界諸天及大自在神仙天女歡喜踊躍同時三返高聲唱言善哉善哉佛出世故尊者善現承佛威神善爲我等宣說開示微妙法性所謂般若波羅蜜多令諸天人阿素洛等獲大饒益若菩薩摩訶薩能於如是甚深般若波羅蜜多如說修行常不捨離我等於彼恭敬供養如佛世尊爾時佛告諸天等言如是如是若菩薩摩訶薩於此般若波羅蜜多以無所得而爲方便能如說行常不遠離汝諸天等皆應供養如佛世尊天等當知我於往昔然燈佛時蓮華王都四衢道首見然燈佛獻五莖華布髮掩泥聞正法要以無所得爲方便故便不遠離甚深般若波羅蜜多及餘無量無邊佛法時然燈佛即便授我無上正等大菩提記作是言善男子汝於來世過無數劫於此世界賢劫之中當得作佛號能寂如來應正等覺廣說乃至佛薄伽梵宣說般若波羅蜜多甚深經典度無量衆時諸天等俱白佛言如是般若波羅蜜多甚爲希有令諸菩薩摩訶薩衆速能引攝一切智智盡未來際利樂有情

第四分供養窣堵波品第三之一

爾時世尊知欲色界諸天神衆及諸苾芻苾芻尼等四衆雲集恭敬信受同爲明證即便顧命天帝釋言憍尸迦若善男子善女人等於深般若波羅蜜多至心聽聞受持讀誦精

勤修學如理思惟及廣爲他無倒宣說當知是輩一切惡魔人非人等不能得便一切災橫皆不能及身心安樂無病長壽復次憍尸迦若諸天子已發無上正等覺心於深般若波羅蜜多若未聽聞受持讀誦精勤修學如理思惟皆應來至是善男子善女人所至心聽聞受持讀誦甚深般若波羅蜜多如理思惟甚深義趣令得究竟轉爲他說復次憍尸迦若善男子善女人等於深般若波羅蜜多至心聽聞受持讀誦精勤修學如理思惟是善男子善女人等若在空宅若在曠野若在嶮道及危難處終不怖畏驚恐毛竪諸天善神常來擁護時四天王及彼天衆合掌恭敬俱白佛言若善男子善女人等能於般若波羅蜜多至心聽聞受持讀誦精勤修學如理思惟書寫解說廣令流布我等常隨恭敬守護不令一切災橫侵惱時天帝釋及諸天衆合掌恭敬而白佛言若善男子善女人等能於般若波羅蜜多至心聽聞受持讀誦精勤修學如理思惟書寫解說廣令流布我等常隨恭敬守護不令一切災橫侵惱時梵天王及諸梵衆合掌恭敬俱白佛言若善男子善女人等能於般若波羅蜜多至心聽聞受持讀誦精勤修學如理思惟書寫解說廣令流布我等常隨恭敬守護不令一切災橫侵惱時天帝釋復白佛言甚奇世尊希有善逝若善男子善女人等於深般若波羅蜜多至心聽聞受持讀誦精勤修學如理思惟書寫解說廣令流布攝受如是現法功德若善男子善女人等攝受般若波羅蜜多則爲攝受布

施淨戒安忍精進靜慮般若波羅蜜多爾時世尊告天帝釋如是如是憍尸迦若善男子善女人等攝受般若波羅蜜多則爲具足攝受六種波羅蜜多復次憍尸迦若善男子善女人等能於般若波羅蜜多至心聽聞受持讀誦精勤修學如理思惟書寫解說廣令流布所獲功德汝應諦聽極善思惟吾當爲汝分別解說天帝釋言唯然願說我等樂聞爾時佛告天帝釋言憍尸迦若有諸惡外道梵志若諸惡魔及魔眷屬若餘暴惡增上慢者於是菩薩摩訶薩所欲作種種不饒益事彼適興心速自遭禍必當殄滅不果所願何以故憍尸迦是善男子善女人等於深般若波羅蜜多至心聽聞受持讀誦精勤修學如理思惟書寫解說廣令流布法爾能令起惡心者自遭殃禍不果所願復次憍尸迦若善男子善女人等於此般若波羅蜜多至心聽聞受持讀誦精勤修學如理思惟書寫解說廣令流布其地方所若有惡魔及魔眷屬或有種種外道梵志及餘暴惡增上慢者憎嫉正法欲爲障礙詰責違拒令速隱沒雖有此願終不能成彼因暫聞般若聲故衆惡漸滅功德漸生後依三乘得盡苦際或脫惡趣生天人中憍尸迦若善男子善女人等於深般若波羅蜜多至心聽聞受持讀誦精勤修學如理思惟書寫解說廣令流布獲如是等功德勝利憍尸迦如有妙藥名曰莫耆是藥威勢能銷衆毒如是妙藥隨所在處諸毒蟲類不能逼近有大毒蛇饑行求食遇見生類欲螫噉之其生怖死奔趣妙藥蛇聞藥氣尋便退

走何以故憍尸迦如是妙藥具大威勢能益身命銷伏諸毒憍尸迦當知般若波羅蜜多具大威勢亦復如是若善男子善女人等至心聽聞受持讀誦精勤修學如理思惟書寫解說廣令流布諸惡魔等於此菩薩摩訶薩所欲爲惡事由此般若波羅蜜多威神力故令彼惡事於其方所自當殄滅無所能爲何以故憍尸迦由此般若波羅蜜多具大威力能摧衆惡增善法故復次憍尸迦若善男子善女人等於此般若波羅蜜多至心聽聞受持讀誦精勤修學如理思惟書寫解說廣令流布四大天王及天帝釋堪忍界主大梵天王淨居天等并餘善神常來擁護不令一切災橫侵惱如法所求無不滿足十方世界現在如來應正等覺亦常護念令惡漸滅善法漸增復次憍尸迦若善男子善女人等能於般若波羅蜜多至心聽聞受持讀誦精勤修學如理思惟書寫解說廣令流布是善男子善女人等由此因緣言詞威肅聞皆敬受發言稱量語不喧雜堅事善友深知恩報不爲慳嫉忿恨覆惱諂誑矯等隱蔽其心何以故憍尸迦是善男子善女人等由深般若波羅蜜多增上威力調伏身心令其遠離貪恚癡等隨眠纏結是善男子善女人等具念正知慈悲喜捨常作是念我不應隨慳貪勢力若隨彼力貧窮下賤則我布施不得圓滿我不應隨破戒勢力若隨彼力墮諸惡趣則我淨戒不得圓滿我不應隨忿恚勢力若隨彼力當缺諸根形貌醜陋不具菩薩圓滿色身亦復不能圓滿安忍我不應隨懈怠勢力若隨

彼力則不能修菩薩勝道亦不圓滿增上精進我不應隨散亂勢力若隨彼力便不能修菩薩勝定則諸靜慮不得圓滿我不應隨愚癡勢力若隨彼力則我勝慧不得圓滿不超聲聞獨覺等地況得無上正等菩提是故我今不應隨彼慳貪等力憍尸迦是善男子善女人等由此思惟常得正念諸惡煩惱不蔽其心憍尸迦諸善男子善女人等若於般若波羅蜜多至心聽聞受持讀誦精勤修學如理思惟書寫解說廣令流布獲如是等功德勝利

大般若波羅蜜多經卷第五百三十九

音釋

憍尸迦 憍堅堯切憍尸迦帝釋天別名也 阿素洛 梵語也亦云阿修羅此云無酒又云非天 薄伽梵 梵語也亦云婆伽婆多含不翻具六義焉一自在二熾盛三端嚴四名稱五吉祥六尊貴乃總衆德至尚之名也 殄滅 殄徒典切絕也 諂誑 諂丑琰切佞言曰諂誑古況切欺也 矯 吉了切詐也

大般若波羅蜜多經卷第五百四十

唐三藏法師玄奘奉詔譯

第四分供養窣堵波品第三之二

爾時天帝釋白佛言世尊如是般若波羅蜜多甚奇希有能調菩薩摩訶薩衆令離高心迴向所求一切智智爾時佛告天帝釋言云何般若波羅蜜多甚奇希有能調菩薩摩訶薩衆令離高心迴向所求一切智智時天帝釋白言世尊若菩薩摩訶薩不依般若波羅蜜多修行布施乃至般若及餘種種諸佛法時無方便善巧故雖修諸善而起高心不能迴向一切智智若菩薩摩訶薩依止般若波羅蜜多修行布施乃至般若及餘種種諸佛法時有方便善巧故所修諸善調伏高心迴向所求一切智智爾時佛告天帝釋言如是如是如汝所說憍尸迦若善男子善女人等能於般若波羅蜜多至心聽聞受持讀誦精勤修學如理思惟書寫解說廣令流布是善男子善女人等身心安樂不爲一切災橫侵惱若在軍旅交戰陣時至心念誦如是般若波羅蜜多於諸有情慈悲護念不爲刀仗之所傷殺所對怨敵皆起慈心設起惡心自然退敗是善男子善女人等若在軍旅刀箭所傷失命喪身終無是處何以故憍尸迦是善男子善女人等修行般若波羅蜜多自然降伏煩惱惡業種種刀仗亦能除他煩惱惡業諸刀仗故復次憍尸迦若善男子善女人等能於般若波羅蜜多至心聽聞受持讀誦精勤修學如理思惟供養恭敬尊重讚歎書寫解說廣令流布是善男子善女人等一切毒

藥蠱道鬼魅厭禱呪術皆不能害水不能溺火不能燒刀仗惡獸怨賊惡神衆邪魍魎不能傷害何以故憍尸迦如是般若波羅蜜多是大神呪是大明呪是無上呪是無等等呪如是般若波羅蜜多是諸呪王最上最妙無能及者具大威力能伏一切不爲一切之所降伏是善男子善女人等精勤修學如是呪王不爲自害不爲他害不爲俱害憍尸迦是善男子善女人等學此般若波羅蜜多大呪王時於我及法雖無所得而證無上正等菩提由斯獲得一切智智觀有情類心行差別隨宜爲轉無上法輪令如說行得大饒益何以故憍尸迦過去未來現在菩薩皆學如是甚深般若波羅蜜多大神呪王無所不得無所不證是故說名一切智智憍尸迦若善男子善女人等於此般若波羅蜜多至心聽聞受持讀誦精勤修學如理思惟供養恭敬尊重讚歎書寫解說廣令流布得如是等現法當來種種功德復次憍尸迦若善男子善女人等書此般若波羅蜜多大神呪王置清淨處供養恭敬尊重讚歎雖不聽聞受持讀誦精勤修學如理思惟亦不爲他開示分別而此住處國邑王都人非人等不爲一切災橫疾疫之所傷害復次憍尸迦若善男子善女人等怖畏怨家惡獸災橫厭禱疾疫毒藥呪等應書般若波羅蜜多大神呪王隨多少分香囊盛貯置寶筒中恒隨自身供養恭敬諸怖畏事皆悉銷除天龍鬼神常來守護唯除宿世惡業應受憍尸迦譬如有人或傍生類入菩提樹院或至彼院邊人非人等不能傷

害何以故憍尸迦過去未來現在諸佛皆坐此處證得無上正等菩提得菩提已施諸有情無恐無怖無怨無害身心安樂當知般若波羅蜜多隨所住處亦復如是一切天龍阿素洛等常來守護憍尸迦如是般若波羅蜜多隨所住處當知是處即眞制多一切有情皆應敬禮當以種種上妙供具供養恭敬尊重讚歎所以者何是諸有情歸依處故時天帝釋復白佛言若善男子善女人等書此般若波羅蜜多種種莊嚴供養恭敬尊重讚歎復以種種上妙華鬘塗散等香衣服瓔珞寶幢旛蓋衆妙珍奇伎樂燈明而爲供養有善男子善女人等佛涅槃後起窣堵波七寶嚴飾寶函盛貯佛設利羅安置其中供養恭敬尊重讚歎復以種種上妙華鬘塗散等香衣服瓔珞寶幢旛蓋衆妙珍奇伎樂燈明而爲供養二所獲福何者爲多爾時佛告天帝釋言我還問汝當隨意答於意云何如來所得一切智智所證無上正等菩提及所依身依何等道修學而得天帝釋言如來所得一切智智所證無上正等菩提及所依身皆依般若波羅蜜多修學而得爾時佛告天帝釋言如是如是如汝所說我依般若波羅蜜多修學故得一切智智所證無上正等菩提及所依身何以故憍尸迦不學般若波羅蜜多有能獲得一切智智所證無上正等菩提及所依身無有是處憍尸迦非但獲得相好身故說名如來應正等覺要由證得一切智智乃名如來應正等覺憍尸迦如來所得一切智智要由般若波羅蜜多爲因故起佛相好身

但爲依處若不依止佛相好身無由而起是故般若波羅蜜多正爲因生一切智智欲令此智現前相續故復修集佛相好身此相好身若非遍智所依處者一切天龍人非人等不應竭誠供養恭敬以相好身與佛遍智爲所依止故諸天龍人非人等供養恭敬由此緣故我涅槃後諸天龍神人非人等供養恭敬我設利羅憍尸迦若善男子善女人等書此般若波羅蜜多供養恭敬尊重讚歎則爲供養一切智智及所依止佛相好身并涅槃後佛設利羅何以故憍尸迦一切智智及相好身并設利羅皆以般若波羅蜜多爲根本故以是故憍尸迦若善男子善女人等書此般若波羅蜜多種種莊嚴供養恭敬尊重讚歎復以種種上妙華鬘乃至燈明而爲供養

有善男子善女人等佛涅槃後起窣堵波七寶嚴飾寶函盛貯佛設利羅安置其中供養恭敬尊重讚歎復以種種上妙華鬘乃至燈明而爲供養二所獲福前者爲多無量倍數何以故憍尸迦若善男子善女人等供養般若波羅蜜多即爲供養一切智智佛相好身設利羅故時天帝釋便白佛言贍部洲人於此般若波羅蜜多不能書寫衆寶莊嚴供養恭敬尊重讚歎不能聽聞受持讀誦精勤修學如理思惟彼豈不知書此般若波羅蜜多衆寶莊嚴供養恭敬尊重讚歎至心聽聞受持讀誦精勤修學如理思惟獲得種種功德勝利爾時佛告天帝釋言我還問汝當隨意答於意云何贍部洲内有幾許人成佛證淨成法證淨成僧證淨有幾許人得預流果或

一來果或不還果或阿羅漢果有幾許人發心定趣獨覺菩提有幾許人發心定趣諸佛無上正等菩提天帝釋言贍部洲內有少許人成佛證淨成法證淨成僧證淨轉少許人得預流果或一來果或不還果或阿羅漢果轉少許人發心定趣獨覺菩提轉少許人發心定趣諸佛無上正等菩提爾時佛告天帝釋言如是如是如汝所説憍尸迦贍部洲內極少分人成佛證淨成法證淨成僧證淨轉少分人得預流果或一來果或不還果或阿羅漢果轉少分人發心定趣獨覺菩提轉少分人發心定趣諸佛無上正等菩提轉少分人既發心已精勤修學趣菩提行轉少分人精勤修學菩提行時於此般若波羅蜜多深心信受轉少分人深信受已修行般若波羅蜜多轉少分人既修行已漸次安住不退轉地轉少分人住此地已疾證無上正等菩提憍尸迦若菩薩摩訶薩已得安住不退轉地求證無上正等菩提乃能深心恭敬信受甚深般若波羅蜜多至心聽聞受持讀誦精勤修學如理思惟亦能爲他無倒宣説復以種種上妙華鬘乃至燈明供養恭敬尊重讚歎憍尸迦我以無障清淨佛眼遍觀十方無邊世界雖有無量無數有情發菩提心修菩薩行而由遠離甚深般若波羅蜜多方便善巧若一若二若三有情得住菩薩不退轉地多分退墮聲聞獨覺下意下行下劣地中何以故憍尸迦諸佛無上正等菩提功德無邊甚難可證惡慧懈怠下劣精進下劣勝解下劣有情不能證得是故憍尸迦若善男子善女

人等發菩提心修菩薩行欲住菩薩不退轉地疾證無上正等菩提無留難者應於般若波羅蜜多數數聽聞受持讀誦精勤修學如理思惟好請問師樂爲他說復應書寫衆寶莊嚴供養恭敬尊重讚歎何以故憍尸迦是善男子善女人等應作是念如來昔住菩薩地時常勤修學如是般若波羅蜜多甚深義趣證得無上正等菩提我等亦應精勤修學如是般若波羅蜜多是我大師我隨彼學所願當滿憍尸迦諸菩薩摩訶薩若佛住世若涅槃後常應依止甚深般若波羅蜜多精勤修學時天帝釋復白佛言若善男子善女人等於深般若波羅蜜多至心聽聞受持讀誦精勤修學如理思惟廣爲有情宣說流布或有書寫衆寶嚴飾復持種種上妙華鬘乃至燈明供養恭敬尊重讚歎是善男子善女人等由此因緣得幾許福爾時佛告天帝釋言是善男子善女人等所獲福聚無量無邊不可思議不可稱計筭數譬喻所不能及復次憍尸迦若善男子善女人等於諸如來般涅槃後爲供養佛設利羅故以妙七寶起窣堵波種種珍奇間雜嚴飾復持種種天妙華鬘乃至燈明盡其形壽供養恭敬尊重讚歎於意云何是善男子善女人等由此因緣獲福多不天帝釋言甚多世尊甚多善逝佛告憍尸迦有善男子善女人等於此般若波羅蜜多甚深義趣以清淨心恭敬信解爲求無上正等菩提至心聽聞受持讀誦精勤修學如理思惟廣爲有情宣說開示以增上慧審諦觀察爲令正法久住世故爲令佛眼無斷壞

故爲令正法不隱没故攝受菩薩令增長故爲令世間清淨法眼無斷壞故書寫如是甚深般若波羅蜜多衆寶嚴飾復持種種上妙華鬘塗散等香衣服瓔珞寶幢旛蓋衆妙珍奇伎樂燈明供養恭敬尊重讚歎是善男子善女人等所獲功德甚多於前無量無數復次憍尸迦置此一事若善男子善女人等於諸如來般涅槃後爲供養佛設利羅故以妙七寶起窣堵波種種珍奇間雜嚴飾如是充滿一贍部洲或四大洲或小千界或中千界或復三千大千世界皆持種種天妙華鬘乃至燈明盡其形壽供養恭敬尊重讚歎於意云何是善男子善女人等由此因緣獲福多不天帝釋言甚多世尊甚多善逝佛告憍尸迦有善男子善女人等於此般若波羅蜜多甚深義趣以清淨心恭敬信解爲求無上正等菩提至心聽聞受持讀誦精勤修學如理思惟廣爲有情宣說開示以增上慧審諦觀察爲令正法久住世故爲令佛眼無斷壞故爲令正法不隱没故攝受菩薩令增長故爲令世間清淨法眼無斷壞故書寫如是甚深般若波羅蜜多衆寶嚴飾復持種種上妙華鬘塗散等香衣服瓔珞寶幢旛蓋衆妙珍奇伎樂燈明供養恭敬尊重讚歎是善男子善女人等所獲功德甚多於前無量無數復次憍尸迦置如是事假使於此贍部洲中一切有情或四大洲一切有情或小千界一切有情或中千界一切有情或復三千大千世界一切有情各於如來般涅槃後爲供養佛設利羅故以妙七寶各各起一大窣堵波種種

珍奇間雜嚴飾皆持種種天妙華鬘乃至燈明盡其形壽各各於自窣堵波所供養恭敬尊重讚歎於意云何此贍部洲或四大洲或小千界或中千界或大千界諸有情類由是因緣獲福多不天帝釋言甚多世尊甚多善逝佛告憍尸迦有善男子善女人等於此般若波羅蜜多甚深義趣以清淨心恭敬信解爲求無上正等菩提至心聽聞受持讀誦精勤修學如理思惟廣爲有情宣說開示以增上慧審諦觀察爲令正法久住世故爲令佛眼無斷壞故爲令正法不隱沒故攝受菩薩令增長故爲令世間清淨法眼無斷壞故書寫如是甚深般若波羅蜜多衆寶嚴飾復持種種上妙華鬘塗散等香衣服瓔珞寶幢旛蓋衆妙珍奇伎樂燈明供養恭敬尊重讚歎是善男子善女人等所獲功德甚多於前無量無數復次憍尸迦置如是事假使於此贍部洲中諸有情類非前非後皆得爲人此一一人爲供養佛設利羅故於諸如來般涅槃後以妙七寶起窣堵波種種珍奇間雜嚴飾如是一一滿贍部洲或四大洲諸有情類非前非後皆得爲人此一一人爲供養佛設利羅故於諸如來般涅槃後以妙七寶起窣堵波種種珍奇間雜嚴飾如是一一滿四大洲或小千界諸有情類非前非後皆得爲人此一一人爲供養佛設利羅故於諸如來般涅槃後以妙七寶起窣堵波種種珍奇間雜嚴飾如是一一滿小千界或中千界諸有情類非前非後皆得爲人此一一人爲供養佛設利羅故於諸如來般涅槃後以妙七寶起窣

堵波種種珍奇間雜嚴飾如是一一滿中千界或復三千大千世界諸有情類非前非後皆得爲人此一一人爲供養佛設利羅故於諸如來般涅槃後以妙七寶起窣堵波種種珍奇間雜嚴飾如是一一滿大千界如是諸人各持種種天妙華鬘乃至燈明或經一劫或一劫餘各各於自窣堵波所供養恭敬尊重讚歎於意云何此贍部洲或四大洲或小千界或中千界或大千界諸有情類由是因緣獲福多不天帝釋言甚多世尊甚多善逝佛告憍尸迦有善男子善女人等於此般若波羅蜜多甚深義趣以清淨心恭敬信解爲求無上正等菩提至心聽聞受持讀誦精勤修學如理思惟廣爲有情宣說開示以增上慧審諦觀察爲令正法久住世故爲令佛眼無斷壞故爲令正法不隱沒故攝受菩薩令增長故爲令世間清淨法眼無斷壞故書寫如是甚深般若波羅蜜多衆寶嚴飾復持種種上妙華鬘塗散等香衣服瓔珞寶幢旛蓋衆妙珍奇伎樂燈明供養恭敬尊重讚歎是善男子善女人等所獲功德甚多於前無量無數時天帝釋便白佛言如是世尊如是善逝若善男子善女人等供養恭敬尊重讚歎甚深般若波羅蜜多當知則爲供養恭敬尊重讚歎過去未來現在諸佛一切智智世尊且置所說三千大千世界一切有情爲供養佛設利羅故各於如來般涅槃後以妙七寶起窣堵波假使十方各如殑伽沙等世界一切有情非前非後皆得爲人此一一人各於如來般涅槃後爲供養佛設利羅故以妙七

寶起窣堵波種種珍奇間雜嚴飾如是一一各滿十方殑伽沙等諸佛世界各持種種天妙華鬘乃至燈明或經一劫或一劫餘供養恭敬尊重讚歎是諸有情由此因緣所獲福聚雖復無量而復有餘諸善男子善女人等於此般若波羅蜜多甚深義趣以清淨心恭敬信解爲求無上正等菩提至心聽聞受持讀誦精勤修學如理思惟廣爲有情宣說開示以增上慧審諦觀察爲令正法久住世故爲令佛眼無斷壞故爲令正法不隱沒故攝受菩薩令增長故爲令世間清淨法眼無斷壞故書寫如是甚深般若波羅蜜多衆寶嚴飾復持種種上妙華鬘塗散等香衣服瓔珞寶幢旛蓋衆妙珍奇伎樂燈明供養恭敬尊重讚歎是善男子善女人等所獲功德甚多於彼無量無邊不可思議不可稱計筭數譬喻所不能及爾時佛告天帝釋言如是如是如汝所說憍尸迦是善男子善女人等於深般若波羅蜜多所獲福聚無量無邊不可思議不可稱計筭數譬喻所不能及何以故憍尸迦甚深般若波羅蜜多能生如來一切智智一切如來一切智智能生諸佛設利羅故以是故憍尸迦若善男子善女人等能於般若波羅蜜多甚深義趣以清淨心恭敬信解爲求無上正等菩提至心聽聞受持讀誦精勤修學如理思惟廣爲有情宣說開示以增上慧審諦觀察爲令正法久住世故爲令佛眼無斷壞故爲令正法不隱沒故攝受菩薩令增長故爲令世間清淨法眼無斷壞故書寫如是甚深般若波羅蜜多衆寶嚴飾復持

種種上妙華鬘塗散等香衣服瓔珞寶幢旛蓋衆妙珍奇伎樂燈明供養恭敬尊重讃歎是善男子善女人等所獲功德於前所造諸窣堵波及供養福百倍爲勝千倍爲勝乃至鄔波尼煞曇倍亦復爲勝爾時會中四萬天子同聲共白天帝釋言大仙於此甚深般若波羅蜜多應當聽聞受持讀誦精勤修學如理思惟及廣爲他分別解說供養恭敬尊重讃歎所以者何若能於此甚深般若波羅蜜多至心聽聞受持讀誦精勤修學如理思惟及廣爲他分別解說供養恭敬尊重讃歎則令一切惡法損減善法增益爾時佛告天帝釋言汝應於此甚深般若波羅蜜多至心聽聞受持讀誦精勤修學如理思惟及應爲他分別解說供養恭敬尊重讃歎所以者何若

阿素洛及惡朋黨起如是念我等當與三十三天共興戰諍爾時汝等諸天眷屬應各至誠誦念如是甚深般若波羅蜜多供養恭敬尊重讃歎時阿素洛及彼朋黨所起惡心即皆息滅時天帝釋即白佛言甚深般若波羅蜜多是大神咒是大明咒是無上咒是無等等咒是一切咒王最尊最勝最上最妙能伏一切不爲一切之所降伏所以者何甚深般若波羅蜜多能滅一切惡不善法能滿一切殊勝善法爾時佛告天帝釋言如是如是如汝所說何以故憍尸迦過去未來現在諸佛皆依如是甚深般若波羅蜜多大神咒王證得無上正等菩提轉妙法輪度有情衆我亦依此甚深般若波羅蜜多大神咒王證得無上正等菩提爲諸天人說無上法憍尸迦依

深般若波羅蜜多大神呪王世間便有覺支相應十善業道若四靜慮若四無量若四無色定若三十七菩提分法若六神通若餘無量無邊佛法憍尸迦以要言之八萬四千諸善法蘊無不皆依甚深般若波羅蜜多大神呪王出現於世憍尸迦一切佛智自然起智不思議智皆依般若波羅蜜多大神呪王出現於世憍尸迦依深般若波羅蜜多大神呪王世間便有菩薩出現依菩薩故世間便有覺支相應十善業道若四靜慮若四無量若四無色定若三十七菩提分法若六神通若餘無量無邊佛法皆得出現若諸如來應正等覺不出世時唯有菩薩由先所聞甚深般若波羅蜜多等流勢力成就殊勝方便善巧哀愍世間諸有情故施設建立覺支相應十善業道若四靜慮若四無量若四無色定若三十七菩提分法若六神通若餘無量無邊佛法憍尸迦譬如夜分因滿月輪光明照觸星宿藥等隨其勢力皆得增盛如是如來應正等覺前已滅度正法隱没後未出時世間所有法行妙行一切皆依菩薩出現菩薩所有方便善巧皆依般若波羅蜜多而得成辦是故般若波羅蜜多是諸殊勝善法根本復次憍尸迦若善男子善女人等於深般若波羅蜜多至心聽聞受持讀誦精勤修學如理思惟書寫解說廣令流布當得成就現在未來世出世間功德勝利時天帝釋便白佛言是善男子善女人等云何成就現在未來世出世間功德勝利爾時佛告天帝釋言是善男子善女人等現在不爲一切毒藥厭禱呪

術之所傷害火不能燒水不能溺諸刀仗等亦不能害乃至不爲四百四病之所殀殁唯除先世定業異熟現世應受憍尸迦是善男子善女人等若遭官事怨賊逼迫至心誦念甚深般若波羅蜜多若至其所終不爲彼譴罰加害欲求其短皆不能得何以故憍尸迦甚深般若波羅蜜多威神勢力法令爾故憍尸迦是善男子善女人等若有欲至國王王子大臣等處至心誦念甚深般若波羅蜜多定爲王等歡喜問訊供養恭敬尊重讚歎何以故憍尸迦是善男子善女人等所誦般若波羅蜜多常於有情引發種種慈悲事故由此因緣曠野險難人非人等諸求短者皆不得便憍尸迦是善男子善女人等當得成就諸如是等所有現在功德勝利憍尸迦是善男子善女人等隨所生處常不遠離諸勝善法不墮惡趣饒益有情漸能證得一切智智憍尸迦是善男子善女人等當得成就諸如是等所有未來功德勝利爾時衆多外道梵志欲求佛過來詣佛所時天帝釋見已念言今此衆多外道梵志來趣法會伺求佛短將非般若留難事耶我當誦念從佛所受甚深般若波羅蜜多令彼邪徒復道而去念已便誦甚深般若波羅蜜多於是衆多外道梵志遥申敬禮右遶世尊復道而去時舍利子見已念言彼有何緣適來還去佛知其意告舍利子彼諸外道來求我失由天帝釋誦念般若波羅蜜多令彼還去舍利子我都不見彼諸外道有少白法唯懷惡心爲求我過來至我所舍利子我都不見一切世間有諸天魔

及外道等有情之類說般若時懷勃惡心來求得便般若威力無能壞故爾時惡魔竊作是念今佛四衆前後圍遶欲色界天皆來集會宣說般若波羅蜜多此中必有諸大菩薩親於佛前受菩提記當得無上正等菩提轉妙法輪空我境界我當往至破壞其眼作是念已化作四軍奮威勇銳來詣佛所時天帝釋見已念言將非惡魔化作斯事欲來惱佛并與般若波羅蜜多而作留難何以故如是四軍嚴飾殊麗諸王軍衆皆不能及定是惡魔之所化作惡魔長夜伺求佛短壞諸有情所修勝事我當誦念從佛所受甚深般若波羅蜜多令彼惡魔復道而去時天帝釋念已便誦甚深般若波羅蜜多於是惡魔漸退而去甚深般若波羅蜜多大神呪王威力逼故

時有無量三十三天俱時化作天妙音華踊身空中而散佛上合掌恭敬同白佛言願此般若波羅蜜多在贍部洲人中久住乃至般若波羅蜜多在贍部洲人間流布當知是處佛法僧寶常不滅没饒益世間令獲殊勝利益安樂時彼諸天復各化作天妙音華而散佛上重白佛言若諸有情修行般若波羅蜜多一切惡魔及彼眷屬伺求其短不能得便時天帝釋便白佛言若諸有情但聞般若波羅蜜多功德名字當知如是諸有情類已曾供養無量諸佛於諸佛所發弘誓願多集善根能成是事非從少小善根中來況能聽聞受持讀誦精勤修學如理思惟書寫解說廣令流布供養恭敬尊重讚歎當知如是諸有情類功德智慧不可思議所以者何欲求諸

佛一切智智應於般若波羅蜜多理趣中求如有情類欲求大寶應於大海方便勤求如是欲求一切智智應於般若波羅蜜多理趣中求爾時佛告天帝釋言如是如是如汝所說諸佛所得一切智智皆依般若波羅蜜多而得成辦是故般若波羅蜜多是諸佛法最勝根本爾時慶喜便白佛言世尊何緣不讚布施淨戒安忍精進靜慮波羅蜜多及餘功德唯讚般若波羅蜜多佛告慶喜由此般若波羅蜜多能與前五波羅蜜多及餘功德爲尊爲導故我偏讚復次慶喜於意云何若不迴向一切智智而修布施乃至般若此可名爲眞修布施乃至般若波羅蜜多不慶喜對曰不也世尊要由迴向一切智智而修布施乃至般若乃可名爲眞修布施乃至般若波羅蜜多佛告慶喜於意云何若不迴向一切智智而修布施乃至般若如是所修得名布施等波羅蜜多不慶喜對曰不也世尊要由迴向一切智智而修布施乃至般若如是所修乃得布施等波羅蜜多名佛告慶喜於意云何若不迴向一切智智而修善根如是善根得究竟不慶喜對曰不也世尊要由迴向一切智智而修善根如是善根乃得究竟佛告慶喜於意云何若離般若波羅蜜多爲能眞迴向一切智智不慶喜對曰不也世尊要有般若波羅蜜多乃眞迴向一切智智佛告慶喜於意云何甚深般若波羅蜜多威神功德可思議不慶喜對曰不也世尊甚深般若波羅蜜多威神功德不可思議諸餘善根皆不能及佛告慶喜由此因緣我說般若波羅蜜

蜜多能與前五波羅蜜多及餘功德爲尊爲導能令前五波羅蜜多及餘功德究竟圓滿故我偏讃若讃般若波羅蜜多亦讃前五波羅蜜多及餘功德爾時慶喜復白佛言云何迴向一切智智而修布施乃至般若波羅蜜多及餘功德佛告慶喜以無二爲方便無生爲方便無所得爲方便迴向一切智智應修布施乃至般若波羅蜜多及餘功德具壽慶喜復白佛言以何無二爲方便無生爲方便無所得爲方便迴向一切智智應修布施乃至般若波羅蜜多及餘功德佛告慶喜以色乃至識無二爲方便無生爲方便無所得爲方便迴向一切智智應修布施乃至般若波羅蜜多及餘功德以色等法皆性空故色等性空與布施等皆無二故慶喜當知由深般若波羅蜜多乃能迴向一切智智由能迴向一切智智令布施等無邊功德究竟圓滿是故般若波羅蜜多與布施等一切功德爲尊爲導慶喜當知譬如大地以種散中衆緣和合便得生長應知大地與種生長爲所依止爲能建立如是般若波羅蜜多及所迴向一切智智與布施等一切功德爲所依止爲能建立令得生長故說般若波羅蜜多與布施等一切功德爲尊爲導故我偏讃甚深般若波羅蜜多非餘功德若讃般若即讃餘故

大般若波羅蜜多經卷第五百四十

音釋

窣堵波梵語也此云方墳又云圓塚窣蘇沒切 軍旅旅兩舉切衆也 蠱道蠱果五切蠱疑惑人也師巫爲蠱以左道惑人也 鬼魅魅明祕切老精物也 厭禱厭於檢切禳也禱覩老切求福曰禱 魍魎魍又紡切魎里養切魍魎川澤之神也 疾疫疫營隻切疾疫癘疫也 盛貯盛音成貯音柱 華鬘鬘莫班切 逼迫逼筆歷切迫博陌切逼迫窘急也

大般若波羅蜜多經卷第五百四十一

唐三藏法師玄奘奉　詔譯

第四分供養窣堵波品第三之三

時天帝釋便白佛言：今者如來應正等覺於深般若波羅蜜多功德勝利說猶未盡。何以故？我從世尊所受般若波羅蜜多功德勝利甚深甚廣量無邊際。諸善男子、善女人等於深般若波羅蜜多至心聽聞、受持讀誦、精勤修學、如理思惟、書寫解說、廣令流布，復持種種上妙華鬘乃至燈明而爲供養，所獲功德亦無邊際。爾時，佛告天帝釋言：善哉！善哉！如汝所說。憍尸迦！我不說此甚深般若波羅蜜多但有前說功德勝利。何以故？憍尸迦！甚深般若波羅蜜多具足無邊功德勝利，分別演說不可盡故。憍尸迦！我亦不說於深般若波羅蜜多至心聽聞、受持讀誦、精勤修學、如理思惟、書寫解說、廣令流布，復持種種上妙華鬘乃至燈明而爲供養諸善男子、善女人等但有前說功德勝利。何以故？憍尸迦！若善男子、善女人等於深般若波羅蜜多以清淨心恭敬信受，爲求無上正等菩提，至心聽聞、受持讀誦、精勤修學、如理思惟、廣爲有情宣說開示，以增上慧審諦觀察，欲令正法久住世故，欲令佛眼無斷壞故，欲令正法不隱沒故，攝受菩薩令增長故，欲令世間清淨法眼無缺減故，書寫如是甚深般若波羅蜜多，衆寶嚴飾，復持種種上妙華鬘乃至燈明供養恭敬、尊重讚歎。我說獲得現在、未來無量無邊功德勝利。時天帝釋即白佛言：我等諸天常隨守護是善男子、善女人等，不令一切人非

人等種種惡緣之所損害爾時佛告天帝釋言若善男子善女人等受持讀誦甚深般若波羅蜜多及廣爲他宣說開示時有無量百千天子爲聽法故皆來集會歡喜踊躍敬受如是甚深般若波羅蜜多是諸天子以天威力令說法師增益辯才宣揚無盡不樂說者令其樂說身心疲極令得康强憍尸迦是善男子善女人等受持讀誦甚深般若波羅蜜多及廣爲他宣說開示得如是等現在利益復次憍尸迦若善男子善女人等於四衆中宣說如是甚深般若波羅蜜多心無怯怖不爲一切論難所伏所以者何彼由如是甚深般若波羅蜜多大神呪王所護持故甚深般若波羅蜜多祕密藏中具廣分別一切法故是善男子善女人等善住法空都不見有能難所難及所說故亦不見有於深般若波羅蜜多能求短故亦復不見甚深般若波羅蜜多有過失故是故不爲一切異學論難所屈憍尸迦是善男子善女人等爲衆宣說甚深般若波羅蜜多得如是等現世利益復次憍尸迦若善男子善女人等於深般若波羅蜜多至心聽聞受持讀誦精勤修學如理思惟書寫解說廣令流布是善男子善女人等心不沉沒亦不憂悔不恐不怖所以者何是善男子善女人等不見有法可令沉沒憂悔恐怖於諸法中無所執著憍尸迦是善男子善女人等由於般若波羅蜜多至心聽聞乃至流布得如是等現世利益復次憍尸迦若善男子善女人等能於般若波羅蜜多至心聽聞受持讀誦精勤修學如理思惟書寫解說

廣令流布復持種種上妙華鬘乃至燈明而爲供養是善男子善女人等恒爲父母師長親友國王大臣及諸沙門婆羅門等之所敬愛亦爲十方諸佛菩薩聲聞獨覺之所護念復爲世間諸天魔梵人及非人之所守衛一切災横皆自消滅外道異論皆不能伏憍尸迦是善男子善女人等由於般若波羅蜜多至心聽聞乃至供養得如是等現在利益復次憍尸迦若善男子善女人等書寫如是甚深般若波羅蜜多種種莊嚴置清淨處供養恭敬尊重讚歎時此三千大千國土及餘十方無邊世界所有四大王衆天乃至廣果天已發無上菩提心者常來此處觀禮讀誦甚深般若波羅蜜多供養恭敬尊重讚歎右遶禮拜合掌而去諸淨居天亦常來此觀禮讀誦甚深般若波羅蜜多供養恭敬尊重讚歎右遶禮拜合掌而去有大威德諸龍藥叉廣說乃至人非人等亦常來此觀禮讀誦甚深般若波羅蜜多供養恭敬尊重讚歎右遶禮拜合掌而去憍尸迦是善男子善女人等應作是念今此三千大千國土及餘十方無邊世界一切天龍廣說乃至人非人等常來至此觀禮讀誦我所書寫甚深般若波羅蜜多供養恭敬尊重讚歎右遶禮拜合掌而去此我則爲已設法施作是念已歡喜踊躍令所獲福倍復增長憍尸迦是善男子善女人等由無邊界天龍藥叉阿素洛等常隨擁護所住之處人非人等不能損害惟除宿世定惡業因現在應熟或轉重惡現世輕受憍尸迦是善男子善女人等由深般若波羅蜜多大

威神力獲如是等現世種種功德勝利時天帝釋便白佛言是善男子善女人等以何驗知有此三千大千國土及餘十方無邊世界天龍藥叉阿素洛等來至其處觀禮讀誦彼所書持甚深般若波羅蜜多供養恭敬尊重讚歎合掌右遶歡喜護念爾時佛告天帝釋言是善男子善女人等若見如是甚深般若波羅蜜多所在之處有妙光明或聞其處異香氛郁或復聞有微細樂音當知爾時有大神力威德熾盛諸天龍等來至其處觀禮讀誦彼所書持甚深般若波羅蜜多供養恭敬尊重讚歎合掌右遶歡喜護念復次憍尸迦是善男子善女人等修鮮淨行嚴麗其處至心供養甚深般若波羅蜜多當知爾時有大神力威德熾盛諸天龍等來至其處觀禮讀誦彼所書持甚深般若波羅蜜多供養恭敬尊重讚歎合掌右遶歡喜護念憍尸迦隨有如是具大神力威德熾盛諸天龍等來至其處此中所有惡鬼邪神驚怖退散無敢住者由此因緣是善男子善女人等心便廣大起淨勝解所修善業倍復增明諸有所爲皆無障礙以是故憍尸迦甚深般若波羅蜜多隨所在處應當周帀除去糞穢掃拭塗治香水散灑敷設寶座而安置之燒香散華張施幰蓋寶幢旛鐸間飾其中衆妙珍奇金銀寶器衣服瓔珞妓樂燈明種種雜綵莊嚴其處若能如是供養般若波羅蜜多便有無量具大神力威德熾盛諸天龍等來至其處觀禮讀誦彼所書持甚深般若波羅蜜多供養恭敬尊重讚歎合掌右遶歡喜護念復次憍尸迦

是善男子善女人等若能如是供養恭敬尊重讃歎甚深般若波羅蜜多決定當得身心無倦身心安樂身心調柔身心輕利繫心般若波羅蜜多夜寢息時無諸惡夢惟得善夢謂見如來應正等覺身眞金色相好莊嚴放大光明普照一切聲聞菩薩前後圍遶身處衆中聞佛爲說布施等六波羅蜜多及餘善根相應法義或於夢中見菩提樹其量高廣衆寶莊嚴有菩薩摩訶薩往詣其下結跏趺坐證得無上正等菩提轉妙法輪度有情衆或於夢中見有無量百千俱胝那庾多數大菩薩衆論議決擇種種法義或於夢中見十方界各有無量百千俱胝那庾多佛亦聞其聲謂某世界有某如來應正等覺若干百千俱胝那庾多菩薩摩訶薩聲聞弟子恭敬圍遶說如是法或復夢中見十方界各有無量百千俱胝那庾多佛入般涅槃彼一一佛般涅槃後各有施主爲供養佛設利羅故以妙七寶各起無量百千俱胝那庾多數大窣堵波復於一一窣堵波所各以無量上妙華鬘乃至燈明經無量劫供養恭敬尊重讃歎憍尸迦是善男子善女人等見如是類諸善夢相若睡若覺身心安樂諸天神等益其精氣令彼自覺身體輕便由此因緣不多貪著飲食醫藥衣服卧具於四供養其心輕微如瑜伽師入勝妙定由彼定力滋潤身心從定出已雖遇美膳而心輕微此亦如是何以故憍尸迦是善男子善女人等由此三千大千國土及餘十方無邊世界一切如來應正等覺聲聞菩薩天龍樂义何素洛等具大神力勝

威德者慈悲護念以妙精氣冥注身心令其志勇體充盛故憍尸迦若善男子善女人等欲得如是現在種種功德勝利於深般若波羅蜜多應常聽聞受持讀誦精勤修學如理思惟廣爲有情宣說開示復持種種上妙華鬘乃至燈明供養恭敬尊重讚歎憍尸迦若善男子善女人等雖於般若波羅蜜多不能聽聞受持讀誦精勤修學如理思惟廣爲有情宣說流布而爲正法久住世故爲令佛眼無斷壞故爲令正法不隱沒故攝受菩薩令增長故爲令世間清淨法眼不滅沒故書持如是甚深般若波羅蜜多衆寶嚴飾復持無量上妙華鬘乃至燈明供養恭敬尊重讚歎亦得如前所說種種功德勝利何以故憍尸迦是善男子善女人等能廣利樂無量無邊諸有情故以是故憍尸迦若善男子善女人等欲得種種現在未來功德勝利應於般若波羅蜜多以清淨心恭敬信受爲求無上正等菩提至心聽聞受持讀誦精勤修學如理思惟廣爲有情宣說開示以增上慧審諦觀察欲令正法久住世故欲令佛眼無斷壞故欲令正法不隱沒故攝受菩薩令增長故欲以法義分施有情令充足故欲令調善諸有情類廣大佛眼無缺減故書持如是甚深般若波羅蜜多衆寶嚴飾復以種種上妙華鬘乃至燈明供養恭敬尊重讚歎若能如是定獲無邊現在未來功德勝利

第四分稱揚功德品第四

復次憍尸迦假使充滿此贍部洲佛設利羅以爲一分有書般若波羅蜜多甚深法門復

爲一分於此二分汝取何者天帝釋言我意寧取甚深般若波羅蜜多所以者何我於諸佛設利羅所非不信樂供養恭敬然諸佛身及設利羅皆因般若波羅蜜多甚深法門而出生故皆由般若波羅蜜多甚深法門功德威力所熏修故乃爲一切世間天人阿素洛等供養恭敬尊重讚歎一切菩薩摩訶薩衆皆於般若波羅蜜多甚深法門精勤修學證得無上正等菩提一切如來應正等覺皆由般若波羅蜜多通達真如法界法性及實際等成就法身由法身故說名爲佛佛設利羅依法身故乃爲世間恭敬供養世尊如我坐在三十三天善法殿中天帝座上爲諸天衆宣說正法時有無量諸天子等來至我所聽我所說供養恭敬右遶而去我若不在彼法座時諸天子等亦來其處雖不見我如我在時恭敬供養咸言此處是天帝釋爲諸天等說法之座我等皆應如天主在供養右遶禮拜而去甚深般若波羅蜜多亦復如是若有書寫受持讀誦廣爲有情宣說流布當知是處恒於此土及餘十方無邊世界無量無數天龍藥叉阿素洛等皆來集會設無說者敬重法故亦於是處供養恭敬右遶而去世尊甚深般若波羅蜜多與諸菩薩摩訶薩行及佛所得一切智智爲因爲緣爲所依止爲能引發是故我說假使充滿此贍部洲佛設利羅以爲一分有書般若波羅蜜多甚深法門復爲一分於此二分我意寧取甚深般若波羅蜜多復次世尊且置充滿此贍部洲佛設利羅以爲一分假使充滿四大洲界佛設利

羅以爲一分若復充滿小千世界佛設利羅以爲一分若復充滿中千世界佛設利羅以爲一分若復充滿大千世界佛設利羅以爲一分有書般若波羅蜜多甚深法門復爲一分於此二分我意寧取甚深般若波羅蜜多所以者何我於諸佛設利羅所非不信樂供養恭敬然諸佛身及設利羅皆因般若波羅蜜多甚深法門而出生故皆由般若波羅蜜多甚深法門功德威力所熏修故乃爲一切世間天人阿素洛等供養恭敬尊重讚歎復次世尊若善男子善女人等於深般若波羅蜜多至心聽聞受持讀誦精勤修學如理思惟書寫解說廣令流布彼於當來不墮惡趣遠離聲聞及獨覺地不畏一切災横疾疫之所侵惱如負債人怖畏債主即便親近奉事國王依王勢力得免怖畏王喻般若波羅蜜多彼負債人喻善男子善女人等依恃般若波羅蜜多得離惡趣及餘怖畏世尊譬如有人依附王故王攝受故爲諸世人供養恭敬尊重讚歎佛設利羅亦復如是由深般若波羅蜜多所熏修故爲諸天人阿素洛等供養恭敬尊重讚歎王喻般若波羅蜜多佛設利羅喻依王者世尊諸佛所得一切智智亦依般若波羅蜜多而得成就故我寧取甚深般若波羅蜜多復次世尊甚深般若波羅蜜多於三千界作大饒益具大神力隨所在處則爲有佛作諸佛事所謂利樂一切有情世尊譬如無價大寶神珠具無量種勝妙威德隨所住處有此神珠人及非人終無惱害設有男子或有女人爲鬼所執身心苦惱若有持

此神珠示之由珠威力鬼便捨去諸有熱病或風或痰或熱風痰和合爲病若有繫此神珠著身如是諸病無不除愈此珠在闇能作照明熱時能涼寒時能煖隨地方所有此神珠時節調和不寒不熱若地方所有此神珠蛇蠍等毒無敢停止設有男子或復女人爲毒所中楚痛難忍若有持此神珠令見珠威勢故毒即消滅若諸有情身嬰癩疾惡瘡腫疱目眩翳等眼病耳病鼻病舌病喉病身病諸支節病帶此神珠衆病皆愈若諸池沼泉井等中其水濁穢或將枯涸以珠投之水便盈滿香潔澄淨具八功德若以青黃赤白紅紫碧綠雜綺種種色衣裹此神珠投之於水水隨衣綵作種種色如是無價大寶神珠威德無邊說不能盡若置箱篋亦令其器具足成就無邊威德設空箱篋由曾置珠其器仍爲衆人愛重爾時慶喜問帝釋言如是神珠爲天獨有人亦有耶天帝釋言人中天上俱有此珠若在人中形小而重若在天上形大而輕又人中珠相不具足在天上者其相周圓天上神珠威德殊勝無量倍數過人所有時天帝釋復白佛言甚深般若波羅蜜多亦復如是爲衆德本能滅無量惡不善法隨所在處令諸有情身心苦惱皆悉除滅人非人等不能爲害世尊如來所得一切智智及餘無量無邊功德皆由般若波羅蜜多大神呪王之所引顯威德深廣無量無邊佛設利羅由諸功德所熏修故是諸功德所依器故佛涅槃後堪受一切世間天人阿素洛等供養恭敬尊重讚歎復次世尊置三千界佛設利

羅假使充滿十方各如殑伽沙界佛設利羅以爲一分有書般若波羅蜜多甚深法門復爲一分於此二分我意寧取甚深般若波羅蜜多所以者何我於諸佛設利羅所非不信樂供養恭敬然諸佛身及設利羅皆因般若波羅蜜多甚深法門而出生故皆由般若波羅蜜多甚深法門功德威力所熏修故乃爲一切世間天人阿素洛等供養恭敬尊重讚歎復次世尊甚深般若波羅蜜多能生如來一切智智如來所得一切智智能生佛身及設利羅是故供養甚深般若波羅蜜多則爲供養過去未來現在諸佛一切智智及設利羅復次世尊若善男子善女人等欲得常見十方無量無數如來應正等覺當行般若波羅蜜多當修般若波羅蜜多爾時佛告天帝釋言如是如是如汝所說憍尸迦過去如來應正等覺皆依如是甚深般若波羅蜜多已證無上正等菩提未來如來應正等覺皆依如是甚深般若波羅蜜多當證無上正等菩提現在十方無邊世界一切如來應正等覺皆依如是甚深般若波羅蜜多現證無上正等菩提今我如來應正等覺亦依如是甚深般若波羅蜜多而證無上正等菩提天帝釋言甚深般若波羅蜜多是大波羅蜜多是無上波羅蜜多是無等等波羅蜜多一切如來應正等覺及諸菩薩摩訶薩衆皆依如是甚深般若波羅蜜多知諸有情心行差別爾時佛告天帝釋言如是如是如汝所說憍尸迦諸菩薩摩訶薩長夜修行甚深般若波羅蜜多能如實見一切有情心行差別時天帝釋

復白佛言諸菩薩摩訶薩爲但應行般若波羅蜜多爲亦應行餘五波羅蜜多耶爾時佛告天帝釋言憍尸迦諸菩薩摩訶薩應具行六波羅蜜多然行布施淨戒安忍精進靜慮觀諸法時皆以般若波羅蜜多而爲上首憍尸迦如贍部洲所有諸樹枝條莖幹華葉果實雖有種種形類不同而其蔭影都無差別具大功德衆所歸依如是六種波羅蜜多雖各有異而由般若波羅蜜多方便善巧攝受迴向一切智智諸差別相都不可得具大功德衆所歸依時天帝釋復白佛言甚深般若波羅蜜多成就廣大殊勝功德成就一切殊勝功德成就圓滿殊勝功德成就無量殊勝功德成就無邊殊勝功德成就無數殊勝功德成就無等殊勝功德成就無盡殊勝功德

爾時佛告天帝釋言如是如是如汝所說

第四分福門品第五之一

爾時天帝釋白佛言世尊若善男子善女人等於深般若波羅蜜多以清淨心恭敬信受爲求無上正等菩提至心聽聞受持讀誦精勤修學如理思惟廣爲有情宣說開示以增上慧審諦觀察欲令正法久住世故欲令佛眼無斷壞故欲令正法不隱没故攝受菩薩令增長故欲令世間清淨法眼無缺減故書寫如是甚深般若波羅蜜多衆寶嚴飾復持種種上妙華鬘乃至燈明供養恭敬尊重讚歎作是念言甚深般若波羅蜜多成就廣大功德勝利甚爲難得不應棄捨應自守護供養恭敬讀誦思惟有善男子善女人等書寫如是甚深般若波羅蜜多衆寶莊嚴供養恭

敬尊重讚歎施他受持廣令流布此二福聚何者爲多爾時佛告天帝釋言我還問汝當隨意答若善男子善女人等從他請得佛設利羅盛以寶函置清淨處復持種種上妙華鬘乃至燈明供養恭敬尊重讚歎有善男子善女人等從他請得佛設利羅分施與他如芥子許令彼敬受如法安置復以種種上妙華鬘乃至燈明供養恭敬尊重讚歎於意云何此二福聚何者爲勝天帝釋言如我解佛所說義者此二福聚後者爲勝爾時佛讚天帝釋言善哉善哉如汝所說憍尸迦於深般若波羅蜜多若自受持供養恭敬若轉施他廣令流布此二福聚後者爲多何以故由施他者能令無量無數有情得利樂故復次憍尸迦若有於此甚深般若波羅蜜多所說義

趣如實爲他分別解說令得正解所獲福聚復勝施他流布功德多百千倍敬此法師當如敬佛復次憍尸迦若善男子善女人等書持如是甚深般若波羅蜜多衆寶嚴飾供養恭敬知是法器自往其所分施與之令勤讀誦是善男子善女人等所獲福聚無量無邊復次憍尸迦若善男子善女人等教贍部洲諸有情類皆令安住十善業道於意云何是善男子善女人等由此因緣得福多不天帝釋言甚多世尊甚多善逝爾時佛告天帝釋言有善男子善女人等於深般若波羅蜜多以清淨心恭敬信受爲求無上正等菩提書寫施他復爲解說於深義趣令無疑惑教授教誡諸有情言汝應勤修眞菩薩道所謂般若波羅蜜多若能精勤修學此道速證無上

正等菩提拔濟無邊諸有情類令證實際諸漏永盡入無餘依般涅槃界是善男子善女人等所獲福聚甚多於前復次憍尸迦置贍部洲諸有情類若善男子善女人等教四大洲諸有情類皆令安住十善業道於意云何乃至廣說復次憍尸迦置四大洲諸有情類若善男子善女人等教小千界諸有情類皆令安住十善業道於意云何乃至廣說復次憍尸迦置小千界諸有情類若善男子善女人等教中千界諸有情類皆令安住十善業道於意云何乃至廣說復次憍尸迦置中千界諸有情類若善男子善女人等教大千界諸有情類皆令安住十善業道於意云何乃至廣說復次憍尸迦置大千界諸有情類若善男子善女人等普教十方各如殑伽沙等世界諸有情類皆令安住十善業道於意云何是善男子善女人等由此因緣得福多不天帝釋言甚多世尊甚多善逝爾時佛告天帝釋言有善男子善女人等於深般若波羅蜜多以清淨心恭敬信受爲求無上正等菩提書寫施他復爲解說於深義趣令無疑惑教授教誡諸有情言汝應勤修眞菩薩道所謂般若波羅蜜多若能精勤修學此道速證無上正等菩提拔濟無邊諸有情類令證實際諸漏永盡入無餘依般涅槃界是善男子善女人等所獲福聚甚多於前復次憍尸迦若善男子善女人等教贍部洲諸有情類皆令安住四靜慮四無量四無色定五神通於意云何是善男子善女人等由此因緣得福多不天帝釋言甚多世尊甚多善逝爾時佛

告天帝釋言有善男子善女人等於深般若波羅蜜多以清淨心恭敬信受爲求無上正等菩提書寫施他復爲解説於深義趣令無疑惑教授教誡諸有情言汝應勤修眞菩薩道所謂般若波羅蜜多若能精勤修學此道速證無上正等菩提拔濟無邊諸有情類令證實際諸漏永盡入無餘依般涅槃界是善男子善女人等所獲福聚甚多於前復次憍尸迦置贍部洲諸有情類若善男子善女人等教四大洲諸有情類皆令安住四靜慮四無量四無色定五神通於意云何乃至廣説復次憍尸迦置四大洲諸有情類若善男子善女人等教小千界諸有情類皆令安住四靜慮四無量四無色定五神通於意云何乃至廣説復次憍尸迦置小千界諸有情類若善男子善女人等教中千界諸有情類皆令安住四靜慮四無量四無色定五神通於意云何乃至廣説復次憍尸迦置中千界諸有情類若善男子善女人等教大千界諸有情類皆令安住四靜慮四無量四無色定五神通於意云何乃至廣説復次憍尸迦置大千界諸有情類若善男子善女人等普教十方各如殑伽沙等世界諸有情類皆令安住四靜慮四無量四無色定五神通於意云何是善男子善女人等由此因緣得福多不天帝釋言甚多世尊甚多善逝爾時佛告天帝釋言有善男子善女人等於深般若波羅蜜多以清淨心恭敬信受爲求無上正等菩提書寫施他復爲解説於深義趣令無疑惑教授教誡諸有情言汝應勤修眞菩薩道所謂般

若波羅蜜多若能精勤修學此道速證無上正等菩提拔濟無邊諸有情類令證實際諸漏永盡入無餘依般涅槃界是善男子善女人等所獲福聚甚多於前復次憍尸迦若善男子善女人等於深般若波羅蜜多至心聽聞受持讀誦精勤修學如理思惟所獲福聚勝普教導一贍部洲諸有情類皆令安住十善業道四靜慮四無量四無色定五神通亦勝教導一四大洲諸有情類皆令安住十善業道四靜慮四無量四無色定五神通亦勝教導一小千界諸有情類皆令安住十善業道四靜慮四無量四無色定五神通亦勝教導一中千界諸有情類皆令安住十善業道四靜慮四無量四無色定五神通亦勝教導一大千界諸有情類皆令安住十善業道四靜慮四無量四無色定五神通亦勝教導十方各如殑伽沙界諸有情類皆令安住十善業道四靜慮四無量四無色定五神通復次憍尸迦若善男子善女人等於深般若波羅蜜多以無量門廣爲他說宣示開演顯了解釋分別義趣令其易解所獲福聚勝自聽聞受持讀誦精勤修學如理思惟甚深般若波羅蜜多所獲功德無量倍數復次憍尸迦若善男子善女人等自於般若波羅蜜多至心聽聞受持讀誦精勤修學如理思惟以無量門爲他廣說宣示開演顯了解釋分別義趣令其易解所獲福聚過前福聚無量無邊復次憍尸迦若善男子善女人等於深般若波羅蜜多書寫莊嚴受持讀誦有善男子善女人等於深般若波羅蜜多書寫莊嚴施有情

類過前福聚無量無邊復次憍尸迦若善男子善女人等於深般若波羅蜜多書寫莊嚴施有情類有善男子善女人等於深般若波羅蜜多善知義趣能以種種巧妙文義爲他解說所獲福聚過前福聚無量無邊時天帝釋便白佛言諸善男子善女人等應以種種巧妙文義爲他演說甚深般若波羅蜜多耶佛言憍尸迦如是如是若善男子善女人等能以種種巧妙文義爲他演說甚深般若波羅蜜多便獲無邊大功德聚時天帝釋復白佛言應爲何等諸有情類宣說般若波羅蜜多甚深義趣爾時佛告天帝釋言若善男子善女人等不知般若波羅蜜多甚深義趣應爲如是諸善男子善女人等宣說般若波羅蜜多甚深義趣何以故憍尸迦於當來世有善男子善女人等求趣無上正等菩提聞他宣說相似般若波羅蜜多心便迷謬退失中道時天帝釋復白佛言云何名爲相似般若波羅蜜多而名宣說相似般若波羅蜜多爾時佛告天帝釋言於當來世有諸苾芻不能善修身戒心慧智慧狹劣猶如牛羊爲諸有情雖欲宣說眞實般若波羅蜜多而顛倒說相似般若波羅蜜多云何苾芻顛倒宣說相似般若波羅蜜多謂彼苾芻爲發無上菩提心者說色壞故名爲無常說受想行識壞故名爲無常復作是說若如是求是行般若波羅蜜多憍尸迦如是名爲顛倒宣說相似般若波羅蜜多憍尸迦不應以色壞故觀色無常不應以受想行識壞故觀受想行識無常若如是觀色乃至識爲無常者當知彼行相

似般若波羅蜜多復次憍尸迦若善男子善女人等爲發無上菩提心者宣説布施乃至般若波羅蜜多作如是言來善男子我當教汝修學布施乃至般若波羅蜜多若依我教而修學者當疾安住菩薩初地乃至十地當得諸餘無量佛法速入菩薩正性離生超諸聲聞獨覺等地憍尸迦彼以有相及有所得而爲方便依時分想教修布施乃至般若波羅蜜多如是名爲顛倒宣説相似般若波羅蜜多復次憍尸迦若善男子善女人等告菩薩乘種性者言若於般若波羅蜜多至心聽聞受持讀誦精勤修學如理思惟當獲無邊殊勝功德憍尸迦彼以有相及有所得而爲方便作如是説名顛倒説相似般若波羅蜜多復次憍尸迦若善男子善女人等告菩薩乘種性者言汝於過去未來現在諸佛世尊從初發心乃至究竟所有善根皆應隨喜一切合集爲諸有情迴向無上正等菩提憍尸迦彼以有相及有所得而爲方便作如是説名顛倒説相似般若波羅蜜多以是故憍尸迦若善男子善女人等以無所得而爲方便爲諸有情無倒宣説甚深般若波羅蜜多眞實義趣所獲福聚無量無邊能作有情利益安樂

大般若波羅蜜多經卷第五百四十一

音釋

窣堵波（梵語也此云方墳窣蘇没切堵音覩）幰蓋（幰虛偃切車上張繒曰幰蓋居太切車蓋也）旛鐸（旛孚爰切旗也鐸達各切鈴屬）寢息（寢七稔切卧也亦息也息悉即切止息也）負債（負房缶切受貸不償也債則賣切逋財也）蛇蠍（蛇石遮切蠍許蝎切並毒蟲也）嬰癩（嬰伊盈切縈也癩落蓋切）

惡疾也 **腫疱** 腫之隴切癰也脹也疱披教切瘡疱也 **眩瞖** 眩熒絹切目無常主也瞖一計切蔽也障也 **雜綺** 綺去倚切繒也 **箱篋** 箱息良切竹器也篋詰叶切箱屬也 **莖幹** 莖何耕切小枝也幹居案切木旁生者為枝正出者為幹 **狹劣** 狹胡夾切隘也劣力輟切弱也

大般若波羅蜜多經卷第五百四十二

唐三藏法師玄奘奉　詔譯

第四分福門品第五之二

復次憍尸迦若善男子善女人等教贍部洲一切有情皆令住預流果或一來果或不還果或阿羅漢果於意云何是善男子善女人等由此因緣得福多不天帝釋言甚多世尊甚多善逝爾時佛告天帝釋言有善男子善女人等於深般若波羅蜜多以清淨心恭敬信受爲求無上正等菩提書寫施他復爲解說於深義趣令無疑惑教授教誡諸有情言汝應勤修眞菩薩道謂深般若波羅蜜多若能精勤修學此道疾證無上正等菩提拔濟無邊諸有情類令證實際諸漏永盡入無餘依般涅槃界是善男子善女人等所獲福聚甚多於前何以故憍尸迦一切預流一來不還阿羅漢果皆是般若波羅蜜多所流出故彼善男子善女人等聞深般若波羅蜜多教授教誡精勤修學漸次圓滿一切佛法乃至證得一切智智化諸有情令得預流一來不還阿羅漢果獨覺菩提趣入菩薩正性離生乃至證得佛菩提故復次憍尸迦置贍部洲一切有情若善男子善女人等教四大洲一切有情皆令住預流果或一來果或不還果或阿羅漢果於意云何乃至廣說復次憍尸迦置四大洲一切有情若善男子善女人等教小千界一切有情皆令住預流果或一來果或不還果或阿羅漢果於意云何乃至廣說復次憍尸迦置小千界一切有情若善男子善女人等教中千界一切有情皆令住預

流果或一來果或不還果或阿羅漢果於意云何乃至廣說復次憍尸迦置中千界一切有情若善男子善女人等教大千界一切有情皆令住預流果或一來果或不還果或阿羅漢果於意云何乃至廣說復次憍尸迦置大千界一切有情若善男子善女人等教化十方各如殑伽沙等世界一切有情皆令住預流果或一來果或不還果或阿羅漢果於意云何是善男子善女人等由此因緣得福多不天帝釋言甚多世尊甚多善逝爾時佛告天帝釋言有善男子善女人等於深般若波羅蜜多以清淨心恭敬信受爲求無上正等菩提書寫施他復爲解說於深義趣令無疑惑教授教誡諸有情言汝應勤修眞菩薩道謂深般若波羅蜜多若能精勤修學此道疾證無上正等菩提拔濟無邊諸有情類令證實際諸漏永盡入無餘依般涅槃界是善男子善女人等所獲福聚甚多於前何以故憍尸迦一切預流一來不還阿羅漢果皆是般若波羅蜜多所流出故彼善男子善女人等聞深般若波羅蜜多教授教誡精勤修學漸次圓滿一切佛法乃至證得一切智智化有情類令得預流一來不還阿羅漢果獨覺菩提趣入菩薩正性離生乃至證得佛菩提故復次憍尸迦若善男子善女人等教贍部洲一切有情皆令安住獨覺菩提於意云何是善男子善女人等由此因緣得福多不天帝釋言甚多世尊甚多善逝爾時佛告天帝釋言有善男子善女人等於深般若波羅蜜多以清淨心恭敬信受爲求無上正等菩提

書寫施他復爲解說於深義趣令無疑惑教授教誡諸有情言汝應勤修眞菩薩道謂深般若波羅蜜多若能精勤修學此道疾證無上正等菩提拔濟無邊諸有情類令證實際諸漏永盡入無餘依般涅槃界是善男子善女人等所獲福聚甚多於前何以故憍尸迦一切獨覺所證菩提皆是般若波羅蜜多所流出故彼善男子善女人等聞深般若波羅蜜多教授教誡精勤修學漸次圓滿一切佛法乃至證得一切智智化有情類令得預流一來不還阿羅漢果獨覺菩提趣入菩薩正性離生乃至證得佛菩提故復次憍尸迦置贍部洲一切有情若善男子善女人等教四大洲一切有情皆令安住獨覺菩提於意云何乃至廣說復次憍尸迦置四大洲一切有情若善男子善女人等教小千界一切有情皆令安住獨覺菩提於意云何乃至廣說復次憍尸迦置小千界一切有情若善男子善女人等教中千界一切有情皆令安住獨覺菩提於意云何乃至廣說復次憍尸迦置中千界一切有情若善男子善女人等教大千界一切有情皆令安住獨覺菩提於意云何乃至廣說復次憍尸迦置大千界一切有情若善男子善女人等普教十方各如殑伽沙等世界一切有情皆令安住獨覺菩提於意云何是善男子善女人等由此因緣得福多不天帝釋言甚多世尊甚多善逝爾時佛告天帝釋言有善男子善女人等於深般若波羅蜜多以清淨心恭敬信受爲求無上正等菩提書寫施他復爲解說於深義趣令無疑

感教授教誡諸有情言汝應勤修真菩薩道謂深般若波羅蜜多若能精勤修學此道疾證無上正等菩提拔濟無邊諸有情類令證實際諸漏永盡入無餘依般涅槃界是善男子善女人等所獲福聚甚多於前何以故憍尸迦一切獨覺所證菩提皆是般若波羅蜜多所流出故彼善男子善女人等聞深般若波羅蜜多教授教誡精勤修學漸次圓滿一切佛法乃至證得一切智智化有情類令得預流一來不還阿羅漢果獨覺菩提趣入菩薩正性離生乃至證得佛菩提故復次憍尸迦若善男子善女人等教贍部洲諸有情類皆發無上正等覺心於意云何是善男子善女人等由此因緣得福多不天帝釋言甚多世尊甚多善逝爾時佛告天帝釋言有善男

子善女人等書深般若波羅蜜多衆寶莊嚴供養恭敬尊重讚歎轉施與一已發無上菩提心者受持讀誦復作是言來善男子汝當於此甚深般若波羅蜜多至心聽聞受持讀誦令善通利如理思惟隨此法門應正信解若正信解則能修學甚深般若波羅蜜多若能修學甚深般若波羅蜜多則能證得一切智法若能證得一切智法則修般若波羅蜜多疾得圓滿若修般若波羅蜜多疾得圓滿便能證得一切智智是善男子善女人等所獲福聚甚多於前復次憍尸迦置贍部洲諸有情類若善男子善女人等教四大洲諸有情類皆發無上正等覺心於意云何乃至廣說復次憍尸迦置四大洲諸有情類若善男子善女人等教小千界諸有情類皆發無上

正等覺心於意云何乃至廣説復次憍尸迦置小千界諸有情類若善男子善女人等教中千界諸有情類皆發無上正等覺心於意云何乃至廣説復次憍尸迦置中千界諸有情類若善男子善女人等教大千界諸有情類皆發無上正等覺心於意云何乃至廣説復次憍尸迦置大千界諸有情類若善男子善女人等普教十方各如殑伽沙等世界諸有情類皆發無上正等覺心於意云何是善男子善女人等由此因緣得福多不天帝釋言甚多世尊甚多善逝爾時佛告天帝釋言有善男子善女人等書深般若波羅蜜多衆寶莊嚴供養恭敬尊重讚歎轉施與一已發無上菩提心者受持讀誦復作是言來善男子汝當於此甚深般若波羅蜜多至心聽聞

受持讀誦令善通利如理思惟隨此法門應正信解若正信解則能修學甚深般若波羅蜜多若能修學甚深般若波羅蜜多則能證得一切智法若能證得一切智法則修般若波羅蜜多疾得圓滿若修般若波羅蜜多疾得圓滿便能證得一切智智是善男子善女人等所獲福聚甚多於前復次憍尸迦若善男子善女人等教贍部洲諸有情類皆於無上正等菩提得不退轉於意云何是善男子善女人等由此因緣得福多不天帝釋言甚多世尊甚多善逝爾時佛告天帝釋言有善男子善女人等書深般若波羅蜜多衆寶莊嚴供養恭敬尊重讚歎轉施與一已於無上正等菩提不退轉者受持讀誦復作是言來善男子汝當於此甚深般若波羅蜜多至心

聽聞受持讀誦令善通利如理思惟隨此法門應正信解若正信解則能修學甚深般若波羅蜜多若能修學甚深般若波羅蜜多則能證得一切智法若能證得一切智法則修般若波羅蜜多疾得圓滿若修般若波羅蜜多疾得圓滿便能證得一切智智是善男子善女人等所獲福聚甚多於前復次憍尸迦置贍部洲諸有情類若善男子善女人等教四大洲諸有情類皆於無上正等菩提得不退轉於意云何乃至廣說復次憍尸迦置四大洲諸有情類若善男子善女人等教小千界諸有情類皆於無上正等菩提得不退轉於意云何乃至廣說復次憍尸迦置小千界諸有情類若善男子善女人等教中千界諸有情類皆於無上正等菩提得不退轉於意云何乃至廣說復次憍尸迦置中千界諸有情類若善男子善女人等教大千界諸有情類皆於無上正等菩提得不退轉於意云何乃至廣說復次憍尸迦置大千界諸有情類若善男子善女人等普教十方各如殑伽沙等世界諸有情類皆於無上正等菩提得不退轉於意云何是善男子善女人等由此因緣得福多不天帝釋言甚多世尊甚多善逝爾時佛告天帝釋言有善男子善女人等書深般若波羅蜜多眾寶莊嚴供養恭敬尊重讚歎轉施與一已於無上正等菩提不退轉者受持讀誦復作是言來善男子汝當於此甚深般若波羅蜜多至心聽聞受持讀誦令善通利如理思惟隨此法門應正信解若正信解則能修學甚深般若波羅蜜多若能修

學甚深般若波羅蜜多則能證得一切智法若能證得一切智法則修般若波羅蜜多疾得圓滿若修般若波羅蜜多疾得圓滿便能證得一切智智是善男子善女人等所獲福聚甚多於前復次憍尸迦若贍部洲諸有情類皆發無上正等覺心有善男子善女人等書深般若波羅蜜多衆寶莊嚴供養恭敬尊重讚歎普施與彼受持讀誦復作是言來善男子汝等於此甚深般若波羅蜜多至心聽聞受持讀誦令善通利如理思惟隨此法門應正信解若正信解則能修學甚深般若波羅蜜多若能修學甚深般若波羅蜜多則能證得一切智法若能證得一切智法則修般若波羅蜜多疾得圓滿若修般若波羅蜜多疾得圓滿便能證得一切智智於意云何是善男子善女人等由此因緣得福多不天帝釋言甚多世尊甚多善逝爾時佛告天帝釋言若善男子善女人等書深般若波羅蜜多衆寶莊嚴供養恭敬尊重讚歎轉施與一已於無上正等菩提不退轉者受持讀誦復作是言來善男子汝當於此甚深般若波羅蜜多至心聽聞受持讀誦令善通利如理思惟隨此法門應正信解若正信解則能修學甚深般若波羅蜜多若能修學甚深般若波羅蜜多則能證得一切智法若能證得一切智法則修般若波羅蜜多疾得圓滿若修般若波羅蜜多疾得圓滿便能證得一切智智是善男子善女人等所獲福聚甚多於前所以者何彼菩薩摩訶薩定證無上正等菩提與諸有情作苦邊際令其速證三乘涅槃復次

憍尸迦置贍部洲諸有情類若四大洲諸有情類若小千界諸有情類若中千界諸有情類若大千界諸有情類若復十方各如殑伽沙等世界諸有情類皆發無上正等覺心有善男子善女人等書深般若波羅蜜多衆寶莊嚴供養恭敬尊重讃歎普施與彼受持讀誦復作是言來善男子汝等於此甚深般若波羅蜜多至心聽聞受持讀誦令善通利如理思惟隨此法門應正信解若正信解則能修學甚深般若波羅蜜多若能修學甚深般若波羅蜜多則能證得一切智法若能證得一切智法則修般若波羅蜜多疾得圓滿若修般若波羅蜜多疾得圓滿便能證得一切智智於意云何是善男子善女人等由此因緣得福多不天帝釋言甚多世尊甚多善逝

爾時佛告天帝釋言若善男子善女人等書深般若波羅蜜多衆寶莊嚴供養恭敬尊重讃歎轉施與一已於無上正等菩提不退轉者受持讀誦復作是言來善男子汝當於此甚深般若波羅蜜多至心聽聞受持讀誦令善通利如理思惟隨此法門應正信解若正信解則能修學甚深般若波羅蜜多若能修學甚深般若波羅蜜多則能證得一切智法若能證得一切智法則修般若波羅蜜多疾得圓滿若修般若波羅蜜多疾得圓滿便能證得一切智智是善男子善女人等所獲福聚甚多於前所以者何彼菩薩摩訶薩定證無上正等菩提與諸有情作苦邊際令其速證三乘涅槃復次憍尸迦若贍部洲諸有情類皆於無上正等菩提得不退轉有善男子

善女人等書深般若波羅蜜多衆寶莊嚴供養恭敬尊重讚歎普施與彼受持讀誦復作是言來善男子汝等於此甚深般若波羅蜜多至心聽聞受持讀誦令善通利如理思惟隨此法門應正信解若正信解則能修學甚深般若波羅蜜多若能修學甚深般若波羅蜜多則能證得一切智法若能證得一切智法則修般若波羅蜜多疾得圓滿若修般若波羅蜜多疾得圓滿便能證得一切智智於意云何是善男子善女人等由此因緣得福多不天帝釋言甚多世尊甚多善逝爾時佛告天帝釋言已於無上正等菩提得不退轉諸菩薩中有一菩薩作如是言我今欣樂速證無上正等菩提濟拔有情生死衆苦令得殊勝畢竟安樂若善男子善女人等爲成彼

事書深般若波羅蜜多衆寶莊嚴供養恭敬尊重讚歎轉施與彼受持讀誦復作是言來善男子汝當於此甚深般若波羅蜜多至心聽聞受持讀誦令善通利如理思惟隨此法門應正信解若正信解則能修學甚深般若波羅蜜多若能修學甚深般若波羅蜜多則能證得一切智法若能證得一切智法則修般若波羅蜜多疾得圓滿若修般若波羅蜜多疾得圓滿便能證得一切智智是善男子善女人等所獲福聚甚多於前無量無邊不可稱數復次憍尸迦置贍部洲諸有情類若四大洲諸有情類若小千界諸有情類若中千界諸有情類若大千界諸有情類若復十方各如殑伽沙等世界諸有情類皆於無上正等菩提得不退轉有善男子善女人等書

深般若波羅蜜多衆寶莊嚴供養恭敬尊重讚歎普施與彼受持讀誦復作是言來善男子汝等於此甚深般若波羅蜜多至心聽聞受持讀誦令善通利如理思惟隨此法門應正信解若正信解則能修學甚深般若波羅蜜多若能修學甚深般若波羅蜜多則能證得一切智法若能證得一切智法則修般若波羅蜜多疾得圓滿若修般若波羅蜜多疾得圓滿便能證得一切智智於意云何是善男子善女人等由此因緣得福多不天帝釋言甚多世尊甚多善逝爾時佛告天帝釋言已於無上正等菩提得不退轉諸菩薩中有一菩薩作如是言我今欣樂速證無上正等菩提濟拔有情生死衆苦令得殊勝畢竟安樂若善男子善女人等爲成彼事書深般若

波羅蜜多衆寶莊嚴供養恭敬尊重讚歎轉施與彼受持讀誦復作是言來善男子汝當於此甚深般若波羅蜜多至心聽聞受持讀誦令善通利如理思惟隨此法門應正信解若正信解則能修學甚深般若波羅蜜多若能修學甚深般若波羅蜜多則能證得一切智法若能證得一切智法則修般若波羅蜜多疾得圓滿若修般若波羅蜜多疾得圓滿便能證得一切智智是善男子善女人等所獲福聚甚多於前無量無邊不可稱數復次憍尸迦若贍部洲諸有情類皆發無上正等覺心有善男子善女人等書深般若波羅蜜多衆寶莊嚴供養恭敬尊重讚歎普施與彼受持讀誦令善通利如理思惟於意云何是善男子善女人等由此因緣得福多不天帝

釋言甚多世尊甚多善逝爾時佛告天帝釋言若善男子善女人等書深般若波羅蜜多衆寶莊嚴供養恭敬尊重讚歎於彼衆中隨施與一受持讀誦令善通利如理思惟復以種種巧妙文義廣爲解釋分別義趣令其解了教授教誡令勤修學是善男子善女人等所獲福聚甚多於前無量無邊不可稱數復次憍尸迦置贍部洲諸有情類若四大洲諸有情類若小千界諸有情類若中千界諸有情類若大千界諸有情類若復十方各如殑伽沙等世界諸有情類皆發無上正等覺心有善男子善女人等書深般若波羅蜜多衆寶莊嚴供養恭敬尊重讚歎普施與彼受持讀誦令善通利如理思惟於意云何是善男子善女人等由此因緣得福多不天帝釋言

甚多世尊甚多善逝爾時佛告天帝釋言若善男子善女人等書深般若波羅蜜多衆寶莊嚴供養恭敬尊重讚歎於彼衆中隨施與一受持讀誦令善通利如理思惟復以種種巧妙文義廣爲解釋分別義趣令其解了教授教誡令勤修學是善男子善女人等所獲福聚甚多於前無量無邊不可稱數復次憍尸迦若贍部洲諸有情類皆於無上正等菩提得不退轉有善男子善女人等書深般若波羅蜜多衆寶莊嚴供養恭敬尊重讚歎普施與彼受持讀誦令善通利如理思惟於意云何是善男子善女人等由此因緣得福多不天帝釋言甚多世尊甚多善逝爾時佛告天帝釋言若善男子善女人等書深般若波羅蜜多衆寶莊嚴供養恭敬尊重讚歎於彼

衆中隨施與一受持讀誦令善通利如理思惟復以種種巧妙文義廣爲解釋分別義趣令其解了教授教誡令勤修學是善男子善女人等所獲福聚甚多於前無量無邊不可稱數復次憍尸迦置贍部洲諸有情類若四大洲諸有情類若小千界諸有情類若中千界諸有情類若大千界諸有情類若復十方各如殑伽沙等世界諸有情類皆於無上正等菩提得不退轉有善男子善女人等書深般若波羅蜜多衆寶莊嚴供養恭敬尊重讚歎普施與彼受持讀誦令善通利如理思惟於意云何是善男子善女人等由此因緣得福多不天帝釋言甚多世尊甚多善逝爾時佛告天帝釋言若善男子善女人等書深般若波羅蜜多衆寶莊嚴供養恭敬尊重讚歎於彼衆中隨施與一受持讀誦令善通利如理思惟復以種種巧妙文義廣爲解釋分別義趣令其解了教授教誡令勤修學是善男子善女人等所獲福聚甚多於前無量無邊不可稱數復次憍尸迦若贍部洲諸有情類皆發無上正等覺心既發無上菩提心已同作是言我令欣樂速證無上正等菩提濟拔有情生死衆苦令得殊勝畢竟安樂有善男子善女人等爲成彼事書深般若波羅蜜多衆寶莊嚴供養恭敬尊重讚歎普施與彼受持讀誦令善通利如理思惟於意云何是善男子善女人等由此因緣得福多不天帝釋言甚多世尊甚多善逝爾時佛告天帝釋言若善男子善女人等書深般若波羅蜜多衆寶莊嚴供養恭敬尊重讚歎於彼衆中隨施

與一受持讀誦令善通利如理思惟以無量門巧妙文義廣爲解釋分別義趣令其解了教授教誡令勤修學是善男子善女人等所獲福聚甚多於前無量無邊不可稱數復次憍尸迦置贍部洲諸有情類若四大洲諸有情類若小千界諸有情類若中千界諸有情類若大千界諸有情類若復十方各如殑伽沙等世界諸有情類皆發無上正等覺心旣發無上菩提心已同作是言我今欣樂速證無上正等菩提濟拔有情生死衆苦令得殊勝畢竟安樂有善男子善女人等爲成彼事書深般若波羅蜜多衆寶莊嚴供養恭敬尊重讚歎普施與彼受持讀誦令善通利如理思惟於意云何是善男子善女人等由此因緣得福多不天帝釋言甚多世尊甚多善逝爾時佛告天帝釋言若善男子善女人等書深般若波羅蜜多衆寶莊嚴供養恭敬尊重讚歎於彼衆中隨施與一受持讀誦令善通利如理思惟以無量門巧妙文義廣爲解釋分別義趣令其解了教授教誡令勤修學是善男子善女人等所獲福聚甚多於前無量無邊不可稱數復次憍尸迦若贍部洲諸有情類皆於無上正等菩提得不退轉同作是言我今欣樂速證無上正等菩提濟拔有情生死衆苦令得殊勝畢竟安樂有善男子善女人等爲成彼事書深般若波羅蜜多衆寶莊嚴供養恭敬尊重讚歎普施與彼受持讀誦令善通利如理思惟於意云何是善男子善女人等由此因緣得福多不天帝釋言甚多世尊甚多善逝爾時佛告天帝釋言若善

男子善女人等書深般若波羅蜜多衆寶莊嚴供養恭敬尊重讚歎於彼衆中隨施與一受持讀誦令善通利如理思惟以無量門巧妙文義廣爲解釋分别義趣令其解了教授教誡令勤修學是善男子善女人等所獲福聚甚多於前無量無邊不可稱數復次憍尸迦置贍部洲諸有情類若四大洲諸有情類若小千界諸有情類若中千界諸有情類若大千界諸有情類若復十方各如殑伽沙等世界諸有情類皆於無上正等菩提得不退轉同作是言我令欣樂速證無上正等菩提濟拔有情生死衆苦令得殊勝畢竟安樂有善男子善女人等爲成彼事書深般若波羅蜜多衆寶莊嚴供養恭敬尊重讚歎普施與彼受持讀誦令善通利如理思惟於意云何是善男子善女人等由此因緣得福多不天帝釋言甚多世尊甚多善逝爾時佛告天帝釋言若善男子善女人等書深般若波羅蜜多衆寶莊嚴供養恭敬尊重讚歎於彼衆中隨施與一受持讀誦令善通利如理思惟以無量門巧妙文義廣爲解釋分别義趣令其解了教授教誡令勤修學是善男子善女人等所獲福聚甚多於前無量無邊不可稱數復次憍尸迦若善男子善女人等書深般若波羅蜜多種種莊嚴供養恭敬尊重讚歎施贍部洲一切有情是善男子善女人等由此因緣得福多不天帝釋言甚多世尊甚多善逝爾時佛告天帝釋言有善男子善女人等爲一有情於深般若波羅蜜多分别解說甚深義趣令其解了是善男子善女人等所獲

福聚甚多於前無量無邊不可稱數復次憍尸迦若善男子善女人等書深般若波羅蜜多種種莊嚴供養恭敬尊重讃歎施四大洲一切有情若小千界一切有情若中千界一切有情若大千界一切有情若復十方各如殑伽沙等世界一切有情是善男子善女人等由此因緣得福多不天帝釋言甚多世尊甚多善逝爾時佛告天帝釋言有善男子善女人等爲一有情於深般若波羅蜜多分別解說甚深義趣令其解了是善男子善女人等所獲福聚甚多於前無量無邊不可稱數復次憍尸迦若善男子善女人等爲贍部洲諸有情類若四大洲諸有情類若小千界諸有情類若中千界諸有情類若大千界諸有情類若復十方各如殑伽沙等世界諸有情類於深般若波羅蜜多分別解說甚深義趣令其解了是善男子善女人等由此因緣得福多不天帝釋言甚多世尊甚多善逝爾時佛告天帝釋言有善男子善女人等爲一有情於深般若波羅蜜多以無染心分別解說甚深義趣令其解了教授教誡令勤修學是善男子善女人等所獲福聚甚多於前無量無邊不可稱數時天帝釋便白佛言如是菩薩摩訶薩轉近無上正等菩提如是如是應以般若波羅蜜多甚深義趣教授教誡令善通達諸法眞如應以上妙衣服飲食卧具醫藥及餘資具恭敬供養令無匱乏若善男子善女人等能以如是法施財施攝受供養彼菩薩摩訶薩是善男子善女人等由此因緣得大果報獲大勝利無量無邊所以者何彼

菩薩摩訶薩要由如是法施財施攝受供養速能證得一切智智爾時善現讃帝釋言善哉善哉憍尸迦善能勸勵攝受護助諸菩薩摩訶薩令疾證得一切智智汝今已作佛聖弟子所應作事何以故憍尸迦一切如來諸聖弟子爲欲利樂諸有情故方便勸勵攝受護助諸菩薩摩訶薩令疾證得一切智智所以者何一切如來聲聞獨覺世間勝事皆由菩薩摩訶薩衆而得出現何以故憍尸迦若無菩薩摩訶薩發菩提心則無菩薩摩訶薩能學布施乃至般若波羅蜜多若無菩薩摩訶薩能學布施乃至般若波羅蜜多則無菩薩摩訶薩能證無上正等菩提若無菩薩摩訶薩證得無上正等菩提則無如來聲聞獨覺世間勝事故應勸勵攝受護助諸菩薩摩訶薩令學六種波羅蜜多究竟圓滿疾證無上正等菩提轉妙法輪度有情衆

大般若波羅蜜多經卷第五百四十二

大般若波羅蜜多經卷第五百四十三

唐三藏法師玄奘奉詔譯

第四分隨喜迴向品第六之一

爾時慈氏菩薩摩訶薩謂具壽善現言大德諸菩薩摩訶薩所有隨喜迴向俱行諸福業事於餘有情施戒修等諸福業事爲最爲勝爲尊爲高爲妙爲微妙爲上爲無上無等無等等爾時具壽善現問慈氏菩薩摩訶薩言諸菩薩摩訶薩所起隨喜迴向之心普緣十方無量無數不可思議無邊世界一一世界無量無數不可思議無邊如來應正等覺斷諸有路絶戲論道已入無餘依般涅槃界者從初發心乃至證得所求無上正等菩提如是乃至入無餘依般涅槃界展轉乃至正法滅已於其中間所有戒蘊定蘊慧蘊解脱蘊解脱知見蘊若六波羅蜜多相應善根若佛圓滿功德相應善根若力無畏相應善根若神通波羅蜜多相應善根若甚深般若波羅蜜多相應善根若大願波羅蜜多相應善根若一切智智相應善根若爲利樂一切有情大慈大悲大喜大捨若無量無數諸佛功德若證無上正等菩提所有妙樂若於諸法得大自在波羅蜜多若不可伏能伏一切無量最極神通妙行若無障無礙無對無等無喻無限如來如實勇猛威力若佛智見若佛十力波羅蜜多若四無畏最極圓滿所證佛法若能引發諸法勝義所證佛法若轉法輪若秉法炬若擊法鼓若吹法螺若雨法雨若設法會若以法味飡諸有情隨意所欣皆令充足若於如是無上法教調諸佛法若獨覺法

若聲聞法所有調伏勝解決定趣三菩提若佛世尊授諸菩薩無上正等大菩提記若彼一切殊勝善根所謂布施乃至般若波羅蜜多相應善根若授獨覺補特伽羅獨覺乘菩提記若彼一切殊勝善根所謂觀察十二緣起相應善根若授聲聞補特伽羅聲聞乘菩提記若彼一切殊勝善根所謂施性戒性修性三福業事若學無學無漏善根若諸異生於彼諸法所種善根若諸如來應正等覺四衆弟子謂苾芻苾芻尼鄔波索迦鄔波斯迦所有施性戒性修性三福業事若於諸佛所説法教天龍藥叉廣説乃至人非人等所種善根若彼於佛般涅槃後所種善根若有情類於佛法僧及餘善士深心信樂所起種種殊勝善根是諸善根及餘功德一切合集觀察稱量現前發起最尊最勝最上最妙隨喜之心復以如是隨喜俱行諸福業事與諸有情平等共有迴向無上正等菩提願此善根與有情類同共引發所求無上正等菩提如是所起隨喜迴向於餘所起諸福業事爲最爲勝爲尊爲高爲妙爲微妙爲上爲無上無等無等等於意云何彼菩薩摩訶薩緣如是事起如是行相隨喜迴向心爲有如是所緣可得如彼菩薩所取相不爾時慈氏菩薩答具壽善現言彼菩薩摩訶薩緣如是事起如是行相隨喜迴向心實無如是所緣可得如彼菩薩所取之相時具壽善現謂慈氏菩薩言若無如是所緣諸事如彼菩薩所取相者彼諸菩薩隨喜迴向豈不皆成想心見倒所以者何如有貪著無所有事無常謂常實苦

謂樂無我謂我不淨謂淨即便發起想心見倒如所緣事實無所有菩提及心亦復如是一切法一切界亦應爾若一切種皆無所有無差別者何等是所緣事何等是隨喜心何等是菩提何等是迴向云何菩薩摩訶薩緣如是事起隨喜心迴向無上正等菩提慈氏菩薩報善現言如是所起隨喜迴向不應對彼新學大乘菩薩前說所以者何彼聞如是隨喜迴向所有信樂恭敬之心皆當隱沒如是隨喜迴向之法應爲不退轉菩薩摩訶薩或曾供養無量諸佛久發大願多植善根爲多善友所攝受者分別開示所以者何彼聞如是隨喜迴向不驚不怖不退不沒諸菩薩摩訶薩應以如是隨喜俱行諸福業事迴向無上正等菩提當於爾時應作是念所可用心隨喜迴向此所用心盡滅離變此所緣事及諸善根亦皆如心盡滅離變此中何等是所用心復以何等爲所緣事及諸善根而說隨喜迴向無上正等菩提是心於心理不應有隨喜迴向以無二心俱時起故心亦不可隨喜迴向心自性故是故隨喜迴向之心及所緣事皆不可得時天帝釋白善現言新學大乘諸菩薩衆聞如是事其心將無驚怖退沒云何菩薩摩訶薩衆於所緣事起隨喜心云何攝受隨喜俱行諸福業事迴向無上正等菩提而不違理爾時善現依承慈氏菩薩威力告帝釋言諸菩薩摩訶薩普緣十方無量無數不可思議無邊世界一切如來應正等覺斷諸有路絕戲論道殄諸雲霧摧諸棘刺捨諸重擔逮得己利盡諸有結正智解脫

到心自在第一究竟入無餘依涅槃界者從初發心乃至證得所求無上正等菩提轉妙法輪度有情衆般涅槃後乃至法滅於其中間所有種種功德善根及弟子衆於諸佛法所種善根及餘所起種種功德一切合集觀察稱量現前發起最尊最勝最上最妙隨喜之心復持如是隨喜俱行諸福業事與諸有情平等共有迴向無上正等菩提彼於爾時方便善巧能不墜墮想心見倒爾時慈氏菩薩摩訶薩謂具壽善現言若菩薩摩訶薩於自所起隨喜迴向俱行之心不作隨喜迴向心想於所念佛及諸弟子所有功德不作諸佛及諸弟子功德之想於諸天人阿素洛等所種善根不作天人阿素洛等善根之想而能隨喜迴向無上正等菩提是菩薩摩訶薩所起隨喜迴向之心則不墮於想心見倒若菩薩摩訶薩於自所起隨喜迴向俱行之心要作隨喜迴向心想於所念佛及諸弟子所有功德作所念佛及諸弟子功德之想於諸天人阿素洛等所種善根作諸天人阿素洛等善根之想方能隨喜迴向無上正等菩提是菩薩摩訶薩所起隨喜迴向之心則便墮於想心見倒諸菩薩摩訶薩以如是心念一切佛及諸弟子功德善根正知此心盡滅離變非能隨喜正知彼法其性亦然非所隨喜及正了達能迴向心法性亦爾非能迴向及正了知所迴向法其性亦爾非所迴向若有能依如是所說隨喜迴向是正非邪諸菩薩摩訶薩皆應發起如是隨喜迴向無上正等菩提復次善現若菩薩摩訶薩普於過去斷

諸有路絶戲論道諸佛世尊從初發心乃至證得所求無上正等菩提展轉乃至入無餘依般涅槃界如是乃至正法滅已於其中間所有諸佛波羅蜜多相應善根若佛世尊授菩薩記波羅蜜多相應善根若佛世尊授獨覺記觀察緣起相應善根若佛世尊授聲聞記彼所發起施性戒性修性善根若有學位一切有漏無漏善根若無學位無漏善根若佛世尊戒蘊定蘊慧蘊解脱蘊解脱知見蘊若爲利樂一切有情大慈大悲大喜大捨若餘無量無數佛法若佛世尊宣説正法若於正法精勤修學勝解安住彼諸善根若於正法諸異生類所種善根若諸天龍阿素洛等聽聞正法及聞法已所種善根乃至傍生聽聞正法及聞法已所種善根若佛世尊般涅槃後諸人天等所種善根如是一切合集稱量現前發起最尊最勝最上最妙隨喜之心復持如是隨喜俱行諸福業事與諸有情平等共有迴向無上正等菩提於如是時若正解了諸能隨喜迴向之法盡滅離變諸所隨喜迴向之法自性皆空雖如是知而能隨喜迴向無上正等菩提復於是時若正解了都無有法可能隨喜迴向於法何以故以一切法自性皆空空中都無能所隨喜迴向法故雖如是知而能隨喜迴向無上正等菩提是菩薩摩訶薩便能不墮想心見倒所以者何是菩薩摩訶薩於隨喜心及所隨喜功德善根不生執著於迴向心及所迴向無上菩提亦不執著由無執著不墮顛倒如是菩薩所起隨喜迴向之心名正無上隨喜迴向遠離

一切虛妄分別若菩薩摩訶薩於能隨喜迴向之法起能隨喜迴向法想於所隨喜迴向之法起所隨喜迴向法想而起隨喜迴向無上正等菩提是菩薩摩訶薩所起隨喜迴向之心則便墮於想心見倒所起隨喜迴向皆邪菩薩應知方便遠離復次善現若菩薩摩訶薩普於未來斷諸有路絕戲論道諸佛世尊從初發心乃至證得所求無上正等菩提展轉乃至入無餘依般涅槃界如是乃至正法滅已於其中間所有諸佛波羅蜜多相應善根若佛世尊授菩薩記波羅蜜多相應善根若佛世尊授獨覺記觀察緣起相應善根若佛世尊授聲聞記彼所發起施性戒性修性善根若有學位一切有漏無漏善根若無學位無漏善根若佛世尊戒蘊定蘊慧蘊解脫蘊解脫知見蘊若爲利樂一切有情大慈大悲大喜大捨若餘無量無數佛法若佛世尊宣說正法若於正法精勤修學勝解安住彼諸善根若於正法諸異生類所種善根若諸天龍阿素洛等聽聞正法及聞法已所種善根乃至傍生聽聞正法及聞法已所種善根若佛世尊般涅槃後諸人天等所種善根如是一切合集稱量現前發起最尊最勝最上最妙隨喜之心復持如是隨喜俱行諸福業事與諸有情平等共有迴向無上正等菩提於如是時若正解了諸能隨喜迴向之法盡滅離變諸所隨喜迴向之法自性皆空雖如是知而能隨喜迴向無上正等菩提復於是時若正解了都無有法可能隨喜迴向於法何以故以一切法自性皆空空中都無能

所隨喜迴向法故雖如是知而能隨喜迴向無上正等菩提是菩薩摩訶薩便能不墮想心見倒所以者何是菩薩摩訶薩於隨喜心及所隨喜功德善根不生執著於迴向心及所迴向無上菩提亦不執著由無執著不墮顛倒如是菩薩所起隨喜迴向之心名正無上隨喜迴向遠離一切虛妄分別若菩薩摩訶薩於能隨喜迴向之法起能隨喜迴向法想於所隨喜迴向之法起所隨喜迴向法想而起隨喜迴向無上正等菩提是菩薩摩訶薩所起隨喜迴向之心則便墮於想心見倒所起隨喜迴向皆邪菩薩應知方便遠離復次善現若菩薩摩訶薩普於現在斷諸有路絕戲論道諸佛世尊從初發心乃至證得所求無上正等菩提展轉乃至入無餘依般涅槃界如是乃至正法滅已於其中間所有諸佛波羅蜜多相應善根若佛世尊授菩薩記波羅蜜多相應善根若佛世尊授獨覺記觀察緣起相應善根若佛世尊授聲聞記彼所發起施性戒性修性善根若有學位一切有漏無漏善根若無學位無漏善根若佛世尊戒蘊定蘊慧蘊解脫蘊解脫知見蘊若爲利樂一切有情大慈大悲大喜大捨若餘無量無數佛法若佛世尊宣說正法若於正法精勤修學勝解安住彼諸善根若於正法諸異生類所種善根若諸天龍阿素洛等聽聞正法及聞法已所種善根乃至傍生聽聞正法及聞法已所種善根若佛世尊般涅槃後諸人天等所種善根如是一切合集稱量現前發起最尊最勝最上最妙隨喜之心復持如

是隨喜俱行諸福業事與諸有情平等共有迴向無上正等菩提於如是時若正解了諸能隨喜迴向之法盡滅離變諸所隨喜迴向之法自性皆空雖如是知而能隨喜迴向無上正等菩提復於是時若正解了都無有法可能隨喜迴向於法何以故以一切法自性皆空空中都無能所隨喜迴向法故雖如是知而能隨喜迴向無上正等菩提是菩薩摩訶薩便能不墮想心見倒所以者何是菩薩摩訶薩於隨喜心及所隨喜功德善根不生執著於迴向心及所迴向無上菩提亦不執著由無執著不墮顛倒如是菩薩所起隨喜迴向之心名正無上隨喜迴向遠離一切虛妄分別若菩薩摩訶薩於能隨喜迴向之法起能隨喜迴向法想於所隨喜迴向之法起所隨喜迴向法想而起隨喜迴向無上正等菩提是菩薩摩訶薩所起隨喜迴向之心則便墮於想心見倒所起隨喜迴向皆邪菩薩應知方便遠離復次善現若菩薩摩訶薩普於過去未來現在斷諸有路絕戲論道諸佛世尊從初發心乃至證得所求無上正等菩提展轉乃至入無餘依般涅槃界如是乃至正法滅已於其中間所有諸佛波羅蜜多相應善根若佛世尊授菩薩記波羅蜜多相應善根若佛世尊授獨覺記觀察緣起相應善根若佛世尊授聲聞記彼所發起施性戒性修性善根若有學位一切有漏無漏善根若無學位無漏善根若佛世尊戒蘊定蘊慧蘊解脫蘊解脫知見蘊若爲利樂一切有情大慈大悲大喜大捨若餘無量無數佛法若佛

世尊宣說正法若於正法精勤修學勝解安住彼諸善根若於正法諸異生類所種善根若諸天龍阿素洛等聽聞正法及聞法已所種善根乃至傍生聽聞正法及聞法已所種善根若佛世尊般涅槃後諸人天等所種善根如是一切合集稱量現前發起最尊最勝最上最妙隨喜之心復持如是隨喜俱行諸福業事與諸有情平等共有迴向無上正等菩提於如是時若正解了諸能隨喜迴向之法盡滅離變諸所隨喜迴向之法自性皆空雖如是知而能隨喜迴向無上正等菩提復於是時若正解了都無有法可能隨喜迴向於法何以故以一切法自性皆空空中都無能所隨喜迴向法故雖如是知而能隨喜迴向無上正等菩提是菩薩摩訶薩便能不墮想心見倒所以者何是菩薩摩訶薩於隨喜心及所隨喜功德善根不生執著於迴向心及所迴向無上菩提亦不執著由不執著不墮顛倒如是菩薩所起隨喜迴向之心名正無上隨喜迴向遠離一切虛妄分別若菩薩摩訶薩於能隨喜迴向之法起能隨喜迴向法想於所隨喜迴向之法起所隨喜迴向法想而起隨喜迴向無上正等菩提是菩薩摩訶薩所起隨喜迴向之心則便墮於想心見倒所起隨喜迴向皆邪菩薩應知方便遠離

復次善現若菩薩摩訶薩於所修作諸福業事如實了知遠離寂靜於能隨喜迴向之心亦如實知遠離寂靜如是知已行深般若波羅蜜多於諸法中都無取著而起隨喜迴向無上正等菩提是菩薩摩訶薩所起隨喜迴

向之心則不墮於想心見倒若菩薩摩訶薩於所修作諸福業事不如實知遠離寂靜於能隨喜迴向之心亦不能知遠離寂靜於一切法執著諸相而起隨喜迴向無上正等菩提是菩薩摩訶薩所起隨喜迴向之心則便墮於想心見倒復次善現若菩薩摩訶薩於已滅度諸佛世尊及諸弟子功德善根若欲發起隨喜迴向無上正等菩提心者應作是念如佛世尊及諸弟子皆已滅度自性非有功德善根亦復如是我所發起隨喜迴向無上正等菩提之心及所迴向無上菩提性相亦爾都不可得如是知已於諸善根發生隨喜迴向無上正等菩提便能不生想心見倒名正隨喜迴向菩提若菩薩摩訶薩以取相爲方便行深般若波羅蜜多於已滅度佛及弟子功德善根取相隨喜迴向菩提是爲非善隨喜迴向由斯便墮想心見倒若菩薩摩訶薩不取相爲方便行深般若波羅蜜多於已滅度佛及弟子功德善根離相隨喜迴向無上正等菩提是名爲善隨喜迴向由斯不墮想心見倒爾時慈氏菩薩摩訶薩問具壽善現言大德云何菩薩摩訶薩於諸如來應正等覺及弟子衆功德善根隨喜俱行福業事等皆不取相而能隨喜迴向無上正等菩提善現荅言應知菩薩摩訶薩所學般若波羅蜜多有如是等方便善巧雖不取相而所作成非離般若波羅蜜多有能正起隨喜迴向是故菩薩摩訶薩衆欲成所作應學般若波羅蜜多慈氏菩薩摩訶薩言大德善現莫作是說所以者何以甚深般若波羅蜜多中

諸佛世尊并弟子衆及所成就功德善根皆無所有都不可得所作隨喜諸福業事發心迴向無上菩提亦無所有都不可得此中菩薩摩訶薩行深般若波羅蜜多時應作是觀過去諸佛及弟子衆功德善根性皆已滅所作隨喜諸福業事發心迴向無上菩提性皆寂滅我若於彼諸佛世尊及弟子衆功德善根取相分別及於所作隨喜俱行諸福業事發心迴向無上菩提取相分別以是取相分別方便發生隨喜迴向無上正等菩提諸佛世尊皆所不許所以者何於已滅度諸佛世尊及弟子等取相分別隨喜迴向無上菩提是則名爲大有所得過去已滅無所有故未來現在佛弟子等未至不住亦不可得若不可得非取相境若取其相發生隨喜迴向菩提便墮顛倒若有失念而取相者當知非善隨喜迴向要不取相無所分別乃名爲善隨喜迴向是故菩薩摩訶薩衆應學般若波羅蜜多方便善巧由此方便善巧勢力能正發生隨喜迴向若菩薩摩訶薩欲學如是方便善巧應於般若波羅蜜多數數聽聞受持讀誦令善通利如理思惟勤請問師甚深義趣所以者何若不依止甚深般若波羅蜜多終不能得方便善巧若無如是方便善巧能正發生隨喜迴向無有是處何以故於過去佛及弟子衆諸功德等取相分別隨喜迴向諸佛世尊皆不隨喜是故菩薩摩訶薩衆欲於諸佛及諸弟子功德善根正發隨喜迴向無上正等菩提不應於中起有所得取相分別隨喜迴向若於其中起有所得取相分別隨

喜迴向佛不說彼有大義利所以者何如是隨喜迴向之心妄想分別名雜毒故如有飲食雖具上妙色香美味而雜毒藥愚夫淺識貪取噉之初雖適意歡喜快樂而後食消備受衆苦或便致死若近失命如是一類補特伽羅不善受持不善觀察甚深般若波羅蜜多文句義理不善讀誦不善通達甚深義趣而告大乘種性者曰來善男子汝於過去未來現在諸佛世尊戒蘊定蘊慧蘊解脫蘊解脫知見蘊及餘無量無邊功德若佛弟子於諸佛所種諸善根若佛世尊授諸菩薩無上正等大菩提記彼諸菩薩所種善根若佛世尊授諸獨覺及聲聞記彼有情類所種善根若諸天人阿素洛等於諸佛所乃至正法未滅盡來所種善根若善男子善女人等所種善根及有於他所成功德發生隨喜迴向善根如是一切合集稱量現前隨喜與諸有情平等共有迴向無上正等菩提如是所說隨喜迴向以有所得取相分別而爲方便譬如世間雜毒飲食初益後損故此非善隨喜迴向所以者何以有所得取相分別發起隨喜迴向之心皆雜毒故菩薩種性補特伽羅不應隨彼所說而學是故大德應說云何住菩薩乘善男子等應於三世十方諸佛及弟子等功德善根隨喜迴向可說名爲無毒妙善隨喜迴向具壽善現答慈氏言住菩薩乘善男子等行深般若波羅蜜多欲不謗佛而發隨喜迴向心者應作是念如諸如來應正等覺無障佛眼通達遍知功德善根有如是性有如是相有如是法而可隨喜我今亦應如

是隨喜知諸如來應正等覺無障佛眼通達遍知應以如是諸福業事迴向無上正等菩提我今亦應如是迴向住菩薩乘諸善男子善女人等於諸如來應正等覺及弟子等功德善根應作如是隨喜迴向若作如是隨喜迴向則不謗佛諸佛世尊同所隨喜是菩薩摩訶薩如是隨喜迴向之心不雜衆毒離諸過咎名正名善隨喜迴向稱眞法界意樂勝解俱善圓滿復次大士住菩薩乘諸善男子善女人等行深般若波羅蜜多於諸如來應正等覺及弟子等功德善根應作如是隨喜迴向如佛戒蘊定蘊慧蘊解脫蘊解脫知見蘊及諸餘法不墮三界非三世攝隨喜迴向亦應如是所以者何如彼諸法自性空故不墮三界非三世攝隨喜迴向亦復如是謂諸如來自性空故不墮三界非三世攝諸佛功德自性空故不墮三界非三世攝聲聞獨覺及人天等自性空故不墮三界非三世攝彼諸善根自性空故不墮三界非三世攝於彼隨喜自性空故不墮三界非三世攝所迴向法自性空故不墮三界非三世攝能迴向者自性空故不墮三界非三世攝若菩薩摩訶薩行深般若波羅蜜多時如實了知諸法性相不墮三界非三世攝若不墮三界非三世攝即不可以彼有相爲方便有所得爲方便發生隨喜迴向無上正等菩提所以者何以一切法自性不生若法不生則無所有不可以彼無所有法隨喜迴向無所有故是菩薩摩訶薩如是隨喜迴向無上正等菩提不雜衆毒無所失壞名大迴向無墮無攝稱眞法

界究竟圓滿住菩薩乘諸善男子善女人等若以有相而爲方便或有所得而爲方便於諸如來及弟子等功德善根發生隨喜迴向之心當知是邪隨喜迴向此邪隨喜迴向之心諸佛世尊所不稱讚若菩薩摩訶薩行深般若波羅蜜多時作如是念如十方界一切如來應正等覺如實通達功德善根有如是法可依此法發生無倒隨喜迴向我今亦應依如是法發生隨喜迴向無上正等菩提是爲正發隨喜迴向由斯定證無上菩提轉妙法輪饒益一切爾時世尊讚善現曰善哉善哉汝今乃能爲諸菩薩摩訶薩等作大佛事所以者何汝爲菩薩摩訶薩等宣說無倒隨喜迴向如諸如來應正等覺通達遍知諸善根等有如是性有如是相有如是法發生無倒隨喜迴向如是隨喜迴向之心稱眞法界究竟圓滿汝今乃能如實宣說善現當知若善男子善女人等方便教化殑伽沙數三千大千世界有情皆令安住十善業道所獲功德是菩薩摩訶薩所起無倒隨喜迴向於彼功德爲最爲勝爲尊爲高爲妙爲微妙爲上爲無上無等無等等復次善現且置令住十善業道若善男子善女人等方便教化殑伽沙數三千大千世界有情皆令安住四靜慮四無量四無色定五神通所獲功德是菩薩摩訶薩所起無倒隨喜迴向於彼功德爲最爲勝爲尊爲高爲妙爲微妙爲上爲無上無等無等等復次善現且置令住四靜慮等若善男子善女人等方便教化殑伽沙數三千大千世界有情皆令安住預流果或一來果

或不還果或阿羅漢果或獨覺菩提所獲功德是菩薩摩訶薩所起無倒隨喜迴向於彼功德爲最爲勝爲尊爲高爲妙爲微妙爲上爲無上無等無等等復次善現且置令住預流果等假使如是殑伽沙數三千大千世界有情皆成預流一來不還阿羅漢果獨覺菩提所有功德是菩薩摩訶薩所起無倒隨喜迴向於彼功德爲最爲勝爲尊爲高爲妙爲微妙爲上爲無上無等無等等復次善現且置如是預流果等所有功德假使十方殑伽沙數三千大千世界有情皆發無上正等覺心設有十方殑伽沙數三千大千世界有情一一於彼諸菩薩所皆以上妙衣服飲食卧具醫藥及無量種上妙樂具經如殑伽沙數大劫以有所得而爲方便供養恭敬尊重讃歎於意云何是諸有情由此因縁得福多不善現答言甚多世尊甚多善逝如是福聚若有形色十方各如殑伽沙界不能容受佛告善現如是如是如汝所説若菩薩乘諸善男子善女人等於諸如來應正等覺及弟子等功德善根發起無倒隨喜迴向所獲功德甚多於前無量無數筭數譬喻所不能及所以者何此菩薩乘善男子等所起無倒隨喜迴向以無所得而爲方便甚深般若波羅蜜多方便善巧所攝受故稱法界故最勝無比彼諸有情所獲福聚以有所得爲方便故於此所起隨喜迴向百分不及一千分不及一乃至鄔波尼煞曇分亦不及一爾時四大天王各與眷屬二萬天子俱頂禮佛足合掌恭敬白言世尊是菩薩摩訶薩所起無倒隨喜迴

方便善巧所攝受故威力廣大稱眞法界疾能證得一切智智勝前所說有所得施無量倍數不可爲比時天帝釋乃至他化自在天王各與眷屬十萬天子俱皆持種種天妙華鬘塗散等香衣服瓔珞寶幢旛蓋衆妙珍奇奏天樂音以奉施佛供養恭敬尊重讚歎頂禮雙足合掌白言是菩薩摩訶薩所起無倒隨喜迴向以無所得而爲方便甚深般若波羅蜜多方便善巧所攝受故威力廣大稱眞法界疾能證得一切智智勝前所說有所得施無量倍數不可爲比時大梵天廣說乃至色究竟天各與無量百千天衆前詣佛所頂禮雙足合掌恭敬俱發聲言希有世尊甚奇善逝是菩薩摩訶薩所起無倒隨喜迴向以無所得而爲方便甚深般若波羅蜜多方便善巧所攝受故威力廣大稱眞法界疾能證得一切智智勝前所說有所得施無量倍數不可爲比

大般若波羅蜜多經卷第五百四十三

音釋

鄔波索迦（梵語也此云近事男鄔安古切）鄔波斯迦（梵語也此云近事女）重擔（重柱勇切擔都濫切重擔謂五陰重擔也）鄔波尼殺曇（梵語也此謂數之極鄔安古切曇徒南切）

大般若波羅蜜多經卷第五百四十四

唐三藏法師玄奘奉　詔譯

第四分隨喜迴向品第六之二

爾時佛告淨居天等諸天衆言且置十方殑伽沙數三千大千世界有情皆發無上正等覺心假使十方無邊世界一切有情皆發無上正等覺心設有十方無邊世界一切有情一一於彼諸菩薩所皆持上妙衣服飲食卧具醫藥及無量種上妙樂具經如殑伽沙數大劫以有所得而爲方便供養恭敬尊重讃歎若菩薩乘諸善男子善女人等於諸如來應正等覺及弟子等功德善根發起無倒隨喜迴向所獲功德甚多於前無量無數筭數譬喻所不能及所以者何此菩薩乘善男子等所起無倒隨喜迴向以無所得而爲方便甚深般若波羅蜜多方便善巧所攝受故稱法界故最勝無比彼諸有情所獲福聚以有所得爲方便故於此所起隨喜迴向百分不及一千分不及一乃至鄔波尼煞曇分亦不及一諸天當知且置是事假使十方殑伽沙數三千大千世界有情皆發無上正等覺心普於過去未來現在一切如來應正等覺所有戒蘊定蘊慧蘊解脫蘊解脫知見蘊及餘無量無邊佛法若諸弟子所有善根若餘有情已集當集現集善根如是一切合集稱量以有相有所得爲方便現前隨喜迴向無上正等菩提若菩薩乘善男子等發起無上正等菩提普於過去未來現在一切如來應正等覺所有戒蘊定蘊慧蘊解脫蘊解脫知見蘊及餘無量無邊佛法若諸弟子所有善根

若餘有情已集當集現集善根如是一切合集稱量現前發起最尊最勝最上最妙不可思議不可稱量無上無等隨喜俱行諸福業事復持如是隨喜俱行諸福業事與諸有情平等共有迴向無上正等菩提如是所起隨喜迴向於前所起隨喜迴向百倍爲勝千倍爲勝乃至鄔波尼煞曇倍亦復爲勝所以者何如是所起隨喜迴向無相無得而爲方便彼前所起隨喜迴向有相有得爲方便故爾時善現便白佛言如世尊說若菩薩乘善男子等發趣無上正等菩提普於過去未來現在一切如來應正等覺及弟子等功德善根如是一切合集稱量現前發起最尊最勝最上最妙不可思議不可稱量無上無等隨喜俱行諸福業事復持如是隨喜俱行諸福業事與諸有情平等共有迴向無上正等菩提如是所起隨喜迴向乃至鄔波尼煞曇倍世尊齊何說後所起隨喜迴向勝前所起隨喜迴向乃至鄔波尼煞曇倍佛告善現是菩薩乘善男子等於三世法不取不捨不矜不蔑非有所得非無所得無所分別無異分別無所觀見無隨觀見觀如是法皆是分別之所積集達一切法無生無滅無去無來無集無散無入無出此中無法已當現生亦無有法已當現滅我應如法眞如法界以無所得而爲方便發生隨喜迴向無上正等菩提善現當知齊此所起隨喜迴向勝前所起有所得想有所得見隨喜迴向乃至鄔波尼煞曇倍復次善現住菩薩乘善男子等欲於過去未來現在諸佛世尊及弟

子等布施淨戒安忍精進靜慮般若波羅蜜多相應善根發生無倒隨喜迴向應作是念如眞解脫布施亦爾如眞解脫淨戒亦爾如眞解脫安忍亦爾如眞解脫精進亦爾如眞解脫靜慮亦爾如眞解脫般若亦爾如眞解脫戒蘊定蘊慧蘊解脫蘊解脫知見蘊亦爾如眞解脫隨喜亦爾如眞解脫隨喜俱行諸福業事亦爾如眞解脫諸佛世尊獨覺亦爾如眞解脫已般涅槃聲聞亦爾如眞解脫過去已滅諸法亦爾如眞解脫未來未生諸法亦爾如眞解脫現在現轉諸法亦爾如眞解脫過去諸佛弟子亦爾如眞解脫未來諸佛弟子亦爾如眞解脫現在十方無量無數無邊世界諸佛世尊弟子亦爾如眞解脫一切功德善根亦爾如諸法性無縛無解無染無淨無起無盡無生無滅無取無捨我於如是功德善根現前隨喜持此善根與諸有情平等共有以無移轉及無失壞無相無得而爲方便迴向無上正等菩提如是隨喜迴向非能隨喜迴向無所隨喜所迴向故如是所起隨喜迴向非轉非息無生滅故善現當知是菩薩乘善男子等所起無倒隨喜迴向勝前所起有相有得隨喜迴向乃至鄔波尼殺曇倍若菩薩摩訶薩成就如是隨喜迴向疾證無上正等菩提復次善現假使十方殑伽沙數三千大千世界有情皆發無上正等覺心發趣無上正等菩提方便善巧修菩薩行復有十方殑伽沙數三千大千世界有情皆發無上正等覺心發趣無上正等菩提此諸菩薩一一於彼諸菩薩衆皆持上妙衣服飲食

卧具醫藥及無量種上妙樂具經如殑伽沙等大劫以有所得而爲方便供養恭敬尊重讃歎若菩薩摩訶薩甚深般若波羅蜜多方便善巧所攝受故普於過去未來現在諸佛世尊所有戒藴定藴慧藴解脫藴解脫知見藴若諸獨覺所有戒藴定藴慧藴解脫藴解脫知見藴若諸聲聞所有戒藴定藴慧藴解脫藴解脫知見藴若餘有情施戒修性三福業事如是一切合集稱量現前發起最尊最勝最上最妙不可思議不可稱量無上無等隨喜俱行諸福業事復持如是隨喜俱行諸福業事與諸有情平等共有迴向無上正等菩提善現當知如是菩薩隨喜迴向諸福業事勝前所說諸菩薩衆以有所得而爲方便布施俱行諸福業事百倍千倍乃至鄔波尼

殺曇倍所以者何彼諸菩薩布施俱行諸福業事以有所得而爲方便如是菩薩隨喜迴向以無所得爲方便故復次善現且置十方殑伽沙數三千大千世界有情皆發無上正等覺心發趣無上正等菩提諸菩薩衆以有所得而爲方便布施俱行諸福業事假使十方殑伽沙數三千大千世界有情皆發無上正等覺心發趣無上正等菩提是諸菩薩各住殑伽沙數大劫修身妙行修語妙行修意妙行以有所得而爲方便受持淨戒若菩薩摩訶薩甚深般若波羅蜜多方便善巧所攝受故普於過去未來現在諸佛世尊所有戒藴定藴慧藴解脫藴解脫知見藴若諸獨覺所有戒藴定藴慧藴解脫藴解脫知見藴若諸聲聞所有戒藴定藴慧藴解脫藴解脫知

見蘊若餘有情施戒修性三福業事如是一切合集稱量現前發起最尊最勝最上最妙不可思議不可稱量無上無等隨喜俱行諸福業事復持如是隨喜俱行諸福業事與諸有情平等共有迴向無上正等菩提善現當知如是菩薩隨喜迴向諸福業事勝前所說諸菩薩衆以有所得而爲方便淨戒俱行諸福業事百倍千倍乃至鄔波尼煞曇倍所以者何彼諸菩薩淨戒俱行諸福業事以有所得而爲方便如是菩薩隨喜迴向以無所得爲方便故復次善現且置十方殑伽沙數三千大千世界有情皆發無上正等覺心發趣無上正等菩提諸菩薩衆以有所得而爲方便淨戒俱行諸福業事假使十方殑伽沙數三千大千世界有情皆發無上正等覺心發趣無上正等菩提是諸菩薩各住殑伽沙數大劫恒爲十方殑伽沙數三千大千世界有情呵毀陵辱刀杖加害以有所得而爲方便受行安忍若菩薩摩訶薩甚深般若波羅蜜多方便善巧所攝受故普於過去未來現在諸佛世尊所有戒蘊定蘊慧蘊解脫蘊解脫知見蘊若諸獨覺所有戒蘊定蘊慧蘊解脫蘊解脫知見蘊若諸聲聞所有戒蘊定蘊慧蘊解脫蘊解脫知見蘊若餘有情施戒修性三福業事如是一切合集稱量現前發起最尊最勝最上最妙不可思議不可稱量無上無等隨喜俱行諸福業事復持如是隨喜俱行諸福業事與諸有情平等共有迴向無上正等菩提善現當知如是菩薩隨喜迴向諸福業事勝前所說諸菩薩衆以有所得而爲

方便安忍俱行諸福業事百倍千倍乃至鄔波尼煞曇倍所以者何彼諸菩薩安忍俱行諸福業事以有所得而爲方便如是菩薩隨喜迴向以無所得爲方便故復次善現且置十方殑伽沙數三千大千世界有情皆發無上正等覺心發趣無上正等菩提諸菩薩衆以有所得而爲方便安忍俱行諸福業事假使十方殑伽沙數三千大千世界有情皆發無上正等覺心發趣無上正等菩提是諸菩薩各住殑伽沙數大劫不坐不卧恒不睡眠以有所得而爲方便受行精進若菩薩摩訶薩甚深般若波羅蜜多方便善巧所攝受故普於過去未來現在諸佛世尊所有戒蘊定蘊慧蘊解脱蘊解脱知見蘊若諸獨覺所有戒蘊定蘊慧蘊解脱蘊解脱知見蘊若諸聲

聞所有戒蘊定蘊慧蘊解脱蘊解脱知見蘊若餘有情施戒修性三福業事如是一切合集稱量現前發起最尊最勝最上最妙不可思議不可稱量無上無等隨喜俱行諸福業事復持如是隨喜俱行諸福業事與諸有情平等共有迴向無上正等菩提善現當知如是菩薩隨喜迴向諸福業事勝前所說諸菩薩衆以有所得而爲方便精進俱行諸福業事百倍千倍乃至鄔波尼煞曇倍所以者何彼諸菩薩精進俱行諸福業事以有所得而爲方便如是菩薩隨喜迴向以無所得爲方便故復次善現且置十方殑伽沙數三千大千世界有情皆發無上正等覺心發趣無上正等菩提諸菩薩衆以有所得而爲方便精進俱行諸福業事假使十方殑伽沙數三千

大千世界有情皆發無上正等覺心發趣無上正等菩提是諸菩薩各住殑伽沙數大劫離諸散動心住一緣以有所得而爲方便受行靜慮若菩薩摩訶薩甚深般若波羅蜜多方便善巧所攝受故普於過去未來現在諸佛世尊所有戒蘊定蘊慧蘊解脫蘊解脫知見蘊若諸獨覺所有戒蘊定蘊慧蘊解脫蘊解脫知見蘊若諸聲聞所有戒蘊定蘊慧蘊解脫蘊解脫知見蘊若餘有情施戒修性三福業事如是一切合集稱量現前發趣最尊最勝最上最妙不可思議不可稱量無上無等隨喜俱行諸福業事復持如是隨喜俱行諸福業事與諸有情平等共有迴向無上正等菩提善現當知如是菩薩隨喜迴向諸福業事勝前所說諸菩薩衆以有所得而爲方便靜慮俱行諸福業事百倍千倍乃至鄔波尼殺曇倍所以者何彼諸菩薩靜慮俱行諸福業事以有所得而爲方便如是菩薩隨喜迴向以無所得爲方便故復次善現且置十方殑伽沙數三千大千世界有情皆發無上正等覺心發趣無上正等菩提諸菩薩衆以有所得而爲方便靜慮俱行諸福業事假使十方殑伽沙數三千大千世界有情皆發無上正等覺心發趣無上正等菩提是諸菩薩各住殑伽沙數大劫思惟觀察諸法性相以有所得而爲方便受行般若及餘善根若菩薩摩訶薩甚深般若波羅蜜多方便善巧所攝受故普於過去未來現在諸佛世尊所有戒蘊定蘊慧蘊解脫蘊解脫知見蘊若諸獨覺所有戒蘊定蘊慧蘊解脫蘊解脫知見蘊

若諸聲聞所有戒蘊定蘊慧蘊解脫蘊解脫知見蘊若餘有情施戒修性三福業事如是一切合集稱量現前發起最尊最勝最上最妙不可思議不可稱量無上無等隨喜俱行諸福業事復持如是隨喜俱行諸福業事與諸有情平等共有迴向無上正等菩提善現當知如是菩薩隨喜迴向諸福業事勝前所說諸菩薩衆以有所得而爲方便般若及餘善根俱行諸福業事百倍千倍乃至鄔波尼殺曇倍所以者何彼諸菩薩般若及餘善根俱行諸福業事以有所得而爲方便如是菩薩隨喜迴向以無所得爲方便故

第四分地獄品第七

爾時舍利子白佛言世尊甚深般若波羅蜜多當知即是一切智性善能成辦一切智智爾時佛告舍利子言如是如是如汝所說時舍利子復白佛言甚深般若波羅蜜多能作照明皆應敬禮世間諸法不能染汙能遣昏翳能發光明能施利安恒爲上首與諸盲者作淨眼目與涉闇徒作明燈炬引失道者令入正路顯諸法性即薩婆若示一切法無滅無生是諸菩薩摩訶薩母無依護者爲作依護能除一切生死苦惱開示諸法無性爲性能令諸佛具轉三轉十二行相無上法輪世尊諸菩薩摩訶薩於深般若波羅蜜多應云何住爾時佛告舍利子言諸菩薩摩訶薩於深般若波羅蜜多應如佛住思惟敬事甚深般若波羅蜜多應如思惟敬事於佛時天帝釋竊作是念今舍利子何因何緣問佛斯事念已便問舍利子言以何因緣而作是問時

舍利子告帝釋言前佛世尊説諸菩薩摩訶薩衆甚深般若波羅蜜多方便善巧所攝受故所起隨喜迴向俱行諸福業事疾能證得一切智智勝有所得諸菩薩等布施淨戒安忍精進靜慮般若及餘善根由此因緣故問斯事憍尸迦如生盲衆若百若千無淨眼者方便引導近尚不能趣入正道況能遠達豐樂大城如是前五波羅蜜多諸生盲衆若無般若波羅蜜多淨眼者導尚不能趣菩薩正道況能證入薩婆若城憍尸迦布施等五波羅蜜多要由般若波羅蜜多名有目者復由般若波羅蜜多之所攝受名到彼岸時舍利子復白佛言云何菩薩摩訶薩引發般若波羅蜜多佛告舍利子諸菩薩摩訶薩引發般若波羅蜜多如引發色受想行識舍利子如五取蘊不應引發甚深般若波羅蜜多應知亦爾舍利子如五取蘊不引發故説名引發甚深般若波羅蜜多亦復如是不引發故説名引發時舍利子復白佛言諸菩薩摩訶薩如是引發甚深般若波羅蜜多爲成何法佛告舍利子諸菩薩摩訶薩如是引發甚深般若波羅蜜多於一切法都無所成於一切法無所成故乃名般若波羅蜜多時天帝釋便白佛言甚深般若波羅蜜多豈不能成一切智智爾時佛告天帝釋言如是如是如汝所説甚深般若波羅蜜多亦不能成一切智智何以故憍尸迦如有所得不能成故如有名想不能成故如有起造不能成故時天帝釋復白佛言甚深般若波羅蜜多云何説成一切智智爾時佛告天帝釋言甚深般若波羅

蜜多於所引發一切智智無所成故說名爲成時天帝釋復白佛言甚奇世尊希有善逝甚深般若波羅蜜多不爲生滅一切法故出現世間不爲成壞一切法故出現世間而與世間作大饒益爾時具壽善現便白佛言世尊若菩薩摩訶薩起如是想甚深般若波羅蜜多於一切法若生若滅若成若壞是菩薩摩訶薩即便捨遠甚深般若波羅蜜多佛告善現如是如是復有因緣諸菩薩摩訶薩捨遠如是甚深般若波羅蜜多謂起是想甚深般若波羅蜜多無所有非眞實不堅固不自在是菩薩摩訶薩即便捨遠甚深般若波羅蜜多所以者何甚深般若波羅蜜多非有非無非虛非實非堅固非不堅固非自在非不自在於一切法無分別故具壽善現復白佛言佛說如是甚深般若波羅蜜多爲顯何法佛告善現我說如是甚深般若波羅蜜多都無所顯所以者何於此般若波羅蜜多甚深教中不顯示色亦不顯示受想行識不顯示預流果亦不顯示一來不還阿羅漢果獨覺菩提亦不顯示一切菩薩摩訶薩行諸佛無上正等菩提具壽善現復白佛言甚深般若波羅蜜多即是廣大波羅蜜多佛告善現汝緣何意作如是說甚深般若波羅蜜多即是廣大波羅蜜多善現答言甚深般若波羅蜜多於色不作大不作小於受想行識亦不作大不作小於色不作集不作散於受想行識亦不作集不作散於色不作有力不作無力於受想行識亦不作有力不作無力如是乃至於諸如來應正等覺不作大不作小於佛

所得一切智智亦不作大不作小於諸如來應正等覺不作集不作散於佛所得一切智智亦不作集不作散於諸如來應正等覺不作有力不作無力於佛所得一切智智亦不作有力不作無力所以者何五蘊乃至一切智智非大非小非集非散非有力非無力以一切法自性空故若菩薩摩訶薩起如是想非行般若波羅蜜多所以者何如是諸想非深般若波羅蜜多等流果故甚深般若波羅蜜多無如是想我當度脫若干有情入無餘依般涅槃界若有此想是則名爲大有所得非有所得能有所辦所以者何有情無生故當知般若波羅蜜多亦無生有情無自性故當知般若波羅蜜多亦無自性有情遠離故當知般若波羅蜜多亦遠離有情不可思議故當知般若波羅蜜多亦不可思議有情無壞法故當知般若波羅蜜多亦無壞法有情無覺知故當知般若波羅蜜多亦無覺知有情如義無證覺故當知般若波羅蜜多如義亦無證覺有情力不成就故當知般若波羅蜜多力亦不成就世尊我緣此意故作是說甚深般若波羅蜜多即是廣大波羅蜜多所以者何甚深般若波羅蜜多辦大事故爾時舍利子白佛言世尊若菩薩摩訶薩於深般若波羅蜜多能深信解無疑無惑亦不迷謬是菩薩摩訶薩從何處沒來生此間行深般若波羅蜜多已經幾時於深法義能隨覺了佛告舍利子是菩薩摩訶薩從十方界所事諸佛法會中沒來生此間是菩薩摩訶薩行深般若波羅蜜多已經無量無數大劫於深

法義能隨覺了所以者何若菩薩摩訶薩從他方界所事諸佛法會中沒來生此者是菩薩摩訶薩已多親近諸佛世尊曾問此中甚深法義於深般若波羅蜜多若見若聞便作是念我今見佛聞佛所說由此因緣若聞宣說甚深般若波羅蜜多屬耳聽聞恭敬信受於深法義斷諸疑惑舍利子是菩薩摩訶薩已曾供養無量諸佛行深般若波羅蜜多已經多劫故於今生能辦是事爾時善現便白佛言甚深般若波羅蜜多爲可聽聞爲可觀察爲可引發爲可憶念爲可示現是此是彼爲可顯了處時差別爲可宣說諸行狀相顯示般若波羅蜜多甚深義不佛言不也善現當知甚深般若波羅蜜多非蘊界處自性差別可能顯示所以者何以一切法畢竟遠離非遠離法可能顯示甚深般若波羅蜜多善現當知甚深般若波羅蜜多離蘊界處亦不能覺所以者何即蘊界處能覺諸法畢竟遠離說名般若波羅蜜多是故般若波羅蜜多與蘊界處無二無別善現當知即一切法畢竟空故性遠離故永寂靜故名不可得即不可得說名般若波羅蜜多善現當知若時無想亦無等想施設言說是時名爲甚深般若波羅蜜多具壽善現復白佛言諸菩薩摩訶薩積行久如能勤修學甚深般若波羅蜜多佛告善現此應分別以諸菩薩根差別故善現當知有菩薩摩訶薩從初發心遇眞善友方便攝受即能修學甚深般若波羅蜜多是菩薩摩訶薩有方便善巧故不謗正法不見諸法有增有減常不遠離菩薩正行常不遠

離諸佛菩薩恒種善根身心清淨嚴淨佛土成熟有情疾能證得一切智智有菩薩乘善男子等雖曾得見多百千佛於諸佛所修行梵行而有所得爲方便故不能修學甚深般若波羅蜜多聞說如是甚深般若波羅蜜多不生信解即便捨去所以者何是菩薩乘善男子等過去佛所曾聞宣說甚深般若波羅蜜多不生恭敬不恭敬故不數聽聞不數聞故不能親近不親近故不能請問不請問故不能信解不信解故捨衆而去由此因緣造作增長匱正法業由宿習力令聞說此甚深般若波羅蜜多還復捨去不生恭敬不能信受不信受故若身若心皆不和合不和合故於此般若波羅蜜多甚深義趣不能解了彼於般若波羅蜜多甚深義趣不能信受不能聽聞不能解了不能觀察造作增長匱正法業由此業故造作增長惡慧罪業由此業故聞深般若波羅蜜多毀謗猒捨善現當知是菩薩乘善男子等毀謗猒捨甚深般若波羅蜜多當知即爲毀謗猒捨三世諸佛一切智智由此因緣造作增長極重惡業由此業故墮大地獄經歷多時受諸劇苦謂彼宿習重惡業故覺慧善根皆悉微劣薄福德故自損損他於佛法僧雖成少分信愛樂欲而愚癡故不能思擇正法淺深自於大乘毀謗猒捨亦令新學正法有情於大乘教毀謗猒捨言深般若波羅蜜多非眞佛語不應修學彼既令他毀謗般若自於般若亦深毀謗彼既毀謗甚深般若於薩婆若亦深毀謗由深毀謗薩婆若力於佛法僧亦深毀謗因斯造作極

重惡業由此惡業增長因緣墮大地獄受諸劇苦多百千歲不得解脫彼罪重故於此世界從一大地獄至一大地獄乃至火劫水劫風劫未起已來受諸劇苦若此世界火水風劫隨一起時彼重惡業猶未盡故死已轉生他方世界與此同類大地獄中多百千歲受諸劇苦彼罪重故於他方界從一大地獄至一大地獄乃至火劫水劫風劫未起已來受諸劇苦若他方界火水風劫隨一起時彼重惡業猶未盡故死已轉生餘他方界與此同類大地獄中多百千歲受諸劇苦彼罪重故於餘方界從一大地獄至一大地獄乃至火劫水劫風劫未起已來受諸劇苦如是展轉遍歷十方大地獄中受諸劇苦若彼諸餘十方世界火劫水劫風劫起時彼重惡業猶未

盡故死已還生此堪忍界大地獄中從一大地獄至一大地獄乃至火劫水劫風劫未起已來受諸劇苦若此世界火水風劫隨一起時彼重惡業猶未盡故死已復生他餘世界遍歷十方大地獄中受諸劇苦如是輪迴經無數劫彼謗法罪業勢稍微從地獄出墮傍生趣如前展轉自界他方多劫輪迴受種種苦彼謗法罪業勢稍薄免傍生趣墮鬼趣中此界他方輪迴展轉受種種苦經無數劫彼謗法業餘勢將盡出餓鬼趣來生人中雖得爲人而居下賤盲聾瘖瘂多病貧窮醜陋頑愚人皆輕誚隨所生處少樂多苦嘗不聞有佛法僧名所以者何彼諸惡業謗三寶故受如是類圓滿苦果爾時舍利子白佛言世尊毀謗法罪與無間業此二惡行爲相似不爾

時佛告舍利子言勿謂此罪似無間業所以者何五無間業雖感重苦而不可比毀謗正法謂彼聞說甚深般若波羅蜜多毀謗拒逆言此般若波羅蜜多非眞佛語不應修學非法非律非大師教由此因緣其罪極重舍利子是謗法人自謗正法亦教他謗自壞其身亦令他壞自飲毒藥亦令他飲自失生天解脫樂果亦令他失自持其身足地獄火亦令他足自不信解甚深般若波羅蜜多亦教他人令不信解迷謬顛倒自沉苦海亦令他溺舍利子我於如是甚深般若波羅蜜多尚不欲令謗正法者聞其名字況爲彼宣說舍利子謗正法者我尚不聽住菩薩乘善男子等聞其名字況當眼見豈許共住舍利子謗正法者我尚不聽被服袈裟況受供養何以故舍利子諸有毀謗甚深般若波羅蜜多當知彼名壞正法者墮黑闇類如穢蝸螺自汙汙他如爛糞聚諸有信用壞法者言亦受如前所說大苦時舍利子復白佛言何緣如來不說如是壞正法者當墮惡趣所受形貌身量大小佛告舍利子止不應說壞正法者當來所受形貌身量所以者何我若具說彼趣形量彼聞驚怖當吐熱血便致命終或近死苦心頓憂惱如中毒箭身漸枯顇如被截苗恐彼聞說謗正法者當受如是大醜苦身徒自驚惶喪失身命我愍彼故不爲汝說時舍利子第二第三重請如來說彼形量明誡後世令知謗法獲大苦身不造斯罪爾時佛告舍利子言我前所說壞正法罪受惡趣苦足爲明誡當來自類善男子等聞我前說謗法罪

報寧捨身命終不謗法勿我未來當受斯苦爾時善現便白佛言諸有聰明善男子等聞佛所說謗正法人於當來世久受大苦應善護持身語意業所以者何勿我由此諸惡業故惡趣人中長時受苦世尊造作增長壞正法業豈不由習諸惡業耶佛告善現如是如是於我正法毗奈耶中當有愚癡諸出家者彼雖稱我爲其大師而於我說甚深般若波羅蜜多毀謗拒逆善現當知若有毀謗甚深般若則爲毀謗無上菩提若有毀謗無上菩提則爲毀謗一切智智若有毀謗一切智智則爲毀謗佛法僧寶若有毀謗佛法僧寶則便攝受無邊罪業若有攝受無邊罪業則便攝受無邊苦報具壽善現復白佛言彼愚癡人幾因緣故毀謗如是甚深般若波羅蜜多佛告善現由四因緣何等爲四一者爲諸邪魔所扇惑故二者於甚深法不信解故三者不勤精進躭著五蘊諸惡知識所攝受故四者多懷瞋恚樂行惡法好自高舉輕凌他故彼愚癡人由具如是四因緣故毀謗般若波羅蜜多由此當來受諸劇苦

大般若波羅蜜多經卷第五百四十四

音釋

呵毀　呵虎何切責也毀虎委切訾也　闇　烏紺切不明也　迷謬　謬靡幼切誤也　數聽　數色角切頻數也　匱　求位切乏也　劇苦　劇竭戟切甚也　盲聾　盲眉庚切目無童子也聾盧東切耳無聞也　瘖瘂　瘖於金切瘂倚下切瘖瘂並口不能言也　醜陋　醜齒九切惡也陋郎豆切鄙陋也　輕誚

誚才笑切以辭相責也

蝸螺 蝸公蛙切螺盧戈切蝸螺一名蝸虫以有兩角故名蝸牛即負殼蜒蚰也

枯顙 枯空胡切顙泰醉切枯顙謂枯槁顱顙也

躭著 躭都含切樂也著直畧切黏著也

瞋恚 瞋稱人切怒而張目也恚於避切恨怒也

大般若波羅蜜多經卷第五百四十五

唐三藏法師玄奘奉詔譯

第四分清淨品第八

爾時具壽善現復白佛言世尊諸愚癡人不勤精進具諸惡行薄少善根暗鈍無求少聞劣慧爲惡知識之所攝受不事善友不樂請問於諸勝善不勤修學聞佛所說甚深般若波羅蜜多實難信解佛告善現如是如是如汝所說爾時善現復白佛言如是般若波羅蜜多云何甚深難信難解佛告善現色非縛非解何以故色以無性爲自性故受想行識非縛非解何以故受想行識以無性爲自性故復次善現色前際非縛非解何以故色前際以無性爲自性故色後際非縛非解何以故色後際以無性爲自性故色中際非縛非解何以故色中際以無性爲自性故受想行識前際非縛非解何以故受想行識前際以無性爲自性故受想行識後際非縛非解何以故受想行識後際以無性爲自性故受想行識中際非縛非解何以故受想行識中際以無性爲自性故具壽善現復白佛言甚深般若波羅蜜多甚難信解甚深般若波羅蜜多極難信解佛告善現如是如是如汝所說所以者何善現色清淨即果清淨果清淨即色清淨何以故是色清淨與果清淨無二無二分無別無斷故受想行識清淨即果清淨果清淨即受想行識清淨何以故是受想行識清淨與果清淨無二無二分無別無斷故復次善現色清淨即一切智清淨一切智清淨即色清淨何以故是色清淨與一切智清

淨無二無二分無别無斷故受想行識清淨即一切智清淨一切智清淨即受想行識清淨何以故是受想行識清淨與一切智清淨無二無二分無别無斷故爾時舍利子白佛言世尊如是般若波羅蜜多最爲甚深佛言如是極清淨故舍利子言如是般若波羅蜜多甚能照了佛言如是極清淨故舍利子言如是般若波羅蜜多是大光明佛言如是極清淨故舍利子言如是般若波羅蜜多永不相續佛言如是極清淨故舍利子言如是般若波羅蜜多本無雜染佛言如是極清淨故舍利子言如是般若波羅蜜多無得無現觀佛言如是極清淨故舍利子言如是般若波羅蜜多無所生起佛言如是極清淨故舍利子言如是般若波羅蜜多畢竟不生佛言如是極清淨故舍利子言如是般若波羅蜜多不生欲界不生色界不生無色界佛言如是極清淨故舍利子言如是般若波羅蜜多無知無解佛言如是極清淨故舍利子言如是般若波羅蜜多於何等法無知無解佛言於色無知無解何以故極清淨故於受想行識無知無解何以故極清淨故舍利子言如是般若波羅蜜多於薩婆若無損無益佛言如是極清淨故舍利子言如是般若波羅蜜多於一切法無取無捨佛言如是極清淨故爾時善現亦白佛言我清淨故色清淨佛言如是畢竟淨故善現復言我清淨故受想行識清淨佛言如是畢竟淨故善現復言我清淨故果清淨佛言如是畢竟淨故善現復言我清淨故一切智清淨佛言如是畢竟淨故善

現復言我清淨故無得無現觀佛言如是畢竟淨故善現復言我無邊故色無邊佛言如是畢竟淨故善現復言我無邊故受想行識無邊佛言如是畢竟淨故善現復言若菩薩摩訶薩能如是覺是爲般若波羅蜜多佛言如是畢竟淨故善現復言如是般若波羅蜜多非此岸非彼岸非住中間佛言如是畢竟淨故善現復言若菩薩摩訶薩起如是想棄捨般若波羅蜜多遠離般若波羅蜜多佛告善現如是如是所以者何是菩薩摩訶薩著名著相具壽善現便白佛言甚奇世尊希有善逝善爲菩薩摩訶薩衆於深般若波羅蜜多開示分別究竟著相時舍利子問善現言云何菩薩摩訶薩於深般若波羅蜜多所起著相善現答言若菩薩摩訶薩於色謂空起空想著於受想行識謂空起空想著於過去法謂過去法起過去法想著於未來法謂未來法起未來法想著於現在法謂現在法起現在法想著謂菩薩乘善男子等初發心時生如是福亦名著相時天帝釋問善現言何緣如是名爲著相善現答言若謂此是大菩提心若執此是初菩提心迴向無上正等菩提是名著相憍尸迦心本性空不可迴向住菩薩乘善男子等若作是執我趣大乘諸如是等皆名著相是故菩薩摩訶薩衆欲於無上正等菩提示現勸導讚勵慶喜發趣大乘諸有情者應隨實相示現勸導讚勵慶喜彼諸有情若能如是示現勸導讚勵慶喜他有情者於自無損亦不損他是諸如來所應許可憍尸迦安住大乘善男子等若能如是示

現勸導讚勵慶喜趣菩薩乘諸有情者便能遠離一切執著爾時世尊讚善現曰善哉善哉汝今善能爲諸菩薩說執著相令諸菩薩覺知遠離復有此餘微細執著當爲汝說汝應諦聽極善作意善現白言唯然願說我等樂聞佛告善現安住大乘善男子等欲趣無上正等菩提於諸如來應正等覺以淨信心取相憶念隨所取相皆名執著所以者何諸取相者名執著故若於過去未來現在一切如來應正等覺諸無漏法深生隨喜復持如是隨喜善根與諸有情平等共有迴向無上正等菩提亦名執著所以者何諸法實性非過去非未來非現在遠離三世非離三世可能迴向離三世法不可取相不可攀緣亦無見聞覺知事故具壽善現便白佛言諸法實性最爲甚深佛言如是本性離故善現復言如是般若波羅蜜多本性甚深佛言如是本性淨故善現復言如是般若波羅蜜多本性清淨佛言如是本性離故善現復言如是般若波羅蜜多皆應敬禮佛言如是以一切法本性離故善現當知若一切法本性遠離即是般若波羅蜜多所以者何如來證覺諸法實性無造無作善現復言是故如來應正等覺於一切法無所證故名現等覺佛言如是以一切法一性非二善現當知諸法一性即是無性諸法無性即是一性如是諸法一性無性是本實性此本實性即是一相所謂無相是故善現一切如來應正等覺於一切法無所證故名現等覺所以者何諸法本性唯一無二善現當知諸法本性即非本性此非

本性即是本性能如是知即能遠離一切執著善現復言如是般若波羅蜜多難可覺知佛言如是無知者故善現復言如是般若波羅蜜多不可思議佛言如是非一切心所了知故善現復言如是般若波羅蜜多無所造作佛言如是以諸作者不可得故爾時具壽善現復白佛言世尊云何菩薩摩訶薩應行般若波羅蜜多佛告善現諸菩薩摩訶薩若不行色是行般若波羅蜜多若不行受想行識是行般若波羅蜜多復次善現諸菩薩摩訶薩若不行色空是行般若波羅蜜多若不行受想行識空是行般若波羅蜜多復次善現諸菩薩摩訶薩若不行色不圓滿相是行般若波羅蜜多若不行受想行識不圓滿相是行般若波羅蜜多所以者何色不圓滿即非色受想行識不圓滿即非受想行識若不如是行是行般若波羅蜜多爾時善現便白佛言希有世尊甚奇善逝於諸著中說無著相佛告善現諸菩薩摩訶薩若不行色無所著相是行般若波羅蜜多若不行受想行識無所著相是行般若波羅蜜多善現當知諸菩薩摩訶薩若能如是行深般若波羅蜜多於色不生著於受想行識不生著於預流果不生著於一來不還阿羅漢果不生著於獨覺菩提不生著於佛無上正等菩提不生著於薩婆若亦不生著所以者何無著無縛超過一切名薩婆若如是善現諸菩薩摩訶薩超一切著行深般若波羅蜜多具壽善現便白佛言希有世尊甚奇善逝如是般若波羅蜜多所證法性最爲甚深若說不說俱無增

滅佛告善現如是如是如汝所說譬如虛空假使諸佛盡其壽量或讚或毀而彼虛空無增無減甚深法性亦復如是若說不說俱無增減復次善現譬如幻士於讚毀時無喜無憂不增不減甚深法性亦復如是若說不說如本無異具壽善現復白佛言諸菩薩摩訶薩行深般若波羅蜜多甚爲難事謂深般若波羅蜜多若修不修無增無減無進無退諸菩薩摩訶薩修行般若波羅蜜多如修虛空都無所有謂於此中無法可得而勤修學乃至無上正等菩提常無退轉世尊諸菩薩摩訶薩我等有情皆應敬禮能被如是大功德鎧所以者何諸菩薩摩訶薩爲度有情被功德鎧譬如欲與虛空戰諍被堅固鎧世尊諸菩薩摩訶薩爲度有情被功德鎧如勇健者

欲拔虛空置高勝處世尊諸菩薩摩訶薩甚爲勇猛被功德鎧爲如虛空法界法性諸有情故欲趣無上正等菩提世尊諸菩薩摩訶薩得大精進波羅蜜多爲如虛空一切法故被功德鎧世尊諸菩薩摩訶薩甚爲希有爲如虛空諸有情類脫如虛空生死苦故得如虛空涅槃樂故被功德鎧爾時會中有一苾芻向佛合掌白言世尊我應敬禮甚深般若波羅蜜多謂此般若波羅蜜多無法可生無法可滅時天帝釋問善現言若菩薩摩訶薩欲學般若波羅蜜多當如何學善現答言若菩薩摩訶薩欲學般若波羅蜜多當如虛空精勤修學時天帝釋便白佛言若善男子善女人等於深般若波羅蜜多至心聽聞受持讀誦精勤修學如理思惟書寫解說廣令流

布我當守護令無損惱爾時善現告帝釋言汝見有法可守護不天帝釋言不也大德我不見法是可守護善現吉言若菩薩摩訶薩如深般若波羅蜜多所說而住即爲守護若離般若波羅蜜多人非人等欲爲損惱即得其便憍尸迦若欲守護行深般若波羅蜜多諸菩薩者不異有人發勤精進守護虛空若欲守護行深般若波羅蜜多諸菩薩者唐設劬勞都無所益憍尸迦於意云何有能守護谷響等不天帝釋言不也大德善現告言憍尸迦若欲守護行深般若波羅蜜多諸菩薩者亦復如是唐設劬勞都無所益憍尸迦諸菩薩摩訶薩行深般若波羅蜜多雖知諸法皆如響等而不觀見亦不顯示以一切法都無所有不可得故若菩薩摩訶薩能如是住是行般若波羅蜜多爾時世尊威神力故令此三千大千世界四大天王及天帝釋大梵王等一切天衆來詣佛所頂禮雙足却住一面以佛神力於十方界各見千佛宣說般若波羅蜜多義品名字皆同於此請說般若波羅蜜多苾芻衆首皆名善現問難般若波羅蜜多諸天衆首皆名帝釋爾時世尊告善現曰慈氏菩薩當證無上正等覺時即以此名亦於此處宣說般若波羅蜜多此賢劫中當來諸佛即以此名亦於此處宣說般若波羅蜜多

第四分讚歎品第九

爾時具壽善現便白佛言世尊如是般若波羅蜜多但有名字如是名字亦不可得但依語言假施設有是故般若波羅蜜多亦無所

有實不可得名字般若波羅蜜多如是二法展轉相似同無所有俱不可得何緣佛說慈氏菩薩當證無上正等覺時即以此名亦於此處宣說般若波羅蜜多佛告善現慈氏菩薩當證無上正等覺時不證色空不證受想行識空不證色縛不證受想行識縛不證色脫不證受想行識脫即以如是諸行狀相慈氏菩薩當證無上正等菩提即以此名亦於此處宣說般若波羅蜜多具壽善現復白佛言甚深般若波羅蜜多最爲清淨佛告善現色清淨故甚深般若波羅蜜多最爲清淨受想行識清淨故甚深般若波羅蜜多最爲清淨虛空清淨故甚深般若波羅蜜多最爲清淨色無染故甚深般若波羅蜜多最爲清淨受想行識無染故甚深般若波羅蜜多最爲清淨虛空無染故甚深般若波羅蜜多最爲清淨一切有染及無染法不可得故甚深般若波羅蜜多最爲清淨具壽善現復白佛言若善男子善女人等但聞如是甚深般若波羅蜜多功德名號尚爲獲得廣大善利況能受持讀誦修習書寫解說廣令流布是善男子善女人等終不橫死亦無橫病及諸殃禍常爲無量百千天神恭敬圍遶隨逐守護若善男子善女人等於黑白月各第八日第十四日第十五日在在處處讀誦講說甚深般若波羅蜜多當獲無邊功德勝利佛告善現如是如是如汝所說是善男子善女人等讀誦宣說甚深般若波羅蜜多無量天神常來恭敬圍遶守護所以者何甚深般若波羅蜜多是諸天人阿素洛等無上珍寶由此因緣

是善男子善女人等當獲無邊功德勝利復次善現甚深般若波羅蜜多聽聞受持讀誦書寫供養修學宣説等時多有邪魔爲作留難所以者何甚深般若波羅蜜多是大珍寶多諸怨賊譬如世間所貴珍寶隨所在處多諸怨賊善現當知甚深般若波羅蜜多是無上寶能與世間利益安樂復次善現甚深般若波羅蜜多於一切法不生不滅不成不壞不向不背不引不遣不取不捨不垢不淨不增不減不近不遠所以者何以一切法都無所有皆不可得善現當知甚深般若波羅蜜多於一切法無所得故非能染汙非所染汙所以者何無法不能染汙無法善現當知色無染汙故甚深般若波羅蜜多亦無染汙受想行識無染汙故甚深般若波羅蜜多亦無

染汙甚深般若波羅蜜多無染汙故色等諸法亦無染汙若於如是亦不分別是行般若波羅蜜多善現當知甚深般若波羅蜜多無分別故於一切法無取無捨無説無示無引無遣時有無量百千天子住虛空中歡喜踊躍互相慶慰同聲唱言我等今者於贍部洲見佛第二轉妙法輪爾時世尊告善現曰如是法輪非第一轉亦非第二所以者何甚深般若波羅蜜多於一切法不爲轉故不爲還故出現世間但以無性自性空故出現世間若菩薩摩訶薩能如是知無所分別是行般若波羅蜜多具壽善現便白佛言甚深般若波羅蜜多是爲廣大波羅蜜多達一切法自性空故雖達諸法自性皆空而諸菩薩摩訶薩依深般若波羅蜜多於一切法無縛無著

證得無上正等菩提轉妙法輪度有情衆雖證菩提而無所證證不證法不可得故雖轉法輪而無所轉轉法還法不可得故雖度有情而無所度見不見法不可得故世尊此大般若波羅蜜多甚深教中轉法輪事都不可得所以者何以於此中無法可顯無法可示無法可得無法可轉無法可還所以者何以一切法畢竟不生亦復不滅不生滅故無轉無還爾時世尊告善現曰如是如是所以者何非空無相無願法中可有能轉及能還法轉還性法不可得故若能如是宣說開示是名善淨宣說般若波羅蜜多此中都無說者受者所說受法既無說者受者及法諸能證者亦不可得無證者故亦無有能得涅槃者亦無說法作福田者福田無故福性亦空表示名言皆不可得故名廣大波羅蜜多爾時善現復白佛言甚深般若波羅蜜多是爲無邊波羅蜜多如太虛空無邊際故是爲無等波羅蜜多以一切法不可得故是爲遠離波羅蜜多畢竟空故是爲難伏波羅蜜多諸法性相不可得故是爲無跡波羅蜜多無往無來無形體故是爲無性波羅蜜多無往來故是爲無行波羅蜜多以一切法無動轉故是爲無奪波羅蜜多以一切法不可取故是爲無盡波羅蜜多與無盡法恒相應故是爲無生波羅蜜多以一切法不可生故是爲無作波羅蜜多以諸作者不可得故是爲無知波羅蜜多以一切法無知者故是爲無見波羅蜜多以一切法無見者故是爲無轉波羅蜜多以死生者不可得故是爲無壞波羅蜜多

前後中際不可得故是爲如幻波羅蜜多諸法無生無表示故是爲如夢波羅蜜多是諸意識平等性故是無雜染波羅蜜多以貪瞋癡無自性故是無所得波羅蜜多以所依止不可得故是無戲論波羅蜜多以一切法超思議故是無思慮波羅蜜多以一切法無動揺故是無動轉波羅蜜多住法界故是爲離染波羅蜜多以一切法不虚妄故是無等起波羅蜜多以一切法無分别故是爲寂靜波羅蜜多一切法相不可得故是無過失波羅蜜多修諸功德到彼岸故是無有情波羅蜜多證實際故是爲無斷波羅蜜多以一切法無等起故是爲如實波羅蜜多無分别故是無二邊波羅蜜多於一切法無執著故是無雜壞波羅蜜多以一切法不和合故是無取著波羅蜜多超諸聲聞獨覺地故是無尋伺波羅蜜多至尋伺法平等性故是爲無量波羅蜜多無量法故是爲無起波羅蜜多離我法故是無分别波羅蜜多是諸分别平等性故是不可得波羅蜜多至一切法真實性故是爲無著波羅蜜多於一切法皆無著故是爲無依波羅蜜多無所依故是爲不生波羅蜜多以一切法皆不生故是爲無常波羅蜜多以一切法常無性故是名爲苦波羅蜜多是逼惱法平等性故是爲無我波羅蜜多於一切法無執著故是名爲空波羅蜜多以一切法不可得故是爲無相波羅蜜多以一切法離諸相故是爲無願波羅蜜多無所成故是名爲力波羅蜜多以一切法不可屈故是無量佛法波羅蜜多過數量故是無所畏波

羅蜜多其心畢竟無怖畏故是爲眞如波羅蜜多是一切法無變性故是爲自然波羅蜜多以一切法無自性故是一切智智波羅蜜多知一切法無自性故佛言善現如是如是如汝所說

第四分總持品第十之一

時天帝釋作是念言若善男子善女人等但聞如是甚深般若波羅蜜多功德名號當知過去已曾供養無量如來應正等覺發弘誓願多種善根況能受持讀誦書寫如理思惟爲他演說或能隨力如教修行當知是人已於過去無量佛所親近供養多種善根曾聞般若波羅蜜多聞已受持思惟讀誦爲他演說如教修行或於此經能問能答由先福力令辦是事若善男子善女人等已曾供養無量如來應正等覺功德純淨聞深般若波羅蜜多其心不驚不恐不怖不憂不悔不退不沒爾時世尊知天帝釋心之所念即便告言如是如是如汝所念時舍利子知天帝釋心之所念便白佛言若善男子善女人等聞深般若波羅蜜多深生信解受持讀誦如理思惟書寫解說廣令流布如教修行當知是人如不退位諸大菩薩所以者何如是般若波羅蜜多義趣甚深難信難解若於前世不久修行甚深般若波羅蜜多不於佛前請問聽受不於佛所多種善根豈暫得聞甚深般若波羅蜜多即能信解世尊若善男子善女人等聞說般若波羅蜜多甚深義趣心不信解誹謗毀呰當知是人先世已於甚深般若波羅蜜多誹謗毀呰所以者何如是愚人善根

少故無正願故近惡友故聞說般若波羅蜜多甚深義趣由宿習力不信不樂心不清淨不忍不欲何以故如是愚人於過去世未曾親近諸佛菩薩及餘賢聖未曾請問如是般若波羅蜜多甚深義故爾時天帝釋謂舍利子言如是般若波羅蜜多義趣甚深極難信解諸有未久信樂修行甚深般若波羅蜜多聞說此中甚深義趣不能信解或生毀謗未爲希有時天帝釋復白佛言我今敬禮甚深般若波羅蜜多我若敬禮甚深般若波羅蜜多即爲敬禮一切智智爾時佛告天帝釋言如是如是如汝所說若能敬禮甚深般若波羅蜜多即爲敬禮一切智智何以故憍尸迦諸佛所得一切智智皆從般若波羅蜜多而得生故甚深般若波羅蜜多復由諸佛一切智智而得有故憍尸迦諸菩薩摩訶薩應如是行甚深般若波羅蜜多應如是住甚深般若波羅蜜多應如是學甚深般若波羅蜜多爾時天帝釋白佛言世尊諸菩薩摩訶薩云何行深般若波羅蜜多名住深般若波羅蜜多云何行深般若波羅蜜多名學深般若波羅蜜多爾時佛告天帝釋言善哉善哉乃能請問如是深義汝承佛力能問如來應正等覺如是深義憍尸迦諸菩薩摩訶薩行深般若波羅蜜多時若於色不住亦不住此是色是爲學色若於受想行識不住亦不住此是受想行識是爲學受想行識復次憍尸迦諸菩薩摩訶薩行深般若波羅蜜多時若於色不學亦不學此是色是不住色若於受想行識不學亦不學此是受想行識是不住受想

行識憍尸迦是名菩薩摩訶薩行深般若波羅蜜多亦名住深般若波羅蜜多亦名學深般若波羅蜜多時舍利子便白佛言如是般若波羅蜜多最爲甚深如是般若波羅蜜多難可測量如是般若波羅蜜多難可執取如是般若波羅蜜多無有限量爾時佛告舍利子言如是如是舍利子諸菩薩摩訶薩行深般若波羅蜜多時若於色甚深性不住亦不住此是色甚深性是名學色甚深性若於受想行識甚深性不住亦不住此是受想行識甚深性是名學受想行識甚深性復次舍利子諸菩薩摩訶薩行深般若波羅蜜多時若於色甚深性不學亦不學此是色甚深性是名不住色甚深性若於受想行識甚深性不學亦不學此是受想行識甚深性是名不住受想行識甚深性時舍利子復白佛言如是般若波羅蜜多既最甚深難可測量難可執取無有限量則難信解但應爲彼不退轉位諸菩薩說所以者何彼聞如是甚深般若波羅蜜多心不驚惶恐怖疑惑不生毀謗深心信解時天帝釋便問具壽舍利子言若有爲彼未得受記諸菩薩說甚深般若波羅蜜多當有何失時舍利子告帝釋言彼聞驚惶恐怖疑惑不能信解或生毀謗由斯造作增長能感墮惡趣業沒三惡趣久受大苦難證無上正等菩提是故不應爲彼宣說甚深般若波羅蜜多天帝釋言頗有菩薩未得受記聞深般若波羅蜜多心不驚惶恐怖疑惑不生毀謗深信解不舍利子言有憍尸迦是菩薩摩訶薩久發無上正等覺心久修菩薩摩訶

薩行不久當受大菩提記憍尸迦若菩薩摩訶薩聞深般若波羅蜜多心不驚惶恐怖疑惑不生毀謗深信解者當知是菩薩摩訶薩已受無上大菩提記設未受者不過一佛或二佛所定當得受大菩提記爾時佛告舍利子言如是如是如汝所說舍利子若菩薩摩訶薩久學大乘久發大願久修大行供養多佛事多善友善根成熟聞深般若波羅蜜多心不驚惶恐怖疑惑深心信解常樂聽聞受持讀誦恭敬供養如理思惟爲他演說或復書寫如說修行恒無懈倦舍利子是菩薩摩訶薩由此因緣隨所生處常見諸佛恒聞正法供養恭敬尊重讚歎隨所見佛皆爲受記無空過者時舍利子便白佛言我今樂說少分譬喻惟願聽許爾時佛告舍利子言隨汝意說時舍利子白言世尊如住大乘善男子等夢見自坐妙菩提座當知是人近證無上正等菩提如是若有善男子等得聞般若波羅蜜多深心信敬受持讀誦精勤修學如理思惟書寫解說廣令流布當知是人久學大乘善根成熟或已得受大菩提記或近當受大菩提記疾證無上正等菩提世尊譬如有人遊涉曠野經過嶮道百踰繕那或二或三或四五百見諸城邑王都前相謂放牧人園林田等見是相已便作是念城邑王都去此非遠作是念已身意泰然不畏惡獸惡賊飢渴住菩薩乘善男子等亦復如是若聞般若波羅蜜多深心信敬受持讀誦精勤修學如理思惟書寫解說廣令流布當知是人不久得受大菩提記疾證無上正等菩提無墮聲

聞獨覺地畏何以故已得見聞供養恭敬甚深般若波羅蜜多無上菩提之前相故世尊譬如有人欲觀大海漸次往趣經歷多時不見山林便作是念今覩此相大海非遠所以者何近大海岸地必漸下無諸山林彼人爾時雖未見海而見近相歡喜踊躍住菩薩乘善男子等亦復如是若得聞此甚深般若波羅蜜多深生信敬受持讀誦精勤修學如理思惟書寫解說廣令流布當知是人不久得受大菩提記疾證無上正等菩提何以故已得聞此甚深般若波羅蜜多無上菩提之前相故世尊譬如春時華果樹等故葉已墮枝條滋潤衆人見之咸作是念新華果葉當出非久所以者何此諸樹等新華果葉先相現故住菩薩乘善男子等亦復如是若得聞此甚深般若波羅蜜多深心信敬受持讀誦精勤修學如理思惟書寫解說廣令流布當知是人不久得受大菩提記疾證無上正等菩提世尊譬如女人懷孕漸久其身轉重動止不安飲食睡眠悉皆減少不喜多語猒常所作受苦痛故衆事頓息有異母人見是相已即知此女不久產生住菩薩乘善男子等亦復如是若得聞此甚深般若波羅蜜多深心信敬受持讀誦精勤修學如理思惟書寫解說廣令流布當知是人不久得受大菩提記疾證無上正等菩提轉妙法輪度有情衆爾時佛讚舍利子言善哉善哉汝能善說菩薩譬喻當知皆是如來神力

大般若波羅蜜多經卷第五百四十五

音釋

鎧可亥切甲也　踴躍踴戸竦切躍弋約切　尋伺伺相吏切尋伺謂尋求伺察也　誹謗誹敷尾切非議也謗補曠切訕也　嶮道嶮虛檢切危也　踰繕那梵語也亦名由旬此云限量如此方一驛地踰音俞繕時戰切

大般若波羅蜜多經卷第五百四十六

唐三藏法師玄奘奉　詔譯

第四分總持品第十之二

爾時具壽善現便白佛言世尊希有如來應正等覺善分別說諸菩薩事佛告善現如是如是所以者何諸菩薩摩訶薩爲欲利樂多衆生故哀愍世間大衆生故憐愍人天令獲大義利樂事故求證無上正等菩提爲諸有情說無上法爾時善現復白佛言諸菩薩摩訶薩成就無邊大功德聚爲欲饒益諸有情故行深般若波羅蜜多云何菩薩摩訶薩修行般若波羅蜜多疾得圓滿佛告善現若菩薩摩訶薩行深般若波羅蜜多時不見色增而行般若波羅蜜多不見受想行識增而行般若波羅蜜多不見色減而行般若波羅蜜多不見受想行識減而行般若波羅蜜多不見是法而行般若波羅蜜多不見非法而行般若波羅蜜多是菩薩摩訶薩修行般若波羅蜜多疾得圓滿具壽善現復白佛言如來所說不可思議佛告善現如是如是色不可思議故如來所說不可思議受想行識不可思議故如來所說不可思議若菩薩摩訶薩行深般若波羅蜜多雖如實知色不可思議而不起不可思議想修行般若波羅蜜多雖如實知受想行識不可思議而不起不可思議想修行般若波羅蜜多是菩薩摩訶薩修行般若波羅蜜多疾得圓滿時舍利子便白佛言如是般若波羅蜜多義趣甚深誰能信解爾時佛告舍利子言若菩薩摩訶薩久修大行於深般若波羅蜜多能生信解時舍利

子復白佛言齊何應知是菩薩摩訶薩久修大行於得久修大行名號爾時佛告舍利子言若菩薩摩訶薩行深般若波羅蜜多時不分別如來十力不分別四無所畏不分別十八佛不共法不分別一切智不分別一切相智所以者何如來十力四無所畏十八佛不共法一切智一切相智皆不可思議一切法亦不可思議舍利子若菩薩摩訶薩如是行者都無處行是行般若波羅蜜多舍利子齊此應知是菩薩摩訶薩久修大行乃得久修大行名號具壽善現便白佛言如是般若波羅蜜多最爲甚深如是般若波羅蜜多是大寶聚如是般若波羅蜜多是清淨聚如太虛空極清淨故佛告善現如是如是爾時善現復白佛言希有世尊如是般若波羅蜜多以最甚深多諸留難而今廣說留難不生佛告善現如是如是佛神力故留難不起是故大乘善男子等於深般若波羅蜜多若欲書寫受持讀誦修習思惟爲他演說應疾書寫乃至演說所以者何甚深般若波羅蜜多多諸留難勿令書寫乃至演說不得究竟善現當知如是大乘善男子等若欲一月乃至一歲書寫受持讀誦修習思惟演說甚深般若波羅蜜多能究竟者應勤精進繫念書寫乃至演說經爾所時令得究竟何以故甚深般若波羅蜜多大寶神珠多留難故爾時善現復白佛言希有世尊甚深般若波羅蜜多大寶神珠多諸留難而有書寫受持讀誦修習思惟爲他說者惡魔於彼而作留難令不書寫乃至演說佛告善現惡魔於此甚深般若波

羅蜜多雖常伺求欲作留難令不書寫乃至演說而彼無力可能留難令彼菩薩所作不成時舍利子即白佛言是誰神力令彼惡魔不能留難彼諸菩薩書寫等事爾時佛告舍利子言是佛神力令彼惡魔不能留難彼諸菩薩書寫等事又舍利子亦是十方一切世界諸佛神力令彼惡魔不能留難彼諸菩薩書寫等事又舍利子一切如來應正等覺皆共護念行深般若波羅蜜多諸菩薩故令彼惡魔不能留難何以故舍利子諸佛世尊皆共護念行深般若波羅蜜多諸菩薩衆所作善業令彼惡魔不能留難又舍利子若諸菩薩於深般若波羅蜜多書寫受持讀誦修習思惟演說法爾應爲十方世界一切如來應正等覺現說法者之所護念若蒙諸佛所護念者惡魔法爾不能留難又舍利子若有淨信善男子等於深般若波羅蜜多書寫受持讀誦修習思惟演說應作是念我今書寫乃至演說甚深般若波羅蜜多皆是十方一切世界諸佛世尊神力護念時舍利子復白佛言若菩薩乘善男子等於深般若波羅蜜多書寫受持讀誦修習思惟演說皆是十方諸佛神力慈悲護念令彼所作殊勝善業惡魔眷屬不能留難爾時佛告舍利子言如是如是如汝所說時舍利子復白佛言若菩薩乘善男子等於深般若波羅蜜多書寫受持讀誦修習思惟演說十方世界諸佛世尊皆共識知歡喜護念十方世界諸佛世尊恒以佛眼皆共觀見慈悲護念令彼所修無不成就爾時佛告舍利子言如是如是如汝所說若

菩薩乘善男子等於深般若波羅蜜多書寫受持讀誦修習思惟演説恒爲十方一切世界諸佛世尊佛眼觀見識知護念令諸惡魔不能娆惱所作善業皆疾成就又舍利子住菩薩乘善男子等若能於此甚深般若波羅蜜多書寫受持讀誦修習思惟演説當知已近無上菩提諸惡魔怨不能留難又舍利子住菩薩乘善男子等若能書寫甚深般若波羅蜜多種種莊嚴受持讀誦供養恭敬常爲如來佛眼觀見識知護念由此因緣定當獲得大財大利大果大報乃至當得不退轉地常不遠離諸佛菩薩恒聞正法不墮惡趣生天人中受諸妙樂何以故舍利子甚深般若波羅蜜多令諸有情如實通達諸法勝義現在未來能引種種利樂事故又舍利子甚深

般若波羅蜜多相應經典我涅槃後至東南方漸當興盛彼方多有住菩薩乘善男子等能於如是甚深般若波羅蜜多相應經典深心信樂書寫受持讀誦修習思惟演説供養恭敬尊重讚歎如是經典我涅槃後從東南方轉至南方漸當興盛彼方多有住菩薩乘善男子等能於如是甚深般若波羅蜜多相應經典深心信樂書寫受持讀誦修習思惟演説供養恭敬尊重讚歎如是經典我涅槃後復從南方至西南方漸當興盛彼方多有住菩薩乘善男子等能於如是甚深般若波羅蜜多相應經典深心信樂書寫受持讀誦修習思惟演説供養恭敬尊重讚歎如是經典我涅槃後從西南方至西北方漸當興盛彼方多有住菩薩乘善男子等能於如是甚

深般若波羅蜜多相應經典深心信樂書寫受持讀誦修習思惟演說供養恭敬尊重讚歎如是經典我涅槃後從西北方轉至北方漸當興盛彼方多有住菩薩乘善男子等能於如是甚深般若波羅蜜多相應經典深心信樂書寫受持讀誦修習思惟演說供養恭敬尊重讚歎如是經典我涅槃後復從北方至東北方漸當興盛彼方多有住菩薩乘善男子等能於如是甚深般若波羅蜜多相應經典深心信樂書寫受持讀誦修習思惟演說供養恭敬尊重讚歎又舍利子我涅槃已後時後分後五百歲甚深般若波羅蜜多相應經典於東北方大爲佛事何以故舍利子甚深般若波羅蜜多相應經典一切如來共所尊重一切如來共所護念令於彼方經久不滅又舍利子非佛所得法毗柰耶無上正法有滅沒相諸佛所得法毗柰耶無上正法即是般若波羅蜜多相應經典又舍利子彼東北方住菩薩乘善男子等有能於此甚深般若波羅蜜多相應經典深心信樂書寫受持讀誦修習思惟演說供養恭敬尊重讚歎我等諸佛常以佛眼觀見護念令無損惱現在未來身心安樂時舍利子便白佛言甚深般若波羅蜜多相應經典佛涅槃已後時後分後五百歲於東北方廣流布耶爾時佛告舍利子言如是如是舍利子我涅槃已後時後分後五百歲彼東北方住菩薩乘善男子等若得聞此甚深般若波羅蜜多相應經典深心信樂書寫受持讀誦修習思惟演說供養恭敬尊重讚歎當知彼人久發無上正等

覺心久修菩薩摩訶薩行供養多佛事多善友久多修習身戒心慧所種善根皆已成熟由斯福力得聞如是甚深般若波羅蜜多相應經典深心信樂復能書寫受持讀誦精勤修學如理思惟廣爲有情開示分別時舍利子復白佛言佛涅槃已後時後分後五百歲法欲滅時於東北方當有幾許住菩薩乘善男子等得聞如是甚深般若波羅蜜多相應經典深心信樂復能書寫受持讀誦修習思惟爲他演說供養恭敬尊重讚歎爾時佛告舍利子言我涅槃已後時後分後五百歲法欲滅時於東北方雖有無量住菩薩乘善男子等而少得聞甚深般若波羅蜜多相應經典深心信樂復能書寫受持讀誦修習思惟爲他演說供養恭敬尊重讚歎又舍利子住菩薩乘善男子等聞說如是甚深般若波羅蜜多相應經典心不沉没不驚不怖深生信樂書寫受持讀誦修習思惟演說供養恭敬尊重讚歎當知是人已曾親近供養恭敬尊重讚歎無量如來應正等覺及諸菩薩請問般若波羅蜜多甚深義趣又舍利子是菩薩乘善男子等不久定當圓滿菩薩摩訶薩道一切如來所護念故無量善友所攝受故殊勝善根所任持故爲欲饒益多衆生故疾證無上正等菩提何以故舍利子我常爲彼住菩薩乘善男子等說一切智相應之法過去如來亦常爲彼說一切智相應之法由此因縁彼當來世常能修習一切智智相應正行速趣無上正等菩提亦能爲他如應說法令趣無上正等菩提於一切時身心安定諸惡

魔王及彼眷屬尚不能壞求趣無上正等覺心何況其餘樂行惡者毀謗般若波羅蜜多能阻其心令不精進求趣無上正等菩提所以者何彼於無上正等菩提勇猛正勤極堅牢故又舍利子住菩薩乘善男子等聞說如是甚深般若波羅蜜多心得廣大清淨喜樂亦能安立無量有情於勝善法令趣無上正等菩提何以故舍利子是菩薩乘善男子等令於我前發弘誓願我當安立無量百千諸有情類令發無上正等覺心修諸菩薩摩訶薩行示現勸導讚勵慶喜令於無上正等菩提乃至得受不退轉記我於彼願深生隨喜何以故舍利子我觀彼人所發弘願心語相應彼於當來定能安立無量百千諸有情類令發無上正等覺心修諸菩薩摩訶薩行示現勸導讚勵慶喜令於無上正等菩提乃至得受不退轉記是菩薩乘善男子等亦於過去無量佛前發弘誓願我當安立無量百千諸有情類令發無上正等覺心修諸菩薩摩訶薩行示現勸導讚勵慶喜令於無上正等菩提乃至得受不退轉記過去如來應正等覺亦於彼願深生隨喜何以故舍利子過去諸佛亦觀如是住菩薩乘善男子等所發弘願心語相應彼於當來定能安立無量百千諸有情類令發無上正等覺心修諸菩薩摩訶薩行示現勸導讚勵慶喜令於無上正等菩提乃至得受不退轉記是菩薩乘善男子等信解廣大修廣大行願生他方諸佛國土現有如來應正等覺宣說如是甚深般若波羅蜜多無上法處彼聞如是甚深般若波羅

蜜多無上法已復能安立彼佛土中無量百千諸有情類令發無上正等覺心修諸菩薩摩訶薩行示現勸導讃勵慶喜令於無上正等菩提得不退轉時舍利子即白佛言希有世尊佛於過去未來現在所有諸法無不證知無不覺了於諸有情心行差別無不證知無不覺了於三世佛菩薩聲聞及佛土等無不證知無不覺了世尊若菩薩摩訶薩能於如是甚深般若波羅蜜多至心聽聞受持讀誦精勤修學如理思惟書寫解說廣令流布是菩薩摩訶薩於當來世若於般若波羅蜜多相應經典勇猛精進常求不息彼於般若波羅蜜多相應經典爲有得時不得時不爾時佛告舍利子言如是如是佛於一切無不證知無不覺了是菩薩摩訶薩常於般若波羅蜜多相應經典勇猛精進欣求不息一切時得無不得時何以故舍利子是菩薩摩訶薩常於般若波羅蜜多相應經典欣求不息諸佛菩薩常護念故時舍利子復白佛言是菩薩摩訶薩爲但於此甚深般若波羅蜜多相應經典勇猛精進欣求不息一切時得無不得時爲於餘經亦能常得爾時佛告舍利子言若菩薩摩訶薩常於般若波羅蜜多相應經典勇猛信求不顧身命有時不得諸餘經典無有是處何以故舍利子是菩薩摩訶薩爲求無上正等菩提示現勸導讃勵慶喜諸有情類令於般若波羅蜜多相應經典及餘經典受持讀誦思惟修學由此善根隨所生處法爾常得甚深般若波羅蜜多空相應經及餘經典受持讀誦

第四分魔事品第十一之一

爾時善現便白佛言世尊已說住菩薩乘善男子等修功德時多有留難何等名爲諸留難事佛告善現留難事者謂諸魔事具壽善現復白佛言云何名爲菩薩魔事佛告善現若菩薩摩訶薩欲宣說般若波羅蜜多時或說法要辯久乃生或說法要辯乃卒起或說法要辯過量生或所欲說未盡便止或說法要言詞亂雜或說法要言詞間斷或說法時諸横事起令所欲說不遂本心當知是爲菩薩魔事復次善現若菩薩摩訶薩書寫般若波羅蜜多甚深經時或頻申欠呿或互相嗤笑或更相輕陵或身心躁擾或失念散亂或文句顛倒或迷惑義理或不得滋味心生猒捨或横事卒起或互相乖諍由此等事書寫不終當知是爲菩薩魔事復次善現若菩薩摩訶薩受持讀誦思惟修習說聽般若波羅蜜多甚深經時或頻申欠呿或互相嗤笑或更相輕陵或身心躁擾或失念散亂或文句顛倒或迷惑義理或不得滋味心生猒捨或横事卒起或互相乖諍由此等事所作不成當知是爲菩薩魔事復次善現若菩薩摩訶薩聞說般若波羅蜜多甚深經時或作是念我於此中不得受記何用聽爲或作是念此中不說我之名字何用聽爲或作是念此中不說我之生處城邑聚落何用聽爲由此等緣心不清淨即從座起猒捨而去無顧戀心當知是爲菩薩魔事善現當知若菩薩摩訶薩聞說般若波羅蜜多甚深經時心不清淨猒捨去者隨彼所起不清淨心猒捨此經舉

步多少便滅爾許劫數功德獲爾許劫障菩提罪受彼罪已更爾許時發勤精進修諸菩薩難行苦行方可復本是故名爲菩薩魔事復次善現若菩薩摩訶薩棄捨能引一切智智甚深般若波羅蜜多相應經典學不能引一切智智隨順二乘諸餘經典棄捨根本而攀枝葉當知是爲菩薩魔事所以者何甚深般若波羅蜜多相應經典能生菩薩摩訶薩衆世出世間殊勝功德由斯能引一切智智有大勢用譬如樹根諸餘經典無如是用譬如枝葉無勝功能若菩薩乘善男子等修學如是甚深般若波羅蜜多相應經典即爲修學一切菩薩摩訶薩衆世出世間殊勝功德速能引發一切智智若菩薩乘善男子等棄捨如是甚深般若波羅蜜多相應經典求學二乘相應經典即爲棄捨一切菩薩摩訶薩衆世出世間殊勝功德終不能得一切智智是菩薩乘善男子等福慧狹少棄本求末是故名爲菩薩魔事善現當知如癡餓狗棄捨主食反從僕隸而求索之於當來世有菩薩乘善男子等棄捨一切智智根本甚深般若波羅蜜多相應經典求學二乘相應經典亦復如是所以者何是菩薩乘善男子等覺慧闇鈍棄捨能引一切智智甚深般若波羅蜜多相應經典求學能引聲聞獨覺功德經典定不能得一切智智所以者何聲聞獨覺相應經典但爲自身調伏寂靜出生死苦得涅槃樂精勤修學如是經典所引善根究竟唯得住二乘地自利圓滿甚深般若波羅蜜多相應經典普爲濟拔一切有情出生死苦得

涅槃樂精勤修學如是經典所引善根究竟能得一切智智利益安樂一切有情復次善現譬如有人欲觀香象身量大小形顯勝劣得而不覩反尋其跡於意云何彼人黠不善現對曰不也世尊佛告善現於當來世有菩薩乘善男子等棄捨一切智智根本甚深般若波羅蜜多相應經典求學二乘相應經典於中望得一切智智亦復如是復次善現譬如有人爲珍寶故求趣大海既至海岸不入大海反觀牛跡作是念言大海中水其量深廣豈及此耶此中亦應有諸珍寶於意云何彼人黠不善現對曰不也世尊佛告善現於當來世有菩薩乘善男子等棄捨一切智智根本甚深般若波羅蜜多相應經典求學二乘相應經典於中望得一切智智亦復如是所以者何精勤修學二乘經典究竟唯能得預流果展轉乃至獨覺菩提必不能得一切智智故菩薩乘善男子等欲疾證得一切智智應學般若波羅蜜多不應求學二乘經典何以故甚深般若波羅蜜多定是一切智智根本二乘經典如枝葉故復次善現如有工匠或彼弟子欲造大殿如天帝釋殊勝殿量見彼殿已而反規模日月宮殿於意云何如是工匠或彼弟子能造大殿量如帝釋殊勝殿不善現對曰不也世尊佛告善現彼人黠不善現答言彼人非黠佛告善現於當來世有菩薩乘善男子等得深般若波羅蜜多捨而求學二乘經典欲證無上正等菩提利樂有情亦復如是當知彼是愚癡品類復次善現如有欲見轉輪聖王見已不識捨至餘處

見小國王覲其形相作如是念轉輪聖王形相威德豈勝於此於意云何彼人黠不善現對曰不也世尊佛告善現於當來世有菩薩乘善男子等欲趣無上正等菩提轉妙法輪度有情衆棄深般若波羅蜜多求學二乘相應經典言彼經典與此何異何用彼爲彼由此緣定不能得一切智智所以者何甚深般若波羅蜜多相應經典種種方便示現勸導讚勵慶喜住菩薩乘善男子等令於無上正等菩提得不退轉捨而求學二乘經典當知彼人亦復如是何以故精勤修學二乘經典定於佛果不能證故復次善現如有飢人得百味食棄而求噉兩月穀飯於意云何彼人黠不善現對曰不也世尊佛告善現於當來世有菩薩乘善男子等亦復如是求趣無上正等菩提棄深般若波羅蜜多求學二乘相應經典於中欲覓一切智智徒設劬勞終不能得復次善現如有貧人得無價寶棄而翻取迦遮末尼於意云何彼人黠不善現對曰不也世尊佛告善現於當來世有菩薩乘善男子等亦復如是求趣無上正等菩提棄深般若波羅蜜多求學二乘相應經典於中欲覓一切智智徒設劬勞終不能得復次善現住菩薩乘善男子等若正書寫受持讀誦思惟修習甚深般若波羅蜜多相應經時衆辯卒起樂說種種差別法門令書寫等不得究竟當知是爲菩薩魔事具壽善現便白佛言甚深般若波羅蜜多可書寫不世尊告曰不也善現若菩薩乘善男子等書寫如是甚深般若波羅蜜多相應經時作如是念我以文

字書寫般若波羅蜜多如是文字即是般若波羅蜜多或依文字執著般若波羅蜜多當知是爲菩薩魔事復次善現住菩薩乘善男子等書寫受持讀誦修習思惟演說甚深般若波羅蜜多相應經時或念國土或念城邑或念王都或念方處或念師友或念父母或念妻子或念兄弟或念姊妹或念親戚或念朋侶或念王臣或念盜賊或念猛獸或念惡人或念惡鬼或念衆集或念遊戲或念音樂或念報怨或念報恩或念飲食衣服卧具或念諸餘資身什物或念製造文頌書論或念時節寒熱豐儉或念象馬水火等事或念諸餘所作事業當知皆是菩薩魔事魔以此事擾亂菩薩令書寫等皆不得成菩薩覺知皆應遠離復次善現住菩薩乘善男子等書寫受持讀誦修習思惟演說甚深般若波羅蜜多相應經時得大名利恭敬供養彼由此緣廢所作業當知亦是菩薩魔事菩薩覺知皆應猒捨復次善現住菩薩乘善男子等書寫受持讀誦修習思惟演說甚深般若波羅蜜多相應經時惡魔化作苾芻等像執持種種世俗書論或復二乘相應經典詐現親友授與菩薩告菩薩言如是經典義味深奥應勤修學捨所習經此菩薩乘善男子等方便善巧不應受著惡魔所授世俗書論或復二乘相應經典所以者何世俗書論二乘經典不能引發一切智智非趣無上正等菩提無倒方便乃於無上正等菩提極爲障礙善現當知甚深般若波羅蜜多相應經中廣說菩薩摩訶薩道方便善巧若於此中精勤修學速

能證得一切智智若菩薩乘善男子等無巧便故近惡友故棄深般若波羅蜜多受學惡魔世俗書論二乘經典當知是爲菩薩魔事復次善現能聽法者樂聽樂問書寫受持讀誦修習甚深般若波羅蜜多能說法者著樂懈怠不欲爲說亦不施與甚深般若波羅蜜多當知是爲菩薩魔事復次善現能說法者心不著樂亦不懈怠樂說樂施甚深般若波羅蜜多方便勸勵書寫受持讀誦修習能聽法者懈怠著樂不欲聽受乃至修習當知是爲菩薩魔事復次善現能聽法者具念慧力樂聽樂問書寫受持讀誦修習甚深般若波羅蜜多能說法者欲往他方不獲教授當知是爲菩薩魔事復次善現能說法者樂說樂施甚深般若波羅蜜多方便勸勵書寫受持讀誦修習能聽法者欲往他方不獲聽受當知是爲菩薩魔事復次善現能說法者具大惡欲愛重名利衣服飲食卧具醫藥及餘資財供養恭敬心無猒足能聽法者少欲喜足修遠離行勇猛正勤具念定慧猒怖利養恭敬名譽或具嫉慳不能捨施兩不和合不獲教授聽受書持讀誦修習甚深般若波羅蜜多當知是爲菩薩魔事復次善現能說法者少欲喜足修遠離行勇猛正勤具念定慧猒怖利養恭敬名譽或具嫉慳不能捨施能聽法者具大惡欲愛重名利衣服飲食卧具醫藥及餘資財供養恭敬心無猒足兩不和合不獲教授聽受書持讀誦修習甚深般若波羅蜜多當知是爲菩薩魔事復次善現能說法者有信有戒受行十二杜多功德樂爲他

說甚深般若波羅蜜多方便勸勵書寫受持讀誦修習能聽法者無信無戒亦無十二杜多功德兩不和合不獲教授聽受書持讀誦修習甚深般若波羅蜜多當知是爲菩薩魔事復次善現能聽法者有信有戒受行十二杜多功德樂聽樂問書寫受持讀誦修習甚深般若波羅蜜多能說法者無信無戒亦無十二杜多功德不欲教授兩不和合不獲說聽書寫受持讀誦修習甚深般若波羅蜜多當知是爲菩薩魔事復次善現能說法者心無慳悋一切能捨能聽法者心有慳悋不能捨施或上相違兩不和合不獲教授聽受書持讀誦修習甚深般若波羅蜜多當知是爲菩薩魔事復次善現能聽法者欲求供養能說法者衣服飲食卧具醫藥及餘資財能說法者不樂受用或上相違兩不和合不獲教授聽受書持讀誦修習甚深般若波羅蜜多當知是爲菩薩魔事復次善現能說法者成就開智不樂廣說能聽法者成就演智不樂略說或上相違兩不和合不獲教授聽受書持讀誦修習甚深般若波羅蜜多當知是爲菩薩魔事復次善現能說法者專樂廣知十二分教次第法義能聽法者不樂廣知十二分教次第法義或上相違兩不和合不獲教授聽受書持讀誦修習甚深般若波羅蜜多當知是爲菩薩魔事復次善現能說法者成就六種波羅蜜多方便善巧得陀羅尼能聽法者無知是德或上相違兩不和合不獲教授聽受書持讀誦修習甚深般若波羅蜜多當知是爲菩薩魔事復次善現能說法者欲

令恭敬書寫受持讀誦修習甚深般若波羅蜜多能聽法者不隨其意或上相違兩不和合不獲教授聽受書持讀誦修習甚深般若波羅蜜多當知是爲菩薩魔事復次善現能說法者已離慳垢已離五蓋能聽法者未離慳垢未離五蓋或上相違兩不和合不獲教授聽受書持讀誦修習甚深般若波羅蜜多當知是爲菩薩魔事復次善現能聽法者有信樂心欲了深義而說法者於此經中未甚純熟不能決了能聽法者不樂聽聞由是因緣不得書寫受持讀誦思惟修習當知是爲菩薩魔事復次善現能說法者心樂爲說能聽法者不樂聽聞或上相違兩不和合不獲說聽書寫受持讀誦修習甚深般若波羅蜜多當知是爲菩薩魔事復次善現能說法者雖樂說法而身沉重衆病所纏不能爲說或聽法者雖樂聽法而身沉重衆病所纏不能聽受兩不和合不獲教授聽受書持讀誦修習甚深般若波羅蜜多當知是爲菩薩魔事復次善現有菩薩乘善男子等書寫受持讀誦修習思惟演說甚深般若波羅蜜多相應經時若有人來說諸惡趣種種苦事因復告言汝於此身應勤精進速盡苦際入般涅槃何用稽留生死大海受百千種難忍苦事求趣無上正等菩提彼由此言於所書寫受持讀誦修習思惟演說如是甚深般若波羅蜜多不得究竟當知是爲菩薩魔事復次善現有菩薩乘善男子等書寫受持讀誦修習思惟演說甚深般若波羅蜜多相應經時若有人來讚說人趣種種勝事讚說諸天長壽安

樂因而告曰雖於欲界受諸欲樂於色界中受靜慮樂於無色界受等至樂而彼皆是無常苦空無我不淨變壞之法謝法離法盡法滅法汝於此身何不精進取預流果展轉乃至獨覺菩提入般涅槃畢竟安樂何用久處生死輪迴無事爲他受諸勤苦求趣無上正等菩提彼由此言於所書寫受持讀誦修習思惟演說如是甚深般若波羅蜜多不得究竟當知是爲菩薩魔事復次善現能說法者一身無繫專修己事不憂他業能聽法者好領徒衆樂營他事不憂自業或上相違兩不和合不獲教授聽受書持讀誦修習甚深般若波羅蜜多當知是爲菩薩魔事復次善現能說法者不樂喧雜能聽法者樂處喧雜或上相違兩不和合不獲教授聽受書持讀誦修習甚深般若波羅蜜多當知是爲菩薩魔事復次善現能說法者欲令聽者於我所爲悉皆隨助能聽法者不隨其欲或上相違兩不和合不獲教授聽受書持讀誦修習甚深般若波羅蜜多當知是爲菩薩魔事復次善現能說法者爲名利故欲爲他說復欲令彼書寫受持讀誦修習甚深般若波羅蜜多能聽法者知其所爲不欲從受或能聽者爲名利故欲請他說復欲方便書寫受持讀誦修習甚深般若波羅蜜多能說法者知其所爲而不隨請兩不和合不獲教授聽受書持讀誦修習甚深般若波羅蜜多當知是爲菩薩魔事復次善現能說法者欲往他方危身命處能聽法者恐失身命不欲隨往或能聽者欲往他方危身命處能說法者恐失身命不

欲共往兩不和合不獲教授聽受書持讀誦修習甚深般若波羅蜜多當知是爲菩薩魔事復次善現能說法者欲往他方多賊疾疫飢渴國土能聽法者慮彼艱辛不肯隨往或能聽者欲往他方多賊疾疫飢渴國土能說法者慮彼艱辛不肯共往兩不和合不獲教授聽受書持讀誦修習甚深般若波羅蜜多當知是爲菩薩魔事

大般若波羅蜜多經卷第五百四十六

音釋

嬈惱 嬈乃了切戲弄也惱乃老切事物恚心也　**欠呿** 欠丘劒切呿丘加切欠呿謂氣擁滯欠呿而解也　**嗤笑** 嗤充之切亦笑也　**躁擾** 躁則到切不安靜也擾爾沼切亂也　**黠** 黠下八切慧也　**不** 不俯九切與否同　**杜多** 梵語也亦云頭陀此云修治謂修治淨行杜徒古切

大般若波羅蜜多經卷第五百四十七

唐三藏法師玄奘奉　詔譯

第四分魔事品第十一之二

復次善現能說法者欲往他方安隱豐樂無難之處能聽法者欲隨其去能說法者方便試言汝雖爲利欲隨我往而汝至彼豈必遂心宜善審思勿後憂悔時聽法者聞已念言是師不欲令我去耶設固隨往豈必聞法由此因緣不隨其去兩不和合不獲教授聽受書持讀誦修習甚深般若波羅蜜多當知是爲菩薩魔事復次善現能說法者欲往他方所經道路曠野險阻多諸賊難及旃荼羅惡獸獵師毒蛇等怖能聽法者欲隨其去能說法者方便試言汝今何故無事隨我欲往如是諸險難處宜善審思勿後憂悔能聽法者聞已念言師應不欲令我隨往設固隨往豈必聞法由此因緣不隨其去兩不和合不獲教授聽受書持讀誦修習甚深般若波羅蜜多當知是爲菩薩魔事復次善現能說法者多有施主數相追隨聽法者來請說般若波羅蜜多或請書寫受持讀誦如說修行彼多緣礙無暇教授能聽法者起嫌恨心後雖教授而不聽受兩不和合不獲教授聽受書持讀誦修習甚深般若波羅蜜多當知是爲菩薩魔事復次善現有諸惡魔作種種形至菩薩所方便破壞令於般若波羅蜜多相應經典不得書寫受持讀誦修習思惟爲他演說是故善現住菩薩乘善男子等於深般若波羅蜜多書寫等時所有留難當知皆是菩薩魔事具壽善現便白佛言何緣惡魔作諸形

像至菩薩所方便破壞令於般若波羅蜜多相應經典不得書寫乃至演說佛告善現甚深般若波羅蜜多能生諸佛一切智智諸佛所有一切智智能生佛教佛教能生無量無數有情般若有情般若能證無邊諸煩惱斷煩惱斷者一切惡魔不得其便一切惡魔不得便故多生憂苦如箭入心匆我由斯甚深般若波羅蜜多境界空缺是故惡魔作諸形像至菩薩所方便破壞令於般若波羅蜜多相應經典不得書寫乃至演說爾時善現復白佛言云何惡魔作諸形像至菩薩所方便破壞佛告善現有諸惡魔作沙門像至菩薩所方便破壞令其毀猒甚深般若波羅蜜多謂作是言汝雖習誦無相經典非眞般若波羅蜜多我所習誦有相經典是眞般若波羅蜜多作是語時有諸菩薩未得受記新學大乘智慧狹劣便於般若波羅蜜多相應經典心生疑惑由疑惑故便於般若波羅蜜多而生毀猒由毀猒故遂不書寫受持讀誦修習思惟爲他演說甚深般若波羅蜜多當知是爲菩薩魔事復次善現有諸惡魔作苾芻像至菩薩所語菩薩言若諸菩薩行深般若波羅蜜多唯證實際得預流果乃至或得獨覺菩提終不能證無上佛果何緣於此唐設劬勞菩薩既聞便不書寫受持讀誦修習思惟爲他演說甚深般若波羅蜜多當知是爲菩薩魔事如是善現甚深般若波羅蜜多書寫等時多諸魔事菩薩應覺已精勤正念正知方便遠離具壽善現便白佛言如是世尊如是善逝甚深般若波羅蜜多書寫等時多諸

魔事譬如無價大寶神珠雖有勝能而多怨賊如是般若波羅蜜多雖有勝德而多留難住菩薩乘善男子等少福德故書寫等時有諸惡魔爲作留難雖有樂欲而不能成所以者何有愚癡者爲魔所惑住菩薩乘善男子等於深般若波羅蜜多書寫等時爲作留難世尊彼愚癡者覺慧微昧不能思議廣大佛法自於般若波羅蜜多不能書寫受持讀誦修習思惟聽聞演說復樂障他書寫等事佛告善現如是如是如汝所說有愚癡人爲魔所使未種善根福慧薄劣未於佛所發弘誓願未爲善友之所攝受自於般若波羅蜜多不能書寫乃至演說新學大乘善男子等於深般若波羅蜜多書寫等時爲作留難於當來世有善男子善女人等福慧薄劣善根微少於諸如來廣大功德心不欣樂自於般若波羅蜜多不能書寫受持讀誦修習思惟聽問演說復樂障他書寫等事當知彼類獲罪無邊復次善現有菩薩乘善男子等於深般若波羅蜜多書寫等時多有魔事爲作留難令書寫等皆不得成由此不能圓滿功德善根未熟福慧少故有菩薩乘善男子等於深般若波羅蜜多書寫等時若無魔事當知皆是諸佛神力慈悲護念所以者何惡魔眷屬雖勤方便欲滅般若波羅蜜多諸佛世尊亦勤方便慈悲護念令菩薩乘善男子等於深般若波羅蜜多書寫等時無諸留難速證無上正等菩提

第四分現世間品第十二

復次善現譬如女人多有諸子或五或十二

十三十四十五十若百若千其母得病諸子各別勤求醫藥咸作是念云何令我母病除愈命無障難身名不滅久住安樂苦受不生諸妙樂具咸歸我母所以者何生育我等示世間事甚大艱辛作是念已競設方便求安隱事覆護毋身勿爲蚊虻蛇蠍風雨人非人等非愛所觸勤加修飾令離衆病六根清淨無諸憂苦又以種種上妙樂具供養恭敬而作是言我毋慈悲生育我等誨示一切世間事業我等豈得不報毋恩如是如來應正等覺常以種種善巧方便護念般若波羅蜜多若菩薩乘善男子等能於般若波羅蜜多書寫受持讀誦修習思惟演説無懈倦者如來亦以種種方便勤加護念令無損惱十方現在餘世界中一切如來應正等覺哀愍利樂諸有情者亦以種種善巧方便護念般若波羅蜜多令諸惡魔不能毀滅久住利樂一切世間如是如來應正等覺皆以種種善巧方便護持般若波羅蜜多所以者何甚深般若波羅蜜多能生如來應正等覺能正顯了一切智智能示世間諸法實相一切智智亦從彼生善現當知一切過去未來現在諸佛世尊皆依如是甚深般若波羅蜜多精勤修學證得無上正等菩提我昔亦依甚深般若波羅蜜多精勤修學證得無上正等菩提是故般若波羅蜜多能生如來應正等覺能正顯了一切智智能示世間諸法實相爾時善現便白佛言云何般若波羅蜜多能生如來應正等覺能示世間諸法實相佛告善現甚深般若波羅蜜多能生如來一切智智及餘功

德故說般若波羅蜜多能生如來應正等覺能示世間諸法實相者謂能示世間五蘊實相具壽善現復白佛言云何般若波羅蜜多能示世間五蘊實相佛告善現甚深般若波羅蜜多能示世間色等五蘊無變壞相故說般若波羅蜜多能示世間諸法實相所以者何色等五蘊無自性故說名爲空無相無願無造無作無生無滅即眞法界非空等法可有變壞故說般若波羅蜜多能示世間諸法實相復次善現一切如來應正等覺皆依般若波羅蜜多普能證知無量無數無邊有情施設差別故說般若波羅蜜多能示世間諸法實相復次善現一切如來應正等覺皆依般若波羅蜜多如實證知無量無數無邊有情心行差別故說般若波羅蜜多能示世間諸法實相復次善現一切如來應正等覺皆依般若波羅蜜多如實證知無量無數無邊有情自性非有故說般若波羅蜜多能示世間諸法實相復次善現一切如來應正等覺皆依般若波羅蜜多如實證知無量無數無邊有情心無所住猶如虛空無所依止故說般若波羅蜜多能示世間諸法實相復次善現一切如來應正等覺皆依般若波羅蜜多如實證知無量無數無邊有情所有略心盡故離故無略心性故說般若波羅蜜多能示世間諸法實相復次善現一切如來應正等覺皆依般若波羅蜜多如實證知無量無數無邊有情所有散心由法性故無散心性故說般若波羅蜜多能示世間諸法實相復次善現一切如來應正等覺皆依般若波羅蜜

多如實證知無量無數無邊有情諸染汙心不可示故無染心性故說般若波羅蜜多能示世間諸法實相復次善現一切如來應正等覺皆依般若波羅蜜多如實證知無量無數無邊有情不染汙心本性淨故無雜染性故說般若波羅蜜多能示世間諸法實相復次善現一切如來應正等覺皆依般若波羅蜜多如實證知無量無數無邊有情所有下心不可隱故無下心性故說般若波羅蜜多能示世間諸法實相復次善現一切如來應正等覺皆依般若波羅蜜多如實證知無量無數無邊有情所有舉心不可測故無舉心性故說般若波羅蜜多能示世間諸法實相復次善現一切如來應正等覺皆依般若波羅蜜多如實證知無量無數無邊有情諸有漏心無自性故無分別故無有漏性故說般若波羅蜜多能示世間諸法實相復次善現一切如來應正等覺皆依般若波羅蜜多如實證知無量無數無邊有情諸無漏心無自性故無警覺故非無漏性故說般若波羅蜜多能示世間諸法實相復次善現一切如來應正等覺皆依般若波羅蜜多如實證知無量無數無邊有情諸有貪心如實之性非有貪心故說般若波羅蜜多能示世間諸法實相復次善現一切如來應正等覺皆依般若波羅蜜多如實證知無量無數無邊有情諸離貪心如實之性非離貪心故說般若波羅蜜多能示世間諸法實相復次善現一切如來應正等覺皆依般若波羅蜜多如實證知無量無數無邊有情諸有瞋心如實之性非

有瞋心故說般若波羅蜜多能示世間諸法實相復次善現一切如來應正等覺皆依般若波羅蜜多如實證知無量無數無邊有情諸離瞋心如實之性非離瞋心故說般若波羅蜜多能示世間諸法實相復次善現一切如來應正等覺皆依般若波羅蜜多如實證知無量無數無邊有情諸有癡心如實之性非有癡心故說般若波羅蜜多能示世間諸法實相復次善現一切如來應正等覺皆依般若波羅蜜多如實證知無量無數無邊有情諸離癡心如實之性非離癡心故說般若波羅蜜多能示世間諸法實相復次善現一切如來應正等覺皆依般若波羅蜜多如實證知無量無數無邊有情所有小心無來無去亦無繫屬無小心性故說般若波羅蜜多能示世間諸法實相復次善現一切如來應正等覺皆依般若波羅蜜多如實證知無量無數無邊有情所有大心自性平等稱平等性無大心性故說般若波羅蜜多能示世間諸法實相復次善現一切如來應正等覺皆依般若波羅蜜多如實證知無量無數無邊有情所有狹心無起方便無所繫屬無狹心性故說般若波羅蜜多能示世間諸法實相復次善現一切如來應正等覺皆依般若波羅蜜多如實證知無量無數無邊有情所有廣心無增無減亦非遠離已遠離故無廣心性故說般若波羅蜜多能示世間諸法實相復次善現一切如來應正等覺皆依般若波羅蜜多如實證知無量無數無邊有情諸有量心自性空故非有量性故說般若波羅蜜

多能示世間諸法實相復次善現一切如來應正等覺皆依般若波羅蜜多如實證知無量無數無邊有情諸無量心無生無滅無住無異無所依止如太虛空非無量心故說般若波羅蜜多能示世間諸法實相復次善現一切如來應正等覺皆依般若波羅蜜多如實證知無量無數無邊有情諸有見心自性平等故五眼不行故非有見心故說般若波羅蜜多能示世間諸法實相復次善現一切如來應正等覺皆依般若波羅蜜多如實證知無量無數無邊有情諸無見心無相可得故離種種境故非無見心故說般若波羅蜜多能示世間諸法實相復次善現一切如來應正等覺皆依般若波羅蜜多如實證知無量無數無邊有情諸有對心虛妄分別於所緣境不自在故非有對心故說般若波羅蜜多能示世間諸法實相復次善現一切如來應正等覺皆依般若波羅蜜多如實證知無量無數無邊有情諸無對心如實無盡亦無生起非無對心故說般若波羅蜜多能示世間諸法實相復次善現一切如來應正等覺皆依般若波羅蜜多如實證知無量無數無邊有情諸有上心如實之性無所思慮非有上心故說般若波羅蜜多能示世間諸法實相復次善現一切如來應正等覺皆依般若波羅蜜多如實證知無量無數無邊有情諸無上心離諸戲論少分心性亦不可得非無上心故說般若波羅蜜多能示世間諸法實相復次善現一切如來應正等覺皆依般若波羅蜜多如實證知無量無數無邊有情諸

不定心如實之性無等等故非不定心故說般若波羅蜜多能示世間諸法實相復次善現一切如來應正等覺皆依般若波羅蜜多如實證知無量無數無邊有情所有定心如實之性平等平等猶若虛空無定心性故說般若波羅蜜多能示世間諸法實相復次善現一切如來應正等覺皆依般若波羅蜜多如實證知無量無數無邊有情不解脫心自性遠離故無性爲性故非不解脫心故說般若波羅蜜多能示世間諸法實相復次善現一切如來應正等覺皆依般若波羅蜜多如實證知無量無數無邊有情諸解脫心如實之性非心性故三世推徵皆不可得非解脫心故說般若波羅蜜多能示世間諸法實相復次善現一切如來應正等覺皆依般若波羅蜜多如實證知無量無數無邊有情不可見心無自性故不可見故非真實故越根境故不可了故非圓成故尚非慧眼天眼所取況肉眼取以一切眼皆不能見名不可見此不可見亦不可得故不可說不可見心故說般若波羅蜜多能示世間諸法實相如是善現甚深般若波羅蜜多能示如來應正等覺世間實相復次善現一切如來應正等覺皆依般若波羅蜜多如實證知無量無數無邊有情若出若沒善現云何一切如來應正等覺皆依般若波羅蜜多如實證知無量無數無邊有情若出若沒謂諸如來應正等覺皆依般若波羅蜜多如實證知無量無數無邊有情心心所法皆依色受想行識生如是如來應正等覺皆依般若波羅蜜多如實證知

無量無數無邊有情若出若沒善現云何諸有情類心心所法若出若沒皆依色受想行識生謂諸有情心心所法或有依色受想行識執如來死後或有或非有或亦有亦非有或非有非非有此是諦實餘皆愚妄或有依色受想行識執我及世間或常或無常或亦常亦無常或非常非無常此是諦實餘皆愚妄或有依色受想行識執我及世間或有邊或無邊或亦有邊亦無邊或非有邊非無邊此是諦實餘皆愚妄或有依色受想行識執命者即身或復異身此是諦實餘皆愚妄如是善現一切如來應正等覺皆依般若波羅蜜多如實證知無量無數無邊有情心心所法若出若沒皆依色受想行識生差別之想復次善現一切如來應正等覺皆依般若波羅蜜多如實證知無量無數無邊有情若出若沒善現云何一切如來應正等覺皆依般若波羅蜜多如實證知無量無數無邊有情若出若沒謂諸如來應正等覺皆依般若波羅蜜多如實知色受想行識皆如眞如無二無別善現當知如來眞如即五蘊眞如五蘊眞如即世間眞如所以者何如世尊說依止五蘊立世間名是故善現五蘊眞如即世間眞如世間眞如即預流果眞如預流果眞如即一來果眞如展轉乃至一切菩薩摩訶薩行眞如即諸佛無上正等菩提眞如諸佛無上正等菩提眞如即一切如來應正等覺眞如一切如來應正等覺眞如即一切有情眞如善現當知若一切如來應正等覺眞如若一切有情眞如若一切法眞如如是眞如皆

不相離非一非異非一異故無盡無二亦無二分不可分別善現當知一切如來應正等覺皆依般若波羅蜜多證一切法眞如究竟乃得無上正等菩提由斯故說甚深般若波羅蜜多能生諸佛是諸佛母能示諸佛世間實相善現當知一切如來應正等覺皆依般若波羅蜜多能如實覺諸法眞如不虛妄性不變異性由如實覺眞如相故說名如來應正等覺爾時善現便白佛言甚深般若波羅蜜多所證眞如不虛妄性不變異性極爲甚深難見難覺一切如來應正等覺皆用眞如顯示分別諸佛無上正等菩提如是眞如甚深甚妙誰能信解唯有不退轉菩薩摩訶薩及諸願滿大阿羅漢幷具正見善男子等聞佛說此甚深眞如能生信解如來爲彼依自所證眞如之相顯示分別佛告善現如是如是如汝所說所以者何眞如無盡是故甚深唯有如來現等正覺無盡眞如甚深之相爲諸菩薩摩訶薩衆宣說開示令生信解時天帝釋將領欲界十千天子大梵天王將領色界二萬天子俱詣佛所頂禮雙足却住一面同白佛言如來所說諸甚深法以何爲相爾時佛告諸天子言我所說法以空無相無願無造無生無滅寂滅涅槃法界爲相所以者何佛所說法無所依止譬如虛空不可表示天子當知如來所說甚深法相不墮色數亦不墮受想行識數不依於色亦復不依受想行識天子當知如來所說甚深法相世間天人阿素洛等不能安立亦不能壞何以故世間天人阿素洛等皆是相故諸有相者於無

相相不能安立亦不能壞天子當知如來所說甚深法相不可以手安立破壞亦不可以所餘諸法安立破壞天子當知設有是問誰立虛空誰復能壞作是問者爲正問耶諸天子言彼非正問何以故虛空無體無相無爲不可安立不可壞故爾時佛告諸天子言如是如是如汝所說天子當知我所宣說甚深法相亦復如是不可安立不可破壞有佛無佛法界法爾佛於此相如實覺知故名如來應正等覺時諸天子復白佛言如來所覺如是諸相極爲甚深難見難覺如來現覺如是相故於一切法無礙智轉一切如來應正等覺住如是相分別開示甚深般若波羅蜜多爲諸有情集諸法相方便開示令於般若波羅蜜多得無礙智甚深般若波羅蜜多是諸如來常所行處一切如來行是處故證得無上正等菩提爲諸有情分別開示爾時佛告諸天子言如是如是如汝所說天子當知一切法相如來如實覺爲無相由此因緣我說諸佛得無礙智無與等者爾時佛告具壽善現甚深般若波羅蜜多是諸佛母能示世間諸法實相是故如來應正等覺依法而住供養恭敬尊重讚歎攝受護持所依住法此法即是甚深般若波羅蜜多一切如來應正等覺無不依止甚深般若波羅蜜多供養恭敬尊重讚歎攝受護持所以者何甚深般若波羅蜜多能生諸佛能與諸佛作依止處能示世間諸法實相善現當知一切如來應正等覺是知恩者能報恩者若有問言誰是知恩能報恩者應正答言佛是知恩能報恩者何

以故一切世間知恩報恩無過佛故具壽善現便白佛言云何如來應正等覺知恩報恩佛告善現一切如來應正等覺乘如是乘行如是道來至無上正等菩提得菩提已於一切時供養恭敬尊重讚歎攝受護持是乘是道曾無暫廢此乘此道當知即是甚深般若波羅蜜多是名如來應正等覺知恩報恩復次善現一切如來應正等覺無不皆依甚深般若波羅蜜多覺一切法無實作用以能作者無所有故一切如來應正等覺無不皆依甚深般若波羅蜜多覺一切法無所成辦以諸形質不可得故善現當知以諸如來應正等覺知依如是甚深般若波羅蜜多覺一切法皆無作用無所成辦於一切時供養恭敬尊重讚歎攝受護持曾無間斷故名眞實知恩報恩復次善現一切如來應正等覺無不皆依甚深般若波羅蜜多於一切法無作無成無生智轉復能知此無轉因緣是故應知甚深般若波羅蜜多能生如來應正等覺亦能如實示世間相爾時善現便白佛言如來常說一切法性無生無起無知無見如何可說甚深般若波羅蜜多能生如來應正等覺亦能如實示世間相佛告善現善哉善哉能問如來如是深義如是如是如汝所說一切法性無生無起無知無見依世俗說甚深般若波羅蜜多能生如來應正等覺亦能如實示世間相善現云何一切法性無生無起無知無見以一切法空無所有無所依止無所繫屬由此因緣無生無起無知無見善現當知甚深般若波羅蜜多雖能生佛示世間相

而無所生亦無所示善現當知甚深般若波羅蜜多不見色故名示色相不見受想行識故名示受想行識相由如是義甚深般若波羅蜜多能示世間諸法實相具壽善現便白佛言云何如是甚深般若波羅蜜多不見色故名示色相不見受想行識故名示受想行識相佛告善現甚深般若波羅蜜多由不緣色而起於識是爲不見色故名示色相不緣受想行識而起於識是爲不見受想行識故名示受想行識相由如是義甚深般若波羅蜜多能示世間諸法實相復次善現甚深般若波羅蜜多能示如來應正等覺世間空故世間遠離故世間清淨故世間寂靜故說名能示世間實相何以故以空遠離清淨寂靜是諸世間如實相故

第四分不思議等品第十三

爾時具壽善現便白佛言世尊甚深般若波羅蜜多爲大事故出現世間爲不可思議事故出現世間爲不可稱量事故出現世間爲無數量事故出現世間爲無等等事故出現世間佛告善現如是如是如汝所說善現云何甚深般若波羅蜜多爲大事故出現世間謂諸如來應正等覺皆以濟拔一切有情無時暫捨而爲大事甚深般若波羅蜜多爲此事故出現世間善現云何甚深般若波羅蜜多爲不可思議事故不可稱量事故無數量事故無等等事故出現世間謂諸如來應正等覺所有佛性如來性自然覺性一切智性皆不可思議不可稱量無數量無等等甚深般若波羅蜜多爲此事故出現世間爾時善

現復白佛言爲但如來應正等覺所有佛性如來性自然覺性一切智性不可思議不可稱量無數量無等等爲色受想行識乃至一切法亦不可思議不可稱量無數量無等等佛告善現非但如來應正等覺所有佛性如來性自然覺性一切智性不可思議不可稱量無數量無等等色受想行識乃至一切法亦不可思議不可稱量無數量無等等所以者何於一切法眞實性中心及心所皆不可得善現當知諸所有色受想行識及一切法皆不可施設故不可思議不可稱量無數量無等等何以故如是諸法無自性故不可得故自性空故復次善現諸所有色受想行識及一切法皆不可得故不可思議不可稱量無數量無等等何以故如是諸法無限量故無所有故自性空故復次善現諸所有色受想行識及一切法皆無限量故不可思議不可稱量無數量無等等具壽善現便白佛言何因緣故所有諸色受想行識及一切法皆無限量佛告善現於意云何虛空爲有心心所法能限量不善現對曰不也世尊佛告善現諸所有色受想行識及一切法亦復如是自性空故心心所法不能限量由此因緣諸所有色受想行識及一切法無限量故皆不可思議不可稱量無數量無等等善現當知以一切法皆不可思議不可稱量無數量無等等故一切如來應正等覺所有佛法如來法自然覺法一切智法亦不可思議不可稱量無數量無等等善現當知如是諸法皆不可思議思議滅故不可稱量稱量滅故無數

量數量滅故無等等等滅故善現當知如是諸法皆不可思議過思議故不可稱量過稱量故無數量過數量故無等等過等等故善現當知不可思議不可稱量無數量無等等者但有增語都無真實善現當知不可思議不可稱量無數量無等等者皆如虛空都無所有由此因緣一切如來應正等覺所有佛法如來法自然覺法一切智法皆不可思議不可稱量無數量無等等聲聞獨覺世間天人阿素洛等皆悉不能思議稱量數量等等此諸法故佛說如是不可思議不可稱量無數量無等等法時衆中有五百苾芻二千苾芻尼不受諸漏心得解脫復有六十鄔波索迦三十鄔波斯迦於諸法中遠塵離垢生淨法眼復有二萬菩薩摩訶薩得無生法忍世尊記彼於賢劫中得受無上正等菩提不退轉記即前所說鄔波索迦鄔波斯迦於諸法中遠塵離垢生淨法眼者佛亦記彼不夂當證永盡諸漏心慧解脫

大般若波羅蜜多經卷第五百四十七

大般若波羅蜜多經卷第五百四十八

唐三藏法師玄奘奉詔譯

第四分譬喻品第十四

爾時具壽善現復白佛言世尊甚深般若波羅蜜多實爲大事現世間不佛告善現如是如是甚深般若波羅蜜多實爲大事出現世間所以者何甚深般若波羅蜜多實能成辦一切智智實能成辦諸獨覺地實能成辦諸聲聞地善現當知如刹帝利灌頂大王威德自在降伏一切以諸國事付囑大臣端拱無爲安隱快樂諸佛亦爾爲大法王威德自在降伏一切以諸佛法若獨覺法若聲聞法悉皆付囑甚深般若波羅蜜多普令成辦是故善現甚深般若波羅蜜多實爲大事出現世間善現當知甚深般若波羅蜜多不爲攝受執着色故出現世間不爲攝受執着受想行識故出現世間不爲攝受執着預流果故出現世間不爲攝受執着一來不還阿羅漢果故出現世間不爲攝受執着獨覺菩提故出現世間亦不爲攝受執着一切智智故出現世間具壽善現即白佛言云何如是甚深般若波羅蜜多亦不爲攝受執着一切智智故出現世間佛告善現於意云何汝頗見有阿羅漢果可攝受執着不善現荅言不也世尊我不見有阿羅漢果可於其中攝受執着佛告善現善哉善哉我亦不見有如來法可於其中攝受執著是故善現甚深般若波羅蜜多亦不爲攝受執着一切智智故出現世間具壽善現復白佛言若甚深般若波羅蜜多亦不爲攝受執着一切智智故出現世間者

新學大乘諸菩薩衆聞如是說心便驚怖不能信受若因圓滿曾於過去無量佛所發弘誓願長夜積集殊勝善根諸菩薩衆聞如是說乃能信受佛告善現如是如是如汝所說由此因緣甚深般若波羅蜜多不應輒爲新學大乘諸菩薩說爾時欲界色界天子俱白佛言如是般若波羅蜜多最爲甚深難見難覺極難信解若諸有情曾於過去無量佛所發弘誓願多種善根事多善友乃能信解甚深般若波羅蜜多假使三千大千世界諸有情類一切皆成隨信行等彼有情類若經一劫若一劫餘修自地行不如有人一日於此甚深般若波羅蜜多忍樂思惟稱量觀察所獲功德勝彼無量爾時佛告諸天子言如是如是如汝所說天子當知若善男子善女人等聞深般若波羅蜜多疾得涅槃勝前所說隨信行等若經一劫若一劫餘修自地行況忍樂等時諸天子聞佛所說歡喜踊躍頂禮世尊右遶三帀辭佛還宮去會未遠忽然不現隨所屬界各住本宮勸進諸天修殊勝行爾時善現復白佛言若菩薩摩訶薩聞深般若波羅蜜多能生信解不沉不没不迷不悶無惑無疑無取無執歡喜聽受恭敬供養從何處没來生此間佛告善現若菩薩摩訶薩聞深般若波羅蜜多能生信解不沉不没不迷不悶無惑無疑無取無執歡喜聽受恭敬供養樂見樂聞受持讀誦常不遠離甚深般若波羅蜜多及彼相應殊勝作意愛樂隨逐能說法者如犢隨母未嘗暫離乃至未得甚深般若波羅蜜多所有義趣究竟通利能爲

他說終不遠離甚深般若波羅蜜多及說法師經須臾頃是菩薩摩訶薩從人中沒來生此間乘宿勝因能成是事具壽善現復白佛言頗有成就如是功德諸菩薩摩訶薩供養承事他方佛已從彼處沒來生此耶佛告善現有菩薩摩訶薩供養承事他方佛已從彼處沒來生此間成就如是殊勝功德所以者何是菩薩摩訶薩先從他方無量佛所聞深般若波羅蜜多能生信解恭敬供養書寫受持請問其中甚深義趣修習思惟廣爲他說從彼處沒來生此間乘昔善根能辦是事復次善現有菩薩摩訶薩從覩史多天衆同分沒來生人中彼亦成就如是功德所以者何是菩薩摩訶薩先世已於覩史多天慈氏菩薩摩訶薩所聞深般若波羅蜜多能生信解恭敬供養請問其中甚深義趣修習思惟廣爲他說從彼處沒來生此間乘昔善根能辦是事復次善現有菩薩乘善男子等雖於前世得聞般若波羅蜜多而不請問甚深義趣今生人中聞說如是甚深般若波羅蜜多其心迷悶疑惑沉沒或生異解難可開悟所以者何不了義者心多迷悶疑惑沉沒復次善現有菩薩乘善男子等雖於前世得聞般若波羅蜜多亦曾請問甚深義趣或經一日二日三日四日五日而不精進如說修行今生人中聞說如是甚深般若波羅蜜多雖經少時其心堅固無能壞者若離所聞甚深般若波羅蜜多及說法師請問深義尋便退失心生猶豫所以者何此菩薩乘善男子等雖於前世得聞般若波羅蜜多亦能請問甚深義

趣而不精進如說修行故於今生於深般若波羅蜜多或時樂聞或時不樂或時堅固或時退失其心輕動進退非恒如堵羅綿隨風飄轉當知如是住菩薩乘善男子等新學大乘雖有信心而不堅淨於深般若波羅蜜多不能長時信樂隨轉彼於二地或隨墮一所謂聲聞及獨覺地善現當知如泛大海所乘船破其中諸人若不取木器物浮囊板片死屍爲依附者定知溺死不至彼岸若能取木器物浮囊板片死屍爲所依附當知是類終不沒死得至安隱大海彼岸無損無害受諸快樂住菩薩乘善男子等亦復如是有於大乘雖成少分信敬愛樂而不攝受甚深般若波羅蜜多爲所依附當知彼類中道退沒不能證得一切智智謂墮聲聞或獨覺地若於大乘有信有忍有樂有欲有精進有勝解有不放逸有勝意樂有捨有敬有欣有喜有清淨心有於無上正等菩提不捨善軛復能攝受甚深般若波羅蜜多爲所依附當知此類終不中道退入聲聞或獨覺地定證無上正等菩提能盡未來利樂一切復次善現如有男子或諸女人執持坏鉼詣河取水若池若井若泉若渠當知此鉼不久爛壞何以故是鉼未熟不堪盛水終歸地故如是善現有菩薩乘善男子等雖於大乘有信有忍有樂有欲有精進有勝解有不放逸有勝意樂有捨有敬有欣有喜有清淨心有於無上正等菩提不捨善軛而不攝受甚深般若波羅蜜多方便善巧當知彼類中道退沒不能證得一切智智謂墮聲聞或獨覺地復次善現如有

男子或諸女人持燒熟瓶詣河取水若池若井若泉若渠當知此瓶終不爛壞何以故是瓶善熟堪任盛水極堅牢故如是善現有菩薩乘善男子等若於大乘有信有忍廣說乃至有於無上正等菩提不捨善軛復能攝受甚深般若波羅蜜多方便善巧當知此類終不中道退入聲聞或獨覺地定證無上正等菩提能盡未來利樂一切復次善現如有商人無善巧智船在海岸未固修營即持財物安置其上牽入水中速便進發當知是船中道壞沒人船財物各散異處如是商人無善巧智喪失身命及諸財寶如是善現有菩薩乘善男子等雖於大乘有信有忍廣說乃至有於無上正等菩提不捨善軛而不攝受甚深般若波羅蜜多方便善巧當知彼類中道退沒不能證得一切智智謂墮聲聞或獨覺地復次善現如有商人有善巧智先在海岸固修船已方牽入水知無穿穴後持財物置上而去當知是船必不壞沒人物安隱達所至處如是善現有菩薩乘善男子等若於大乘有信有忍廣說乃至有於無上正等菩提不捨善軛復能攝受甚深般若波羅蜜多方便善巧當知此類終不中道退入聲聞或獨覺地定證無上正等菩提能盡未來利樂一切何以故若菩薩乘善男子等能於大乘有信有忍廣說乃至有於無上正等菩提不捨善軛復能攝受甚深般若波羅蜜多方便善巧中間法爾不墮聲聞及獨覺地必證無上正等菩提與諸有情常作饒益復次善現譬如有人年百二十老耄衰朽復加衆病所謂

風病熱病痰病或三雜病於意云何是老病人頗從牀座自能起不善現對曰不也世尊佛告善現是人設有扶令起立亦無力行一俱盧舍或二或三何以故極老病故如是善現有菩薩乘善男子等設於大乘有信有忍廣說乃至有於無上正等菩提不捨善軛若不攝受甚深般若波羅蜜多方便善巧當知彼類不證無上正等菩提退墮聲聞或獨覺地何以故遠離般若波羅蜜多方便善巧法應爾故復次善現譬如有人年百二十老耄衰朽復加衆病謂風熱痰或三雜病是老病人欲從牀座起往他處而自不能有二健人各扶一腋徐策令起而告之言莫有所難隨意欲往我等兩人終不相棄必達所趣安隱無損如是善現有菩薩乘善男子等若於大乘有信有忍廣說乃至有於無上正等菩提不捨善軛復能攝受甚深般若波羅蜜多方便善巧當知此類終不中道退墮聲聞或獨覺地定證無上正等菩提轉妙法輪度有情衆

第四分天讚品第十五

爾時具壽善現便白佛言世尊新學大乘諸菩薩摩訶薩云何應住甚深般若波羅蜜多云何應學甚深般若波羅蜜多佛告善現新學大乘諸菩薩摩訶薩欲住欲學甚深般若波羅蜜多先應親近承事供養真淨善友若能宣說甚深般若波羅蜜多教授教誡諸菩薩者當知是爲眞淨善友謂能宣說甚深般若波羅蜜多教授教誡新學大乘諸菩薩言來善男子汝應勤修布施淨戒安忍精進靜

慮般若波羅蜜多汝勤修時應無所得而爲方便與諸有情平等共有迴向無上正等菩提汝迴向時勿以色故而取無上正等菩提勿以受想行識故而取無上正等菩提何以故善男子若無所取便能證得一切智智汝善男子於聲聞地及獨覺地勿生貪著如是善現眞淨善友教授教誡新學大乘諸菩薩摩訶薩令其漸入甚深般若波羅蜜多爾時善現復白佛言諸菩薩摩訶薩能爲難事依如是相布施淨戒安忍精進靜慮般若波羅蜜多發趣無上正等菩提不欲自在而取滅度觀極重苦諸有情界求證無上正等菩提欲盡未來方便拔濟而不怖畏生死流轉佛告善現如是如是諸菩薩摩訶薩能爲難事謂爲利樂諸世間故發趣無上正等菩提哀愍世間諸有情故發趣無上正等菩提作是誓言我爲濟拔諸世間故爲諸世間作舍宅故爲諸世間作歸依故爲示世間究竟道故爲諸世間作洲渚故爲諸世間作光明故爲諸世間作導首故爲諸世間作所趣故發勤精進趣向無上正等菩提云何菩薩摩訶薩作是誓言我爲濟拔諸世間故發勤精進趣向無上正等菩提善現菩薩摩訶薩見諸世間流轉生死受種種苦不能出離爲斷彼苦發勤精進趣向無上正等菩提是爲菩薩摩訶薩作是誓言我爲濟拔諸世間故發勤精進趣向無上正等菩提云何菩薩摩訶薩爲諸世間作舍宅故發勤精進趣向無上正等菩提善現菩薩摩訶薩欲爲世間說一切法皆不和合發勤精進趣向無上正等菩提是

爲菩薩摩訶薩爲諸世間作舍宅故發勤精進趣向無上正等菩提具壽善現白言世尊云何一切法皆不和合佛告善現諸色不和合即色不相屬若色不相屬即色無生滅若色無生滅即色不和合受想行識亦復如是諸菩薩摩訶薩欲爲世間說一切法皆有如是不和合相發勤精進趣向無上正等菩提云何菩薩摩訶薩爲諸世間作歸依故發勤精進趣向無上正等菩提善現菩薩摩訶薩爲令一切生老病死愁歎憂苦所逼世間速得解脫生等衆苦入無餘依般涅槃界發勤精進趣向無上正等菩提是爲菩薩摩訶薩爲諸世間作歸依故發勤精進趣向無上正等菩提云何菩薩摩訶薩爲示世間究竟道故發勤精進趣向無上正等菩提善現菩薩摩訶薩欲爲世間說如是法謂色彼岸即非色如彼岸色亦爾受想行識彼岸即非受想行識如彼岸受想行識亦爾如色受想行識彼岸一切法亦爾具壽善現白言世尊若如色受想行識彼岸一切法亦爾者豈不菩薩摩訶薩於一切法已現等覺所以者何此中都無分別事故佛告善現如是如是於彼岸中無所分別無分別故諸菩薩摩訶薩於一切法已現等覺善現當知諸菩薩摩訶薩甚爲難事雖能如是觀一切法而不作證亦不沉沒作是念言我於此法現等覺已證得無上正等菩提爲諸世間宣說開示是爲菩薩摩訶薩爲示世間究竟道故發勤精進趣向無上正等菩提云何菩薩摩訶薩爲諸世間作洲渚故發勤精進趣向無上正等菩提善

現譬如大小海河池中高地可居周迴水斷說爲洲渚如是善現色乃至識前後際斷由此斷故一切法斷此一切法前後際斷即是寂滅微妙涅槃亦是如實無顛倒性善現菩薩摩訶薩求證無上正等菩提欲爲有情說如是法令速趣入如是涅槃是爲菩薩摩訶薩爲諸世間作洲渚故發勤精進趣向無上正等菩提云何菩薩摩訶薩爲諸世間作光明故發勤精進趣向無上正等菩提善現菩薩摩訶薩爲破長夜無明卵𣪺所覆有情重黑闇故爲療有情無知翳目令明朗故爲與一切愚冥有情作慧明故發勤精進趣向無上正等菩提是爲菩薩摩訶薩爲諸世間作光明故發勤精進趣向無上正等菩提云何菩薩摩訶薩爲諸世間作導首故發勤精進趣向無上正等菩提善現菩薩摩訶薩欲爲世間宣說開示諸色本性無生無滅欲爲世間宣說開示受想行識本性無生無滅欲爲世間宣說開示諸異生法本性無生無滅欲爲世間宣說開示聲聞獨覺菩薩佛法本性無生無滅欲爲世間宣說開示一切法本性無生無滅發勤精進趣向無上正等菩提是爲菩薩摩訶薩爲諸世間作導首故發勤精進趣向無上正等菩提云何菩薩摩訶薩爲諸世間作所趣故發勤精進趣向無上正等菩提善現菩薩摩訶薩欲爲世間宣說開示色以虛空爲所趣受想行識亦以虛空爲所趣一切法皆以虛空爲所趣欲爲世間宣說開示色無所趣與虛空等受想行識亦無所趣與虛空等一切法皆無所趣與虛空等如

太虛空無來無去無作無住無所安立無生無滅諸法亦爾皆如虛空無分別故無所分別何以故諸色空故無來無去受想行識空故亦無來無去一切法空故皆無來無去所以者何一切法皆以空無相無願爲趣彼於是趣不可超越一切法皆以無造無作爲趣彼於是趣不可超越一切法皆以無生無起爲趣彼於是趣不可超越一切法皆以無性爲趣彼於是趣不可超越一切法皆以如夢爲趣彼於是趣不可超越一切法皆以無我爲趣彼於是趣不可超越一切法皆以無邊爲趣彼於是趣不可超越一切法皆以寂滅涅槃無取無捨無來無去最極寂滅爲趣彼於是趣不可超越諸菩薩摩訶薩欲爲世間說如是法發勤精進趣向無上正等菩提是爲菩薩摩訶薩爲諸世間作所趣故發勤精進趣向無上正等菩提爾時善現便白佛言誰於如是甚深般若波羅蜜多能生信解佛告善現若菩薩摩訶薩久修菩薩摩訶薩行已曾供養無量諸佛於諸佛所發弘誓願所種善根皆已純熟無量善友攝受護念乃於如是甚深般若波羅蜜多能生信解具壽善現復白佛言若於如是甚深般若波羅蜜多能生信解是菩薩摩訶薩以何爲自性佛告善現是菩薩摩訶薩以調伏遠離爲自性具壽善現復白佛言是菩薩摩訶薩當何所趣佛告善現是菩薩摩訶薩當趣一切智智具壽善現復白佛言若菩薩摩訶薩趣一切智智者能覺是趣亦能宣說亦與有情作所歸趣佛告善現如是如是如汝所說若菩薩摩

訶薩趣一切智智者能覺是趣亦能宣說亦與有情作所歸趣具壽善現復白佛言是菩薩摩訶薩能爲難事謂著如是堅固甲胄我當度脫無量無數無邊有情令入涅槃而諸有情都不可得佛告善現如是如是如汝所說復次善現是菩薩摩訶薩所著甲胄不屬色不爲色不屬受想行識不爲受想行識不屬聲聞獨覺地不爲聲聞獨覺地不屬菩薩地不爲菩薩地不屬佛地不爲佛地所以者何以一切法皆無所屬皆無所爲諸菩薩摩訶薩行深般若波羅蜜多能著如是堅固甲胄具壽善現復白佛言若菩薩摩訶薩能著如是堅固甲胄行深般若波羅蜜多即於三處無所住著何等爲三一聲聞地二獨覺地三如來地佛告善現汝觀何義作如是說善

現答言甚深般若波羅蜜多無所住著無能修者無所修法無修時處亦無由此而得修習所以者何非此般若波羅蜜多甚深義中而有少分實法可得名能修等世尊若修虛空是修般若波羅蜜多若修一切法是修般若波羅蜜多若修無所著是修般若波羅蜜多若修無所有是修般若波羅蜜多若修無攝受是修般若波羅蜜多若修除遣法是修般若波羅蜜多佛告善現如是如是如汝所說復次善現應依如是甚深般若波羅蜜多最勝行住觀察不退轉菩薩摩訶薩若菩薩摩訶薩雖行如是甚深般若波羅蜜多而於如是甚深般若波羅蜜多無所執著當知是爲不退轉菩薩摩訶薩復次善現諸有不退轉菩薩摩訶薩不執他語及他教勅以爲眞

要非但信他而有所作聞說如是甚深般若波羅蜜多其心不驚不恐不怖不沉不没無疑無悔亦不迷悶於深般若波羅蜜多歡喜樂聞深心信受書持讀誦如理思惟爲他演說常無猒倦當知如是不退轉菩薩摩訶薩先世巳聞甚深般若波羅蜜多所有義趣何以故由此不退轉菩薩摩訶薩聞說如是甚深般若波羅蜜多其心不驚不恐不怖廣說乃至爲他演說無猒倦故具壽善現便白佛言若菩薩摩訶薩聞說如是甚深般若波羅蜜多其心不驚不恐不怖廣說乃至爲他演說常無猒倦是菩薩摩訶薩云何修行甚深般若波羅蜜多佛告善現是菩薩摩訶薩相續隨順趣向臨入一切智智應作如是行深般若波羅蜜多具壽善現復白佛言是菩薩摩訶薩云何相續隨順趣向臨入一切智智行深般若波羅蜜多佛告善現若菩薩摩訶薩相續隨順趣向臨入虛空而行深般若波羅蜜多是爲菩薩摩訶薩相續隨順趣向臨入一切智智行深般若波羅蜜多所以者何以一切智智無量無邊若無量無邊即非色亦非受想行識無得無現觀無證無道果無智無識無生無滅無成無壞無起無盡無修無作無所從來亦無所去無方無域亦無所住唯可說爲無量無邊善現當知虛空無量無邊故一切智智亦無量無邊一切智智無量無邊故無能證者非色能證亦非受想行識能證非布施波羅蜜多能證亦非淨戒乃至般若波羅蜜多能證所以者何色即是一切智智受想行識即是一切智智布施波羅

蜜多即是一切智智淨戒乃至般若波羅蜜多即是一切智智時天帝釋將領欲界諸天子衆大梵天王將領色界諸天子衆來詣佛所頂禮雙足右遶三帀却住一面合掌恭敬俱白佛言如是般若波羅蜜多最爲甚深難見難測爾時佛告諸天子言如是如是如汝所說天子當知我觀此義初得無上正等覺時宴坐思惟不樂說法心作是念我所證法微妙甚深非諸世間卒能信受天子當知我所證法即是般若波羅蜜多此法甚深非能證非所證無證處無證時天子當知虛空甚深故此法甚深我甚深故此法甚深一切法無來無去故此法甚深一切法無量無邊故此法甚深一切法無生無滅故此法甚深一切法無染無淨故此法甚深時諸天子復白佛言甚奇世尊希有善逝佛所說法微妙甚深一切世間難信難解所以者何佛所說法不爲攝受不爲棄捨世間有情多行攝受或行棄捨是故世間於佛所說不能信解爾時佛告諸天子言如是如是如汝所說

第四分眞如品第十六之一

爾時具壽善現便白佛言世尊佛所說法微妙甚深於一切法皆能隨順無所障礙佛所說法無障礙相與虛空等都無足跡佛所說法無待對相無第二故佛所說法無與等相無敵對故佛所說法都無足跡無生滅故佛所說法都無生滅一切生滅不可得故佛所說法都無蹊徑一切蹊徑不可得故佛所說法都無戲論分別言說不可得故佛告善現如是如是如汝所說爾時欲界色界天子便

白佛言大德善現是眞佛子隨如來生所以者何大德善現諸所說法一切皆與空相應故爾時善現告欲色界諸天子言汝等說我是眞佛子隨如來生云何善現隨如來生謂隨如來眞如生故一切生法不可得故所以者何如來眞如無來無去本性不生善現眞如亦無來去本性不生故說善現隨如來生如來眞如即一切法眞如一切法眞如即如來眞如如是眞如無眞如性亦無不眞如性善現眞如亦復如是故說善現隨如來生如來眞如常住爲相善現眞如亦復如是故說善現隨如來生如來眞如無變異無分別遍諸法轉善現眞如亦復如是故說善現隨如來生如來眞如無所罣礙一切法眞如亦無所罣礙若如來眞如若一切法眞如同一眞如無二無別無造無作如是眞如常眞如相無時非眞如相以常眞如相無時非眞如相故無二無別善現眞如亦復如是故說善現隨如來生如來眞如於一切法無憶念無分別善現眞如亦復如是故說善現隨如來生如來眞如無別異不可得善現眞如亦復如是故說善現隨如來生如來眞如不離一切法眞如一切法眞如不離如來眞如如是眞如常眞如相無時非眞如相善現眞如亦復如是故說善現隨如來生雖說隨生而無所隨生以善現眞如不異佛故如來眞如非過去非未來非現在一切法眞如亦非過去非未來非現在善現眞如亦復如是故說善現隨如來生善現眞如隨如來眞如如來眞如隨過去眞如過去眞如隨如來眞如如來眞

如隨未來眞如未來眞如隨如來眞如如來眞如隨現在眞如現在眞如隨如來眞如如來眞如隨三世眞如三世眞如隨如來眞如三世眞如如來眞如無二無別一切法眞如善現眞如亦無二無別故說善現隨如來生一切菩薩摩訶薩行眞如即是諸佛無上正等菩提眞如諸菩薩摩訶薩由眞如故證得無上正等菩提說名如來應正等覺我於如是諸法眞如深生信解故說善現隨如來生當說如是眞如相時於此三千大千世界六種變動如佛證得無上正等大菩提時等無差別故說善現隨如來生天子當知然我善現不由色故隨如來生不由受想行識故隨如來生不由預流果故隨如來生不由一來不還阿羅漢果故隨如來生不由獨覺菩提故隨如來生不由諸佛無上正等菩提故隨如來生但由眞如故隨如來生天子當知然我善現不隨色生不隨受想行識生不隨預流果生不隨一來不還阿羅漢果故生不隨獨覺菩提生不隨諸佛無上正等菩提生但隨眞如生故我善現隨如來生爾時舍利子白佛言世尊如是眞如甚深微妙爾時佛告舍利子言如是如是如汝所說如是眞如甚深微妙當說如是眞如相時三百苾芻永盡諸漏心得解脫成阿羅漢復有五百苾芻尼衆遠塵離垢於諸法中得淨法眼五千天子宿業成熟俱時證得無生法忍六十菩薩不受諸漏心得解脫爾時佛告舍利子言今此衆中六十菩薩已於過去五百佛所親近供養雖修布施淨戒安忍精進靜慮而不攝受

甚深般若波羅蜜多方便善巧起別異相修別異行不入菩薩正性離生故於今時雖聞大法而宿因力不受諸漏心得解脫是故舍利子諸菩薩摩訶薩雖有菩薩道空無相無願而不攝受甚深般若波羅蜜多方便善巧便證實際墮於聲聞或獨覺地舍利子譬如有鳥其身廣大百踰繕那或復二百乃至五百踰善那量翅羽未成或已衰朽是鳥從彼三十三天投身而下趣贍部洲於其中路欻作是念我今還上三十三天於汝意云何是鳥能還三十三天不舍利子曰不也世尊佛告舍利子是鳥中路或作是願至贍部洲當令我身無損無苦於意云何是鳥所願可得遂不舍利子曰不也世尊是鳥至此贍部洲時其身決定有損有苦或致命終或復近死何以故是鳥身大從遠而墮翅羽未成或衰朽故佛告舍利子如是如是如汝所說有菩薩乘善男子等亦復如是雖發無上正等覺心已經殑伽沙數大劫勤修布施淨戒安忍精進靜慮亦修空無相無願解脫門而不攝受甚深般若波羅蜜多方便善巧便證實際遂墮聲聞或獨覺地舍利子是菩薩乘善男子等雖念三世諸佛世尊戒蘊定蘊慧蘊解脫蘊解脫知見蘊而心取相不知不見諸佛世尊如是五蘊真實功德但聞空聲取相執著迴向無上正等菩提便墮聲聞或獨覺地何以故舍利子是諸菩薩由不攝受甚深般若波羅蜜多方便善巧雖持種種所修善根迴向菩提而無力故時舍利子便白佛言如我解佛所說義者若菩薩乘善男子等遠離

般若波羅蜜多方便善巧雖具無量福德資糧而於菩提或得不得是故菩薩摩訶薩衆欲得無上正等菩提決定不應遠離般若波羅蜜多方便善巧爾時佛告舍利子言如是如是如汝所說

大般若波羅蜜多經卷第五百四十八

音釋

堵羅綿（堵羅梵語也亦云兜羅此云細香花樹名也綿從樹生因而立稱）軛（音厄）坏瓶（坏鋪杯切坏瓶謂未燒瓦瓶也）耄（莫報切人年八十九十曰耄）腋（音亦左右肘腋之間曰腋）卵縠（卵魯管切羽蟲所生爲卵縠克角切鳥卵也）療（力弔切治也）胄（直又切兜鍪也）蹊徑（蹊弦鷄切徑路也徑吉定切小道也）翅（施智切翼也）欻（許勿切忽然也）

大般若波羅蜜多經卷第五百四十九

唐三藏法師玄奘奉　詔譯

第四分眞如品第十六之二

爾時欲界色界天子恭敬合掌俱白佛言世尊般若波羅蜜多最爲甚深極難信解世尊無上正等菩提亦最甚深極難信解世尊無上正等菩提既難信解亦難證得爾時佛告諸天子言如是如是如汝所說若諸有情成就惡慧下劣精進下劣勝解無方便善巧爲惡友所攝於深般若波羅蜜多實難信解於佛無上正等菩提亦難信解由斯無上正等菩提亦難證得爾時善現便白佛言如世尊說諸佛無上正等菩提既難信解亦難證得云何無上正等菩提極難信解亦難證得此中都無可證得者何以故以一切法畢竟空故空中無法能證餘法所以者何以一切法自性皆空若爲永斷如是法故說如是法此法亦空由此義故於佛無上正等菩提若能證者若所證法若能知者若所知法一切皆空由此因緣我作是念諸佛無上正等菩提易可信解易可證得非難信解非難證得以一切法無不皆空如是信知便證得故佛告善現諸佛無上正等菩提能信解者及證得者不可得故說難信解及難證得諸佛無上正等菩提非實有故說難信解及難證得諸佛無上正等菩提無積集故說難信解及難證得時舍利子語善現言以一切法畢竟空故諸佛無上正等菩提極難信解甚難可得所以者何以一切法都無自性皆如虛空譬如虛空不作是念我於無上正等菩提當生

信解及當證得諸法亦爾皆如虛空都無自性是故無上正等菩提極難信解甚難證得復次善現若佛無上正等菩提易可信解易可證得則不應有如殑伽沙諸菩薩衆發趣無上正等菩提復還退轉故知無上正等菩提極難信解甚難證得時具壽善現白舍利子言於意云何色於無上正等菩提有退轉不舍利子言不也善現於意云何受想行識於無上正等菩提有退轉不舍利子言不也善現於意云何離色有法於無上正等菩提有退轉不舍利子言不也善現於意云何離受想行識有法於無上正等菩提有退轉不舍利子言不也善現於意云何色眞如於無上正等菩提有退轉不舍利子言不也善現於意云何受想行識眞如於無上正等菩提有退轉不舍利子言不也善現於意云何離色眞如有法於無上正等菩提有退轉不舍利子言不也善現於意云何離受想行識眞如有法於無上正等菩提有退轉不舍利子言不也善現復次舍利子於意云何色能證無上正等菩提不舍利子言不也善現於意云何受想行識能證無上正等菩提不舍利子言不也善現於意云何離色有法能證無上正等菩提不舍利子言不也善現於意云何離受想行識有法能證無上正等菩提不舍利子言不也善現於意云何色眞如能證無上正等菩提不舍利子言不也善現於意云何受想行識眞如能證無上正等菩提不舍利子言不也善現於意云何離色眞如有法能證無上正等菩提不舍利子言不也善

現於意云何離受想行識眞如有法能證無上正等菩提不舍利子言不也善現復次舍利子於意云何眞如於無上正等菩提有退轉不舍利子言不也善現於意云何離眞如有法於無上正等菩提有退轉不舍利子言不也善現復次舍利子於意云何眞如能證無上正等菩提不舍利子言不也善現於意云何離眞如有法能證無上正等菩提不舍利子言不也善現復次舍利子於意云何頗有法非即色等非離色等非即眞如非離眞如於無上正等菩提有退轉不舍利子言不也善現復次舍利子於意云何頗有法非即色等非離色等非即眞如非離眞如能證無上正等菩提不舍利子言不也善現時具壽善現謂舍利子言若一切法諦故住故都無所有皆不可得說何等法可於無上正等菩提而有退轉時舍利子語善現言如仁者所說無生法忍中都無有法亦無菩薩可於無上正等菩提說有退轉若爾何故佛說三種住菩薩乘補特伽羅但應說一又如仁說應無三乘菩薩差別唯應有一正等覺乘時滿慈子便白具壽舍利子言應問善現爲許有一菩薩乘不然後可難應無三乘建立差別唯應有一正等覺乘時舍利子問善現言爲許有一菩薩乘不善現報言於意云何眞如中頗有三乘差別不舍利子言不也善現眞如尚無三相可得況於其內有別三乘於意云何眞如中頗有一乘可得不舍利子言不也善現眞如尚無一相可得況於其內而有一乘於意云何頗眞如中見有一法一菩薩

不舍利子言不也善現時具壽善現謂舍利子言若一切法諦故住故都無所有皆不可得菩薩亦爾云何尊者可作是念此是聲聞此是獨覺此是菩薩如是爲三如是爲一舍利子若菩薩摩訶薩於一切法都無所得於法眞如亦無所得於諸菩薩亦無所得於諸如來亦無所得當知是爲眞實菩薩舍利子若菩薩摩訶薩聞說眞如無差別相不驚不怖不沉不没是菩薩摩訶薩疾證無上正等菩提於其中間定無退轉爾時世尊讚善現曰善哉善哉汝今乃能爲諸菩薩善說法要汝之所說皆是如來威神之力善現當知若菩薩摩訶薩於法眞如不可得相深生信解知一切法無差別相聞說如是諸法眞如不可得相不驚不怖不沉不没是菩薩摩訶薩疾證無上正等菩提時舍利子便白佛言若菩薩摩訶薩成就此法疾證無上正等覺耶爾時佛告舍利子言如是如是若菩薩摩訶薩成就此法疾證無上正等菩提不墮聲聞獨覺等地爾時善現便白佛言若菩薩摩訶薩欲疾證得所求無上正等菩提應云何住云何應學佛告善現若菩薩摩訶薩欲疾證得所求無上正等菩提於諸有情應平等住於諸有情應起等心慈心悲心喜心捨心利益心安樂心調柔心恭敬心無損心無害心質直心如父心如母心如兄弟心如姊妹心爲依怙心亦以此心應與其語善現當知若菩薩摩訶薩欲疾證得所求無上正等菩提於諸有情應如是住應如是學

第四分不退相品第十七

爾時善現復白佛言我等當以何行狀相知是不退轉菩薩摩訶薩佛告善現若菩薩摩訶薩能如實知若異生地若聲聞地若獨覺地若菩薩地若如來地如是諸地雖説有異而於諸法眞如性中無變異無分別皆無二無二分是菩薩摩訶薩雖實悟入諸法眞如亦實安住諸法眞如無所分別以無所得爲方便故是菩薩摩訶薩既實悟入諸法眞如雖聞眞如與一切法無二無別而無疑滯是菩薩摩訶薩既實安住諸法眞如出眞如已雖聞諸法種種異相而於其中無所執著亦無疑滯不作是念此事如實此不如實雖無此念而於諸法能如實知是菩薩摩訶薩終不輕爾而發語言諸有所説皆引義利若無義利終不發言是菩薩摩訶薩終不觀他好惡長短平等憐愍而爲説法若菩薩摩訶薩成就如是諸行狀相定於無上正等菩提不復退轉復次善現一切不退轉菩薩摩訶薩終不樂觀外道沙門婆羅門等形相言説彼諸沙門婆羅門等於所知法實知實見或能施設正見法門無有是處是菩薩摩訶薩終不禮敬諸餘天神如諸世間外道所事亦終不以種種華鬘塗散等香衣服瓔珞寶幢旛蓋伎樂燈明供養天神及諸外道若菩薩摩訶薩成就如是諸行狀相定於無上正等菩提不復退轉復次善現一切不退轉菩薩摩訶薩不墮惡趣不受女身亦不生於卑賤種族除爲度脫彼類有情現同類生方便攝受是菩薩摩訶薩常樂受行十善業道自離害生命乃至邪見亦勸他離害生命乃至邪見

自受行十善業道亦勸他受行十善業道示現勸導讚勵慶喜攝受有情令其堅固是菩薩摩訶薩乃至夢中亦不現行十惡業道亦不現起惡不善心乃至夢中亦常受學十善業道若菩薩摩訶薩成就如是諸行狀相定於無上正等菩提不復退轉復次善現一切不退轉菩薩摩訶薩諸所受持思惟讀誦種種經典令極通利皆爲利樂一切有情恒作是念我以此法爲諸有情宣説開示當令一切法願滿足復持如是法施善根與諸有情平等共有迴向無上正等菩提若菩薩摩訶薩成就如是諸行狀相定於無上正等菩提不復退轉復次善現一切不退轉菩薩摩訶薩於佛所説甚深法門終不生於疑惑猶豫亦不迷悶歡喜信受諸所發言皆爲饒益知量而説言詞柔輭寢寐輕少煩惱不行入出往來心不迷謬恒時安住正念正知進止威儀行住坐卧舉足下足亦復如是諸所遊履必觀其地安詳繫念直視而行運動語言常無卒暴諸所受用卧具衣服皆常香潔無諸臭穢亦無垢膩蟣虱等蟲恒樂清淨常無疾病身中無有八萬戸蟲所以者何是諸菩薩善根增上出過世間如如善根漸漸增長如是如是身心清淨由此因緣是諸菩薩身心堅固猶若金剛不爲違緣之所侵惱若菩薩摩訶薩成就如是諸行狀相定於無上正等菩提不復退轉爾時善現便白佛言是菩薩摩訶薩云何應知心常清淨佛告善現是菩薩摩訶薩如如善根漸漸增長如是如是心中一切諂曲矯誑皆永不行由此因緣一切

煩惱及餘不善皆永息滅亦超聲聞及獨覺地疾趣無上正等菩提是故應知心常清淨復次善現一切不退轉菩薩摩訶薩不重利養不徇名譽心離嫉慳身無懈失於諸飲食衣服卧具醫藥資財不生躭著聞甚深法心不迷謬智慧深固恭敬信受隨所聽聞皆能會入甚深般若波羅蜜多諸所造作世間事業亦依般若波羅蜜多方便善巧會入法性不見一事出法性者設有不與法性相應亦能方便會入般若波羅蜜多甚深理趣由斯不見出法性者若菩薩摩訶薩成就如是諸行狀相定於無上正等菩提不復退轉復次善現一切不退轉菩薩摩訶薩設有惡魔現前化作八大地獄復於一一大地獄中化作無量百千菩薩皆被猛焰交徹燒然各受辛酸楚毒大苦作是化已告不退轉諸菩薩言此諸菩薩皆受無上正等菩提不退轉記故墮如是大地獄中恒受如斯種種劇苦汝等菩薩既受無上正等菩提不退轉記亦當墮此大地獄中受諸劇苦佛授汝等大地獄中受極苦記非授無上正等菩提不退轉記是故汝等應疾捨棄大菩提心可得免脫此地獄苦當生天上或生人中受諸妙樂是時不退轉菩薩摩訶薩見聞此事其心不動亦不驚疑但作是念受不退轉記菩薩摩訶薩若墮惡趣受諸苦惱不能免脫必無是處今見聞者定是惡魔所作所說皆非實有若菩薩摩訶薩成就如是諸行狀相定於無上正等菩提不復退轉復次善現一切不退轉菩薩摩訶薩設有惡魔作沙門像來至其所說如

是言汝先所聞受持讀誦甚深般若波羅蜜多相應經典皆是邪說應疾捨棄勿謂爲眞汝等若能速疾棄捨我當教汝眞淨佛法令汝速證無上菩提汝先所聞非眞佛語是文頌者虛誑撰集我之所說是眞佛語善現當知若菩薩摩訶薩聞如是語心動驚疑當知未受不退轉記若菩薩摩訶薩聞如是說其心不動亦不驚疑但隨無作無相無生法性而住是菩薩摩訶薩諸有所作不信他語不隨他教而便動轉如阿羅漢諸有所爲不信他語現證法性無惑無疑一切惡魔不能傾動如是不退轉菩薩摩訶薩一切聲聞獨覺外道諸惡魔等不能破壞令於菩提而生退屈若菩薩摩訶薩成就如是諸行狀相定於無上正等菩提不復退轉復次善現一切不退轉菩薩摩訶薩設有惡魔來至其所詐現親友作如是言汝等所行是生死法非菩薩行汝等今應修盡苦道速盡衆苦得般涅槃是時惡魔即爲菩薩說墮生死相似道法告菩薩言此是眞道汝修此道速盡一切生老病死得般涅槃現在苦身尚應猒捨況更求受當來苦身宜自審思捨先所信是菩薩摩訶薩聞彼語時其心不動亦不驚疑但作是念如是說者定是惡魔時彼惡魔復語菩薩欲聞菩薩無益行耶謂諸菩薩經如殑伽沙數大劫以無量種上妙供具供養諸佛復於殑伽沙等佛所修無量種難行苦行親近承事如殑伽沙諸佛世尊請問無量無邊菩薩所應修道殑伽沙等諸佛世尊如所請問次第爲說是諸菩薩摩訶薩衆如佛教誡精勤

修學經無量劫尚不能證所求無上正等菩提況今汝等可能證得是時菩薩雖聞其言而心不動亦無疑惑時彼惡魔復於是處化作無量苾芻形像告菩薩曰此諸苾芻皆於過去經無數劫修無量種難行苦行而不能得無上菩提今皆退住阿羅漢果云何汝等能證菩提是諸菩薩見聞此已即作是念定是惡魔爲擾亂我作如是事定無菩薩修行般若波羅蜜多至圓滿位不證無上正等菩提退住聲聞獨覺等地復作是念若諸菩薩如佛所說修菩薩行不證無上正等菩提必無是處當知今者所見所聞定是惡魔所作所說若菩薩摩訶薩成就如是諸行狀相定於無上正等菩提不復退轉復次善現一切不退轉菩薩摩訶薩設有惡魔作苾芻像來至其所欲令猒背無上菩提作如是言一切智智與虛空等無性爲性自相本空諸法亦爾與虛空等無性爲性自相空中無有一法可名能證無有一法可名所證證處證時及由此證亦不可得既一切法與虛空等無性爲性自相本空汝等云何唐受勤苦求證無上正等菩提汝先所聞諸菩薩衆應求無上正等菩提皆是魔說非眞佛語汝等應捨求證無上正等覺心勿於長夜爲諸有情自受勤苦雖行種種難行苦行欲求菩提終不能得是菩薩摩訶薩聞說如是呵諫語時能審觀察此惡魔事欲退敗我大菩提心我今不應信受彼說退失所發大菩提心應更堅牢終無動轉若菩薩摩訶薩成就如是諸行狀相定於無上正等菩提不復退轉復次善現

一切不退轉菩薩摩訶薩欲入初靜慮乃至第四靜慮即隨意能入是菩薩摩訶薩雖入四靜慮而不受彼果爲欲利樂諸有情故隨欲攝受所應受身即隨所願皆能攝受作所作已即能捨之是故雖能入諸靜慮而不隨彼勢力受生爲度有情還生欲界雖生欲界而不染欲若菩薩摩訶薩成就如是諸行狀相定於無上正等菩提不復退轉復次善現一切不退轉菩薩摩訶薩不貴名聲不著稱譽於有情類無恚恨心常欲令其利益安樂往來入出無散亂心進止威儀恒住正念爲有情故雖處居家而於其中不生貪著雖現受欲而常猒怖如涉險路心恒驚恐雖有所食惶懼不安但念何時出斯險難雖現受用種種珍財而於其中不起貪愛不以邪命非法自活寧自殞沒不損於人所以者何是諸菩薩行深般若波羅蜜多是人中尊人中善士人中豪貴人中牛王人中蓮華人中龍象人中師子人中勇健人中調御人中英傑本爲利樂一切有情現處居家方便饒益豈爲自活侵損於人所以者何是諸菩薩甚深般若波羅蜜多方便善巧所任持故若菩薩摩訶薩成就如是諸行狀相定於無上正等菩提不復退轉復次善現一切不退轉菩薩摩訶薩有執金剛藥叉神王常隨左右密爲守護不爲一切人非人等邪魅威力損害身心由此因緣是諸菩薩乃至無上正等菩提身意泰然常無擾亂具丈夫相諸根圓滿心行調善恒修淨命不行幻術占相吉凶呪禁鬼神合和湯藥誘誑卑末結好貴人侮傲聖賢

親昵男女不爲名利自讚毁他不以染心瞻顧戲笑戒見清淨志性淳質若菩薩摩訶薩成就如是諸行狀相定於無上正等菩提不復退轉復次善現一切不退轉菩薩摩訶薩於諸世間文章技藝雖得善巧而不愛著達一切法不可得故皆雜穢語邪命攝故於諸世俗外道書論雖亦善知而不樂著達一切法本性空故又諸世俗外道書論所說理事多有增減於菩薩道非隨順故若菩薩摩訶薩成就如是諸行狀相定於無上正等菩提不復退轉復次善現一切不退轉菩薩摩訶薩復有所餘諸行狀相吾當爲汝分別解說謂彼菩薩行深般若波羅蜜多達諸法空不樂觀察論說衆事王事賊事軍事戰事城邑聚落象馬車乘衣服飲食卧具華香男女好醜園林池沼山海等事不樂觀察論說藥叉羅刹娑等諸鬼神事不樂觀察論說街衢市肆樓閣商賈等事不樂觀察論說歌儛伎樂俳優戲謔等事不樂觀察論說洲渚橋梁船栰珠寶等事不樂觀察論說星辰風雨寒熱吉凶等事不樂觀察論說種種法義相違文頌等事不樂觀察論說異生聲聞獨覺相應之事但樂觀察論說般若波羅蜜多相應之事善現當知是菩薩摩訶薩常不遠離甚深般若波羅蜜多相應作意常不遠離薩婆若心不好乖違樂和諍訟常希正法不愛非法恒慕善友不樂惡友好出法言離非法言樂見如來欣出家衆十方國土有佛世尊宣說法要願往生彼親近供養聽聞正法善現當知是菩薩摩訶薩多從欲界色界天没生贍

部洲中國人趣善於技藝呪術經書地理天文及諸法義或生邊地大國大城與諸有情作大饒益善現當知是菩薩摩訶薩終不自疑我爲退轉爲不退轉於自地法亦不生疑爲有爲無於諸魔事善能覺了如預流者於自地法終不生疑設有惡魔種種惑亂不能傾動如是不退轉菩薩摩訶薩於自地法定不生疑妙覺魔事不隨魔力如有造作無間業者彼無間心恒常隨逐乃至命盡不能捨離設起餘心不能遮伏此諸菩薩亦復如是不退轉心恒常隨逐安住菩薩不退轉地世間天人阿素洛等不能動壞自所得法於諸魔業善能覺知所證法中常無疑惑雖生他世亦不發起聲聞獨覺相應之心亦不自疑我於來世能證無上佛菩提不安住自地不隨他緣於自地法無能壞者所以者何是諸菩薩成就無動無退轉智一切惡緣不能傾動其心堅固踰於金剛設有惡魔作佛形像來到其所作如是言汝今應求阿羅漢果永盡諸漏入般涅槃汝未堪受大菩提記亦未證得無生法忍汝今未有不退轉地諸行狀相如來不應授汝無上大菩提記是菩薩摩訶薩聞彼語時心無變動不退不沒無驚無怖但作是念此定惡魔或魔眷屬化作佛像來至我所作如是說若真佛說不應有異善現當知若菩薩摩訶薩聞彼語時能作如是觀察憶念定是惡魔化爲佛像令我遠離甚深般若波羅蜜多令我棄捨所求無上正等菩提是故不應隨彼所說時魔驚怖即便隱沒是菩薩摩訶薩定已安住不退轉地過去

諸佛久已授彼大菩提記所以者何是菩薩摩訶薩具足成就不退轉地諸行狀相故能覺知惡魔事業令彼隱没更不復現若菩薩摩訶薩成就如是諸行狀相定於無上正等菩提不復退轉復次善現諸有不退轉菩薩摩訶薩行深般若波羅蜜多攝護正法不惜身命況餘珍財朋友眷屬爲護正法勇猛精進恒作是念如是正法即是諸佛清淨法身一切如來恭敬供養我今攝護過去未來現在佛法即爲攝護三世諸佛清淨法身故我今應不惜身命珍財親友攝護此法復作是念如是正法通屬三世諸佛世尊我亦墮在未來佛數佛已授我大菩提記由此因緣諸佛正法即是我法我應攝護不惜身命珍財親友我未來世得作佛時亦爲有情宣說此法是菩薩摩訶薩見斯義利攝護如來所說正法不惜身命乃至菩提常無懈倦若菩薩摩訶薩成就如是諸行狀相定於無上正等菩提不復退轉復次善現諸有不退轉菩薩摩訶薩聞諸如來應正等覺所說正法無惑無疑聞已受持能不忘失乃至無上正等菩提已得聞持陀羅尼故爾時善現便白佛言是菩薩摩訶薩但聞如來應正等覺所說正法無惑無疑乃至菩提常不忘失爲聞菩薩及諸聲聞天龍藥义人非人等所說正法亦能於彼無惑無疑乃至菩提常不忘失佛告善現是菩薩摩訶薩普聞一切有情言音文字義理皆能通達無惑無疑常不忘失所以者何是菩薩摩訶薩於諸法中得無生忍已善通達諸法實性聞皆隨順並無疑惑又得

聞持陀羅尼故常能憶念終無忘失若菩薩摩訶薩成就如是諸行狀相定於無上正等菩提不復退轉善現當知是爲不退轉菩薩摩訶薩諸行狀相

第四分空相品第十八之一

爾時具壽善現復白佛言世尊如是不退轉菩薩摩訶薩成就希有廣大功德世尊能如殑伽沙劫宣說不退轉菩薩摩訶薩諸行狀相由佛所說諸行狀相顯示不退轉菩薩摩訶薩成就無量殊勝功德惟願如來應正等覺復爲宣說甚深般若波羅蜜多相應義處令諸菩薩安住其中修諸功德速疾圓滿佛告善現善哉善哉汝今乃能爲諸菩薩摩訶薩衆請問如來應正等覺甚深般若波羅蜜多相應義處令諸菩薩安住其中修諸功德速疾圓滿善現當知甚深般若波羅蜜多相應義處謂空無相無願無作無生無滅非有寂靜離染涅槃具壽善現復白佛言爲但此法名深般若波羅蜜多相應義處爲一切法皆得名爲甚深般若波羅蜜多相應義處佛告善現餘一切法亦得名爲甚深般若波羅蜜多相應義處所以者何謂一切色受想行識亦得名爲甚深般若波羅蜜多相應義處善現云何說一切色受想行識亦得名爲甚深般若波羅蜜多相應義處善現當知如眞如甚深故色亦甚深如眞如甚深故受想行識亦甚深故一切色受想行識亦得名爲甚深般若波羅蜜多相應義處復次善現如色眞如甚深故色亦甚深如受想行識眞如甚深故受想行識亦甚深故一切色受想行識

亦得名爲甚深般若波羅蜜多相應義處復次善現若處無色名色甚深若處無受想行識名受想行識甚深故一切色受想行識亦得名爲甚深般若波羅蜜多相應義處爾時善現復白佛言世尊甚深微妙方便遮遣諸色顯示涅槃遮遣受想行識顯示涅槃佛告善現如是如是如汝所說善現當知諸菩薩摩訶薩應於如是甚深般若波羅蜜多相應義處審諦思惟應作是念我今應如甚深般若波羅蜜多所教而住我今應如甚深般若波羅蜜多所說而學善現當知若菩薩摩訶薩能於如是甚深般若波羅蜜多相應義處審諦思惟如深般若波羅蜜多所教而住如深般若波羅蜜多所說而學是菩薩摩訶薩由能如是依深般若波羅蜜多審諦思惟精勤修學乃至一日所獲福聚無量無邊如貪行人復多尋伺與他美女共爲期契彼女限礙不獲赴期此人欲心熾盛流注善現於意云何其人欲心於何處轉世尊此人欲心於女處轉謂作是念彼何當來共會於此歡娛戲樂善現於意云何其人晝夜幾欲念生世尊此人晝夜欲念甚多佛告善現若菩薩摩訶薩依深般若波羅蜜多審諦思惟精勤修學乃至一日所超生死流轉劫數與貪行人經一晝夜所起欲念其數量等善現當知是菩薩摩訶薩隨依如是甚深般若波羅蜜多審諦思惟精勤修學隨能解脫能礙無上正等菩提所有過失是故菩薩依深般若波羅蜜多審諦思惟精勤修學疾證無上正等菩提善現當知若菩薩摩訶薩依深般若波羅

蜜多審諦思惟精勤修學經一晝夜所獲功德勝諸菩薩離深般若波羅蜜多經如殑伽沙數大劫布施功德無量無邊復次善現若菩薩摩訶薩依深般若波羅蜜多審諦思惟精勤修學經一晝夜所獲功德勝諸菩薩離深般若波羅蜜多經如殑伽沙數大劫以諸供具供養預流一來不還阿羅漢獨覺菩薩如來布施功德無量無邊復次善現若菩薩摩訶薩依深般若波羅蜜多所說而住經一晝夜精勤修學布施淨戒安忍精進靜慮般若所獲功德勝諸菩薩離深般若波羅蜜多經如殑伽沙數大劫精勤修學布施淨戒安忍精進靜慮般若所獲功德無量無邊復次善現若菩薩摩訶薩依深般若波羅蜜多所說而住經一晝夜以微妙法施諸有情所獲

功德勝諸菩薩離深般若波羅蜜多經如殑伽沙數大劫以微妙法施諸有情所獲功德無量無邊復次善現若菩薩摩訶薩依深般若波羅蜜多所說而住經一晝夜修三十七菩提分法及餘善根所獲功德勝諸菩薩離深般若波羅蜜多經如殑伽沙數大劫修三十七菩提分法及餘善根所獲功德無量無邊復次善現若菩薩摩訶薩依深般若波羅蜜多所說而住經一晝夜修行種種財施法施住空閑處繫念思惟先所修行種種福業與諸有情平等共有迴向無上正等菩提所獲功德勝諸菩薩離深般若波羅蜜多經如殑伽沙數大劫修行種種財施法施住空閑處繫念思惟先所修行種種福業與諸有情平等共有迴向無上正等菩提所獲功德無

量無邊復次善現若菩薩摩訶薩依深般若波羅蜜多所說而住經一晝夜普緣三世諸佛世尊及諸弟子功德善根和合稱量現前隨喜與諸有情平等共有迴向無上正等菩提所獲功德勝諸菩薩離深般若波羅蜜多經如殑伽沙數大劫普緣三世諸佛世尊及諸弟子功德善根和合稱量現前隨喜與諸有情平等共有迴向無上正等菩提所獲功德無量無邊

大般若波羅蜜多經卷第五百四十九

音釋

寢寐 寐明祕切息也又目閉神藏爲寐 卒暴 暴蒲報切猝也急也 蟣虱 蟣舉豈切虱色櫛切 愆 起虔切過也辠也 撰集 撰雛免雛戀二切集秦入切撰集謂撰述會集也 殞沒 殞羽敏切亦沒也沒莫勃切通作歿終也 侮傲 侮罔甫切慢易也傲疑到切倨傲也 親昵 昵尼質切親昵謂親密而近也 商賈 商尸羊切行賣曰商賈公土切坐販曰賈 俳優 俳音排戲也優音憂倡也又俳優調戲也 戲謔 戲香義切戲弄也謔迄却切亦戲也 栰 栰房越切桴也大曰栰小曰桴又海中大船也

大般若波羅蜜多經卷第五百五十

唐三藏法師玄奘奉　詔譯

第四分空相品第十八之二

爾時善現便白佛言如世尊說諸行皆是分別所作從妄想生都非實有以何因緣此諸菩薩所獲功德無量無邊佛告善現如是如是如汝所說然諸菩薩行深般若波羅蜜多亦說諸行分別所作空無所有虛妄不實所以者何是諸菩薩善學內空乃至無性自性空已觀察諸行無不皆是分別所作空無所有虛妄不實是菩薩摩訶薩如如觀察諸行皆是分別所作空無所有虛妄不實如是如是便能不離甚深般若波羅蜜多如如不離甚深般若波羅蜜多如是如是所獲功德無量無邊具壽善現便白佛言無量無邊有何差別佛告善現言無量者謂於是處其量永息言無邊者謂於此中數不可盡具壽善現復白佛言頗有因緣色亦可說無量無邊受想行識亦可說無量無邊耶佛告善現有因緣故色亦可說無量無邊受想行識亦可說無量無邊具壽善現復白佛言何因緣故色亦可說無量無邊受想行識亦可說無量無邊耶佛告善現色性空故亦可說爲無量無邊受想行識性空故亦可說爲無量無邊具壽善現復白佛言爲但色受想行識空爲一切法亦皆空耶佛告善現我先豈不說一切法皆空善現答言佛雖常說諸法皆空而諸有情不知見覺故我今者復作是問佛告善現非但色受想行識空我說諸法無不皆空具壽善現復白佛言無量無邊是何增語佛

告善現無量無邊是空無相無願增語具壽善現復白佛言無量無邊爲但是空無相無願爲更有餘義耶佛告善現於意云何我豈不説一切法門無不皆空善現答言如來常説一切法門無不皆空佛告善現空即無盡空即無量空即無邊空即餘義是故善現一切法門雖有種種言説差別而義無異善現當知諸法空理皆不可説如來方便説爲無盡或説無量或説無邊或説爲空或説無相或説無願或説無作或説無生或説無滅或説非有或説寂靜或説離染或説涅槃諸如是等無量法門義實無異皆是如來應正等覺爲諸有情方便演説爾時善現便白佛言世尊甚奇方便善巧諸法實性不可宣説而爲有情方便顯示如我解佛所説義者諸法實性皆不可説佛告善現如是如是諸法實性皆不可説所以者何一切法性皆畢竟空無能宣説畢竟空者具壽善現復白佛言不可説義有增減不佛告善現不可説義無增無減具壽善現復白佛言若不可説義無增無減者則應布施乃至般若波羅蜜多亦無增減若此六種波羅蜜多亦無增減則應六種波羅蜜多皆無所有若此六種波羅蜜多皆無所有云何菩薩摩訶薩修行布施乃至般若波羅蜜多求證無上正等菩提能近無上正等菩提佛告善現如是如是布施等六波羅蜜多皆無增減亦無所有然諸菩薩摩訶薩修行般若波羅蜜多時方便善巧不作是念如是布施乃至般若波羅蜜多有增有減但作是念唯有名相謂爲布施乃至般若

波羅蜜多是菩薩摩訶薩修行布施乃至般若波羅蜜多時持此布施乃至般若波羅蜜多俱行作意并依此起心及善根與諸有情平等共有迴向無上正等菩提如佛無上正等菩提微妙甚深而起迴向由此迴向方便善巧增上勢力能證無上正等菩提爾時善現便白佛言何謂無上正等菩提佛告善現諸法眞如是謂無上正等菩提善現當知諸法眞如無增減故諸佛無上正等菩提亦無增減若菩薩摩訶薩數多安住如是眞如相應作意便近無上正等菩提如是善現不可說義雖無增減而不退失眞如作意波羅蜜多雖無增減而不退失所求無上正等菩提若菩薩摩訶薩安住如是眞如作意修行布施乃至般若波羅蜜多便近無上正等菩提

第四分深功德品第十九

爾時善現便白佛言是菩薩摩訶薩爲初心起能證無上正等菩提爲後心起能證無上正等菩提若初心起能證無上正等菩提初心起時後心未起無和合義若後心起能證無上正等菩提後心起時前心已滅無和合義如是前後心心所法進退推徵無和合義如何可得積集善根若諸善根不可積集云何菩薩善根圓滿能證無上正等菩提佛告善現於意云何如然燈時爲初燄能燋炷爲後燄能燋炷善現答言如我意解非初燄能燋炷亦不離初燄非後燄能燋炷亦不離後燄佛告善現於意云何炷爲燋不善現答言世間現見其炷實燋佛告善現諸菩薩摩訶薩亦復如是非初心起能證無上正等菩提

亦不離初心非後心起能證無上正等菩提亦不離後心而諸菩薩摩訶薩行深般若波羅蜜多方便善巧令諸善根增長圓滿能證無上正等菩提具壽善現便白佛言如是緣起理趣甚深謂諸菩薩摩訶薩非初心起能證無上正等菩提亦不離初心非後心起能證無上正等菩提亦不離後心非即如是諸心起故能證無上正等菩提非離如是諸心起故能證無上正等菩提而諸菩薩摩訶薩能證無上正等菩提佛告善現於意云何若心滅已更可生不善現對曰不也世尊是心已滅不可更生佛告善現於意云何若心已生有滅法不善現對曰如是世尊若心已生定有滅法佛告善現於意云何有滅法心非當滅不善現對曰不也世尊有滅法心決定當滅佛告善現於意云何無滅法心爲可生不善現對曰不也世尊無滅法心無可生義佛告善現於意云何無生法心爲可滅不善現對曰不也世尊無生法心無可滅義佛告善現於意云何無生滅法心爲可生滅不善現對曰不也世尊無生滅法心無可生滅義佛告善現於意云何若法已滅更可滅不善現對曰不也世尊若法已滅不可更滅佛告善現於意云何若法已生更可生不善現對曰不也世尊若法已生不可更生佛告善現於意云何諸法實性有生滅不善現對曰不也世尊諸法實性無生無滅佛告善現於意云何心住爲如心眞如不善現對曰如是世尊如心眞如心如是住佛告善現於意云何若心住如眞如是心爲如眞如實際性常住

不善現對曰不也世尊是心非如眞如實際其性常住佛告善現於意云何諸法眞如極甚深不善現對曰如是世尊諸法眞如極爲甚深佛告善現於意云何即眞如是心不善現對曰不也世尊佛告善現於意云何離眞如有心不善現對曰不也世尊佛告善現於意云何即心是眞如不善現對曰不也世尊佛告善現於意云何離心有眞如不善現對曰不也世尊佛告善現於意云何眞如爲能見眞如不善現對曰不也世尊佛告善現於意云何汝爲見有實眞如不善現對曰不也世尊佛告善現於意云何若菩薩摩訶薩能如是行是行深般若波羅蜜多不善現對曰如是世尊若菩薩摩訶薩能如是行是行深般若波羅蜜多佛告善現於意云何若菩薩摩訶薩能如是行爲行何處善現對曰若菩薩摩訶薩能如是行都無行處所以者何若菩薩摩訶薩能如是行都不見有能行所行行時行處諸現行法皆不轉故佛告善現於意云何若菩薩摩訶薩行深般若波羅蜜多時爲何所行善現對曰若菩薩摩訶薩行深般若波羅蜜多時行勝義諦此中一切分別無故佛告善現於意云何若菩薩摩訶薩行深般若波羅蜜多時於勝義諦爲取相不善現對曰不也世尊佛告善現於意云何若菩薩摩訶薩行深般若波羅蜜多時於勝義諦雖不取相而行相不善現對曰不也世尊佛告善現於意云何是菩薩摩訶薩於勝義諦爲壞相不善現對曰不也世尊佛告善現於意云何是菩薩摩訶薩於勝義諦爲遣相不

善現對曰不也世尊佛告善現是菩薩摩訶薩行深般若波羅蜜多時於勝義諦若不壞相亦不遣相云何能斷取相之想善現答言是菩薩摩訶薩行深般若波羅蜜多時不作是念我今壞相我今遣相斷取相想亦不修學斷相想道若菩薩摩訶薩精勤修學菩薩行時修斷想道爾時一切佛法未滿應墮聲聞或獨覺地世尊是菩薩摩訶薩成就最勝方便善巧雖於諸相及取相想深知過失而不壞斷速證無相何以故一切佛法未圓滿故佛告善現如是如是如汝所說爾時舍利子問具壽善現言若菩薩摩訶薩夢中修空無相無願三解脫門於深般若波羅蜜多有增益不善現答言若菩薩摩訶薩覺時修此三解脫門於深般若波羅蜜多有增益者彼夢中修亦有增益何以故佛說夢覺無差別故舍利子若菩薩摩訶薩已得般若波羅蜜多覺時修行甚深般若波羅蜜多既名安住甚深般若波羅蜜多是菩薩摩訶薩夢中修行甚深般若波羅蜜多亦名安住甚深般若波羅蜜多三解脫門於深般若波羅蜜多能爲增益亦復如是若夢若覺義無缺減時舍利子問善現言若善男子善女人等夢中造業爲有增益或損減不善現答言佛說一切法皆如夢所見若夢造業無增減者覺時所造業亦應無增減然於夢中所造諸業無勝增減要至覺時憶想分別夢中所造乃令彼業成勝增減如人夢中斷他命已後至覺時憶想分別深自慶快其業便增若深悔愧其業便減時舍利子謂善現言有人覺時斷他

命已後至夢中或自慶快或深悔愧令覺時業有增減不善現報言亦有增減然彼增減不及覺時明了心中所作勝故時舍利子問善現言無所緣事若思若業俱不得生要有所緣思業方起夢中思業緣何而生善現答言如是如是若夢若覺無所緣事思業不生要有所緣思業方起何以故舍利子要於見聞覺知法中有覺慧轉由斯起染或復起淨若無見聞覺知諸法無覺慧轉亦無染淨由此故知若夢若覺有所緣事思業乃至無所緣事思業不起時舍利子問善現言佛說所緣皆離自性如何可說有所緣事思業乃至無所緣事思業不起善現答言雖諸思業及所緣事皆離自性而由自心取相分別世俗施設說有所緣由此所緣起諸思業如說無明爲緣生行行爲緣生識等皆由自心取相分別說有所緣非實有性時舍利子謂善現言若菩薩摩訶薩夢中行施施已迴向無上菩提是菩薩摩訶薩爲實以施迴向無上佛菩提不善現報言慈氏菩薩久已受得大菩提記一生所繫定當作佛善能酬答一切難問現在此會宜請問之補處慈尊定當爲答時舍利子如善現言恭敬請問慈氏菩薩時慈氏菩薩還語善現言尊者所言慈氏菩薩能答此義何等名爲慈氏菩薩爲名能答爲色能答爲受想行識能答爲顯能答爲形能答爲色空能答爲受想行識空能答耶且慈氏名不能答色亦不能答受想行識亦不能答顯亦不能答形亦不能答色空亦不能答受想行識空亦不能答所以者何我都不見

有法能答有法所答答處答時及由此答皆亦不見我都不見有法能記有法所記記處記時及由此記皆亦不見何以故以一切法本性皆空都無所有無二無別畢竟推徵不可得故時舍利子問慈氏菩薩言仁者所說法爲如所證不慈氏菩薩摩訶薩言我所說法非如所證所以者何我所證法不可說故又舍利子我都不見有所證法自性可得如心所思如言所說又舍利子諸法自性非身能觸非語能表非意能念何以故舍利子以一切法無自性故時舍利子作是念言慈氏菩薩覺慧甚深長夜修行甚深般若波羅蜜多能如是說爾時佛告舍利子言汝心所念慈氏菩薩覺慧甚深長夜修行甚深般若波羅蜜多能如是說者舍利子如汝所念又舍利子於意云何汝由是法成阿羅漢爲見此法是可說不舍利子曰不也世尊佛告舍利子菩薩摩訶薩行深般若波羅蜜多所證法性亦復如是不可宣說又舍利子是菩薩摩訶薩不作是念我由此法於佛無上正等菩提已得受記今得受記當得受記不作是念我由此法當證無上正等菩提若菩薩摩訶薩能如是行是行般若波羅蜜多若菩薩摩訶薩能如是行不生疑惑我於無上正等菩提爲得不得但作是念我勤精進定得無上正等菩提已於菩提得勝力故若菩薩摩訶薩能如是行是行般若波羅蜜多又舍利子諸菩薩摩訶薩行深般若波羅蜜多聞甚深法不驚不恐不怖不畏不沉不没於得無上正等菩提亦無怖畏決定自知我當證故又

舍利子是諸菩薩若在曠野有惡獸處亦無怖畏所以者何是諸菩薩爲欲饒益諸有情故能捨一切內外所有恒作是念若有惡鬼及惡獸等欲噉我身我當施與令其充足由此善根令我布施波羅蜜多速得圓滿疾近無上正等菩提我當如是勤修正行證得無上正等覺時我佛土中得無一切傍生餓鬼又舍利子是諸菩薩若在曠野有惡賊處亦無怖畏所以者何是諸菩薩爲欲饒益諸有情故能捨一切內外所有樂修諸善於身命財無所顧悋恒作是念若諸有情競來劫奪我諸資具我當恭敬歡喜施與或有因斯害我身命我終於彼不生瞋恨亦不發生身語意惡由此因緣令我布施淨戒安忍波羅蜜多速得圓滿疾近無上正等菩提我當如是勤修正行證得無上正等覺時我佛土中得無一切劫害怨賊由我佛土極清淨故亦無餘惡又舍利子是諸菩薩若在曠野無水之處亦無怖畏所以者何菩薩法爾無諸怖畏恒作是念我當求學斷諸有情渴愛之法不應於此而生怖畏設我由此渴乏命終於諸有情必不捨離大悲作意施妙法水奇哉薄福是諸有情居在如斯無水世界我當如是勤修正行證得無上正等覺時我佛土中得無如是一切燋渴乏水曠野我當方便勸諸有情修勝福業隨所在處皆令具足八功德水我由如是堅猛精進方便教化一切有情由此因緣令我精進波羅蜜多速得圓滿疾近無上正等菩提又舍利子是諸菩薩在飢饉國亦無怖畏所以者何是諸菩薩被功德

鎧勇猛精進嚴淨佛土作是願言當證無上正等覺時我佛土中得無如是一切飢饉諸有情類具足快樂隨意所須應念即至如諸天上所念皆得我當發起堅猛精進令諸有情法願滿足一切時處一切有情於一切種命緣資具無所乏少又舍利子是諸菩薩遇疾疫時亦無怖畏所以者何是諸菩薩恒審觀察無法名病亦無有法可名病者一切皆空不應怖畏我當如是勤修正行證得無上正等覺時我佛土中諸有情類得無一切災横疾疫精進修行殊勝正行又舍利子是諸菩薩若念無上正等菩提經久乃得不應怖畏所以者何前際劫數雖有無量而一心頃憶念分別積集所成後際劫數應知亦爾是故菩薩不應於中生久遠想而謂無上正等菩提要經長時方乃證得便生怖畏何以故前際後際劫數長短皆一剎那心相應故如是舍利子菩薩摩訶薩雖聞經久乃證無上正等菩提而於其中審諦觀察不生怖畏又舍利子若諸菩薩於餘一切見聞覺知可怖畏法不生怖畏應知速證所求無上正等菩提是故舍利子菩薩摩訶薩欲疾證得所求無上正等菩提應隨如來眞淨空教被功德鎧精勤修學於一切法不應怖畏

第四分殑伽天品第二十

爾時會中有一天女名殑伽天從座而起稽首佛足偏覆左肩右膝著地合掌向佛白言世尊我於是處亦無怖畏於諸法中亦無疑惑我未來世亦爲有情說無怖畏無疑惑法爾時世尊即便微笑從面門出金色光明普

照十方無邊世界還來梵世現大神通漸至佛邊右遶三帀作神變已入佛頂中時殑伽天覩斯事已歡喜踊躍取妙金華恭敬至誠散如來上佛神力故令此金華上踊空中繽紛而住時阿難陀見聞是已從座而起頂禮佛足偏覆左肩右膝著地合掌恭敬白言世尊何因何緣現此微笑佛現微笑非無因緣爾時世尊告慶喜曰今此天女於未來世當成如來應正等覺劫名星喻佛號金華慶喜當知今此天女即是最後所受女身捨此身已便受男身盡未來際不復爲女從此歿已生於東方不動如來可愛世界於彼佛所勤修梵行此女彼男便字金華從不動佛世界歿已復生他方有佛世界從一佛國趣一佛國常不遠離諸佛世尊如轉輪王從一臺觀至一臺觀歡娛受樂乃至命終足不履地金華菩薩亦復如是從一佛土往一佛土乃至無上正等菩提隨所生處常不離佛時阿難陀竊作是念金華菩薩當作佛時亦應宣說甚深般若波羅蜜多彼會菩薩摩訶薩衆其數多少應如今佛菩薩衆會佛知其念告慶喜言如是如是如汝所念金華菩薩當作佛時亦爲衆會宣說如是甚深般若波羅蜜多彼會菩薩摩訶薩衆其數多少亦如今佛菩薩衆會慶喜當知金華菩薩當作佛時聲聞弟子得涅槃者其數甚多不可稱計謂不可數若百若千若俱胝等但可總說無量無邊慶喜當知金華菩薩當作佛時其土無有惡獸惡鬼亦無怨賊乏水飢饉疾疫等難慶喜當知金華菩薩當證無上正等覺時其土有

情無諸怖畏及無種種災橫過失爾時慶喜復白佛言今此天女先於何佛初發無上正等覺心種諸善根迴向發願佛告慶喜今此天女先於過去然燈佛所初發無上正等覺心種諸善根迴向發願爾時亦以金華散佛求證無上正等菩提慶喜當知我於過去然燈佛所以五莖華奉散彼佛迴向發願爾時便得無生法忍然燈如來應正等覺知我根熟與我受記汝於來世當得作佛號曰能寂界名堪忍劫號爲賢天女爾時聞佛授我大菩提記歡喜踊躍即以金華奉散佛上便發無上正等覺心種諸善根迴向發願使我來世於此菩薩當作佛時亦如今佛現前授我大菩提記故我今者與彼受記爾時慶喜聞佛所說歡喜踊躍復白佛言今此天女久發無上正等覺心種諸善根迴向發願今得成熟是故如來授與彼記佛告慶喜如是如是如汝所說彼善根熟故我授彼大菩提記

第四分覺魔事品第二十一之一

爾時善現便白佛言行深般若波羅蜜多諸菩薩摩訶薩云何習空云何現入空三摩地佛告善現若菩薩摩訶薩行深般若波羅蜜多應觀色空應觀受想行識空作此觀時不令心亂若心不亂則不見法若不見法則不作證爾時善現便白佛言如世尊說諸菩薩摩訶薩行深般若波羅蜜多應觀法空而不作證云何菩薩摩訶薩行深般若波羅蜜多時住空等持而不作證佛告善現諸菩薩摩訶薩行深般若波羅蜜多觀法空時先作是念我應觀法諸相皆空不應作證我爲學故

觀諸法空不爲證故觀諸法空今是學時非爲證時是菩薩摩訶薩未入定時繫心於境攝受般若波羅蜜多非入定位繫心於境攝受般若波羅蜜多是菩薩摩訶薩於如是時不退一切菩提分法不證漏盡所以者何是菩薩摩訶薩成就如是廣大智慧善住法空及一切種菩提分法恒作是念今時應學不應作證善現當知若時菩薩摩訶薩住空三摩地而不證空是時菩薩摩訶薩亦住無相三摩地而不證無相所以者何是菩薩摩訶薩成就殊勝堅淨善根常作是念今時應學不應作證今應攝受甚深般若波羅蜜多於一切法觀空無相圓滿一切菩提分法不應今時證於實際由此因緣是菩薩摩訶薩不墮聲聞及獨覺地疾證無上正等菩提善現譬如有人勇健威猛所立堅固難可動摇形色端嚴衆人喜見具多最勝功德尸羅聰慧巧言善能酬對具辯具行知處知時於兵技術學至究竟所防堅固能摧多敵一切技能皆善成就諸工巧處學至窮盡具念慧行勇悍儀式於諸經典得無所畏具慈具義有大勢力支體無缺諸根圓滿眷屬資財無不具足衆人敬伏悉皆欽仰諸有所爲皆能成辦善事業故功少利多由此因緣富諸財寶善能給施多品有情應供養者能供養之應恭敬者能恭敬之應尊重者能尊重之應讚歎者能讚歎之善現於意云何彼人由此倍增喜躍深心歡悅自慶慰不善現對曰如是世尊如是善逝佛告善現彼勇健人成就如是大興盛事有因緣故將其父母妻子眷屬發

趣他方中路經過險難曠野其中多有惡獸怨賊怨家潛伏諸怖畏事眷屬小大無不驚惶其人自恃多諸技術威猛勇健身意泰然安慰父母妻子眷屬勿有憂懼必令無苦疾度曠野至安隱處復次善現於意云何此曠野中怨害現起彼人旣具勇健技能慈愛尊親備諸器仗而棄父母妻子眷屬獨運自身度險難不善現對曰不也世尊所以者何彼多技術能於曠野化作兵仗勇健精銳遇諸怨敵令彼見之自然退散而捨親愛獨運自身度險曠野無有是處然彼壯士於曠野中惡獸怨賊無加害意所以者何自恃威猛具諸技術無怖畏故世尊彼人以善巧術將諸眷屬度險曠野無所損害必至村城或大王都安樂之處佛告善現諸菩薩摩訶薩亦復如是愍生死苦諸有情類繫念安住慈悲喜捨攝受般若波羅蜜多殊勝善根方便善巧如佛所說持諸功德迴向無上正等菩提雖具修空無相無願而於實際無作證心勿墮聲聞及獨覺地所以者何是諸菩薩具大勢力精進堅固攝受般若波羅蜜多殊勝善根方便善巧誓不棄捨一切有情由此定能安隱無難速證無上正等菩提善現當知若時菩薩慈悲愍念一切有情緣諸有情欲施安樂是時菩薩超煩惱品亦超魔品及二乘地雖住三摩地而不至漏盡雖善習空而不作證善現當知若時菩薩能善安住空解脫門是時菩薩於無相定亦能安住而於其中方便善巧不證無相由此因緣超二乘地必趣無上正等菩提善現當知如堅翅鳥飛騰虛

空自在翱翔久不墮落雖依空戲而不住空亦不爲空之所拘礙應知菩薩亦復如是雖習空無相無願解脫門而不住空無相無願乃至佛法未極圓滿終不依彼永盡諸漏善現當知如有壯夫善閑射術欲顯己技仰射虛空爲令空中箭不墮地復以後箭射前箭筈如是展轉經於多時箭箭相承不令其墮若欲令墮便止後箭爾時諸箭方頓墮落應知菩薩亦復如是行深般若波羅蜜多攝受殊勝方便善巧乃至無上正等菩提因行善根未皆成熟終不中道證於實際若時無上正等菩提因行善根一切成熟爾時菩薩方證實際便得無上正等菩提是故善現諸菩薩摩訶薩行深般若波羅蜜多攝受殊勝方便善巧皆應如是於深法性審諦觀察若諸佛法未極圓滿不應作證爾時善現便白佛言諸菩薩摩訶薩甚爲希有能爲難事謂雖行空而不住空雖現入空定而不證實際佛告善現如是如是如汝所說所以者何是諸菩薩於有情類誓不棄捨謂發如是殊勝妙願若諸有情未得解脫我終不捨加行善根善現當知是諸菩薩由起如是廣大心故爲欲解脫一切有情雖引發空無相無願三三摩地而由攝受方便善巧不證實際所以者何是諸菩薩方便善巧所護持故常作是念我終不捨一切有情而趣圓寂由起此念方便善巧故於中間不證實際復次善現若諸菩薩於甚深處或已觀察或當觀察謂空無相無願等持三解脫門所行之處是諸菩薩恒作是念有情長夜起有情想行有所得引

生種種邪惡見趣輪迴生死受苦無窮我爲斷彼邪惡見趣應求無上正等菩提爲諸有情說深空法令斷彼執出生死苦是故雖學空解脫門而於中間不證實際善現當知是諸菩薩由起此念方便善巧雖於中間不證實際而不退失四無量定所以者何是諸菩薩甚深般若波羅蜜多方便善巧所攝受故倍增白法諸根漸利力覺道支轉復增益復次善現是諸菩薩恒作是念有情長夜行諸相中起種種執由斯輪轉受苦無窮我爲斷彼諸相執故應求無上正等菩提爲諸有情說無相法令斷相執出生死苦由斯數入無相等持善現當知是諸菩薩由先成就方便善巧及所起念雖數現入無相等持而於中間不證實際雖於中間不證實際而不退失慈悲喜捨及諸餘定所以者何是諸菩薩甚深般若波羅蜜多方便善巧所攝受故倍增白法諸根漸利力覺道支轉復增益復次善現是諸菩薩恒作是念有情長夜其心常起常想樂想我想淨想由此引生顛倒執著輪迴生死受苦無窮我爲斷彼四顛倒故應求無上正等菩提爲諸有情說無倒法謂說生死無常無樂無我無淨唯有涅槃微妙寂靜具足種種眞實功德由斯數入無願等持善現當知是諸菩薩由先成就方便善巧及所起念雖數現入無願等持而諸佛法未極圓滿終不中間證於實際雖於中間不證實際而不退失慈悲喜捨及諸餘定所以者何是諸菩薩甚深般若波羅蜜多方便善巧所攝受故倍增白法諸根漸利力覺道支轉復增

益復次善現是諸菩薩恒作是念有情長夜先巳行有所得今亦行有所得先巳行有相今亦行有相先巳行顛倒今亦行顛倒先巳行和合想今亦行和合想先巳行虚妄想今亦行虚妄想先巳行邪見今亦行邪見由斯輪轉受苦無窮我爲斷彼如是過失應求無上正等菩提爲諸有情說甚深法令彼過失皆永斷除不復輪迴受生死苦速證常樂真淨涅槃善現當知是諸菩薩由深慇念一切有情成就殊勝方便善巧甚深般若波羅蜜多所攝受故於深法性常樂觀察謂空無相無願無作無生無滅無起無盡無性實際善現當知是諸菩薩成就如是殊勝智見若墮無相無作之法或住三界俱無是處善現當知是諸菩薩成就如是殊勝功德捨諸有情而趣圓寂不證無上正等菩提饒益有情定無是處

大般若波羅蜜多經卷第五百五十

音釋

燋炷 燋兹消切炷朱戍切燋炷謂燋灼燈炷也
飢饉 飢居希切穀不熟爲飢饉渠吝切菜不熟爲饉
繽紛 繽紕民切紛敷文切繽紛雜亂貌
勇悍 勇尹竦切健也果敢也悍侯旰切有力也亦勇也
潛伏 潛慈鹽切藏也伏房六切匿也隱也
銳 俞芮切鋒銳也
翺翔 翺牛刀切翔徐羊切翺翔回飛也
箭筈 筈古活切箭本受弦處也